国学经典文库

唐宋八大家散文鉴赏

韩愈等◎著

线装书局

目　录

苏轼文集

苏辙文集

国学经典文库

唐宋八大家散文鉴赏

目录

3

唐宋八大家散文鉴赏

苏轼卷

韩　愈　等 ◎ 著

线装书局

茶游卷

苏轼简介

苏轼（1037～1101），字子瞻，一字和中，号东坡居士，亦称"大苏"，或"二苏"（苏洵长子景先早卒）。眉州眉山（今四川眉山市）人。北宋著名的政治家、文学家、画家、书法家。"唐宋八大家"之一。著有《东坡七集》一百一十卷。《宋史》卷三百三十八有传。

宋仁宗景祐三年十二月十九日（即公元1037年1月8日），苏轼诞生。少年时母

亲程氏授以书。嘉祐二年（公元1057年）中进士。这次科举考试，欧阳修任主考官，梅尧臣是参评官，他们对于苏轼的试文《刑赏忠厚之至论》十分赞赏，列名第二。这期间，苏轼写了《进策》二十五篇，《教战守》就是其中最出名的一篇。仁宗时代，正是所谓宋朝"百年无事"的"太平盛世"，但实际上已经危机四伏。苏轼见微知著，居安思危，提出了改革弊政的革新主张，以革新派的面目走上了政治舞台。

苏轼作了几年主簿、判官之类的地方小官之后，于英宗平治二年（公元1065年），调回京城，任殿中丞。神宗熙宁二年（公元1069年），王安石任参知政事（副宰相），实行变法，其中已包括苏轼提出的改革主张，但激进得多，也丰富得多。苏轼本当拥护新法，但是由于他的地位和社会关系等原因，使他站在保守派一边，反对新法。于是熙宁四年（公元1071年）被贬为杭州通判，后又转知密州（今山东省诸城）。熙宁九年（公元1077年）十二月又徙知徐州（今江苏铜山区），时遇黄河决口，苏轼亲率军民护堤守城，保全了人民的生命财产。神宗元丰二年（公元1079年），徙知湖州（今浙江省吴兴县）。就在这一年，御史李定、舒亶、何正臣等人，摘出苏轼诗文中的一些字句，断章取义，说他讪谤新法，加以弹劾，将苏轼逮捕入狱，这就是有名的"乌台诗案"（乌台，指御史府。《汉史·朱傅传》："御史府中列柏树，常有野乌数千，栖其上。"因称御史府为乌台）。苏轼在狱中受尽折磨，出狱后贬为

黄州团练副使，又改调汝州团练副使。在一个时期中，苏轼心有余悸，不敢写诗著文。早在苏轼贬为杭州通判时，其表兄文与可就劝诫他："北客若来休问事，西湖虽好莫吟诗"（见《石林诗话》）。可见当时"文字狱"的厉害。

宋哲宗元祐元年（公元1086年），以司马光为首的旧党执政，苏轼被召回京，任中书舍人、翰林学士兼侍读。此时，苏轼主张对王安石的新法"参用其长"，反对司马光等不加区别、一概废除新法的做法。正因此，他又为旧党所不容，被贬为杭州知州。在杭州任上，他率众开湖筑堤，颇有政绩，西湖中"苏堤"至今犹存。

宋哲宗绍圣元年（公元1094年），新党再起，对"元祐党人"进行报复、迫害，苏轼又横遭贬谪，以六十高龄，被贬到荒远的琼州（今海南省）作别驾。宋徽宗即位，大赦，苏轼在赦归途中，于徽宗建中靖国元年（公元1101年）七月二十八日卒于常州，时年六十六岁。死后谥号"文忠公"。

苏轼一生的仕途是不平坦的，多次卷入新旧党争的政治漩涡中，屡遭贬谪，动辄得咎，成为北宋朝廷党争的牺牲者。

苏轼在思想上深受儒、释、道三家的影响，他所标榜的"蜀学"，实际上是上述三家思想的杂合，所以说苏轼的思想是比较复杂的，但就基本思想来说，他还是属于儒家。

"秀句出寒饿，身穷诗乃亨"（苏轼《次韵仲殊雪中游西湖》）。苏轼在政治上是失败的，但是在文学上却得到极大成功。他是一位才华横溢的"全能"作家，几乎在所有的文学艺术领域里，都取得了高度的成就。苏轼继欧阳修之后，是宋代诗文革新运动的卓越领导者和文坛领袖，这场诗文革新运动实际上到苏轼手里才算最后完成，苏轼的散文作品代表了北宋的最高成就。人言"韩潮苏海"，与古文大家韩愈相提并论；世称"欧苏"，与"宋代的韩愈"欧阳修并驾齐驱。释德洪《跋东坡忔池录》："其文涣然如水之质，漫行浩荡，则其波亦自然而成文。"其文章风格"大略如行云流水，初无定质，但常行于所当行，常止于不可不止，文理自然，姿态横生"（《答谢民师书》）。苏轼共写了二千七百多首诗，与黄庭坚并称"苏黄"，实际上，其成就远远超过黄庭坚而达到他那个时代的最高峰。苏轼词开豪放一派，"词至东坡，倾荡磊落，如诗，如文，如天地奇观"（《稼轩词序》）。与辛弃疾齐名，世称"苏辛"。苏轼的书法，取法颜真卿而又独创一格，与蔡襄、黄庭坚、米芾并称宋代"四大书法家"，有《前赤壁赋》《黄州寒食诗帖》《答谢民师论文帖》等墨迹存世。苏轼的画亦有名，曾颇有见地地赞誉王维"诗中有画，画中有诗"，苏轼自己则爱画竹木怪石，取法文同（即文与可）而胜文同，在宋代画苑中，向来以"文苏"并称，苏画世存有《枯木怪石图》《竹石图》等多幅。

刑赏忠厚之至论

【题解】

这篇文章是嘉祐二年(公元1057年)苏轼应礼部试时而作。文章援引古时仁者刑赏忠厚的范例,表述刑赏应以忠厚为本,以深切的爱民忧民之心待天下,严以立法,宽以责人,则天下相率而归于君子之道的儒家仁政理想。主考官欧阳修是当时文坛领袖,倡导古文,反对"时文"(骈体文),在这次礼部试中规定写时文者一律不取,考场上的苏轼写下这篇结构严谨、说理透彻、文辞简洁平易晓畅的文章,深得欧阳修赞誉。欧阳修和参评官梅尧臣认为它脱尽五代宋初以来的浮靡艰涩之风。梅尧臣赞其有"孟轲之风",欧阳修更"惊喜以为异人",并说"读轼书不觉汗出,快哉! 老夫当避此人,放出一头地。"此文使苏轼在北宋文坛崭露头角。

【原文】

尧、舜、禹、汤、文、武、成、康之际①,何其爱民之深,忧民之切,而待天下以君子长者之道也! 有一善,从而赏之,又从而咏歌嗟叹之,所以乐其始而勉其终。有一不善,从而罚之,又从而哀矜惩创之②,所以弃其旧而开其新。故其吁俞之声③,欢休惨戚④,见于虞、夏、商、周之书⑤。成、康既没⑥,穆王立而周道始衰⑦,然犹命其臣吕侯⑧,而告之以祥刑⑨。其言忧而不伤,威而不怒,慈爱而能断,恻然有哀怜无辜之心,故孔子犹有取焉。

《传》曰⑩:"赏疑从与⑪,所以广恩也;罚疑从去⑫,所以慎刑也。"当尧之时,皋陶为士⑬,将杀人。皋陶曰:"杀之三。"尧曰:"宥之三⑭。"故天下畏皋陶执法之坚,而乐尧用刑之宽。四岳曰⑮:"鲧可用⑯。"尧曰:"不可,鲧方命圮族⑰。"既而曰:"试之!"何尧之不听皋陶之杀人,而从四岳之用鲧也? 然则圣人之意盖亦可见矣。《书》曰⑱:"罪疑惟轻,功疑惟重⑲。与其杀不辜,宁失不经⑳。"呜呼! 尽之矣。可以赏,可以无赏,赏之过乎仁;可以罚,可以无罚,罚之过乎义。过乎仁,不失为君子;过乎义,则流而入于忍人㉑。故仁可过也,义不可过也。

古者,赏不以爵禄,刑不以刀锯。赏之以爵禄,是赏之道行于爵禄之所加㉒,而不行于爵禄之所不加也。刑以刀锯,是刑之威施于刀锯之所及,而不施于刀锯之所不及也。先王知天下之善不胜赏,而爵禄不足以劝也;知天下之恶不胜刑,而刀锯不足以裁也。是故疑则举而归之仁㉒,以君子长者之道待天下,使天下相率而归于君子长者之道,故曰忠厚之至也。

《诗》曰㉔:"君子如祉㉕,乱庶遄已㉖;君子如怒,乱庶遄沮㉗。"夫君子之已乱㉘,岂有异术哉?时其喜怒,而无失乎仁而已矣。《春秋》之义㉙,立法贵严,而责人贵宽。因其褒贬之义以制赏罚㉚,亦忠厚之至也。

【注释】

①尧、舜、禹、汤、文、武、成、康之际:唐尧、虞舜、夏禹、商汤、周文王、周武王、周成王、周康王的时候。　尧、舜、禹被儒家尊为古代明君。　文王、武王灭商建周。成王、康王时代是周朝政治、经济、文化大发展的时期。

②哀矜惩创:怜惜惩戒。

③吁俞:惊叹应答。　吁,感叹声。　俞,表示应允。

④欢休:和善,高兴。　休,美善。

⑤虞夏商周之书:指《尚书》,是我国上古历史文献,分《虞书》《夏书》《商书》《周书》四部分。

⑥没,同"殁",死。

⑦穆王:周穆王,周朝的第五个帝王。

⑧吕侯:周穆王的大臣,建议周穆王从轻制定新法。

⑨告之以祥刑:语出《尚书·吕刑》:"有邦有土,告尔祥刑。"　祥刑,即详刑,谨慎用刑。

⑩《传》:解说经义的文字。如《诗》之《毛传》,《春秋》之《左传》。一般指《左传》。

⑪赏疑从与:在行赏时,发现有可疑之处,宁可给予奖赏。　与,给。

⑫罚疑从去:施罚时发现有可疑之处,就不罚。

⑬皋陶:尧时掌刑狱的大臣。　士,狱吏。

⑭宥:宽恕。

⑮四岳:相传为唐尧的大臣,羲和的四个儿子,分管四方的诸侯。一说:四岳,姓姜,炎帝族,是一个人。

⑯鲧:传说为禹的父亲,奉尧的命令以堵截的方法治水无效,被舜杀死于羽山。

⑰方命圮族:违抗命令,破坏族类。　圮,毁坏。

⑱《书》:即《尚书》,以下引文出自《尚书·大诰》。

⑲罪疑惟轻,功疑惟重:判决罪行拿不准时,从轻处置。奖赏功劳拿不准时,从重奖赏。

⑳与其杀不辜,宁失不经:与其错杀无罪之人,宁可犯不守成法办事的错误。经,成法。

㉑忍人:残忍、暴戾的人。

㉒是赏之道行于爵禄之所加:这样奖赏的作用只落到能得到爵位和俸禄的人身上。

㉓疑:指赏罚不能确定。

㉔《诗》:指《诗经》。引诗见《诗·小雅·巧言》。

㉕祉:福,喜。

㉖乱庶遄已:变乱迅速停止。 遄,迅速。

㉗沮:止。

㉘已乱:制止祸乱。

㉙《春秋》:我国古代第一部编年体史书。相传孔子修订鲁史而成书,起于鲁隐公元年(公元前722年),迄于鲁哀公十四年(公元前481年),凡二百四十二年。

㉚因其褒贬之义:根据《春秋》褒贬善恶的原则。

【集评】

宋罗大经(《三苏文范》卷五引):庄子之文,以无为有,东坡平生极熟此书,故其为文驾空行危,惟意所到。其论刑赏也,曰"杀之,三"等议论,读者皆知其所欲出,推者莫知其所自来,将无作有,是古今议论之杰然者。

明钱文登(引书同上):东坡尝言:"凡文章少小时须令气象峥嵘彩绚。渐老渐熟,乃造平淡。不是平淡,乃绚烂之极。"观东坡此论,是何等气象,何等彩色! 初学读之,下笔自滂沛无窒塞之病。

明茅坤《唐宋八大家文钞·东坡文钞》卷一百三十三：东坡试论文字，悠扬宛宕，于今场屋中极利者也。

明唐顺之《唐宋八大家文钞·东坡文钞》：此文一意翻作数段。

明杨慎（《三苏文范》卷五引）：此东坡所作时论也，天才灿然。自不可及。每段述事，而以婉言警语，且有章调。

明王世贞（引书同上）：此篇只就本旨，从疑上写其忠厚之至。一意翻作三段，非长公笔力不能如此敷畅。

清储欣《唐宋十大家全集录·东坡全集录》卷一：风气将开，拔此大才，以奏扫荡廓清之烈，欧阳公力也。

清张伯行《唐宋八大家文钞·苏文忠公文》卷八：东坡自谓文如行云流水，即应试论可见。学者读之，用笔自然圆畅。中间"赏不以爵禄，刑不以刀锯"一段，议论极有至理。

清吴楚材、吴调侯《古文观止》卷十：此长公应试文也。只就本旨，从"疑"上全写其忠厚之至。每段述事，而断以婉言警语。天才灿然，自不可及。

清沈德潜《唐宋八大家文读本》卷二十：以"罪疑惟轻，功疑惟重"二语作主，文势如川云岭月，其出不穷。以长公之高才，欧文忠之巨眼，而闱中遇合之文，圆熟流美如是，宜后世墨卷不矜高格也。为之三叹。

【鉴赏】

本文是苏轼应礼部科举考试的试卷。苏辙《东坡先生墓志铭》说："嘉祐二年（公元1057年），欧阳文忠公（欧阳修）考试礼部进士，疾时文之诡异，思有以救之。梅圣俞时与其事，得公（苏轼）《论刑赏》，以示文忠，文忠惊喜，以为异人，欲以冠多士（即第一名），疑曾子固所为（子固，文忠门下士也）乃置公第二。复以《春秋》对义居第一，殿试中乙科。以书谢诸公，文忠见之，以书语圣俞曰：'老夫当避此人，放出一头地。'"欧阳修是宋代古文运动的主要领导者，文坛领袖。他不但以自己的文艺理论和创作实践领导古文运动，提倡古文，反对"时文"（即"骈体文"），而且利用职权推行这一革新主张。嘉祐二年二月，欧阳修以翰林学士知贡举，主持礼部考试，他决定，写"时文"者一律不取，有力地打击了"时文"华而不实的文风，大大推进了古文运动。欧阳发《先公事迹》："嘉祐二年先公知贡举，时学者为文，以新奇相尚，文体大坏。公深革其弊，一时以怪僻知名在高等者，黜落几尽。二苏出于四川，人无知者。一旦拔在高等，榜出，士人纷然，惊恐怨谤。其后稍稍信服。"当时，落榜的举子曾在大街上围攻考官欧阳修，据《林下偶谈》所说："欧公初取东坡，则群朝聚骂者动满千百。"可见反对者之多。但欧阳修持有皇帝赐书"文儒"二字，更有推行古文的决心,故能临事不惊,坚强不屈。说明当时的诗文改革和反改革之间的斗争是很激烈的。苏轼在考场上写的这篇文章,虽然还不够成熟,但是对于欧阳修所领导的古文运动来说,是个有力的支持和很大的贡献。苏轼与其弟苏辙同考同登进士第。苏辙也有一篇同名的考卷,可参考阅读。嘉祐二年"三苏"同在京师,苏洵感叹说:"莫道登科易,老夫如登天;莫道登科难,小儿如拾芥"(见无名氏《史阙》)。此时,"三苏"名动京师。

《刑赏忠厚之至论》这一考题,出自《尚书·大禹谟》孔安国的注文:"刑疑付轻,赏疑从众(重),忠厚之至。"所有考生同做一题,竞争是很激烈的。为了引起考官的注意,苏轼在开头结尾、布局谋篇、立论说理、行文用典等方面都是很用心的,表现出苏轼青年时代写作的高度技巧:

一、引古咏叹,起法不凡

刘勰在《文心雕龙·章句》中说:"启行之辞,逆萌中篇之意。"启行之辞,就是文章的开头。逆,是"迎"的意思,逆萌,是迎引萌发。中篇,指文章的主体,中篇之意,就是文章的主题。刘勰这句话提出了文章开头的两个原则:一是迎引下文,如泉源引出江河;二是萌发主题,如植物的新芽,短小精美而有生长成材的生命力。

本文的开头是符合以上原则的,但又不同凡响。首句指出"尧、舜、禹、汤、文、武、成、康之际",即下文所谓"先王之时","何其爱民之深,忧民之切,而待天下以君子长者之道也!"这一感叹句正是"刑赏忠厚之至",用咏叹的方式点破题旨。吴楚材、吴调侯在《古文观止》中所说:"正是忠厚处,一篇主意,在此一句。总冒以咏叹起,另是一种起法。"可以说,"引古咏叹"是本文非同凡响的一种开头方法。

二、"疑"字立骨,贯穿全篇

"刑赏忠厚之至",可以归结到儒家的"仁"字上,但这是容易看见的表面。一般考生多从"仁"字上立论,其论不过是儒家的施仁政、行王道,推崇尧舜周孔,形成时文滥调。苏轼之文不落窠臼,揭开表面,深入实际,抓住"疑"字这关键,"此长公(苏轼)应试文也,只就本旨,从'疑'上全写忠厚之至"(《古文观止》)。本文以"疑"字立论,一字立骨,贯穿全篇。当文章引用"传曰"(赏疑从与,罚疑从去)时,《古文观止》评曰:"当赏而疑,则宁与之;当罚而疑,则宁不致罚。就'疑'字见出忠厚来,篇中不出此意。"当文章引用"书曰"(罪疑唯轻,功疑唯重)时,《古文观止》评曰:"罪可疑者,则从轻以罚之;功可疑者,则从重以赏之。法可以杀可以无杀者,与其杀之,而害彼之生,宁姑生之,而自受失刑之责。"李扶九说:"上引传,此引《书》,皆见忠厚之意"(《古文笔法百篇》)。沈德潜说:"以罪疑唯轻,功疑唯重,二语作主,文势如川云岭月,其出不穷"(《唐宋八大家古文读本》)。在文章的"结穴之文"

9

（是故疑则举而归之仁……）处，仍是"'疑'字点睛，到底不脱"（《古文笔法百篇》）。以上三处，均在"疑"字上做文章，"疑"字成了全篇的骨架。这就是古文笔法中的所谓"一字立骨"法。那么，苏轼为什么选择"疑"字立骨（即立论）呢？李扶九解释说："刑赏不可废，惟疑者可从厚，文故拈出'疑'字立论，最为精细。盖'仁'字尚是忠厚之面，唯'疑'字方是'刑赏忠厚'之所以然"（《古文笔法百篇》）。"仁"只是忠厚的表现，而'疑'才是实质，才是"所以然"，才是问题关键，抓住"疑"字这个关键做文章，才使这篇考试文卷"鹤立鸡群"，冠于"多士"之上。

三、引经据传，凿凿有凭

考场答卷，不能像书斋故文章那样随意翻阅资料，所以"浮泛"者较多。而苏轼博闻强记，功底较深，虽在考场，仍能引经据传，凿凿有凭，使文章深刻而有说服力，自然非浮泛者比。本文"引经据传"，除标题之外，共有七处之多。第一段两处，头一处是："故其吁俞之声，欢休惨戚，见于虞夏商周之《书》。"此典见于《尚书·皋陶谟》，其中记载古代君臣对话，多用"吁"（表示慨叹）、"俞"（表示同意）等语气助词，以表达自己的态度和感情。这里主要指圣君贤臣们对"忠厚之至"的感叹！第二处"告之以祥刑"。语出《尚书·吕刑》："王曰：吁，来！有邦有土（诸侯）。告尔祥刑，在今尔安百姓。"祥刑，慎刑。一说是善刑，即好法律。《吕刑》篇将周刑与苗族刑法做了对比分析，指出周刑仁厚宽大。所以苏轼引为"忠厚"的例证。第二段有四处：头一处，"传曰"，语出《汉书·冯野王传》；第四处"书曰"，见《尚书·大禹谟》（苏轼所引《尚书》，都指晋人梅赜伪古文《尚书》，那时还未发现它是伪书）。这两处前边已经谈过，都是为了说明本文主旨"疑"字而引用的。中间两处，"皋陶杀人"，是为了说明可杀，可不杀的，不杀；"四岳用鲧"，事见《尚书·尧典》，是为了说明对于可用、可不用的人，擢用应以宽厚。第三段有一处，所引四句诗，出自《诗经·小雅·巧言》，是为了说明"仁"的。从以上七处用典来看，都是为了表现主题并为主题服务的，都是为了使人相信自己所论的内容是"凿凿有凭"的，从而增强文章的说服力。作为考卷，当然是为了引起主考官的注意，从而得到选拔，目的是很明显的。关于这篇考卷的用典，宋代曾流传一段"佳话"：

东坡先生省试《刑赏忠厚之至论》，有云"皋陶为士，将杀人；皋陶曰：'杀之'，三，尧曰：'宥之'，三。"梅圣俞为小试官，得之，以示欧阳公。公曰："此出何书？"圣俞曰："何须出处。"公以为皆偶忘之，然亦大称叹，初欲以为魁，终以此不果。及揭榜，见东坡姓名，始谓圣俞曰："此郎必有所据，更恨吾辈不能记耳。"及谒谢，首问之，东坡亦对曰，"何必出处。"乃与圣俞语合。公赏其豪迈，太息不已。（陆游《老学庵笔记》）

《诚斋诗话》也有类似的记载。于是波及文章评点学界,沈德潜据此在评语中定为"以虚为实案"(见《唐宋八大家古文读本》);吴楚材、吴调侯摘引以上"佳话";李扶九摘引后感叹说:"噫!用杜撰亦使人惊如此,其才何如哉。后遂传为笑谈,则又杜撰中之公案也。名人之语,无不乐传如此"(见《古文笔法百篇》)。其实,《老学庵笔记》《诚斋诗话》所记是不实的。实际上"杀之,三;宥之,三"并非苏轼杜撰,而是有出处的,出自小戴《礼记》中的《文王世子》,记载周公对于公族判刑的仪式:"有司谳于公,其死罪,则曰:'某之罪在大辟。'公曰:'宥之。'有司又曰:'在辟。'公又曰:'宥之。'有司又曰'在辟。'及三宥,不对走出。公又使之追之曰:'虽然,必赦之。'有司对曰:'无及也。'"苏轼在场屋作文,手头无资料可翻阅,将周公与有司的对话误记为皋陶与尧帝的对话,造成张冠李戴的情况,兴许是情有可原的。但笔记小说者流,不识出处,于是加以增饰,造做出这段"佳话",或者是不加考证,随便记下当时的传说来,也未可知,因而闹出笑话来。更令人不解或者说发人深思的是,一些文章评点家也不加考证,凭信那些"笔记"之误,以讹传讹,把实有出处的事情,误说成苏轼随意杜撰了。这种人云亦云的错误,甚至于像沈德潜这样的大学者也不能幸免。由此可见,对于古代"笔记"之类的书籍,不能全信,更不能盲目崇信,以讹传讹,以上几位文章评点家的"以虚为实案"或者"杜撰公案",已经水落石出,真相大白,该是得到纠正的时候了。

四、行云流水,跌宕出新

本文第四自然段,从"可以赏,可以无赏"到"故曰:忠厚之至也",是全文中写得最畅快的段落,是苏轼的得力之笔,至理快论。《古文观止》称赞说:"下乃畅发题旨,得意疾书,如长江大河,一泻千里。"李扶九评说:"公平生为文,如行云流水,行于所当行,止于所不可不止,虽嬉笑怒骂之词,皆可书而诵之。此篇灏气英光溢于简外,入后以'仁'、'义'二字畅论刑赏,于尺幅中具长江、大河之势,尤属千古无匹。当日因疑而抑其不冠多士,未免屈公文矣"(《古文笔法百篇》)。此段文字畅达-淋漓,充分体现了苏轼"行云流水,无不尽意"的文章风格。

这一段文字可从"古者赏不以爵禄"句分开,之前为第一层,之后为第二层。前一层从"仁可过,义不可过"的角度分析"刑赏";第二层接着"又将刑赏振宕一翻,下便一转而入,快利无前"(《古文观止》夹批)。第二层仍然是议论"刑赏",但是角度不同,是从"爵禄"和"刀锯"这个角度来分析"刑赏"的,这样一"叠"从而又"宕"出"爵禄不足以劝,刀锯不足以裁"的新意来。这种笔法叫作"叠宕出新"法。这种笔法的作用是,通过复叠,加深印象,同时从中振宕出新意,使文章得到深入而进一步向前发展。真是一举两得。

细读全文,不仅此处运用"叠宕出新"法,而且这种笔法贯穿了全篇。全文分三大段(共五小段),第一大段写古代(包括尧至周)的刑赏忠厚。可分两小段,第一小段写尧舜至成康盛世的忠厚;第二小段写周衰而忠厚犹存,都是写古代的忠厚,后段是前段的复叠,从而振宕出周衰时《吕刑》忠厚的新意。第二大段立"疑"字为论点论述刑赏忠厚。也分二小段,前段引用书传为论据,论述忠厚,后段在引文的基础上加以发挥,用作者自己的话来论述忠厚,可以说是前段的复叠,从而振宕出"仁可过,义不可过""爵禄不足以劝,刀锯不足以裁"的新意,采用的也是"叠宕出新"法。在第二大段的结尾,用"是故"加以总结,以"故曰"点出"忠厚之至也","文气已完"(《古文观止》夹批),第三段在结构上是结尾,是"馀波",在内容上是前段的复叠,从而振宕出"《春秋》之义",补充说明,"因其褒贬之义以制赏罚",也是(文中用"亦")"忠厚之至也"。明显表示,此处仍然用的是"叠宕出新"法。全文步步"叠",步步"宕",复叠以砸实内容,振宕而出新意,犹如后浪推前浪,波浪滚滚,奔腾而下,而又当止则止,留有"馀波"。文章结构严密而完整,议论深刻而畅达,是一篇做工精细的好文章。

本文虽有引文张冠李戴等纰缪之处,但从文风来说,完全抛弃萎靡绮俪的时文骈句,采用散体,以实际行动支持和推动当时的古文运动,是有胆略、有卓识的。何况这是"场屋之文",深得考官欧公的慧眼赏识,因而沈德潜说这是一篇"三叹文章",他说:"以长公之才,欧文忠之巨眼,而闱中遇合之文,圆熟流美如是,宜后世墨卷不矜高格也,为之三叹"(《唐宋八大家古文读本》)。

留侯论

【题解】

这篇文章是仁宗嘉祐六年,苏轼为答御策而写的一批论策中的一篇。文章开篇立论,提出真正的豪杰之士有过人的度量,见辱则拔剑而起者不足为大勇。然后引出张良效荆轲聂政之举而不死,圯上老人见其勇,又验其能有所忍可成大事,便授兵书与他。第三段用郑伯、勾践之事说明"忍小忿方能就大谋"的道理。最后将刘邦、项羽的忍与不忍,成与败相比,认为高祖能"养其全锋,以待其敝"乃张良所教,从而有力地证实了"忍小忿而就大谋"的观点。刘邦亦曾说:"运筹策帷幄中,决胜千里外,子房功也。"全文文笔纵横捭阖,行文雄辩而有气势,汪洋恣肆,是苏轼史论文中的佳篇。张良字子房,汉高祖刘邦的重要谋士,汉朝建立后,以功封留侯。详见《史记·留侯世家》。

【原文】

古之所谓豪杰之士者,必有过人之节①。人情有所不能忍者,匹夫见辱②,拔剑而起,挺身而斗,此不足为勇也。天下有大勇者,卒然临之而不惊③,无故加之而不怒,此其所挟持者甚大④,而其志甚远也。

夫子房受书于圯上之老人也⑤,其事甚怪。然亦安知其非秦之世有隐君子者出而试之⑥。观其所以微见其意者⑦,皆圣贤相与警戒之义,而世不察,以为鬼物⑧,亦已过矣。且其意不在书⑨。当韩之亡,秦之方盛也,以刀锯鼎镬待天下之士⑩,其平居无罪夷灭者⑪,不可胜数。虽有贲、育⑫,无所复施⑬。夫持法太急者,其锋不可犯,而其势未可乘。子房不忍忿忿之心,以匹夫之力,而逞于一击之间⑭。当此之时,子房之不死者,其间不能容发⑮,盖亦已危矣!千金之子,不死于盗贼⑯,何者?其身之可爱,而盗贼之不足以死也⑰。子房以盖世之才,不为伊尹、太公之谋⑱,而特为荆轲、聂政之计⑲,以侥幸于不死,此圯上老人之所为深惜者也。是故倨傲鲜腆而深折之⑳,彼其能有所忍也,然后可以就大事。故曰:"孺子可教也。"

楚庄王伐郑,郑伯肉袒牵羊以迎㉑。庄王曰:"其主能下人,必能信用其民矣。"

13

遂舍之。勾践之困于会稽,而归臣妾于吴者,三年而不倦㉒。且夫有报人之志,而不能下人者,是匹夫之刚也。夫老人者,以为子房才有余而忧其度量之不足,故深折其少年刚锐之气,使之忍小忿而就大谋。何则?非有平生之素㉓,卒然相遇于草野之间,而命以仆妾之役㉔,油然而不怪者㉕,此固秦皇帝之所不能惊,而项籍之所不能怒也㉖。

观夫高祖之所以胜,而项籍之所以败者,在能忍与不能忍之间而已矣。项籍惟不能忍,是以百战百胜,而轻用其锋。高祖忍之,养其全锋,以待其敝㉗,此子房教之也。当淮阴破齐而欲自王㉘,高祖发怒,见于辞色。由此观之,犹有刚强不忍之气,非子房其谁全之?

太史公疑子房,以为魁梧奇伟,而其状貌乃如妇人女子,不称其志气㉙。呜呼,此其所以为子房欤㉚!

【注释】

①过人之节:超过一般人的度量。

②匹夫见辱:一般人受到侮辱。

③卒然:突然。 卒:同"猝"。

④所挟持者甚大:意谓有非凡的抱负。 挟持:指抱负。

⑤子房受书于圯上老人:圯上老人指黄石公,他在圯上反复考验张良,见张良能有所忍,然后将《太公兵法》一书授予他。事见《史记·留侯世家》。 圯:桥。《说文》:"圯,东楚谓桥。"

⑥隐君子:隐居的高士。指圯上老人。

⑦微见其意:略微显现他的用意。 见:同"现"。 其:代黄石公。

⑧以为鬼物:王充《论衡·自然》:"张良游泗水之上,遇黄石公,授太公书。盖天佐汉诛秦,故命令神石为鬼书授人,……黄石授书,亦汉且兴之象也。妖气为鬼,鬼象人形,自然之道,非或为之也。"

⑨其意不在书:圯上老人的意思不在授张良之书。

⑩刀锯鼎镬:古代残酷的刑具。 鼎:古代烹煮用的器物,三足两耳。镬:古代一种大锅。

⑪平居无罪夷灭者:平白无故遭到杀害的。

⑫贲、育:孟贲、夏育,皆为战国时著名勇士。

⑬无所复施:得不到实施反抗行动的地方。

⑭一击:指张良在博浪沙狙击秦始皇事,见《史记·留侯世家》。

⑮其间不能容发:其间容不下一根头发,极言情势危急。

⑯千金之子,不死于盗贼:高贵的人不死于不值得死的地方。语出《史记·越王勾践世家》:"朱公曰:吾闻千金之子,不死于市。"

⑰不足以死:不值得因之而死。

⑱伊尹、太公之谋:安邦定国之谋。伊尹辅佐汤建立商朝,吕尚(即太公望)是周武王的开国大臣。

⑲荆轲、聂政之计:指行刺之策。荆轲、聂政皆为战国时著名刺客,荆轲刺秦王未成被杀,聂政为韩卿严遂刺杀朝相韩傀。

⑳倨傲鲜腆:高傲无礼的姿态和言辞。鲜:少。　　腆:厚。　　深折之:狠狠地折辱他。

㉑郑伯肉袒牵羊以迎:春秋时楚庄王伐郑,郑襄公袒衣露体牵羊而迎,表示谢罪屈服。事见《左传·宣公十二年》。

㉒勾践之困于会稽,而归臣妾于吴者,三年而不倦:指春秋时越国国王勾践被吴国打败后,和妻子一同在吴国为吴王做了三年奴仆,卧薪尝胆,终于复国报仇。

会稽:今浙江绍兴市。

㉓平生之素:指平时有交往。

㉔仆妾之役:奴仆干的活,指"取履"事。

㉕油然:自然而然,顺从。

㉖项籍:指项羽,灭秦后为西楚霸王。

㉗高祖忍之,养其全锋,以待其敝:指汉高祖在强大的楚军面前,常采用守势,以保存实力,以待楚军自败。见《史记·高祖本纪》。

㉘淮阴:指淮阴侯韩信。他攻破齐时曾请刘邦封他为齐王,刘邦发怒,张良示意同意他的请求。见《史记·淮阴侯传》。

㉙称:相称,相当。

㉚此其所以为子房:张良志气高远而外表柔弱,这正是张良之所以为张良的独特过人之处。

【集评】

宋吕祖谦《古文关键》卷二:格制好。先说忍与不忍之规模,方说子房受书之事。其意在不忍,此老人所以深惜,命以仆妾之役,使之忍小耻而就大谋,故其后辅佐高祖,亦使之有成。一篇纲目在"忍"字。

明杨慎(《三苏文范》卷七引):东坡文如长江大河,一泻千里,至其浑浩流转、曲折变化之妙,则无复可以名状,而尤长于陈述叙事。留侯一论,其立论超卓如此。

明钱文登《苏长公合作》卷六:一意反复到底,中间生枝生叶,愈出愈奇。

明茅坤《唐宋八大家文钞·东坡文钞》卷一百三十：此文只是一意反覆，滚滚议论，然子瞻胸中见解亦本黄老来也。

明王慎中《唐宋八大家文钞·苏文忠公文钞》卷八：此文若断若续，变幻不羁，曲尽文家操纵之妙。

清金圣叹《天下才子必读书》卷十四：此文得意在"且其意不在书"一句起，掀翻尽变，如广陵秋涛之排空而起也。

清吴楚材、吴调侯《古文观止》卷十：人皆以受书为奇事，此文得意在"且其意不在书"，一句撒开，擎定"忍"字发议。滔滔如长江大河，而浑浩流转、变化曲折之妙，则纯以神行乎其间。

清储欣《唐宋十大家全集录·东坡全集录》卷二：博浪沙击秦，一事也；圯桥进履，又一事也。于绝不相蒙处连而合之，可以开拓才古之心胸。

清储欣《唐宋八大家类选》卷五：击秦纳履，串两事如贯珠。子房不能忍，老人教之能忍；子房又教高祖能忍，文至此，真如独茧抽丝。

清张伯行《唐宋八大家文钞·苏文忠公文》卷八：论子房生平以能忍为高，却从老人授书、桥下取履一节说入，乃是无中生有之法。其大旨则本于老子柔胜刚、弱胜强意思，非圣贤正经道理。但古来英雄才略之士，多用此术以制人。学者若喜此等议论，其渐有流于顽钝无耻而不自知者。故韩信之受辱胯下，师德之唾面自干，要其心术皆不可问也。

清圣祖玄烨（《唐宋文醇》引）：以"忍"字作骨，而出以快笔。岂子瞻胸中先有此一段议论，乃因留侯而发之耶？

清刘大櫆（《古文辞类纂评注》卷四引）：忽出忽入，忽主忽宾，忽浅忽深，忽断忽接。而纳履一事，止随文势带出，更不正讲，尤为神妙。

清沈德潜《唐宋八大家文读本》卷二十一："其意不在书"一语，空际掀翻，如海上潮来，银山蹴起。

【鉴赏】

嘉祐六年（公元 1061 年），苏轼二十六岁，在京城经欧阳修推荐参加制科考试，最后仁宗在崇政殿御试，轼入第三等（宋开国以来，入三等者只有吴育和苏轼两人）。试前，苏轼献《进策》《进论》各二十五篇，系统地提出了自己的政治主张，本文是《进论》的第十九篇。后来将这五十篇文章编为《应诏集》十卷，本文在第九卷。

留侯，指张良、字子房。五世相韩，韩为秦灭，寻欲复仇，破家散金，求得力士沧海，椎击始皇于博浪沙中，误中副车，始王大索天下十日，弗获，良匿迹下邳。后佐高祖定天下,辞官归隐,从赤松子游。《史记》有《留侯世家》。良为高祖刘邦的重要谋士。高祖平定天下,大封功臣,而良无战功。刘邦说:"运筹策帷幄中,决胜千里外,子房功也,自择齐三万户"。良辞不受,后封为"留侯"。留,城名,在今徐州市。

本文是一篇进献给皇帝的史论,目的在于应试求官,向考官和皇帝显示才华,所以写作时很用力,是苏轼青年时代的重要作品之一。其主要特点有以下几个方面:

一、总冒开头,一字立骨

本文第一段虚笔泛写,就一般情况来说,古代的"豪杰之士",一定有过人的节操,可分两种,一种是"不能忍者",貌似英勇而非勇;另一种是"能忍者",遇事不惊、不怒而胸怀大志,才是"大勇者"。其关键在一个"忍"字,作者以"忍"字立论,并以忍字贯穿全篇,全文围绕"忍"字议论,"忍",是全文的骨架,这种笔法,叫作"一字立骨"法。这一段虽未提及留侯,但留侯能忍的特点已在虚笔泛写中提出,并且立为论点,总领全文,所以高步瀛总结本段的段意为:"以上总括通篇大意,前人谓之总冒,宋人作论多喜用之"(《唐宋文举要》)。

二、选材典型,翻出新意

文题是《留侯论》,留侯一生事迹很多,可论者不少,作为一篇史论,不可能面面俱到,必须有重点、有所侧重地选择材料,其原则是紧紧围绕题旨"忍"字。作者在留侯一生丰富的材料中,只选取了两件最能体现留侯能"忍"的典型材料,一是圮上老人授书教"忍",一是留侯佐高祖定天下并教之以"忍"。前者是留侯之"忍"的来源,即"得忍",后者是留侯之"忍"的历史作用,即"用忍";正如沈德潜所说:"老人教子房以能忍,是正义,子房又教高祖能忍,是馀意,作文必如此推论"(《唐宋八大家古文读本》)。

先说"留侯得忍"。本文的第二段,可分两层,第一层开头就说:"夫子房授书于圯上之老人也,其事甚圣。"劈头直指司马迁。因为他在《史记·留侯世家》中说:"学者多言无鬼神,然言有物,至如留侯所见老人予书,亦可怪矣!"自司马迁之后,"黄石公赐书张良"的故事,一直蒙上一层神怪的色彩,而苏轼敢于向大史学家司马迁挑战,就古事以翻出新意。下文笔锋一转,说:"然亦安知其非秦之世有隐君子者出而试之,观其所以微见其意者,皆在贤相与警戒之义。而世人不察,以为鬼物,亦已过矣。"用一"然"字加以转折,指出黄石公并非"鬼怪",而是人,是"秦之世有隐君子者",从人事上对"圯上授书"加以合乎情理的解释,从而否定司马迁的"神怪论",是很有见识的。高步瀛说:"此意亦可成一篇妙文,而子瞻数语掀过,以下更开妙境,其才力高人数倍"(《唐宋文举要》)。接着苏轼用一过渡句"且其意不在书"承上启下,总结第一层,引出下一层更高的议论来,司马迁及其以后众多的学者,大多认为黄石公意在授书,即传授《太公兵法》,张良熟读兵法,才能"运筹帷幄",佐高祖以平定天下。苏轼一语否定了这种看法,更进一步翻出新意:"且其意不在书。"如果说苏轼能从人事上解释黄石公授书,表现了他有"卓识",那么,苏轼"其意不在书"的新意,更能表现出他的才力"高人数倍"了。这一关键性的句子可以说是"文眼",作用在于为下一层"老人教忍"这个"文心"张目。试想,"其意不在书",那么在于什么呢?下一层回答了这个问题:"是故倨傲鲜腆而深折之,彼其能有所忍也,然后可以就大事,故曰:'孺子可教也。'"倨傲,指态度骄傲轻慢。鲜腆,没有礼貌的样子。折,折服,屈辱。"倨傲鲜腆而深折之",是指圯上老人对待张良的态度傲慢无礼,例如命令张良到圯下拾履,甚而至于命张良给他穿鞋子,还让张良三次来见,方授予书。这种奇辱是常人所难以忍受的,而张良忍受了。老人这样做的目的,正如第三段中所说:"故深折其少年刚锐之气,使之忍小忿而就大谋。"可见第二大段末尾这几句话,是承上启下的过渡句,解上文,启下段,正是全篇"文心"所在。

下面再说"留侯用忍"。

作者在本文第四段中说:"高祖忍之,养其全锋,而待其毙,此子房教之也。"高祖以忍平天下,其"忍"源于子房,全是"子房教之"的结果,表明"子房用忍"的巨大历史作用。真是一语破的,涣然冰释,真相大白而文意归一,即归之于一个"忍"字,沈德潜说这种笔法是"一语归锁"法(见《唐宋八大家古文读本》)。此外,这里写子房用忍以教高祖,还不够具体,应举例说明。实际上,这方面的事例很多,不可能都写出来,只有选取典型的,有代表性,说服力强的事例,才能说明问题。这里,作者在众多的事例中,只选择了一个事例:"当淮阴(指韩信)破齐而欲自王,高祖发怒,见于词色,由此观之,犹有刚强不忍之气,非子房其谁全之?"这一事例详见《史记·淮阴侯列传》:韩信拜帅,领兵在外,平定齐地后,派人向刘邦请封假齐王。刘邦十分气恼,破口怒骂,子房在旁边暗暗踩他的脚,又附耳低语:"汉方不利,宁能禁信之王乎? 不如因而立,善遇之,使自为守,不然生变。"刘邦醒悟了,忍怒封韩信为真"齐王",这才免除了一场兵变。在这关键时刻,正是子房教之以忍,成全了他。苏轼仅以此一例,即显示巨大说服力。

总之,本文善于选材,并且能从古事翻出新意,提出自己独到新颖的见解,文贵于新。这是本文的一大特点。

三、比喻形象,急脉缓受

在比较抽象的议论文中,加以生动形象的比喻,是使论文生动具体的一个行之有效的技法。本文中比喻不多,这里只谈两个。一个是当作者写到子房"逞于一击之间"而被搜捕时,用了这样一个比喻:"当此之时,子房之不死者,其间不能容发,盖亦已危矣!"连一根头发丝都不能相容,比喻境况十分危险和紧急。在这紧急的气氛中,作者不能再使文章继续发展,于是采用了另一个比喻,加以穿插,使气氛缓和下来:"千金之子,不能死于盗贼。何者? 其身之可爱,而盗贼不足以死也。"用"千金之子"(富家子弟,指高贵的人)不能死在盗贼手里,来比喻子房不能愤而走险以轻死,应当能"忍"。在这个比喻旁边,汪武曹的夹批是:"著此譬喻,是急脉缓受法"(见《唐宋文举要》),指出了这个比喻在文中的作用,并且认为这种笔法,是"急脉缓受"。

四、对比衬托,烘云托月

对比,是互相比较,通过比较,各自的特点就会显得更鲜明。衬托,是在比喻的基础上,一方衬托另一方,效果是使被衬托一方的特征更加突出。一般来说衬托的一方是陪衬,是次要的,被衬托的一方是主要的。常言道:"烘云托月""好花还要绿叶扶",说的就是衬托。一般分为正衬和反衬两种,同类的事物从正面陪衬,是正衬;相反或相对的事物从反面陪衬,是反衬。苏轼的散文,是善于使用这种方法的。

本文第一段,不能忍的豪杰之士和能忍的豪杰之士,并比而出,是对比,而且也带有"反衬"的性质。第三段写郑伯肉袒牵牛和勾践卧薪尝胆,是"引忍而成事者作衬",从正面衬托"子房之能忍,见其为天下勇"(李扶九《古文笔法百篇》)。这是正衬。第四段首句"观夫高祖之所以胜,而项籍之所以败者,在能忍不能忍之间而已矣"。汪武曹夹批:"以项籍之不能忍,衬高祖之能忍"(《唐宋文举要》)。这是反衬。第五段以子房状貌乃如妇人女子,反衬子房能忍而大勇以及志气非凡的大丈夫气概,表明不能"以貌取人",这正是"反衬"手法的作用。

五、结构严密，文笔曲折

本文可分五段。第一段以虚笔泛写豪杰之士的忍与不忍，以"忍"立论，是全篇文章的骨架，从而总冒全文。其余四段以实笔具体写留侯子房之"忍"，围绕"忍"字展开论证。第二段写子房得忍。先写圯上老人授书，而又意不在书，在于教子房能忍，文笔曲折，富于变化。第三段，写郑伯、越王忍而成事的史实，从正面衬托子房能忍。文笔弯曲之后而又归于正题。第四段，写子房用忍，表明能忍的历史作用。第五段，写不能以貌取人。末段虽说是"又出一意"，但"与'忍'字能相关"，并不离题。实际上，末段用子房的"状貌"反衬子房能忍的胸怀，不仅不离题，也不仅仅是与题"能相关"，而且是从另一角度深刻地表现了主题，对上文说，是"锦上添花"，也可以说是全文极尽曲折变化之后的"余波"。末句含蓄，余味无穷。以上五段，连缀成文，结构严密，而文笔曲折，滔滔如长江大河，浑浩流转，正如王遵若所说："此文若断若续，变幻不羁，曲尽文家操纵之妙"（见《唐宋文举要》）。

本文在思想内容方面也有不成熟、不全面，甚至错误的地方，譬如把刘、项的成败的关键说成是"忍"；又说"忍"是留侯品德节操的主要甚至唯一特点，而这特点经老人一次指教即能形成等等，都带有片面性，这是时代的局限，我们不能苛求于古人。

贾谊论

【题解】

此为翻案文章,乃苏轼嘉祐五年(公元 1060 年)应仁宗诏求直言之士所上《进论》二十五篇之一。人皆云汉文帝不能用贾谊,苏轼独谓贾谊不能用汉文帝。开篇一起而断案,立出论点;然后一放而申说,摆出论据。围绕"待"与"忍",举出得君之勤、惜君之厚、爱身之至的三个例证,反扣贾谊虽得君以勤,而不能惜君以厚,爱身以至,则其不能自用之论断水到渠成。接着,就当时情势指出贾谊一不善自固,二不善处穷,故志大量小,才高识浅,至此,再次收住论点。文末则网开一面,笔锋一转,论人君亦当惜才,既补足论点,又使文章别有余意,极尽含蓄吞吐之能事。

此文虽未必尽悉故实,但能翻空入奇,而奇之入情,翻之合理,又一波三折,优游有余。人谓苏文说理多有未确,惟工于博辩,屈出不穷而自圆其说,但此文绝非《韩愈论》《范增论》之类也;其虽纵横家本色,而苏(秦)、张(仪)望尘莫及,不愧苏文中之力作妙篇!

【原文】

非才之难,所以自用者实难。惜乎贾生①王者之佐,而不能自用其才也。

夫君子之所取者远,则必有所待;所就者大,则必有所忍。古之贤人,皆有可致之才,而卒不能行其万一者,未必皆其时君之罪,或者其自取也。

愚观贾生之论,如其所言,虽三代②何以远过。得君如汉文,犹且以不用死。然则是天下无尧舜,终不可以有所为耶?仲尼圣人,历试于天下。苟非大无道之国,皆欲勉强扶持,庶几一日得行其道。将之荆③,先之以子夏,申④之以冉有。君子之欲得其君,如此其勤也。孟子去齐,三宿而后出昼⑤,犹曰:"王其庶几召我。"君子之不忍弃其君,如此其厚也。公孙丑问曰:"夫子何为不豫⑥?"孟子曰:"方今天下,舍我其谁哉?而吾何为不豫?"君子之爱其身,如此其至也。夫如此而不用,然后知天下之果不足与有为,而可以无憾矣。若贾生者,非汉文之不用生,生之不能用汉文也。

夫绛侯⑦亲握天子玺而授之文帝,灌婴⑧连兵数十万,以决刘、吕之雄雌,又皆高帝之旧将。此其君臣相得之分,岂特父子骨肉手足哉。贾生,洛阳之少年,欲使其一朝之间,尽弃其旧而谋其新,亦已难矣。为贾生者,上得其君,下得其大臣,如绛、灌之属,优游浸渍⑨而深交之,使天子不疑,大臣不忌,然后举天下而惟吾之所欲为,不过十年,可以得志。安有立谈之间,而遽为人痛哭哉?观其过湘,为赋以吊屈原,悲郁愤闷,趯然⑩有远举⑪之志。其后卒以自伤哭泣,至于夭绝。是亦不善处穷者也。夫谋之一不见用,安知终不复用也?不知默默以待其变,而自残至此。呜呼,贾生志大而量小,才有余而识不足也。

古之人有高世之才,必有遗俗之累。是故非聪明睿哲不惑之主,则不能全其用。古今称苻坚得王猛于草茅之中,一朝尽斥去其旧臣,而与之谋。彼其匹夫略有天下之半,以此哉!

愚深悲贾生之志,故备论之。亦使人君得如贾谊之臣,则知其有狷介之操⑫,一不见用,则忧伤病沮,不能复振;而为贾生者,亦慎其所发哉⑬。

【注释】

①生:古代儒者称为"生"。贾生,即贾谊(前200~前168),洛阳(今河南洛阳东)人。二十多岁,以河南太守吴公荐,文帝召为博士,不久升任太中大夫。帝欲用为公卿,绛侯、灌婴等尽短之,帝于是疏谊,出为长沙王太傅。渡湘水,作赋吊屈原,自喻不得志。后召对宣室,拜为梁怀王太傅,因上《治安策》,帝虽纳其言而终不见用。梁怀王堕马死,谊自伤"为傅无状",哭泣岁余,亦死。

②三代:夏、商、周三代。

③荆:楚。因境内有荆山,故名。(见《礼记·檀公上》)

④申:继。

⑤昼:齐邑名,今山东省淄博市临淄县西北。事见《孟子·公孙丑下》。

⑥豫:高兴。事见《孟子·公孙丑下》。"公孙丑"当为"充虞"。

⑦绛侯:即周勃,沛人,汉初封为绛侯。汉文帝初封为王,孝惠帝薨,无嗣,大臣迎立代王刘桓,始至渭桥,太尉周勃跪上天子符玺。

⑧灌婴:睢阳(今河南商丘)人,封颍阴侯。与周勃平诸吕,立文帝。

⑨浸渍:逐渐渗透。

⑩趯:飘然远引貌,此指努力超脱。

⑪远举:高飞,此指隐退。

⑫狷介:孤高,洁身自好。

⑬所发:所作所为,引申为为人处世。

明唐顺之(《苏文忠公文钞》卷十四引)：不能深交绛、灌，不知默默自待，本是两柱子，而文字浑融，不见踪迹。

明王慎中(《苏文忠公文钞》卷十四引)：谓贾生不能用汉文，直是说得贾生倒，而文字翻覆变幻，元限烟波。

明茅坤《苏文忠公文钞》卷十四：细观此文，子瞻高于贾生一格。

明王世贞《读书后》卷一：吾未尝不服苏氏论人之当，揳事之长，而叹贾生之无辞以自解。其后得班史之所著传而读之，然后知苏氏之工于揳事，急于持论，而不尽悉故实也。夫贾生

之始，建议改正朔、易服色、制官员、兴礼乐，因非绛、灌之所喜，而实亦非绛、灌所深恶也。其所深恶者，在遣功臣列侯就国而已。故假以纷更之罪而谮之帝，帝亦因其谮而姑出谊以慰安之，且欲老其材而后用之耳，非果于弃谊也。何以知其然也？诸王太傅在王相下，与郡守等，自太中大夫而出不为左，特以长沙卑湿，且一异姓贫弱之王，其迹似弃耳。亡何而召见宣室，自以为弗如而徙傅梁，梁，大国也，梁王爱子也，谊不死，即入而九卿矣。故曰帝非果于弃谊也。谊亦非悲郁侘傺而至死者。何以知其然也？吊屈之辞，虽若以自拟，而实讥其不能自引而高逝；赋鹏之辞，虽若以自吊，而实归之知命而不忧；其所上《治安策》，有可为痛哭长叹息者，盖在召对宣室与傅梁之后也，所谓立谈之间而为人痛哭者，岂实录哉？且贾生之自伤在为傅无状，且哭泣以悲梁王之堕马而死，非以不用也。寿天有命，生之天，焉知非其命之尽，而归之自伤，又归之不用，宁非冤哉？史既称绛、灌之属恶之，而绛侯之就国，以一言告讦而逮系，谊以待大医之礼风之，而上遂幡然改，谊不绛侯之怨是修，而修国礼，抑何厚也！刘向所以深惜之，而轼之不知也。夫谊死而文帝次第用其言，谊虽天，不为不用也。吾故

曰：苏氏之工于揆事，急于持论，而不尽悉故实者，此也。

清储欣《唐宋十大家全集录》之《东坡先生全集录》卷二：子瞻于韩、富、欧阳、周旋无失，得渐渍深交之道矣。绍圣以后，窜逐万里，仅仅一子自随，而读书养性，不弃其材，殆如鉴前车而免于覆者。

清浦起龙《古文眉诠》卷六十六：惜其不善用才，正是深于惜才。读此文须将贾生当作前身看。间世一吂，旷世相感，所以辗转惜之，神味绵邈如此。

清马位《秋窗随笔》子瞻《贾谊论》云："为贾生者，上得其君，下得其大臣如绛、灌之属，优游浸渍而深交之；使天子不疑，大臣不忌，然后举天下而唯吾之所欲为，不过十年，可以得志。"此乃奸雄作用，非圣贤学问。古之人汲汲行道，不合则去，无深谋机术若此。如举天下而为所欲为，直战国苏秦、张仪、商鞅之徒耳。至于谊之立谈痛哭，未免少年刬锐激烈处，所谓"谋之一不见用，安知终不复用也？不知默默以待其变，而自残至此。"方合圣人待价而沽之意。"呜呼！贾生志大而量小，才有余而识不足"，岂非确论也哉！

清吴楚材、吴调侯《古文观止》卷十：贾生有用世之才，卒废死于好贤之主。其病原欲疏间绛、灌旧臣，而为之痛哭。故自取疏废如此。所谓不能谨其所发也。末以苻坚用王猛，责人君以全贾生之才，更有不尽之意。

清高嵣《唐宋八家钞》卷七：三层断制，意实相承，一步紧一步。能待能忍，起处立柱，以下照此发挥，直是说得贾生倒。然惜其不善用才，正是深于惜才，责备中无限惋伤。

[日]吉田利行《评注唐宋八大家文读本》卷二十一：中间实还出用汉文处，是苏氏经纬。责备中语语惋惜，笔力高绝。读此文，须知言外有汉文负生之意。（按：此评当出沈德潜之笔。）

清张伯行（《唐宋八大家文钞》引）："贾生志大而量小，才有余而识不足。"断得甚确，足以服贾生之心。其行文爽快遒逸，学者读之，则手腕自然灵妙。但中间代贾生打算一段，却欲其深交绛、灌，使不疑忌，十年便可得志，则是权诈作用，并将上面所引孔孟皇皇救世之心，都错看入此途去也。此正最坏人心处。读者勿徒爱其文，而忘其理之不正也。

清姚鼐（《古文辞类纂》卷四引）：亦自有见，但贾生陈治安之策，乃召自长沙，独对宣室，傅梁王后事，子瞻乃云："安有立谈之间而遽为人痛哭"，未免卤莽耳。

清刘大櫆（《古文辞类纂》卷四引）：长公笔有仙气，故文极纵荡变化，而落韵甚轻。

【鉴赏】

贾谊(前201~前169),西汉洛阳人,自幼聪明过人,博览群书,十八岁就才学出众,闻名于世。二十岁时,经吴廷尉的推荐,文帝召见。贾谊对答如流,议论精辟,深得文帝喜爱,立即任命为博士,不久又擢升为太中大夫。文帝本想委以重任,但遭到老臣周勃、灌婴的反对,被贬为长沙王太傅。贾谊过湘水,作《吊屈原赋》,悲屈原被贬逐,伤其怀才不遇。四年后,改任文帝爱子梁怀王太傅。后因怀王坠马而死,贾谊负疚痛哭,不久竟郁闷司悲伤而死,年仅三十三岁。贾谊短暂的一生,留下了不少著名的政论文和文学作品,不失为一名才华横溢的政论家和文学家。苏轼自幼就很喜欢贾谊的文章,佩服他的才学,在苏轼文章中不难见到贾谊的影响。苏轼青年时代就名震京师,奋厉有当世之志,但屡遭贬谪,始终没有得到重用,同贾谊的境遇极为相似。本文明论贾谊,责其才大量小,不能自用其才,其实是以贾谊的教训而自勉,告诫自己要度量大,要忍耐和等待,期望君王总有一天能重用自己,以施展才能,实现自己忠君报国、建功立业的志愿。这大概就是苏轼要写这篇《贾谊论》的目的之所在。

苏轼从自身的感受出发,总结了无数类似贾谊的人的数训,得出一个结论:"非才之难,所以自用者实难。"并非人才难得,而是自己如何得以把才能发挥出来才是最难。这是郁积在苏轼心中很久就想说出来的话。它包含着自己无限苦闷和辛酸,也包括为贾谊不幸的痛惜。"惜乎!贾生王者之佐,而不能自用其才也。"贾谊有辅佐君王的才能,却不能使它发挥出来,实在太可惜了!这两句,先虚后实,语意深沉,感情强烈,道出了本文的主旨。为什么说贾谊的不幸是"不能自用其才"呢?没有充分的理由是难以令人信服的。文章由强烈的惋惜,转而进入舒缓的说理。"夫君子之所取者远,则必有所待;所就者大,则必有所忍。"君子有远大的抱负,就应该忍耐和等待,不能有急于求成的思想。这句话本来是一个意思,却故意用对偶的句式分开来说,似乎怕别人忽略了,借此引起读者的重视,强调等和忍的重要性,又以"古之贤人"为例,说明许多古代贤人很有才能,而始终不能发挥其万一,不一定是当时君王的责任,多数是由于自己不能忍和等的缘故,由贾谊引申到古贤人,由"不能自用其才"引申到"责由自取"。说明才能不能施展往往在己而不在君。这就为下文的结论埋下一个伏笔。文章从贾谊写到古贤人,又从古贤人再写到贾谊,由此及彼,由彼及此,曲折回环,收放自如。"愚观贾生之论,如其所言,虽三代何以远过?"是对贾谊政治才能的称赞。"得君如汉文,犹且以不用死。"是对贾生不能自用其才的批评。下文用反问的笔法说,"然则是天下无尧舜,终不可有所为耶?"这一反问使语势昂扬,语意含蓄,正面的含义不言自明:不,是贾生自取也。又一次暗中点明文章的主旨。针对贾生不能忍、不能等而自取不幸，作者举孔子欲得其君，孟子不弃其君、自爱其身的事例，说明贾谊在这三个方面都做得很不够，远非圣贤可比，从而得出结论："非汉文不能用生，生之不能用汉文也。"题旨由"不能自用"引申为"未必皆其时君之罪，或者其自取也。"再引申为"非汉文不能用生，生之不能用汉文也。"逐层推移，越论越具体，把贾生不能自用其才这个论点论述得十分深透，令人信服。这是写贾谊不能自用其才的一个方面，即生不能用汉文，也就是上不能得其君。下文是写贾生"不善处穷"，和旧臣没有搞好关系，下不能得其大臣。从"绛侯亲握天子玺而授之文帝"到"亦已难矣"，是用对比的方法说明周勃和灌婴功高权大，与文帝关系非同一般，贾生仅仅是洛阳一少年，哪能在短时间就能让文帝改变态度，"弃其旧而谋其新"呢？这一对比，前者详细，后者简略。用"亲握天子玺而授之文帝"，形容绛侯的功高；用"连兵十万，以决刘吕之雌雄，"形容灌婴的势大；用"岂特父子骨肉手足哉？"形容文帝和旧臣的特殊关系。只用"洛阳之少年"五个字形容贾生地位低微。前后形成极为悬殊的鲜明对比。违背客观的现实。主观地期望"弃其旧而谋其新"，那必然是很难达到目的的。从"为贾生者"到"可以得志"，是说贾生应该怎样做才能自用其才。"上得其君"是总结前文，即应该像孔子、孟子那样。"下得其大臣"，又应该怎样呢？"如绛灌之属，优游浸渍而深交之"，即对周勃、灌婴这类功臣，要用慢慢渗透的方法和他们交朋友，让他们了解自己，喜欢自己。分述之后，又总结起来说："使天子不疑，大臣不忌。"然后按自己的主张施展治国的宏图，用不了十年就可以得志了。用世俗的话来说，就是要先搞好人事关系，才能办事无阻。"安有立谈之间，而遽为人痛哭哉！"这是引用贾谊自己的文章来责备贾谊太性急，缺乏耐心，不能等和忍。贾谊《治安策序》："臣窃惟事势，可为痛哭者一，可为流涕者二，可为长太息者六。"苏轼仅用其好哭、好激动的意思，并非对这篇文章有所指摘。从"观其过湘为赋以吊屈原"到"而自残至此。"是批评贾谊"不善处穷"。穷是指处境困难，遭遇坎坷，是说人在遇到不幸时要洁身自爱，耐心等待机会，切不可自残。贾谊的悲剧正是他"不善处穷"，不知自爱其身而造成的。"呜呼！贾生志大而量小，才有余而识不足也。""呜呼"这一惋叹之词，是苏轼对贾谊的不幸表示悲痛，最后用一个对偶句，对贾谊做了一个一分为二的评语。既肯定他的优点，志大才有余；也指出不足之处，量小而识不足。这正是贾谊不能自用其才的根本原因。同本文主旨紧相印证。上文是论贾谊不能自用其才，下面是以贾谊的不幸去劝说君王。"古之人，有高士之才，必有遗世之累，是故非聪明睿智不惑之主，则不能全其用。"是说古代有非凡才能的人，往往都有一些不合时宜的缺点，所以不是贤明的君主，就不能很好地使用他们。这是泛指，是

虚写。接着用秦王符坚任用王猛而使秦强的实例来劝告人君,要敢于破格使用贤才,对国家是有益而无害的。到此文章一收,又回到论贾谊上,说明自己写这篇文章的目的:一是劝说人君遇到贾谊这样人才,要大胆使用,不要错过时机。二是劝诫贾生式的人,要自爱其身,要善于自用其才。

本文在写作方法上,有几点值得注意的地方:一、论点逐层推进。由"不能自用其才"引申为"或者其自取也",再引申为"生之不能用汉文也"。后者并非分论点,而是论点的延伸形态。形式虽然变了,但实际上还是指"不能自用其才"。只是论述的角度有所变化,一个比一个的含义更具体,论述一步比一步更深入。阳光通过分光镜折射出来,就会变成七个颜色。一个论点从不同角度去论证,就会出现不同的延伸形态,这在论文中是比较少见的,富有创新特色。二、虚实结合。如文章的开头,"非才之难,所以自用者实难",是写虚,"惜乎!贾生王者之佐,而不能自用其才也。"是写实。虚与实相辅相成,互为印证,使虚有所依,实有提高,相得益彰。三、对比中详略处理巧妙。如写绛侯灌婴和贾谊的对比,前者用了较多的描写,极言其功高势大,同文帝的关系非同一般。后者仅用"洛阳之少年"五个字。由于详略处理得巧妙,二者的对比也就非常鲜明了。

晁错论

【题解】

据王文诰《苏诗编注集成总案》;嘉祐五年(公元 1060 年)年底,朝廷诏求直言之士,礼部侍郎兼翰林学士欧阳修以"才识兼茂"推荐苏轼,舍人知谏院杨畋以苏轼《进策》《进论》各二十五篇献上。第二年八月二十五日,仁宗御崇政殿试所举贤良方正、直言极谏策问,苏轼对策入最高等级——第三等,除大理评事。本文为《进论》之一。

此论貌似晁错得失及取死之由的专论,实则借题发挥;开篇非仅一铺垫、引子、冒头而已。论晁错先发难而不能收难,咎由自取,非因袁盎以旧怨"行于其间",更非削藩有何责任;这都是借错为影,资以发挥"古之立大事者,不惟有超世之才,亦必有坚韧不拔之志"这个与当时政治有关的意见。仅以之为"晁错论"者,见识未免短浅。

【原文】

天下之患,最不可为者,名为治平无事①,而其实有不测之忧。坐观其变,而不为之所②,则恐至于不可救。起而强为之,则天下狃③于治平之安,而不吾信。唯仁人君子豪杰之士,为能出身为天下犯大难,以求成大功。此固非勉强期月④之间,而苟以求名者之所能也。天下治平,无故而发大难之端。吾发之,吾能收之,然后有辞于天下。事至而循循焉⑤欲去⑥之,使他人任其责。则天下之祸必集于我。

昔者晁错尽忠为汉,谋弱山东之诸侯⑦。山东诸侯并起,以诛错为名。而天子不察,以错为说⑧。天下悲错之以尽忠而受祸,而不知错之有以取之也⑨。

古之立大事者,不唯有超世之才,亦必有坚忍不拔之志。昔禹之治水,凿龙门⑩、决大河,而放之海。方其功之未成也,盖亦有溃冒冲突⑪可畏之患。唯能前知其当然⑫,事至不惧,而徐为之图,是以得至于成功。

夫以七国之强而骤削之,其为变岂足怪哉?错不于此时捐其身⑬,为天下当大难之冲⑭,而制吴、楚之命,乃为自全之计,欲使天子自将而己居守。且夫发七国之

28

难者谁乎？己欲求其名，安所逃其患？以自将之至危，与居守之至安，己为难首^⑮，择其至安，而遗^⑯天子以其至危，此忠臣义士所以愤惋而不平者也。当此之时，虽无袁盎^⑰，错亦不免于祸。何者？己欲居守，而使人主自将，以情而言，天子固已难之^⑱矣。而重违其议^⑲，是以袁盎之说，得行于其间^⑳。使吴、楚反，错以身任其危，日夜淬砺^㉑，东向而待之，使不至于累其君，则天子将恃之以为无恐，虽有百袁盎，可得而间^㉒哉？

嗟夫，世之君子，欲求非常之功，则无务为自全之计。使错自将而击吴、楚，未必无功。唯其欲自固其身，而天子不悦，奸臣得以乘其隙。错之所以自全者，乃其所以自祸欤！

【注释】

①这句的意思是：表面太平无事。

②为之所：采取预防措施。　所：这里是处置之意。

③狃：习，习以为常，习而不觉。

④期月：一整年。喻时间短暂。《论语·子路》："期月而已可矣。"邢昺疏："期月，周月也，谓周一年之十二月也。"

⑤循循焉：逡巡，疑惧退缩貌。

⑥去：避开，摆脱。

⑦这句的意思是：建议削弱山东七国诸侯。即吴王濞、胶西王卬、胶东王雄渠、菑川王贤、济南王辟光、楚王戊、赵王遂。　弱：削弱。　山东：崤山或华山以东。七国皆在二山之东。

⑧这句的意思是：汉景帝未觉察到"诛晁错"只是借口，所以杀晁错以取悦诸侯。事见《史记·袁盎晁错列传》。　说，同悦，取悦。

⑨这句的意思是：却不知晁错有咎由自取之处。

⑩龙门：山名。在今陕西韩城市东北，此处黄河两岸峭壁对峙，形如阙门，湍流如箭。相传禹治水开凿龙门。

⑪溃冒冲突：洪水溃决、淹没泛溢。　冒：洪水弥漫。

⑫前知：预见。　当然：必然的局势。

⑬捐其身：意谓以身许国，挺身而出。

⑭冲：要道，要害。

⑮难首：先发难者。

⑯遗：给。

⑰袁盎：(？～前148)，字丝。楚人。曾任齐相、吴相，因与吴王濞有关系，被晁

错告发贬为平民。七国叛乱时，他乘机进谗，谓："今独有斩错，复七国故地，则兵可罢。"景帝遂令斩晁错以悦七国。

⑱难之：以之为难，即不愿出兵，惧怕出征。　　之：出征。

⑲重违其议：难以反对晁错出征的建议。

⑳得行于其间：能乘间而入，得以施行。

㉑淬砺：磨炼，奋勉自强。

㉒间：离间，乘机进谗。

【集评】

宋吕祖谦《古文关键》卷下：此篇前面引入事说景帝虽为治平，有七国之变。此篇体制好，大概作文要渐渐引入来。

宋谢枋得《文章轨范》卷三：此论先立冒头，然后入事，又是一格。老于世故，明于人事，有忧深思远之智，有排难解纷之勇，不特文章之工也。

明茅坤《唐宋八大家文钞》之《苏文忠公文钞》卷十三：于错之不将而为居守处，寻一破绽作议论，却好。错之误，误在以旧有怨于盎，而欲借吴之反以诛之，此所谓自发杀机也。鬼瞰其室矣。何者？以错之学本刑名故也。

清金圣叹《天下才子必读书》卷十四：此是先生破尽身见，独存义勇，而乃抒为妙文。后贤且只学其刀刀见血。

清储欣《唐宋十大家全集录》之《东坡先生全集录》卷二：错虽数言兵，然未实试之行阵也。吴、楚反，关东尽为敌国。景帝往来两宫间，天下寒心。此论云："晁错自将，未必无功"，愚以为书生事后之见，非万全策。万全之策惟在任人。当是时，朝廷上有一持重善兵之周亚夫不能荐，难乎其智囊矣。眉批：虚冒全篇，了无遗漏。是一格。如"坐观其变"云云，此处既详，文中更不道及。（按：指开篇一段）

清浦起龙《古文眉诠》卷六十六：吾读《应诏集》诸论至此，盖悟公之为此，直自成一家言，而古人特借以为资而已。当积驰守患之日，恬愉处堂，惮不敢发，发又惧不能收，率用晁错喜事杀身以自解，公故切切然以坚忍矢志望望之，而非直为昔者诟病也。推此以观诸论，则泚瀳冰释。起幅雄深浑灏，独冠群篇。由其借错为影，直刺时局，自发议论，与《思治》《策略》等相参，故能凭空横骛如此。要于题事仍统体笼举也。

清高塘《唐宋八家钞》卷六：公独摘出"使上将而已居守"一语为论柄，却是老于世故、明于人情之言。高在先将古君子出身犯难以求成功立案，则错之区区自全，先发难而不能收难，其被祸也，诚有以取之，相形益见，曷足怪与？公论发人所未发多如此，其笔力则公文本色，雄快不待言。

清吴楚材、吴调侯《古文观止》卷十：此篇先立冒头，然后入事，又是一格。晁错之死，人多叹息，然未有说出被杀之由者。东坡之论，发前人所未发，有写错罪状处，有代错画策处，有为错致惜处，英雄失足，千古兴嗟。任大事者，尚其思坚忍不拔之义哉。

[日]吉田利行《评注唐宋八大家文读本》卷二十一：断错失策处，眼光如炬。然错之所以得祸者，在憎之者多；而众之所以憎错者，由辅导太子时，纯以刑名法术之学，而不归于正也。盖刑名之学，本于商鞅。古来未有能全其身者，此根本有未善处，不可不知。

【鉴赏】

苏轼的史论文自有一番独特的蕴涵。刘熙载说："欧文优游有余，苏文昭晰无疑"。苏轼自己也说："独好观前世盛衰之迹，与其一时风俗之变，自三代以来，颇能论著。"读这篇《晁错论》便可感觉出其气势滔滔和辩理透彻，而时时独发的骇俗之见，又透露出他卓越的才华和超人的机智，这尤其令人称绝。

文章开篇为泛泛概说："天下之患，最不可为者，名为治平无事，而其实有不测之忧。"起句看似虚写，实则却在暗说汉景帝时国泰民安中隐含着的诸侯之患。接着，作者便围绕"患"字，从"坐""起"两方面进行分说。"坐观其变"而不对祸患采取措施，那么祸患便会蔓延得无可救药；"起而强为之"而不等待时机，则天下也同样不能保持治平安定的局面。作者说的"起而强为之"，暗指晁错的削藩。下面，文章又结止上两句的意思，引出"仁人君子豪杰之士"的作为，以此而暗与晁错相比。用"此固非勉强期月之间，而苟以求名者之所能也，"概写出历史上的失败者，又具体落实在晁错身上，暗含着对晁错失败原因的评论。这两句堪称全篇关键之处，是作者论说的中心。在此处，它还有承上启下的妙用："此固非勉强期月之间"，上承"起而强为之"；"苟以求名者"，下启"事至而循循焉欲去之"。后面，"天下治平"几句，暗写景帝时的"七国之乱"；"事至而循循

31

焉欲去之"几句,又虚写七国起兵后晁错的态度。因此,首段虽没直接点出晁错,但却句句在写晁错。抽象中有具体,虚写里含实写,虚实相生中即使后面的论述高屋建瓴,又让文章排宕开阖,具有一种滔滔的气势,不愧为大家手笔。

第二段,文章在前面基础上轻而易举地由抽象而具体,由隐而显,由历史的抽象概说,过渡到具体的史事论述。西汉社会诸侯的割据势力严重威胁着封建的中央集权,晁错继贾谊之后,屡次建议景帝"削藩",他说诸侯王"削之亦反,不削亦反。削之,其反亟,祸小;不削,其反迟,祸大。"汉景帝用其策,于是出现了"七国之乱"。后来因谗言晁错被杀,后代之人多悲叹晁错的尽忠而蒙害。但苏轼这里却一反传统老调,认为晁错获罪是由于"有以取之也",从而使文章蹊径独辟、不同凡响。

第三段,作者一方面紧扣史事,另一方面却把笔触拉开,先提出"古之立大事者,不唯有超世之才,亦必有坚忍不拔之志"的观点,然后便旁征博引,用大禹治水的凿龙门、决江河和溃冒冲突来举例论证,提出"事至而不惧""徐为之所"才能使大事成功,以此而暗中指责晁错的临危而逃。

第四段是全篇的主体。文章议论纵横、反复曲折、波澜迭起,通过恣肆汪洋的论说鞭辟入里地阐述了晁错取祸的原因。"夫以七国之强而骤削之,其为变岂足怪哉!"苏轼认为"削藩"应该逐步进行,"徐为之所",而不应"骤削之",骤削则必然导致"七国之乱",这便是"无故而发大难之端"。仁人君子豪杰却于此时挺身而出,所以能成大业,但晁错不在此时捐身,力挡大难,击溃七国,反而临危而逃,"使他人任其责,"那么"天下之祸"自然便集中在晁错身上了。文章至此,所议之事、所立之论虽与前文相近,但观点与史事却逐渐由隐而显、由暗而明,文章的气势也慢慢由弱而强、由平易而近汹涌。紧接着,作者又连用了两个反问句,把文章的气势推向了澎湃的顶峰。"且夫发七国之难者,谁乎?"是谁引发出七国之难而又临危而逃?选择最安全的处所,把天子陷入至危的境地,这是忠义之士所愤惋之人,即使无袁盎的谗言也不会幸免于祸。那么,为什么会有这样的结局呢?其原因是"己欲居守,而使人主自将",这两个问句一波未平又起一波,滔滔滚滚,使文章呈现出汪洋恣肆的特征。《三苏文范》评为:"此数句发得如平波静濑中忽跳起高浪。"然而苏轼并不就此搁笔,他用两个条件句,再从反面假设晁错,把文章跳起的高浪又推向了深远广阔。"使吴、楚反,错以身任其危,日夜淬砺,东向而待之",这是假设晁错不临危而逃;"使不至于累其君,则天子将恃之以为无恐",这是假设晁错不使人主自将。那么即使有一百个袁盎又怎能使晁错获祸呢?前人评苏轼这几句说:"此一段最妙,乃是无中生有,死中求活,方成议论。凡作史评判,断古今之功罪,须要思量使我生此人之时、居此人之位、处此人之事当如何处置必有二长策。如弈棋者虽然败局未尝无胜势,虽胜局未尝无败势,善弈者能知之。"（见《三苏文范》评语）

最后一段,文章的气势渐渐平缓,在感叹历史之时,再一次指出临危而逃自固其身是晁错取祸的原因,从而增重了题旨的作用。

全篇文章由虚而实,由实而气势滔滔,由气势滔滔而渐渐平缓,把舒缓与紧凑有机地融为一体。正如《三苏文范》所说:"东坡之文若《晁错论》以神气为主,不以字句为工。"

续欧阳子朋党论

【题解】

朋党之争是北宋政治上的两个核心问题之一（另一个是对外战争）。自景祐三年（公元 1036 年）吕夷简弹劾范仲淹"荐引朋党，离间群臣"起，党争拉开序幕，成为朝野舆论注意的中心。《论语·卫灵公》谓君子"群而不党"，《尚书·洪范》谓"无偏无党，王道荡荡；无党无偏，王道平平"，《韩非子·孤愤》谓"朋党比周以弊立"，《史记·蔡泽列传》谓"禁朋党以励百姓"，故中国历代统治者多以党祸为惧为戒。东汉"党锢之祸"、唐文宗对牛李党争"去河北贼易，去朝中朋党难"的感慨令人言"朋党"而色变。

庆历四年（公元 1044 年）夏竦与其党造为党论，指欧阳修与范仲淹等为党人，修乃作《朋党论》，谓"小人无朋，惟君子则有之"，"为人君者，但当退小人之伪朋，用君子之真朋，则天下治矣"。以君子、小人之辨为出发点，公开主张维护君子之党，朝臣遂不以朋党为讳，"希文贤者，得为朋党幸矣。"（《续资治通鉴长编》卷一一八引王质语）。撰文与之呼应者不绝于时，如苏轼此文及尹洙《答河北都转运欧阳永叔龙图》、秦观《朋党论》（上、下）等。

文题一作《续朋党论》。苏轼此文也是从君子、小人之辨入手，但与欧阳修之文不同的是，欧阳修乃针对夏竦之论而发，意在驳谬，而苏轼则从长远计，意在立论；欧阳修是欲使君子、小人针锋相对以区别，而苏轼则是要让君子因小人这一对立面的存在而得以存在。（可参看《论养士》及《大臣论》下）茅坤谓："长公此论真可以补、欧阳子之不足。而从辩证法的角度看，轼文则更高修文一筹。"

从全文的意脉看，前面只是因袭时论以作铺垫，后面论述君子、小人相反相成的道理才是文章的核心，这样安排，确实变化莫测，矫若游龙。（参集评）

【原文】

欧阳子曰："小人欲空人之国，必进朋党之说。"呜呼，国之将亡，此其征①欤？祸莫大于权之移人，而君莫危于国之有党。有党则必争，争则小人者必胜，而权之所归也，君子安得不危哉！何以言之？君子以道事君，人主必敬之而疏。小人唯予言而莫予违，人主必狎②之而亲。疏者易间，而亲者难睽③也。而君子者，不得志则奉身而退，乐道不仕。小人者，不得志则徼倖④复用，唯怨之报。此其所以必胜也。

盖尝论之。君子如嘉禾也，封殖⑤之甚难，而去之甚易。小人如恶草也，不种而生，去之复蕃⑥。世未有小人不除而治者也，然去之为最难。斥其一则援之者众，尽其类则众之致怨也深。小者复用而肆威，大者得志而窃国。善人为之扫地，世主为之屏息。譬断蛇不死，刺虎不毙，其伤人则愈多矣。齐田氏、鲁季孙是已。齐、鲁之执事，其非田、季之党也，历数君不忘其诛，而卒之简公弑，昭、哀失国⑦。小人之党，其不可除也如此。而汉党锢之狱⑧，唐白马之祸⑨，忠义之士，斥死无余。君子之党，其易尽也如此。使世主知易尽者之可戒，而不可除者之可惧，则有瘳⑩矣。

且夫君子者，世无若是之多也。小人者，亦无若是之众也。凡才智之士，锐于功名而嗜于进取者，随所用耳。孔子曰："仁者安仁，智者利仁⑪。"未必皆君子也。冉有从夫子则为门人之选，从季氏则为聚敛之臣⑫。唐柳宗元、刘禹锡使不陷于叔文之党，其高才绝学，亦足以为唐名臣矣⑬。昔栾怀子得罪于晋⑭，其党皆出奔，乐王鲋⑮谓范宣子⑯曰："盍反州绰、邢蒯，勇士也。"宣子曰："彼栾氏之勇也，余何获焉？"王鲋曰："子为彼栾氏，乃亦子之勇也⑰。"呜呼，宣子盍从王鲋之言，岂独获二子之勇，且安有曲沃之变哉⑱！

愚以谓治道去泰甚耳⑲。苟黜其首恶而贷其余⑳，使才者不失富贵，不才者无所致憾，将为吾用之不暇，又何怨之报乎！人所以为盗者，衣食不足耳。农夫市人，焉保其不为盗，而衣食既足，盗岂有不能返农夫市人也哉！故善除盗者，开其衣食之门，使复其业。善除小人者，诱以富贵之道，使隳其党㉑。以力取威胜者，盖未尝不反为所噬也㉒。

曹参之治齐，曰："慎无扰狱市㉓。"狱市，奸人之所容也。知此，亦庶几于善治矣。奸固不可长，而亦不可不容也。若奸无所容，君子岂久安之道哉！牛、李之党遍天下㉔，而李德裕以一夫之力㉕，欲窃其类而致之必死，此其所以不旋踵而罹仇人之祸也㉖，奸臣复炽，忠义益衰。以力取威胜者，果不可耶！愚是以续欧阳子之说，而为君子小人之戒。

【注释】

①征：征兆。

②狎：亲近而不庄重。

③睽：离间、背离。

④徼倖：同"侥幸"。

⑤封殖：加土培育。殖同植。《左传·昭公二年》"封殖此树。"

⑥蕃：繁殖，滋生。《荀子·四时》"五谷蕃息"。

⑦齐田氏:指田成子,即陈成子。春秋时齐国大臣。陈厘子之子,名恒,一作常。继续推行陈氏争取民众的办法,以大斗借贷,小斗收进。齐简公四年(前481),弑简公,拥立齐平公,任相国,从此齐国由陈氏专权。 鲁季孙:春秋后期掌握鲁国政权的贵族。鲁昭公五年(前537年)始,鲁国由季孙氏专权。

⑧东汉桓帝延熹九年(公元166年),李膺等二百多名党人被捕,称第一次"党锢之祸"。灵帝建宁二年(公元169年),处死李膺等百余人。熹平五年(公元176年),下令凡党人门生故吏、父子兄弟,连及五族都免官禁锢,称第二次"党锢之祸"。

⑨《新五代史·唐六臣传》:"初,唐天祐三年,梁王(朱全忠)欲以嬖吏张廷范为太常卿,唐宰相裴枢……不可。梁王由此大怒,……宰相柳璨希梁王旨,归其谴于大臣。于是,左仆射裴枢……皆以无罪贬,同日赐死于白马驿,凡搢绅之士,与唐而不与梁者,皆诬以朋党,坐贬死者数百人,而朝廷为之空。"

⑩瘳:病好了。

⑪语出《论语·里仁》。

⑫事见《论语·季氏》季氏将伐颛臾部分。

⑬王叔文(753~806),越州山阴(今浙江绍兴)人。唐顺宗时任翰林学士,联合王伾、柳宗元、刘禹锡等,进行政治改革。当政一百四十六天,宦官俱文珍等迫顺宗禅位与宪宗,改革失败。

⑭栾怀子:即栾盈,又称栾孺子。"栾桓子娶范宣子女,生怀子"(《春秋左传集解》上海人民版1977年F971)事具于襄一八、二十、二二。

⑮乐王鲋:又称王鲋·乐桓子。事见《左传》襄二一、二三及昭元。

⑯范宣子:士氏,名匄(一作丐)。晋国大夫。范文子之子。晋平公时掌国政,攻灭栾盈族党。将宣布的法令制订为刑书。他死后,晋国将其所订刑书铸在铁鼎上公布。

⑰《春秋左传集解》(上海人民版)襄公二十一年秋,栾盈出奔楚。"知起、中行喜、州绰、邢蒯出奔齐,皆栾氏之党也。乐王鲋谓范宣子曰:'盍反州绰、邢蒯,勇士也。'宣子曰:'彼栾氏之勇也,余何获焉(杜预注:言不为己用)?'王鲋曰:'子为彼栾氏,乃亦子之勇也(杜预注:言子待之如栾氏,亦为子用也。)'" 盍:何不。反:同"返"。使动用法,使之返。

⑱曲沃:今山西闻喜县东北。晋文侯封弟成师于此地。后与晋分裂,长期发生冲突,至成师孙,庄伯子称即位后,杀晋君,夺得晋国统治权,周釐王三年(前679年)被釐王承认为晋君。 蚤:同"早"。

⑲意思是:我认为统治管理之道不过是去除过甚之处罢了。 泰:过甚。

⑳贷:宽恕、宽免。

㉑隳：破坏。

㉒噬：咬。

㉓狱市：狱谓诉讼，市谓交易买卖。

㉔牛、李：牛指牛僧孺（780～848），字思黯，安定鹑觚（今甘肃灵台）人。唐贞元进士。李指李宗闵（？～846），字损之，亦贞元进士。元和三年牛李二人在对策中批评时政，为宰相李吉甫所斥，吉甫死，牛李结为朋党，与吉甫子李德裕等互相倾轧，形成牛李党争。

㉕李德裕（787～850），字文饶，赵郡（今河北赵县）人，出身世家，主张大臣应用公卿子弟。历任浙西观察使，西川节度使等职。武宗时居相位，力主削藩，反对牛僧孺、李宗闵集团。后遭牛党打击贬崖州（今广东琼山东南）司户而死。

㉖罹：遭遇。

【集评】

明茅坤《苏文忠公文钞》卷十六：长公此论，其可以补欧阳子之不足。元祐绍圣之间，岂其说不用耶？通篇转折处，皆如游龙。

清储欣《东坡先生全集录》卷二，前半写照君子小人情状，乃化工，非画工也。后即《大臣论》（下）意而申言之，然佳处固在前半。

清姚范《援鹑堂笔记》卷五十：欧公盖有感于庆历间范、吕二公朋党之论，故于《史记》亦多致意。东坡则言：君子小人，各自为党，祸及于国，而君子当箫勺群慝为调剂之术，不为己甚耳。与欧公小人以君子为朋党者，其意殊也。或绍圣以后，元丰旧党恣其辛螫，而公鉴之，为是言与？抑元祐初众正汇进，公料群小已有茅茹之象，而为此先事之虑与？耕南云："《续朋党》《楚语》二篇，用笔皆简老，近《志林》诸作，当是东坡海南文字。而此篇转接处，尤变化不测。"

【鉴赏】

庆历三年（公元1043年），宋仁宗进用韩琦、富弼、杜衍、范仲淹等人，改革弊政，得到欧阳修等谏官的大力支持，但遭到守旧势力夏竦等的强烈反对，他们大造舆论，诬蔑韩、富、范、欧等人为"朋党"，蓄意陷害。为此，欧阳修写了《朋党论》一文，进呈仁宗，劝告谏仁宗要辨别君子之朋和小人之朋，应该"退小人之伪朋，用君子之真朋，"天下才能大治。苏轼此文是续欧阳修的《朋党论》，全文共分三段。

第一段，引用欧阳修的话，推出全文的中心论点："祸莫大于权之移人，而君莫危于国之有党。"直截了当地指出朋党的危害。接着对中心论点加以阐述："有党则必争，争则小人者必胜，而权之所归也，君子安得不危哉！"为什么说争则小人必胜？文章从两方面加以分析。其一，"君子以遭事君，人主必敬之而疏。小人唯予言而莫予违,人主必狎之而亲。疏者易间,而亲者难睽(分离)也。"一"疏"一"亲",一"易"一"难",两相对比,写出君主对小人同君子的不同态度。这种分析是较合乎事实的,因为"小人之情,猥险无顾藉,又日夕侍天子,狎则无威,习则不疑,故昏君蔽于所昵,英主祸生所忽"(《新唐书》《宦者列传》)。君主被小人的狎昵所蒙蔽,所以就难以分离。其二,"君子者,不得志则奉身而退,乐道不仕。小人者,不得志则侥幸复用,唯怨之报。"君子隐退,小人复用,"此其所以必胜也"。小人必胜,权之所归,所以说"君莫危于国之有党"。

第二段,论证中心论点。第一层,比喻论证。以君子比嘉禾,以小人比恶草。嘉禾"封殖之甚难,而去之甚易"。恶草,"不种而生,去之复蕃,"说明小人去之最难,而往往会侥幸复用。"小者复用而肆威,大者得志而窃国。善人为之扫地,世主为之屏息。"连用两组对偶句,说明小人之朋党的危害,可以使国家灭亡,可以使君主权力丧失。接着又用"断蛇不死,""刺虎不毙"两个比喻,进一步论证小人之朋党对国家的危害;第二层,引用史实论证。以齐田氏、鲁季孙氏为例,说明"小人之党,其不可除

也如此。"以汉党锢之狱、唐白马之祸为例,说明"君子之党,其易尽也如此。"东汉桓帝时,宦官专政,当时一些名士李膺、杜密、陈实、范滂被诬为朋党,逮捕入狱,被杀百余人。唐昭宗天佑三年,梁王朱全忠把持朝政,诬陷裴枢、崔远、王赞等人为朋党,杀害于滑州白马驿,坐贬死者数百人。小人之党难除,君子之党易尽,所以"争则小人者必胜。"第三层,援引历史人物论证。"仁者安仁,智者利仁,"有仁德的人安于仁,聪明人利用仁。作者引用孔子这两句话,说明君子、小人也可随环境转化。冉有从孔子就是君子,参与季氏的朋党,就成为小人。柳宗元、刘禹锡不陷入王叔

文的朋党,就可以成为唐代名臣。晋国栾怀子的亲族州绰、邢蒯逃亡到齐国。乐王鲋对范宣子说:"为什么不让州绰、邢蒯回来?他们是勇士啊!"宣子说:"他们是栾氏的勇士,我能得到什么?"王鲋说:"你如果做到他们的栾氏那样那就是你的勇士了。"可见,"凡才智之士,锐于功名而嗜于进取者,随所用耳。"

第三段,论述怎样除去小人之朋党。首先,总论一句"愚以为治道去泰甚耳"。作者认为治理国家应去掉过分、极端的做法,这是苏轼中庸思想在政治上的表现。接着用一类比推理:"人之所以为盗者,衣食不足耳","故善除盗者,开其衣食之门,使复其业。善除小人者,诱以富贵之首,使毁其党"。最后,强调对于小人不能用暴力除之,并用两个事例进行对比:曹参治齐,曰:"慎无扰狱市。"狱市是关押奸人的地方。明白这一点,也算是善于治国了;李德裕想凭一己之力,而尽除牛党,"所以不旋踵而罹仇人之祸,"遭受牛党打击,贬崖州身死。两相对比,说明"以力取威胜者,果不可耶!"

这篇文章,名为续文,实乃驳论。大凡续别人之文,总是在别人立论的基础上有所补充、有所发挥,或有所匡正。而苏轼这篇续文同欧文的立论则大相径庭。欧文认为"朋党之说,自古有之,惟幸人君辨其君子、小人而已。"苏文认为"君莫危于国之有党。"笼统地否定了一切朋党。欧文认为,为人君者"当退小人之伪朋,用君子之真朋。"苏文认为"有党则必争,争则小人者必胜。"相比之下,欧文的立论较为圆满通达,符合历史事实,苏文的立论未免简单片面。朋党确实自古有之,君子之朋治国,小人之朋祸国。对君子之朋应提倡、任用,对小人朋应排斥、取缔,而不能笼统认为"君莫危于国之有党。""有党则必争,"这是自然的,"争则小人者必胜,"这就不一定了。欧文中所举尧之时君子八元、八恺十六人为一朋,就战胜了共工、欢兜的小人之朋便是其例,历史上君子之朋战胜小人之朋的事实更是不胜枚举。在具体的论证中,苏文也有一些不恰当的事例,比如说柳宗元、刘禹锡因为陷入叔文之党,没有成为唐名臣。这很难令人信服,王叔文、李德裕等都是朋党首领,岂不也是唐代名臣吗!举范宣子、栾怀子的事例同论点扣合不紧。"善除小人者,诱以富贵之道,以毁其党"的说法更是书生之论,实不足取。刘勰说:"其义贵圆通,辞技忌碎"(《论说篇》),论说文要把道理讲得圆满通达,文辞应扼要简洁,切忌繁琐枝蔓。从立意到文辞,欧文无可挑剔,而苏文却有明显弊病,续文比起原文实在有所逊色。

始皇论

【题解】

本文从两方面总结了秦朝灭亡的历史教训：一是用人不当。苏轼认为"始皇致乱之道，在用赵高"，宦官欺上昧下，祸国殃民，历代皇帝多受其害，甚至秦始皇、汉宣帝这样英明君主也不例外；二是法制太严。商鞅出逃时无处住宿；荆轲行刺秦王时，殿下侍卫无人持兵救护；李斯矫诏杀扶苏，这些都是"为法之弊"。从而含蓄地表达了作者严格任人、缓和法制的政治主张。

苏轼的史论文章，往往有同政论合一的特点，两种文体常常互相补充，难以截然分开。所以陈寅恪先生说"子瞻之史论，北宋之政论也。"（《冯友兰〈中国哲学史〉上册审查报告》）本文亦是针对当时的政治形势而言的。苏轼在政论文《策略三》中曾指出，"天下有二患，有立之弊，有任人之失。""当今之患，虽法令有所未安，而天下之所以不大治者，失在于任人，而非法制之罪也。"可说是本文主旨的最好注解。苦再将此观点同王安石的变法主张比较，则本文更是有所针对而发的。

【原文】

秦始皇时①，赵高有罪②，蒙毅按之当死③，始皇赦而用之。长子扶苏好直谏，上怒，使监蒙恬兵于上郡④。始皇东游会稽，并海走琅琊，少子胡亥、李斯、蒙毅、赵高从。道病⑤，使蒙毅还祷山川，未及还，上崩。李斯、赵高矫诏立胡亥⑥，杀扶苏、蒙恬、蒙毅，卒以亡秦⑦。

苏子曰：始皇制天下轻重之势⑧，使内外相形，以禁奸备乱者，可谓密矣。蒙恬将三十万人，威震北方，扶苏监其军，而蒙毅侍帷幄为谋臣⑨，虽有大奸贼，敢睥睨其间哉⑩！不幸道病，祷祠山川，尚有人也，而遣蒙毅，故高、斯得成其谋。始皇之遣毅，毅见始皇病，太子未立，而去左右，皆不可以言智。然天之亡人国，其祸败必出于智所不及。圣人为天下，不恃智以防乱，恃吾无致乱之道耳。始皇致乱之道，在用赵高。夫阉尹之祸⑪，如毒药猛兽，未有不裂肝碎首者也。自书契以来⑫，惟东汉吕强⑬、后唐张承业二人⑭，号称良善，岂可望一二于千万，以徼必亡之祸哉⑮！然世主皆甘心而不悔⑯，如汉桓、灵⑰，唐肃、代⑱，犹不足深怪。始皇、汉宣皆英主⑲，亦湛于赵高、恭、显之祸⑳。彼自以为聪明人杰也，奴仆薰腐之余何能为㉑，及其亡国乱朝，乃与庸主不异。吾故表而出之，以戒后世人主如始皇、汉宣者。

或曰：李斯佐始皇定天下，不可谓不智。扶苏亲始皇子，秦人戴之久矣㉒。陈胜假其名㉓，犹足以乱天下，而蒙恬持重兵在外，使二人不即受诛，而复请之，则斯、高无遗类矣㉔。以斯之智而不虑此，何哉？苏子曰：呜呼，秦之失道，有自来矣，岂独始皇之罪？自商鞅变法㉕，以殊死为轻典㉖，以参夷为常法，人臣狼顾胁息㉗，以得死为幸，何暇复请。方其法之行也，求无不获，禁无不止，鞅自以为轶尧舜而驾汤武矣㉘。及其出亡而无所舍㉙，然后知为法之弊。夫岂独鞅悔之，秦亦悔之矣。荆轲之变㉚，持兵者熟视始皇环柱而走莫之救者，以秦法重故也。李斯之立胡亥，不复忌二人者，知法令之素行，而臣子之不敢复请也。二人之不敢复请，亦知始皇之鸷悍而不可回也，岂料其伪也哉？

周公曰㉛："平易近民，民必归之。"孔子曰："有一言而可以终身行之者㉜，其恕矣乎？"夫忠恕为心，而以平易为政，则上易知而下易达，虽有卖国之奸，无所投其隙，仓卒之变，无自发焉。然其令行禁止，盖有不及商鞅者矣。而圣人终不以彼易此。鞅立信于徙木㉝，立威于弃灰㉞，刑其亲戚师傅㉟，积威信之极。以至始皇，秦人视其君如雷电鬼神，不可测也。古者，公族有罪㊱，三宥然后实刑。今至使人矫杀其太子而不忌，太子亦不敢请，则威信之过也。故夫以法毒天下者㊲，未有不反中其身及其子孙者也。汉武、始皇，皆果于杀者也。故其子如扶苏之仁，则宁死而不请，如戾太子之悍㊳，则宁反而不诉。知诉之必不察也。戾太子岂欲反者哉，计出于无聊也㊴。故为二君之子者，有死与反而已。李斯之智，盖足以知扶苏之必不反也。吾又表而出之，以戒后世人主之果于杀者㊵！

【注释】

①秦始皇：即嬴政，战国时秦国国君，秦王朝的建立者。

②赵高：秦宦官，始皇时任中车府令，后同李斯伪造遗诏，逼始皇长子扶苏自杀，立胡亥为二世皇帝。

③蒙毅：秦大臣，始皇时位至上卿，深受始皇重视。　　当：判定。

④蒙恬：秦大将，蒙毅之兄，曾率兵三十万人击退匈奴，并修筑长城，使匈奴不得进犯。　　上郡：郡名，在今陕西延安、榆林一带。

⑤少子：最小的儿子。　　胡亥：即秦二世。　　李斯：秦丞相。　　道病：途中得了重病。

⑥矫诏：诈称皇帝诏书。

⑦卒：最后，终于。　　亡秦：使秦朝灭亡。

⑧制天下轻重之势：意为控制着国家的一切权力。　　势：权力。

⑨帷幄:指朝廷。

⑩睥睨:斜视貌,指窥伺。　间:缝隙,空隙。

⑪阉尹:宦官。

⑫书契:文字,此指有文字记载的历史。

⑬吕强:东汉灵帝时宦官。黄巾起义爆发后,他提出诛杀左右贪官,大赦党人等主张,为皇帝采纳。

⑭张承业:后唐宦官,曾为晋主李存勖攻战连年,意在复唐,后李存勖称帝,他进行劝谏,不为采纳,绝食而死。

⑮徼:通"邀",招致。

⑯世主:国君。

⑰桓:汉桓帝刘志,曾任用宦官侯览。　灵:汉灵帝刘宏,曾任用宦官曹节。

⑱肃:唐肃宗李亨,曾任用宦官李辅国。　代:唐代宗李豫,曾任用宦官程元振。

⑲汉宣:汉宣帝刘询。

⑳湛:通"沈",沉没,落入。　恭显之祸:西汉元帝时,宦官弘恭、石显把持朝政,迫害朝中大臣萧望之、周堪等人。

㉑薰腐:宫刑。

㉒戴:爱戴,拥护。

㉓假其名:陈胜起义假称是扶苏、项燕的军队,以争取民意。假:借。见《史记·陈涉世家》。

㉔无遗类:无一存活,被杀尽。

㉕商鞅:战国时政治家。姓公孙,名鞅。因战功封商(今陕西商县)地,因称商鞅或商君。他在秦国佐孝公进行了两次变法,使秦国日益富强。

㉖殊死:斩首之刑。　轻典:轻法。　参夷:封建时代诛灭三族的酷刑。参:通"三"。

㉗狼顾:狼惧被袭,走辄反顾。比喻人有所畏惧。　胁息:敛缩气息,表示恐惧。

㉘轶:超越。　驾:凌驾,与"轶"同意。

㉙出亡而无所舍:出逃而无处住宿。商鞅逃亡在外,欲投宿旅店,店主据商鞅所定法律不让他住宿,商鞅叹息说:"为法之敝一至此哉!"见《史记·商鞅列传》。

㉚荆轲之变:荆轲为战国末年刺客,奉燕太子丹之命刺杀秦王嬴政,事败被杀。秦法:群臣侍殿上者不得携带任何兵器,持兵器郎中均在殿下,无诏不得上前。

㉛周公:即姬旦,西周初年政治家。　"平易近民"两句:见《史记·鲁周公世家》。

㉜"有一言"句：见《论语·卫灵公》，原文是："子贡问曰：'有一言而可以终身行之者乎？'子曰：'其恕乎？己所不欲，勿施于人。'"　　一言：一个字。

㉝立信于徙木：商鞅变法时，为使民众信任自己，又重金募请肯将国都南门一根木头移至北门者，有人做了，商鞅就赏给他五十金，表明不欺骗民众。随后他颁布法令，人们就相信了。见《史记·商君列传》。

㉞立威于弃灰：商鞅治秦时，有弃灰于道者处黥刑，用以立威。见《史记·李斯列传》。

㉟刑其亲戚师傅：商鞅变法期间，太子犯了法，商鞅就对太子的老师公子虔、公孙贾处以重刑。事见《史记·商君列传》。　　亲戚：指同族人，商鞅姓公孙，与公孙贾同族。　　师傅：师和傅，官名，以辅导太子为职。

㊱"公族有罪"二句：见《礼记·文王世子》。　　公族：诸侯的同族。　　宥：宽恕，赦罪。　　真刑：行刑。　　真：同"置"。

㊲毒：役使，管制。

㊳戾太子：汉武帝太子刘据，谥号"戾"。江充诬陷他用巫术加害汉武帝，他杀掉江充后起兵反叛，后兵败自杀。见《汉书·武五子传》。

㊴无聊：无以为生，没有出路。

㊵果：决断，不犹豫。

【集评】

宋谢枋得（《三苏文范》卷六引）：此论主意有两说，斯、高矫诏立胡亥，杀扶苏、蒙恬、蒙毅，其祸不在于蒙毅之去左右，而在于始皇之用赵高，后世人主用宦官者，当以为戒。一说李斯、赵高敢去矫诏杀扶苏、蒙恬，而不忧二人之复请者，其祸不在于斯、高之乱，而在于商鞅之变法。始皇之好杀，后世人主果于杀者，当以为戒。前一段说始皇罪在用赵高，附人汉宣任恭、显事，后一段说始皇之果于杀，其祸反及子孙，附人汉武杀太子事。此文法尤妙。

明顾充（同上）评：此作与《范增论》，皆是东坡晚年文字，笔法更高，无衰惫之态。

明程敏政（同上）评：前半论始皇任赵高以亡国，而汉宣并言之；后半论始皇果于杀以祸其子，而以汉武并言之，皆有关国事，且章调新雅，而每段结句有力，可式。

明茅坤《唐宋八大家文钞·东坡文钞》卷一百二十八：前罪秦始皇误用赵高，人所共知者；后罪秦始皇积威，故足以制太子之死而不请，人所不知者。　　子览《志林》十三首，按年谱子瞻由南海后所作。公于时经历仕途已久，故上下古今处所见尤别，而此篇亦古今痛快卓礴之议。

清储欣《唐宋八大家类选》卷五：一事申两戒，深识至论。归罪商鞅变法，分明讯切荆公(王安石)。

清高步瀛《唐宋文举要集评》甲编卷八:议论精凿,文亦通体不懈。

清《唐宋文醇》卷四十三:用宦寺,任法律之祸,毒痛四海,而卒乃身受之。孟子所谓"仁者以其爱及其所不爱,不仁者以其不爱及其所不爱也。"此文与《代张方平上书》所论穷兵黩武之祸,警后世君臣,最为深切著明,轼之垂光百世,宜矣。

清沈德潜《唐宋八大家文读本》卷二十一:文作两大段看。前一段说秦之乱在用赵高,后一段说扶苏、蒙恬之不敢请,在于商鞅变法后之积威。前一段中,搭入汉宣;后一段中,搭入汉武。而两大段只是一事,仍只作一片看去。

《志林》十三首皆南海作,为公极得意文字,几于天雨粟,鬼夜哭。

清吴汝纶(引书同上):雄奇万变,当为《志林》中第一篇文字。

【鉴赏】

本文选自《东坡志林》中的"论古十三首"。文章标题各本有所不同,郎晔《经进东坡文集事略》作《始皇论》,今从之。

苏轼此文,主旨在于论述秦朝速亡的主要原因,除了误用奸臣赵高之外,还在于秦国自商鞅变法以来的"为法之弊",从而借古讽今,影射当时的王安石变法。本文的思想内容,与苏轼对历史的认识以及他所处的社会环境的局限是分不开的,我们不一定苛求于古人。在文章笔法方面,则有一些值得我们借鉴的地方。

一、首段立案法

文章劈头先写"秦始皇时,赵高有罪,蒙毅按之当死,始皇赦而用之",留下了祸根,为下文赵高谋杀蒙毅埋下伏笔。接着简要概括地写出扶苏因好谏故外出监军,始皇东游道病而崩，李斯、赵高矫诏立胡亥，杀扶苏、蒙恬、蒙毅，于是秦亡。首段立案，以后各段加以论述。《志林》十三论，多采用此法。

二、一字连贯法

本文第二段指出国家祸败而亡，必出于"智所不及"。始皇使蒙毅祷山川，而蒙毅见始皇病，太子未立，作为帷幄谋臣而离去，两人都是不智的。第三段，开头说："李斯佐始皇定天下，不可谓不智。"段末又说："李斯之智，盖足以知扶苏之必不反也。"正如汪武曹所说："全文以智字连贯上下"（《唐宋文举要》）。"智"字像一条红线贯穿全文，这种笔法叫作"一字连贯法"，东坡《志林》"论古十三首"多用此法。

三、设问自答法

本文第二段采用了设问自答的笔法。开头用"或曰"提出问题：扶苏是始皇长子，蒙恬持有重兵在外，假使二人不受诛而复请，斯、高的阴谋就不能得逞。李斯有智，为什么不考虑此种情况呢？下面用"苏子曰"来回答这个问题，说明自商鞅以来秦国"为法之弊"，始皇鸷悍而不可回，所以李斯料定扶苏、蒙恬不敢复请。必然造成败亡的悲剧。苏子议论精凿，文势雄健，使人深信不疑。

四、虚实并用法

在苏子的答话中，采用了虚写与实写相结合的方法。例如写到商鞅变法时，先虚写"自商鞅变法，以殊死为轻典，以参夷为常法。"后实写"商鞅立信于徙木，立威于弃灰，刑其亲戚师傅。"虚实并用，便于说理达意，提高文章的表达水平。

五、详略结合法

此法与虚实并用法是互相配合而用的。在苏子的答话中虚写商鞅变法之弊，写的是很简略的。接着实写荆轲刺秦王，持兵器者熟视秦王环柱而走，由于畏法，谁也不敢上前打救，李斯深知秦王威令素行、鸷悍不回，所以不担心扶苏、蒙恬复请。这一部分是文章的关键之处，所以作者"详说"。详略得体，配合恰切而成文。可见"虚实详略"，在文章中是可以相互配合使用的。

六、主客并举法

本文第二段为了说明秦始皇之罪在于重用宦官赵高，于是，就拉出汉宣帝作"陪客"："始皇、汉宣皆英主，亦湛（沉没、淹死）于赵高、恭、显之祸。彼自以为聪明人杰也，奴仆熏腐之馀何能为？及其亡国乱朝，乃与庸主不异。吾故表面出之，以戒后世人主如始皇、汉宣者。"在这一段叙述中，始皇是主人，汉宣是陪客。作者采用"主客并举"的笔法，目的是为了突出始皇。再如第三段写始皇果敢杀人时说："汉武与始皇，皆果于杀者也。故其子如扶苏之仁，则宁死而不请；如戾太子之悍，则宁反而不诉，知诉之必不察也。"这里始皇是主人，汉武是陪客，作者采用"主客并举"的笔法，目的仍是为了突出始皇。在文章中附入客体，主客并举，目的在于突出主体，这是一种行之有效的陪衬笔法，但有一点要特别注意，即不能喧宾夺主。

七、反引其类法

本文第二段写道："始皇致乱之道,在于赵高。夫阉尹之祸,如毒药猛兽,未有不裂肝碎首者也。自书契以来,惟东汉吕强,后唐张承业,二人号称善良。岂可望一二于千万,以徼必亡之祸哉？然世主皆甘心而不悔。如汉桓、灵,唐肃、代,犹不足深怪。始皇、汉宣皆英主,亦湛于赵高、恭、显之祸。东汉吕强,字汉盛,何南成皋(今河南省荥阳市汜水镇)人,少年时入宫为太监,曾任中常侍,为人清忠奉公,东汉灵帝时例封都乡侯,固辞不受"(见《后汉书·宦者传》)。后唐张承业,据《新五代史·张承业传》:"张承业,字继元,唐僖宗(李儇)宦官也。本姓唐,幼阉为内常侍张泰养子,为河东监军。晋王病且革(危急),以庄宗(李存勖)属承业,庄宗与梁战河上十余年,军国之事,皆。委承业。"二人在宦官中号称善良。文中说宦官如毒药猛兽,"未有不裂肝碎首者也",用"未有"二字全盘否定,又用"唯"单独提出吕、张是其中的"善良",这种似矛盾而实不矛盾的现象,在修辞学上叫作"提独"(或特选)辞格。这种辞格有突出、提重、强调的修辞效果。从文章笔法上看,这里引用与赵高不同的善良宦官吕、张来写,叫作"反其类写法"或"反引其类法"。写到始皇、汉宣这两位"英主"还受宦官之祸,那么像汉桓、灵,唐肃、代等这些"庸主"深受宦官之害,更是不足为怪的了。这种笔法,也是"反引其类"的笔法。这种笔法,可使文章内容丰富多彩,正反两面对比鲜明,而且在结构上可使文章自由开合,顿挫自如,实是提高文章质量的妙法之一。

总之,本文气势奔放,议论精凿,笔法多样,"雄奇万变,当为《志林》中第一篇文字"(吴北江评语,见《唐宋文举要》)。

上神宗皇帝书

【题解】

熙宁二年(公元1069年),神宗提拔王安石为参知政事(副宰相),从此他积极推行新法。虽然苏轼早年也提出"厉法禁,抑侥幸,决壅蔽,教战守"等改革主张,然而由于他所处的中等地主阶层地位,不愿过多地触犯大地主阶级的利益,同时长期的书房生活使他对当时社会豪强兼并引起的危机,没有王安石看得清楚,因此苏轼站在旧派一边,对新法的异军突起,立刻做出反应,上此万言书以示反对。

苏轼主张的改革多从总结历史经验出发,强调"任人"而忽视变更"法制",尤其反对激进的措施。这就与激进的新法针锋相对了。本文从整体上指出了新法的各种弊病,而没有全面辩证地关注新法的益处。苏轼则认为治国之道在于"结人心,厚风俗,存纪纲",急功近利必乱国。

至哲宗即位,旧党执政时,苏轼回朝任翰林学士。多年的地方官经历,使他对社会矛盾和新法的某些好处有了了解。于是值司马光等旧党准备废除一切新法时,苏轼却主张对新法"校量利害,参用所长",因此一再遭贬。只有未来才能评价历史,而苏轼忠义耿直、忘己之身的赤诚是不可磨灭的。

此篇奏议气势恢宏,洋洋洒洒,语如利刃,旁征博引,充分显示了苏轼政论"论古今治乱,不为空言"(见苏辙《东坡先生墓志铭》)的历史底蕴。

【原文】

熙宁四年二月①,殿中丞直史馆判官告院权开封府推官苏轼,谨昧万死,再拜上书皇帝陛下。臣近者不度愚贱,辄上封章言买灯事②。自知渎犯天威,罪在不赦,席藁私室,以待斧钺之诛。而侧听逾旬,威命不至,问之府司,则买灯之事,寻已停罢。乃知陛下不惟赦之,又能听之,惊喜过望,以至感泣。何者?改过不吝,从善如流,此尧舜禹之所勉强而力行,秦汉以来之所绝无而仅有。顾此买灯毫发之失,岂能上累日月之明,而陛下幡然改命,曾不移刻。则所谓智出天下,而听于至愚;威加四海,而屈于匹夫。臣今知陛下可与为尧舜,可与为汤武,可与富民而措刑,可与强兵而伏戎狄矣。有君如此其忍负之?惟当披露腹心,捐弃肝脑,尽力所至,不知其他。

乃者，臣亦知天下之事，有大于买灯者矣，而独区区以此为先者，盖未信而谏，圣人不与；交浅言深，君子所戒。是以试论其小者，而其大者固将有待而后言。今陛下果赦而不诛，则是既已许之矣，许而不言，臣则有罪，是以愿终言之。

臣之所欲言者三，愿陛下结人心、厚风俗、存纪纲而已。

人莫不有所恃，人臣恃陛下之命，故能役使小民；恃陛下之法，故能胜服强暴。至于人主所恃者谁与？《书》曰："予临兆民，凛乎若朽索之驭六马。"言天下莫威于人主也。聚则为君臣，散则为仇雠，聚散之间，不容毫厘。故天下归往谓之王，人各有心谓之独夫。由此观之，人主之所恃者，人心而已。人心之于人主也，如木之有根，如灯之有膏，如鱼之有水，如农夫之有田，如商贾之有财。木无根则槁，灯无膏则灭，鱼无水则死，农夫无田则饥，商贾无财则贫，人主失人心则亡。此理之必然，不可逭之灭也③。其为可畏，从古以然。苟非乐祸好狂、轻易失志，讵敢肆其胸臆，轻犯人心乎？昔子产焚《载书》以弭众言④，诛伯石以安巨室⑤，以为众怒难犯，专欲难成。而孔子亦曰："信，而后劳其民；未信，则以为厉己也⑥。"唯商鞅变法⑦，不顾人言，虽能骤致富强，亦以召怨天下，使其民知利而不知义，见刑而不见德。虽得天下，旋踵而失也。至于其身，亦卒不免，负罪出走，而诸侯不纳，车裂以徇，而秦人莫哀。君臣之间，岂愿如此？宋襄公虽行仁义，失众而亡⑧；田常虽不义，得众而强⑨。是以君子未论行事之是非，先观众心之向背。谢安之用诸桓未必是⑩，而众之所乐，则国以义安；庾亮之召苏峻未必非⑪，而势有不可，则反为危辱。自古及今，未有和易同众而不安，刚果自用而不危者也。

今陛下亦知人心不悦矣。中外之人，无贤不肖，皆言祖宗以来，治财用者不过三司使副判官⑫，经今百年，未尝阙事。今者无故有创一司，号曰制置三司条例。使六七少年日夜讲求于内，使者四十余辈，分行营干于外。造端宏大，民实惊疑；创法新奇，吏皆惶恐。贤者则求其说而不可得，未免于忧；小人则以其意度朝廷，遂以为谤。谓陛下以万乘之主而言利，谓执政以天子之宰而治财。商贾不行，物价腾涌，近自淮甸，远及川蜀，喧传万口，论说百端。或言京师正店，议置临官，爨路深山，当行酒禁⑬，拘收僧尼常住，减刻兵吏廪禄，如此等类，不可胜言。而甚者至以为欲复肉刑，斯言一出，民且狼顾。陛下与二三大臣，亦闻其语矣。然而莫之顾者，徒曰："我无其事，又无其意，何恤于人言！"夫人言虽未必皆然，而疑似则有以致谤。人必贪财也，而后人疑其盗；人必好色也，而后人疑其淫。何者？未置此司，则无此谤。岂去岁之人皆忠厚，而今岁之人皆虚浮？孔子曰："工欲善其事，必先利其器。"又曰："必也正名乎？"今陛下操其器而讳其事，有其名而辞其意，虽家置一喙以自解，市列千斤以购人，人必不信，谤亦不止。夫制置三司条例司，求利之名也；六七少年与使者四十余辈，求利之器也。驱鹰犬而赴林薮，语人曰"我非猎也"，不如放鹰犬而兽自驯。操网罟而入江湖，语人曰"我非渔也"，不如操网罟而人自信。故臣以为

消谗慝而召和气，复人心而安国本，则莫若罢制置三司条例司。

夫陛下之所以创此司者，不过以兴利除害也。使罢之而利不兴，害不除，则勿罢。罢之而天下悦，人心安，兴利除害，无所不可，则何苦而不罢？陛下欲去积弊而立法，必使宰相熟议而后行。事若不由中书，则是乱世之法。圣君贤相，夫岂其然？必若立法不免由中书，熟议不免使宰相，此司之设，无乃冗长而无名？智者所图，贵于无迹。汉之文、景，《纪》无可书之事；唐之

房、杜⑭，《传》无可载之功。而天下之言治者与文、景，言贤者与房杜。盖事已立而迹不见，功已成而人不知。故曰："善用兵者，无赫赫之功。"岂惟用兵，事莫不然。今所图者，万分未获其一也，而迹之布于天下，已若泥中之斗兽，亦可谓拙谋矣。陛下诚欲富国，择三司官属与漕运使副，而陛下与二三大臣，孜孜讲求，磨以岁月，则积弊自去而人不知。但恐立志不坚，中道而废。孟子有言："其进锐者其退速。"若有始而有卒，自可徐徐，十年之后，何事不立？孔子曰："欲速则不达，见小利则大事不成。"使孔子而非圣人，则此言亦不可用。《书》曰："谋及卿士，至于庶人，翕然大同，乃底元吉。"若逆多而从少，则静吉而作凶。今上自宰相大臣，既已辞免不为，则外之议论，断亦可知。宰相，人臣也，且不欲以此自污，而陛下独安受其名而不辞，非臣愚之所识也。君臣宵旰⑮，几一年矣，而富国之效，茫如捕风。徒闻内帑⑯出数百万缗，祠部度五千余人耳。以此为术，其谁不能？

且遣使纵横，本非令典。汉武遣绣衣直指，桓帝遣八使[17]，皆以守宰狼藉，盗贼公行，出于无术，行此下策。宋文帝元嘉之政，比于文、景，当时责成郡县，未尝遣使。至孝武帝[18]，以为郡县迟缓，始命台使督之，以至萧齐[19]，此弊不革。故景陵王子良[20]上疏，极言其事，以为此等朝辞禁门，情态即异；暮宿州县，威福便行；驱追邮传，折辱守宰。公私烦忧，民不聊生。唐开元中，宇文融[21]奏置劝农判官使裴宽[22]等二十九人，并摄御史，分行天下，招携户口，检责漏田。时张说、杨玚、皇甫璟、杨相如皆以为不便[23]，而相继罢黜。虽得户八十余万，皆州县希旨，以主为客，以少为多。乃使百官集议都省，而公卿以下，惧融威势，不敢异辞。陛下试取其《传》而读之，观其所行，为是为否？近者均税宽恤。冠盖相望，朝廷亦旋觉其非，而天下至今以为谤。曾未数岁，是非较然。臣恐后之视今，亦犹今之视昔。且其所遣，尤不适宜。事少而员多，人轻而权重。夫人轻而权重，则人多不服，或致侮慢以兴争。事少而员多，则无以为功，必须生事以塞责。陛下虽严赐约束，不许邀功，然人臣事君之常情，不从其令而从其意。今朝廷之意，好动而恶静，好同而恶异，指趣所在，谁敢不从！臣恐陛下赤子，自此无宁岁矣。

至于所行之事，行路皆知其难。何者？汴水浊流，自生民以来，不以种稻。秦人之歌曰："泾水一石，其泥数斗。且溉且粪，长我禾黍。"何尝言长我粳稻耶？今欲陂而清之，万顷之稻，必用千顷之陂，一岁一淤，三岁而满矣。陛下遽信其说，即使相视地形，万一官吏苟且顺从，真谓陛下有意兴作，上糜帑廪，下夺农时，堤防一开，水失故道。虽食议者之肉，何补于民？天下久平，民物滋息，四方遗利，盖略尽矣。今欲凿空访寻水利，所谓即鹿无虞[24]，岂惟徒劳，必大烦扰。凡所擘画利害，不问何人，小则随事酬劳，大则量才录用。若官私格沮，并重行黜降，不以赦原；若材力不办兴修，便许申奏替换。赏可谓重，罚可谓轻。然并终不言诸色人妄有申陈，或官司惧兴工役，当得何罪？如此，则妄庸轻剽，浮浪奸人，自此争言水利矣。成功则有赏，败事则无诛。官司虽知其疏，岂可便行抑退？所在追集老少，相视可否，吏卒所过，鸡犬一空。若非灼然难行，必须且为兴役。何则？格沮之罪重，而惧兴之过轻。人多爱身，势必如此。且古陂废堰，多为侧近冒耕，岁月既深，已同永业。苟欲兴复，必尽追收，人心或摇，甚非善政。又有好讼之党，多怨之人，妄言某处可作陂渠，规坏所怨田产；或指人旧业，以为官陂，冒佃之讼，必倍今日。臣不知朝廷本无一事，何苦而行此哉。

自古役人[25]，必用乡户[26]，犹食之必用五谷，衣之必用丝麻，济川之必用舟楫[27]，行地之必用牛马；虽其间或有以他物充代，然终非天下所可常行。今者徒闻江、浙之间，数郡雇役，而欲措之天下[28]。是犹见燕、晋之枣栗[29]，岷蜀之蹲鸱[30]，而欲以废五谷，岂不难哉？又欲官卖所在坊场，以充衙前雇直[31]，虽有长役，更无酬劳，长役所得既微，自此必渐衰散。则州郡事体，憔悴可知。士大夫捐亲戚，弃坟墓，以从宦于四方者，用力之馀，亦欲取乐。此人之至情也。若凋弊太甚，厨传萧然^㉜，则似危邦之陋风，恐非太平之盛观。陛下诚虑及此，必不肯为。且今法令莫严于御军^㉝，军法莫严于逃窜，禁军三犯^㉞、厢军五犯^㉟，大率处死。然逃军常半天下，不知雇人为役，与厢军何异？若有逃者，何以罪之？其势必轻于逃军，则其逃必甚于今日。为其官长，不亦难乎？近者虽使乡户颇得雇人，然至于所雇逃亡，乡户犹任其责。今遂欲于两税之外^㊱，别立一科，谓之庸钱^㊲，以备官雇。则雇人之责，官所自任矣。自唐杨炎废租庸调以为两税^㊳，取大历十四年应予赋敛之数^㊴，以定两税之额。则是租、调与庸，两税既兼之矣。今两税如故，奈何复欲取庸？圣人立法，必虑后世，岂可于两税之外，别出科名哉？万一后世不幸有多欲之君，辅之以聚敛之臣，庸钱不除，差役仍旧，使天下怨毒，推所从来，则必有任其咎者矣。又欲使坊郭等第之民，与乡户均役，品官形势之家，与齐民并事^㊵，其说曰："《周礼》田不耕者出屋粟，宅不毛者有里布^㊶。"而汉世宰相之子，不免戍边，此其所以藉口也。古者官养民，今者民养官，给之以田而不耕，劝之以农而不力，于是有里布、屋粟、夫家之征^㊷，而民无所为生，去为商贾。事势当耳，何名役之？且一岁之戍，不过三日，三日之雇，其直三百。今世三大户之役^㊸，自公卿以降，毋得免者，其费岂特三百而已？大抵事若可行，不必皆有故事^㊹。若民所不悦，俗所不安，纵有经典明文，无补于怨。若行此二者，必怨无疑。女户单丁^㊺，盖天民之穷者也^㊻。古之王者，首务恤此；而今陛下首欲役之，此等苟非户将绝而未亡，则是家有丁而尚幼；若假之数岁^㊼，则必成丁，而就役老死而没官。富有四海，忍不加恤？孟子曰："始作俑者，其无后乎^㊽！"《春秋》书："作丘甲^㊾""用田赋^㊿"，皆重其始为民患也。

青苗放钱⁵¹，自昔有禁。今陛下始立成法，每岁常行，虽云不许抑配⁵²，而数世之后，暴君污吏，陛下能保之与？异日天下恨之，国史记之曰："青苗钱自陛下始，岂不惜哉！且东南买绢，本用现钱；陕西粮草，不许折兑，朝廷既有著令，职司又每举行。然而买绢未尝不折盐，粮草未尝不折钞。乃知青苗不许抑配之说，亦是空文。只如治平之初⁵³，拣刺义勇⁵⁴，当时诏旨慰谕，明言永不戍边，著在简书，有如盟约。于今几日？议论已摇，或以代还东军，或欲低换弓手，约束难恃，岂不明哉！纵使此令决行，果不抑配，计其间愿请之户，必皆孤贫不济之人。家若自有赢馀，何至与官交易？此等鞭挞已急，则继之逃亡；逃亡之馀，则均之邻保。势有必至，理有固然。且夫常平之为法也，可谓至矣。所守者约，而所及者广。借使万家之邑，止有千斛，而谷贵之际，千斛在市，物价自平。一市之价既平，一邦之民自足，无操瓢乞匄之弊⁵⁵，无里正催驱之劳⁵⁶，今若变为青苗，家贷一斛，则千户之外，孰救其饥？且常平官钱，常患其少，若尽数收籴，则无借贷；若留充借贷，则所籴几何？乃知常平、青苗，其势不能两立。坏彼成法，所丧愈多。亏官害民，虽悔何逮？臣窃计陛下欲考其实，必然问人，人知陛下方欲力行，必谓此法有利无害。以臣愚见，恐未可凭。何以明之？臣顷在陕西[57]，见刺义勇。提举诸县，臣常亲行，愁怨之民，哭声振野。当时奉使还者，皆言民尽乐为。希合取容[58]，自古如此。不然，则山东之盗[59]，二世何缘不觉[60]？南诏之败[61]，明皇何缘不知[62]？今虽未至于此，亦望陛下审听而已。

昔汉武之世，财力匮竭，用贾人桑弘羊之说[63]，买贱卖贵，谓之均输。于时商贾不行，盗贼滋炽，几至于乱。孝昭既立[64]，学者争排其说，霍光顺民所欲[65]，从而予之，天下归心，遂以无事。不意今者此论复兴。立法之初，其说尚浅，徒言徙贵就贱，用近易远。然而广置官属，多出缗钱[66]，豪商大贾，皆疑而不敢动，以为虽不明言贩卖，然既以许之变易。变易既行，而不与商贾争利，未之闻也。夫商贾之事，曲折难行，其买也先期而与钱，其卖也后期而取直，多方相济，委曲相通，倍称之息，由此而得。今官买是物，必先设官置吏，薄书廪禄，为费已厚，非良不售，非贿不行，是以官买之价，比民必贵。及其卖也，弊复如前。商贾之利，何缘而得？朝廷不知虑此，乃捐五百万缗以予之。此钱一出，恐不可复。纵使其间，薄有所获，而征商之额，所捐必多。今有人为其主牧牛羊，不告其主而以一牛易五羊。一牛之失，则隐而不言，五羊之获，则指为劳绩。陛下以为坏常平而言青苗之功，亏商税而取均输之利，何以异此？

陛下天机洞照，圣略如神，此事至明，岂有不晓？必谓已行之事，不欲中变，恐天下以为执德不一，用人不终，是以迟留岁月，庶几万一。臣窃以为过矣。古之英主，无出汉高，郦生谋挠楚权[67]，欲复六国，高祖曰："善，趣刻印[68]。"及闻留侯之言[69]，吐哺而骂曰："趣销印。"称善未几，继之以骂，刻印销印，有同儿戏。何尝累高祖之知人[70]？适足明圣人之无我。陛下以为可，而行之，知其不可，而罢之。至圣至明，无以加此。议者必谓民可与乐成，难与虑始；故陛下坚执不顾，期于必行。此乃战国贪功之人，行险徼幸之说。陛下若信而用之，则是徇高论而逆至情，持空名而邀实祸。未及乐成，而怨已起矣。臣之所愿结人心者，此之谓也。

士之进言者，为不少矣。亦尝有以国家之所以存亡，历数之所以长短，告陛下者乎？国家之所以存亡者，在道德之浅深，不在乎强与弱；历数之所以长短者，在风俗之厚薄，不在乎富与贫？道德诚深，风俗诚厚，虽贫且弱，不害于存而长；道德诚浅，风俗诚薄，虽强且富，不救于短而亡。人主知此，则知所轻重矣。是以古之贤君，不以弱而亡道德，不以贫而伤风俗。而智者观人之国，亦以此而察之。齐至强也，周公知其后有篡弑之臣[71]；卫至弱也，季札知其后亡[72]；吴破楚入郢[73]，而陈大夫逢滑知楚之必复；晋武既平吴[74]，何曾知其将乱[75]；隋文既平陈[76]，房乔知其不久[77]；元帝斩郅支[78]，朝呼韩[79]；功多于武、宣矣；偷安而王氏之衅生[80]；宣宗收燕、赵[81]，复河湟[82]，力强于宪、武矣[83]，消兵而庞勋之乱起[84]。故臣愿陛下务崇道德而厚风俗，不愿陛下急于有功而贪富强。使陛下富如隋，强如秦，西取灵武[85]，北取燕蓟[86]，谓之有功可也。而国之长短，则不在此。夫国之长短，如人之寿夭，人之寿夭在元气，国之长短在风俗。世有尪羸⁸⁷而寿考⁸⁸,亦有盛壮而暴亡。若元气犹存,则尪羸而无害;及其已耗,则盛壮而愈危。是以善养生者,慎起居,节饮食,道引关节,吐故纳新,不得已而用药,则择其品之上,性之良,可以久服而无害,则五脏和平而寿命长。不善养生者,薄节慎之功,迟吐纳之效。厌上药而用下品,伐真气而助强阳,根本以空,僵仆无日。天下之势,与此无殊。故臣愿陛下爱惜风俗,如护元气。

古之圣人,非不知深刻之法可以齐众,勇悍之夫可以集事;忠厚近于迂阔,老成初若迟钝。然终不肯以彼易此者,知其所得小而所丧大也。曹参⁸⁹,贤相也,曰:"慎无扰狱市⁹⁰。"黄霸⁹¹,循吏也⁹²,曰:"治道去泰甚⁹³。"或讥谢安⁹⁴以清谈废事⁹⁵,安笑曰:"秦用法吏,二世而亡。"刘晏为度支⁹⁶,专用果锐少年,务在急速集事,好利之党,相师成风。德宗初即位⁹⁷,擢崔祐甫为相,祐甫以道德宽大推广上意,故建中之政⁹⁸,其声翕然,天下想望,庶几贞观⁹⁹。及卢杞为相⑩⁰,讽上以刑名整齐天下,驯致浇薄⑩¹,以及播迁⑩²。我仁祖之驭天下也⑩³,持法至宽,用人有叙,专务掩覆过失,未尝轻改旧章。然考其成功,则曰未至;以言乎用兵,则十出而九败;以言乎府库,则仅足而无馀。徒以德泽在人,风俗知义,是以升遐之日⑩⁴,天下如丧考妣⑩⁵。社稷长远,终必赖之。则仁祖可谓知本矣。今议者不察,徒见其末年,吏多因循,事不振举,乃欲矫之以苛察,齐之以智能,招来新进勇锐之人,以图一切速成之效。未享其利,浇风已成。且天时不齐,人谁无过?国君贪垢,至察无徒。若陛下多方包容,则人才取次可用,必欲广置耳目,务求瑕疵,则人不自安,各图苟免。恐非朝廷之福,亦岂陛下所愿哉?汉文欲拜虎圈啬夫⑩⁶,释之以为利口伤俗⑩⁷。今若以口舌捷给而取士,以应对迟钝而退人;以虚诞无实为能文,以矫激不仕为有德:则先王之泽,遂将散微。

自古用人,必须历试。虽有卓异之器,必有已试之功。一则使其更变而知难,事不轻作;一则待其功高而望重,人自无辞。昔先主以黄忠为后将军⑩⁸,而诸葛亮忧其不可,以为忠之名望,素非关、张之论⑩⁹,若班爵遽同⑩⁹,则必不悦。其后关羽果以为言。以黄忠豪勇之资,以先主君臣之契,尚须虑此,况其他乎?世尝谓汉文不用贾生⑪¹,以为深恨。臣尝推究其旨,窃谓不然。贾生固天下之奇才,所言亦一时之良策,然请为属国⑪²,欲以系单于,则是处士之大言,少年之锐气。昔高祖以三十万众困于平城⑪³,当时将相群臣,岂无贾生之比?三表五饵⑪⁴,人知其疏,而欲以困中行说⑪⁵,尤不可信矣。兵,凶器也,而易言之,正如赵括之轻秦⑪⁶,李斯之易楚⑪⁷,若文帝亟用其说,则天下殆将不安;使贾生尝历艰难,亦必自悔其说。用之晚岁,其术必精,不幸丧亡,非意所及。不然,文帝岂弃才之主?绛、灌岂蔽贤之士⑪⁸?至于晁错尤号刻薄⑪⁹,文帝之世止于太子家令⑫⁰,而景帝既立,以为御史大夫⑫¹,申屠贤相发愤而死⑫²,纷更政令,天下骚然。及至七国发难⑫³,而错之术亦穷矣。文、景优劣,于斯可见。大抵名器爵禄,人所奔趋,必使积劳而后迁,以明持久而难得,则人各安其分,不敢躁求。今若多开骤进之门,使有意外之得,公卿侍从,跬步可图[124]。其得者既不肯以侥幸自名,则其不得者必皆以沉沦为叹。使天下常调,举生妄心,耻不若人,何所不至?欲望风俗之厚,岂可得哉?选人之改京官,常须十年以上,荐更险阻,计析毫厘,其间一事聱牙,常至终身沦弃。今乃以一人之荐举而与之,犹恐未称,章报随至。使积劳久次而得者,何以厌服哉?夫常调之人,非守则守,员多阙少,久已患之。不可复开多门,以待巧者[125]。若巧者侵夺已甚,则拙者迫怵无聊。利害相形,不得不察。故近岁朴拙之人愈少。巧进之士益多。惟陛下重之惜之,哀之救之。如近日三司献言,使天下郡选一人,催驱三司文字,许之先次指射以酬其劳[126]。则数年之后,审官吏部,又有三百馀人,得先占阙。常调待次,不其愈难?此外,勾当发运均输[127]。按行农田水利,已振监司之体,各怀进用之心,转对者望以称旨而骤迁,奏课者求为优等而速化,相胜以力,相高以言,而名实乱矣。惟陛下以简易为法,以清净为心,使奸无所缘,而民德归厚。臣之所愿厚风俗者,此之谓也。

古者建国,使内外相制,轻重相权,如周如唐,则外重而内轻;如秦如魏,则外轻而内重。内重之弊,必有奸臣指鹿之患[128],外重之弊,必有大国问鼎之忧[129]。圣人方盛而虑衰,常先立法以救弊。我国家租赋籍于计省,重兵聚于京师,以古揆今,则似内重。恭惟祖宗所以深计而预虑。固非小臣所能臆度而周知。然观其委任台谏之一端[130],则是圣人过防之至计。历观秦、汉以及五代,谏争而死,盖数百人。而自建隆以来[131],未尝罪一言者,纵有薄责,旋即超升。许以风闻,而无官长。风采所系,不问尊卑,言及乘舆,则天子改容,事关廊庙,则宰相待罪。故仁宗之世,议者讥宰相但奉行台谏风旨而已。圣人深意,流俗岂知?台谏固未必皆贤,所言亦未必皆是,然须养其锐气而借之重权者,岂徒然哉?将以折奸臣之萌,而救内重之弊者。夫奸臣之始,以台谏折之而有余;及其既成,以干戈取之而不足。今法令严密,朝廷清明,所谓奸臣,万无此理。然而养猫所以去鼠,不可以无鼠而养不捕之猫;畜狗所以防奸,不可以无奸而畜不吠之狗。陛下得不上念祖宗设此官之意,下为子孙立万一之防?朝廷纪纲,孰大于此?

臣自幼小所记,及闻长老之谈,皆谓台谏所言,常随天下公议。公议所与,台谏亦与之;公议所击,台谏亦击之。及至英庙之初[132],始建称亲之议[133],本非人主大过,亦无礼典明文,徒以众心未安,公议不允,当时台谏,以死争之。今者物论沸腾,怨讟[134]交至,公议所在,亦可知矣,而相顾不发,中外失望。夫弹劾积威之后,虽庸人亦可奋扬;风采消委之余,虽豪杰有所不能振起。臣恐自兹以往,习惯成风,尽为执政私人,以致人主孤立,纪纲一废,何事不生?孔子曰:"鄙夫可与事君也欤,其未得之也,患得之。既得之,患失之。苟患失之,无所不至矣。"臣始读此书,疑其太过,以为鄙夫之患失,不过备位而苟容。及观李斯忧蒙恬之夺其权,则立二世以亡秦;卢杞忧怀光之数其恶[135],则误德宗以再乱。其心本生于患失,而其祸乃至于丧邦。孔子之言,良不为过。是以知为国者,平居必常有忘躯犯颜之士,则临难庶几有徇义守死之臣。若平居尚不能一言,则临难何以责其死节?人臣苟皆如此,天下亦曰殆哉!"君子和而不同[138],小人同而不和。"和如和羹,同如济水。孙宝有言:"周公大圣,召公大贤,犹不相悦,著于经典。"晋之王导[139],可谓元臣,每与客言,举坐称善,而王述不悦[139],以为"人非尧舜,安得每事尽善?"导亦敛衽谢之[139]。若使言无不同,意无不合,更唱迭和,何者非贤?万一有小人居其间,则人主何缘知觉?臣之所愿存纪纲者,此之谓也。

臣非敢历诋新政[140],苟为异论。如近日裁减皇族恩例[141]、刊定任子条式[142]、修完器械、阅习鼓旗,皆陛下神算之至明,乾刚之必断。物议既允,臣安敢有词?至于所献之三言,则非臣之私见,中外所病,其谁不知。昔禹戒舜曰:"无若丹朱傲,惟慢游是好[143]。"舜岂有是哉!周公戒成王曰:"毋若商王,受之迷乱[144],酗于酒德。"成王岂有是哉!周昌以汉高为桀、纣[145],刘毅以晋武为桓、灵[146],当时人君,曾莫之罪,而书之史册,以为美谈。使臣所献三言,皆朝廷未尝有此,则天下之幸,臣与有焉。若有万一似之,则陛下安可不察?然而臣之为计,可谓愚矣。以蝼蚁之命,试雷霆之威,积其狂愚,岂可数赦,大则身首异处,破坏家门,小则削籍投荒,流离道路。虽然,陛下必不为此,何也?臣天赋至愚,笃于自信。向者与议学校贡举[147],首违大臣本意,已期窜逐,敢意自全。而陛下独然其言,曲赐召对,从容久之,至谓臣曰:"方今政令得失安在,虽朕过失,指陈可也。"臣即对曰:"陛下生知之性,天纵文武,不患不明,不患不勤,不患不断,但患求治太速,进人太锐,听言太广。"又俾具述所以然之状。陛下容之久矣。岂有容之于始而不赦之于终?恃此而言,所以不惧。臣之所惧者,讥刺既众,怨仇实多,必将诋臣以深文,中臣以危法,使陛下虽欲赦臣而不可得,岂不殆哉?死亡不辞,但恐天下以臣为戒,无复言者。是以思之经月,夜以继昼,表成复毁,至于再三。感陛下听其一言,怀不能已。卒吐其说。惟陛下怜其愚忠而卒赦之,不胜俯伏待罪忧恐之至。

【注释】

①本文应作于熙宁二年(1069)原文有误。

②买灯事:神宗下令减价购买浙灯四千盏,苏轼在《谏买浙灯状》中力陈停止折价买灯之见,为神宗采纳。

③逭:逃,避。《书·太甲中》:"自作孽,不可逭。"

④子产:公孙侨,春秋时郑国大夫。 焚载书:子孔(郑国人)规定官员各守其位,听取执政的法令引起不满,子产规劝其烧掉盟书,于是果做如是。

⑤伯石:公孙段,字子石,郑国大夫。

⑥厉:虐害。出自《论语·子张》。

⑦商鞅变法:商鞅是战国时政治家,卫国人,秦孝公任用他实行变法。内容涉及重农抑商、奖励耕织、军功,废贵族世袭制等,奠定了秦国富强的基础。

⑧宋国君襄公好仁义,泓水之战中,楚军未渡完河,未列好阵之前他不攻击。结果己方失败了。见《左传·僖公二十二年》。

⑨春秋时齐大夫田常杀齐简公,后人又为田和时取代了齐君。

⑩谢安:字安石,东晋大臣,他用桓石民为荆州刺史,桓伊为江州刺史,桓石虔为豫州刺史。

⑪庾亮:字元规,东晋大臣。　　苏峻:东晋军事将领。庾亮佐政时,要变苏峻为大司农,以解除他的兵权,于是苏伐庾发动叛乱。

⑫三司使:盐铁使、户部使、度支使,掌国家经济命脉,下设副使、判官。

⑬酒禁:禁止私自酿卖酒类。

⑭房、杜:房玄龄、杜如晦两位唐代贤相,有"房谋杜断"之说。

⑮宵旰:"宵衣旰食"的略语,旧时用来称颂帝王勤于政事。

⑯内帑:设在宫中供皇家私用的金库。

⑰汉顺帝汉安元年派杜乔、周举等八人行州郡、宣风化、举臧否。桓帝应为顺帝。

⑱孝武帝:南朝宋的皇帝刘骏。

⑲萧齐:南朝由萧道成建立的齐朝。

⑳景陵王子良:齐武帝次子萧子良原封竟陵王,五代晋时竟陵改称景陵,故有景陵王之称。

㉑宇文融:唐开元问监察御史,721年上谏清理逃亡户口和豪富外占田,请置劝农判官十人,并摄御史,清出客户八十余万和大量土地。

㉒裴宽:唐开元间礼部尚书。

㉓张说:唐开元间兵部尚书、同中书门下三品。　　杨玚:唐户部侍郎。皇甫璟:开元间阳翟尉。　　杨相如:曾任事唐右拾遗。

㉔即鹿无虞:射鹿而无虞官相助。《易经·屯卦》。

㉕役人:使人服役。

㉖乡户:户籍属农村的人家。

㉗济川:渡河。

㉘措:施行。

㉙燕:河北一带。　　晋:山西一带。

㉚岷蜀:今四川一带。　　蹲鸱:大芋头。

㉛衙前:宋代官役的一种。掌官物押运或看管府军粮仓,或管理州县官食物。

㉜厨传:吃住状况。厨:供应过客饮食。　　传:供应过客住宿。

㉝御军:统治军队。

㉞禁军:北宋称正规军队为禁军。禁军从各地招募或从厢军、乡兵中选拔,由中央政府直接管辖。分隶殿前司,侍卫亲军马军司、侍卫亲军步军司三衙。除守卫京师外,并轮番调戍各地,其编制单位为军、指挥、都。

㉟厢军:宋代称留驻各州的军队,主要供行政的役使。

㊱两税:夏、秋两税。宋代规定:夏税自五月半起征,七月底或八月初纳毕;秋税自九月初起征,十二月半纳毕。

㊲庸钱:供官府支付雇佣差役工资的赋税。

㊳杨炎:字公南,曾任门下侍郎、同平章事等职。建中元年,建议废除"以丁夫为本"的租庸调旧制,改行以家产多寡为准的两税法。

租庸调:唐前期赋役制度的田租,力庸、户凋的简称,后为两税法所替。

㊴大历十四年:即779年。　　大历:唐代宗李豫的年号。

㊵齐民:平民。

㊶此句出自《周礼·地官·载师》,原文为"凡宅不毛者为里布,田不耕者出屋粟。"本文引用颠倒。　　屋粟:三家的税粟。　　不毛:不种桑麻。　　里布:一里二十五家的钱。布:泉布,即钱。

㊷夫家之征:《周礼·地官·载师》:"凡民无职事者,出夫家之征。"　　夫:夫税,百亩之税。　　家:家税,出车和服役。

㊸三大户之役：差役的一种。乡内以百户为一团，举豪富三人充团长，为地方治安。

㊹故事：以前的典章制度。

㊺女户：唐宋时家无成年男子以妇女为户主的民户。　　单丁：无兄弟的成年男子。

㊻天民：通称人民。

㊼假：宽容。

㊽此句出自《孟子·梁惠王上》，为孟子引用孔子语，意为：开始用俑人殉葬的人，将无后代。

㊾作丘甲：语出《春秋·成公元年》，其为春秋时鲁国兵赋制度：每丘出一定数目的赋税。周礼规定九夫为井，四井为邑，四邑为丘，四丘为甸。

㊿用田赋：语出《左传·哀公十二年》，按田地征收的赋税。

51青苗放钱：唐中叶的田赋附加税。大历初，苗一亩收钱十五，方苗青即征收，后又有地头钱每亩征二十，通名青苗钱。两税法施行，青苗钱未废除，仍于夏秋两季征收。

52抑配：强行摊派。

53治平：宋英宗的年号。

54拣刺义勇：宋承五代兵制，军士文面刺字，以防逃脱。治平元年（1064），宰相韩琦建议河北、河东、陕西之路义勇只刺手背不刺面，且不遣戍守边，英宗下诏点刺义勇。

55乞匃：讨饭。　　匃同"丐"。

56里正：古时乡里小吏。

57顷：近来。

58希合：迎合。

59山东之盗：指陈胜、吴广领导的农民起义军。山东：崤山之东。　　盗：对起义军的蔑称。

60二世：秦二世胡亥。

61南诏之败：天宝九载（750）。南诏王阁罗凤攻陷云南，宰相杨国忠推荐鲜于仲通率兵伐之，在泸州惨败。　　南诏：唐代西南少数民族政权。

62明皇：唐玄宗李隆基。杨国忠隐鲜于仲通之败实情，仍赞其战功，蒙蔽唐玄宗。

63桑弘羊：西汉大臣。主张重农抑商，推行盐铁酒类由国家专卖等政策。

64孝昭：汉昭帝刘弗陵。

65霍光：西汉大臣。在盐铁会议上赞同学者之见，采纳之。

⑥缗:成串的铜钱。古时一千文为一缗。

⑥郦生谋挠楚权:郦食其乃刘邦谋士,建议恢复被秦灭亡的六国子孙王位,以削弱楚霸王项羽的权力。

⑥趣:赶快。

⑥及闻留侯之言:等听到张良反对这一做法,知其弊端,顿时省悟,命赶快销毁这些印章。 留侯:张良。汉朝封他为留侯。

⑦累:牵累。

⑦周公:姬旦,周初政治家,辅助武王灭纣,后代成王摄政。

⑦季札:又称公子札,春秋时吴国贵族。

⑦吴破楚入郢:公元前505年,吴军攻入楚国国都郢。 郢:在今湖北江陵北。

⑦此句意为:晋武帝司马炎于280年命王濬、王浑等率军攻吴,灭吴国。

⑦何曾:字颖考,陈国阳夏(今河南太康)人,魏晋时大臣。

⑦隋文:隋文帝杨坚,于589年灭陈,统一中国。

⑦房乔:房玄龄。齐州临淄(今山东淄博市东北)人,唐初大臣。

⑦元帝:汉元帝刘奭。 郅支:匈奴单于,本名呼屠吾斯。元帝建昭三年(公元前36年)为汉西域副校尉陈汤所杀。

⑦朝呼韩:使郅支之弟呼韩邪单于来朝见。

⑧偷安而王氏之衅生句:汉元帝皇后侄儿王莽,于西汉末以外戚掌握政权。后使尽诡计,篡夺汉朝帝位,建立新王朝。

⑧宣宗:唐宣宗李忱。

⑧复河湟:河湟一带曾为吐蕃所占,唐宣宗大中五年(851),张义潮驱逐吐蕃,河湟复归唐朝。 河湟:今青海、甘肃一带。

⑧宪:唐宪宗李纯。 武:唐武宗李炎。

⑧庞勋之乱起:唐咸通九年(868)七月,戍守桂林的部分徐州、泗州兵因久戍不能归乡,愤怒不已,遂由许佶等发难,拥庞勋为首,自行北归。沿途攻克州县多处。

⑧灵武:今属宁夏。

⑧燕蓟:今河北、山西一带。

⑧尪羸:瘦弱。

⑧寿考:高寿。

⑧曹参:字敬伯,沛县(今属江苏)人,汉初大臣。

⑨慎无扰狱市句:《史记·曹相国世家》:"参去,属其后相曰:'以齐狱市为寄,慎勿扰也。'"因市乃奸人图利之所,若管理过严,则奸人无以为生,易造乱。狱:诉讼。 市:交易买卖。

⑨黄霸:字次公,淮犯阳夏(今河南太康)人,西汉大臣。

⑨循吏:奉公守法的官吏。

⑨泰甚:过度。

⑨谢安:字安石,东晋陈郡阳夏(今河南太康)人,孝武帝时官至宰相。

⑨清谈:即玄谈、玄言。魏晋时士大夫盛行的一种风气,崇尚老庄,空谈名理。

⑨刘晏:字士安,唐大臣,善理财政。　　度支:官名,掌国家的财政收支。

⑨德宗:唐德宗李适。

⑨建中:唐德宗的一个年号。

⑨贞观:唐太宗年号,贞观时为盛世。

⑩卢杞:字子良。建中二年(781)由御史中丞升为宰相。

⑩浇薄:社会风气不正,浮薄。

⑩播迁:流亡迁徙。此指建中四年(783),泾原兵变,唐德宗逃奔奉天之事。

⑩仁祖:宋仁宗赵祯。

⑩升遐:古称帝王之死为升遐。

⑩考:称死去的父亲。　　妣:称已死的母亲。

⑩"汉文欲拜虎圈啬夫"句:汉文帝游上林苑,至虎圈,提出问题,上林尉未能答,虎圈啬夫代答,于是汉文帝想拜他为上林尉。汉文:汉文帝刘恒。　　虎圈啬夫:看管虎圈的官吏。

⑩"释之以为利口伤俗"句:张释之反对提拔啬夫,认为只因口舌灵便擢升,有伤风俗。　　释之:张释之,字季,西汉大臣。

⑩先主:三国时蜀汉皇帝刘备。　　黄忠:字汉升,三国南阳(今属河南)人,初事刘表,后归刘备。

⑩关、张:关羽、张飞。刘备的结义兄弟,蜀汉大将。

⑩班爵:官的位次。

⑪贾生:贾谊,西汉文学家、政论家。

⑫属国:使管理国事。

⑬"昔高祖"句:公元前200年,汉高祖刘邦率大军击匈奴,被围困在平城。平城:今在山西大同东。

⑭三表五饵:《汉书·贾谊传赞》:"施五饵三表以予单于。"　　三表:仁道、常义、守信。　　五饵:赐单于盛服车乘、盛食珍味、音乐妇女、高堂邃宇府库奴婢、皇帝召幸为五饵。

⑮中行说:人名,原为汉宦官,因皇帝强行派其送公主下嫁匈奴单于,故生怨,把汉朝的秘密告知匈奴。

⑯赵括:战国时赵国将领、纸上谈兵者。当其为赵将率军与秦军战于长平时,

全军四十余万人被歼灭。

⑪⑰"李斯之易楚"句:秦始皇欲伐楚,问臣下须用多少兵力,李斯说:"不过二十万人。"王翦说:"非六十万人不可。"始皇采纳李斯言,派其与蒙恬率二十万兵伐楚,结果大败。　易:轻视。

⑪⑧绛:绛侯周勃,汉大臣。　　灌:颍阴侯灌婴,汉大臣。

⑪⑨晁错:西汉政论家、文学家。

⑫⑳太子家令:官名,掌太子府事务。

⑫①御史大夫:官名,主弹劾、纠察及掌管重要文书图籍。

⑫②"申屠贤相发愤而死"句:申屠嘉为贤相,因晁错变更法令,要求斩之,皇帝不允,气愤呕血而死。　　申屠:申屠嘉,汉大臣。

⑫③七国发难:七国叛乱。　　七国:汉景帝时吴、楚、赵、胶东、胶西、菑川、济南等七国。

⑫④跬:古代的半步,即今之一步。

⑫⑤巧者:虚伪奸诈的人。

⑫⑥指射:即宋代设立的八路定差制度。川峡四路、广南东西路、福建路、荆湖南路,允许中州及土著在选的官员随意就差,各为指射。

⑫⑦勾当:主管。

⑫⑧"必有奸臣指鹿之患"句:秦末奸臣赵高欲试群臣之言,指着一只鹿要秦二世说是马。秦二世笑问:"丞相误耶?指鹿为马。"于是问左右之人,有的沉默,有的说是鹿。

⑫⑨问鼎之忧:春秋时,楚国强盛,陈兵周境,问鼎之大小轻重,有取而代之之意。鼎:三代传国之宝。

⑬⑳台谏:御史台。

⑬①建隆:宋太祖的一个年号。

⑬②英庙:宋英宗赵曙。

⑬③称亲之议:宋仁宗死后无嗣,英宗继帝位,他为濮王之子,于是想立濮王为"皇考",大臣议论不休,意见不统一。

⑬④怨讟:怨恨诽谤。

⑬⑤此句意为:朱泚叛乱时,唐德宗逃至奉天。李怀光来救。因卢杞曾斥责过李怀光,怕其在德宗面前揭他罪恶,便极力阻挠李怀光与德宗见面。　　怀光:李怀光,唐将领。

⑬⑥同:盲目,相从。

⑬⑦正导:字茂弘,东晋大臣。

⑬⑧王述:字怀祖,王导的属官。

⑬敛衽:把衣襟夹于带间,表敬意。

⑭历诋:逐个诋毁。　　新政:王安石的新法。

⑭裁减皇族恩例:改变以往皇家亲族一定授予官职的旧例。

⑭刊定任子条式:制定子弟因父兄的官爵而受到封赏的条文。

⑭"无若丹朱傲"二句:语出《尚书·益稷》。　　丹朱:尧之子朱,封于丹渊,故名。　　慢游:浪荡游玩。

⑭受:商纣王名受。

⑭周昌:汉代官至御史大夫。《汉书·周昌传》:"昌尝燕入奏事,高帝方拥戚姬,昌还走。高帝逐得,骑昌项。上问曰'我何如主也?'昌仰曰:'陛下即桀、纣之主也。'于是上笑之。"

⑭刘毅:字仲雄,西晋大臣。《晋书·刘毅传》载,晋武帝司马炎问刘毅:"卿以朕方何汉帝也?"刘毅言:"可方桓、灵。"晋武帝不服,刘毅说:"桓、灵卖官,钱入官库;陛下卖官,钱入私门。以此言之,殆不如也。"

⑭向者:从前。

【鉴赏】

《上神宗皇帝书》是苏轼于宋神宗熙宁四年(经考证,应为熙宁三年,即1070年)二月上书皇帝的奏章,全文约八千字,这里是节选。《上神宗皇帝书》,全文雄肆博辩,结构宏大,语言爽利,是苏轼议论文中的精品之一。

《上神宗皇帝书》是一篇全面反对王安石变法的文章,集中体琬了苏轼在熙宁前期的政治观点。不论是研究苏轼,还是研究北宋政治斗争史,或者是全面评价王安石变法,这都是一篇很重要的历史文献。顾炎武在《日知录》卷十三中评价此文说:"当时言新法者多矣,未有若此之深切者。"

《上神宗皇帝书》全文分为三大部分。第一部分讲上书的原因,第二部分系统指责制置三司条例司及其所颁布的新法,分别论述结人心、厚风俗、存纪纲的重要,是全文的主要部分。第三部分是结尾,再次陈说上书的前后思虑,并希望神宗广开言路,鼓励评说时局,这里选的是第二部分第一大段中的第一小段,概括论述结人心的重要意义,是第二部分第一大段的总纲和序言,以引出下文指责新法种种失人心的做法。

所选的本段,仅为全文中的一滴水,仅为全豹中的一个斑,但透过这滴水可反映全文汹涌澎湃的大海气势,通过这一斑可窥见全豹色彩斑斓的文采。

本段结构严谨、完整。全段可分为两层,第一层从开头到"人主所恃者,人心而已"。这一层又是全段的总纲,总论皇帝要维护、巩固统治要依仗人心,极言人心的重要,以期引起皇帝的重视。本层起头的第一句"人莫不有所恃",突兀而起,气势宏大。文章由"人"而起,为下文论述"人心"奠定了广阔而坚实的基础。"人莫不有所恃"的"人",仅虚提一笔,立下了一个大前提,并不需要证明。"人臣"当然是"人","恃"什么呢?一仗恃"陛下之命",二仗恃"陛下之法"。文章由"人臣""陛下",自然而然地过渡到"人主",所以就提出了"至于人主所恃者谁欤"的问题。"人主"既然是万民之主,一切由他做主,他说了算,是万民、人臣仗恃他,他有什么可依赖的呢?这个问题不解决,全文规劝皇帝结人心的立论就会失去基础。所以苏轼引用《尚书(伪古文)·五子之歌》中的话作为自己立论的理论依据:君临万民,就像用腐朽的绳索驾驭六匹马拉的车子一样,稍不注意就会绳断车翻,遭到人民反对甚至被废黜。苏轼对引文的注释解说是:"天下莫危于人主也。"这是讲"人主"的"危"。危在哪里呢?文章用一对偶句来讲危的所在:"聚则为君臣,散则为仇雠。"聚,就是得人心,受到百姓的拥戴,就能定君臣的名分;散,就是失人心,就是分崩离析,相互视同仇敌。在人心的得失之间,是不能有一丝一毫差错的。天下归心就能称为王,众叛亲离就成为独夫。苏轼在这里表露的思想是:"民惟邦本,本固邦宁",得人心者得天下,失人心者失天下。最后水到渠成地归结:"由此观之,人主之所恃者,人心而已。"本层由大到小、由远至近、由一般到个别,层层剥笋,深入内层,重点在人主得人心的至关重要!与本大段的中心紧密结合。

第二层从"人心之于人主也"到本段结束,从三个方面讲述人心对人主的重要。第一个方面连用六个比喻突出强调"人主失人心则亡"的道理。六个比喻,犹如大海之浪涛,一浪接一浪,汹涌而至,给人主造成强烈的印象。最后还追加了令人主触目惊心的一句:"此理之必然,不可逭之灾也。"暗示了《尚书(伪古文)·太甲中》的一句话:"天作孽,犹可违;自作孽,不可逭",如果失掉了人心,可是自己造成的不可逃脱的灾难。写失却人心会给人主造成的危害。这是从反面讲述,下面再以正面讲述。第二个方面以历史上两正一反的经验教训讲得人心的好处和失人心的结果。值得注意的是,这三个例子中有两个同改革有关。子产焚载书一事见《左传·襄公十年》:子孔(郑国的执政大臣)想专郑国的政,制定载书(盟书)严格限定各人职守,使之不得参预国政。此举引起群卿诸司的不满,子孔想把不满者都杀掉,子产(郑国谋臣,后为执政大臣)劝子孔烧掉盟书平息众怒。赂伯石以安巨室一事见《左传·襄公三十年》:子产执郑国之政后,想让出身于大家族的伯石为国家效力,就把城邑给他以笼络之。子产认为,城邑给了伯石,他能把城邑搬到哪里去?伯石是国家大臣,城邑仍在国家手里。子产此举是为得大家族的人心。当时,家族是组成国家的重要势力集团,安定大家族对于巩固国家政权有重要意义。以上两例,都是由于得人心而使国家安定。接着苏轼把商鞅变法作为反面例子告诫人主,变法"不顾人言","召怨天下",不得人心,一定是国亡身死。苏轼在此以商鞅变法来暗示王安石变法,为下文指责王安石变法的种种不得人心的做法埋下了伏笔。两个同改革有关的例子,一是自己取消了改革,一是在外力的摧毁下改革失败了,总之,改革不得人心就要失败. 这是苏轼在文章中反复强调的。第三个方面讲述君子做事情要把民心的向背放在第一位,先不要管办事情的对与错,暗示王安石变法有的地方可能是对的,但民心的向背是关键,"势有不可",还是放弃的好。这一部分作者用了四个例子来证明自己的小论点:"未论行事之是非,先观众心之向背。"在小论点之前的两个例子,是讲行事的义与不义,宋襄公在战争时讲仁义,失众而亡;田常的四世孙废君自立为齐王是不义,却因得众而强。小论点后的两个例子,是讲行事的是与非,谢安用桓石民、桓伊、桓石虔分别据守荆州、江州、豫州三重镇未必对,但"众之所乐",国家就太平无事;晋朝的庾亮知道苏峻必为祸乱,升他为大司农(升官而夺其兵权)未必是错,但当时的形势已不许可,庾亮反受苏峻叛乱的祸害和羞辱,从四个例子得出结论:顺众大家的愿望国家就平安,人主如刚愎自用就会有危险。这里的"危"和本段开头的"危"遥相呼应,反复强调人主得人心的重要。

全段紧扣中心,一气呵成,势如破竹,论证有理论、有事例、有分析,能针对皇帝唯求国家安定这一点出发,极言得人心的重要,有很强的说服力。

学习此文要注意两点:一是不必涉及对王安石变法的全面评价,因为这个问题不是本文及本鉴赏文所能解决的。只好留待历史学家去做结论。二是本段所引孔子的话,为苏轼误引,实系子夏所言,见《论语·子张》。

乞校正陆贽奏议上进札子

【题解】

元祐八年(公元1093年),苏轼为翰林学士兼侍读。时哲宗年幼,太后垂帘听政。此年五月七日,苏轼与同僚进呈此札子,郑重其事向哲宗推荐陆贽的奏议,备述陆贽的才干及忠言谠论,希望哲宗以唐德宗为戒,以陆贽奏议为鉴,"必能发圣性之高明,成治功于岁月",其一片爱君忧国、感恩思报之苦心溢于文外。此文为四六文体,全文风格如陆贽奏议而别具婉转之致,有苏轼自己的本色。

陆贽(754—805),字敬舆,唐代苏州嘉兴(今属浙江)人。年十八登进士第,又中宏词拔萃。德宗时任翰林学士,德宗称之为"陆先生"而不呼其名。累迁中书侍郎、同平章事。建中四年(783),德宗避朱泚之乱于奉天,许多诏书都是由陆贽起草。贞元八年(公元792年)任宰相,贞元十年(794)冬遭谗言被贬为忠州(今四川忠县)别驾。居忠州十年而死。卒谥宣,所以人称为"陆宣公"。陆贽在朝论谏甚切,所作奏议,全用排偶,条理畅达,后人集为《陆宣公翰苑集》。苏轼曾谓:"文人之盛,莫若近世。然私所钦慕者,独宣公之一。"(《答虔倅俞括书》)

札子,向皇帝或长官奏事进言使用的一种公文。

【原文】

元祐八年五月七日,端明殿学士兼翰林侍读学士左朝奉郎守礼部尚书苏轼,同吕希哲、吴安诗、丰稷、赵彦君、范祖禹、顾临札子奏。

臣等猥①以空疏②,备员讲读③,圣明天纵④,学问日新,而臣等才有限而道无穷,心欲言而口不逮⑤,以此自愧,莫知所为。窃谓人臣之献忠,譬如医者之用药,药虽进于医手,方⑥多传于古人。若已经效于世间,不必皆从于己出。

伏见唐宰相陆贽,才本王佐⑦,学为帝师。论深切于事情,言不离于道德。智如子房⑧,而文则;辩如贾谊,而术不疏⑨。上以格君心之非,下以通天下之志⑩。三代已还,一人而已。但其不幸,所事暗君。德宗⑪以苛刻为明,而贽谏之以忠厚;德宗以猜疑为术,而贽劝之以推诚;德宗好用兵,而贽以消兵为先;德宗好聚财⑫,而贽以散财为急。至于用人听言之法,治边驭将之方,罪己以收人心,改过以应天变,远小人以除民患,惜名器⑬以待有功,如此之流,未易悉数,可谓进苦口之药石,针害身之膏肓⑭。使德宗尽用其言,则贞观⑮可得而复。

臣等每退自西阁⑯,即私相告言,以陛下圣明,若得贽在左右,则此八年⑰之久可致三代之隆。昔冯唐论颇、牧之贤⑱,则汉文为之太息。魏相条晁、董之对,则孝宣以致中兴⑲。若陛下能自得师⑳,莫若近取诸贽。夫六经三史㉑,诸子百家㉒,非无可观,皆足为治。但圣言幽远,末学支离,譬如山海之崇深,难以一二而推择,如贽之论,开卷了然。聚古今之精英,实治乱之龟鉴㉓。臣等欲取其奏议,稍加校正,缮写进呈。愿陛下置之坐隅,如见贽面;反覆熟读,如与贽言。必能发圣性之高明,成治功于岁月㉔。

臣等不胜区区㉕之意。取进止㉖。

【注释】

①猥:辱,猥贱。用为谦词,表示才德不足而玷污官位。

②空疏:言胸无实学。

③备员:充数,备充人数之不足。谦辞。　　讲读:皆官员,侍讲侍读,职掌侍奉皇帝读书。时苏轼为翰林学士,与吕希哲、范祖禹同进为讲读之官。

④圣明天纵:皇上聪明,天不为限量。《论语·子罕》:"太宰问于子贡曰:'夫子圣者与?何其多能也?'子贡曰:'固天纵之将圣,又多能也。'"　　纵:肆。

⑤逮:到,及。　　口有不逮:辞不达意。

⑥方:方剂、药方。

⑦王佐:王者之佐,建立王业之人的得力助手。

⑧子房:即张良(?—前189),字子房。曾在博浪沙(今河南原阳东南)狙击秦始皇,后辅刘邦败项羽,建立汉朝,封留(今江苏沛县东南)侯。

⑨贾谊(前200—前163),洛阳人,汉文帝臣。《汉书·贾谊传》末"赞"说,贾谊"其术固已疏矣。"苏轼《上神宗皇帝书》说,贾谊有些话是"处士之大言,少年之锐气"。

⑩格君心之非:纠正君主思想的错误。《孟子·离娄上》:"惟大人为能格君心之非。"　　通天下之志:传达天下人的愿望。《周易·系辞上》:"夫易,圣人之所以极深而研幾也,唯深也,故能通天下之志;唯幾也,故能成天下之务。"

⑪德宗:名适,代宗之子。

⑫《礼记·大学》:"财散则民聚,财聚则民散。"

⑬名器:《左传·成公二年》:"唯器与名,不可以假人",杜预注:"器,车服。名,爵号。"

⑭《孔子·家语·六本》:"良药苦于口而利于病,忠言逆于耳而利于行。石,

古代用以刺病处的石针;针,针刺,中医治病方法。　　膏肓:心膈之间的部位,指药力难及之处。《左传·成公十年》秦医说晋景公之病"疾不可为也,在肓之上,膏之下。攻之不可,达之不及,药不至焉。"膏:心的下端(一说心下微脂);肓:脐的下方(一说横膈膜)。

⑮贞观:唐太宗年号(627~649)。史家称为西周以来中国最繁荣殷盛的时期,即"贞观之治"。

⑯西阁:皇宫中西偏的殿阁,为侍讲侍读之臣所在。

⑰指哲宗元祐元年(公元1086)至元祐八年(1093)。

⑱冯唐:西汉初安陵(今陕西咸阳东北)人,文帝时为中郎署长。时匈奴入侵,汉文帝思得战国时赵将李牧、廉颇一类的人,冯唐乘机进谏,指出对云中太守魏尚这个使匈奴不敢轻动的人的处理不当,汉文帝于是派冯唐复拜魏尚为云中太守,以冯唐为轻车都尉。

⑲魏相(?~前59):字弱翁,定陶人,汉宣帝时丞相。　　条:列举。　　晁:晁错。　　董:董仲舒。　　孝宣:汉宣帝刘询,前73~前49在位,其问整顿吏治,任贤用能,史有"中兴"之称。

⑳《吕览·恃君览·骄恣》记楚庄王引仲虺言:"诸侯之德,能自取师者王。"

㉑六经三史:诗、书、礼、乐、易、春秋及《史记》《汉书》《后汉书》。

㉒《汉书·艺文志》录诸子一百八十九家。

㉓龟鉴:龟以占卜,鉴以照实。龟鉴者,前知反省,助以借鉴者,皆曰龟鉴。鉴,镜子。

㉔岁月:较短的时间,不远的将来。

㉕区区:诚恳貌,如拳拳。

㉖取进止:奏疏末尾惯用语,意为听候皇上裁决。进止,可否、去取之类。

【集评】

明茅坤《唐宋八大家文钞》之《苏文忠公文钞》卷五:长公所最得意识见,亦最得意条奏。借贽之所苦口于德宗者,感动主上。

清金圣叹《天下才子必读书》卷十四:进宣公奏议,便剀切一如宣公,此是先生天才独擅。然后笔墨之外,毕竟别有一种风流委折,此又是先生本色,不能自掩也。

清储欣《唐宋十大家全集录》之《东坡先生全集录》卷七:所以进书之意,轩豁流露。

清浦起龙《古文眉诠》卷六十四:此札之上,当元祐之末,伏莽将起,蓄计讲求绍述之时。文惟述往,意实箴今,非泛泛者。至以对属为流行,又古文绝顶高手。

眉批:此一折最妙。论赞而标举其君,恰得言言对照,以此坚定君心,面面剔透。

（按：指"但其不幸"至"贞观可得而复"一段）

清高嵣《唐宋八大家钞》卷六：眉批：前段从自己进谏之意吸起赞奏，虚冒大意。中段论赞赞奏，如是标举其君，恰得言言对照，以此坚定君心，面面剔透。

清吴楚材、吴调侯《古文观止》卷十一：东坡说宣公，便学宣公文章。讽劝鼓舞，激扬动人。宣公当时不见知于德宗，庶几今日受知于陛下，与其观六经诸子之崇深，不如读宣公奏议之切当，尤使人主有欣然向往，恨不同时之想。

【鉴赏】

这是苏轼第三次任宋哲宗侍读时给哲宗进献的。元丰八年（1085）宋神宗去世，年仅十岁的哲宗继位。元祐三年（1088）苏轼第一次给哲宗当侍读。侍读，就是给皇帝讲学，也可以说是给皇帝当老师。第二次当侍读是在元祐六年（1091），这是第三次当侍读（1093）。哲宗皇帝已从一个少年成长为一个十七八岁的青年。由于苏轼三次给皇帝当侍读，苏轼对哲宗皇帝的思想、性格、爱好是相当了解的。在进献陆贽奏议之前，苏轼曾上书哲宗《谢除两职，守礼部尚书表》。苏轼在《表》中为哲宗提出了"六事"：一是慈，"好生恶杀，不喜兵刑"；二是俭，"约己省费，不伤民财"；三是勤，"恭亲庶政，不迩（近）声色"；四是慎，"畏天法祖，不轻人言"；五是诚，"推心待下，不用智数（六）"；六是明，"专信君子，不杂小人"。并认为这些都是"药石"。最后，苏轼说："若陛下听而不受，受而不信，信而不行，如闻春禽之声，秋虫之鸣，过耳而已，则臣等虽有三尺之喙，日诵五车之书，反不如医卜执技之流，簿书奔走之吏，其为尸（位）素（餐），死有余诛。"这是苏轼为哲宗开的药方，开什么药方就医治什么病。从开的"六事"药方来看，苏轼必知已经成年的哲宗存在不慈、不俭、不勤、不慎、不诚、不明的问题。他要求对他的话要听、受、信、行，已表明苏轼感到哲宗对他的话只当耳旁风。为了医治哲宗的"病"，苏轼只得求助于古药方了。苏轼想以唐代名臣陆贽的奏议继续对哲宗进行规诫。

陆贽（754～805），唐朝苏州嘉兴（今属浙江）人，十八岁中进士。德宗即位，任翰林学士，参与机谋。贞元八年（792）为中书侍郎、同平章事（事实上的宰相），勇于指陈弊政。《新唐书》说他"讥陈时病，皆本仁义，可为后世法，炳炳如丹"。苏轼把陆贽的奏议进献给哲宗的目的，在他给朋友的信中说得很清楚。他说："文人之盛，莫若近世。然私所钦慕者，独宣公（陆贽）一人。家有《宣公奏议》善本，顷侍讲读，缮写奏御。区区之忠，自谓庶几于孟轲之敬王。且欲天下家藏此方，人挟此书，以待世之病者，此仁人君子至情也"（《答俞括书》）。信中说是"家藏此方"，"以待世之病者"，但陆贽奏议是进献给德宗的，"此方"医哲宗之病者，表露得很明白。

"札子"是朝廷中使用的一种简便公文的名称。本篇札子可分五段。

第一段讲进献札子的时间和人。

第二段讲进献的原因。原因是:皇帝陛下有天赋的聪明,我们讲学的人缺少才识,讲不了了。在这里,苏轼也是把进献陆贽奏议看成是给哲宗提供古代药方的。

第三段是对陆贽的崇高评价和进献陆贽奏议的目的。陆贽的奏议"上以格君心之非,下以通天下之志"。"君心之非"有四点:苛刻、猜疑、好兵、聚财,陆贽的奏议都有所谏劝。我们对照苏轼给哲宗提出的慈、诚、俭等来看,苏轼借陆贽奏议以代自己口之"不逮"的目的非常明显。接着,苏轼又列出陆贽的五条治国安邦之策:一是用人听言之法,

陆贽主张,对人是有疑勿用,既用勿疑,听人之言还要考之于实(见陆贽《请许台省长官举荐属吏状》);二是治边驭将之方,陆贽主张,治边守备要发展农桑,储备军粮,充实府库;统率将领,要重在赏罚(见陆贽《论缘边守备事宜状》);三是罪己以收人心,改过以应天道,陆贽主张,天下有乱,罪责在君王,君王"宜痛自咎悔","不吝改过,以谢天下"(见《新唐书·陆贽传》);四是去小人以除民患,陆贽认为,小人矫妄、败乱、无耻、聚敛,惑乱君心,宜远离小人以安社稷(见陆贽《论裴延龄奸蠹一首》);五是惜名器以待有功,陆贽主张,官员的名位爵禄是国家的重器,不能滥给赏赐而只应该赏给对国家有功的官员(见陆贽《驾幸梁州进献瓜果人拟官状》)。苏轼认为这些"格君心之非"的方子和治国良策,都是些苦口的良药,可以医治身上的不治之症。苏轼最后还很感慨地说,如果唐德宗能用陆贽的这些话治理国家,那么贞观之治的繁荣昌盛景象就可能再现。这感慨当然是苏轼说给宋哲宗听的,意思是您宋哲宗如果能用陆贽的这些话治理国家,当今也会出现象贞观之治一样的繁荣昌盛景象。

第四段讲进献陆贽奏议希望能起的作用。苏轼希望哲宗能喜欢陆贽的奏议，把陆贽当成是同苏轼同时代的人，用陆贽之策就像有廉颇、李牧一样能外御异族入侵；用陆贽之方就能像有晁错、董仲舒一样能内修政治清明。苏轼认为，陆贽的奏议，实际上是国家治乱的一面镜子，比之六经（诗、书、易、春秋、礼、乐）三史（史记、前汉书、后汉书）、诸子百家，有切近现实、通俗易懂的好处，陆贽应该成为陛下的老师。

第五段是结束语，一讲进献过程，是"稍加校正，缮写进呈"，和本篇题目"校正"相呼应；二是讲希望陛下常常看陆贽的奏议，象见陆贽面、和陆贽交谈一样，如能对陆贽的话能听、受、信、行，那么治理国家的成果将指日可待；三是公文的惯用结尾语，意思是：以上仅表我忠爱诚挚的心意，（对陆贽奏议这件事）是行还是不行，望予指示。

这篇"札子"显示出苏轼对朝廷的绝对忠诚。但本篇以陆贽的话来教训哲宗，当然就把哲宗比之唐德宗。唐德宗李适（扩）是一个昏懦之君，在他的统治下，唐王朝进入危机时期。宋哲宗不会喜欢这种类比。到了第二年，即绍圣元年（1094）的闰四月，哲宗给予苏轼的是严酷的长期放逐，再也没有起用。

王安石赠太傅

【题解】

王安石,字介甫,晚号半山,临川(今属江西)人。他是欧阳修倡导的北宋诗文革新运动的积极参加者,唐宋八大家之一,又是北宋神宗时变法的领导者,被列宁称为"中国十一世纪的改革家"。宋哲宗元祐元年(公元1086年)四月,王安石去世。当时司马光就建议朝廷对王安石应厚加礼遇,免得翻覆之徒,乘机中伤。因此追赠太傅称号。任中书舍人的苏轼便写了这篇诰命。文中,苏轼回顾了王安石的简要生平,认为王安石乃"希世之异人",学问、智力、辩才、为文、为人皆出类拔萃,"用能于期岁之间,靡然变天下之俗",并对其"进退之美、雍容可观"的大家风度大加以了"褒奖"。其实,这文章还有些寓意,写得很为漂亮。

太傅,官名。古代三公之一。周人始置,为辅弼国君之官。汉以后多为朝中大臣的加官虚衔,仅示荣宠而无实职。

【原文】

敕①:朕式观古初②,灼见天命③。将有非常之大事,必生希世之异人④。使其名高一时,学贯千载;智足以达其道,辩足以行其言;瑰玮之文⑤,足以藻饰万物⑥;卓越之行,足以风动四方⑦。用能于期岁之间⑧,靡然变天下之俗⑨。

具官王安石⑩,少学孔孟,晚师瞿聃⑪。网罗六艺之遗文⑫,断以己意⑬;糠秕百家之陈迹,作新斯人⑭。属熙宁之有为,冠群贤而首用⑮。信任之笃⑯,古今所无。方需功业之成,遽起山林之兴⑰。浮云何有,脱屣如遗⑱。屡争席于渔樵,不乱群于麋鹿⑲。进退之美⑳,雍容可观㉑。

朕方临御之初,哀疚罔极㉒。乃眷三朝之老㉓,邈在大江之南㉔。究观规摹㉕,想见风采。岂谓告终之问㉖,在予谅暗之中㉗。胡不百年㉘?为之一涕。于戏㉙!死生用舍之际㉚,孰能违天?赠赗哀荣之文㉛,岂不在我!宠以师臣之位㉜,蔚为儒者之光㉝。庶几有知㉞,服我休命㉟。

【注释】

①敕:皇帝的命令或诏书。

②朕:秦始皇以后专用为皇帝的自称。　　　式:表敬语助词。　　古初:太古。

③灼:显明。

④希:同"稀",稀有少见。

⑤瑰玮:卓异。　　瑰:珍奇。　　　玮:珍奇,贵重。

⑥藻饰:修饰。　　藻:文采。

⑦风动:推动,影响。

⑧用:因此。　　　期岁:一年。

⑨靡然:随风倒下的样子。

⑩具官:唐宋以来的公文文稿,常把应写明白的官爵品级简写为"具官"。

⑪瞿聃:代指佛教和道教。　　瞿:瞿昙,佛教创始人释迦牟尼的姓。　　　聃:老子姓李名耳,字聃,道家创始人。

⑫罔罗:搜寻招致。罔同"网"。　　　六艺:即"六经",指《诗》《书》《礼》《乐》《易》《春秋》六种儒家经典。

⑬断以己意:以己意断(理解)之。

⑭"糠秕百家之陈迹"二句:把各家解经的旧说视为糠秕,做出新的解释教化百姓。王安石当政时,曾设"经义局"重新注释《诗》《书》《周礼》,颁行天下,称为"新学"。　　　糠秕:米糠和瘪谷,此为意动用法,"视为糠秕"。

⑮"属熙宁之有为"二句:指宋神宗熙宁二年(1069),王安石任参知政事(副宰相),主持变法。　　　属:恰逢。　　　熙宁:宋神宗赵顼的年号。　　　冠:居首位。

⑯笃:深,甚。

⑰"方需功业之成"二句:正需要王安石完成变法治国的功业,他却突然产生了归隐山林的兴致。指熙宁七年至九年两次罢相,退居江宁(今南京)。　　　遽:突然。

⑱"浮云何有"二句:指王安石把富贵看成浮云一样与己无关,把辞去相位看成像脱掉鞋子一样容易。《论语·述而》:"不义而富且贵,于我如浮云。"《淮南子·主术》:"尧举天下而传之舜,犹却行而脱屣也。"　　　屣:鞋。

⑲"屡争席于渔樵"二句:是写王安石归隐山林后的生活,已同渔父柴夫打成一片,安然与麋鹿相处。

⑳进:在朝做官。　　　退:隐退山林。

㉑雍容:举止大方、从容不迫的样子。

㉒"朕方临御之初"二句:是说元丰八年(1085)宋神宗赵顼死,哲宗赵煦即位,居丧期间无限悲痛。　　　哀疚:因丧事而悲痛。古时居丧称"在疚"。　　　罔极:无限。

㉓三朝之老:指王安石历任仁宗、英宗、神宗三朝。

㉔此句是说:王安石罢相后退居金陵(今江苏南京)。 邈:远。

㉕究观:认真观察。 规摹:指王安石的变法治国方略。

㉖告终之问:指王安石去世的消息。 问:通"闻"。

㉗谅暗:指天子居丧。

㉘胡:何。

㉙于戏:同"呜呼",悲叹之词。

㉚用舍:进与退,即:做官与隐退。

㉛赠赗:对死者赠送礼物或称号。 哀荣之文:对死者褒奖的文字。

㉜宠:使荣耀。 师臣之位:太傅官位。

㉝蔚:使盛大、荟萃。

㉞庶几:表期望。

㉟服我休命:接受我给你的光荣的诏命。 服:接受。 休命:美善的命令。

【集评】

宋郎晔《经进东坡文集事略·王安石赠太傅注》卷三九:此虽褒词,然其言皆有微意,览者当自得之。

清蔡上翔《王荆公年谱考略》卷二十四:此皆苏子由衷之言,洵为王公没世之光。 "晚师瞿聃"一语,似不必有。公以经术自命,终生未之有易。苏黄二公所著,尤喜说佛。若以此为定评,不知二公所以自为又何以云也?

清储欣《唐宋十大家全集录·东坡全集录》卷七:传神!传神!安石、惠卿,一赠,一责,俱使有识旁观代其入地。

【鉴赏】

元丰八年(1085)三月五日神宗崩,太子赵煦即位,为哲宗,年方十岁,尊皇太后为"太皇太后",权理军国事。老臣司马光拜相,新法尽除。次年,即元祐元年(1086)四月六日,王安石忧愤抱病而死,"上闻诏辍视朝,赠太傅,推遗表恩七人、命所在应副葬事"(李涛《宋通鉴长篇记事本末》)。司马光也主张对王安石"尚宜优加厚礼"(见司马光《与吕晦之第二简》)。同年五月,追赠太傅。当时苏轼任中书舍人(掌管起草诏令,参与国家机密的大臣),由他起草了这则诰命。文中对王安石的一生给予了很高的评价。有人认为"此虽褒词,然其言皆有微意"(见郎晔《经进东坡之集事略》)。也有人认为"此皆苏子由衷之言"。从敕文看来,苏轼是在当时朝廷允许的范围内,真心实意地对王安石作了评价。苏轼是反对王安石变法的,但他从不做全面否定,他认为法不免有弊,但"失在于任人",关键在于执法人是否

国学经典文库

唐宋八大家散文鉴赏

苏轼卷

73

妥当。他对于司马光"尽除新法",也不赞成,特别是废除"免役法",恢复"差役法",他尤其反对。有一次在政事堂同司马光争执起来,司马光怒形于色,苏轼也不让步。苏轼"及归舍,方卸巾弛带,连呼曰:'司马牛!司马牛!'"(见《铁围山丛谈》)苏轼主张吸收新法之长,以避旧法之短,企图采纳仁宗、神宗两朝的长处,避免两朝的弊端。从道理上讲是正确的,合理的,但在现实中行不通,因此使自己处在新、旧两党的夹击之中,酿成了自己仕途的悲剧。苏轼在写此文时,是在经受新党压制多年而后青云直上的时候,正值旧党当政,自己是作为旧党中的一员大吏而起草这份文件的,但他没有以旧党的口吻全盘否定王安石,而是公正地高度评价了王安石。有人误解苏轼是在新旧两党之间徘徊的"动摇派",其实,他在政治上是很坚定的,不论在任何情况下,都坚持自己的政治主张,从不违心地阿附于任何一方,这也许是他遭受两党夹击的原因。

王安石(1021~1086),字介甫,号半山,临川(今江西省临川县)人,宋仁宗时,任度支判官,上《万言书》表述改革志向。神宗熙宁二年(1069)任参知政事(副宰相),次年任同中书门下平章事(宰相),实行变法,曾罢相、复相,变法并非一帆风顺的。列宁称他是"中国十一世纪的改革家"(见《列宁全集》第十卷,人民出版社版,第125页注二)。王安石是唐宋"古文八大家"之一,著有《临川先生集》。封荆国公,人称王荆公。太傅,官名,古代三公之一,位次太师。《书·周官》传:"傅,傅相天子。"

本文可分三段。第一段全面概括了王安石一生的伟业功绩。敕,原是告诫、嘱

咐，这里特指皇帝的命令或诏书。本文采用第一人称的写法，苏轼是代帝草诏，即用皇帝的口气说话的。式，语助词。太初，远古。灼，明显。这句话表现出封建的"宿命论"。"非常之大事"，指王安石变法。"希世之异人"，指推行新法的王安石。以下从"名""学""智""辩""文""行"（品德）、"用"（被皇帝所用，指王安石拜相）七个方面，总结全段，概括了王安石一生的业绩。特别是最后一句，"用能于期岁之间，靡然变天下之俗"。不到一年时间，新法风行全国，一洗旧俗，简直是对新法的颂歌。

第二段，写王安石"进退之美"。可分两层，从"方需功业之成"以前分开。第一层写王安石学成而进。先从"少学"写起，写出他多师善学，化古书为己意，且能推陈出新，用于民众。学成而进，拜相而深受皇上信任。第二层写功未成而思退。隐含变法中的险阻曲折。王安石曾两次罢相，能上能下，泰然自若，充分表现出王安石进、退相安的美德。"浮云何有"，典出《论语·述而》："不义而富且贵，于我如浮云。"比喻王安石把荣华富贵看成浮云，与己无关，任其飘散，而不去孜孜以求地紧紧追逐。"脱屣如遗"，典出《淮南子·主术》："尧举天下而传之舜，犹却行脱屣（鞋子）也。"这里借尧舜的故事说明王安石罢去相位好像脱掉鞋子一样容易而毫不可惜。这说明王安石并不贪恋高官厚禄。那班死抓权势不放的"官迷"以及"蹲着茅坑不拉屎"的尸位素餐者，与王安石是不可同日而语的。

第三段，写"临御方初"的新皇帝不忘老臣，特赠太傅。前两段是就王安石来说的，这一段笔锋一转，是从皇帝自己这个角度来说的。这一段也分两层，从"于戏"之前分开，前一层写皇帝不忘老臣。哲宗初登皇位，正在哀痛父母恩德之时，又遇老臣告终，含有哀痛之中又遇哀痛之意。罔极，指父母对子女的恩德无穷无尽。谅暗，指天子居丧，一般人的居丧叫"在疚"。第二层写追赠太傅。先从感叹开头，"于戏"，等于说"呜呼"，表示悲哀的感叹词，接着说生死在天，而给死者以文字褒奖，权力却在于皇帝自己，意即可以行使皇权，对王安石加封了。写到这里，已经水到渠成，最后自然而然地宣布：追封王安石为太傅。到此戛然而止，文章自然结束。

本文层次清晰，布局得体，比喻形象，语句流畅，虽用韵语骈体，但已骈散结合，可以说基本上散文化了，所以并不艰涩难懂。此外，本文短小精悍，把王安石一生的业绩融入几百字的小文之中，显示出苏轼高度的概括能力。从另一个角度说，王安石一生的业绩很多，不可能全写，只有下一番选择材料的功夫了，所以说"重点选材"也是本文的特点之一。

稼说

【题解】

本文当作于熙宁九年(公元1076年)末或熙宁十年(公元1077年)初,因文中有"子归过京师而问焉,有曰辙子由者,吾弟也"句,而熙宁九年十月至熙宁十年二月,苏辙正在京任职。这篇论说性杂文,是苏轼写给同年进士张琥的。借"稼说",扬古抑今,含蓄地讽刺了当时士大夫中急功近利、浅薄轻发、投机取巧的不良风气,阐发了为学从政应博观约取、厚积薄发的深刻道理。

第一段论述禾稼好坏与地力及种收及时与否,以富人之稼作喻,富人田地肥美而多,土地可以轮番休养。另外,富人粮足,收种不违农时。又以自家种田为反面例证,自家地少,不停耕种,自然地力枯竭。

第二段借"稼说"加以发挥,论古人善养后用,长期加强学养,不成熟则不轻率用之以求功名。久屈之后方才伸展,至足之后才能运用。苏轼在赞扬古人博观约取、厚积薄发的同时,实际在批评今人急功近利、浅薄轻发。

第三段以自身经历再次论证博观约取、厚积薄发乃治学三昧、从政真谛。苏轼早年得志,不久卷入新旧党争,屡遭祸端,"自以为不足",但众人却妄加推崇。他曾说过:"又仆细思所以得患祸者,皆由名过其实,造物者所不能堪。"

这篇文章与反对王安石变法的大背景有关。苏轼曾当面批评神宗:"求治太急,听人太广,进人太锐。"苏轼反对新法是保守的表现。但用人上,王安石也用了些投机取巧的新党,确是失误。

本文用比喻引发深刻哲理,由远及近,由物及人,由人及己。层层深入,内在联系十分密切。

【原文】

曷尝观于富人之稼乎①?其田美而多,其食足而有余。其田美而多,则可以更休而地方得完②。其食足而有余,则种之常不后时,而敛之常及其熟③。故富人之稼常美,少秕而多实④,久藏而不腐。今吾十口之家,而共百亩之田。寸寸而取之,日夜以望之,锄耰铚艾⑤。相寻于其上者如鱼鳞,而地力竭矣。种之常不及时,而敛之常不待其熟,此岂能复有美稼哉!

古之人,其才非有以大过今之人也。其平居所以自养而不敢轻用以待其成者,

76

闵闵焉如婴儿之望长也⑥。弱者养之以至于刚,虚者养之以至于充。三十而后仕,五十而后爵,信于久屈之中⑦,而用于至足之后。流于既溢之余,而发于持满之末⑧。此古之人所以大过人,而今之君子所以不及也。

吾少也有志于学,不幸而早得,与吾子同年。吾子之得,亦不可谓不早也。吾今虽欲自以为不足,而众且妄推之矣⑨。呜呼!吾子其去此而务学也哉。博观而约取⑩,厚积而薄发,吾告子,止于此矣。子归过京师而问焉⑪,有曰辙子由者,吾弟也,其亦以是语之。

【注释】

①曷:何不。　　尝:试试。

②更休:土地轮流休养。

③敛:收,此指收割。

④秕:不饱满的谷粒。

⑤耰:古代一种农具,弄碎土块,平整田地用。这里用作动词,即耰地。铚:短的镰刀。　　艾:刈。　　铚艾:即收割。

⑥闵闵焉:担心忧愁的样子。《左传·昭公三十二年》:"闵闵焉如农夫之望岁,惧以待时。"

⑦信:通"伸"。《周易·系辞下》:"尺蠖之屈,以求信也。"

⑧持满:弓弦拉得很满。

⑨妄推:虚妄不实地胡乱推崇。

⑩博观:博览群书。　　博:广大。　　约取:取其精华。　　约:简要。

⑪问:询问,打听。

【集评】

明茅坤《唐宋八大家文钞·东坡文钞》卷一百四十四:归本于学有见。

清张伯行《唐宋八大家文钞·苏文忠公文》卷八:以稼喻学,字字名言。

清沈德潜《唐宋八大家文读本》卷二十四:成才在乎能养,而养之实,全在务学。求养而不务学,犹欲岁取十千,而无壅田之本也。喻意说明,正义自见。与《日喻》篇,同一作法。

【鉴赏】

说,是古代的一种文体,有的与"论"相似,如《师说》;有的不如"论"那么庄重,常有借此言彼的现象,文短意精,发人深省,故称"杂说",和现代杂文的概念不尽相同。例如本文就是一篇杂说。它是用种庄稼的事做比,说明治学修业的道理,有些类似寓言故事,可以使人从形象的感性知识中去理解比较抽象的事理,既生动有趣,又富有深刻的哲理。本文是苏轼写来赠送和他同年中进士的好友张琥的,也可以看作是一篇赠序。苏轼还请张琥把本文中"博观而约取,厚积而薄发"的话,转告自己的弟弟苏辙,希望大家都以此自勉,严守治学修养之道。

全文分三段,第一段是写种庄稼。种庄稼的事很多,岂能尽书?只能从为文有用的角度去写。作者用对比的方法,从富人和"穷人"种庄稼的条件和效果着笔,先写的是富人种田。"盍尝观于富人之稼乎?"(你)看见过富人家种庄稼吗?这是一个设问句,冠于全文之首,开门点题,发人深思,引起读文兴趣。"其田美而多,其食足而有余。"是说富人种田的条件优越。"美而多""足而有余"是并列关系,从下文看,却有偏指的意味。因为只有田多,才能实行轮种和休耕,使地力得到恢复;只有粮食有余,才不缺种子,能以及时播种,不误农时,也才能有条件等到粮食长成熟后才去收割。所以"美而多"有

些偏指多;"足而有余"有些偏指有余。如果改为"其田美,其食足"去顺接下文,文意就欠妥当。如改为"其田多,其食有余"去衔接下文,对文意基本无损。只是读起来单调一点,不如原文那样舒缓流转,富有优美的韵味。多用一个美字和一个足字,对文章也是有好处的,可以增强富人的富,富人种田条件优越的内涵。由于富人种田条件好,就有可能采用合理耕种和收割的方法,其结果富人的收成就"常美","少秕而多实,久藏而不腐"。有其因,必有其果,前后构成因果关系。是叙事,也含有推理,事理并存,事明理端。这一层的虚词也用得很好:以"其"起领,以"则"和"而"承转,以"故"作结,起承转结,文理如贯,衔接如扣,天衣无缝,浑然天成。次写吾家种田。苏轼被贬黄州,官俸几绝,为了糊口,只得拾人弃地,躬耕于东坡,文豪被迫种地,连穷人也很不如。"今吾十口之家,而共百亩之田",指人口多,田少而不美,是说种田的条件很差。一人十田算少,可能是当时的实际情况,不可误解。因为人多地少,又想能多收点粮食填饱饥肠,哪里还顾得轮种休耕,只得"寸寸而取之",一点点土地也不能放过,"日夜以望之,锄、耰、铚、艾,相寻于其上者如鱼鳞"。因为日夜盼望能多收几粒粮食,锄种收割,天天都在地里劳动。这样使用

土地,结果是"地力竭矣"。由于人口多,吃得多,粮种也保不住,该播种了,不能适时下种。种地就怕错过农时,下种晚了,产量很低。青黄不接的时候,耐不住饥饿,常常不等粮食成熟就收割。这样"岂能复有美稼哉!"富人和"穷人"种地的条件不同,种植的方法各异,其收成自然相差很远,形成鲜明的对比。种地和治学事不同,理相似,写种田,意在讲治学的道理。与下一段形不相接,而理却相通。第二段讲治学修养的道理。是说古代的人,并不是因他们的才能比现在的人高,而是因为他们平时注意加强学习,不断充实自己,不敢随意使用。使用与学习并不矛盾,此处的使用有特指的含义,即指急于求成,力不从心地去勉强使用,这样的使用有害而无益,所以才不敢这样轻易的去使用,要等待学力充实,思想成熟了才去使用。这是讲治学修养的原则,这和种庄稼要注意保养地力,讲究耕作的方法,不要急欲收割的道理完全相同。怎样自养呢?作者打了一个比方:"闵闵焉,如婴儿之望长也。"小心翼翼地,如同盼望幼儿成长那样。弱的想法把他养强壮,虚的使他充实起来。这是讲治学的态度和治学的过程。要小心谨慎,要勤奋刻苦,不断学习,使自己基础扎实,学识渊博,逐渐成长起来。那么什么时候才应该使用呢?作者作了两种回答:一是写实,从年龄角度说,"三十而后仕,五十而后爵",即三十岁以后可以开始做官,五十岁以后才可以升任重要的职位。二是写虚,从才学的状态说,"用于至足之后,流于既溢之余,而发于持满之末。""至足",是极其充足;溢,是水满后向外溢出,"持满",是把箭弓拉到极大限度。这都用来说明或形容要等才学非常成熟,到了非用不可,用之必定功成的时机才能使用。犹如收割庄稼一样,要等到子饱粒壮,成熟透了的时候才可以去收割。最后一句"此古之人所以大过而今之君子所以不及也"。这就是古人才能很高,现在的人赶不上的原因。既总结了这一段内容,又和段首相呼应,使整段前呼后应,浑然一体。第三段,说明写本文的目的。分两层意思。一是惋惜出名太早。二是赠言勉励。"不幸而得""众已妄推之",都是后悔自己出名太早,想自以为不足也不行。这是用自己的感受去劝说吾子(指张琥)。和上文的"敛之常不待其熟","而不敢轻用"等的思想是一致的,反映作者重视学习要打好基础的观点。"博观而约取,厚积而薄发",要博览群书,吸取其精华,多多地积累知识,不要轻易使用。这是苏轼给张琥的赠言,也概括了《稼说》这篇文章的主旨。

种庄稼要等待成熟了才收割;学习要平居自养,待成而后用;博观而约取,厚积而薄发。这三种说法不同,所讲和所喻的意思基本相同。在短短的一篇文章中三次重复同一观点,说明作者对此感触良深,十分重视,也反映对朋友的殷切希望。其情其意,至诚动人。一代文豪尚且如此重视"博观而约取,厚积而薄发"这句名言,难道还不值得我们深思而铭记吗?

刚说

【题解】

苏轼逝世于建中靖国元年(公元1101年)七月二十八日,据王文诰《苏诗编注集成总案》,《刚说》作于此年二月。时苏轼北归抵虔州,孙勰自感化来见,苏轼"抱痛存没,为其父立节作《刚说》"(《总案》)。"其所以发明孙君之为人者,至矣"(《朱子晦庵题跋》)。孙立节,字介夫,虔州感化人。宋仁宗皇祐年间进士,卒于桂州,时苏轼贬惠,孙立节遗言以玟瑎合寄苏轼。苏轼痛之,常许其子孙勰为作哀词,而碍于握管乏力,遂迁延不果,至病逝前数月,方作此文,以不负前诺。

"说者,释也、述也,解释义理而以己意述之也"(吴讷《文章辨体序说》)。可以说,这是一篇借说"刚"来寄托思念、抒发感慨又融说、叙、情于一体的散文。前面解释"刚即是仁"的含义,后面驳斥"太刚易折"的成见;中间叙孙立节的"二事",既寄托了哀思,又紧扣在前后说"刚"的文题之上,双山夹一谷,一箭而双雕。而说孙立节之刚,亦体现出苏轼虽遭坎坷,却仍未改变其刚直耿介的赋性。文章铿锵顿挫,丝毫不见老态,古今墨客文人很少能与之匹敌。

【原文】

孔子曰:"刚毅木讷,近仁①。"又曰:"巧言令色,鲜矣仁②。"所好夫刚者,非好其刚也,好其仁也。所恶夫佞者③,非恶其佞也,恶其不仁也。吾平生多难,常以身试之,凡免我于厄者,皆平日可畏人也。挤我于险者④,皆异时可喜人也⑤。吾是以知刚者之必仁,佞者之必不仁也。

建中靖国之初⑥,吾归自海南,见故人,问存没⑦,追论平生所见刚者,或不幸死矣。若孙君介夫讳立节者,真可谓刚者也。

始吾弟子由为条例司属官,以议不合引去⑧。王荆公谓君曰:"吾条例司当得开敏如子者⑨。"君笑曰:"公言过矣,当求胜我者。若我辈人,则亦不肯为条例司矣⑩。"公不答,径起入户⑪,君亦趋出⑫。君为镇江军书记⑬,吾时通守钱塘⑭,往来常、润间,见君京口⑮。方新法之初,监司皆新进少年⑯,驭吏如束湿⑰,不复以礼遇士大夫,而独敬惮君,曰:"是抗丞相不肯为条例司者。"

谢麟经制溪洞事宜[18]，州守王奇与蛮战死[19]，君为桂州节度判官[20]，被旨鞫吏士之有罪者[21]。麟因以大小使臣十二人付君并按[22]，且尽斩之。君持不可。麟以语侵君。君曰："狱当论情[23]，吏当守法。逗挠不进[24]，诸将罪也，既伏其辜[25]矣，余人可尽戮乎！若必欲以非法斩人，则经制司自为之，我何与焉[26]。"麟奏君抗拒，君亦奏麟侵狱事[27]。刑部定如君言，十二人皆不死，或以迁官[28]。吾以是益知刚者之必仁也。不仁而能以一言活十二人于必死乎！

方孔子时，可谓多君子，而曰："未见刚者[29]"，以明其难得如此。而世乃曰："太刚则折"！士患不刚耳，长养成就[30]，犹恐不足，当忧其太刚而惧之以折耶！折不折，天也，非刚之罪。为此论者，鄙夫患失者也[31]。君平生可纪者甚多，独书此二事遗其子飑、劢[32]，明刚者之必仁，以信孔子之说[33]。

【注释】

①语见《论语·子路》。

②语见《论语·学而》。　　令：善。

③语见《论语·先进》。　　佞：能说会道。

④挤：排挤。

⑤异时：从前。

⑥建中靖国：宋徽宗赵佶年号，仅一年，即1101年。

⑦存没：生死。

⑧王安石变法，于熙宁二年（公元1069年）设制置三司条例司。苏辙（字子由）时为条例司检详文字，是条例司属官。与吕惠卿意见不合，又写信给王安石提出异议，请求调离。

⑨开敏：开通聪颖。

⑩不肯：不屑。语含对设立条例司者（丞相王安石）之不满。

⑪径起入户：站起来就进屋了。可见其怒。

⑫趋出：快走，不辞而别，以报复王之不礼。

⑬镇江：今江苏镇口，宋代为润州镇江。　　军：与府同级的行政区划。书记：掌公文书牍。

⑭通守钱塘：做杭州府通判。

⑮常：常州，州治在今江苏常州。润：润州，州治在今江苏镇江。　　京口：镇江古称，宋润州州治。

⑯监司：监察州郡之官，即各路转运使、提刑使。监司在业务上统辖州府官，并监察各路官员。

⑰《汉书·酷吏传·宁成传》"为人上，操下急如束湿。"颜师古注："束湿，言其

急之甚也。湿物则易来。"　　驭:治,管制。

⑱谢麟:字应之,建州(今福建西北)人,事迹见《宋史》本传。　　经制:即经制司使,此用如动词。宋代在少数民族聚居地设经制司。　　溪洞:唐宋时南方少数民族聚居地。

⑲事在元丰五年(公元1082年)八月。

⑳桂州节度判官:桂州节度使的属官,掌刑狱事务。

㉑被:受。　　鞫,同鞠。审讯,判刑。

㉒按:治罪。

㉓狱当论情:审讯判刑应据实情,实事求是。

㉔逗挠不进:畏怯而按兵不动。　　逗挠:不动。

㉕辜:罪。

㉖我何与焉:干我何事。

㉗侵狱事:非法干涉司法部门工作。　　侵:插手不该插手的事。

㉘或以迁官:有的还升了官。

㉙语见《论语·公冶长》。

㉚长养成就:培养造就。

㉛《论语·阳货》:"鄙夫可与事君也与哉! 既得之,患失之。苟患失之,无所不至矣。"

㉜翮:孙翮,字志康。有其父之风。读书博洽。元祐三年,擢进士。居官以劲直闻名。年七十一卒。有文集四十卷。勔:孙勔,字志举。孙立节季子。涉猎经史,尤工诗。节气凛然,不肯从仕。台府举为遗逸,不应。卜居延春谷,年七十卒。

㉝信:同"伸"。伸张、阐明。

【集评】

宋张耒《张右史文集》卷四十八:《春秋传》曰:使勇而无刚者尝寇而速去之。夫果敢不畏之谓勇,无所屈挠之谓刚。或谓申枨谓刚者,夫子曰:"枨也欲,焉得刚?"夫使不以义屈于人,而所邪欲以乱其中,刚其行已施于事者为仁,孰御哉! 此刚者必仁之说也。苏公行己,可谓刚矣! 傲睨雄暴,轻视忧患,高视千古,气盖一世,当与孔北海并驱,而犹称孙君之刚,又言其救十二人之死为刚者必仁之论,则孙公可知矣。

宋朱熹《朱文公文集》卷八十三:其所以发明孙君之为人者至矣。然刚之所以近仁,为其不诎于欲而能有以全其本心之德,不待见于活人然后而知也。

宋黄震《黄氏日钞》卷六十二:《刚说》辨"太刚则折"云:"士患不刚耳,折不折,天也,非刚之罪。"此论甚壮。

明茅坤《苏文忠公文钞》卷二十八：公晚年历世故多，故为言如此。

［日］吉田利行《评注唐宋八大家文读本》卷二十四：举二事以概其生平，其得与于仁可知矣。议论矫然，笔力苍然。

【鉴赏】

苏轼于宋哲宋绍圣七年（公元1100年）六月遇赦离开海南儋耳贬所，于宋徽宗建中靖国元年（公元1101年）六月，回到江苏常州，同年七月二十八日病逝。《刚说》这篇文章是写于苏轼从海南归来后这一年中，即写

于他生前最后的岁月里。这篇文章采用议论与叙事相结合的写法，阐明了"刚者必仁"的道理。即是说刚正的人一定很仁爱，富有同情心，对人十分友爱。这是苏轼从自己一生经历中总结出来的，是分辨世人的品质优劣的宝贵经验。文中主要叙述了他弟弟苏辙的两件事来说明这个道理。写作的目的一是写来赠送给苏辙的两个儿子，教育他们要以自己父亲为榜样，做一个刚正不阿、富有仁爱精神的人，二是为了阐明孔子学说，宣扬儒家"仁爱"思想。

全文分三部分。第一部分是用议论的方法，说明"刚者必仁"的道理。是从孔子的论断、常人的爱憎、亲身的体验三个角度来论证的，都是采用"对说"的写法，归结到"仁"与"不仁"上来。先引用孔子的话作为主论："刚毅木讷，近仁。""巧言令色，鲜矣仁。"是说刚正坚定、朴质不善说话的人，接近仁。花言巧语、假装和善的人，很少仁。把"刚毅木讷"和"巧言令色"这两种不同的人加以对说，从而突出"刚者必仁"。再用常人的爱憎作为旁证。人们喜欢刚正的人，并非喜欢他那刚正的表面形式，而是喜欢他仁爱的本质。人们讨厌阿谀奉承的人，不是讨厌阿谀奉承的表现，而是讨厌他不仁的坏思想。把刚正的人和阿谀奉承的人加以对说，说明常人是喜欢刚正仁爱的人。三是用亲身的体验加以印证。"凡免我于厄者，皆平日可畏人

国学经典文库

唐宋八大家散文鉴赏

苏轼卷

也，挤我于嵌者，皆异时可喜之人也。"可畏人，即自己敬畏的人，这种人却能免我于危难，说明这种人是刚正的人，有仁爱精神的人。可喜人，是讨自己喜欢的人，这种人却常乘我之危，挤我于险，这种人是阿谀奉承的人，是不仁的人。所以得出结论："刚者必仁，佞者必不仁。"从而推出"刚者必仁"的论点，点明了题意。第二部分是用叙述的方法，举例证明"刚者必仁"的道理。一共举了两个人：一是孙君介夫，已经"不幸死矣"，表示很惋惜，"真可谓刚者也"，表示称赞。写得很简单，用以作为陪衬。二是吾弟子由，这是本文要写的重点，写得比较详细，一共写了两件事：一是子由（苏辙）因政见不合，辞去条例司官职时，和当朝丞相王荆公（王安石）当面反唇相讥，使王荆公无言以对。说明子由从不畏惧权贵，敢于直言，是一个刚正不阿的人。因此"新进少年"对别的官吏非常严厉，对士大夫也不礼貌，但唯独害怕这位敢于顶撞丞相的人。这件事，主要写子由为人刚正不阿，是一个"可畏人"。虽然暗含有"必仁"的意思，但并未点明，实为含蓄的手法。二是子由作桂州（今广西壮族自治区桂林市）节度判官时，为处理溪洞事同经制司谢麟发生了矛盾。州太守王

奇在与蛮（指少数民族）作战中战死了，有关作战不力有罪的人已经伏法，可是谢麟又逮捕了十二人，交给子由，要他把十二人都杀了。子由对谢麟越权干预狱事、想滥杀无辜的做法极为不满，毫不考虑个人得失，坚决同谢麟斗争。二人同时上书，结果子由胜利了，保住了十二个人的性命。这既表现了子由刚正不阿的高贵品质，也表现了他仁爱的精神。故作者深有感慨地说："吾以是益知刚者之必仁也。不仁

而能以一言活十二人于必死乎!"这一部分的详略处理是值得注意的。因为本文的目的既要阐明"刚者必仁"的道理,又要突出子由刚正不阿的精神,所以写子由就比较详细。这样写法和本文的两个写作目的并不矛盾。写孙介夫比较简单,因为他是作为"追论平生所见刚者"的例证出现的,写多了反而累赘。因为本文的目的是要突出子由刚正不阿的品质,故对孙介夫略写是恰当的。不要也不好,显得举例的面太窄狭,似乎苏轼所见的刚者仅仅自己弟弟苏辙一人,给人以偏誉亲者的印象,必然会减弱论证的效果。

第三部分,主要是用驳论的方法,批评"太刚则折"的错误论调。是说孔子时代,君子很多,但还说"未见刚者",说明刚正的人是很难得的。人们长期加强修养,想成为刚正的人,唯恐自己做得不够,有谁还担心太刚正了呢? 最后指出,持"太刚则折"这种论调的人,是一种卑鄙的人,是患得患失的人。

本文的语言基本上都是参差不齐的散行句,宛如作者从海南归来同故人一起聊天,追论平生所见刚者,既讲自己的见解、感受,也叙述自己所见所闻的真实事例,也批评一些错误的认识,非常自然亲切。但又并非漫无边际,信口游说,始终围绕着"刚者必仁"这个主题。既无做作的感觉,也无游离中心的毛病。

六一居士集叙

国学经典文库

唐宋八大家散文鉴赏

苏轼卷

【题解】

据《苏诗编注集成总案》卷三十,此叙写于元祐三年(公元1088年)十二月。

此叙是一篇高屋建瓴的宏文。除了那一贯具有的舒卷自如、纵横恣肆的气度之外,宋代文化尚"统"的精神及其在欧阳修、苏轼二人身上的体现亦值得重视。尚"统"除了天下只此一家的"一统"这层含义外,还有古今相传一脉的"传统"这层含义。欧阳修的意思,苏轼是心领神会的。"我老将休,付子斯文。"(苏轼《祭欧阳文忠公夫人文》引欧阳修语):"老夫当避路,放他出一头地。"(欧阳修《与梅圣俞》)一代文坛领袖衣钵相授的自觉性是十分明显的。而"斯文有传,学者有师"云云(苏轼《祭欧阳文忠公文》);及此叙列欧阳修于孔、孟、韩的谱序之后,亦可谓"不负欧公"!(参集评茅坤条)此文以道统为中心,议论风生,除褒扬欧阳修外,极力阐发儒家之道,且与时尚风气相联系,就写法上说,是经过了一番经营,而有纵横贯通之概。

【原文】

夫言有大而非夸,达者信之,众人疑焉。孔子曰:"天之将丧斯文也。后死者不得与于斯文也①。"孟子曰:"禹抑洪水。孔子作《春秋》。而予距杨、墨②。"盖以是配禹也。文章之得丧,何与于天③,而禹之功与天地并,孔子、孟子以空言配之,不已夸乎④。自《春秋》作而乱臣贼子惧。孟子之言行而杨、墨之道废。天下以为是固然而不知其功。孟子既没,有申、商、韩非之学⑤,违道而趋利,残民以厚主,其说至陋也⑥,而士以是罔其上。上之人侥幸一切之功,靡然从之⑦。而世无大人先生如孔子、孟子者,推其本来,权其祸福之轻重,以救真惑,故其学遂行。秦以是丧天下,陵夷⑧至于胜、广、刘、项之祸,死者十八九,天下萧然⑨。洪水之患,盖不至此也。方秦之未得志也,使复有一孟子,则申、韩为空言,"作于其心,害于其事;作于其事,害于其政"者⑩,必不至若是烈也⑪。使杨、墨得志于天下,其祸岂减于申、韩哉!由此言之,虽以孟子配禹可也。

太史公曰:"盖公言黄老⑫,贾谊、晁错明申、韩。"错不足道也,而谊亦为之⑬,余以是知邪说之移人^⑭，虽豪杰之士有不免者，况众人乎！

自汉以来，道术不出于孔氏，而乱天下者，多矣。晋以老庄亡^⑮，梁以佛亡^⑯，莫或正之，五百余年而后得韩愈，学者以愈配孟子^⑰，盖庶几焉。愈之后三百有余年而后得欧阳子^⑱，其说推韩愈、孟子以达于孔氏，著礼乐仁义之实^⑲，以合于大道。其言简而明，信而通，引物连类，折之于至理^⑳，以服人心，故天下翕然师尊之^㉑。自欧阳子之存，世之不说者^㉒，哗而攻之，能折困其身^㉓，而不能屈其言。士无贤不肖不谋而曰^㉔："欧阳子，今之韩愈也。"

宋兴七十余年，民不知兵，富而教之^㉕，至天圣、景祐极矣，而斯文终有愧于古。士亦因陋守旧，论卑气弱。自欧阳子出，天下争自濯磨^㉖，以通经学古为高，以救时行道为贤，以犯颜纳谏为忠。长育成就^㉗，至嘉祐末，号称多士。欧阳子之功为多^㉘。呜呼，此岂人力也哉？非天其孰能使之！

欧阳子没十有余年，士始为新学，以佛老之似，乱周孔之真，识者忧之。赖天子明圣，诏修取士法，风厉学者专治孔氏，黜异端，然后风俗一变^㉙。考论师友渊源所自，复知诵习欧阳子之书。予得其诗文七百六十六篇于其子棐。乃次^㉚而论之曰："欧阳子论大道似韩愈，论事似陆贽，记事似司马迁，诗赋似李白。此非余言也，天下之言也。"欧阳子讳修，字永叔。既老，自谓六一居士云。

【注释】

①《论语·子罕》记孔子被匡人所困时说："文王既没，文不在兹乎？天之将丧斯文也，后死者不得与于斯文也；天之未丧斯文也，匡人其如予何！"后死者：孔子自谓也。与：参与。

②《孟子·滕文公下》："昔者，禹抑洪水，而天下平。周公兼夷狄，驱野兽，而百姓宁。孔子成《春秋》，而乱臣贼子惧。""我亦欲正人心，息邪说，距诐行，放淫辞，以承三圣者，予岂好辩哉，予不得已也。能言距杨、墨者，圣人之德也。"抑：制服。距：同拒，抵制。杨、墨：杨朱、墨翟，战国时两个重要的思想家。影响很大。当时是"杨、墨之言盈天下。天下之言，不归杨，则归墨。"

③意思是：文章的得失，与天何干？

④已：过分。

⑤申不害、商鞅、韩非皆春秋战国法家代表人物。

⑥意思是：违背道义而追求实利，残害人民来加强君主，这种学说实在鄙陋。残民：《左传·宣公二年》："残民以逞。"

⑦靡然从之：倾心相从。

⑧陵夷：衰败如丘陵之渐平。夷：平。

⑨汉初人口仅有秦兴盛时期的十之二三。

⑩语见《孟子·滕文公下》。参宋周必大《益公题跋》卷十一。

⑪烈:严重。

⑫语见《史记·太史公自序》。　盖公:《史记·曹参世家》:"(曹参)闻胶西有盖公,善治黄老言,使人厚币请之。既见盖公,盖公为言治道,贵清静而民自定。"

⑬《史记·屈原贾生列传》:"诸律令所更定,及列侯悉就国,其说皆贾生发之",人责之:"专欲擅权,纷乱诸事。"　《史记·袁盎晁错列传》:"晁错者,颍州人,学申、商刑名于轵张恢先所。"错建议削藩,引起七国之乱,自己被诛,司马迁称之:"变古乱常,不死则亡。"

⑭移:政变。"移风易俗"之"移"。

⑮晋自何晏等祖述老庄,立论以为天地万物皆以无为本,故无之为用,无爵而贵。当权者王衍等皆善清谈,政治因之废弛,导致亡国。

⑯武帝萧衍信佛,三次舍身同泰寺求福,后为侯景囚禁饿死,梁遂亡。

⑰参皮日休《唐韩文公配飨太学书》。

⑱韩(768~824),欧(1007~1072),1007-824=183年。

⑲著:发挥,阐明。

⑳折:判断。

㉑翕然:一致,无异议之状。

㉒说:同悦。

㉓《宋史·欧阳修传》:放逐流离,至于再三。仁宗朝救范仲淹,贬夷陵令;庆历新政后,数遭污蔑之词;嘉祐二年主持贡举,遭士子攻讦;神宗朝遭蒋之奇等弹劾。

㉔无贤不肖:无论好坏的人。

㉕意出《论语·子路》。

㉖争自濯磨:争相振作奋勉。濯磨,洗涤磨砺。

㉗长育:长养培育。

㉘《宋史·欧阳修传》:"奖引后进,如恐不及,赏识之下,率为闻人。"如石曼卿、梅尧臣、苏舜钦、尹师鲁、曾巩、王安石及三苏等。

㉙指哲宗元祐二年(公元1087年),诏令"禁科举用王氏《经义》及《字说》"事。异端:《论语·为政》:"攻乎异端,斯害也已。"

㉚次:编次,排列次序。

【集评】

宋朱熹(《朱子语类》卷一三〇引):东坡天资高明,其议论文词,自有人不到处。……如作《欧文公文集序》先说得许多天来底大,凭他好了,到结末处,却只如此,盖不止龙头蛇尾矣。当时若使他解虚心屈己,锻炼得成甚次第来。

宋吕祖谦《古文关键》卷下：此篇曲折最多，破头说大，故下面应亦言大。今人文字，上面言大，下面未必言大；上面言远，下面未必言远。如以文章配天，孔孟配禹，果然大而非夸。

明唐顺之（《苏文忠公文钞》卷二十三引）：体大而思精，议论如走盘之珠，文之绝佳者也。

明茅坤《唐宋八大家文钞》之《苏文忠公文钞》卷二十三：苏长公乃欧文忠公极得意门生，此序却亦不负欧公。

清储欣《唐宋十大家集录》之《东坡先生全集录》卷五：此序亦可弁冕欧阳子之书。

清蔡世远《古文雅正》卷十二：长公气节文章照耀千古，谓之知道则未也。观其推崇欧阳子，不喜程正叔，本领具见。然读此篇，非具千古只眼者不能，是何等识力、笔力！行批：无中生有，固是确论。以此知长公读书，具大只眼，而笔足达之。（按：指"方秦之未得志也"至"必不至若是烈也"）又：语涉过褒。然此语为一篇提要，句法特劲。（按：指"其说推韩愈、孟子"至"欧阳子，今之韩愈也"）。又：以此推欧阳子却不愧。然非长公不能道得出。莫为之后，虽盛弗传，谅哉！

[日]吉田利行《评注唐宋八大家文读本》卷二十三：杨、墨、申、商、老、庄、佛氏，俱为王氏新学作影，新学之炽，几与杨、墨、申、商等祸相埒，因欧阳子书存，而天下犹知准的，不至溃败决裂。则其有功圣学，由韩孟氏以达于孔子者，信而有征矣。弟认为推尊座主之文，毋乃谀言。

【鉴赏】

这篇文章是苏轼为欧阳修的文集写的序言。文章从内容上可分两个部分：第一部分从开头到"五百余年而后得韩愈，学者以愈配孟子，盖庶几焉。"第二部分，从"愈之后二百有余年，而后得欧阳子，……"到全文结束。

文章第一部分，作者引用大量事实，从正反两个方面说明圣人对社会拥有极大的积极作用；相反，"佞臣贼子"则会给社会带来不利影响，甚至灾难。"自《春秋》作，而乱臣贼子惧；孟子之言行，而杨墨之道废。"杨墨指杨朱、墨翟。杨朱提倡"为我学说"；墨翟提倡兼爱学说。作者在这里高度评价了孔子孟子给社会带来的积极影响。这话细追究起来不一定恰当，但作者是想表明圣人对社会的巨大的影响力量，有些夸大，可以理解。"孟子既没，有申商韩非之学，违道而趋利，残民以厚主，其说至陋也。而士以是罔上，上之人，侥幸一切之功，靡然从之。"申商韩非：申即申不害，郑国人，学黄老刑名，韩昭侯任其为相。商即商鞅，卫国的庶孙，好刑名之学，曾对秦孝公讲述富国强兵之策，并受封。韩非即韩国的公子，善刑名法术之学，曾给韩王上书，未受重用。后秦王攻韩，韩派韩非出使秦国，博得秦王赏识，但受李斯姚贾的陷害，自杀。这段意思是，孟子死后，社会就乱了，申不害、商鞅、韩非的刑名学说，违背正道（孔孟之道）而追逐利益，残害百姓来取得国君的好感，他们的学说是最坏的学说。而世上的学士也就用这些学说来欺骗君王，君王也庆幸侥幸得来的成功，浑浑然顺其自然。之所以造成这种局面，就是因为"世无大人先生如孔子孟子者"。"秦以是丧天下，陵夷至于胜、广、刘、项之祸，死者十八九。天下萧然，洪水之患，盖不至是也。"秦国就因此而灭亡，陈胜、吴广、刘邦、项羽带来的灾祸，十个人要死八九个。世上一片萧条，如果是洪水泛滥也不至于凄惨到这种地步。假若在秦朝危难之

际，再出现一个孟子这样的圣人，那么，申不害、韩非这伙人所制造的空话，深入人心，则会坏事；办事采纳了，则会坏了国政，他们的势力、影响也不至于如此猖獗。假使杨朱、墨翟得势于天下，那么他们所带来的灾祸难道会比申不害、韩非之流小吗？在这一段文字中，作者从反面说明，非圣人的学说会给社会带来灾祸。"由是言之，虽以孟子配禹可也。"作者总结说：从事实看来，虽然把孟子与大禹相提并论，也是恰当的。作者在文中又进一步举例说明"道术不出于孔氏"，则天下乱。"晋以老庄亡"："晋自何晏等祖述老庄立论以为天地万物，皆以无为本，士大夫皆尚浮诞。""梁以佛亡"："梁武帝崇尚佛教，三次舍身同泰寺。后为侯景所弑，梁遂亡。"（以上所引见《唐宋八大家古文》）"五百余年而后得韩愈，学者以愈配孟子，盖庶几焉。"五百年后出现了韩愈，学者把韩愈与孟子并论，这还差不多。

　　文章的第一部分，流露出作者独尊孔孟而排斥其他学说的"正统"思想。文中极力渲染圣人得志给社会带来的好的风尚；同时又从反面列举事实说明乱臣贼子当道，给社会带来的无穷灾难。文中极言圣人贤士的客观作用，这是为文章后半部

分埋下伏笔，为说明欧阳修可以与孟子媲美，实际是为赞颂欧阳修作铺垫。这是文章第一部分内容的真正作用。文章第二部分对欧阳修的学说及对社会的巨大影响做了详尽描述。"愈之后二百有余年，著礼乐仁义之实，以合于大道，其言简而明，信而通，引物连类，折之于至理。以服人心。故天下翕然尊之。"欧阳修的文章，其内容都符合孔孟的仁义礼乐的正道，文章语言简练而明白，真实而畅达，比物连类，旁征博引，令人折服，近于真理。所以天下人在言论及行动上就向他学习。这段话概括了欧阳修在学术上的重要地位。"自欧阳子之存，世之不说者，哗而攻之，能折困其身，而不能屈其言，士无贤不肖，不谋而合。曰欧阳子，今之韩愈也。"这段是讲欧阳修的学说及其人品深入人心，尽管有人反对他，攻击他，但那些言论只能围困他的身体，但不能损害他的学说、言论。学者、贤士不约而同没有不学他的。人们说欧阳修是当代的韩愈。这段文字表明欧阳修在人们心目中有很高的威望。

以上两段文字是从正面赞颂欧阳修在当时社会中的地位与威望，下文又以欧阳修"出世"前后社会风尚的差异进行对照，进一步说明欧阳修"出世"对社会的积极影响。"至天圣景祐极矣，而斯文终有愧于古，士亦因陋守旧，论卑而气弱。自欧阳子出，天下多自濯磨，以通经学古为高；以救时行道为贤；以犯颜纳谏为忠。"意思是在宋朝天圣、景祐年间，学士的文章并没有什么杰出的，没有能超过前人的，学士也都因循守旧，论述卑微没有气势。从欧阳修"出世"以来，天下学士涤荡了旧习俗，懂经术学古文为崇高；以救时弊行正道（孔孟之道）为贤能；以敢于直言上谏为尽忠。这种对比的写法，更突出了欧阳修的功绩。接着文章又以对照的笔法，续写欧阳修死后的两种不同情况。一方面是"士始为新学，以佛老之似，乱周孔之真，识者忧之"。另一方面是"赖天子明圣，诏修取士法。风历学者，专治孔氏，黜异端，然后风俗一变。考论师友渊源所自，复知诵习欧阳子之书"。这种对比，说明欧阳修的学说、文章，在他死后仍然是有生命力的，可见欧阳修的文章是很有光彩的。

以上通过对欧阳修"出世"前后及欧阳修死后两种现象的对比，具体说明欧阳修其人的伟大和其文的珍贵。文章最后用一句话评价了欧阳修的诗文，"欧阳子论大道似韩愈；论事似陆贽；记事似司马迁；诗赋似李白"。这里运用了衬托的笔法，没有直接写其文如何，而是把欧阳修与前世的大文豪相比较，从而衬托出欧阳修文章的光彩照人。把欧阳修与韩愈、陆贽、司马迁、李白四位大文豪相提并论，也衬托出欧阳修的诗文是博采众长，同时也说明欧阳修本人是一个多面手。"此非予言也"，言外之意，不光我推崇他，尊崇他的人还大有人在。这段文字简洁而有说服力，是重要的文论。

这篇文章从整体看没有就事论事，没有局限于对欧阳修的生活经历、为人及诗人作评价，而是从更高的角度，从一个圣人、贤士的存在对社会的重大影响来展示欧阳修在历史上的地位和作用，从而透视出欧阳修的诗文的价值。文章在写法上

苏轼卷

善用类比,以孟子、韩愈比欧阳修;还善于运用对比、对照的手法,以孔子、孟子这样的圣人对社会的积极作用与申不害、商鞅这样的刑名学说的热衷者对社会的不良影响做对比;又以欧阳修的"出世"前与后、欧阳修的生前与死后、欧阳修死出现的两种不同社会风尚做对照;最后在评论欧阳修的诗文时,又一次用对照的手法,将欧阳修与前世文豪做对照。通过这种对比与对照,使欧阳修不仅进入圣人贤士之列,而且也被列入文豪之列了。这样,欧阳修诗文的价值尽在不言之中了。总之,文章从侧面展示了欧阳修诗文的珍贵,是一篇文采横溢的优秀序文。

范文正公文集叙

【题解】

本文是苏轼元祐四年(公元1089年)四月十一日为范仲淹文集所做的一篇序言。文章颂扬了范仲淹的不朽业绩和高尚人格,表达了自己对范公的无比仰慕与深切怀念之情。文章先叙述自己"八岁知敬爱公",久闻"四杰"大名,后"彼三杰者,皆得从之游",唯"范公殁",独不识,终生遗憾,仰慕之情溢于言表,情真意切,娓娓动人。接着列举伊尹、太公等历史著名人物,把范公与其相提并论,颂扬他的文治武功。虽提到文集,但并未论文,而是肯定范公有德。最后以孔子的"重言"结尾,对范仲淹的高尚人格作结,意味深长。本文与一般文章的"序"相比,别具一格。不是以文论文,而是论文先论"人",论人先论"德","有德者必有言"。文章叙事波澜起伏、引人入胜,不愧为苏轼散文中的名篇佳作。

范仲淹,字希文,苏州吴县(今属江苏)人。卒谥文正,世称范文正公。北宋著名政治改革家,文学家,兼工诗词散文。有《范文正公集》。

【原文】

庆历三年①,轼始总角入乡校②,士有自京师来者③,以鲁人石守道所作《庆历圣德诗》示乡先生④。轼从旁窃观,则能诵习其词,问先生以所颂十一人者何人也⑤?先生曰:"童子何用知之?"轼曰:"此天人也耶?则不敢知;若亦人耳,何为其不可?"先生奇轼言⑥,尽以告之。且曰:"韩、范、富、欧阳⑦,此四人者,人杰也。"时虽未尽了⑧,则已私识之矣。嘉祐二年⑨,始举进士进京师,则范公殁⑩。既葬而墓碑出⑪,读之至流涕⑫,曰:"吾得其为人,盖十有五年而不一见其面⑬,岂非命也欤?"

是岁登第,始见知于欧阳公⑭,因公以识韩、富,皆以国士待轼⑮,曰:"恨子不识范文正公⑯。"其后三年,过许,始识公之仲子今丞相尧夫⑰。又六年,始见其叔彝叟京师⑱。又十一年,遂与其季德孺同僚于徐⑲。皆一见如旧⑳,且以公遗稿见属为叙㉑。又十三年,乃克为之㉒。

呜呼!公之功德,盖不待文而显,其文亦不待叙而传。然不敢辞者,自以八岁知敬爱公㉓,今四十七年矣㉔。彼三杰者㉕,皆得从之游,而公独不识,以为平生之

恨。若获挂名其文字中，以自托于门下士之末[26]，岂非畴昔之愿也哉[27]！古之君子，如伊尹、太公、管仲、乐毅之流[28]，其王霸之略[29]，皆素定于畎亩中[30]，非仕而后学者也[31]。淮阴侯见高帝于汉中[32]，论刘、项短长[33]，划取三秦[34]，如指诸掌。及佐帝定天下，汉中之言，无一不酬者[35]。诸葛孔明卧草庐中，与先主论曹操、孙权，规取刘璋，因蜀之资，以争天下，终身不易其言[36]。此岂口传耳受，尝试为之，而侥幸其或成者哉[37]？

公在天圣中[38]，居太夫人忧[39]，则已有忧天下致太平之意，故为万言书以遗宰相[40]，天下传诵。至用为将，擢为执政[41]，考其平生所为，无出此书者。今其集二十卷，为诗赋二百六十八，为文一百六十五。其于仁、义、礼、乐、忠、信、孝、悌[42]，盖如饥渴之于饮食，欲须臾忘而不可得；如火之热，如水之湿，盖其天性有不得不然者。虽弄翰戏语[43]，率然而作[44]，必归于此[45]。故天下信其诚，争师尊之[46]。

孔子曰："有德者必有言[47]。"非有言也，德之发于口者也。又曰："我战则克，祭则受福[48]。"非能战也，德之见于怒者也。元祐四年四月十一日[49]。

【注释】

①庆历三年：公元 1043 年。时苏轼八岁。　庆历：宋仁宗赵祯的年号。

②总角：旧时称童年为"总角"。　总：聚束。　角：小髻。　乡校：乡间的学校。周制，离都城百里以内的地区曰"乡"，百里以外曰"遂"。后世称地方所办学校为乡校。

③京师：京城，指汴京（今河南省开封市）。

④石守道：石介，字守道。人称徂徕先生，兖州奉符（今山东泰安东南）人，兖州古属鲁国，故称鲁人。有《徂徕集》。　《庆历圣德诗》："庆历年间，杜衍、章得象、晏殊、贾昌朝、范仲淹、富弼、韩琦、欧阳修、余靖、王素、蔡襄等人被进用，石介认为这是当朝盛事，故作《庆历圣德诗》以颂之。"

⑤所颂十一人：即《庆历圣德诗》中所颂十一人。

⑥奇轼言：认为苏轼的话与众不同。

⑦韩、范、富、欧阳：韩，韩琦，字稚圭，自号赣叟，相州安阳（今属河南）人。宋仁宗时充枢密使后任宰相，勋望很高，与范仲淹并称"韩范"。　范：范仲淹。富：富弼，字彦国，宋初著名政治家。　欧阳：欧阳修。

⑧了：清楚、明白。

⑨嘉祐二年：公元 1057 年。　嘉祐，宋仁宗赵祯的年号。

⑩殁：死。

⑪既葬而墓碑出：范仲淹死于宋仁宗皇祐四年（公元 1052 年），安葬后，欧阳修为之作《资政殿学士户部侍郎文正范公神道碑铭》，富弼作《墓志铭》。

⑫涕:眼泪。

⑬十有五年:十五年。作者自庆历三年(公元1043年)于乡校见《庆历圣德诗》至嘉祐二年(公元1057年)范公殁,相距十五年。

⑭见知:被知道。

⑮国士:国家杰出之人。

⑯恨:遗憾。　　子:你,此指苏轼。

⑰"其后三年"三句:宋仁宗嘉祐五年(公元1060年)苏轼服母丧后自蜀返京,经许昌(今河南省许昌市),才认识范公次子当今丞相范纯仁(尧夫)。　　仲:排行第二,古人排行用伯、仲、叔、季。

⑱"又六年"二句:治平二年(公元1065年)苏轼罢凤翔签判至京任职,在京城遇范仲淹第三子范纯礼(彝叟)。　　叔:排行第三。

⑲"又十一年"二句:熙宁十年(公元1077年)苏轼自密州改知徐州,当时范仲淹第四子范纯粹(德孺)知滕县(属徐州),故称"同僚"。季:排行第四。

⑳一见如旧:一见如故。　　旧:老朋友。

㉑公:范仲淹。　　遗稿:死后留下的文稿,此指《范文正公文集》。　　见属为叙:嘱托我作序。

㉒"又十三年"二句:自熙宁十年(公元1077年)至元祐四年(公元1089年)为十三年,才写成了这篇序文。　　克:能。

㉓以:因为。

㉔四十七年:庆历三年到元祐四年共四十七年。

㉕三杰:韩琦、富弼、欧阳修。

㉖门下士:学生、门徒。

㉗畴昔:过去,以前。

㉘伊尹:商朝开国功臣。名伊,尹是官名。　　太公:姜太公吕尚,周朝开国功臣。　　管仲:管夷吾,字仲,齐桓公的相,辅佐齐桓公成就霸业。　　乐毅:战国时燕国名将。

㉙略:谋略,计谋。

㉚素:平时。　　畎亩:田间,田地。代指未做官之前。

㉛仕:做官。

㉜淮阴侯:韩信,封侯于淮阴(今属江苏),故称淮阴侯。汉初大将,初属项羽,后归附刘邦,是刘邦手下的重要谋臣。　　高帝:汉高祖刘邦,又称沛公,西汉王朝的建立者。　　汉中:古郡名,因地处汉水上游而得名,治所在今陕西省汉中市东。

㉝刘:刘邦。　　项:项羽。

㉞划取:规划夺取。　　三秦:今陕西一带,因秦亡后项羽三分秦故地关中而

得名。

㉟酬:实现。

㊱"诸葛孔明卧草庐中"至"终身不易其言":诸葛亮(孔明),曾居隆中(今湖北)草庐之中,刘备三顾草庐,孔明隆中献策,帮助刘备制定了跨荆(荆州)、益(益州)、联吴(孙权)抗曹(曹操)三分天下的路线,后出任蜀国丞相。　　先主:刘备,字玄德,蜀汉昭烈帝。　　曹操:字孟德,魏武帝。　　孙权:字仲谋,三国时吴国国主。　　刘璋:东汉皇族,东汉末年任益州(今四川成都)牧,昏庸无能,后为刘备所灭。　　因:依靠、凭借。　　易:改变。

㊲"此岂口传耳受"三句:名臣们的治国策略难道是靠人传授,自己听取,试着执行,凭侥幸成功的吗?

㊳天圣中:具体指宋仁宗天圣五年(公元1027年)。

㊴居太夫人忧:为太夫人(范母谢氏)守丧。　　忧:古称父母丧为忧。

㊵为万言书以遗宰相:范仲淹曾上书请择郡守、举县令、斥游惰、去冗僭、慎选举、抚将帅凡万余言。后在"庆历新政"时,又上明黜陟、抑侥幸、精贡举、择长官、均公田、厚农桑、修武备、减徭役、推恩信、重命令等十事。　　遗:给予。

㊶"至用为将"二句:康定元年(公元1040年)范仲淹任陕西经略安抚副使,庆历三年春任枢密副使,这年秋改任参知政事(副宰相)。　　擢:提升。

㊷孝:尊敬父母叫"孝"。　　悌:顺兄长叫"悌"。

㊸弄翰戏语:玩弄文辞,嬉戏话语。　　翰:笔,引申为"文辞"。

㊹率然:轻率的样子。

㊺必归于此:必归于仁、义、礼、乐、忠、信、孝、悌。

㊻师尊之:尊之为师。

㊼"孔子曰"句:语出《论语·宪问》。讲德之重要,德为言之本。

㊽"我战"二句:语出《礼记·礼器》,意谓有德之人,战斗就能胜利,祭祀就能受福。　　克:战胜,攻破。

㊾元祐四年:公元1089年。　　元祐:宋哲宗赵煦的年号。

【集评】

宋吕祖谦《三苏文范》卷十五:作文字不难于敷文,而难于叙事,盖叙事在严谨,难也。看东坡自叙述处,大类司马公,而严整又不比司马之汗漫。

明杨慎(引书同上):前叙情,中赞美,后述意。

明茅坤《唐宋八大家文钞·东坡文钞》卷一百三十九:此作本率意而书者,而于中识度自远。

清储欣《唐宋十大家全集录·东坡全集录》卷五:历叙因缘慕望处,情文并妙,双收谨严,尤与范公切合。

清张伯行《唐宋八大家文钞·苏文忠公文》:上半篇叙景慕之情,中言公规模先定,末乃言其文集底蕴。要分段落看。

清沈德潜《唐宋八大家文读本》卷二十三:为欧阳公作序,应从道德立论;为范文正公作序,应从事功立论。各有专属,不似近人文字将道德、文章、事功,一齐称赞,漫无归着也。后半说范公之文一本于诚,故为有用之书,此即修辞立其诚意。

【鉴赏】

这篇文章是苏轼为范仲淹的文集写的一篇序言。"叙"同"序"。这篇文章一反序言对文集做介绍、评价的模式,主要叙述了自己从童年时代起就产生的对范仲淹的崇敬之情。文章引用历史人物作比,高度颂扬了范仲淹的文治武功;至全文最后才提到《文集》,但也没有论文,而是肯定范仲淹有德。这篇文章从表面看,与其说是序言,不如说是一篇颂文。

文章自始至终洋溢着作者对范公的仰慕之情。强烈的抒情性使这篇序言显得别具一格。

文章开头叙述了作者在孩童时代就对范公产生的敬仰之情。"庆历三年,轼始总角,入乡校,士有自京师来者,以鲁人石守道所作《庆历圣德诗》示乡先生,轼从旁窃观,……""总角",即童年时代。从此苏轼第一次从《庆历圣德诗》中知道文中所颂扬的十一人中有一位是范仲淹,并从先生那儿得知范公是"四杰"之一。这段"初识范公"的细致描述,具体而又生动。使读者感受到:范公已在作者幼小的心灵里留下了深刻印象。

作者在孩童时代私下"认识"范公之后,到了嘉祐二年(公元1057年),苏轼进京考进士,得知范公已逝,并看见了欧阳修为之写的"碑铭"。苏轼深感悲痛,感慨道:"吾得其为人,盖十有五年,而不一见其面,岂非命也欤!"意思是:我知晓范公的大名,已有十五年,却没能见他一面,难道是命中注定吗?深深的遗憾及对范公的崇敬同时溢于言表。这是作者第一次表示出遗憾的心情。这一年,苏轼见到欧阳公及韩琦、富弼之后,这几个人又一次对苏轼说:"恨子不识范文正公。"这是文中出现的第二次"遗憾"。作者虽未能见到范公,但有幸见到了范公的儿子尧夫(二子,纯仁)及德孺(四子,纯粹)。作者与范公的两个儿子"皆一见如旧",作者受他们的委托,为《范文正公文集》写序。作者自幼对范公充满向慕之情,但一直没有机会与范公见面,却得知范公逝世的消息,这对作者是莫大的打击。当作者见到"四杰"之中的其他三人时,他们同样认为苏轼未能见到范公,是一件憾事,这更加重了作者遗憾的心情。

于是作者发出慨叹:"呜呼!公之功德,盖不待文而显,其文不待序而传。然不敢辞者,自以八岁知敬爱公,今四十七年矣。彼三杰者皆得从之游,而公独不识,以为平生之恨。若获挂名其文字中,以自托于门下士之末,岂非畴昔之愿也哉。"这段话是作者强烈感情的抒写,其情之笃,感人肺腑。这里又一次正面指出自己未能见到范公"为平生之恨",把情感的波澜推到了高潮。因为作者对范公异常崇敬,所以能为范公的文集写序,能把自己的名字排在范公的学生之列的末尾,也算是一种安慰和荣幸了。

　　文章前三个自然段,是作者浓重感情的抒发。字里行间饱蘸着作者对范公的仰慕之情。从幼年对范公的仰慕到成年之后对范公的崇拜及未能见上一面的遗憾,感情逐渐强烈,读来感人心切。

　　这篇文章在写法上的另一特点是衬托的笔法。作者不仅从正面抒写了自己对范公的深情,而且还以古人作比,衬托了范公的功绩。

　　作者以商汤的大臣伊尹、周初的姜太公、春秋齐桓公的宰相管仲及战国中期的乐毅为例,说明他们称霸的谋略都是在未做官之前就有了,并非做官以后学的。以韩信(淮阴侯)辅佐刘邦,韩信之言"无一不酬者"(没有一句不兑现的)及诸葛亮辅佐刘备"因蜀之资以争天下,终身不易其言"为例,说明无论韩信还是诸葛亮,他们的智谋、预言没有不正确的。意思是,"古之君子",无一不靠天资、自身的智慧而成功的。言外之意,范公也像这些贤士、智者一样,既有忠心又有谋略,范公可以与这些"古之君子"相提并论,而范公不仅有谋略,还有表达自己思想的文章,更便于传于后世。

　　"公在天圣中,居太夫人忧,则已有忧天下致太平之意,故为万言书以遗宰相,天下传颂。"范公很早就已"有志于天下",曾写出万言书《涑水记闻》(言朝政得失,民间利弊),为世人传播。"今其集二十卷,……其于仁义礼乐忠信孝悌,盖如饥渴之于饮食,欲须臾忘而不可得,如火之热,如水之湿。盖其天性,有不得不然者。虽弄翰戏语,率然而作,必归于此。"意即范公的文章与范公的品德紧密相连。他的文章内容总离不开"仁义礼乐忠信孝悌","故天下信其诚,争师尊之。非有言,德之发于口者也。""非能战也,德之见于怒者也。"及前文说的"公之功德,盖不待文而显,其文亦不待序而传"都强调了范公有深厚的品德修养。这是这篇文章的灵魂所在。因范公的品德高尚,所以他名扬四海,受到人们的尊重,因而人们也都传播他的文章;所以说范公的文,也是因为有"德"才得以传扬。

作者在文章里极力渲染了范公功德无量,并告诉人们范公的文章无不围绕、无不联系品德的内容,文如其人,若想学习范公的为人,那么务必精读其文。从侧面展示了范公文章的重要性。这正是这篇文章的妙笔所在。

作者虽然没有正面写范公的文治武功,但以"古之君子"与范公作比,范公的谋略、天资也不言而喻;作者虽然未正面论述范公《文集》中的文章如何,但却说范公的文章每每与其品德相连,其文的价值又在不言之中言明了。作者在文中用的这些衬托的笔法,既表达了作者对范公品德、功德的赞颂,同时也暗示出范公《文集》的价值。从作者所运用的衬托的笔法来看,这篇文章也圆满完成了"序言"的任务,称为序文,当之无愧。

这篇文章,突破以往序文的写作框框,没有介绍作者生平,没有评论文章的优劣,从表面看不像序言,但客观上却比正统的序言所起的传播作用大得多。作者是以情感人,用自己对范公的深情来感染读者,苏轼因未能见到范公而遗憾终生。那么今日见到范公的文集谁能不如获至宝呢?以"古之君子"的功绩颂扬范公的文治武功,又以范公的品德闻名天下、文如其人来烘托《文集》的宝贵,作者这种衬托手法,更使读者在被情所动、被(范公)德所吸引的情况下,自然而然理解了范公《文集》的价值。这篇文章在序言这类文体中,可谓独树一帜。

书孟德传后

【题解】

这是一篇颇具理趣的小品文。理趣顾名思义,是说要说理而有趣。宋人为诗为文,比较侧重于说理,然而,过分强调说理,就有可能使文章变得枯燥、乏味,产生概念化的缺点。所以,真正以"理趣"而为大家所喜爱又有高度艺术水平的,是那些善于通过具体、形象的描写、叙述来揭示某种生活道理的文章。

本文即以有趣的传闻为基础,探测老虎食人的心理,提出"不惧者则不敢食"的观点,妙趣横生,引人入胜。虽只是一篇趣闻,却蕴含了很深的哲理:以未及知者的态度去对待老虎,不为其威慑吓倒,便可以战胜老虎。而对于人世间的许多棘手问题、拦路之虎,不也可以不慑于它的声威,平心静气,卸减心中负担,以自然心去攻克它吗?当然其中也隐含着"难得糊涂"从而避害之义。

总之东坡此文闪烁着智慧的火花,引人深思无穷。

【原文】

子由书孟德事见寄①,余既闻而异之,以为虎畏不惧己者②,其理似可信。然世未有见虎而不惧者,则斯言之有无③,终无所试之。然曩余闻忠、万、云安多虎④。有妇人昼日置二小儿沙上而浣衣于水者⑤,虎自山上驰来,妇人仓皇沉水避之,二小儿戏沙上自若。虎熟视久之,至以首抵触⑥,庶几其一惧,而儿痴,竟不知怪,虎亦卒去。

意虎之食人,必先被之以威⑦,而不惧之人,威无所从施欤?有言虎不食醉人,必坐守之,以俟其醒⑧。非俟其醒,俟其惧也。有人夜自外归,见有物蹲其门,以为猪狗类也,以杖击之,即逸去⑨,至山下月明处,则虎也。是人非有以胜虎,而气已盖之矣。使人之不惧,皆如婴儿、醉人与其未及知之时,则虎畏之,无足怪者。故书其末,以信子由之说⑩。

【注释】

①子由:苏辙,字子由,苏轼之弟。　　见:放在动词前,表示对自己怎么样。

王安石《答司马谏议书》:"冀君实或见恕也。"

②己:指老虎。

③斯言:指"虎畏不惧己者"这一说法。

④曩:以往、过去。《韩非子·外储说左下》:"寡人曩不知子,今知矣。"
忠、万、云安:均为四川省县名。云安,今为云阳县。

⑤浣:洗。

⑥至以首抵触:指虎用头顶触小孩。

⑦被:施加。

⑧俟:等待。

⑨逸:逃跑。

⑩信:证实。

【集评】

明钟惺(《三苏文范》卷十五引):妙理妙论! 不必真如此,说来自妙。

【鉴赏】

《孟德传》是苏辙的一篇名文,写的是宋仁宗嘉祐年间,秦州戍卒孟德,不堪戍卒生活,逃入深山,过着"白毛女"一般的生活。他自己想:"吾禁军也,今至此,擒亦死,无食亦死,遇虎狼毒蛇亦死,此三死者,吾不复恤矣,惟山之深者往焉。"孟德在深山中,逾两年竟不死,多次遇到猛兽,但由于他已把生死置之度外,对猛兽不惧,竟未遭伤害。全文以生动、曲折、形象的笔法,成功地塑造了一个神勇不怕虎的英雄,告诉人们一个道理:人不畏虎,虎自畏人。

苏轼这篇文章就是写在《孟德传》后的题跋一类的文章。文章开始首先提出疑问,认为孟德不怕虎的故事,在道理上似乎可信:"以为虎畏不惧己者,其理似可信。"但是在实际上又未可信,因为"世未有见虎而不惧者。"这个疑问的提出是合乎一般道理的,因为一般人遇见老虎确实是没有不害怕的。

接着苏轼列举了三个不怕虎的故事,进一步证明《孟德传》的可信。他首先写出了"初生之犊不怕虎"的故事。这个故事描述得生动细致惊险,特别是妇人惧虎而沉入水中,二小儿在沙上戏耍,虎至并不害怕。"虎熟视久之,至以首抵触,庶几其一惧,而儿痴竟不知怪,虎亦卒去。"这里描写老虎想方设法欲使小儿出现害怕情况,但由于儿痴并不知怕,老虎黔驴技穷终于无奈地离去。由此苏轼得出一个结论:"意虎之食人,必先被之以威,而不惧之人,威无所施欤?"从而进一步证明了苏辙的观点:人不畏虎,虎自畏人。

接着苏轼又举了个世人常说的"虎不食醉人"的故事。由于人醉而无惧怕之心,所以虎威也就无法施展。最后又举出一个笑林故事:"有人夜自外归,见有物蹲其门,以为猪狗类也,以杖击之,即逸去。至山下月明处,则虎也。"这里写的夜归人因为不知是虎,当然也就没有什么害怕的地方。"是人非有以胜虎,其气已盖之矣。"夜归人并非有什么绝招或能力有把握战胜老虎,只是由于不知而不怕,盛气已压倒了老虎罢了。

文中举出的三个故事,采取有详有略夹叙夹议的手法。沙上婴儿不怕虎详写,夜归人击虎次之,醉人不怕虎则是略写。在叙述故事的同时,作者边加议论。全文语言通俗流畅,毫无雕琢之处,再次表现了苏轼崇尚自然反对雕琢的文风。

其实,苏轼写人不怕虎的故事,是有其政治背景的,那就是不畏权贵。虽然他也曾屡遭贬斥,但不怕"虎"的精神,苏轼却是永存的。东坡性格倔强,总是不苟俗时务。毛晋《东坡笔记》里记述这样一段事:"东坡一日退朝,食罢,扪腹徐行,顾谓侍儿们曰:'汝辈且道是中何物?'一婢遽曰:'都是文章'。坡不以为然。又一人曰:'满腹都是机械(聪明和才智)'。坡亦未以为当。至朝云(轼爱妾)乃曰:'学士一肚皮不合入时宜'。坡捧腹大笑!"这里的"不合入时宜",就是对权贵的蔑视,也就是不怕虎的思想。虽然东坡因屡次提出不同政见而遭贬谪,但他这种不怕"虎"的精神是难能可贵的!

自评文

【题解】

这篇短论原无题目,题目系后人所加。在南宋时由郎晔收入《经进东坡文集事略》卷五十七,题为《文说》。明代茅坤编《苏文忠公全集》时收入卷六十六,改题为《自评文》。毛晋取《全集》卷六十六至七十一别为《东坡题跋》,刻入《津逮秘书》。

苏轼这篇文学短论较客观地概括了自己散文创作的特点,也提出了精辟而独特的创作主张。短小、深刻、风趣,颇具艺术魅力。

苏轼重视创作的源泉。文中揭示了他多产的内因,即创作主体蓄积充足,便勃生创作欲望,到了不能不写的地步,自然会妙笔生花。接着,苏轼分析了两种不同情况的创作。一种是在正常情况下,文思流畅,一泻千里,豪放恣肆;一种是在特殊的环境下,如苏轼在官场失意遭贬时的创作,文章会"随物赋形",很难逆料。苏轼强调表现方式要服从于内容,不专注一格,才会形成艺术风格的丰富多彩。在文尾,苏轼要求写作态度要实事求是,顺其自然,意尽则言尽,言尽则文止,决不能无病呻吟,敷衍成文。全文中,苏轼从总结个人创作经验,来反观创作的总体过程,苏轼强调了"文理自然,姿态横生"的创作主张,这也是苏轼文学创作艺术风格的特点。其实,这更是散文应有的艺术特点。

【原文】

吾文如万斛泉源①,不择地而出②,在平地滔滔汩汩③,虽一日千里无难。及其与山石曲折,随物赋形④,而不可知也。所可知者,常行于所当行,常止于不可不止,如是而已矣。其他虽吾亦不能知也。

【注释】

①斛:旧容器,方形,口小,底大,容量本为十斗,宋以后改为五斗。万斛形容数量很大。

②而:明本《苏文忠公全集》作"皆可"。

③滔滔:形容大水滚滚。　　汩汩:形容水流动迅急的声音和样子。

④随物赋形：随着物的不同而表现事物的不同形态。

【鉴赏】

《自评文》又名《文说》，"说"在此可理解为"阐释"。从第一篇系统探求文章法则的论文，晋朝的《文赋》始，就竭其"用心"追求多"变"的"遣词造句"作文法，陆机每每自叹，人的认识总是不能吻合事物曲折变化的多面性，而诉诸文字又连这不完整的认识也不能充分表达出来。文章理论家以探求文章法则，为后人开辟捷径为己任。而作家则以自己切身的创作体会，解说了作文的奥妙。

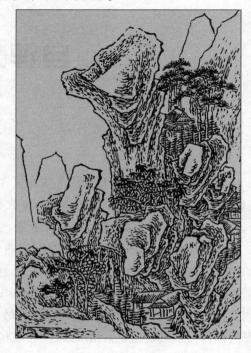

"万斛泉源"极言其富，到处都是泉眼，当然就"不择地而皆可出了"，这是指作文材料的丰富和思路的广阔。也正是《与王庠书》之五所谈到的"积学数年"做深入的多角度研究，对每个问题，每件事能从多方面联想分析，充分认识事理的结果。轼文常取材平淡细微、甚至很零散的数件小事，都能言之成文，其主旨新颖独到，出人意料。如《黠鼠赋》记叙袋中之鼠逃脱过程，竟寓以人的用心专一和疏忽大意的中心。又如《书生入官库》，简述钱、粟、练、肉、丝五件俗闻轶事，得出要全面认识事物的道理。

"在平地滔滔汩汩"，即细小平淡之事能说得详尽、透彻，这是善于铺陈。"与山石曲折，随物赋形"则要细致体味和观察微情曲意，善于捕捉事情变化发展的细小瞬间，把握事物的各个侧面，及内在和外表的联系，用文字像河水贴着河床起伏而流泻那样贴切充分地表达这种认识。这就是洞悉事理，驾驭语言的能力。

尽管苏轼文章的章法结构不拘一格，而其文旨总是表达得自然透彻，"行于当行，止于当止"正是辞达意的境界，至于章法技巧正是在充分揣摩总结前人经验，体察事理，融变通而来。

本文用比喻的方法，形象地揭示了深奥的认识与表达的关系，其文浅而其旨远，全文仅用了七十三个字，实在是短文的精粹。

戴嵩画牛

【题解】

这篇短文作于熙宁元年(公元 1068 年)。全文不足百字,先写杜处士对书画的爱好,其中戴嵩所作《牛》一轴尤为珍惜。在此铺垫基础上,突出本文中心画面,即一牧童拊掌大笑斗牛画的情景,因为"牛斗,力在角,尾搐入两股间"而非"掉尾而斗"。最后以古语结束全篇,精悍利落。文中阐明的不仅是绘画要讲求形似,更寓含着艺术源于生活的深刻道理。戴嵩是唐代著名画家,擅长画田园风景,尤工画牛,能得"野性筋骨之妙",与唐代著名的画马大家韩干并称"韩马戴牛"。苏轼曾有诗句:"君不见韩生自信无所学,厩马万匹皆吾师"(《次韵子由书李伯时所藏韩干马》),韩干以活生生的厩马为师,故能画出各种神态的马,戴嵩似乎做得不够了。小文写得很风趣。

【原文】

蜀中有杜处士,好书画,所宝以百数①。有戴嵩《牛》一轴,尤所爱,锦囊玉轴②,常以自随。

一日曝书画,有一牧童见之,拊掌大笑曰③:"此画斗牛也。牛斗,力在角,尾搐入两股间④。今乃掉尾而斗⑤,谬矣!"处士笑而然之。

古语有云:"耕当问奴,织当问婢。"不可改也。

【注释】

①宝:珍藏。

②锦囊玉轴:用织锦作画囊,用玉装饰画轴。

③拊掌:拍手。

④搐入两股间:紧缩在两条大腿间。

⑤掉:摇摆。

【鉴赏】

本文选自《东坡题跋》卷五。明代毛晋汲古图《津逮秘书》本《东坡题跋》六卷,收入苏东坡字画、文物、书籍等所写的题跋文字六百多篇。多是提笔挥洒而就，顷刻成文的"急就篇"，因而短小精悍，内容深刻，犹如思想火花的闪现，光彩照人。

这篇短文很像一个短小精悍的寓言。可分两段，第一段先写一个"牧童评画"的小故事，第二段简要指出这个故事所包含的深刻道理，即寓意所在。给人以启发和教育。

本文的思想性可以从以下三个方面来体会：第一，即是名家高手，也可能一时疏忽大意，在作品中出现"疵点"，造成谬误。戴嵩是唐代著名的画家，与当时名画家韩混为伍，韩善画马，曾任浙江东西都团练观察使，戴嵩在他部下作巡官，拜他为师，跟从学画，人物、山水、农舍、禽畜，画得都很出色，尤其擅长画牛，世人称他们师徒为"韩马戴牛"。戴嵩画牛，功夫深，造诣高，民间流传他画牛的传说很多，多是颂扬之词。例如：说他画的《牵牛图》，牛眼的瞳仁中有牧童之影；他画的《饮牛图》，水中倒影中的牛鼻、牛唇与饮水的牛鼻、牛唇顶对相连，惟妙惟肖。画家观察之细，技法之高，令人叹服。所以戴嵩画牛之作，世人视为珍品，即是宋代的杜处士也不例外。这位姓杜的处士"好书画"，在他所收藏的书画数百之中，有一轴戴嵩画的《牛》，以"锦"为囊，以"玉"为轴，并且经常随身携带，可见他对此画非常喜爱。这正说明戴嵩之画的珍贵，受人热爱。如此有成就的大画家，还免不了出现悖谬，何况一般人呢？即使名家高手，要想正确地表现生活，就必须深入生活，细致观察和熟悉生活，否则就会歪曲现实生活，被熟悉生活的明眼人所耻笑，何况一般的名人画士呢？一切艺术都来源于生活，画家、作家以及一切文学艺术家都必须了解生活，这正是本文所告诫我们的第二个方面。第三，长期生活在某个领域的人，积累了丰富的生活经验和知识，他们就是这个领域的"知识里手"，如：农夫于"耕"，织女于"织"，牧童于"牛"，他们最有发言权，一切文人画士，都应向他们学习。在阶级偏见严重的封建社会里，作者能够重视一个下层劳动者，像牧童这样的人的见解，并且写下来，加以肯定，确是难能可贵的。

在艺术技巧上，本文也有特点，一，叙述故事简练生动。第一段用字不多，却能扣人心扉。这一段可分两个层次，第一层写杜处士所藏戴嵩之画《牛》，百里挑一，裱装精美，随身携带，爱不忍释。从而把戴嵩之画抬得很高，视为珍品，然而抬得高就摔得重。第二层写对牛十分熟悉的牧童，一眼看出了名画的瑕疵，指出它的失真谬误处，名画的价值也就一落千丈，顿失光彩。前后对照，大相径庭，使人心为之动，顿感可叹、可笑、可惜！二，用人物的语言、情态表现人物的形象。牧童看见这轴画牛的名画，不假思索，顺口评论说："此画斗牛也。"由于他熟悉牛的习性，一语肯定指出此画是"斗牛图"，他更了解"斗牛"时牛尾所在的位置，接着说："牛斗，力在角，尾搐（抽，用力夹）之两股间；"而画中的"斗牛"则不然，与"斗牛"的常态不合，违背生活现实，牧童因而一语破的，明确指出："今乃掉尾（举尾）而斗，谬矣！"

牧童竟能指出名画家的纰缪，这是内行话，是其他行业的人所讲不出来的，在"知牛"这一点上，高于画家的牧童形象就跃然纸上了。不同的人物有不同的语言，用人物自己的语言来表现人物的形象是小说文体惯用的手法，这篇短文能够运用这种手法已经初步显示出小说的雏形，可以说是小说的萌芽，如果把这类小文看作是古代的"微型小说"，也许无所不可。"情态"也是如此，通过人物情态的描写，自然可以表现人物的形象，例如本文中牧童"抚掌大笑"，"处士笑而然之"，两种笑态，所表现的内容有所不同，前句"抚掌大笑"是牧童耻笑画家的失真，喜笑自己能够指出其谬，洋洋得意。而后句处士的"笑"，笑得很勉强，自己珍爱的名画被牧童指出其谬，而牧童的话又是对的，无法驳倒，只好以"笑"表示赞同了。三，"引用"辞格的运用。本文第二段引用了古语"耕当问奴，织当问婢"。这两句古语出自《宋书·沈庆之传》。宋文帝二十七年欲北讨魏，与高祖婿徐湛之等谋，太子步兵校尉沈庆之谏道："治国譬女治家：耕当问奴，织当访婢。陛下今欲伐国，而与白面书生辈谋之，事何由济？"苏轼在这里采用"引用"辞格，得心应手，恰到好处，在文中起到很大的作用：第一，点题。"耕当问奴，织当问婢"是为了说明"画牛当问牧童"，充分肯定了牧童熟悉生活，对名画批评得当。作者运用"引用"法，在篇末点题，不但突出主题，而且使主题得以升华，带有普遍意义。第二，结尾。引用古语结尾，留有余味，发人联想。第三，精警。本文所引用的古语，一共两句八字，精炼深刻，可以说是优美的"警句"，比用作者自己的话来叙述，要精炼生动得多，从而节省了文字，效果也好得多。总之，这里采用"引用"法，恰切得当，是必不可少的。

无独有偶。宋代郭若虚《图画见闻志》卷六，也有一篇《斗牛图》与本文有点相似。两篇短文的内容与表现方法大体上类似，只有人名不同。两相比较，苏文在语句精炼和篇末引用古文以作结这两点，是郭文所不及的。

唐宋八大家散文鉴赏

苏轼卷

书吴道子画后

【题解】

　　吴道子是唐代著名画家,被尊为"画圣",擅长画佛道人物,线条富于动感,如"以灯取影,逆来顺往"极其神似,更有"吴带当风"之盛赞;其山水花鸟之作也备受后人推崇,民间画工也奉之为"祖师"。苏轼之画评恰当中肯,指出道子的画,既有"法度"又出"新意","豪放"之外又得"妙理",其技艺已经达到炉火纯青,游刃有余,运斤成风的地步。时人以其评为至论。

【原文】

　　知者创物①,能者述焉,非一人而成也。君子之于学,百工之于技,自三代历汉至唐而备矣②。故诗至于杜子美,文至于韩退之,书至于颜鲁公,画至于吴道子③,而古今之变,天下之能事毕矣。

　　道子画人物,如以灯取影,逆来顺往,旁见侧出,横斜平直,各相乘除④,得自然之数,不差毫末,出新意于法度之中,寄妙理于豪放之外。所谓游刃余地⑤,运斤成风⑥,盖古今一人而已。余于他画,或不能必其主名⑦,至于道子,望而知其真伪也。然世罕有真者,如史全叔所藏,平生盖一二见而已。元丰八年十一月七日书。

【注释】

　　①知:同"智"。

　　②三代:指夏、商、周三朝。

　　③"杜子美"以下三句:杜甫:字子美,唐代大诗人,其诗有"诗史"之称,被后人尊为"诗圣"。　　韩愈:字退之,唐代诗人、散文家,为唐代古文运动领袖。　　颜鲁公:颜真卿,封鲁郡公,唐代著名书法家。

　　④乘除:指增减。

　　⑤游刃余地:比喻技术高超,纯熟。

　　⑥运斤成风:比喻技术达到出神入化、随心所欲的地步。

　　⑦必其主名:确定作者的姓名。

清沈德潜《唐宋八大家文读本》卷二十四:举一画而他可类推。道子之画,子瞻之评,唯圣神于此艺者能之。

【鉴赏】

吴道子,唐阳翟(今河南禹县)人,名道玄,古代著名画家。玄宗开元年间,召入供奉为内教博士。他的画笔法超妙,尤其擅长画山水及佛像,有"画圣"之称。本文是苏轼著名的评论作画的文章,对吴道子的画给予极高的赞誉,"盖古今一人而已"。由于苏轼也是个丹青里手,所以他更能悟出吴道子作画的奥妙之处。

文章开始说一切学问和工艺技巧,都是自古相演逐步达到成熟的地步,"非一人而成也"。这种从发展看问题的观点,当然是正确的。文章接着说:"自三代,历汉至唐而备矣。"这里是说古代一切文学艺术的发展,到了唐朝已达到了相当完善的地步。"故诗至于杜子美(杜甫),文至于韩退之(韩愈),书至于颜鲁公(颜真卿),画至于吴道子。"皆达到尽美的境界。这个评论可以说至今仍不变,说明苏轼卓有识见。

苏轼在文中以杜甫、韩愈、颜真卿作为陪衬,然后集中阐述吴道子作画的绝妙之处。"道子画人物,如以灯取影",这里比喻吴道子画人,如夜里点着灯,人影立现那么纯熟。正如苏轼在《文与可画筼筜谷偃竹记》里所说:"故画竹必先得成竹于胸中,执笔熟视,乃见其所欲画者,急起从之,振笔直遂,以追其所见,如兔起鹘落,

国学经典文库

唐宋八大家散文鉴赏

苏轼卷

109

少纵则逝矣。"只有丹青里手胸有成竹画技纯熟者,才能达到如此高超绝妙的境界。接着苏轼又引用《庄子》的两个故事,进一步说明吴道子画技绝妙,真是得心应手运用自如,简直成了神笔。"游刃余地",出于《庄子·养生主》里"庖丁解牛"的故事。说明庖丁杀牛技术熟练,"恢恢乎(恢恢有余地方宽广),其于游刃必有余地矣"。"运斤成风",说是郢人曾用白粉敷鼻端,使一高超匠师用斧砍之,匠师运斤成风,一斧下去鼻端白粉尽去,而鼻子并没被伤破,简直成了奇谈。苏轼引用这两个故事赞美吴道子画技绝妙至极,"盖古今一人而已"。

接着苏轼总结出吴道子画技高超的主要原因,就是他能够做到"出新意于法度之中,寄妙理于豪放之外"。所谓法度,就是规矩。俗语:不以规矩不能成方圆。作画亦然,但吴道子能在一般的法度之中创出新意,这就是他的独到之处。所谓豪放,苏轼在《凤翔八观》一文中评吴画曾说过:"道子实雄放,浩如海波翻。当其下手风雨快,笔所未到气已吞。"更妙的是吴画能在豪放以外藏着妙理,也就是画里含有诗意哲理发人深省。正如梅尧臣评论诗的艺术特点的名句:"必能状难写之景如在目前,含不尽之意见于言外,然后为至矣。"完全是一个道理。苏轼对吴画经验的总结,也正是苏轼对文艺创作提出的一条重要的理论,至今具有深刻的指导意义。

苏轼自己善画,当然也爱名画,尤其对吴道子的画深有研究。所以他说:"余于他画,或不能必其主名,至于道子,望而知其真伪也。"苏轼早在凤翔为官时,对凤翔珍藏的八种历史文物,曾写过一篇《凤翔八观》,其中第三就是写王维、吴道子的绘画。苏家父子都爱吴道子的画。苏轼在凤翔任上,曾以"钱十万"高价购得吴道子画的"阳为菩萨,阴为天王"的四块门板画,献给父亲苏洵。苏洵收集的一百多幅画中,以此"为甲"。苏洵死后,轼为保存父亲遗愿,又把四块门板画载回四川,并作为"先君之所甚爱,轼之所不忍舍"的珍品,施舍于乡里佛舍,还专门修盖了四菩萨阁,来储藏这些名画(《东坡集》卷三十一《四菩萨阁记》)。

这篇文章在创作艺术方面,主要采取了衬托和比喻的手法。以杜甫、韩愈、颜真卿人所共知的笔法之精,更能衬托出吴道子笔法高超,堪称"画圣"。又以"游刃余地"和"运斤成风"的故事做比喻,生动地说明吴道子的绘画达到炉火纯青绝妙的境界,"盖古今一人而已"。

记游定惠院

国学经典文库

唐宋八大家散文鉴赏

苏轼卷

【题解】

宋神宗元丰二年,苏轼被贬为黄州团练副使,三年二月至黄州,初到黄州时,曾寓居定惠院。因此,作者对此十分熟悉,并有着深厚的感情。尤其那株海棠,备受作者青睐,幽居独处的海棠实际上也是作者的写照,不为人所喜的老枳木,在作者眼里也情有独钟。这些事物也象征作者不肯与政敌同流合污的高尚节操,从行文当中还可以体会到作者与定惠院主人以及当地居民的深厚友谊,字里行间洋溢着温馨的人情味与浓郁的乡土气息,也从侧面反映出苏轼此时欲隐遁世外的心态。

【原文】

黄州定惠院东小山上,有海棠一株,特繁茂。每岁盛开,必携客置酒,已五醉其下矣。今年复与参寥师及二三子访焉①,则园已易主,主虽市井人,然以予故,稍加培治。山上多老枳木②,性瘦韧,筋脉呈露,如老人项颈,花白而圆,如大珠累累,香色皆不凡。此木不为人所喜,稍稍伐去,以予故,亦得不伐。

既饮③,往憩于尚氏之第。尚氏亦为市井人也,而居处修洁,如吴越间人④。竹林花圃皆可喜。醉卧小板阁上,稍醒,闻坐客崔成老弹雷氏琴⑤,作悲风晓月,铮铮然,意非人间也。晚乃步出城东,鬻大木盆⑥,意者谓可以注清泉,瀹瓜李⑦,遂夤缘小沟⑧,入何氏、韩氏竹园。时何氏方作堂竹间⑨,既辟地矣,遂置酒竹阴下。有刘唐年主簿者⑩,馈油煎饵⑪,其名“为甚酥”,味极美。客尚欲饮,而予忽兴尽,乃径归。道过何氏小圃,乞其藂橘,移种雪堂之西⑫,坐客徐君得之将适闽中⑬,以后会未可期,请予记之,为异日拊掌⑭。时参寥独不饮,以枣汤代之。

【注释】

①参寥师:僧道潜,号参寥,宋时杭州名僧。为苏轼挚友,苏轼谪居黄州时,参寥从杭州千里造访,苏轼被贬惠州时,参寥受到连累而被勒令还俗。

②枳木:一种灌木或小乔木,如橘而小,叶多刺,春生白花,果小而酸,不能食,可入药。

③既:已经。

④吴越:江浙一带。因江浙古为吴越之地。

⑤雷氏琴:唐代雷威工所做之琴,其琴佳绝,此处泛指琴。

⑥鬻:买到。

⑦瀹:浸渍。

⑧夤缘:攀附。这里为沿着,顺着。

⑨作堂:作堂会,即摆酒宴客。

⑩刘唐年主簿:刘唐年,字监仓,时任黄州主簿。　　主簿:州县府中典领文书,办理事务的官吏。

⑪油煎饵:即油煎米粉饼。

⑫雪堂:宋神宗元丰四年,也即苏轼被贬黄州的第二年,其生活十分艰难,老友马正卿向黄州府求得州城东门外"故营地"五十亩,给苏轼耕种,此即为东坡。元丰五年又于东坡之下得废园,建雪堂,题名为"东坡雪堂",并移植、栽种各种花木于堂之左右。

⑬徐君得之:徐大正,字得之,临江(今四川忠县)人,为官清廉。

⑭拊掌:拍手,鼓掌。就是作为笑谈之意。

【鉴赏】

　　苏轼的《记游定惠院》是一篇别开生面、值得一读的著名游记。写的是元丰七年三月初三日事。全篇文字不多,只有三百多字,但读后给人留下了深刻的印象。作者十分善于观察各种自然风景的形态,抓住其各自不同的特征,把它生动地刻画出来。因此,他的这篇文章写得很美,具有诗情画意。语言流畅亲切,活泼,新鲜,如叙家常,充满了生活情趣。

　　文章刚一开头,作者就用十分轻松的语气,简练地写了定惠院的自然风光和游院的时间,同游的人物。写定惠院的风光,只抓住最突出的一点来写,即"院东小山上,有海棠一株,特繁茂。"由于花香景美,每年都吸引着苏轼前来饮酒,观赏,已经"五醉其下"了。这次来游的时间是"今年",即元丰三年三月初三日。同游人是"参寥师及二三子"。参寥师,即僧道潜,也称"参寥子",钱塘(今浙江省杭州市)人,赐号"妙总大师",有《参寥子集》二十卷。与苏轼友善,苏轼曾作《参寥泉铭》。苏轼贬黄州,他也随从在黄州居住一年,所以得以同游黄州定惠院。

　　在这段文章里,作者以十分轻松的语调,既写出了眼前的景色,又写出了自己的意兴——多次来此游玩,饮酒寻乐,而且两者互相联系在一起,自自然然,毫不费力,这需要有怎样一副艺术手腕,其中又包含着多么浓厚的真情实感啊!

　　接着,作者集中笔力,像电影中的特写镜头那样,细致地描写了山上的老枳木:

"山上多老枳木,性瘦韧,筋脉呈露,如老人项颈。花白而圆,如大珠累累,香色皆不凡。此木不为人所喜,稍稍伐去,以予故,亦得不伐。"

在这段文章里,作者运用丰富多彩而又恰当的比喻,把老枳木的树形,花色,花香写得活灵活现。接着作者笔锋一转,写酒后去尚氏家小憩的欢乐情景。尚氏虽然也是普通市井之人,但居室却像吴越人家那样干净整洁,而且院子里的竹林花园都美得喜人。喝得醉醺醺的,躺在小板阁上,刚一醒,就听到客人崔老成在弹雷氏琴,奏的是"悲风晓月",声音洪亮悦耳,使人感到这里似乎不是人间了。这里,作者寥寥几笔,不但交代了自己的行踪——从小山上来到了"尚氏之第",而且介绍了尚氏的居室、环境,还写出了自己酒后小憩及坐客弹琴作乐的欢快情景。语言极其精练简洁。

随着时间的推移,作者行踪的转移,接着描写了晚上到何氏、韩氏家做客的情景。作者抓住了人们日常生活中非常熟悉的几个生活片断,譬如买盆、吃油煎饼等,加以描写,而且把自己的感受写得真实自然,读来使人如身临其境,倍感亲切。

结尾处,作者写了兴尽晚归的情景。"客尚欲饮,而予忽兴尽,乃径归。"乘兴而来,兴尽而归,何其自然。归去的路上,顺便向何家要来一株丛桔而后又转手送人。末句交代参寥僧以汤代酒,因为僧人是不喝酒的。连这小节都不放过,可见苏轼作文之用心。

总体说来,在这篇作品里,自然的景色,主人的心情,客人的感受,浑然成了一体,胜意迭出,辞句美妙。读了这篇游记,我们也好像到了定惠院,好像和作者一起渡过了这美好的时光,作者那欢快的情绪,旷达的心怀,深深地感染了我们。

国学经典文库

唐宋八大家散文鉴赏

苏轼卷

记承天寺夜游①

【题解】

这是一篇短小精悍的记叙文,作于黄州被贬寓所。文中描述一个月色空明,树影斑驳、静谧的夜晚,作者与友人漫步月光下,信步而游,于寥寥的几十个字的叙述与景物刻画中,流露出被贬后与友人皆为"闲人"的无奈心情,作者信手拈来,无意为文,却兀然成篇,简直是以文为诗,文中有画,明为叙事,却于叙事中写景,又于景物中寓情,短短的八十余字,事、景、情浑然一体,绘声绘色,可见苏轼散文的功力之深,笔力之独到。

【原文】

元丰六年十月十二日②,夜,解衣欲睡,月色入户,欣然起行。念无与为乐者③,遂至承天寺寻张怀民④。怀民亦未寝,相与步于中庭⑤。

庭下如积水空明⑥,水中藻荇交横⑦,盖竹柏影也。

何夜无月?何处无竹柏?但少闲人如吾两人耳。

【注释】

①承天寺:在湖北黄冈市南。

②元丰六年:宋神宗元丰六年(公元1083年)。

③念:想,考虑到。

④张怀民:张梦得,字怀民。时谪居黄州,寓居承天寺,与苏轼交游甚密。

⑤相与:一同,一起。

⑥"如积水空明"两句:这是一个比喻句,(月光)好像一泓积水般清澈透明,月光中竹柏之影像水草般交错纵横。

⑦藻荇:水藻与荇菜,水中的植物,此处比喻竹柏之影。

【集评】

清储欣《唐宋十大家全集录·东坡全集录》卷九:仙笔也。读之觉玉宇琼楼,高寒澄澈。

【鉴赏】

文章起笔就交代了"夜游"的时间是"元丰六年十月十二日",即作者贬谪到黄州(今湖北黄冈市)的第四年。那时,他虽然挂名为黄州团练副使,却"不得签书公事",以罪臣的身份过着不得意的闲居生活。这篇短文,随手写来,似不经意,却对月夜的景色作了美妙的描绘,真实地记录了他当时生活的一个片段,透露出他贬谪中自我排遣的特殊心境。

"夜",无事可干,便"解衣欲睡",但见"月色入户",又"欣然起行",准备去寻"乐"。却"无与为乐者","遂至承天寺寻张怀民。"张怀民即张梦得,此时也谪居黄州,暂寓承天寺。他与苏轼兄弟均有来往。找到张怀民,可谓找到"知己",因为"同是天涯沦落人"。"怀民亦未寝,相与步于中庭"。这些思想活动与行动似乎是信手拈来,自然流行。但细读起来,却"与山石曲折",层次分明。

文思如滔滔流水,接着便写景:"庭下如积水空明,水中藻、荇交横,盖竹柏影也。""步于中庭",目光为满院月光所吸引。引起一种错觉:"积水空明",院子里清清楚楚地看见藻、荇等水草纵横交错,斜逸叠生,还不时地摇曳晃动。怎么回事?噢,抬头看见了竹柏和皓月才醒悟过来,原来不是藻、荇,而是月光照出的"竹""柏"的影子!真乃绝妙之笔!"月光如流水"的描写,不乏其例;但用"水中藻、荇交横"来形容月下竹柏婆娑筛影的描写,实为罕见。苏轼不愧为胸有"万斛泉源"的大作家,他的文章正如他自己所说:"不择地而出。在平地,滔滔汩汩,虽一泻千里无难,及其与山石曲折,随物赋形,而不可知也"(《文说》)。其月色景色的描绘,给人以清新、恬静的意境。难怪吕叔湘先生说:"其意境可与陶渊明之'采菊东篱下,悠然见南山'相比。"

文章到此,似可完结。但作者寥寥数语又有"画龙点睛"之笔——"何夜无月。何处无竹柏?但少闲人如吾两人耳!"是啊,何夜无月?何处无竹柏?惟"吾两人"是"闲人",惟"闲"才能"夜游",惟"夜游"才能赏景观影到如此细致的程度。这也暗含着对那些世俗之人汲汲于功名富贵的嘲讽。

苏轼的心胸的确很"坦然",累遭贬谪,仍然那样乐观,豁达;即使流放到儋耳,也不曾像"骚人思士"那样"悲伤憔悴"。但他有志用世,并不愿当"闲人"。因贬得"闲","自放于山水之间",赏明月,观竹柏,自适其适,自乐其乐;但并不得意。他那"自适"与"自乐"其中包含了失意情怀的自我排遣。《记承天寺夜游》只有八十五个字,但字里行间,特别是结尾数句的字里行间,都透露出作者的这种特殊心境。

文章第一段记事,第二段写景,第三段抒情。丝丝相扣,层层深入,实在耐人寻味。

记游松风亭

【题解】

本文当写于宋哲宗绍圣元年(公元 1094 年)十月。东坡因祷雨诰词得罪朝廷,谪任宁远军节度副使,惠州安置。苏轼在北宋中期多年的政治斗争和权力倾轧中,扮演了一个奇怪的角色,新党认为他是旧党一边的,旧党则认为他倾向新党,因此他受到两面攻击。苏轼则以一种旷达宏观的心理来对待生活,求得心灵的平和。贬谪远恶之地,苏轼却兴趣盎然地游览了松风亭。文中蕴藏理趣:以本然之心顺乎自然地面对一切变故与得失。当进退两难境地摆在眼前时,何不好好坐在原地歇息一番呢?顺应本性,万事自可迎刃而解。

松风亭在惠州附近(今广东惠阳区东弥陀寺后山岭上),上植松多种,随风而动,松声如潮,因而得其名,是当时的游览胜地。

【原文】

余尝寓居惠州嘉祐寺①,纵步松风亭下。足力疲乏,思欲就林止息。望亭宇尚在木末②,意谓是如何得到?良久,忽曰:"此间有什么歇不得处?"由是如挂勾之鱼,忽得解脱。若人悟此,虽兵阵相接,鼓声如雷霆,进则死敌,退则死法③,当恁么时也不妨熟歇④。

【注释】

①寓居:寄居,居住。

②宇:檐。　　木末:树梢,形容亭檐还在高远之处。

③进则死敌,退则死法:前进就会死于敌阵,后退就会死于军法。

④恁么时:这时。　　熟歇:好好歇息一番。

【鉴赏】

本文选自《东坡志林》。绍圣元年(公元 1094 年),章惇为相,复行新法。苏轼当时在定州做知州。四月以斥先朝的罪名贬知英州,还没到任,八月再贬惠州。

"绍圣元年十月二日,轼始至惠州,寓居嘉祐寺。明年三月,迁于合江楼行馆"(苏轼《题嘉祐寺壁》)。"合江楼在惠州府为水西,嘉祐寺在归善县城内,为水东"(王文浩《苏诗总案》)。在惠州,苏轼写了不少寓意式散文,取材于日常生活的占大多数。这些见景生情、直抒胸臆的短文,不仅渲染出一种情调,表现了一片意境,更重要的是阐发了一个道理,比喻了一种精神。《记游松风亭》就是其中一篇。文章虽然只有九十四个字,但读起来耐人寻味。

全文可分为三段。

第一段先写作者自己纵步松风亭下的情况。文章起笔点题,交代所游地点:松风亭。亭在惠州(今广东省惠阳区)东南。据《舆地纪胜》:"亭在弥陀寺后山之巅,始名峻峰。植松二十余株,清风徐来,因称曰松风亭。"苏轼无辜被贬惠州,寓居嘉祐寺,闲时"纵步",行至松风亭下,颇感"足力疲乏"。由此可见,无辜遭贬,给他的精神带来的极度创伤。望着被绿荫所蔽的松风亭,又多想借此小憩,然而,可望而不可即,一时足力难以达到。于是提出了"意谓是如何得到"(怎样才能达到)的疑问。"纵步"二字的运用,不仅表现了作者豁达的气度,也反映了他在人情世故上桀骜不驯的性格。苏轼的政治生涯是坎坷的,一生几遭贬黜。但是,作为一个关心国事的文人,他从不灰心丧气、弃官归隐,总感壮志未酬,希冀有朝一日,重返朝廷,干一番事业。但这个目的好像前方松林深处的松风亭一样,是一时难于达到的。"足力疲乏"是说他经受诬陷、贬谪的打击之后,未老先衰,体力不济,同时也可以说是心情不佳。这一段表明作者此时的心境是寂寞的,思绪也是混乱的,体力和心情融合一处,不免疑虑重重。因此,望着山巅的松风亭,发出了"如何得以达到"的疑问。

第二段着重写了对"疑问"的解答。想了很久,苏轼豁然开朗,发出了"此间有什么歇不得处"的感叹,并以"由是如挂钩之鱼,忽得解脱"来自我安慰,自我开释政治上的失意和精神上的苦闷。"良久,忽曰",这一静一动,突然转变,勾画出作者不甘被忧郁所围,而听凭自然、自安自适的处世哲学。这段文字没有从正面直接回答"是如何得到"的疑问,而是从侧面点到了"有什么歇不得处"的理由。文字精练,言简意赅,比喻恰当。

第三段可以说是第二段的补充,同时,也是文章的核心。"若人悟此"四个字,揭示了作者在人生旅途中,在坎坷的政治生涯里悟出了真谛,它告诫人们,即使在"兵阵相接,鼓声如雷霆,进则死敌,退则死法"的恶劣条件下,如果实有必要,这样(怎么,可作"这样"解)的时刻,也不妨着着实实歇一会儿,以图再战。正是在这种思想的支配下,使用此种妙法,才使苏轼在风波险恶、坎坷不平的人生道路上,坚韧地向前走去,既不一时激愤而死,又不弃官归隐,从而度过了曲折的一生。

这篇文章如同《志林》中其他文章一样,短小精悍,语言清新朴素,反映了一段历史,揭示了一种哲理,让人百看不厌。

喜雨亭记

【题解】

宋仁宗嘉祐七年(公元1062年),苏轼在凤翔府(治所在今陕西省凤翔县)任签书判官,春日时节天降喜雨,恰逢苏轼建造的亭子落成,便命名为喜雨亭,并作此文记之。文章的开头点明"亭以雨名,志喜也",然后交代建亭,接着极力渲染人们久旱逢雨时的欣喜心情,"官吏相与庆于庭,商贾相与歌于市,农夫相与抃于野,忧者以乐,病者以愈"。又借举酒于亭上之时以风趣的对话形式表述了"民富乐,官安逸"的思想,此雨确实可喜,于是将亭命名为喜雨亭,最后以歌作结。全文结构严谨,语调轻松灵活,又处处以忧乐对比,并将自己的忧乐与生民的忧乐借"喜雨"这一纽带紧密地联系在一起,将儒家仁政爱民重农桑的思想表述得极为生动感人。正如题目所示,全文亦充溢一股"喜"气,见出苏轼发自内心的忧民爱民之心。

【原文】

亭以雨名,志喜也①。古者有喜,则以名物,示不忘也。周公得禾,以名其书②;汉武得鼎,以名其年③;叔孙胜敌,以名其子④。其喜之大小不齐,其示不忘一也。

余至扶风之明年⑤,始治官舍。为亭于堂之北,而凿池其南,引流种树,以为休息之所。是岁之春,雨麦于岐山之阳⑥,其占为有年⑦。既而弥月不雨⑧,民方以为忧。越三月乙卯乃雨⑨,甲子又雨,民以为未足。丁卯大雨,三日乃止。官吏相与庆于庭,商贾相与歌于市,农夫相与抃于野⑩,忧者以乐,病者以愈,而吾亭适成。

于是举酒于亭上,以属客而告之曰⑪:"五日不雨可乎?"曰:"五日不雨则无麦。""十日不雨可乎?"曰:"十日不雨则无禾。无麦无禾,岁且荐饥⑫,狱讼繁兴而盗贼滋炽。则吾与二三子,虽欲优游以乐于此亭,其可得耶?今天不遗斯民,始旱而赐之以雨,使吾与二三子得相与优游而乐于此亭者,皆雨之赐也。其又可忘邪?"

即以名亭,又从而歌之。曰:"使天而雨珠,寒者不得以为襦⑬;使天而雨玉,饥者不得以为粟。一雨三日,繄谁之力⑭?民曰太守⑮,太守不有;归之天子,天子曰不然⑯;归于造物⑰,造物不自以为功;归之太空,太空冥冥⑱;不可得而名,吾以名吾亭。

【注释】

①志:记。

②周公得禾,以名其书:唐叔是周成王的弟弟,他得到一种两株苗合生一穗的谷子,献给成王,成王又转送给周公,周公作《嘉禾》一篇,此文今佚,《尚书》中仅存篇名。

③汉武得鼎,以名其年:汉武帝刘彻于元狩七年(前116年)在汾水上得一宝鼎,于是改年号为元鼎。见《汉书·武帝纪》。

④叔孙胜狄,以名其子:鲁文公派大夫叔孙得臣颐兵抵抗北狄入侵,打了胜仗,俘获北狄国君侨如,为了表功志喜,将自己的儿子命名为侨如。见《左传·鲁文公十一年》。

⑤扶风:即凤翔府。

⑥雨麦:天上落下麦子。一说播种麦子。　　雨:用为动词。　　岐山:山名,在今陕西省岐山县。　　阳:山的南面为阳。

⑦占:占卜。　　有年:大丰收的年头。

⑧弥月:满一月。

⑨乙卯:古代以干支纪日。乙卯为农历四月初二日。以下"甲子""丁卯"分别为农历四月十一日;四月十四日。

⑩抃:鼓掌,表示欢欣。

⑪属客:劝客饮酒。

⑫荐饥:连年饥荒。　　荐:《左传·僖公十三年》:"晋荐饥。"孔颖达疏引李巡曰:"连岁不熟曰荐。"

⑬襦:短袄。

⑭繄:语助词。

⑮太守:当时凤翔府知府宋选,字子才。

⑯不:同"否"。

⑰造物:造物主。古时认为万物为天所生成,称天为造物。

⑱冥冥:高远渺茫。

【集评】

明茅坤《苏文忠公文钞》卷二十五:公之文好为滑稽,得之庄子副墨洛诵之说。

清储欣《东坡先生全集录》卷五:浅制耳。然数百年家弦耳诵文字,不可不存。

清浦起龙《古文眉诠》卷六十八:志不忘,是名亭主意,即是通篇命意,作者分明点出。

清高蜣《唐宋八家钞》卷六：志喜不忘，是一篇命意。写喜雨，不脱"亭"字，方是三字题文字。字字拆开，字字倒叙，即是时文金针。

【鉴赏】

苏轼的文章有顿挫，有起伏，如层峰叠峦。拿《喜雨亭记》这篇短文来说，文章开头就青山在目，写"亭以雨名，志喜也"，结尾是"归之太空，太空冥冥，不可得而名，吾以名吾亭"，让文章首尾相顾，浑然圆合，成为一体。

文中以"古者有喜，则以名物，示不忘也"总领一句，这是片言居要的写法。下面紧跟三个句式相同的复句："周公得禾，以名其书；汉武得鼎，以名其年；叔孙胜狄，以名其子。"这正是文气贯通和逐层排浪的语言形式。下文之"官吏相与庆于庭，商贾相与歌于市，农夫相与忭于野。忧者以喜，病者以愈，而吾亭适成"。这一语段，三叠两顿之后，"而吾亭适成"的句式一变，殿住前文，若巨峰截流，戛然而止。这种排用句式变换交错，不止于此，下文更有奇者："五日不雨'可乎？曰：'五日不雨'则无麦。'十日不雨'可乎？曰：'十日不雨'则无禾。'无麦无禾，岁且荐饥……'""使无而雨珠，寒者不得以为襦；使天而雨玉，饥者不得以为粟。"这些句子不仅排用了问答句，而且"珠""襦"，"玉""粟"为韵，都有海潮层涌的神理，山峦迭出的气势。

除此之外，象"民曰太守，太守不有；归之天子，天子曰不然；归之造物，造物不自以为功；归之太空，太空冥冥，不可得而名，吾以名吾亭"。这一语段，文中隔句顶真连珠，整齐处有参差，起伏中寓顿挫，如长河之水，滚滚而下；"守""有"为韵，"功""空"同母，而"名""亭"相叠，铿然作金石声。

我们读苏轼文，要探索他构思的过程，体味他如何布局谋篇，贯穿文气，大约可得宋代何远在《春渚记闻》中所谈苏轼写文章时的境界——"惟做文章，意之所到，则笔力曲折，无不尽意"之趣。

墨妙亭记

【题解】

熙宁五年（公元 1072 年）十二月，苏轼在杭州通判任赴湖州察看堤岸。湖州知州孙觉（字莘老）建有墨妙亭，收藏湖州境内古代石刻，以求长久。苏轼到此，他请苏轼为墨妙亭作记。记中先写出在山水清远的吴兴之地，喜好宾客，以赋诗饮酒为乐的孙莘老建墨妙亭收藏古代石刻以图长存的良苦用心。然后引出自己的关于知命的观点，作者认为：万事万物有成必有坏，"恃形以为固者，尤不可久长"，功名文章可传世垂后，而金石碑刻却是将"久存存"求助于"速坏"。作者不是在批评莘老之不知命，而是由此提出"余以为知命者，必尽人事然后理足而无憾"的论点，即在天命面前不能无所作为，而是要极应人事至于无可奈何而后已，养身，治国之道皆如此，这又照应了孙莘老之风流雅兴和抚救灾民之举。题记中寓有深刻的道理。

【原文】

熙宁四年十一月①，高邮孙莘老自广德移守吴兴②。其明年二月，作墨妙亭于府第之北，逍遥堂之东，取凡境内自汉以来古文遗刻以实之。

吴兴自东晋为善地，号为山水清远。其民足于鱼稻蒲莲之利，寡求而不争。宾客非特有事于其地者不至焉。故凡守郡者，率以风流啸咏，投壶饮酒为事③。

自莘老之至，而岁适大水④，上田皆不登⑤，湖人大饥，将相率亡去⑥。莘老大振廪劝分⑦，躬自抚循劳来⑧，出于至诚。富有余者，皆争出谷以佐官，所活至不可胜计。当是时，朝廷方更化立法⑨，使者旁午⑩，以为莘老当日夜治文书，赴期会，不能复雍容自得如故事。而莘老益喜宾客赋诗饮酒为乐，又以其余暇，网罗遗逸⑪，得前人赋咏数百篇，以为《吴兴新集》，其刻画尚存而僵仆断缺于荒陂野草之间者，又皆集于此亭。是岁十二月，余以事至湖，周览叹息，而莘老求文为记。

或以谓余，凡有物必归于尽，而恃形以为固者，尤不可长，虽金石之坚，俄而变坏，至于功名文章，其传世垂后，乃为差久⑫；今乃以此托于彼⑬，是久存者反求助于速坏，此既昔人之惑，而莘老又将深檐大屋以锢留之⑭，推是意也，其无乃几于不知命也夫。余以为知命者，必尽人事然后理足而无憾。物之有成必有坏，譬如人之有生必有死,而国之有兴必有亡也。虽知其然,而君子之养生也,凡可以久生而缓死者无不用;其治国也,凡可以存存而救亡者无不为,至于不可奈何而后已。此之谓知命。是亭之作否,无足争者,而其理则不可不辨。故具载其说,而列其名物于左云⑮。

【注释】

①熙宁四年:公元 1071 年。

②高邮孙莘老自广德移守吴兴:孙莘老是高邮(今江苏高邮)人。神宗时擢右正言,因直言敢谏得罪朝廷,贬官越州、通州等地,熙宁中出知广德军(治所在今安徽广德县),徙湖州。湖州乃古吴兴郡地。

③投壶:古代一种游戏,将箭投入壶中,不中者罚酒。

④适:正,恰好。

⑤上田皆不登:上等田地都没有收成。

⑥亡去:逃离。   去:离开。

⑦振廪劝分:开仓赈济,劝有余粮者分给无粮者。

⑧抚循劳来:巡视灾情,慰问、安顿归来的灾民。

⑨更化立法:指王安石变法。

⑩旁午:交错,纷繁。

⑪网罗遗逸:收集以往散失的古文辞。

⑫差久:稍稍长久。

⑬以此托于彼:把可以"传世垂后"的功名文章求助"俄而变坏"的金石碑刻来保留。

⑭锢留。严密保藏。

⑮名物:指墨妙亭中所藏文物。

【集评】

宋黄震《黄氏日钞》卷六十二:"知命者,必尽人事,然后理足而无憾。"真理到之言,可以发明孟子不立岩墙之说。

明茅坤《苏文忠公寒钞》卷二十四:却有一种风雅。

【鉴赏】

苏轼的好友孙觉(字莘老)任吴兴(湖州)太守,熙宁五年(1072)二月于府第之北建造墨妙亭,以藏古代碑刻法帖。十二月,任杭州通判的苏轼因事至吴兴,莘老求他写诗作文,他写了《墨妙亭诗》和这篇《墨妙亭记》。

记文分三段。第一段点题，记孙莘老建墨妙亭的时间、地点和用意，"取凡境内自汉以来古文遗刻以实之"。也就是诗中所写的"吴兴太守真好古，购买断缺挥缣缯"。莘老喜好书画金石，所以不惜花大钱购买古代碑刻，以藏于墨妙亭中。第二段记述莘老搜罗碑刻用力之勤。但不是平铺直叙，而是层层转折，跌宕起伏。第一层写已往的吴兴太守向来政务悠闲。因为其地"山水清远"，其民"寡求而不争"，外

地客人"非特有事于其地不至焉"。社会安定，民事不多，宾客少有，清静无为，"故凡守郡者，率以风流啸咏、投壶饮酒为事"。真是悠悠岁月，其乐无穷。如此悠闲之地，莘老自然有充裕时间去搜罗碑刻了。第二层，忽然宕开一笔，写莘老勤政爱民、抗洪救灾："自莘老之至，而岁适大水，上田皆不登，湖人大饥，将相率亡去。莘老大振廪劝分，躬自抚循劳来，出于至诚。"奔波以救灾民，无暇而顾碑刻。又加之朝中正推行新法，使者频繁往来（旁午）"以为莘老当日夜治文书，赴期会，不能复雍容自得如故事"。这一层转折使文章顿起波澜，跌宕多姿。这是以退求进、欲擒故纵的写法，起到了有力的衬托作用。第三层，又一转折，归到正题："而莘老益喜宾客，赋诗饮酒作乐，又以其余暇，网罗遗逸，得前人赋咏数百篇，以为《吴兴新集》，其刻画尚存而僵仆断缺于荒陂野草之间者，又皆集于此亭。"莘老在政事之余，尽力搜罗前人诗赋、碑刻。凡是尚存文字的碑刻，即使被抛在荒坡野草之间、僵仆的、断缺的均一概收罗无遗，"皆集于此亭"，照应前文"取凡境内自汉以来故遗刻以实之"的记述中心，写出莘老好古之心切，搜罗之勤奋。苏轼至湖州，见到这些碑刻"周览叹息"，坚硬之碑刻尚且断缺，怎么能不令人叹息。这句承上启下，由断缺的碑刻引出

第三段的议论。"或以谓余,凡有物必归于尽,而恃形以为固者,尤不可长,虽金石之坚,俄而变坏,至于功名文章,其传世垂后,乃为差久,今乃以此托于彼,是久存者反求助于速坏。""物必归于尽"一句,画龙点睛,是全文的主旨。一切事物都要归于消亡,依靠自己形体坚固的物体,更是不能长久。即使是坚硬的石碑,很快也会毁坏。相比之下,功名文章流传后世,倒是长久的。把文章刻在石碑上,想长久流传,乃适得其反,"是存者反求助于速坏"。这已经是前人的糊涂,莘老建亭以藏碑刻,"其无乃几于不知命也夫"。苏轼认为莘老的做法是"不知命"。什么是"命"?苏轼在另一篇文中说:"命,令也。君之令曰命,天之令曰命"(《毗陵易传》)。莘老不知命,指他不知天命,即不知道自然界和人类社会的规律。"余以为知命者,必尽人事,然后理足无憾。物之有成必有败,譬如人之有生必有死,而国之有兴必有亡也。"这几句进一步具体阐明"物必归于尽"的论点,用相反相成的观点论述了成与败、生与死、兴与亡的辩证关系。苏轼深受道家思想影响,老子早就说过:"有无相生,难易相成,长短相形,高下相倾。"认为事物之间都存在着对立统一的关系,成败、祸福、生死、长短、大小、高下都相互依存、相互转化。苏轼对老子的辩证法有着深刻的理解,他总是抓住事物对立统一的矛盾双方关系来阐明自己的主张,确实是一个真正的"知命"者。以其知命,故能乐天。以其乐天,故能置生死、穷达、得失、祸福于度外,看穿忧患,顺应自然,超脱利害,旷达乐观。但苏轼毕竟又是一个通三教之变,成一家之言的文人,他"奉儒家而出入佛老,谈世事而颇作玄思"(李泽厚《美的历程》),本于儒而不囿于儒,谈佛老也不囿于佛老。所以文章接着又写道:"虽知其然,而君子之养身也,凡可以久生而缓死者无不用;其治国也,凡可以存存而救亡者无不为,至于无可奈何而后已。"以道养身,以儒治国,儒道互补,相互为用。苏轼写有《养生论》一文,详细阐述养生、长寿的道理和方法。在贬官黄州其间,他学习道家的气功和炼丹术,以防止衰老,延长寿命;在治国方面,他以儒家学说为指导,写了五十篇《策论》,阐述自己的治国方略。总之,用儒学去抗争、求进取,用佛道去处世求超脱。这大概也就是冯友兰先生说的"以天地胸怀来处理人间事务","以道家精神来从事儒家的业绩"(《新原人》)。对儒道释的灵活运用方面,从古至今没有一个士大夫文人达到苏轼这样的境界。

通观全文,一、二段记叙,第三段议论。记叙为议论作铺垫,议论是记叙的升华。记叙层层转折,跌宕多姿;议论精辟警策,纵横开阖,汪洋恣肆,一唱三叹,特别是辩证法的运用,熟练而深刻,提高了文章的思想水平,发人深思,耐人寻味。

超然台记

【题解】

本文作于熙宁八年(公元 1075 年)十一月。宋神宗(赵顼)熙宁七年(公元 1074 年),苏轼由杭州通判移知密州(今山东省诸城市),第二年修复了一座残破的楼台,常去登览,由苏辙命名为"超然台",苏轼写了这篇《超然台记》,表达超然物外、无往而不乐的思想。文章开篇由"物皆有可观""皆有可乐"推出"吾安往而不乐"的观点。然后说明人不能"游于物之内,而不游于物之外","物非有大小也,自其内而观之,未有不高且大者"的道理。接着叙述到密州后的情况,恰逢灾年,日以杞菊为食,治园圃,洁庭宇,修台,登览,突出一"乐"字。最后以"余之无所往而不乐者,盖游于物之外也"作结,与篇首呼应。全文写出的是一种超然于眼前困境之外的自适心境。熙宁四年(1071),苏轼是因为不满王安石变法而自请外任的,积极入世的苏轼内心是不平静的,以超然台为视点,其所观所怀的是"师尚父、齐桓公之遗烈","思淮阴之功,而吊其不终"。作者以老庄思想来消解政治上的失意。文章结构严谨,语言清新自然,读来如行云流水。

【原文】

凡物皆有可观。苟有可观,皆有可乐,非必怪奇伟丽者也。餔糟啜醨①,皆可以醉。果疏草木,皆可以饱。推此类也,吾安往而不乐。

夫所谓求福而辞祸者,以福可喜而祸可悲也。人之所欲无穷,而物之可以足吾欲者有尽。美恶之辨战乎中②,而去取之择交乎前③,则可乐者常少,而可悲者常多,是谓求祸而辞福。夫求祸而辞福,岂人之情也哉?物有以盖之矣④。彼游于物之内⑤,而不游于物之外。物非有大小也,自其内而观之,未有不高且大者也。彼挟其高大以临我,则我常眩乱反覆,如隙中之观斗,又乌知胜负之所在⑥?是以美恶横生,而忧乐出焉,可不大哀乎!

余自钱塘移守胶西⑦,释舟楫之安而服车马之劳,去雕墙之美而庇采椽之居⑧,背湖山之观而适桑麻之野⑨。始至之日,岁比不登⑩,盗贼满野,狱讼充斥,而斋厨索然,日食杞菊,人固疑余之不乐也。处之期年,而貌加丰,发之白者日以反黑。余

126

既乐其风俗之淳,而其吏民亦安余之拙也。于是治其园圃,洁其庭宇,伐安丘、高密之木⑪,以修补破败,为苟完之计。而园之北,因城以为台者旧矣,稍葺而新之⑫,时相与登览,放意肆志焉。南望马耳、常山⑬,出没隐见,若近若远,庶几有隐君子乎⑭?而其东则卢山⑮,秦人卢敖之所遁也⑯。西望穆陵⑰,隐然如城郭,师尚父、齐桓公之遗烈犹有存者⑱。北俯淮水⑲,慨然太息,思淮阴之功,而吊其不终⑳。台高而安,深而明,夏凉而冬温。雨雪之朝,风月之夕,余未尝不在,客未尝不从。撷园疏,取池鱼,酿秫酒㉑,瀹脱粟而食之㉒,曰:乐哉游乎!

方是时,余弟子由适在济南㉓,闻而赋之,且名其台曰"超然",以见余之无所往而不乐者,盖游于物之外也。

【注释】

①铺糟啜醨:吃酒糟,喝薄酒。语见《楚辞·渔父》:"众人皆醉,何不铺其糟而啜其醨?" 铺:吃。 糟:酒糟。 啜:饮。 醨:薄酒。

②中:指内心。

③去取之择:舍弃与获取的选择。

④盖:掩盖,蒙蔽。

⑤游:游心。

⑥乌知:焉知。

⑦钱塘:钱塘县,在今杭州市境内,此代杭州。 胶西:山东胶河以西地区,这里代密州。

⑧采椽:《韩非子·五蠹》:"采椽不斫"。指自山上采伐的木椽,不做加工,与前面"雕墙"相对。 采:一作㭾,栎木。

⑨适桑麻之野:来到密州。 桑麻之野:《汉书·地理志》说,鲁国"颇有桑麻之业",密州属古鲁国,所以用"桑麻之野"代密州。

⑩岁比不登:连年歉收。 比:频,屡屡。 登:收成。

⑪安丘、高密:密州的两个县名。 安丘:在今山东潍县南。高密:在今山东胶县西北。

⑫葺:修补。

⑬马耳、常山:密州城南二山名。

⑭庶几:可能,大概。

⑮卢山:在诸城市南三十里。因卢敖而得名。

⑯卢敖:战国时燕人,秦始皇召为博士,使求神仙,逃入山中,后得道。此山更名为卢山。山阳有卢敖洞。

⑰穆陵:关名,故址在今山东省临朐县南大岘山上。

⑱师尚父：吕尚，辅佐周武王灭商有功，封于齐，被尊为"师尚父"。　　齐桓公：名小白，春秋五霸之一。　　遗烈：功绩。

⑲潍水：即潍河，发源于山东五莲县西南之箕屋山，流经诸城，至昌邑县入海。

⑳淮阴：指韩信，封淮阴侯。韩信曾率军伐齐，楚派大将龙且将兵二十万救齐，双方夹潍水为阵，韩信取胜立功。但在汉立后，被吕后用陈平计斩于长乐宫宗室，不得善终。所以，苏轼有"吊其不终"之语。

㉑秫酒：糯米酒。

㉒瀹：煮。　　脱粟：指糙米。

㉓子由：苏轼之弟苏辙，字子由。时任齐州（今济南）掌书记。

【集评】

宋黄震《黄氏日钞》卷六十二：谓物皆可乐，人之所欲无穷，而物之可以足吾欲者有尽，无往而不乐者，盖游于物之外也。

明唐顺之（《苏文忠公文钞》卷二十五引）：前发超然之意，后段叙事解意，兼叙事格。

明茅坤《苏文忠公文钞》卷二十五：子瞻本色。与《凌虚台记》并本之庄生。

清高嵣《唐宋八家钞》卷六：通篇含超然意，末路点题，亦是一法。登高四望一段，从习凿齿与桓秘书文脱化而出。

近人林纾《古文辞类纂选本》卷九：庄子于子桑户之死，托孔子之言答子贡，有方外、方内之别。方，区域也。方外忘死生，方内循礼法。今东坡之文变其说曰"物内、物外"，其意正同。方外忘生死，物外忘忧乐也。"人之所欲无穷，而物之所以足吾欲者有尽"，此二语可谓达生之极。东坡之居惠、居儋耳，皆万无不死之地，而东坡仍有山水之乐。读东坡之《居儋录》，诗皆冲淡，拟陶虽不似陶，鄙见以陶潜之颓放疏懒，与东坡易地以居，则东坡不死，而陶潜必死。盖陶潜虽有夷旷之思，而诗中多恋生恶死之意。东坡气壮，能忍贫而吃苦，所以置之烟瘴之地，而犹雍容。矧胶西居儋耳之北，尚在内地，有何不乐之有？惟东坡有超然台之作，则后此惠州、滕迈、儋耳之行，皆无关紧要矣。通篇把定"游于物外"四字，则知天下足欲之难；知足欲之难，则随遇皆知足。然既能知足，不惟在胶西乐，即在儋耳亦乐。此所以名超然。超然者，超乎物外也。文前半说理，后半叙事，初无妙巧，难在有达生之言可以味耳。

［日］吉田利行《评注唐宋八大家文读本》卷二十三：黄石斋云："不惟文思温润有余，而说安遇顺性之理，极为透彻，此坡翁生平实际也。故其临老谪居海外，穷愁颠倒，无自得，真能超然物外者矣。"不得所乐，虽穷奢极欲，皆不自满足之境；能游于物外，则穷居蔬食，皆乐意也。此庄生达观之见，犹且无入不得，况有味于孔颜

之乐者耶。

【鉴赏】

苏轼反对王安石变法,为新党所不容,被排挤出朝廷,先任开封府推官,继任杭州通判。"三年不得代,以辙之在济南,求为东州守"(苏轼《栾城集·超然亭赋序》)。宋神宗熙宁七年(1704),被批准改任密州(今山东省诸城)太守。第二年,政局初定,他便开始治园圃,洁庭宇,把园圃北面的一个旧台修葺一新。他的弟弟苏辙给这个台取名叫"超然"。故此,苏轼写了这篇《超然台记》。本文说明超然于物外,就可以无往而不乐。即把一切事物都置之度外,无所希冀,无所追求,与世无争,随遇而安,就不会有什么烦恼,能成为一个知足者常乐的人。这是用庄子"万物齐一"的观点来自我麻醉,以旷达超然的思想来自我安慰。管它什么祸福,什么美丑,什么善恶,什么去取,通通都一样。自己屡遭贬谪,每况愈下,也就不足挂齿,可以逆来顺受,无往而不乐了。其实,这是置无限辛酸、满腹怨愤而不顾的故为其乐,有其形而无其实,犹如酒醉忘忧之乐,并非敞怀舒心的快乐。全文以"乐"字为主线,贯穿始终,被称为"一字立骨"的典范文章。以议论和记叙相结合的方法,从虚实两个方面阐明了主旨:游于物外,就无往而不乐。

第一段,从正面论述超然于物外的快乐。"凡物皆有可观。苟有可观,皆有可乐,非必怪奇伟丽者也。"一切物品都有可以满足人们欲望的作用,假如有这种作用,都可以使人得到快乐,不一定非要是怪奇、伟丽的东西。实际上并非如此,物有美丑、善恶之分,爱憎自有不同,人各有所求,其选择、去取也不能一样,所以很难"皆有可乐"。苏轼是以"游于物外"的超然思想看待事物,所以得出这样的结论。从写法特点上看,是一起便说"超然",提出"乐"字为主线。上面是从总的方面论述,下文是举例加以证明。"铺糟啜醨,皆可以醉;果蔬草木,皆可以饱。"是说物各有用,都可以满足欲求,给人快乐。推而广之,人便可以随遇而安,无处不快乐了。四个皆字使文意紧密相连,语势畅达,浑然一体。

第二段是从反面论述不超然必会悲哀的道理。求福辞祸是人之常情,因为福可以使人高兴,祸会令人悲伤。但是,如果人不能超然于物外,任随欲望发展,必然陷入"游于物内"的泥潭。物有尽时,很难满足无止境的欲求。而且事物往往被某些现象掩盖着本来的面目,美丑不一,善恶难分,祸福不辨,取舍难定。事物的假象常常令人头昏目眩,什么也看不清楚,不超然于物外,就会盲目乱撞,结果必然招来灾祸,造成绝顶的悲哀。上面两段,一正一反,正反对照,有力地论证了只有超然于物外,才能无往而不乐;如果超然于物内,则必悲哀的道理。从理论上为记超然台的事实奠定了基础。这是以虚领实的写法。

第三段,步入正题,叙述移守胶西,生活初安,治园修台,游而得乐的情景。用

国学经典文库

唐宋八大家散文鉴赏

苏轼卷

具体的事实说明了超然于物外,必得其乐的道理。这一段可分为三层:一、移守胶西。用了三个对偶句,组成排比句组,语调抑扬起伏,气势充沛,使杭、密两地形成鲜明对比,说明了苏轼舍安就劳,去美就简的遭遇。这既是纪实,也是以忧托喜的伏笔。二、生活初安。"比岁不登,盗贼满野,狱讼充斥,而斋厨索然,日食杞菊。"是写初到胶西后年成不好,政局动乱,生活艰苦。用了五个四言句和一个连词,句子精悍,节奏急促,与处境维艰交相吻合。再次写忧,以见喜之可贵,乐之无穷。"处之期年,而貌加丰,发之白者,日以反黑。"意外的变化带来无限喜悦。"予既乐其风俗之醇,而其吏民亦安予拙也。"自己爱上了胶西,百姓也爱戴太守。官民相爱,必然官民同乐。由苦变乐,真是无往而不乐。生活初安,就有余力沽庭治园,为寻乐做些事情。三、修台游乐。先交代台的位置、旧观和修缮情况。利旧成新,不劳民伤财,含有与民同乐之意。再写登台四望,触目感怀,见景生情,浮想联翩,所表现的感情十分复杂。时而怀念超然于物外的瘾君子,时而仰慕功臣建树的业绩,时而为不得善终的良将鸣不平。这正表现了作者想超然于物外,而实际上又很难完全超然处之的矛盾心情:有怀念,有羡慕,有不平。这一层虽属常见的"四望法",但写得不落俗套,没有用对偶排比,只用了较为整齐的散行句,别具一番疏宕流畅的情韵。最后描写了台的优点:"高而安,深而明,夏凉而冬温。"流露出无比喜爱的感情。因此,予与客不管"雨雪之朝,风月之夕",都时常登台游乐,亲手做菜做饭,饮酒欢歌。这种游玩,确实是很快乐的。最后又落脚在"乐"字上。

第四段,交代台名的由来,再次点明文章的主旨:游于物之外,就无往而不乐。与文章开头紧相呼应。

本文用"乐"字贯穿全文,先写超然于物外,就无往而不乐,不能超然于物外,则必悲哀,正面写乐,反面写悲,悲是乐的反面,即是写乐的反面,终不离乐字。再写初到胶西之忧,再写初安之乐,治园修台,登览游乐。以忧去衬托乐,愈显出更加可喜可乐。以乐开头,以乐结尾,全文处处不离乐字,真是"一字立骨"的佳作。一般记体文章,多以记叙为主,或先叙后议,或在记叙中适当插入一些议论。像本文这样一开始就大加议论,然后才入题记叙,而且前后都能紧紧扣住一个"乐"字,共同阐明一个主旨,议论与记叙紧密结合,也是不多见的。这不能不是本文章法上的又一个特点。

李氏山房藏书记

【题解】

李氏，名常，字公择。李氏山房，是其藏书所在。熙宁九年（公元1076年）苏轼知密州时，李常请他作文为记。文中既对李公择爱书、读书、藏书以遗后人"供其无穷之求"的仁者之心给以赞美，又表述了自己对书籍的看法："悦于人之耳目而适于用，用之而不弊，取之而不竭，贤不肖之所得各因其才，仁智之所见各随其分，才分不同而求无不获者，惟书乎！"又以古人为例论证书对于社会文明对于人生的重要意义，指出秦汉以来"学者益以苟简"和当时科举士子"皆束书不观，游谈无根"的不良风气，勉励后人要认真读书，懂得"有书而不读为可惜"的道理。全文语言自然流畅生动。作者描写公择读书，"涉其流，探其源，采剥其华实，而咀嚼其膏味，以为己有，发于文词，见于行事，以闻名于当世"，借形象的比喻写出了李公择徜徉书海，吸取营养，入而又出的过程。

【原文】

象犀珠玉怪珍之物①，有悦于人之耳目，而不适于用。金石、草木、丝麻、五谷、六材②，有适于用，而用之则弊，取之则竭。悦于人之耳目而适于用，用之而不弊，取之而不竭，贤不肖之所得各因其才，仁智之所见各随其分③，才分不同而求无不获者，惟书乎！

自孔子圣人，其学必始于观书。当是时，惟周之柱下史老聃为多书④。韩宣子适鲁⑤，然后见《易象》与《鲁春秋》。季札聘于上国⑥，然后得闻《诗》之风、雅、颂。而楚独有左史倚相，能读三坟、五典、八索、九丘⑦。士之生于是时，得见"六经"者盖无几⑧，其学可谓难矣！而皆习于礼乐，深于道德，非后世君子所及。自秦汉以来，作者益众，纸与字画日趋于简便，而书益多，士莫不有，然学者益以苟简⑨，何哉？余犹及见老儒先生，自言其少时，欲求《史记》《汉书》而不可得；幸而得之，皆手自书，日夜诵读，惟恐不及。近岁市人转相摹刻⑩，诸子百家之书，日传万纸。学者之于书，多且易致如此，其文词学术，当倍蓰于昔人⑪；而后生科举之士，皆束书不观，游谈无根，此又何也？

余友李公择,少时读书于庐山五老峰下白石庵之僧舍⑫。公择既去,而山中之人思之,指其所居为李氏山房。藏书约九千余卷。公择既已涉其流,探其源,采剥其华实,而咀嚼其膏味,以为己有,发于文词,见于行事,以闻名于当世矣。而书固自如也,未尝少损。将以遗来者,供其无穷之求,而各足其才分之所当得。是以不藏于家,而藏于其故所居之僧舍,此仁者之心也。

余既衰且病,无所用于世,惟得数年之间,尽读其所未见之书,而庐山固所愿游而不得者。盖将老焉⑬,尽发公择之藏,拾其余弃以自补,庶有益乎⑭。而公择求余文以为记,乃为一言,使来者知昔之君子见书之难,而今之学者有书而不读为可惜也。

【注释】

①象犀:象牙,犀角。

②六材:指干、角、筋、胶、丝、漆六种材料。

③分:天分。

④柱下史老聃:即老子李耳。老子,字伯阳,谥号聃,曾为周王室的柱下守藏史,掌管图书典籍。

⑤韩宣子适鲁:据《左传·昭公二年》,晋国大夫韩宣子奉命到鲁国行朝聘礼,"观书于大史氏,见《易象》与《鲁春秋》,曰:'周礼尽在鲁矣。'"

⑥季札聘于上国:据《左传·襄公二十九年》,吴国公子季札朝聘于鲁,请观周乐,鲁国乐工为之歌二南、国风及雅、颂,他一一加以评论,借此说明周及列国之兴衰。

⑦楚独有左史倚相,能读三坟、五典、八索、九丘:春秋时楚国左史官倚相学识丰富,据《左传·昭公十二年》记载,楚灵王对子革谈倚相"是良史也,子善视之,是能读三坟、五典、八索、九丘。" 三坟、五典、八索、九丘皆为古代文献。

⑧六经:指《诗》《书》《礼》《易》《春秋》五经之外,另加《乐经》。

⑨苟简:草率,不认真。

⑩市人:指书商。

⑪蓰:五倍。

⑫五老峰:庐山胜地之一。从山麓海会寺仰观群峰,如五老并坐,故称五老峰。

⑬盖:发语词。

⑭庶:表示希望。

【集评】

宋黄震《黄氏日钞》卷六十二:谓昔见书之难,而今有书不读。

明茅坤《苏文忠公文钞》卷二十四:"题本小,而文旨特放而远之,才不鲜腴。"

[日]吉田利行《评注唐宋八大家文读本》卷二十三:藏书以遗来者,固仁者之用心。东坡拈出此旨,以警学者,亦仁人之心也。文律关键谨严,又其余事。又:近代藏书家厌常喜新,每求僻简断编、七略四库所不列者,诧为秘函。其实前贤所不暇观者也。读李氏藏书记并及之,以告天下之好新奇而弃朴学者。

【鉴赏】

李君,是尊称,犹如李先生。他本名叫李常,字公择,北宋建昌(今江西省南城县)人,官至齐州(今山东省历城县)知州。他是黄庭坚的舅父,与苏轼交往甚密。李君年轻

时曾在庐山读书,并把他的书全部藏在庐山寺庙里,以供后学阅读。这种有益于社会的无私品质,使苏轼很受感动。应李君的请求,他写了这篇藏书记。在记中论述了读书的重要性,大讲古代求书之难,批评了科举之士有书不观的坏风气,颂扬了李君关心后学用心的可贵。这是一篇别致的"劝学篇"。

本文开头是论述书的宝贵价值。举两类东西作陪衬:"象、犀、珠、玉珍怪之物,有悦于人之耳目,而不适于用。"是说珠宝一类物品,有使人见了喜欢、听了悦耳的好处,但并没有普遍使用的价值。金石草木丝麻等物品,有普遍的使用价值,但又有用着易坏和来源容易短缺的弊病。在这两个陪衬下,才说出书的宝贵。有上面

两类东西的优点，而没有它们的缺点，不论什么人都能从中得到一些益处，"惟书乎"！那就只有书了。俗话说："不怕不识货，就怕货比货。"用这种对比方法，既生动又通俗，书的宝贵价值一下就显示出来了。"书中自有黄金屋"，也是说书宝贵和读书的好处，但含义曲折庸俗，引人入邪。上面的对比方法，内涵健康，人人明白，富有新意。"自孔子圣人，其学必始于观书。"这句话有承上启下的作用。承上是说明只要读书，就会"求无不获"。启下是说从孔子起，人们就很重视读书。"必始于观书"，是说读书很重要，但孔子成为圣人是始于观书，而不是只靠读书。既强调读书重要，也没有以偏概全的毛病，含义很周密。"当是时"，是指孔子时代，即春秋。那时书很少，求书很难。作者从不同角度举了几个例子：一是只有老子书多，因为他是道家的首领。二是楚国很大，可是只有左史官倚相能读到贵重的古典书籍。三是达官贵族如韩宣子、季扎，也是到了鲁国才见到《易象》和《诗经》这类书。四是一般读书人，能见到六经的也很少，说明求书很难，学习条件很差，但是那时候的读书人却学习得很好。"皆习于礼乐，深于道德。"作者举了好几方面例子来说明求书难，这是博征法，有意增强可信程度，并非繁文缛节。另一个作用可以反衬古代读书人的刻苦认真。书那样难求，而学习却很好，必然是学习很刻苦，很认真。"非后世君子所及。"既总结上文，又引出下文。后世的读书人怎样呢？作者采用详略结合的方法来说明这个问题。先概述自秦汉以来，书逐渐多了，求书不那么难了，但学者却"益以苟简"，学习态度越来越不那么认真了。这是从历史的角度作简要的叙述，再从亲身见闻方面加以证明。先写自己听见过老儒先生讲求书难和学习刻苦的事。"欲求《史记》《汉书》而不可得"，是指求书难。"皆手自书，日夜诵读，唯恐不及。"是叙述学习刻苦。再写所见，眼见现在书越来越多，求书极其容易，可是"后生科举之士"却"束书不观，游谈无根"。历史角度从简，所见所闻从详，重点是落在批评后生科举之士不爱读书的坏习气上。前面用"何哉"，后面又用"此又何也"两相呼应，都是责问不重视读书是什么缘故，表示两重叹息。一问再问，问而不答，留给读者去想，寓劝于问，意味深长。

　　涓涓流水归大海。前面写那么多，目的还是在于写李君山房藏书的意义。回过头来再叙述李君读书和藏书的情况，以及藏书的目的。"余友公择"是交代人物，说明与自己的关系。"少时读书于庐山五老峰下白石庵之僧舍"，是交代读书和藏书的时间和地点。这是写记的基本要素，不可不交代明白。"山中之人思之"，是写李君的为人深受山人尊敬。"藏书凡九千余卷"，是说明藏书的数量。从"公择既已涉其流"至"以闻于当世矣"，是写李君读书认真，受益颇深，扬名于世，堪称楷模！叙述中包含着赞扬，也是山人思之的内容之一。"将以遗来者"，是写藏书的目的，颂扬李君无私的品质，是山人思之的原因之二。"不藏于家，而藏于其故所之僧舍"，是再一次点明藏书的地点，着重说明"不藏于家"的与众不同的特点。这是运用重复的修辞手段,有意加以点染,也是作纪要重点歌颂的地方。"此仁者之心也?"这是推己及人,讲求仁爱的人的好思想啊! 到此,作记的目的之一:颂扬李君藏书的善举,已经完成。最后一段,作者表示要抓紧时间好好阅读李君藏书,以资自补的愿望。同时趁写记的机会,规劝来者和今之学者要爱惜书的宝贵,改变有书不读的毛病。既与前面论述相呼应,又完成了作记的目的之二:劝学。

　　本文主要采用了议论与叙述相结合的写法,先议后叙。把书的宝贵,求书之难,学者日趋不重视读书的道理和现象写透了,再写李君藏书的意义。初看起来前面似乎有些离题,但仔细一想,前面正是为后面的内容作铺垫。前面写透了,更有利于写李君藏书的意义。这比一开头就直接写李君藏书的情况,再去论述藏书的意义要好,避免了章法一般化的毛病,富有创新的意义,也增加了曲折的艺术美感。在议论中运用了对比、陪衬、博征等手法,有力地加强了文章的生动性和说服力。在文章中又很注意前后呼应,使结构上增强了整体感,收到结构严谨的功效。在语言方面很少用排偶句,大多是参差不齐的散行句,显得十分自然,富有流转的情味。

眉州远景楼记

【题解】

此文写于元丰元年(公元 1078 年)七月十五日。题一作《眉山远景楼记》。

全文多半篇幅是记眉州,而"所谓远景楼者,虽想见其处,而不能道其详矣。"命意的奇特脱俗一方面是来自苏轼"记"体文章经常采用的由彼及此,由大而小的思路,另一方面也是由于确实无法亲历实地,所以也只能以意为主。

苏轼仕宦久不得归蜀,思乡之念,屡见篇咏。写此文时,苏轼正在徐州任职,这篇应乡人请托所作的文章,在赞美家乡民风淳朴古雅的笔墨中,寄托着作者无限的乡思和怀归之情。

【原文】

吾州之俗①,有近古者三②。其士大夫贵经术而重氏族,其民尊吏而畏法,其农夫合耦以相助③。盖有三代、汉、唐之遗风,而他郡之所莫及也。

始朝廷以声律取士④,而天圣以前⑤,学者犹袭五代之弊⑥,独吾州之士,通经学古,以西汉文词为宗师。方是时,四方指以为迂阔。至于郡县胥吏,皆挟经载笔,应对进退⑦,有足观者。而大家显人,以门族相上⑧,推次甲乙,皆有定品,谓之江乡⑨。非此族也,虽贵且富,不通婚姻。

其民事太守县令,如古君臣。既去,辄画像事之,而其贤者,则记录其行事以为口实⑩,至四五十年不忘。商贾小民,常储善物而别异之,以待官吏之求。家藏律令,往往通念而不以为非,虽薄刑小罪,终身有不敢犯者。

岁二月,农事始作。四月初吉⑪,谷稚而草壮,耘者毕出⑫。数十百人为曹⑬,立表下漏⑭,鸣鼓以致众。择其徒为众所畏信者二人,一人掌鼓,一人掌漏,进退作止,惟二人之听。鼓之而不至,至而不力,皆有罚。量田计功⑮,终事而会之⑯,田多而丁少,则出钱以偿众。七月既望⑰,谷艾而草衰⑱,则仆鼓决漏⑲,取罚金与偿众之钱,买羊豕酒醴⑳,以祀田祖㉑,作乐饮食,醉饱而去,岁以为常。

其风俗盖如此,故其民皆聪明才智,务本而力作,易治而难服。守令始至,视其言语动作,辄了其为人。其明且能者,不复以事试,终日寂然。苟不以其道,则陈义秉法以讥切之,故不知者以为难治。

今太守黎侯希声②,轼先君子之友人也。简而文,刚而仁,明而不苛,众以为易事。既满将代,不忍其去,相率而留之,上不夺其请。既留三年,民益信,遂以无事。因守居之北塘㉓而增筑之,作远景楼,日与宾客僚吏游处其上。轼方为徐州㉔,吾州之人以书相往来,未尝不道黎侯之善,而求文以为记。

嗟夫,轼之去乡久矣。所谓远景楼者,虽想见其处,而不能道其详矣。然州人之所以乐斯楼之成而欲记焉者,岂非上有易事之长,而下有易治之俗也哉!孔子曰:"吾犹及史之阙文也。有马者借人乘之。今亡矣夫。"是二者,于道未有大损益也,然且录之㉕。今吾州近古之俗,独能累世而不迁,盖耆老昔人岂弟之泽㉖,而贤守令抚循教诲不倦之力也,可不录乎!

若夫登临览观之乐,山川风物之美,轼将归老于故丘,布衣幅巾,从邦君于其上㉗,酒酣乐作,援笔而赋,以颂黎侯之遗爱㉘,尚未晚也。元丰元年七月十五日记。

【注释】

①吾州:眉州,州治在今四川眉山市,苏轼的故乡,故称吾州。

②近古:接近民风淳朴的古代。

③合耦:《周礼·考工记》:"二耜为耦。"疏:"二人耕为耦。"耦原指古人各持一耜并肩而耕,此指群集耕种。

④声律:律诗、律赋,因其重平仄、对仗等规律,故称声律。

⑤天圣:宋仁宗赵祯年号(1023—1031)。

⑥五代:后梁、后唐、后晋、后汉、后周。

⑦《论语·子张》:"当洒扫、应对、进退。"包咸注:"当对宾客,修威仪礼节之事。"

⑧上:通"尚"。

⑨江乡:诗礼之乡。

⑩口实:言谈之资。

⑪初吉:朔日,阴历每月初一日。《诗经·小雅·小明》:"二月初吉"。郑玄笺:"二月朔日。"

⑫耘:原指除草,后泛指劳作。

⑬曹:队,群。

⑭立表:在漏中立下标志,看水漏到多高。下漏:古计时器,以滴水多少定时间短长。

⑮计功:计算工作量。

⑯会:结算。

⑰既望:阴历每月十六日。每月十五日为望,日月相望。《尚书·召诰》:"惟二月既望",孔颖达疏:"二月二十六日。"

⑱艾:同刈,收割。

⑲仆:放倒。　　决漏:放掉计时的漏水。

⑳醴:甜酒。

㉑田祖:收获之神。《诗经·小雅·甫田》:"以御祖。"

㉒侯:古爵位名,后作士大夫间尊称。　　黎希声:名锌,庆历六年(1046)及第,熙宁八年(1075)以尚书屯田郎中知眉州。苏轼《寄黎眉州》:"胶西高处望西川,应在孤云落照边。瓦屋寒堆春后雪,峨眉翠扫雨余天。治经方笑《春秋》学,好士今无六一贤。且待渊明赋《归去》,共将诗酒趁流年。"

㉓墉:高墙。

㉔神宗熙宁十年,苏轼由密州移知徐州。

㉕见《凫绎先生诗集叙》注释①②。

㉖耆老:老年人。《礼记·曲礼上》:"六十曰耆";"七十曰老。"　　昔人:前辈人。《尚书·无逸》:"昔之人",伪孔传释为"古老之人。"　　岂弟:同"恺悌",仁爱,慈祥。《诗经·大雅·泂酌》"岂弟君子,民之父母。"

㉗邦君:原指诸侯,此指眉州知事。

㉘遗爱:《左传·昭公二十年》:"及子产卒,仲丘闻之,出涕曰:'古之遗爱也'。"

【集评】

明唐顺之(《苏文忠公文钞》卷二十四引):此文造意亦奇,更不在作楼与远景上说。

明茅坤《苏文忠公文钞》卷二十四:迁客思故乡,风致婉然。

[日]吉田利行《评注唐宋八大家文读本》卷二十三:既去乡久,不应向楼之风景着笔,犹昌黎作《新修滕王阁记》,通篇以未得造观为主。阁之风景不一一描写也,只详叙风俗之美,而黎侯之治,可以想见。此作者极造意处。

【鉴赏】

苏轼写"记"颇具特色。大凡记楼、记台、记园、记堂,总是在状貌特征上浓墨重彩,苏轼的这篇"记"却偏偏跳出了这一格局,他在对楼台园堂做淡化处理的基础上,又把它紧系于人生哲理、政绩善德和风俗人情之上。《喜雨亭记》把亭系于太守天子造物太空;《凌虚台记》以筑台无善而归台于无;《超然台记》里的超然台则活脱脱是一片旷达的情怀。而这篇《眉州远景楼记》又称得上一幅眉州风俗画,远景楼正翘然其中。

"吾州之俗,有近古者三。"开篇,作者不言楼而写眉州风俗,看似离题千里,实则正切题意。楼因俗起,俗为楼基,写楼必写俗,写俗正是为写楼打下基石。接着,文章便分别从"士大夫""民""农夫"三方面,点出了眉州近古的三种风俗:士大夫贵经而重氏族;民尊吏而畏法;农夫合耦以相助。这三点是全文之纲,举纲而目张。下面,文章就紧扣这三点,具体而生动地展示出了一幅眉州风俗画。由"始朝廷以

声律取士"至"不通婚姻",是写士大夫的贵经而重氏族。苏轼早期在政治上具有浓厚的儒家思想。他说孔子的学说,"独得不废,以与天下后世,为仁义礼乐之主"(《子思论》)。因而,他十分称颂眉州士大夫的贵经而重氏族,把这种风俗放置在五代陋习犹袭之时,从而突出了士大夫的出淤泥而不染。从"其民事太守县令"到"终身有不敢犯者",是写民的尊吏而畏法。如果说前面的"贵经"是在写士大夫的知书,那么,这里的"尊吏"则是在写民的识礼。苏轼认为礼是治国之本,而法次之,"夫法者,末也。又加以惨毒繁难,而天下常以为急。礼者,本也。又加以和平简易,而天下常以为缓"(《礼以养人为本论》)。这里,苏轼写眉州之民事太守如古君臣,画像记贤弘扬其德,正是在称颂民的以礼为重,重礼而尊吏,尊吏而畏法。于是,"虽薄刑小罪,终身有不敢犯者。"由"岁二月"至"其风俗盖如此",是写农夫的合耦相助。这段文字十分生动,它真实而形象地再现出了眉州农民的劳动生产过程,洋溢着一股浓烈的乡村生活气息。作者随时序的变化,从二月农事始作写至四

月谷稚草壮；由七月谷艾草衰写到祀祖作乐。记叙的时间虽长，所写的面虽广，但笔触却始终紧扣"合耦"二字，突出了农夫的劳动组织形式和赏罚的分明。

文章至此，已展呈出了一幅完整而全面的社会风俗画，熔铸了作者的美好政治理想。同时，在评价眉州民俗的基础上，又为写太守、记远景楼作了巧妙的过渡。眉州之民的贵经、尊吏、畏法，使其"易治"，但眉州之民又"难服"。"易治而难服"是辩证的统一。"易治"因为民的知礼；"难服"也出于民的知礼。以礼治民，民也以礼事太守，因而便有了"苟不以其道，则陈义秉法以讥切之"。相反，如太守贤仁，民又会"记录其行事以为口实，至四五十年不忘"。由此，文章便由风俗的叙写转入了写太守、写远景楼。

"今太守黎侯希声，轼先君子之友人也。"苏轼先点出太守与自己的关系，紧接着又用"简而文，刚而仁，明而不苛，众以为易事"，写出了太守的贤明，暗含有眉州风俗之美得力于贤太守的教诲。下面，文章极写民与太守相处的和睦以及彼此的不舍，在此而点出远景楼来，从而即使楼的原委曲折历历在目，又让前面的风俗之美、太守之贤有了落脚，可谓"风俗德政共一楼"。后面"轼方为徐州"几句，作者由楼而叙写出了作记之因。

末段，文章以筑楼作记总揽全篇，点出了近古风俗、太守、远景楼三者的联系。民以楼为乐，起因于"上有易事之长，而下有易治之俗"，而"易治之俗"累世而不迁又得力于"贤守令抚循教诲不倦之力"。从而环环紧扣，层层深入，使全文结构精巧而严密，形成了一个有机统一的艺术整体。最后才点出记中不叙太守德政、不写远景楼景色，是等待异日归老故丘的想法，而使读者想象、回味无穷。

放鹤亭记

【题解】

本文作于元丰元年(公元1078年)十一月八日,时苏轼知徐州。隐者张师厚隐居于徐州云龙山,自号云龙山人。后迁于东山之麓并作亭其上,自驯二鹤,鹤朝放而暮归,白日里令其自由地飞翔于天地间,所以名亭为"放鹤亭"。苏轼为之作题记。全文主要通过活泼的对答歌咏方式写出了隐逸者恬然自适的生活图景和不为时事所囿的自由心境,表现作者对隐居之乐的神往。文中写景形象生动,主要着笔于"鹤",借鹤的"清远闲放,超然于尘埃之外"表现山人超尘出世之姿。写鹤亦是在写人。

【原文】

熙宁十年秋①,彭城大水②。云龙山人张君天骥之草堂,水及其半扉。明年春,水落,迁于故居之东,东山之麓。升高而望,得异境焉,作亭于其上。彭城之山,冈岭四合,隐然如大环,独缺其西十二。而山人之亭,适当其缺。春夏之交,草木际天。秋冬雪月,千里一色。风雨晦明之间,俯仰百变③。山人有二鹤,甚驯而善飞。旦则望西山之缺而放焉,纵其所如,或立于陂田④,或翔于云表,暮则傃东山而归⑤,故名之曰"放鹤亭"。

郡守苏轼,时从宾客僚吏,往见山人,饮酒于斯亭而乐之。挹山人而告之曰⑥:"子知隐居之乐乎?虽南面之君,未可与易也。《易》曰:'鸣鹤在阴,其子和之⑦。'《诗》曰:'鹤鸣于九皋,声闻于天⑧。'盖其为物清远闲放,超然于尘埃之外,故《易》《诗》人以比贤人君子、隐德之士。狎而玩之⑨,宜若有益而无损者,然卫懿公好鹤则亡其国⑩。周公作《酒诰》⑪,卫武公作《抑戒》⑫,以为荒惑败乱无若酒者,而刘伶、阮籍之徒以此全其真而名后世⑬。嗟夫!南面之君,虽清远闲放如鹤者,犹不得好;好之,则亡其国。而山林遁世之士,虽荒惑败乱如酒者,犹不能为害,而况于鹤乎?由此观之,其为乐未可以同日而语也。"山人欣然而笑曰:"有是哉!"乃作《放鹤》《招鹤》之歌曰:

"鹤飞去兮,西山之缺。高翔而下览兮择所适。翻然敛翼,宛将集兮,忽何所见，矫然而复击。独终日于涧谷之间兮，啄苍苔而履白石。鹤归来兮，东山之阴。其下有人兮，黄冠草履⑭，葛衣而鼓琴。躬耕而食兮，其余以汝饱。归来归来兮，西山不可以久留。"元丰元年十一月初八日记⑮。

【注释】

①熙宁十年：即公元 1077 年。

②彭城：今江苏徐州市。北宋徐州治所所在地。

③俯仰百变：俯视仰视之间，气象有许多变化。

④陂田：水边的田地。

⑤傃：向。

⑥挹山人：给山人斟酒。　挹：酌酒。

⑦鸣鹤在阴，其子和之：鹤在北坡鸣叫，小鹤与之应和。见《易经·中孚·九二》。

⑧鹤鸣于九皋，声闻于天：鹤在深泽鸣叫，声传于天外。语出《诗经·小雅·鹤鸣》。

⑨狎：亲近。

⑩卫懿公好鹤则亡其国：据《左传·鲁闵公二年》，卫懿公好鹤，封给鹤各种爵位，让鹤乘车而行。狄人伐卫，卫国兵士发牢骚说："使鹤，鹤实有禄位，余焉能哉？"卫因此亡国。

⑪《酒诰》：《尚书》篇名。据《书·康诰》序，周武王以商旧都封康叔，当地百姓皆嗜酒，所以周公以成王之命作《酒诰》以戒康叔。

⑫卫武公作《抑戒》：《抑》是《诗·大雅》中的篇名。相传为卫武公所作，以刺周厉王并自戒。其中第三章云："颠覆厥德，荒湛于酒。"荒湛于酒即过度逸乐沉湎于酒。

⑬刘伶、阮籍：皆西晋"竹林七贤"中人。皆沉醉于酒，不与世事，以全身远害。

⑭黄冠：道士所戴之冠。

⑮元丰元年：即 1078 年。　元丰：是宋神宗年号。

【集评】

明茅坤《苏文忠公文钞》卷二十四："疏旷爽然，特少沉深之思。

清储欣《东坡先生全集录》卷五：清音幽韵，序亦不烦。

清浦起龙《古文眉诠》卷六十八：鹤与酒对勘。鹤是题，酒从何来？从"饮酒乐"之句生来。盖当筵指点之文也。所以如此对勘者，羡彼闲放，慨我系官，正是郡守作山人《放鹤亭记》，不是闲泛人替他作记，神味又从"放"字来也。

[日]吉田利行《评注唐宋八大家文读本》卷二十三：插入饮酒一段，见人君不可留意于物，而隐士之居，不妨轻世肆志。此南面之君，未易隐居之乐也。中间"而况于鹤乎"一句，玲珑跳脱，宾主分明，极行文之能事。

【鉴赏】

本文写于宋神宗十一年（1078），也就是黄河决口、洪水洗劫徐州地区的第二年。当时苏轼任徐州知府。全文采用叙描、议论和歌咏相结合的写法，从亭及鹤，从鹤及乐，并论述了人的地位不同，其乐各异，从而歌颂了隐士之乐，"虽南面之君，未可与易也"。脉络清晰，丝丝入扣，自然地道出了文章的主旨。

文章开头，作者用直叙的方法，简练的文笔，交代了山人迁居和建亭的缘由，把人物、时间、地点、事情的经过写得一清二楚。"升高而望，得异境焉。"什么异境？先留一个"悬念"，然后从容着笔，再述其"异"。"冈岭四合，隐然如大环。""四合"与"大环"，似实非实，似虚非虚，"隐然"；既状其朦胧，又透出并非是绝对"合"与"环"的微意。这

是异境，也是美景，然而美中不足，独缺其西。亭子正好建在这里，岂非天工不足人巧补。或谓山人慧眼，依乎于自然。建亭的地理位置选得好，四周的风景更美。作者用一组节奏明快，语势刚劲的排比句来描述这里的景色，随着季节的转换，景物各异：春夏之交，草木齐天；秋冬雪月，千里一色，随着风雨晦明的气候变化，景色瞬息百变。写得景文并茂，句似珠落玉盘，铿锵悦耳，煞似精美。到此为止，主要写一个"亭"字。

第二段主要写鹤。山人养鹤，为求其乐。"甚驯"指早放晚归，顺从人意；"善"指纵其所如，时而立在田里，时而飞上云天。写得文理清晰，错落有致。"纵其所如"是随心所欲，自由自在，无拘无束，明状鹤飞，也暗喻隐士之乐。隐士爱鹤，故以鹤名其亭。紧承上文，由亭及鹤，又由鹤回到亭。文理回环，构思巧妙，点题自然，

耐人品味。

第三段主要写一个"乐"字。上文用描述,这一段用议论。"子之隐居之乐乎?虽南面之君,未可与易也。"自问自答,文意抑扬,饶有情趣,说出自己的看法,树立了论点。接着用主客映衬的手法加以论证。"鸣鹤在阴,其子和之。"意思是鹤在隐蔽处鸣叫,它的同类便应声唱和。"鹤鸣于九皋,声闻于天。"意思是鹤在水边高坎上鸣叫,声音洪亮传得又高又远。《诗经》《易经》,是儒家经典著作,引用来说明"清远闲放"的鹤,可以比着贤人、君子,是无可非议的,具有绝对权威,增加了论证的力量。高洁祥瑞如鹤,虽贵为天子,却爱而不敢好,否则,就会像卫懿公一样,闹个亡国的下场。只有隐居而且品德高尚的人,才能好而无伤,独得其乐。到此已经证明了论点,隐居之乐,虽南面之君,未可与易也。但是,作者并未就此而止,又进一步用主客映衬的写法,用"好酒"来陪衬"好鹤"。这并非是节外生枝,繁文累赘,而是"借客形主,回旋进退,使文情摇曳生姿"(王水照《论苏轼散文的艺术美》)。周公是周朝的开国元勋,他为了告诫康王不要酗酒误国,写了《酒诰》。春秋时代的卫武公,为了警诫自己不贪杯,写了《抑戒》这首诗。这些说明贵为帝王,不仅不能好鹤,也不能好酒。但隐逸之士的刘伶、阮籍等,虽酗酒狂放,不仅无害,而且还因此保全了自己的纯真,为后世留下了美名。在主客对论之后,又做一个交错绾合的结论:"南面之君,虽清远闲放如鹤者,犹不得好,好之,则亡其国;而山林遁世之士,虽荒惑败乱如酒者,犹不能为害,而况鹤乎!"进一步说明了由于地位不同,为乐迥异。贵为天子,虽高洁如鹤也不能随意所好,但隐居者,虽然是荒惑败乱的酒,也可以尽情狂饮,何况鹤呢!从而歌颂了隐士之乐赛过了君王。这一段是从主到客,由客回到主,从鹤到酒,由酒回到鹤,回环复沓,反复论证,使文意更加深刻,文情更加流转动人。如果在主论完结处打住,必然流于意浅文淡,美感逊色,难足人意。

第四段,用放鹤、招鹤之歌,对隐士之乐加以咏叹。既补充了前文写放鹤、招鹤之处的简略,又是对隐士好鹤之乐的皴染。不仅如此,作者还借招鹤为名,行招仕之实。"其下有人兮,黄冠草履,葛衣而鼓琴。躬耕而食兮,其余以汝饱。"这是对隐士生活的素描,流露出歌赞、羡慕的感情。"归来归来兮,西山不可以久留!"这表面上是招鹤,实际上却在招仕。本文的东山为隐居之庐,"东山再起"的东山,也是喻隐居。西山为鹤出所至,且与东山相反,所以西山是喻出仕为官。不可久留,是说仕途维艰,吉凶难于逆料,不可迷恋,应该及早猛醒,亡途而知返。不难看出这时的苏轼已经滋生厌倦仕途的意念,萌发了羡慕隐居之乐的情丝。

本文思想性较差,消极避世,欲求隐居之乐,不鼓励人进取。但只要心明白警即可,不能超越时代去苛求古人。我们应该善于取舍,攫其精华。本文从亭及鹤,由鹤及乐,主客映衬,回环流转。描叙、议论和咏叹相结合,文脉如贯,相得益彰。还有不少节奏明快,语词如珠的佳句,都是值得我们很好学习的地方。

雪堂记

【题解】

本文作于元丰五年(公元1082年)一月。苏轼谪居黄州时,自筑临皋亭,并于其东坡建堂,因堂成时正逢大雪,遂名之为雪堂,并在四壁绘雪,以表现自己高洁的志趣。全文以主客问答的形式表现自己内心世界中的矛盾。客方以"散人""拘人"发问,并称苏子是"欲为散人而未得者",并告之以散人之道,邀之作藩外之游。由苏子的反问,又引出客方"无为""弃智"的观点。最终,苏子以"适意"之见驳得客方"忻然而笑,唯然而出。"全文表现出"乌台诗案"之后苏轼不断思索难以平静的内心,构思与《赤壁赋》有异曲同工之妙。

【原文】

苏子得废圃于东坡之胁①,筑而垣之②,作堂焉,号其正日雪堂。堂以大雪中为之,因绘雪于四壁之间,无容隙也。起居偃仰③,环顾睥睨④,无非雪者。苏子居之,真得其所居者也。苏子隐几而昼瞑⑤,栩栩然若有所适⑥,而方兴也未觉,为物触而寤⑦,其适未厌也⑧,若有失焉。以掌抵目,以足就履,曳于堂下⑨。

客有至而问者曰:"子世之散人耶⑩,拘人耶⑪?散人也而天机浅⑫,拘人也而嗜欲深。今似乘马而止也,有得乎而有失乎?"苏子心若省而口未尝言,徐思其应,揖而进之堂上⑬。客曰:"嘻,是矣,子之欲为散人而未得者也。予今告子以散人之道,夫禹之行水⑭,庖丁之投刀⑮,避众碍而散其智也⑯。是故以至柔驰至刚,故石有时以泐⑰;以至刚遇至柔,故未尝见全中也。予能散也,物固不能缚;不能散也,物固不能释。子有惠矣⑱,用之于内可也⑲。今也如猬之在囊而时动其背胁,见于外者,不特一毛二毛而已。风不可搏,影不可捕,童子知之。名之于人⑳,犹风之与影也,子独留之。故愚者视而惊,智者起而轧㉑,吾固怪子为今日之晚也。子之遇我,幸矣,吾今邀子为藩外之游㉒,可乎?"

苏子曰:"予之于此,自以为藩外久矣,子又将安之乎?"客曰:"甚矣,子之难晓也。夫势利不足以为藩也,名誉不足以为藩也,阴阳不足以为藩也,人道不足以为藩也。所以藩予者,特智也尔。智存诸内,发而为言,则言有谓也,形而为行,则行有谓也。使予欲嘿不欲嘿㉓,欲息不欲息,如醉者之呓言㉔,如狂者之妄行,难掩其

口、执其臂，犹且喑呜踶蹶之不已㉕，则藩之于人㉖，抑又固矣。人之为患以有身，身之为患以有心。是圃之构堂，将以佚子之身也㉗？是堂之绘雪，将以佚子之心也？身待堂而安，则形固不能释㉘；心以雪而警，则神固不能凝㉙。子之知既焚而烬矣，烬又复燃，则是堂之作也，非徒天益，而又重子蔽蒙也㉚。子见雪之白乎？则恍然而目眩，子见雪之寒乎？则竦然而毛起㉛。五官之为害，惟目为甚，故圣人不为。雪乎，雪乎，吾见子知为目也，子其殆矣㉜！"

客又举杖而指诸壁，曰："此凹也，此凸也。方雪之杂下也，均矣。厉风过焉，则凹者留而凸者散，天岂私于凹而厌于凸哉㉝，势使然也。势之所在，天且不能违，而况于人乎？子之居此，虽远人也，而有是堂，堂有是名，实碍人耳，不犹雪之在凹者乎？"

苏子曰："予之所为，适然已而㉞，岂有心哉，殆也奈何！"

客曰："子之适然也，适有雨，则将绘以雨乎？适有风，将绘以风乎？雨不可绘也，观云气之汹涌，则使子有怒心；风不可绘也，见草木之披靡，则使子有惧意。睹是雪也，子之内亦不能无动矣。苟有动焉，丹青之有靡丽㉟，水雪之有水石，一也。德有心，心有眼，物之所袭，岂有异哉？"苏子曰："子之所言是也，敢不闻命㊱。然未尽也，予不能默。此正如与人讼者㊲，其理虽已屈，犹未能绝辞者也。子认为登春台与入雪堂，有以异乎？以雪观春，则雪为静。以台观堂，则堂为静。静则得，动则失。黄帝古之神人也㊳，游乎赤水之北，登乎昆仑之丘，南望而还，遗其玄珠焉。游以适意也，望以寓情也。意适于游，情寓于望，则意畅情出而忘其本矣㊴，虽有良贵，岂得而宝哉，是以不免有遗珠之失也。虽然，意不久留，情不再至，必复其初而已矣，是又惊其遗而索之也。余之此堂，追其远者近之，收其近者内之㊵，求之眉睫之间，是有八荒之趣㊶。人而有知也，升是堂者，将见其不溯而偊㊷，不寒而栗，凄凛其肌肤，洗涤其烦郁，既有炙手之讥㊸，又免饮冰之疾㊹。彼其趋趋利害之途㊺，猖狂忧患之域者，何异探汤执热之俟濯乎㊻？子之所言者，上也。余之所言者，下也。我将能为子之所为，而子不能为我之为矣。譬之厌膏粱者㊼，与之糟糠则必有忿词；衣文绣者㊽，被之皮弁则必有愧色㊾。子之于道，膏粱文绣之谓也，得其上者耳。我以子为师，子以我为资㊿，犹人之于衣食，缺一不可。将其与子游，今日之事姑置之，以待后论。予且为子作歌以道。"歌曰：

雪堂其前后兮，春草齐。雪堂之左右兮，斜径微。雪堂之上兮，有硕人之颀颀[51]。考槃于此兮[52]，芒鞋而葛衣[53]。挹清泉兮[54]，抱瓮而忘其机[55]。负顷筐兮[56]，行歌而采薇。吾不知五十九年之非而今日之是，又不知五十九年之是而今日之非。吾不知天地之大也，寒暑之变，悟昔日之癯而今日之肥[57]。感子之言兮，殆也抑吾之纵而鞭吾之口[58]，终也释吾之缚而脱吾之靰[59]。是堂之作也，吾非取雪之势而取雪之意，吾非逃世之事而逃世之机。吾不知雪之为可观赏，吾不知世之为可依违。性之便，意之适，不在于他，在于群息已动，大明既升[60]，吾方辗转，一观晓隙之尘飞。

子不弃兮,我其子归。

客忻然而笑,唯然而出,苏子随之。客顾而颔之曰:"有若人哉。"

【注释】

①东坡:元丰四年(1081)二月,苏轼到黄州第二年,因生计艰难,老友马正卿向黄州府求得黄州城东门外"故营地"五十亩,给东坡耕种,即东坡。苏轼自号"东坡居士"。元丰五年(1082)一月,于东坡下得废园,建雪堂。

②垣:矮墙,这里是动词,用矮墙围起来的意思。

③偃仰:安然仰卧。《诗·小雅·北山》:"或栖迟偃仰,或王事鞅掌。"马瑞辰通释:"偃仰,犹息偃、堪乐之类,皆二字同义,偃亦仰。"

④睥睨:斜视。

⑤隐几:凭着几案。《庄子·徐无鬼》:"南伯子綦隐几而坐。"《孟子·公孙丑下》:"隐几而卧。" 隐:凭倚。

⑥栩栩然:欣然自得的样子。《庄子·齐物论》:"昔者庄周梦为蝴蝶,栩栩然蝴蝶也。"

⑦寤:醒来。

⑧厌:满足。

⑨曳于堂下:指拖着鞋来到堂下。

⑩散人:散诞之人。《书言故事·渔钓类·江湖散人》:"无系累曰江湖散人。唐陆龟蒙以舟载茶灶、笔床、钓具,往来江湖,号江湖散人。"陆龟蒙《江湖散人传》:"散人者,散诞之人也。"

⑪拘人:为物所系累的人。

⑫天机:灵性。《庄子·大宗师》:"其嗜欲深者,其天机浅。"

⑬揖:拱手为礼。

⑭禹之行水:指以疏导的方法治水。

⑮庖丁之投刀:指庖丁洞悉牛的骨骼肌理,运刀游刃有余。见《庄子·养生主》。

⑯散:分散。这里是发挥的意思。

⑰泐:石依其纹理而裂开。

⑱惠:通"慧",聪明、智慧。

⑲内:指内心。

⑳名:名声,声誉。

㉑轧:倾轧。《庄子·人间世》:"名也者,相轧也。"

㉒藩外之游:摆脱由于使用心智而为外物所累的束缚,进入自由的境界。

㉓嘿:同"默"。

㉔恚：愤怒之语。

㉕喑呜踢蹵：怒嚷踢踏。　　蹵：同"蹴"，踢，踩。

㉖藩之于人：人所受的束缚。

㉗佚：通"逸"，使安。

㉘身待堂而安，则形固不能释：身体靠雪堂获得安宁，则形体不能得到超脱。

㉙心以雪而警，则神固不能凝：内心因雪而警觉起来，则精神无法凝结。

㉚重子蔽蒙：给您多加一层蒙蔽。

㉛辣：同"耸"，惊动，耸动。

㉜殆：危险。

㉝私于凹而厌于凸：对凹处之雪偏爱而讨厌凸出部分的雪。

㉞适然：随遇而安。

㉟靡丽：华丽。

㊱敢不闻命：哪敢不听命。

㊲讼：争论是非。

㊳黄帝：上古帝号。传说称轩辕氏，即有熊氏，诛蚩尤之后被诸侯尊为帝。《庄子·天地》："黄帝游乎赤水之北，登乎昆仑之丘，而南望还归，遗其玄珠。"以"玄珠"喻道。

㊴忘其本：忘记自身。

㊵内：纳。

㊶八荒：八方荒远之地。《说苑·辨物》："八荒之内有四海，四海之内有九州。"

㊷不溯而偊：没有逆风而行，却有窒息之感。　　偊：窒息，呼吸困难。《诗·大雅·桑柔》："如彼溯风，亦孔之偊。"郑玄笺："如向疾风，不能息也。"

㊸炙手：炙手可热的简称。比喻权势气焰很盛。

㊹饮冰：比喻忧心。《庄子·人间世》："今吾朝受命而夕饮冰，我其内热与，吾未至乎事之情，而既有阴阳之患矣；事若不成，必有人道之患。"成玄英疏："诸梁晨朝受诏，暮日饮冰，足明怖惧忧愁，内心燠灼，询道情切，达照此怀也。"

㊺趑趄：且前且却，犹豫不进。

㊻俟：等待。

㊼厌膏粱者：吃腻了肥美食物的人。

㊽文绣：用华美的丝织品制作的衣服。

㊾皮弁：古代管理杂务的武官的帽子。

㊿资：资用。《诗·大雅·极》："丧乱蔑资，曾莫惠我师。"

51硕人之颀颀：《诗·卫风》中《硕人》篇赞美庄姜，有"硕人颀颀"之句。硕人：旧称美人，这里苏轼自指。　　颀颀：身长的样子。

㉒考槃:《考槃》是《诗·卫风》中的篇名,诗赞美贤者隐处山林涧谷之间,有句:"考槃在涧,硕人之宽。"

㉓芒鞋而葛衣:脚穿芒草编的鞋,身着葛麻织的衣。

㉔挹:舀,汲取。

㉕抱瓮而忘其机:比喻安于拙陋,不贪机巧。《庄子·天地》:"子贡游于楚,反于晋,过汉阳,见一丈人(老人),方将为圃畦,凿隧而入井,抱瓮而出灌,搰搰然(用力貌)用力甚多,而见功寡(效率低)。"

㉖顷筐:斜口之筐,后高前低,容量不多,《诗·周南·卷耳》:"采采卷耳,不盈顷筐。"

㉗癯:瘦。

㉘纵:放纵。

㉙靰:马缰绳。比喻受人牵制,束缚。《离骚》:"余虽好修姱以靰羁兮。"王逸注:"靰羁,以马自喻。缰在口曰靰,革络头曰羁,言为人所系累也。"

㉚大明:太阳。

【鉴赏】

苏轼贬黄州后,在荒山野坡上开垦出东坡,并披荆斩棘修筑雪堂,过起了旷达自由的生活。但尽管如此,苏轼的内心仍时时激荡着痛苦和矛盾。他在出世与人世的路口徘徊而举足不定;他痛恨"此身非我有"而想寄余生于江海,现实却又紧紧把他系拴;他想筑堂养性,内心偏又有一股汹涌澎湃的豪情。这篇《雪堂记》正是苏轼复杂内心世界的独白。

全文共分七段,以主客问答的形式吐露出作者内心的矛盾;以鞭辟入里的议论阐述出人生的追求、生活的态度和理想。

文章开篇简单而概括地叙述了堂的位置和得名,紧扣一个"雪"字,由筑堂于大雪之际而绘雪于四壁,由绘雪四壁到所见无非雪者。寥寥几笔展示出了一个白雪的世界。在此基础上才由物——"雪堂"落脚到人——苏轼:"苏子居之,真得其所居者也。"苏轼身居白雪之中,自然悠哉乐哉惬意畅快,其隐机而瞑、栩栩然的神态,也自然让人们想起了《齐物论》中那位"隐机而坐,仰天而嘘"的南郭子綦。但接着,作者却笔锋一转,由隐几而瞑引出"若有所失",由"失"而引出"客"来,从而便推演出主客问答的洋洋洒洒。换句话说,这篇文章也就是"补失"而作了。

第二段,作者便借"客"之口袒露自己的内心。"子世之散人耶,拘人耶?散人也而天机浅,拘人也而嗜欲深。今似系马而止也,有得乎而有失乎?"散人、拘人是两种不同人生态度的体现。散人,不缠机务、任性逍遥;拘人潜心名利、拘谨畏缩。苏轼安居雪堂是散人呢、抑或拘人?有得呢、抑或有失?苏轼起而用"客"发问,实则为扪心自问,流露出了苏轼在人生道路上的矛盾和徘徊。下面,"苏子心若省而口未尝言,徐思其应,揖而退之堂上"几句,既是"客"语的"主"体深化,又是进一步议论的引子,正因为有了它,才有后面一大段的论述。"客"在论述散人之道时,由禹行水、庖丁投刀的例子落笔而突出了一个"散"字;从刚柔的辩证法论证了"散"的本质。然后总括写道:"予能散也,物固不能缚,不能散也,物固不能释。"紧接着,又用"散人之道"来指出苏子的不近"散"而在于嗜欲深、名利重,主张应超脱物的束缚作"藩外之游",由此而使文章的议论层层深入。

第三段围绕"藩外之游",主问客答。客答针对雪堂而发,谈锋锐利、议论纵横。"苏子曰:'予之于此,自以为藩外久矣,子又将安之乎?'"这是主问,苏轼认为自己躬耕东坡、吟诗雪堂早已是藩外之人,因而有"子又将之乎"的发问。"客"则就此深发开去,认为雪堂不足为藩,而强调一种"无心"的人生境界。势利、名誉、阴阳、人道,这一切都不是藩,"智"才是人生的藩篱。"智"在人

的内心,主宰人的言行,使人"欲嘿不欲嘿,欲息不欲息,如醉者恚言,如狂者之妄行,虽掩其口执其臂,犹且喑呜局蹙之不已"。因此,"客"认为人生最根本的祸患是在有心,而雪堂的修筑却正是一种"佚身""佚心"的方法,"身待堂而安,则形固不能失。心以雪而警,则神固不能凝"。形不失、神不凝自然不是"藩外之游"了,所以"圣人不为"。"客"的这一大段议论从根本上讲是老庄思想的体现,老子主张的"绝圣弃智""无身""无心",庄子强调的"心斋""坐志",都在"客"的议论中反映了出来。

第四段,"客"由"无心""弃智"而谈到"无为",由针对筑堂到针对绘雪。雪积、雪消是自然的规律,雪融之时,"凹者留而凸者散",也是"势使然也"。因此,人应该"无为"而随任自然。现在构堂取名、绘雪四壁,不正违背了自然的规律吗?苏子则提出"适然"与之相辩,"予之所为,适然而已,岂有心哉?""适然"的提出,一方面引出了"客"的论述,另一方面也是"主"由被动转为主动的过渡。

第五段,"客"从"适然"入手,认为筑堂而绘雪虽属"适然",但却仍是"佚身"

"佚心"之法,因为见雪不能不心动,心动不能不绘之丹青。这样一来,"散智""无心"自然便不可能了。"客"相对苏子的筑堂、佚身、绘雪、佚心和适然,而提出了散智、无身、无心和任自然的主张。至此,"客"的议论便到了尾声,但此伏彼起,"主"的说理则随之而起。后面便是苏子从正面为自己的筑堂绘雪所做的辩护。苏轼紧承"适然"二字,用黄帝的游赤水、登昆仑,阐述出自己的人生态度是"求之眉睫之间,是有八荒之趣","游以适意,望以寓情"和"意适于游,情寓于望"。在苏轼看来,人要做到"客"所说的"无身""无心"是不可能的,因此他说:"子之所言是也,敢不闻命。然未尽也,予不能默。"又说:"子之所言者,上也。余之所言者,下也。我将能为子之所为,而子不能为我之为矣。"苏轼与客经过长篇辩论之后,最终仍未否定自己的筑雪堂、绘雪景,他以一种全新的人生态度——"适意"取代了"客"的"无心"和"无身"。

第六段是苏子为"客"而作的歌,实质上却是他自己"适意"人生观的高扬。他替我们展示出了苏轼"坦荡之怀,任天而动"的内心世界,抒发出了旷达不羁、豪放超迈的"野性"。在"意适于游,情寓于望"的基础上,进一步铺张扬厉地描绘出"芒鞋而葛衣""抱瓮而忘机""行歌而采薇"的人物形象,用"吾不知五十九年之非而今日之是,又不知五十九年之是而今日之非"的"无思""无虑",反驳了"客"的"吾固怪子为今日之晚也"。最后,点明自己筑雪堂、绘雪景,不是取雪之势而是取雪之意,不是逃世之事而是逃世之机,其根本的意义只是在于追求一种"性之便,意之适"的自由人生的境界。因而它既不是一般意义上的"人世",也不是一般意义上的"出世",这便是苏轼所推崇的人生理想。

第七段,文章通过对"客"忻然而笑、唯然而出以及"顾而颔之"几个动作和言语的描写,暗示出"客"对苏子这种人生理想的态度。

苏轼这篇《雪堂记》在其"记"类文中颇为独特。首先,他选择了主客问答的形式来阐述自己思想的矛盾和内心的痛苦。苏轼贬黄州后,佛老思想随他人生体验的深入而震荡心灵。庄禅的人生态度和人生理想强烈地吸引着苏轼,但却又与他一贯积极人世的精神相违背。因此,苏轼的内心矛盾重重。这篇文章便正是他内心思想矛盾、交汇、碰撞的体现。文章巧妙地借"客"之口说出了庄禅思想的核心——无心、无身、无为,在一定意义上也可以说"客"是庄禅的化身。因而,"主"与"客"的问答,实质上就是苏轼与庄禅的对话。最后,苏轼提出"性之便,意之适"的人生观又表明他并不完全屈从于庄禅,而是融会贯通形成一种新的人生态度和理想,这恐怕就是苏轼人格魅力的核心所在。

石钟山记

【题解】

这是一篇别具新意的游记散文,虽然是游记,作者却不着意刻画山川形胜之美,赏心悦目之境,而重点放在考证与辩议上。不仅把游记、考证、议论三者巧妙地结合起来,而且把实践精神带入到读书写作领域中,轻臆断,重实践。另一方面,在写作上,作者把理性分析融注入形象的描绘之中,显示了其高超的写作技巧和杰出的文学才华,并且告诉人们一条真理:"事不目见耳闻",不可"臆断其有无"。

【原文】

《水经》云①:彭蠡之口有石钟山焉②。郦元以为下临深潭③,微风鼓浪,水石相搏④,声如洪钟。是说也,人常疑之。今以钟磬置水中,虽大风浪不能鸣也,而况石乎!至唐李渤始访其遗踪⑤,得双石于潭上,扣而聆之,南声函胡⑥,北音清越,桴止响腾⑦,余韵徐歇,自以为得之矣⑧。然是说也,余尤疑之。石之铿然有声者所在皆是也,而此独以钟名,何哉?

元丰七年六月丁丑⑨,余自齐安舟行适临汝⑩,而长子迈将赴饶之德兴尉⑪,送之至湖口⑫,因得观所谓石钟者。寺僧使小童持斧,于乱石间择其一二扣之,硿硿焉,余固笑而不信也。至莫夜月明⑬,独与迈乘小舟至绝壁下。大石侧立千尺,如猛兽奇鬼,森然欲搏人。而山上栖鹘⑭,闻人声亦惊起,磔磔云霄间⑮。又有若老人欬且笑于山谷中者⑯,或曰:"此鹳鹤也⑰。"余方心动欲还,而大声发于水上,噌吰如钟鼓不绝⑱。舟人大恐。徐而察之,则山下皆石穴罅⑲,不知其浅深,微波入焉,涵澹澎湃而为此也⑳。再回至两山间,将入港口,有大石当中流,可坐百人,空中而多窍,与风水相吞吐,有窾坎镗鞳之声㉑,与向之噌吰者相应,如乐作焉。因笑谓迈曰:"汝识之乎?噌吰者,周景王之无射也㉒,窾坎镗鞳者,魏庄子之歌钟也㉓,古之人不余欺也。事不目见耳闻,而臆断其有无㉔,可乎?"

郦元之所见,殆与余同,而言之不详;士大夫终不肯以小舟夜泊绝壁之下,故莫能知;而渔工,水师,虽知而不能言,此世所以不传也。而陋者乃以斧斤考击而求之,自以为得其实㉕。余是以记之㉖,盖叹郦元之简,而笑李渤之陋也。

【注释】

①《水经》:我国古代一部记载河流分布的地理著作。北魏郦道元为之作注,称之为《水经注》。

②彭蠡:彭蠡湖,今鄱阳湖,在江西省境内。

③郦元:即郦道元。古人常这样缩写前人名字。

④搏:击,击打。

⑤李渤:唐洛阳人,写有《辨石钟山记》。

⑥函胡:同"含胡"。

⑦桴止响腾:桴,鼓槌。 响腾:音响回荡。

⑧得之:找到了石钟山命名的由来。

⑨六月丁丑:农历六月初九。

⑩自齐安舟行适临汝:从齐安坐船到临汝。 齐安:即湖北黄冈市。 临汝:今河南临汝县。

⑪饶之德兴:饶州的德兴市,今江西德兴市。

⑫湖口:今江西湖口县。

⑬莫:同"暮"。

⑭栖鹘:栖,栖息。 鹘:一种鹰类猛禽。

⑮磔磔:鸟鸣叫声。

⑯欬:同"咳"。

⑰鹳鹤:鹳与鹤。

⑱噌吰:声音浑厚而洪亮。

⑲罅:缝隙。

⑳涵澹澎湃:河水摇荡,波涛相击。

㉑窾坎镗鞳:击物声和钟鼓声。

㉒周景王之无射:据《国语》记载,周景王曾铸成"无射钟"。

㉓魏庄子之歌钟:据《左传》记载,郑人献歌钟给晋侯,晋侯分一半给魏绛(谥号庄子)。

㉔臆断:主观推测。

㉕实:真相。

㉖是以:因此。

【集评】

宋刘克庄《后村先生大全集·坡公石钟山记》卷一一〇:坡公此记:议论,天下之名言也；笔力，天下之至文也；楷法，天下之妙画也。

明杨慎（《三苏文范》卷十四引）：通篇讨山水之幽胜，而中较李渤、寺僧、郦元之简陋，又辨出周景王、魏献子之钟音。其转折处，以人之疑起己之疑，至见中流大石，始释己之疑，故此记遂为绝调。

明钟惺（引书同上）：真穷理之言，所谓身到处不肯放过也。又：可见穷山水之情者，不是好事，真是虚心细心。

明袁宏道（引书同上）：予涉历方内名山，与同志探幽选胜，退必记之。阅坡公集中记述，恍遇千古一知己。

明茅坤《唐宋八大家文钞·东坡文钞》卷一百四十一：风旨亦有《水经》来，然多奇峭之兴。

清储欣《唐宋八大家全集录·东坡全集录》卷五：彭蠡有灵，致公夜泊绝壁，为名山吐气。

清方苞（《古文辞类纂》卷五十六引）：潇洒自得，子瞻诸记中特出者。

清沈德潜《唐宋八家文读本》卷二十三：记山水并悟读书观理之法。盖臆断有无，而或简或陋，均可以求古人也。通体神行，末幅尤极得心应手之乐。

清吴楚材、吴调侯《古文观止》卷十一：世人不晓石钟命名之故，始失于旧注之不详，继失于浅人之俗见。千古奇胜，埋没多少。坡公身历其境，闻之真，察之详，从前无数疑案，一一破尽。爽心快目。

清刘大櫆（《古文辞类纂》卷五十六引）：以心动欲还，跌出大声发于水上，才有波折，而兴会更觉淋漓。钟声二处，必取古钟二事以实之，具此诙谐，文章妙趣洋溢行间。坡公第一首记文。

【鉴赏】

《石钟山记》是一篇名文，历来选者、注者、论者甚众，各有千秋。此文仅述以下六个方面：

一、全文结构。这篇短文，可分三个段落：

第一段，提出"石钟山"何以命名的两个疑团。文章开门见山，点明石钟山的地理位置，指出《水经注》的作者郦道元和唐代江州（今江西九江市）刺史李渤对石钟山命名由来的解释不可信，此乃两个疑团。然后以疑问句作结，给人留下悬念，自然引起下文。

第二段，写月夜亲自游访石钟山，实地考察石钟山命名由来的经过。这一段是全文的重点，可分为四个层次：第一层，自"元丰七年"至"因得观所谓石钟者"，交代游访的时间、机缘和同游者。末句的"观"字，是察看、考察的意思，"观"的对象是"石钟"，即考察山何以以"石钟"为名，不是或主要不是"观览"石钟山风景。从文意上看,接着应是第三层(月夜考察石钟山),而作者在这两层中间"作一小波"(沈德潜评语),即来了一个"小插曲",插入了第二层,描述"小僧持斧扣石"这个粗陋举动。这个小插曲并非赘文,目的是干脆否定李渤的陋说,扫清障碍,好集中精力写下一层的月夜考察。第三层先写月夜乘舟考察的阴森环境,再写在惊恐中徐察山下的"石穴罅",后写中流多窍的发声的大石,水石风浪激荡共鸣如钟声。苏轼终于找到了石钟山命名的奥秘。第四层是苏轼对其子苏迈说的话,肯定这山中水石发出的声音就像是古代名钟"无射"和"歌钟"的乐声,表明石钟山命名的奥秘已被发现,疑团已被消除。

第三段是结尾,也是结论。作者抒发感慨,发表议论,反对"臆断",提倡"目见耳闻",深入调查。这种"求实"精神,体现了朴素唯物论的观点。作为结尾,这一段利用对比概括了郦道元、李渤和作者自己三家回答石钟山命名由来的特点是"简""陋""详实",与开头相呼应。全文层次清楚,丝丝入扣;结构严谨,中心突出,是一篇坚实的好文章。

二、文章的构思。一是作者的思路,二是文章的脉络。

作者构思文章时是围绕着石钟山何以命名这个中心问题逐层展开的。第一段的两个"疑"字,提出了本文需要解决的问题;第二段就是通过实地调查解决问题,消除第一段中摆出的两个疑团;第三段是在总结的基础上归纳出理性的东西,抒发带有哲理性的议论。全文贯穿了一个"疑"字,即疑团的提出、疑团的破灭,以及在消除疑团的基础上得出新的认识。作者的思路是十分清楚的。

与此相关的是文章的脉络。本文的中心问题是石钟山命名的来由,而钟是发声的,于是"钟声"就成了全文的脉络。郦道元提出"水石相搏,声如洪钟",显然是从"钟声"的角度为山释名的,李渤提出"南声函胡,北音清越",也是如此;苏轼的"噌吰""窾坎镗鞳"也不例外。"钟声"像一条红线一样贯穿全文,成为遍及全文的脉络。

一个"疑"字,一个"声"字贯穿了全文,体现了作者的思路和文章的脉络,也只有抓住这两字,才能深入理解全文。

三、文章的笔法。这篇散文,运用了多种笔法:

"复线双承法":第一段用两个"疑"字提出了郦道元、李渤两人为石钟山释名的疑团,形成了全文的"复线";第二段的第二层借"小僧持斧扣石"的陋行来否定李渤的陋说;第三层用"月夜考察"的见闻来补充说明郦道元简说的正确。第三段用"叹郦元之简、而笑李渤之陋也"与第一段相呼应,与郦、李两说相承接,采用的是"复线双承"的笔法。

"物我一体法":第二段第三层"月夜游访",是一段有名的写景抒情文字,写景阴森逼真,如临其境;抒情惊心动魄,使人毛骨悚然,情景交融,物我一体,百读不

155

厌,感人至深。正如《古文观止》所评:"东坡身历其境,闻之真,察之详,以前无数疑案,一一破尽,爽心快目。"在这一节文字中写到"噌吰如钟鼓不绝"时,不直接正面写苏轼自己与其子迈"大恐",却从侧面写"舟人大恐",就连生活在石钟山的"舟人"(船工)都感到"大恐",那么新来乍到的客人轼与迈就更不用说了。这里采用了"侧面烘托"的笔法。

当第二段第二层实笔描写了目见耳闻的自然山景和声响之后,作者虚笔写道:"噌吰者,周景王之无射也;窾坎镗鞳者,魏庄子之歌钟也。"这完全是作者在故弄玄虚,强作解说,其实"无射""歌钟"之声如何,苏轼本人也未必听过。不过这样写也有好处,那就是使人对这大自然之声如钟的说法更加相信,更能渲染山间神秘气氛和加强文章表达的艺术效果,这种笔法叫作"虚笔点染法"。

第三段中有这样几句:"郦元之所见闻,殆与余同,而言之不详;士大夫终不肯以小舟夜泊绝壁之下,故莫能知;而渔工、水师,虽知而不能言:此世所以不传也。"头句说郦元之简,次句的"士大夫",指李渤等人,第三句中的"渔工水师",在第一段中没有提及,仅与第二段的"舟人"相照应,而又不全相同,但为了说明"石钟山命名的原因,因何没有流传下来",非写"渔工水师"这一层不可,所以在这里就补充了这一层。沈德潜评论说:"收全文处,又补出'渔工水师'这一层。"可见作者采用了"补漏弥缝法",使文意滴水不漏,使文章天衣无缝,无懈可击。

最后,还采用了"一语尽收法":这是一种概括性很强的、干净利落的结尾方法。本文用"余是以记之,盖叹郦元之简,而笑李渤之陋也"一语结尾,全文尽收无遗。而且首尾呼应,余味无穷。

四、全文的语言。

《石》文的语言生动、准确、凝练。主要表现在:用字准确,例如:三个"笑"字,第一个,"余固笑而不信也"的"笑",是笑小僧举动的鄙陋,同时对渤说的否定。第二个,"因笑谓迈曰"的"笑",是胜利的笑,是将真知灼见传授给后代时幸福的笑。第三个,"而笑李渤之陋也"的"笑",是对李渤之陋的嘲笑。此外,"笑李勃之陋"的"陋","叹郦元之简"的"叹""简"等字,用得都是十分讲究、恰到好处的。古人强调"练字",苏轼也是如此。

在用词方面,多用双声词(如:"函胡""穴罅""澎湃""吞吐""窾坎""镗鞳")、叠韵词(如:"噌吰""涵澹""空中")和双声叠韵词(如:"硿硿""磔磔"),这些词音节响亮,节奏鲜明,用以描述山中水石的形状及各种声响,绘形绘声,当然使文章有声有色,鲜明生动,读者如身临其中,耳闻目见,十分真切,得到真实深刻的感受。

在句式方面,一些比喻句用得好,例如:"大石侧立千尺,如猛兽奇鬼,森然欲搏人";"又有若老人咳且笑于山谷中者,或曰此:鹳鹤也。"将大石比作"猛兽奇鬼",把静物写"动"了,使人产生惊恐畏惧之感。将鸟声比作"老人咳且笑",将动物写

"活"了,句子兼用"拟人法",使语言更加形象、逼真、生动感人。有些句子初读起来,是很平常的,容易一读而过。如果仔细研读,认真推敲,就会发现其中有丰富的蕴含,并不平常。

五、此文的体裁。

《石》文从标题看,是"记",即记叙文,这是作者自己定了的,但文章的重点部分却是议论,而记叙部分则是为议论奠定基础的,从读者的角度来看,很像是议论文。所以本文是"记",即记叙文,是"议",即议论文,还是有"记"有"议"是记叙性的议论文呢? 我看,仍是一篇优秀的记叙文。理由是:第一,"记"是作者标的题目上明确地标出的,也就是说,作者本人认为本文是"记",并且是按照"记"这种文体来写作的。第二,文章的"主体"——主要部分也是最精彩的部分在第二段,而这一段完全是记叙,说明本文仍是以记叙为主的。第三,本文第三段着重发表了议论,但这议论却是以前边的记叙为基础的,并且是记叙文中插入的议论。在宋代,"以哲理入诗","以哲理入文",是普遍的现象,是一种社会性的文学思潮。在文中加议论,可以突出甚至升华主题,有益于提高读者对文章的理性认识,同时也比抽象地单纯地说理更为雄辩,更有感染力,而融记叙、议论为一体,正是苏文的特点之一,绝不能因此否定"记"这种文体,从而把这篇记叙文也归入议论文之列。

六、本文的思想意义。

第一,本文在记叙作者亲自考察石钟山命名原因之后,得出了一个结论:"事不目见耳闻而臆断其有无,可乎?"这条科学的论断,不仅适用于石钟山的命名,而且适用于各种事物,可以说是一条普遍的真理。要认识一个事物,解决一个问题,必须调查研究。苏轼的这一结论,也可以说是对"乌台诗案"的质问和回答。元丰二年(公元 1079 年)四月,苏轼知湖州,同年七月二十八日被朝廷派人逮捕入狱,御史中丞李定全等人凭"臆断"强加给苏轼"四大罪状",使苏轼蒙不白之冤而贬至黄州,元丰七年(1084)再贬临汝,途中与子迈同游石钟山,写下了《石钟山记》,抒发了以上议论,正是"乌台诗案"以后多年郁结心中的不平的总爆发。苏轼吃尽了"臆断其有无"的苦头,几乎为此丧命,这时才得以借题发挥,得以从理论上对"乌台诗案"的制造者加以质问,并对此冤案做出否定性回答。

第二,本文体现苏轼追求真理的治学态度和勇于实践的果敢精神。关于石钟山命名的来由,郦道元的书和李渤的文章上都早有记载,但是苏轼不迷信书本,对古人的结论提出了怀疑,为了寻求正确的答案,为了追求真理,他果敢地决定在月夜乘舟亲自调查研究,不怕吃苦,敢冒风险,做到了一般士大夫(如太守李渤)做不到的事情,古人云"不入虎穴,焉得虎子",马克思也说:"在科学的入口处,正像在地狱的入口处一样,必须提出这样的要求:'这里必须根绝一切犹豫;这里任何怯懦都无济于事。'"苏轼父子抛开犹豫和怯懦,勇于实地调查,从而获取了真知。这种精神,至今仍能给我们以启迪。

最后还有一个有趣的问题:苏轼对于石钟山命名的看法是否正确呢?关于这座山命名的原因,历来说法不同,一般认为苏轼的说法最为真切,颇有见地。但明清有人认为苏轼关于石钟山命名原因的说法也是错误的,正确的说法是:"盖全山皆空,如钟覆地,故得钟名。"即使这种说法能够成立,也不会因此贬低苏文思想和艺术上的价值。

传神记

【题解】

这是苏轼的一篇题跋,一篇人物画论,又题作《书程怀立传神》。作者认为,描绘人物重在"传神",而每人神韵各不相同,"凡人意思各有所在",所以要抓住其最本质的精神特征,不是举体皆似就可以产生最佳效果的。苏轼继承并发展了陆机"观物必造其质"的艺术观,本文是就画人物如何造其质、传其神而论的。全篇不是单调的说教,而是借一些生动的事例,诸如灯下顾影使人描摹而见者失笑,颊上加三毛而神采毕现,优孟郊死者而使庄王大惊等,将画理阐发得清楚明白,令人难忘。

【原文】

传神之难在目。顾虎头云①:"传神写照,都在阿堵中②。"其次在颧颊。

吾尝于灯下顾自见颊影,使人就壁上模之,不作眉目,见者皆失笑,知其为吾也。目与颧颊似,余无不似者。眉与鼻口,可以增减取似也。传神与相一道,欲得其神之天③,法当于众中阴察之④。今乃使人具衣冠坐,注视一物,彼方敛容自持⑤,岂复见其天乎?

凡人意思各有所在⑥,或在眉目,或在鼻口。虎头云:"颊上加三毛,觉精采殊胜⑦。"则此人意思盖在须颊间也。优孟学孙叔敖抵掌谈笑⑧,至使人谓死者复生,此岂举体皆似,亦得其意思所在而已。使画者悟此理,则人人可以为顾、陆⑨。

吾尝见僧惟真画曾鲁公⑩,初不甚似。一日往见公,归而喜甚,曰:"吾得之矣!"乃于眉后加纹,隐约可见,作俯首仰视扬眉而蹙頞者⑪,遂大似。

南都程怀立⑫,众称其能。于传吾神,大得其全。怀立举止如诸生,萧然有意于笔墨之外者也。故以吾所闻助发云。

【注释】

①顾虎头:指东晋大画家顾恺之,曾做过虎头将军。

②阿堵:六朝人口语,犹言这,这个。这里指"目"。

③神之天:指人的自然神态。

159

④阴察:暗中观察。

⑤敛容自持:收敛笑容,严肃持重的样子。

⑥意思:指人的精神气韵。

⑦颊上加三毛,觉精采殊胜:顾恺之为裴楷画像,面颊上加三根毛,神采更加突出。

⑧优孟学孙叔敖抵掌谈笑:楚相孙叔敖死,其子贫困,优孟着孙叔敖衣冠,模仿其神态,往楚庄王前为寿,庄王大惊,以为孙叔敖复生,欲认为相。优孟因趁机讽谏,言孙叔敖为相廉洁,死后妻子贫困不堪,楚相不足为。于是,庄王召其子,封之寝丘(今安徽临泉县)。

⑨顾、陆:指顾恺之和陆探微。　陆探微,南朝著名画家,善画肖像、人物。

⑩僧惟真画曾鲁公:僧惟真是宋代僧人,法号惟真,今浙江嘉州人,善画人像,曾为宋仁宗、英宗画像。　曾鲁公:即曾公亮,字明仲,泉州晋江人。嘉祐中为宰相。熙宁初自请相,后封鲁国公。

⑪颎:鼻梁。

⑫南都:今河南商丘。邓椿《画继》:"程怀立,南都人。"

【集评】

明茅坤《苏文忠公文钞》卷二十八:得此解并可入文章矣。

明杨慎(《三苏文范》卷十四引):本记怀立之传神,而前后引顾虎头、僧惟真为照应,又以相法之得其天,优孟之得其似为形容,自首至遂,大似止若不赞怀立者,到末方有意无意赞他两三言。篇中深得传神之法,深得题外传神之妙。

明钟惺(《三苏文范》引):特识名言,观人用人之道,俱不外此。

【鉴赏】

元丰八年(公元 1085 年)五月,司马光举荐苏轼复朝奉郎起知登州。六月启程,经润、杨、楚、海、密等州,十月十五日到登州上任。上任五日,于十月二十日接诰命,以礼部郎中召回京师。十一月上旬启程回京,十二月到京,迁起居舍人。本文作于是年十一月,苏轼回京时路经南都(今河南省商丘市),当地有一名画家程怀立,要给苏轼画像,程怀立举止洒脱超俗,有意于笔墨之外,画像传神,苏轼写此文以助发程怀立的画兴。这是本文写作的起因,其实,苏轼也是当时著名的画家,与文同齐名,宋代画苑中向以"文苏"并称,其成就远在程怀立辈之上,可以说,本文是画家苏轼多年来绘画经验的总结和绘画理论的概括。是年苏轼正好五十,他的诗、词、文、赋的创作,书法、绘画、操琴等艺术技巧及文艺理论都臻于成熟,本文所谈画论,也纵横通脱,从心所欲而不逾矩,代表了苏氏绘画理论的最高成就。

本文的主题是谈肖像画的"传神"问题，其实也是一切绘画及文艺创作如何"得其神似"的共同问题。"神"就是指人的内在精神和事物的本质特征，表现在作品中叫"神气"，"神气者，文之最精处也"（刘大櫆《论文偶记》）。本文共分五段，同时相应地谈了有关文艺作品如何"传神"的五个方面。

　　第一，"传神"之难在"目"，其次在"颧颊"。

　　首段先写肖像画如何传神的两个关键性的难点：一是眼睛，二是颧颊。眼睛最能传神，因为眼睛是心灵的窗户，通过眼睛这个窗口，可以透视人的心灵，反映人的内心世界。所谓"眼神"即精神，"眼神"得以表现，人的精神面貌自然会表现出来。画人如此，画一切动物都是如此。唐代张彦远《历代名画记》中有个"画龙点睛"的故事："金陵安乐寺四龙（张僧繇画）不点睛，每云：'点睛即飞去。'人以为妄诞，固请点之。须臾，雷电破壁，两龙乘云腾去上天，二龙未点眼者见在。"可见"传神在目"。不独绘画，一切文艺作品亦然。司马迁在《鸿门宴》一节中写道："哙遂入，披帷西向立，瞋目视项王，头发上指，目眦尽裂。"（《史记·项羽本纪》）武夫樊哙义愤神勇，毕现纸上。明代散文家归有光在《寒花葬志》中写道寒花"目眶冉冉动"，更是画龙点睛之笔，寥寥数字，既十分传神地写出了一个天真无邪充满稚气的小女孩（寒花）的精神状态和性格特征，又给读者留下了联想和回味的余地。鲁迅曾经说过，写人最好是写他的眼睛。鲁迅本人，也是一位刻画人物眼睛以传神的能手。祥林嫂"只有那眼珠间或一轮，还可以表示她是一个活物"（《祝福》）；当阿Q带了些旧衣裙回到未庄卖时，惊动了想买点便宜货的赵府的人们："'价钱决不会比别家出得少'。秀才说。秀才娘子忙一瞥阿Q的脸，看他感动了没有"（《阿Q正传》）。祥林嫂"眼珠一轮""秀才娘子一瞥阿Q的脸"，这"一轮""一瞥"，十分传神，胜似千言万语。

　　"其次在颧颊。"颧，颧骨；颊，人脸，面颊。人的颧骨和面颊各不相同，描绘得好，不仅可以表现外形特征，而且可以传神。苏轼描摹自己在墙壁上的"颊影"，别人就可以认出是他来，可谓典型一例。再如"我吃了一吓，赶忙抬起头，却见一个凸颧骨，薄嘴唇，五十来岁上下的女人站在我面前"（鲁迅《故乡》）。这个女人便是"豆腐西施"杨二嫂，真是绘形传神之笔。

　　值得注意的是：在写此文之前，苏轼早已注意到"形似""神似"的问题。如《筼筜谷偃竹记》中画竹，《画水记》中的"死水""活水"等，都是从欣赏的角度，来分析作品的"神似"问题，而"神似"还不等于"传神"。本文的"传神"则前进了一大步，是从作品如何反映现实的角度，探讨作品如何表现或传达客观事物内在神韵的问题，是苏轼绘画论或创作论达到成熟阶段即高级阶段的理论研究。作品达到传神的地步，即所谓"达意"，才能得心应手，随心所欲，笔到意出，优游自如。

　　第二，"得其神于天"。

所传之"神",必须是天然、纯真的神韵,不造作,不矫饰,不伪装,不故作姿态。只有在不受外界影响的情况下,从事物与事物的正常关系中,从人物的常态中去把握天然的、真实的内在神态,才是真正做到"传神"。

第三,"意思各有所在"。

"意思",是苏轼在本文中使用的专用学术名词,意指人的神态上的特征、神韵,即传神的"神"。"意思"的所在各有不同,有的在眼睛,有的在口鼻,有的在"颊须之间",只要抓住这个所在之处,作品即能"传神",无须全面描绘。作者列举优孟学孙叔敖事,事记《史记·滑稽列

传》。孙叔敖是春秋时楚庄王的贤相,死后,楚庄王非常想念他,当时著名艺人优孟扮演孙叔敖给楚庄王看,楚庄王竟然感到是孙叔敖再生了。优孟的表演达到了乱真的地步,原因是优孟表现孙叔敖的举止时,并不"举体皆似",仅仅是抓住了孙叔敖"抵掌(拍巴掌)谈笑"这个"意思"特征,所以活灵活现地传达了孙叔敖的神韵特征,收到了良好的艺术效果。在本段的结尾,苏轼很有把握地说:如果画家都能悟出这个道理,那么他们人人都可以成为顾恺之、陆探微这样的大画家了。

第四,"不似"与"大似"。

僧人惟真给曾公亮画像,"初不甚似"。有一天他见到了曾公亮,仔细观察,抓住了"意思所在",在画面上突出曾公亮的特征,于是"大似"。这就有了一个如何"得神"的问题。只有经常磨炼,练就一双"火眼金睛",才能慧眼识神,即用自己艺术的眼光看出"神"之所在,在这个基础上,才有可能"传神"。

第五,"有意于笔墨之外"。

即言外之意,弦外之音。苏轼在同年写的《书吴道子画后》一文中说:"出新意于法度之中,寄妙理于豪放之外",这样才能表现人的内心世界,才能达意传神。第五段也是本文的最后一段,同时交代作本文的起因。

以上五点,全面总结了关于肖像画"传神"的创作理论,由个别到一般,推而广

之,也是一切文艺作品"传神"的创作理论。苏轼论画,论创作,由作品的"形似"到"神似",进而飞跃到作品"传神",使苏轼文艺理论达到了一个新高度,新水平。

从本文写作特点上看,一,本文结构严谨,层次分明,以"传神"为中心,一段写有关"传神"的一个方面,五段共写了五个方面,条理十分清晰,给人留下明确的印象。二,本文以"传神"二字开篇,起笔点题,开门见山,奇峰突兀。结尾仍扣"传神"之题,首尾呼应,浑然一体。三,题目是《传神记》,以记叙的笔调来写,但文中有浓重的说理成分,叙事与说理紧密结合,以具体事例说明道理,分析精到,深入浅出。四,引用得当,突出主题。文中两次引用顾虎头的话,均出自《晋史·顾恺之传》。顾虎头,指晋代大画家顾恺之,他曾做过虎头将军,世称"顾虎头"。他的绘画理论,虽未明确提出"神似"的观点,但已含有与之相类的内容。本文引用虎头的话,有助于表达主旨。本文第一段引用顾虎头的话:"传神写影,都在阿睹中。其次在颧颊。"恰切地说明了绘画"神似"的两个关键性的难点,一是眼睛,二是颧颊。在第三段中,引用了顾虎头的另一句话:"颊上加三毛,觉精采殊胜。"正好说明"此人意思(内在特征)盖在须颊间",颊上三毛,正是此人"精采殊胜"的特殊。清人魏际端在《伯子论文》中的一段话,可以作为引文的注脚。魏说:"人之为人有一端独至者即生平得力所在。虽曰一端,而其人之全体著矣。小疵小癖反见大意,所谓颊上三毫眉间一点是也。今必合众美以誉人而独至者反为浮美所掩,人精神聚于一端,乃能独至,吾之精神亦必聚于此人之一端,乃能写其独至。"可见引用恰切,对表现文章主旨是有好处的。

国学经典文库

唐宋八大家散文鉴赏

苏轼卷

李太白碑阴记

【题解】

碑阴记是写在墓碑背面的文字。篇首即称李白是"狂士",作者认为"士以气为主",李白使炙手可热的高力士脱靴,见其气盖天下。然后借夏侯湛赞东方朔之语对李白进行高度评价,言其有包含宏大的胸怀,"戏万乘若僚友,视俦列如草芥"的气节,是出类拔萃不受世俗羁绊的。碑记突出的是李白的"狂"和盖世之气。对于李白曾作永王李璘幕僚一事,苏轼认为"当由胁迫",见其对李白品格的高度肯定。

【原文】

李太白,狂士也,又尝失节于永王璘①,此岂济世之人哉?而毕文简公以王佐期之②,不亦过乎!曰:士固有大言而无实,虚名不适用者,然不可以此料天下士。士以气为主。方高力士用事③,公卿大夫争事之,而太白使脱靴殿上④,固已气盖天下矣。使之得志,必不肯附权幸以取容⑤,岂肯从君于昏乎!夏侯湛赞东方生云⑥:"开济明豁⑦,包含宏大。陵轹卿相⑧,嘲哂豪杰⑨。笼罩靡前,跆籍贵势⑩。出不休显⑪,贱不忧戚。戏万乘若僚友⑫,视俦列如草芥⑬。雄节迈伦⑭,高气盖世。可谓拔乎其萃⑮,游于方外者也⑯。"吾于太白亦云。太白之从永王璘,当由胁迫。不然,璘之狂肆寝陋⑰,是庸人知其必败也。太白识郭子仪之为人杰⑱,而不能知璘之无成,此理之必不然者也。吾不可以不辩。

【注释】

①尝失节于永王璘:永王璘,即唐玄宗第十六子李璘,封永王,唐肃宗之弟。肃宗至德元年(公元756年)十二月,璘以抗敌平乱为号召,在江陵召募将士数万人,顺江东下,路经庐山辟李白为僚佐。李白出于报国安民的诚意,加入其幕府。肃宗与李璘间矛盾很深,肃宗担心永王抢夺帝位,便发兵征讨永王。至德二年李璘兵败被杀,李白亦因此被捕入浔阳狱中,第二年长流夜郎(今贵州桐梓一带)。

②毕文简公:毕士安,字仁叟,代州人。宋真宗时进吏部侍郎,参知政事,未满

月,又拜平章事。为官端方沉雅,以严正闻名,卒谥文简。　　王佐:辅佐帝王的大臣。

③高力士:唐玄宗时著名宦官。势力极大,安禄山、李林甫、杨国忠等皆与之勾结。

④太白使脱靴殿上:李白曾作供奉翰林,唐玄宗很看重他的诗才。在一次宫廷宴会上,李白喝醉酒,令高力士给自己脱靴。

⑤权幸:权贵幸臣,指有权势又得到皇帝宠幸的人。

⑥夏侯湛:晋代谯国人,字孝若,才华出众,文章宏富。晋武帝泰始年间,举贤良,拜郎中。晋惠帝时任散骑常侍。　　东方生:东方朔,字曼倩,汉朝平原(今山东省平原县)人。汉武帝时为常侍郎,善谐谑,文章以《答客难》为最著名。

⑦开济:开导君心,救济民苦。

⑧陵轹:同"凌轹",欺凌,凌驾之上。

⑨嘲哂:嘲笑。　　哂:讥笑。

⑩跆籍:践踏。

⑪出不休显:出仕而不得意骄显。　　休:高兴。

⑫万乘:指帝王。周制,王畿方千里,能出兵车万辆,因以"万乘"指帝王。

⑬俦列:同辈,同僚。

⑭迈伦:超出同类。

⑮拔乎其萃:即出类拔萃。

⑯游于方外:超越于礼俗之外,不受世俗羁绊。

⑰狂肆寝陋:狂妄放肆,容貌丑陋。

⑱太白识郭子仪之为人杰:李白游并州(今山西太原),遇郭子仪而奇之,以为人杰。时郭子仪犯法,李白救了他。后来,郭子仪在平乱中屡立战功,被肃宗释为司空、天下兵马副元帅,封汾阳郡王。李白获罪后,郭子仪愿以官爵为其赎罪,李白才免死罪。事见唐人裴敬《翰林学士李公墓碑文》。此事据近人詹锳考证,"纯属伪托"。

【集评】

明杨维桢(《三苏文范》卷十五引):白之从永王璘,世颇疑之。《唐书》载其事甚略,亦不为明辨是否。独白有《赠江夏韦太守良宰》诗,中自序甚详云:"半夜水军来,浔阳满旌旃。空名适自误,迫胁上楼船。从赐五百金,疾之若浮烟。辞官不受赏,翻谪夜郎天。"然太白岂从人为乱者哉。盖其学本纵横,以气侠自任,当中原扰攘时,欲藉之以立奇功耳。观其《东巡歌》中语,亦可以见其志矣。东坡此论,吾取之为左券。

钟惺（引书同上）："太白狂士也。"五字拈得着，忽寻出一"气"字，见狂者之用、狂者之气，即狂者之才也。又寻出一"识"字，见狂者之品、狂者之识，即狂者之守也。看得深、说得透。

明袁宏道（引书同上）：文豪亦似李白。

明茅坤《唐宋八大家文钞·东坡文钞》卷一百四十一：洗刷绝是。

清储欣《唐宋十大家全集录·东坡全集录》卷五：辩得是。

【鉴赏】

碑阴记是写在墓碑背面的文字。这篇《李太白碑阴记》文末落款是："端明殿学士兼翰林侍读学士眉山苏轼撰"。据颜中其《苏东坡年表》："元祐七年（公元1092年）十一月，迁端明殿学士兼翰林、侍读学士，守礼部尚书。次年九月出知定州。"由此可见，本文作于元祐七年十一月至次年九月之间。

苏轼此文，有以下特点：

一、反问开头，设问作答

本文可分两部分。第一部分提出世人对李白才干的不同看法："李太白，狂士也，又尝失节于永王璘，此岂济世之人哉？"这是个反问句。句意是"李白是纵情任性豪放不羁的读书人，又失节投靠永王璘，这种人难道是济苍生、安社稷的人才吗"？

第二句，"而毕文简公以王佐期之，不亦过乎？"这是个设问句。毕文简公，指毕士安，宋太祖乾德年间进士，官至宰相，谥号文简，因称毕文简公。句意是："毕士安认为，李白不但有一般的济世之才，而且有更大的'王佐'之才，这种看法不也是过火的吗？"这一部分以反问开头，以设问结尾，从而引出下面的答案来。第二大部分回答第一部分提出的问题。作者先从李白"气盖天下"来回答，而答得十分巧妙。用"固有"（本来就有）退让一步，再用"然"字转折，进而以"士以气为主"立论，然后提出李白令高力士脱靴为论据。"脱靴事"见唐人段成式的《酉阳杂俎》：在唐玄宗的一次宫廷宴会上，李白喝醉了酒，"白遂展足与高力士，曰：'去靴！'力士失势，遂为脱之。"高力士认为这是李白有意侮辱他，于是多次在杨贵妃面前说李白的坏话，终于把李白排挤出朝廷。当时高力士掌握实权，"公卿大夫"争先恐后地侍奉效劳、拍马屁，而李白敢于命令高力士脱靴，两者加以对比衬托，更显出李白的浩然之气。论据不必多，只要典型有力就行。于是便可得出结论：李白"固已气盖天下矣"。结论是："使之得志，必不肯附权幸以取容，其肯从君于昏乎？"巧妙地回答了以上设问的问题。李白在《梦游天姥吟留别》一诗中曾说："安能摧眉折腰事权贵，使我不得开心颜。"证明了他是绝不会取悦于权贵幸臣，也不会辅佐像唐玄宗那样的昏君的。苏轼字里行间暗藏之意是，李白气盖天下，高于那班讨好高力士的"公卿大夫"，意即不但有一般的"济世之才"，而且有更大的"王佐"之才。虽说有之，不肯用之。妙就妙在这里。以下，苏轼借赞东方生的话来赞李白，说明李白虽狂放，但有"开济明豁"（开创大业，匡济危时而且豁达开阔）的才干和胸怀。文章最末一段，专评上文"失节于永王璘"的问题。可以说，文章的第二部分从不同角度回答了第一部分设问中提出的问题，使全文有问有答，布局妥帖，完美成篇。

二、借花献佛，东冠李戴

第三段是借夏侯湛赞东方生的话来赞美李白。夏侯湛，西晋人，才华出众，文章宏丽，曾任散骑常侍。东方生即东方朔，汉武帝时任太中大夫，性诙谐滑稽，多有传说，又是文学家，以赋名世。夏侯湛称赞他的话，概括起来有两点，一是"开济明豁"，这与志在"济苍生""安社稷"的李白相似；二是"高气盖世"，这与"豪放不羁""气盖天下"的李白又很相似。所以，苏轼才借夏侯湛赞东方生的话用在李白头上，"东"冠李戴，大体合适，真是一种巧合。这种"借花献佛"信手拈来，看似容易，但要恰当，就要下一番选择功夫了，实际上是件不易常得的难事。

三、推论合理，失之不真

第四小段专就开头"失节于永王璘"句加以明辨。作者先为本段立论，提出"当由胁迫"的观点，然后采用"推理"的方法，加以论证，为"李白失节"辩冤。首先用"不然"从反面推理：永王璘狂妄放肆，容貌丑陋，即使平庸的人也能看出他必定失败，何况有才华的李白呢！然后再从正面推理：李白能从囚犯中识别郭子仪是英雄，如有如此非凡的慧眼，反而能看不出永王璘不能成大事，这在道理上是说不通的。从以上两个推论中，证明李白从永王璘"当为胁迫"的论点。就本段"磷推理论证"的方法本身看，是合情合理而无懈可击的，但是本段史实上有两个致命之处。一是"太白识郭子仪为人杰"。郭子仪，唐代著名将领，平"安史之乱"中屡立大功。被唐肃宗拜为司空，天下兵马副元帅，封汾阳王，人称"郭汾阳"。传说他青年时代在并州（今山西省太原市）当兵的时候，曾犯罪，正值李白云游太原，李白发现郭子仪是个人才，就解救了他。后来，当李白参加永王璘叛军而犯罪时，郭子仪已做高官，愿以官爵为李白赎罪，李白才未被杀头。故事最早见于唐人裴敬《翰林学士李公墓碑文》：李白"尝有知鉴，客并州，识郭汾阳（郭子仪）于行伍间，为脱免其刑责而奖重之，后汾阳（郭子仪）以功成官爵，请赎翰林（李白）。上许之，因免诛，其报也"。新旧《唐书·李白传》中均有所记，与此大同小异。这个故事流传颇广，甚至有人把它写成"郭李相救"的小说，说李白在长安街上见犯罪的郭子仪被绑赴刑场，于是出面搭救……（见《今古奇观·李谪仙酒醉吓蛮书》）。显然这个故事是为了宣扬"因果报应"的封建迷信思想而编造的。据今人詹锳教授详加考证，认为郭李相救"纯属伪托"（见《李白诗文系年》17页）。然而，苏轼不知其伪，竟以此事作为推理的根据。假定此事属实，苏氏推理自然具有强大的说服力，但此事"纯属委托"，苏氏推理则失去依据，因而苍白无力。这是由于苏氏选材不慎所造成的。不过从客观上来看，苏氏也是情有可原的，因为"郭李相救事"不仅唐人裴敬《碑文》中提及，而且新旧唐书作为"正史"都有记载，苏氏援引"正史"作为论据，有何不可呢！二是"李白从永王璘，当由胁迫"，事实并非如此。永王李璘是唐玄宗的第十六个儿子，幼年丧母，是其兄李亨（皇太子）把他抚养大的。后来被封为"永王"，领荆州大都督。安禄山叛变，唐玄宗逃往四川成都，途中发出紧急"制置"，令太子李亨统天下兵马大元帅，负责收复黄河流域，令永王璘负责经营长江流域。公元七五六年七月十二日，李亨自立为肃宗，尊玄宗为"上皇天帝"，令永王璘"归觐于蜀"，永王不从，准备攻打南京，其部将不愿当"逆臣"而逃跑，肃宗出兵消灭了永王的部队。当初李璘的水军自江陵下，经过浔阳（今江西九江市，庐山旁）时，李白正隐居庐山，李璘慕李白的才名，请他作自己的僚佐。李白不知道李璘与李亨欲打内战以争夺帝位，误认为李璘是北上抗敌，所以就接受了邀请，并作《永王东巡歌》表示愿为平定安史之乱出力，可见李白是自愿而并非被胁迫。应该说，"他的从永王璘，是为了平叛，也是热爱祖国的表现"（中华书局版《李太白全集》前言）。苏氏在本文中提出了"胁迫"的论点，倒是新颖的，但与史实不符，所以也就不能达到为"李白失节于永王璘"辩诬的目的。

四、以点代面，重点选材

本文只是记在碑阴的一篇说明、辨析的文字，与正式的碑文不同，更与传记不同，不是全面系统地记述李白的一生，只是从一个侧面，谈一两个问题，况且李白一生的事迹很多，也不是这一篇小文所能表达得了的。因此，本文采取了"以点代面，重点选材"的笔法。例如文章抓住一个"气"字，以李白"气盖天下"概括地表示李白一生的特征，这是"以点代面"的笔法。然而能够表现这一点的材料是很多的，作者只选择了其中最典型、最有代表性的一个，即"令高力士脱靴"这一件事。选择"李白从永王璘"一事加以辨析，也属于这种笔法。

亡妻王氏墓志铭

【题解】

本文作于治平三年(公元1066年)。

宋英宗治平二年(公元1065年),苏轼的妻子王弗卒于京师,第二年苏轼父亲苏洵去世,归葬原籍,王氏一并归葬,葬于先君、先夫人之侧。苏轼与王弗是在宋仁宗至和元年(公元1054年)成亲的,时年苏轼十九岁,王弗十六岁,感情很好,由这篇墓志铭中即可看出。全文极少浓烈的抒情之句(只在篇末出现),只是淡淡地记叙王弗生平的一些事,言其事父母、事公婆谨而肃,关心夫君又知书识礼,于平淡中跃出一位敏而静、贤而慧的妻子形象,亦见出苏轼对亡妻深挚的思念与敬爱之心。铭,古代常刻铭于碑版或器物,或以称功德,或以申鉴戒,后成为一种文体。

【原文】

治平二年五月丁亥①,赵郡苏轼之妻王氏卒于京师②。六月甲午③,殡于京城之西④。其明年六月壬午,葬于眉之东北彭山县安镇乡可龙里,先君、先夫人墓之西北八步⑤。轼铭其墓曰:

君讳弗,眉之青神人⑥,乡贡进士方之女⑦。生十有六年而归于轼⑧,有子迈⑨。君之未嫁,事父母,既嫁,事吾先君、先夫人,皆以谨肃闻。其始,未尝自言其知书也。见轼读书,则终日不去,亦不知其能通也。其后,轼有所忘,君辄能记之。问其他书,则皆略知之,由是始知其敏而静也。

从轼官于凤翔⑩。轼有所为于外,君未尝不问知其详。曰:"子去亲远,不可以不慎。"日以先君之所以戒轼者相语也。轼与客言于外,君立屏间听之,退必反覆其言,曰:"某人也,言辄持两端,惟子意之所向,子何用与是人言。"有来求与轼亲厚甚者,君曰:"恐不能久,其与人锐,其去人必速⑪。"已而果然。将死之岁,其言多可听,类有识者。其死也,盖年二十有七而已。始死,先君命轼曰:"妇从汝于艰难,不可忘也。他日,汝必葬诸其姑之侧⑫。"未期年而先君没⑬,轼谨以遗令葬之,铭曰:

君得从先大人于九泉,余不能。呜呼哀哉!余永无所依怙⑭。君虽没,其有与为妇何伤乎⑮。呜呼哀哉!

【注释】

①治平二年五月丁亥:治平二年五月二十八日。　　治平:宋英宗赵曙的年号（1064～1067）。

②赵郡:苏轼祖籍是河北栾城,属赵州（今河北赵县）,赵郡即赵州。

③六月甲午:即治平二年六月初七日。

④京城:指今河南开封。

⑤步:旧制以营造尺五尺为步。

⑥青神:今四川青神县,北宋属眉州。

⑦乡贡进士方:指王方,是由州县选出应科举而中的进士。

⑧归:古时称女子出嫁为归。

⑨迈:苏轼长子苏迈。

⑩凤翔:北宋凤翔府,治所在今陕西省凤翔县,嘉祐六年（公元1061年）苏轼任凤翔府签书判官。

⑪其与人锐,其去人必速:是说这人交好过于突然,关系变坏也一定很快。

⑫姑:指婆婆。

⑬期年:一周年。

⑭怙:依靠,凭恃。《诗·小雅·蓼莪》:"无父何怙,无母何恃。"

⑮为妇:作为儿媳。

【集评】

清沈德潜《唐宋八大家文读本》卷二十四:着墨不繁,而妇德已见。铭词可哀,不在语言之中。

【鉴赏】

这篇墓志铭是苏轼悼念已故结发妻子王弗之作。苏轼出生于眉州（今四川眉山市）一个文学世家。仁宗至和元年（公元1054年）,十九岁的苏轼同眉州青神（今青神县）乡贡进士王方十六岁的女儿王弗结了婚。苏轼二十二岁中进士。这年苏母程氏病故。轼匆忙由京丁忧返里。服丧期满返京,苏轼应中制科入第三等,授大理评事凤翔府（今陕西凤翔县）签书判官。这是以京师官的身份兼任地方官。苏轼赴任,因距家较近,遂接王氏和儿子苏迈到凤翔。夫妻共同在凤翔相处三年。英宗治平二年（公元1065年）正月还朝,二月召试秘阁,入三等,得直史馆。不幸五月其妻王氏卒于京师,享年二十七岁。苏轼当时才三十岁。本来正处青年时期的苏轼,又在朝中为官,正欲做出一番事业,不料,竟失去贤内助,子迈尚幼,这对苏轼无疑是个沉重打击。轼对王氏从心里佩服,恩爱自是不用多言。他怀着沉痛的心情写了这篇墓志铭。仅有三百多字的短文,把一个知书达理、体贴丈夫、谨奉双亲、敏静贤淑、卓见有识的少妇形象跃然纸上,使人惋惜不已!

苏轼诗文的风格崇尚自然,反对雕琢。这篇墓志铭没有更多赞美的词藻,只是罗列了几件事实,竟把王氏的美德描写得完美无缺,给读者留下深刻的印象,充分体现了他崇尚自然的文风。

文章开始介绍了王氏一般情况后说:"君之未嫁,事父母,既嫁,事吾先君先夫人,皆以谨肃闻。"这里赞美王氏敬奉双亲,以"谨肃闻"。"有子迈",说明她为苏门添了后代,王氏在封建家庭中的地位,自然不必多言。苏轼回忆自己读书时,"轼有忘,君辄能记之。问其他书,则皆略知之",说明王氏知书达理"敏而静"。并且"见轼读书,则终日不去"。年轻夫妻恩爱之情跃然纸上。夫妻在凤翔三年,"轼有所为于外,君未尝不问知其详。曰:'子去亲远,不可以不慎。'日以先君之所以戒轼者相语也。"说明王氏与轼同心同德,不仅在生活上对他精心照顾,在工作上又对他体贴入微,唯恐出现失误,可谓难得的贤内助。王氏更难能可贵的是,她对丈夫结交的朋友也细心观察,未恐有失。古语:"近朱者赤,近墨者黑。"古来有多少例子可以说明,患难之交可以生死与共,结友不当反受其害。这里真可以说王氏对自己的丈夫真是操碎了心,关心实在是无微不至。苏轼如有所成就,王氏的功劳显然是不可抹灭的。

"将死之岁,其言多可听,类有识者。"说明苏轼从心里对王氏是佩服的,对妻子的话是尊重的。由于听王氏之言,很多事情办成功了。王氏显然成了苏轼的"军师"。王氏的为人是得到苏家赞许的。"始死,先君命轼曰:'妇从汝于艰难,不可忘也。他日汝必葬诸其姑(婆母)之侧。'"这里引用苏洵的话,证明王氏之德。王氏卒,初葬于京西。次年,苏洵死。苏轼护丧归里,并谨遵'遗令',将王氏灵柩移葬乡里苏母墓之侧。

苏轼列举王氏功绩之后沉痛地说:"君得从先大人于九原,余不能。"按封建习俗死葬先大人之侧,是死葬其所。年轻的苏轼早就预见到自己可能不会有这种福气。事实正是如此,尝尽仕途艰辛而老死的苏东坡,确实未能归葬乡里。接着苏轼哀叹自己好像失去了靠山一样,"余永无所依怙"。这充分证明王氏在苏轼心目中的重要地位。最后苏轼又为自己宽心,能与这样盛德的淑女结为夫妻,就是死了又有什么值得悲伤呢?

以后的事实说明,王氏早亡,苏轼一生中都是没有忘却的。如王氏死后,苏轼为了不忘王弗,为了幼儿迈的护养,他精心筹措又与王弗的堂妹王润之结了婚。这无异对王弗的父母和对苏迈的抚养都是极有益的,也是对王氏亡灵最好的一个安慰。就是如此,苏轼对王弗的怀念也是难以忘却的,还在梦里不断相遇。十年后,他写了一首著名的《江城子·乙卯正月二十日夜记梦》(《东坡乐府笺》卷一)来悼念王弗:

十年生死两茫茫,不思量,自难忘。千里孤坟,无处话凄凉。

纵使相逢应不识,尘满面,鬓如霜。

夜来幽梦忽还乡,小轩窗,正梳妆。相顾无言,唯有泪千行。

料得年年肠断处,明月夜,短松冈。

这是一首多么深沉幽怨、情丝缠绵、如泣如诉、真挚感人的内心倾诉啊!这不能不说明苏轼对王弗的感情真是一往情深!

潮州韩文公庙碑

【题解】

元祐六年(公元1091年)十二月,王涤遣人求苏轼为韩文公庙作碑文,次年,苏轼作此文。

一题《韩文公庙碑》。碑,石上刻文,一般用以纪功德。韩文公即韩愈,唐代著名文学家,其散文被列为"唐宋八大家"之首,卒谥文,世称韩文公。元和十四年(公元819年),因谏迎佛骨触怒宪宗,几被定为死罪,幸裴度等援助,才由刑部侍郎贬为潮州(今广东潮安区)刺史。潮人爱戴他,为之立庙,祀之如神。宋哲宗元祐七年(公元1092年),潮人重修其庙,"请书其事于石",于是苏轼"作诗以遗之,使歌以祀公。"这是一篇情文并茂的碑志体散文。文章盛赞韩愈在政治、思想、文学上所做出的卓越成就:"文起八代之衰,道济天下之溺,忠犯人主之怒,勇夺三军之帅",能"参天地之化,关盛衰之运"。作者对其人格予以高度评价的同时,也表达了自己对理想人格的向往和宦海浮沉的感叹。文中虽表现出碑传文字的夸大性的共同弊病,但总的说来,作者还是力求真实地概括韩愈重要的一生。此文在艺术上也颇有特色,运用对比、排比、比喻等手法,挥洒自由,气势充沛,风格雄浑,颇有一点韩文风格。

【原文】

匹夫而为百世师①,一言而为天下法②,是皆有以参天地之化③,关盛衰之运。其生也有自来,其逝也有所为。故申、吕自岳降④,傅说为列星⑤。古今所传,不可诬也⑥。

孟子曰:"我善养吾浩然之气⑦。"是气也,寓于寻常之中⑧,而塞乎天地之间,卒然遇之⑨,则王、公失其贵,晋、楚失其富⑩,良、平失其智⑪,贲、育失其勇⑫,仪、秦失其辩⑬。是孰使之然哉?其必有不依形而立,不恃力而行,不待生而存,不随死而亡者矣。故在天为星辰,在地为河岳,幽则为鬼神⑭,而明则复为人⑮。此理之常,无足怪者。

自东汉以来,道丧文弊⑯,异端并起⑰,历唐贞观、开元之盛⑱,辅以房、杜、姚、宋而不能救⑲。独韩文公起布衣⑳，谈笑而麾之㉑，天下靡然从公㉒，复归于正，盖三百年于此矣㉓。文起八代之衰㉔，而道济天下之溺㉕，忠犯人主之怒㉖，而勇夺三军之帅㉗，此岂非参天地、关盛衰，浩然而独存者乎？

盖尝论天人之辨㉘，以谓人无所不至，惟天不容伪。智可以欺王公，不可以欺豚鱼㉙；力可以得天下，不可以得匹夫匹妇之心㉚。故公之精诚，能开衡山之云㉛，而不能回宪宗之惑㉜；能驯鳄鱼之暴㉝，而不能弭皇浦镈、李逢吉之谤㉞；能信于南海之民㉟，庙食百世㊱，而不能使其身一日安于朝廷之上。盖公之所能者天也，其所不能者人也㊲。

始潮人未知学，公命进士赵德为师㊳，自是潮之士皆笃于文行㊴，延及齐民㊵。至于今号称易治。信乎孔子之言："君子学道则爱人，小人学道则易使也㊶。"

潮人之事公也，饮食必祭，水旱疾疫，凡有求必祷焉。而庙在刺史公堂之后㊷，民以出入为艰，前太守欲请诸朝作新庙㊸，不果。元祐五年㊹，朝散郎王君涤来守是邦㊺，凡所以养士治民者，一以公为师。民既悦服，则出令曰："愿新公庙者听㊻。"民欢趋之，卜地于州城之南七里，期年而庙成㊼。

或曰："公去国万里而谪于潮㊽，不能一岁而归㊾。没而有知㊿，其不眷恋于潮审矣[51]。"轼曰："不然！公之神在天下者，如水之在地中，无所往而不在也；而潮人独信之深，思之至，熏蒿凄怆[52]，若或见之。譬如凿井得泉，而曰水专在是，岂理也哉？"

元丰七年[53]，诏封公昌黎伯[54]，故榜曰[55]："昌黎伯韩文公之庙。"潮人请书其事于石，因作诗以遗之[56]，使歌以祀公。其辞曰：

公昔骑龙白云乡[57]，手抉云汉分天章[58]。天孙为织云锦裳[59]，飘然乘风来帝旁，下与浊世扫秕糠[60]。西游咸池略扶桑[61]，草木衣被昭回光[62]。追逐李杜参翱翔[63]，汗流籍湜走且僵[64]，灭没倒影不能望[65]。作书诋佛讥君王，要观南海窥衡湘，历舜九嶷吊英皇[66]。祝融先驱海若藏[67]，约束蛟鳄如驱羊[68]。钧天无人帝悲伤[69]，讴吟下招遣巫阳[70]。㸑牲鸡卜羞我觞[71]，於粲荔丹与蕉黄[72]。公不少留我涕滂[73]，翩然被发下大荒[74]。

【注释】

①匹夫：普通人。　　百世师：语出《孟子·尽心下》："圣人，百世之师也。"这里以圣人比韩愈。

②天下法：语出《礼记·中庸》："是故君子动而世为天下道，行而世为天下法，言而世为天下则。"

③参天地之化：可以和天地的化育万物相提并论。《礼记·中庸》："可以赞天地之化育，则可以与天地参矣。"

④申、吕自岳降:申,指申伯,周宣王时的功臣。　　吕:指周穆王时的功臣吕侯。传说他们降生时,有山岳降神的征兆。

⑤傅说:殷高宗武丁的宰相,相传他死后飞升上天,和众星并列。

⑥诬:抹杀。

⑦"孟子"句:语出《孟子·公孙丑上》。　　"浩然之气"指最高的正气和节操。　　孟子,孟轲,战国时的大哲学家。

⑧寻常:平常的事物。

⑨卒然:突然,仓猝。"卒"通"猝"。

⑩晋、楚:春秋时的两个富庶的大国。

⑪良、平:西汉大臣张良、陈平,均以足智多谋著称。

⑫贲、育:孟贲和夏育,传说中的古代勇士。

⑬仪、秦:战国时著名说客张仪和苏秦。

⑭幽:幽冥之处。

⑮明:人世间。

⑯道:指儒术。

⑰异端:指佛老。

⑱贞观:唐太宗(李世民)的年号。　　开元:唐玄宗(李隆基)的年号。这两个时期是历史上号称政治昌明的时期。

⑲房、杜、姚、宋:唐代贤相。房玄龄、杜如晦,唐太宗时任宰相。姚崇、宋璟,唐玄宗前后任宰相。　　救:挽回(局面)。

⑳布衣:无官职的知识分子。

㉑麾:通"挥",指挥。　　之:佛老。

㉒靡然:倾倒的样子。

㉓三百年:从韩愈倡导古文至苏轼时期近三百年。

㉔八代:指东汉、魏、晋、宋、齐、梁、陈、隋。

㉕济:救助。　　溺:沉迷不悟。

㉖此句是指韩愈谏阻唐宪宗迎佛骨入宫事。　　人主:唐宪宗(李纯)。

㉗勇夺三军之帅:唐穆宗(李恒)时,镇州(今河北正定)兵变,韩愈奉命前往宣抚,说服作乱将士,平息了叛乱。

㉘天人之辨:天道与人事的区别。

㉙不可以欺豚鱼:《易·中孚》:"豚鱼吉,信及豚鱼也。"孔颖达疏:"释所以得吉,由信及豚、鱼故也。"这句是说人的诚信会影响到动物诚信。

㉚匹夫匹妇:普通的男女。

㉛能开衡山之云:据说韩愈有一次过衡山,正赶上秋雨季节,山中云雾弥漫,秋

雨欲来,他默然祷告,霎时间,浮云扫尽,众峰显露。这句表明韩愈的精诚之至。

㉜不能回宪宗之惑:指韩愈谏阻迎佛骨,唐宪宗不听之事。

㉝驯鳄鱼之暴:韩愈贬到潮州后,得悉鳄鱼扰民,遂作《祭鳄鱼文》驱走了鳄鱼。

㉞弭:消除。　皇甫镈、李逢吉之谤:韩愈贬潮州后,上表谢罪,感动宪宗,欲复用之,但宰相皇甫镈、李逢吉极力诋谤韩愈,遂改袁州刺史。

㉟南海之民:潮州人。

㊱庙食:接受后世的立庙祭祀。

㊲"盖公之所能者天也"二句:韩愈能尽天道,却不能屈己从人。

㊳赵德:潮州秀才。

㊴笃:忠实。

㊵齐民:平民。

㊶"君子学道则爱人"二句:出自《论语·阳货》。　君子:士大夫。　小人:老百姓。

㊷刺史公堂:州官办公的厅堂。

㊸太守:刺史。

㊹元祐五年:公元1090年。　元祐:宋哲宗(赵煦)的年号。

㊺朝散郎:文官名。

㊻新:重建。　听:听凭。

㊼期年:一年。

㊽去国:离开国都。　谪:贬职。

㊾不能一岁而归:韩愈于元和十四年正月贬潮州,同年十月改任袁州刺史,在潮州只七个月。

㊿没:通"殁",死。

51审:清楚、明白。

52焄蒿凄怆:形容潮州人以凄惨悲伤之情礼祭韩愈。　焄:香气。　蒿:气蒸发的样子。

53元丰七年:公元1084年。　元丰:宋神宗(赵顼)的年号。

54昌黎伯:韩愈,原籍昌黎,故封昌黎伯。

55榜:写在木匾上。

56遗:赠送。

57公昔骑龙白云乡:此句意谓韩愈原是天上的仙人。　白云乡:神仙所居之处。语出《庄子·天地》

58云汉:银河。　天章:天上的日月星辰,排列有序,故曰天章。

59天孙:星名,即织女星。

⑥秕糠:喻邪道,即佛老。

⑥"西游咸池略扶桑"句:以屈原远游求索光明喻韩愈为宣扬儒道而奔走不息。
咸池:神话中的日浴之处。   略:行,到。   扶桑:神木名。

⑥"草木衣被昭回光"句:意谓韩愈的道德文章辉映一代。   "草木衣被",
是"衣被草木"的倒文。衣被,加惠。   昭回:普照。

⑥"追逐李杜参翱
翔"句:意谓韩愈的文
学成就可以和李白、杜
甫相媲美。

⑥"汗流籍湜走且
僵"句:意谓张籍、皇甫
湜的文学成就与韩愈
相比,相差甚远。
籍、湜:唐代诗人张籍
与文学家皇甫湜。
    僵:仆、跌。

⑥"灭没倒影不能
望"句:意谓张籍、皇甫
湜的文学成就如倒影
一样容易灭没,难以仰
望韩愈日月般的光辉。

⑥"作书诋佛讥君王"三句:韩愈谏阻唐宪宗迎佛骨,被贬潮州,得观衡山、湘江
(二者为湖南省的名山大川)、南海,经历舜所葬的九嶷山(今湖南省宁远县南),凭
吊尧之女、舜之妃娥皇与女英。

⑥祝融:南海之神。   海若:海神。

⑥"约束蛟鳄如驱羊"句:指祭鳄鱼之事。

⑥钧天:天的中央。

⑦"讴吟下招遣巫阳"句:派巫阳讴吟下界招韩愈之魂。   巫阳:古代善卜
者。

⑦牺牲:祭祀时用牛作祭品。   鸡卜:用鸡骨占卜。   羞我觞:献酒。

⑦於:叹词。   粲:色泽鲜明。   荔:荔枝。   丹:红。   蕉:香蕉。

⑦涕滂:泪水涌流。

⑦被:同"披"。   大荒:神话中山名。

【集评】

宋朱熹《朱子语类》卷一三九：向尝闻东坡作《韩文公庙碑》，不能得一起头，起行百十遭。忽得两句云："匹夫而为百世师，一言而为天下法。"遂扫将去。

宋洪迈《容斋随笔》卷八：东坡之碑一出，而后众说尽废。

宋谢枋得《文章轨范》卷四：后生熟读此等文章，下笔便有气力，有光彩。

又：东坡平生作诗不经意，意思浅而味短。独此诗与《司马温公神道碑》《表忠观碑铭》三诗奇绝，皆刻意苦思之文也。

宋黄震（《三苏文范》卷十五引）：《韩文公庙碑》，非东坡不能为此，非韩公不足以当此，千古奇观也。

明钱仁夫（《苏长公合作》卷七引）：宋人集中无此文字，直然凌越四百年，迫文公而上之。

明王世贞（《唐宋文醇》卷四十九引）：此碑自始至末，无一字懈怠。佳言格论，层见叠出，太牢悦口，夜明夺目。苏文古今所推，此尤其最得意者，其关系世道亦大矣。

明茅坤《唐宋八大家文钞·东坡文钞》卷一百四十二：予览此文，不是昌黎本色，前后议论多漫然。然苏长公生平气格独存，故录之。

清储欣《唐宋十大家全集录·东坡全集录》卷五：歌词悲壮，竞爽韩诗。

清吴楚材、吴调侯《古文观止》卷十一：歌词蹈厉发越，直追雅颂。韩公贬于潮，而潮祀公为神。盖公之生也，参天地，关盛衰，故公之没也，是气犹浩然独存。东坡极力推尊文公，丰词瑰调，气焰光采。非东坡不能为此，非韩公不足当此。千古奇观也。

清唐介轩《纂评唐宋八大家文读本》卷七：通篇历叙文公一生道德文章功业，而归本在养气上，可谓简括不漏。至行文之排宕宏伟，即置之昌黎集中，几无以辨，此长公出力模写之作。

清张伯行《唐宋八大家文钞·苏文忠公文》卷八：此文只是一气挥成，更不用波澜起伏之势，与东坡他文不同。其磅礴澎湃处，与昌黎大略相似。

清沈德潜《唐宋八大家文读本》卷二十四：文亦以浩然之气行之，故纵横挥洒，而不规规于联络照应之法。合以神，不必合以迹也。前一段，见"参天地""关盛衰"，由于浩然之气。中一段，见公之合于天而乖于人。是所以贬斥之故。后一段，是潮人所以立庙之故，脉理极清。　　吴门惠仲儒学士，视学广南，士人以经史之学，凡六载，士风丕变。今潮人祀于韩山，位在赵德之次。见吾吴有人而潮人之能不忘所自也。附识于此。

韩愈在宋代,可谓"千秋万岁,名不寂寞也"(钱钟书《谈艺录》)。对其人其文的评论,何止万千,而且早有定评,给这样一位家喻户晓的名人再作庙碑,发新奇之见,是很难的。如果人云亦云,显然又不符合苏轼为文的意愿。处于这两难之境中,而苏轼又"平生不为行状碑传"(《陈公弼传》),本该知难而退,然而,出于对韩愈其人的尊敬,作者匠心独运,游刃有余,终于于不可为之中创作出一篇传诵千古的散文。

《庙碑》融叙述、议论、抒情于一体,戛戛独造,语新意浓,是以其人之笔传其人之事的传记文体,又是入事论人的"韩愈论",更重要的是,作者与韩愈异代相知,在替韩愈鸣不平的过程中,抒发了自己心中积郁难平之气,故而真切感人。

文章共分四段,第一段统而言之,正如推理中之有大前提。作者一开头,凭空立论:"匹夫而为百世师,一言而为天下法。是皆有以参天地之化,关盛衰之运,其生也有自来,其逝也有所为。"开始就先声夺人,真气弥漫。言人口皆碑的韩愈,非从此大处着眼不可,任何细节的描写,都会让人腻味。基调一定,又引历史著名人物(周代申、吕二贤和殷相傅说)作为韩愈出场的陪衬、先行,从而烘托出韩愈的不凡。紧接着,又用孟子之言来论证,说明"参天地之造化,关盛衰之运"的伟大精神力量,来自"养气","浩然之气"与道、义结合,便"至大至刚,以直养而无害,则塞于天地之间",这是言其广;"卒然遇之……仪秦失其辩",这是言其力量之强;"不依形而立,不恃力而行,不待生而存,不随死而亡者矣。"这是言其状态及久远不变的恒常性。这些都一一暗合下文,为下文评价韩愈作张本。作者连续运用了三组排比句式,寓散于整,气势一泻千里,十分豪壮,然后以"此理之常,无足怪者"收,从而看出作者是有所见而云然,而非好发奇论,引出下文。

作者先用"折笔",写"自东汉以来,道丧文弊,……辅以房、杜、姚、宋而不能救"。极力形容"救弊""起衰"之难,从反面逼近,衬托出韩愈"起布衣,谈笑而麾之,天下靡然从公,复归于正"的难能可贵,正所谓"文起八代之衰,而道济天下之溺,忠犯人主之怒,而勇夺三军之帅"。这又是四句排比,显得神完气足,概括了韩愈一生的功绩。因为韩愈之文名早著,故而略写,而避虚就实,重点写其"忠犯人主之怒,而勇夺三军之帅",由此申发议论开去。紧承四句排比,作者又用一反诘句"此岂非……"呼应前文,振起下文。

三段,作者又劈头横空下断语:"盖尝论天人之辨,以谓人无所不至,惟天不容伪。""天人之辨",即真伪、善恶、美丑之辨,作者鞭挞那种虚伪的"无所不至"的"小人",这些人只可与斗智,不可以精诚相感。相反,"惟天不容伪","智可以欺王公,不可以欺豚鱼,力可以得天下,不可以得匹夫匹妇之心"。反之,精诚所至,则定可以感化豚鱼,得匹夫匹妇之心。作者认为韩文公就有这种精诚,但苦于不善用智(或可说不愿欺心),"故公之精诚,能开衡山之云,而不能回宪宗之惑,能驯鳄鱼之暴,而不能弭皇甫镈、李逢吉之谤,能信于南海之民,庙食百世,而不能使其身一日安于朝廷之上"。耿介孤忠的韩文公,恰恰遇上了一大批这样"无所不至"的小人,他的伟大的精神力量和"浩然之气"及其表现——"精诚"都无所获施,必然会被逼到"跋前踬后,动辄得咎"(《进学解》)、"利居众后,责在人先""企足以待,置我仇冤"(《送穷文》)的地步,处处碰壁,连连遭贬,不能"一日安之于朝廷之上"!这里,对封建统治者刺之甚深,读至此,谁能不为东坡凌厉的笔锋而耸然动容呢?此处写韩,实自写,作者屡次犯颜直谏,"不以一身祸福,易其忧国之心",以致连连遭贬。全篇屈心抑志,忍尤攘诟的悲愤感情、不平之鸣,至此达到了高潮。

第四段叙韩文公施文教于潮州及潮州人民对他的怀念,以见"浩然之气""不随死而亡""长存人间"。最后点出作《庙碑》的根由,以一首祀歌作结。

综观全文,作者紧紧扣住"神""气"下笔,处处映照烘托出韩愈耿直刚毅的品格,议论纵横,全以神行,而没有细节的描写刻画,然而因为气势磅礴,情感深沉奔放,浩渺如江河腾怒,故而显得充实光辉。《古文观止》评此文曰:"丰词环调,气焰光采,非东坡不能如此,非韩文公不足当此,千古奇观也。"可谓的评。

黠鼠赋

【题解】

此赋写作年代今难确考。据《王直方诗话》，苏轼十岁左右就写出"人能碎千金之璧"等语；苏籀《栾城遗言》谓"东坡幼年作《却刀鼠铭》"，与此赋相类似，则此赋当为早年之作。

人是最有智慧的，"吾闻有生，莫智于人"。然并不是在任何时候，人类智慧都能得到充分发挥。当人的目标明确、精力集中的时候，就能降龙伏虎，狩麟杀蛟，智慧超凡、勇猛无比，真是"用志不分，乃疑于神"（庄子语）。而当人的精神涣散、用心不一的时候，就会怯懦无能，闻釜破而失声，见蜂虿而变色，真是"无瞑瞑之志者，无昭昭之明；无惛惛之事者，无赫赫之功"（荀子语）。可见，志向明确、精神专一是一个人取得成功的关键所在。本文正是借一只狡猾的老鼠由于人的疏忽而逃脱之事，深刻说明了这一生活哲理。文章第一部分叙述故事：写黠鼠装咬装死，蒙蔽主人，趁机而逃。第二部分抒发感慨：人类，能够主宰万物，却被一只小小的老鼠所欺，其智慧安在？引起下文。第三部分在睡意朦胧中自我对话，阐述事理：诸如此类之事，皆归因于精神不一而已。文章结构完整，故事曲折生动，寓庄于谐，寓意深刻，发人深思。

【原文】

苏子夜坐①，有鼠方啮②。拊床而止之③，既止复作④。使童子烛之⑤，有橐中空⑥，嘐嘐聱聱⑦，声在橐中。曰："嘻！此鼠之见闭而不得去者也⑧。"发而视之⑨，寂无所有，举烛而索，中有死鼠。童子惊曰："是方啮也⑩，而遽死耶？⑪向为何声⑫，岂其鬼耶？"覆而出之⑬，堕地乃走⑭，虽有敏者，莫措其手⑮。

苏子叹曰："异哉！是鼠之黠也⑯。闭于橐中，橐坚而不可穴也⑰。故不啮而啮⑱，以声致人⑲；不死而死⑳，以形求脱也㉑。吾闻有生㉒，莫智于人。扰龙伐蛟㉓，登龟狩麟㉔，役万物而君之㉕，卒见使于一鼠㉖；堕此虫之计中，惊脱兔于处女㉗，乌在其为智也㉘。

坐而假寐㉙，私念其故㉚。若有告余者曰："汝惟多学而识之，望道而未见也㉛。

不一于汝㉜,而二于物㉝,故一鼠之啮而为之变也㉞。人能碎千金之璧,不能无失声于破釜㉟,能搏猛虎,不能无变色于蜂虿㊱:此不一之患也㊲。言出于汝,而忘之耶?”余俛而笑㊳,仰而觉。使童子执笔,记余之作。

【注释】

①苏子:苏轼自称。

②方:副词,正在。　　啮:咬,啃。

③拊:拍打。

④既:副词,已经。

⑤烛:用为动词,照亮。

⑥橐:指箱子一类器具。　　中:里面。

⑦嘐嘐聱聱:象声词。　　嘐嘐:形容老鼠尖叫声。　　聱聱:声音嘈杂。

⑧见闭:被关住。

⑨发:打开。

⑩是:这,指老鼠。

⑪遽:迅速,突然。

⑫向:副词,表示已过去了的时间。此为“刚才”之意。

⑬覆:翻。

⑭走:跑。

⑮措其手:对它(老鼠)动手。

⑯黠:狡猾。

⑰不可穴:咬不出窟窿。　　穴:名词作动词,打穴。

⑱不啮而啮:不是真咬的咬声。

⑲致:招引,引来。

⑳不死而死:未死而装死。

㉑形:装死的样子。

㉒有:名词词头。

㉓扰:驯服。　　伐:杀,擒。

㉔登龟狩麟:利用龟甲,捕获麒麟。　　登:用。　　龟:龟甲,古人用以占卜。麟:麒麟,古代传说中的一种动物,鹿头、牛尾、狼额、马蹄、五彩腹,古人拿它象征祥瑞。

㉕役:役使。　　君:用为动词,主宰。

㉖卒:副词,表结果。　　见使:被利用。

㉗惊脱兔于处女:《孙子·九地》:“是故始如处女,敌人开户,后如脱兔,敌不

可拒。"意思是:黠鼠看来像处女一样安静,却像脱手的兔子一样逃掉了,不由吃惊。

㉘乌:何,哪里。　　其:指示代词,指被老鼠欺骗的人。

㉙假寐:假睡。

㉚私念:独自想。

㉛"汝惟多学而识之"二句:你只是多读了点书,记了些知识,离掌握事物的规律、本质等真理性的知识还远着呢。　　识:同"志",记忆。

㉜不一于汝:不专一于自己的内心,即精神不集中。

㉝二于物:受外物干扰而精力分散。　　二:不专一,不一致。

㉞变:变态。

㉟"人能碎千金之璧"二句:人有时能砸碎价值千金的玉石而声色不变,有时却因锅破而失声惊呼。　　璧:平而圆、中心有孔的玉。　　釜:一种锅。

㊱"能搏猛虎"二句:人有时勇猛无比,能与猛虎搏斗;有时却怯弱无能,看见蜂蝎就惊慌失色。　　虿:蝎子一类的毒虫。

㊲患:毛病。

㊳俛:"俯"的异体字,低头。

【集评】

宋吕祖谦(《三苏文范》卷十六引):鼠非可以言智,人非可以言不智。惟用心不一,于是鼠若有智于人,公尝有诗云:"寄语山神停伎俩,不闻不见我何穷。"赋犹此意。

宋谢枋得(引书同上):庄生之文,以物追玄理,如解牛、承蜩之类,是作可骖驾。

明袁宏道(引书同上):假黠鼠以明人心不一之患。

清林云铭《古文析义》卷七:一篇小小题目文字耳。直叙处,写景难得如此之真;品题处,练句难得如此之雅;翻驳处,说到人之智,引扰龙四事为证,落想难得如此之奇;推原处,说到人之心,用碎璧四句为喻,诠理难得如此之切。总之他人胸中喀喀不能吐者,却能数笔写得出,他人百十言不能尽者,却能数句写得了,读坡翁文俱当在此处着眼,便得个中三昧,不必论题目之大小也。

【鉴赏】

这是一篇寓言式的咏物小赋,幽默风趣,寓意深刻,别具一格,相传是苏轼十一、二岁的作品。黠,音,聪慧,狡猾。

本赋可分为三段:

首段写了一只狡猾的老鼠装死骗人而逃脱的故事。生动,形象,引人入胜。在一个夜里,一只老鼠正在咬东西,苏子(即苏轼)拍床惊吓它。过了一会儿,又听到老鼠咬东西的响声,就叫童子点燃蜡烛察看,原来声响是从一只装食物的口袋里发出的,打开袋子一看,里面却是一只死鼠。童子吃惊地说:"这只老鼠刚才还在咬东西呢,怎么会死得这么快呢!"于是把死老鼠从袋子里倒在地上,谁知它迅疾逃跑了!即使最敏捷的人,也措手不及。

　　次段写作者感叹人被鼠骗。奇怪啊,这只老鼠不同平常。由于口袋坚固,它咬不出洞来,只好佯装咬东西,发出声响,惹人注意,当人打开口袋时,它又装死,以求逃脱。充分写出这只老鼠的聪慧、狡猾。接着作者说,在生物中,人是最聪明的了,人能役使万物而且做万物的主宰,却不能识破老鼠的诡计而上当受骗,致使老鼠逃脱。既然如此,人又怎能算最聪明呢?作者在这里提出了一个令人深思的问题。

　　上段完全采用叙述的方法讲述故事,本段则着重采用感叹的方式以抒情,首先紧扣前段内容,感叹老鼠之"黠",着重指出老鼠之所以"黠",表现在"不啮而啮,以声招人;不死而死,以形求脱"。这两个佯装动作,抓住了关键。然后写人的聪明智慧,"说到人之智,引'扰龙'四事为证,落想难得如此之奇"(林西仲语)。扰龙,即驯龙。相传夏朝的刘累学扰龙于豢龙氏,以事孔甲。扰,驯养的意思,《周礼·夏官》:"掌养猛兽而教扰之。"伐蛟,蛟,传说中能发大水的一种龙,古代有命渔师伐蛟、佽飞斩蛟的故事。登龟,古人视龟为灵物,用龟甲占卜吉凶,以登庙堂。获麟,春秋时,鲁哀公六十四年出猎西郊,曾猎取了一只仁兽,名叫麟。以上四件事都是作为说明人是最有聪明才智的例证而出现的。作者所以选取这几种为例,是因为这四件事比较奇特,不落俗套,做到了例证有力而鲜明,令人信服。最后感叹"人被鼠骗",一方面突出了鼠的狡猾,另一方面提出了为什么人竟能被鼠所骗的问题，令人深思，引起下文。这里运用了"惊脱兔于处女"的典故，语出《孙子·九地》："践随敌，以决战事；是故初如处女，敌人开户，后如脱兔，敌不及拒。"脱兔，逃跑的兔子，比喻迅速。处女，未出嫁之女，比喻缺乏经验与世故的老实人。意思是，像兔子在处女面前逃脱那样，黠鼠在老实人面前逃跑了。

末段点出寓意：成功来自专心致志，漏洞出自麻痹大意。苏子闭目静坐，深思鼠能骗人的原因，那答案是："汝惟多学而识之，望道而未见也。"意思是：你只是多学了一点，记了点知识，还没有望见"道"呢！即离"得道"还远呢！此句是文章的关键所在，如果说前两段是记叙和抒情的话，那么这一段便是议论，即在记叙和抒情的基础上归纳出一番道理，使文章富于哲理性。不过，这个答案太笼统，还不够充实、明晰，需要进一步议论，达到理性化的境界。"不一于汝，而二于物，故一鼠之啮而为之变也"，是说，你自己不专心，又被外物所分心，所以，一只老鼠发出咬啮的声响招引你，想引诱你打开袋子口，为它改变这种困难的处境，你就安坐不下，不能不受其支配了。"一于汝"，是老庄哲学，即"通于一而万事毕"（《庄子·天地》），"一而不变，静之至也"（《庄子·刻意》）。如果不"一于汝"，必然分心于外物（即"二于物"），苏子夜坐而必不"静"，势必被外物所累，因而被鼠所骗，并非鼠之黠，乃是自己必不"静"所致。即精力不集中，用心不专一所致。这些哲理虽有浓厚的道家色彩，但对表现"成功来自专心致志，漏洞出自麻痹大意"这有益的生活哲理，还是有用的。作者更进一步在理性上再提高，于是就安排了四句著名的哲理警句："人能碎千金之璧，不能无失声于破釜；能搏猛虎，不能无变色于蜂虿。"意思是说，人有时能打碎一块价值千金的璧玉而不动色，但是打破了一只不值钱的铁锅却要禁不住发出惊叫；人能与猛虎搏斗，但有时见到蜂虿就吓得脸上变色。这四句，是其十来岁时奉父苏洵命作《夏侯太初论》一文时所写，"老苏爱此论"，苏轼自己也很得意，他在任密州太守时所做的《颜乐诗亭诗并序》中，也曾引用过这些警句。在本赋中再用，堪称恰当妥帖。

本赋选取生活中的一件小事，从中归纳出一篇大道理，这是一种以小见大，小题大做的笔法。本赋文笔传神，老鼠之黠，小童之惊，苏子之思，写得都很精到。在表现方法上，记叙、抒情、议论三者融合为一，情文并茂且寓理深刻。

后杞菊赋 并叙

【题解】

熙宁七年(公元1074年)冬十一月,苏轼至密州,因灾情严重,"斋厨索然,不堪其忧",乃于第二年,熙宁八年(公元1075年)秋,效法晚唐诗人陆龟蒙以杞菊为食;陆龟蒙曾作《杞菊赋》,苏轼亦作文表达自己不戚戚于贫困的博大胸怀和超然于物外的豁达心境,名为《后杞菊赋》。赋先以假设口吻责备自己贪图美富嫌弃贫陋眷恋官位不忍离去,然后以反驳口吻陈述自己的观点,"人生一世,如屈伸肘。何者为贫?何者为富?何者为美?何者为陋?"不必计较生活的丰盛与俭约,以杞菊为食的我也许会长寿呢。诙谐风趣中见出乐观超然的精神状态。苏轼在《超然台记》中对食杞菊的结果有所交代:"处之期年,而貌加丰,发之反者,日以反黑",虽有杞菊养身之功效,又见东坡是真正做到了超然而乐的。此文后被诬为讥讽朝廷削减公使钱太甚,成为"乌台诗案"罪证之一。

【原文】

天随生自言常食杞菊①,"及夏五月,枝叶老硬,气味苦涩,犹食不已。"因作赋以自广②。始余尝疑之,以为士不遇,穷约可也③,至于饥饿嚼啮草木,则过矣。而余仕宦十有九年,家日益贫,衣食不奉,殆不知昔者。及移守胶西④,意且一饱,而斋厨索然,不堪其忧。日与通守刘君庭式循古城废圃⑤,求杞菊食之,扪腹而笑。然后知天随生之言,可信不谬。作《后杞菊赋》以自嘲,且解之云:

"吁嗟先生!谁使汝坐堂上称太守,前宾客之造请,后掾属之趋走⑥。朝衙达午⑦,夕坐过酉⑧。曾杯酒之不设,揽草木以诳口。对案颦蹙,举箸噎呕。昔阴将军设麦饭与葱叶,井丹推去而不嗅⑨。怪先生之眷眷⑩,岂故山之无有?"先生听然而答曰⑪:"人生一世,如屈伸肘⑫。何者为贫?何者为富?何者为美?何者为陋?或糠籺而瓠肥⑬,或粱肉而墨瘦。何侯方丈⑭,庾郎三九⑮。较丰约于梦寐⑯,卒同归于一朽。吾方以杞为粮,以菊为糗⑰。春食苗,夏食叶,秋食花实而冬食根,庶几乎西河、南阳之寿⑱。"

【注释】

①天随生:即陆龟蒙,晚唐诗人和小品文作家。吴郡(今江苏苏州)人,曾任苏、湖二郡从事,后隐居甫里,人称甫里先生,自号天随子、江湖散人。有《甫里先生集》《笠泽丛书》。

②自广:自我宽慰。

③穷约:贫穷。

④胶西:指密州,汉代属胶西国。

⑤通守:隋代州郡太守的佐官。后称通判为通守。　　刘庭式,齐州(今山东济南)人,字得之。

⑥掾属:下属官吏。

⑦午:午时,十一点至十三点。

⑧酉:酉时,下午五点至七点。

⑨昔阴将军设麦饭与葱叶,井丹推去而不嗅:据《后汉书·逸民列传》载,东汉初有名士井丹,皇亲国戚,达官贵人为获取"好宾客"之名竞相宴请他,井丹都拒绝了。光武帝阴皇后之弟信阳侯阴就,派人强行邀至,准备了麦饭葱叶让丹吃。井丹推开,说:"以君侯能供甘旨,故来相过,何其薄乎?"阴不得不盛馔款待。

⑩眷眷:这里指眷恋官位。

⑪听然:张口笑的样子。《史记·司马相如列传》:"无是公听然而笑。"

⑫如屈伸肘:就像手肘一伸一屈,形容时间短暂。

⑬糠覈而瓠肥:食糠覈却生得肥胖白皙。　覈:米麦的粗屑。　瓠:瓠瓜,葫芦,这里作"肥"的状语。

⑭何侯方丈:何侯指西晋人何曾,晋武帝时拜太尉。生活豪奢,日食万钱,还说无下箸处。《晋书》有传。　方丈:言菜肴罗列之多之长。

⑮庾郎三九:庾郎指南齐庾杲之,官至尚书驾部郎,生活清贫,食唯有韭菹、瀹韭、生韭杂菜。人戏之曰:"谁谓庾郎贫,食鲑常有二十七种",是说"三九"(韭)。《南齐书》有传。

⑯梦寐:比喻人生的短促。

⑰糗:炒熟的米麦等谷物。有捣成粉的,有不捣成粉的。文中代粮。

⑱西河、南阳:西河指孔子弟子卜商(子夏),活八十岁以上。《礼记·檀弓》:"曾子谓子夏曰:'吾与汝事夫子于洙泗之间,退而老于西河之上。'"　南阳:指南阳郡饮菊泉水而长寿的老人。《后汉书·胡广列传》注引盛弘之《荆州记》云:

"菊水出穰县（汉代属南阳郡），芳菊被涯，水极甘香，谷中皆饮此水，上寿百二十。"参见葛洪《抱朴子·仙药》。

【鉴赏】

据本赋"小叙"中"而予仕宦十有九年，家日益贫"推算，此赋作于熙宁八年（1075），苏轼四十岁，知密州（亦称"胶西"，在今山东省诸城）。这年密州蝗虫成灾，疾疫流行，农田不收，民不聊生。"东南至于江海，西北被于河汉，饥馑疾疫，靡有遗矣"（苏轼《密州祭常山文》）。"何人劝我此间（密州）来？弦管生尘甑有埃。绿蚁（酒）沾唇无百斛，蝗虫扑面已三回"（苏轼《次韵刘贡父李公泽见寄二首》之二）。

那么，在这灾荒年月，密州知州苏轼的情况如何呢？他"朝衙达午，夕坐过酉"。酉，酉时，相当于下午六、七点钟。苏轼在州衙办公，从早上到中午，一直到下午六、七点钟才回家，不辞辛苦，忙于州政，处理救灾事宜。在个人生活上，"曾杯酒之不设，揽草木以诳口。"这里"草木"指杞菊、野菜、树叶等可以代粮充饥的东西，太守也以草木充饥，杞菊不过是草木中名称较为高雅者而已。太守苏轼与通判刘廷式"循古城废圃求杞菊食之"，目的是充饥，是自己诳骗自己的肚皮，完全没有陶渊明"采菊东篱下，悠然见南山"（《饮酒》）那种悠闲自得的心情。州府的斋厨索然，不设杯酒，即使弄到一些"麦饭葱叶"等粗茶淡饭，苏轼一想到灾民的饥饿痛苦，就"对案颦蹙，举箸嗟呕"，难以下咽。这都说明苏轼居官廉洁，艰苦朴素，节衣缩食，勤政爱民。他与那班花天酒地、鱼肉人民的贪官污吏真是有着天壤之别。这一方面表现了苏轼高尚伟大的人格，正如王国维在《文学小言（六）》中所说"三代以下的诗人，无过于屈子、渊明、子美、子瞻者。此四子者，若无文学之天才，其人格亦自足千古。故无高尚伟大之人格，而有高尚伟大之文章者，殆未之有也"。另一方面，也说明知州、通判尚且以草木充饥，那么平民百姓的饥饿痛苦就更不用说了。本赋中心思想，不仅是抒知州、通判一二官员食草木充饥的清贫，而且是发万民饥寒交迫的痛苦，"以讽朝廷政事缺失及新法不便之所致"。矛头直接指向实施过激而又不合民情的"新法"。这便是作者写作此赋的用意。苏轼并不绝对地通盘否定新法，但对新法过激以及推行不力所造成的弊病是不赞成的，特别是在民不聊生的灾区，更不宜急于推行。灾害可以设法救助，而"新法"则是不可抗拒的。在苏轼看来，"新法"在密州这样的灾区，是不便实行的。

从写作手法看，本赋至少有以下几个特点：一、从体式上创新，不落旧赋窠臼。本赋使用"自问自答"的方式，一开头就气势不凡，引人入胜。洪迈《容斋随笔·五笔》"东坡不随人后"条："东坡公作《后杞菊赋》,破题直云:'吁嗟先生,谁使汝坐堂上称太守?'殆如飞龙搏鹏,骞翔扶摇于烟霄九万里之外,不可搏诘,岂区区巢林翾羽者所能窥探其涯涘哉!"这说明苏轼不沿袭旧赋"习根",敢于创新,独步新径,不随人后。所以他能创造出最新最美的作品。

二、曲笔隐忍,
宛转嘲讽。苏轼的
思想是复杂的,矛盾
的,一方面他感到仕
途坎坷,愿归田园,
眉山苏氏是个大户,
确实不缺他那一口
麦饭;另一方面他感
到壮志未酬,愿为君
为民做番事业,即使
官场风波再险恶,打
击再严重,生活再贫
苦,也不悔恨,他在
《庆源宣义王丈以累

举得官,……》中写道:"青衫半作霜叶枯,遇民如儿吏如奴,吏民莫作长官看,我是识字耕田夫。妻啼儿号刺史怒,时有野人来挽须。拂衣自注下下考,芋魁饭豆吾岂无!"这首诗可以作为本赋第一段的注脚。诗是写给友人王庆源的,同时也是自比自况,他不把自己看作高于百姓的官老爷,而看作"识字的耕田夫",生活上节衣缩食、忍饥挨饿也在所不计。故乡岂无一口饭吃!友人王庆源可以"拂衣谢事",归田了事,苏轼却不能,这是他复杂矛盾的世界观和人生哲学所决定的。苏轼答话中说:人生一世十分短暂,什么"贫、富、美、陋",没什么差别,都将"同归一朽",苏轼是在委婉地借庄子的"齐物"论以自嘲,接着为自己食草木充饥而巧找理由,说什么"或糠覈而瓠肥,或粱肉而墨瘦",自己以杞菊为粮也许还会长命百岁呢!这真是含泪的微笑。苏轼的处境常使怒骂寓于嬉笑,嬉笑同于痛哭,他曾托蝉的长吟抒发自己"皆缘不平鸣,痛哭等嬉笑"(《定惠颙师竹下开小轩》)的隐忍之情,这与长歌当哭何异!苏轼写此赋时已不能畅怀用笔,只好采取"曲笔",隐忍宛转而嘲讽,实际上是借自嘲以嘲"新法"的"不便",借自讽以讽"朝廷政事"的"缺失",之后又在无可耐何之中嬉笑而痛哭,强作自我宽解。

第三、典故运用恰到好处。一般来说，赋离不开典，甚至用典过多而成病态。本赋用典恰到好处，并无典故堆砌的毛病。一共用了七个典故，第一段用了一个："昔阴将军设麦饭与葱叶，井丹推去而不嗅"，典出《后汉书·列传七十二》，井丹，字大春，扶风郡郿县人。东汉光武帝建武年间，沛王刘辅等五王宴请井丹，丹不去，信阳侯把他骗了去，五王给井丹吃粗茶淡饭（即所谓"麦饭葱叶"），丹推去不吃，更换丰盛的酒肉，井丹大吃起来。本赋反其意而用之，昔日井丹推去"麦饭葱叶"而不食，而今太守连这些粗茶淡饭都吃不上，只有草木充饥而已！即使弄到点粗茶淡饭也是对案不食。这与井丹截然不同，井丹是嫌饭菜粗劣而推去不食，苏轼却是想到灾民的痛苦而不忍下咽，两人的思想境界是多么不同啊！第二段用了六个典故："糠覈瓠肥"，典出《史记·陈丞相世家》，丞相陈平年轻时长得又高又胖，有人问他："你家很贫穷，你是吃什么食物而长胖的呢？"他嫂嫂说："吃粗糠罢了！""粱肉墨瘦"，典出《太平御览》卷三十八，说陈思王曹植很瘦，虽说吃得饭食精美，但长不胖。苏轼用这两个典故说明饭菜不在于好坏，为自己吃糠咽菜而解脱。"何侯方丈"，典出《晋书·何曾传》。何曾"性奢豪，务在奢华"，面前一丈见方的桌案上都摆满了美味菜肴，"食日万钱，犹曰无下箸处"。"庾郎三九"典出《南史·庾杲之传》，庾杲之，字景行，官任尚书驾部郎，但生活清贫，每日只吃韭菹、瀹韭、生韭三种青菜，任昉曾开玩笑说："谁说庾郎贫穷，他每餐就吃二十七个菜。"原来，"韭"与"九"谐音，三韭（九）等于二十七。前典说何曾真富，食品精美丰盛，后典说庾杲之假富真贫，所吃二十七个菜不过是"三韭"。苏轼在这里用这两个典故说明不论丰约贫富，都不免一死，"同归于一朽"。"西河"，指孔子的弟子子夏，也叫卜商，活了一百岁。"南阳之寿"，典出《艺文类聚》卷八十一。南阳郦县有菊水，太尉胡广饮此水治好了多种疾病，近百岁才寿终。"西河、南阳之寿"说长寿，用来说明以杞菊充饥，兴许还会长命百岁呢！本赋用典恰当、妥帖，第一段用一典不嫌其少，第二段用了六典不觉其多，使人感到恰到好处。

本赋正文前还有"叙"文，叙，同"序"。苏洵的父亲叫苏序，因避家讳，在苏洵的文中以"引"代"序"；到了苏轼、苏辙辈，"家讳"已不那么严格，在他兄弟的诗文中，都以"叙"代"序"。这篇"叙文"几乎与正文一样长，并非可有可无，其作用是：本赋题为《后杞菊赋》，而苏轼并未做过《前杞菊赋》，那么"前赋"指的是什么？"叙文"告诉我们是指天随生（陆龟蒙）的《杞菊赋》。"叙文"表明苏轼是因陆赋而"作《后杞菊赋》以自嘲"，交代写作的起因。"叙文"中说，对于陆赋，"始余尝疑之，以为士不遇，穷约可也。至于饥饿嚼啮草木，则过矣。"真是"饱汉不知饿汉饥"！苏轼以往高官厚禄，是无法了解贫士饿食草木的苦状的，认为陆赋写得太过分，即言过其实了。只有苏轼亲自食杞菊以充饥的时候，才能相信陆赋不谬。这段话是有讽喻意义的。苏轼的"后赋"如果当朝执政者看见，由于他们高高在上，养尊处优，花天酒地，正在洋洋得意地认为所谓"新法"能够富国强兵呢，哪里知道密州知州和千万灾民草木果腹，奄奄一息呢！他们对苏轼的看法定会像当年苏轼对陆赋的看法那样，认为写得太过分，太言过其实了！苏轼写这"叙文"的目的在于用自己对陆赋看法的变化，讽喻当朝执政者要正确地对待自己这篇赋，免得加害于自己。用意是良深的。苏轼在"叙文"中将自己的"后赋"与陆赋作了大略比较。现将陆赋即陆龟蒙《杞菊赋并序》录于后：

天随子宅荒，少墙屋，多隙地。著图书所前后，皆树以杞菊。春苗恣肥，日得以采撷之，以供左右杯案。及夏五月，枝叶老硬，气味苦涩，且暮犹责儿童拾掇不已。人或叹曰："千乘之邑，非无好事者家。日欲击鲜为具以饱君者多矣。君独闭关不出。率空肠贮古圣贤道德言语，何自苦如此！"生笑曰："我几年来忍饥诵经，岂不知屠沽儿有酒食耶？"退而作《杞菊赋》以自广云。

惟杞惟菊，包寒互绿。或颖或苕，烟披雨沐。我衣敝绨，我饭脱粟。羞渐齿牙，苟且粱肉。蔓延骈列，其生实多，尔杞未棘，尔菊未莎。其如予何！其如予何！

陆赋与苏轼"后赋"都有小"序"，都写以杞菊充饥，不同的是：陆赋不过反映了一个未官高士的怀才不遇，以及清贫高放和无视富贵、乐于清贫的气节；而苏轼"后赋"，则是表现一个州官以杞菊充饥，与民共度灾荒，写作动机与主题，如上所述，远比陆赋深厚、广阔、复杂得多，在表现手法上也高出陆赋一筹，可以说是后来居上之作了。

前赤壁赋

【题解】

　　三国时吴、魏交战的赤壁在湖北省嘉鱼县东北,黄冈赤壁名赤鼻矶是相传中的赤壁。苏轼所游虽为假赤壁,却写出了流传千古的名篇。文的第一段写苏子与客泛舟赤壁,清风明月之夜举酒放歌,飘然若仙。第二段写客乐极生悲,箫声呜咽,愁音袅袅。第三段由苏子发问,客作答,表达面对宇宙之无穷,更觉人生之短暂,不免悲从中来的心情。第四段苏子发明月、长江变与不变的议论,以"物与我皆无尽""造物者之无尽藏"为立足点,劝客尽可享用山间明月、江上清风,表达苏子内心中的超然与旷达。末段以客喜而笑、兴尽而醉作结。苏轼往往以主客问答的形式来表现自己的心灵世界。文中老庄思想使苏子精神得以超脱升华,但那如怨、如慕、如泣、如诉的箫声传达出苏子内心深处的苦闷与忧伤。

　　这是一篇散文赋,句式骈散结合,语言典雅精丽,清新隽永,情与景合,清风、明月、水光、白露、箫声与苏子内心里的旷与悲共同构成优美深远的意境,议论又由眼前情、景而生发,情、景、理交融为一。全文意蕴丰厚,读罢令人思味良久。

【原文】

　　壬戌之秋①,七月既望②,苏子与客泛舟游于赤壁之下。清风徐来,水波不兴。举酒属客③,诵明月之诗,歌窈窕之章④。少焉,月出于东山之上,徘徊于斗牛之间⑤。白露横江,水光接天。纵一苇之所如,凌万顷之茫然⑥。浩浩乎如冯虚御风⑦,而不知其所止;飘飘乎如遗世独立⑧,羽化而登仙⑨。

　　于是饮酒乐甚,扣舷而歌之。歌曰:"桂棹兮兰桨⑩,击空明兮溯流光⑪;渺渺兮予怀⑫,望美人兮天一方⑬。"客有吹洞箫者⑭,倚歌而和之。其声呜呜然,如怨、如慕,如泣、如诉,余音袅袅⑮,不绝如缕。舞幽壑之潜蛟⑯,泣孤舟之嫠妇⑰。

　　苏子愀然⑱,正襟危坐而问客曰:"何为其然也?"客曰:"'月明星稀,乌鹊南飞'⑲,此非曹孟德之诗乎?西望夏口⑳,东望武昌㉑,山川相缪㉒,郁乎苍苍㉓,此非曹孟德之困于周郎者乎㉔?方其破荆州㉕,下江陵㉖,顺流而东也,舳舻千里㉗,旌旗蔽空,酾酒临江㉓,横槊赋诗㉙,固一世之雄也,而今安在哉？况吾与子渔樵于江渚之上㉚,侣鱼虾而友麋鹿㉛,驾一叶之扁舟,举匏樽以相属㉜。寄蜉蝣于天地㉝,渺沧海之一粟㉞。哀吾生之须臾,羡长江之无穷。挟飞仙以遨游㉟,抱明月而长终。知不可乎骤得㊱,托遗响于悲风㊲。"

苏子曰:"客亦知夫水与月乎？逝者如斯㊳,而未尝往也;盈虚者如彼㊴,而卒莫消长也㊵。盖将自其变者而观之㊶,则天地曾不能以一瞬㊷;自其不变者而观之,则物与我皆无尽也㊸,而又何羡乎？且夫天地之间,物各有主。苟非吾之所有,虽一毫而莫取。唯江上之清风,与山间之明月,耳得之而为声,目遇之而成色,取之无禁,用之不竭,是造物者之无尽藏也㊹,而吾与子之所共适㊺。"

客喜而笑,洗盏更酌㊻。肴核既尽㊼,杯盘狼藉㊽。相与枕藉乎舟中㊾,不知东方之既白。

【注释】

①壬戌:宋神宗元丰五年(公元 1082 年)。

②既望:农历十六日。　　望:农历每月十五日。

③属:倾注,引申为劝酒。《仪礼·士昏礼》:"酌玄酒,三属于尊。"

④明月之诗,窈窕之章:指《诗·陈风·月出》。诗的第一章云:"月出皎兮,佼人僚兮,舒窈纠兮,劳心悄兮。""窈纠"与"窈窕"音近。

⑤斗牛:二十八宿中的斗宿和牛宿。

⑥纵一苇之所如,凌万顷之茫然:任凭小船在茫无边际的江上飘荡。《诗·卫风·河广》:"谁谓河广？一苇杭之。"　　一苇:小船,形容船小如苇叶。

⑦冯虚御风:在太空里乘风浮游。　　冯:同"凭",凭倚。虚:太虚,太空。御风:驾着风。

⑧遗世独立:离开人世,超然独立。

⑨羽化而登仙:道教称飞升成仙为羽化。《抱朴子·对俗》:"古之得仙者,或自生羽翼,变化飞行。"

⑩桂棹兮兰桨:划船用桂木、木兰做成,言其精美芳洁。

⑪击空明兮溯流光:船桨划开澄明的江水,船儿逆流而进,追逐着水面浮动的月光。　　空明:月光映照,江面澄明。　　流光:月光。

⑫渺渺兮予怀:我的怀想渺远悠长。

⑬美人:作者所思慕的人,暗喻贤君。

⑭洞箫:不用蜡封底的箫,后指单管只吹的箫。

⑮余音：《列子·汤问》："既去而余音绕梁，三日不绝。"

⑯舞幽壑之潜蛟：使潜伏深壑的蛟龙起舞。

⑰嫠妇：寡妇。

⑱愀然：忧愁悽怆的样子。

⑲月明星稀，乌鹊南飞：曹操(字孟德)《短歌行》中的诗句。

⑳夏口：即今湖北武昌。

㉑武昌：今湖北鄂城市。在长江南岸，与黄冈隔江相对。

㉒缪：通"缭"，缭绕。

㉓郁乎苍苍：即郁郁苍苍，形容草木茂盛。　　苍苍：深青色。

㉔曹孟德之困于周郎：指汉献帝建安十三年(公元208年)，曹操征吴，被周瑜所困，号称八十万大军败于赤壁。　　周瑜二十四岁做中郎，故人称周郎。

㉕荆州：东汉时州名，治所在今湖南常德市东北。

㉖江陵：今湖北江陵。

㉗舳舻千里：指战船首尾相接，长达千里。语出《汉书·武帝纪》："舳舻千里，薄枞阳而出。"　　舳：船尾。　　舻：船头。

㉘酾酒：斟酒。

㉙横槊赋诗：横操长矛高声吟诗。　　诗：指曹操《短歌行》。　　槊：一种长矛，便于横持。

㉚渔樵于江渚之上：打鱼、砍柴在江里、沙洲上。

㉛麋：鹿的一种。

㉜匏樽：用葫芦做的酒器。　　匏：葫芦的一种。

㉝寄蜉蝣于天地：寄托蜉蝣般短暂的生命于天地间。　　蜉蝣：一种细小的飞虫，夏秋之间生于水边，只能活几个小时，古人说它朝生夕死。

㉞渺沧海之一粟：人生短暂，渺小得就如大海中的一颗米粒。

㉟挟：持，带，这里是偕同的意思。

㊱骤得：马上得到，意即轻易得到。

㊲托遗响于悲风：把心情借箫声托于秋风。　　遗响：指箫声。悲风：指秋风。

㊳逝者如斯：岁月的流逝犹如这江水。语出《论语·子罕》："子在川上曰：'逝者如斯夫，不舍昼夜。'"

㊴盈虚者如彼：像月亮那样不断地圆缺。

㊵卒莫消长：始终没有减少或增长。

㊶盖将自其变者而观之：如果从它变化的角度来看。　　盖：发语词。

将:欲。

⑫天地曾不能以一瞬:天地万物变化迅速,连一眨眼的功夫都不曾停止。曾:乃。

⑬物与我:就万物与人整体而言。

⑭造物者之无尽藏:大自然有着无穷无尽的宝藏。　　无尽藏:语出佛家语"无尽藏海"。

⑮适:享受。

⑯更酌:重新酌酒。

⑰肴核:菜肴和果品。

⑱狼藉:纵横散乱。据说狼常喜睡在草上,起来时践草使乱之灭迹。

⑲枕藉:纵横相枕而卧。

【集评】

宋晁补之(《经进东坡文集事略·前赤壁赋注》卷一引):《赤壁》前后赋者,苏公之所作也。曹操气吞宇内,楼船浮江,以谓遂无吴矣。而周瑜少年、黄盖裨将,一炬以焚之。公谪黄冈,数游赤壁下,盖忘意于世矣。观江涛汹涌,慨然怀古,犹壮瑜事而赋之。

宋唐庚《唐子西语录》:东坡《赤壁》二赋,一洗万古,欲仿佛其一语,毕世不可得也。

宋谢枋得《文章轨范》卷七:此赋学《庄》《骚》文法,无一句与《庄》《骚》相似,非超然之才,绝伦之识,不能为也。潇洒神奇,出尘绝俗,如乘云御风而立乎九霄之上,俯视六合,何物茫茫,非惟不挂之齿牙,亦不足入其灵台丹府也。

明茅坤《唐宋八大家文钞·东坡文钞》卷一百四十四:余尝谓东坡文章仙也。读此二赋,令人有遗世之想。

清储欣《唐宋十大家全集录·东坡全集录》卷一:行歌笑傲,愤世嫉邪。

清储欣《唐宋八大家类选》卷十四:出入仙佛,赋一变矣。

清张伯行《唐宋八大家文钞·苏文忠公文》卷八:以文为赋,藏叶韵于不觉,此坡公工笔也。凭吊江山,恨人生之如寄;流连风月,喜造物之无私。一难一解,悠然旷然。

清吴楚材、吴调侯《古文观止》卷十一:欲写受用现前无边风月,却借吹洞箫者发出一段悲感,然后痛陈其胸前一片空阔,了悟风月不死,先生不亡也。

清方苞(《古文辞类纂·前赤壁赋集评》卷七十一引):所见无绝殊者,而文境邈不可攀，良由身闲地旷，胸无杂物，触处流露，斟酌饱满，不知其所以然而然。岂惟他人不能摹效，即使子瞻更为之，亦不能如此调适而鬯遂也。

清吴汝纶（《古文辞类纂·前赤壁赋集评》卷七十一引）：此所谓文章天成、偶然得之者。是知奇妙之作，通于造化，非人力也。胸襟既高，识解亦复绝非常，不得如方氏（苞）之说，谓"所见无绝殊"也。

【鉴赏】

《前赤壁赋》是宋朝大作家苏轼的一篇著名的作品。他曾经两次游赤壁，写了两篇赋。我们现在要介绍的是他的《前赤壁赋》。周瑜大破曹操的赤壁，在现在的湖北省嘉鱼县；苏轼所游的赤壁在现在的湖北省黄冈市。他游的是假赤壁，写出来的却是好文章。

《前赤壁赋》是一篇散文赋，实际上也就是一篇优美动人的散文诗。苏轼是一个才情横溢、诗文俱佳的古代大作家。谈到散文，人们常说"韩潮苏海"，意思是说韩愈的文章像潮水一样地奔放，而苏轼的文章则像海水一样地广阔。在词的成就上，苏轼是和南宋著名作家辛弃疾并驾齐驱的。苏轼的作品纵横豪迈，风格鲜明而突出。即使是你没有读过他的作品，单看这篇赋也可以大致了解他作品的特点和风格。

文章刚一开头，作者就用秀丽的字句，简明而富于特征的笔法，写出了时间和自然风光，使人置身在画图之中。

"七月既望"是农历七月十六的意思。农历的每月十五日叫作望，既望就是每月十六日。"苏子"是作者的自称。"明月之诗"指的是《诗经·陈风》里的《月出》那一首诗；"窈窕之章"就是《月出》诗里的《窈窕》那一章。"徘徊于斗牛之间"的

"斗牛",指的是南斗星和牛宿星。

这一段原文的意思是说:壬戌年的秋天,也就是宋神宗元丰五年的秋天,七月十六的时候,苏轼和客人们驾着小船到赤壁下面的江上游玩。清爽的风儿慢慢地吹来,江面上的水波很平静。对着这清风明月,主人举起酒杯,请客人共同饮酒。大家朗诵起《月出》这首诗的《窈窕》这一章来。一会儿,月亮从东山上出来,在南斗星和牛宿星之间徘徊,缓缓上升。白茫茫的露气横在江面上,水光和天相连接。任凭小船儿随意飘荡,凌驾在这茫茫无边的江水上。浩浩荡荡,一时就好像到了天空,乘驾着风,不知道要浮游到什么地方;有一种飘飘然的感觉,好似脱离开世界而超然独立,像道家飞升而登上了仙界一般。

读了这一段文章,我们也好像当了追随作者的客人,坐在苇叶一样的小船上,有着飘飘欲仙的感受。这里的每一个句子,都充满了诗意,能够引起人丰富的美感。比如"月出于东山之上,徘徊于斗牛之间"这一句,其中的"徘徊"两个字就妙不可言。作者把难写的情景,饶有意味地表现了出来。头顶的满月,也像游人一样,陶醉在这良辰美景里,有意把脚步放得很慢、很慢。

在这段文章里,作者用非常经济的字句,既写出了眼前的景色,又写出了游人的意兴,而且两者互相联系在一起,自自然然。写来毫不费力,这需要有怎样一副艺术手腕,其中又包含着多么浓厚的真情实感啊!

紧接着这一段,作者又描写游人们怎样"饮酒乐甚,扣舷而歌"。有清风,有明月,有山景,有水波,杯子在手,对酒当歌,好朋友们敲着船桨儿唱了起来。那歌儿是这样的:"桂棹兮兰桨,击空明兮溯流光。渺渺兮予怀,望美人兮天一方。"歌词的大意是说:桂树做的棹啊,木兰做的桨,桨儿摇击着水里的月光,波影俱动地逆流而上。对着美景心里禁不住地怀念啊,遥望心上的人儿在天的另一方。

眼前的美景在引逗游人的佳兴,主人和客人又都是风流人物,对景怎能不怀人呢?写到这里,作者又平添了一份心意,这心意是多么美呵!他们不但举杯共饮,而且朗诵起古代有名的诗句来,诗情、画意充满游人的胸怀,山川也为之生色。

接下来作者又写道:"客有吹洞箫者,倚歌而和之。其声呜呜然,如怨,如慕,如泣,如诉,余音袅袅,不绝如缕。舞幽壑之潜蛟,泣孤舟之嫠妇。""倚歌而和之"的"倚"当"按着"讲。"舞幽壑之潜蛟"的"幽壑"是指很深的水。"泣孤舟之嫠妇"的"嫠妇",就是寡妇。这几句的意思是说:客人有的吹着洞箫,依着歌儿伴奏起来。那呜呜的声音好像幽怨,好像羡慕,好像哭泣,又好像在诉说些什么。它的余音凄凉宛转,像一缕不断的丝。这悲切的声音,使潜伏在深渊里的蛟龙听了也舞动起来,使孤零零的小船上的寡妇听了不禁为之落泪。

这一声声呜咽的箫声，兴起了思古的幽情，使得文章的意义更加深了。接着作者就从风景的描写，引出了对人生、对宇宙看法的大问题来，情节发展得极为自然。文章写道："苏子愀然，正襟危坐而问客曰：'何为其然也？'""愀然"是忧愁的样子。主人这时候的脸色变了，整了整衣襟，端正地坐着向客人发问：你吹出来的箫声，曲调为什么这样凄凉呢？

文章的第四段是客人答话。答话的意思是："月明星稀，乌鹊南飞"，这不是曹孟德有名的诗句吗？从这里向西望是夏口，向东望是武昌，山川缭绕，一片郁郁苍苍的景色，这不是曹孟德被周瑜击败的地方吗？当他攻下荆州，刘琮投降了，大军浩浩荡荡地由江陵顺流而下，直趋赤壁，战船千里连接，旌旗招展，把天空都遮盖了。曹孟德面对着大江，横起长矛，饮酒赋诗，真是不可一世的英雄人物呵，而今他在哪里呢？这样的大英雄，也不过显赫一时，终归寂寞，何况我们这样一些人。我们打鱼砍柴在江边或沙洲上，整天和鱼虾、麋鹿做朋友，驾着一只小船儿，举起瓠瓜的酒杯互相对饮，不过是像朝生暮死的蜉蝣短暂地寄生在天地之间，像苍茫大海里的一粒米粒而已。哀叹人生的短促，羡慕大江的万古长流，多么想挟同飞仙遨游天空，抱起明月和她永世共存啊。但这不过是一种梦想罢了，哪能办得到呢！所以我把满怀的悲伤，借着箫声表现了出来。

听了客人的答话我们才知道，洞箫的悲音是由于想起了既是英雄又是诗人的曹操而发的，由于在赤壁这个地方游玩，因而联想到这段历史上的故事，联想到故事里的主角的气概和风姿，这是人情之常，也是作者之所以赋赤壁的原因。但是，这位炳耀一世，横槊赋诗的英雄而今又在哪儿呢？像曹操这样的一个大人物，也不免被东去的大江的波浪淘去，何况我们这一般渺小之辈呢？这位客人对着眼前的历史陈迹，发生了悲伤怀古的情感。

听了客人的这一番答话以后，主人，也就是文章的作者，借着回答客人，说出了他自己对于这些重大问题的看法。主人答话的意思是说：何必这么悲伤，你知道水和月的道理吗？你看江水日夜奔流，实际上却未尝消失；当空的月亮有圆有缺，而结果于月亮并无损伤，这要看我们的看法如何了。如果从事物的变化方面着眼，那么，天地的存在也不过是一眨眼的工夫，如果用不变的观点去看，事物和人类都是连续的、发展的、永久存在的，我们又何必哀叹人生的短暂而羡慕水、月和天地的无穷尽呢？我们有眼前的美景可以取乐，又何必怀古兴悲，自寻苦恼呢？天地之间的万物，都各有其主，假若不是属于我们所有，虽一毫之微也不能强取，唯独江上的清风，山间的明月，人的耳目一接触到，它们就有声有色，没有人禁止，永远也享受不尽。这是大自然无穷无尽的富藏呵，是我和你所共同受用的。

主人反驳了客人对人生和宇宙问题的见解，拿出了相反的看法来。是呵，"盖将自其变者而观之，则天地曾不能以一瞬；自其不变者而观之，则物与我皆无尽也"，逝者如斯，盈虚有数，我们对于水和月"又何羡乎"？这些话说得多超脱，这些话的意义多么重大呵。它们可以说是这篇赋的灵魂。读了这些话，我们也从被客人箫声引起的悲伤中解脱了出来，心里轻松了，像打了一次胜仗，心情快乐又昂奋。我们像参加了一次哲学辩论会，正确的东西终于占了上风。虽然主人和客人在谈论大道理，我们却不感到厌烦，不像在读哲学论文。风景、情感、思想，结合在一起，想象力和形象性，使这些字句充满了诗意。作者的这种对人生和对宇宙的看法，是健康的、乐观的。比唐代诗人陈子昂的"念天地之悠悠，独怆然而涕下"更为达观，和东晋诗人陶潜的"聊乘化以归尽，乐夫天命复奚疑"的精神有点相仿。

生活多么美好呵，眼前的风光多么可爱呵。我们的诗人，用欢欣的情绪，旷达的心怀，对着"耳得之而为声，目遇之而成色"的"江上清风"和"山间明月"，愿意跟客人共同欣赏，共同欢乐。这种对待生活的态度是好的，工作的时候就是工作，游玩的时候尽量放开一切，去欣赏大自然的美妙，这是多么高尚的一种美感享受呵。

主人的这一番话把客人说服了，于是在这篇文章的最后就出现了这样的场面："客喜而笑，洗盏更酌。肴核既尽，杯盘狼藉，相与枕藉乎舟中，不知东方之既白。"客人转悲为喜，相视而笑，重新酌酒共饮。直到果品和菜肴都吃完，杯盘也杂乱不堪，人皆陶然而醉，彼此互相枕着睡在船上。这时候，不知不觉天已经亮了。

总体来说，在这篇作品里，景色描写，主人和客人的心情，哲学意味的对话，浑然成为一体，胜意迭出，辞句美妙，读了这篇名赋，我们也好像游了一次赤壁，心里充满了遨游之乐。那清风，那明月，那东山，那流水，那箫声，那对话……在我们眼底心上，织成了一个诗味十足、含意深远、声色俱佳的崇高而美丽的境界。我们用高兴的心情开始读这篇名赋，在欢快的气氛中合上书卷。苏轼和他的客人游的虽然是假赤壁，但是写出来的文章，是多么优美、多么动人情思啊！

唐宋八大家散文鉴赏

苏轼卷

后赤壁赋

【题解】

在"霜露既降,木叶尽脱"的十月时节,苏轼携二客再游赤壁。初时,"山高月小,水落石出",夜色明朗。随着时间推移,景物变得森然萧瑟,山石险峻,江水幽深,草木震动,风起云涌。夜半时分,白羽黑尾之孤鹤长鸣着横江而来,掠舟西去。再加苏子内心的悲恐,整个意境寥落幽峭,慑动人心。最后,全文以白鹤道士的虚幻梦境作结,于空灵奇幻中寄托超尘绝俗之想。

【原文】

是岁十月之望,步自雪堂,将归于临皋。二客从予,过黄泥之坂①。霜露既降,木叶尽脱。人影在地,仰见明月。顾而乐之,行歌相答。已而叹曰:"有客无酒,有酒无肴,月白风清,如此良夜何?"客曰:"今者薄暮,举网得鱼,巨口细鳞,状如松江之鲈②。顾安所得酒乎③?"归而谋诸妇。妇曰:"我有斗酒,藏之久矣,以待子不时之需④。"

于是携酒与鱼,复游于赤壁之下。江流之声,断岸千尺,山高月小,水落石出。曾日月之几何,而江山不可复识矣!予乃摄衣而上,履巉岩⑤,披蒙茸⑥,踞虎豹⑦,登虬龙⑧,攀栖鹘之危巢⑨,俯冯夷之幽宫⑩,盖二客不能从焉。划然长啸⑪,草木震动,山鸣谷应,风起云涌。予亦悄然而悲,肃然而恐,凛乎其不可留也⑫。反而登舟,放乎中流,听其所止而休焉。时夜将半,四顾寂寥。适有孤鹤,横江东来,翅如车轮,玄裳缟衣⑬,戛然长鸣⑭,掠予舟而西也。

须臾客去,予亦就睡。梦一道士,羽衣蹁跹⑮,过临皋之下,揖予而言曰:"赤壁之游乐乎?"问其姓名,俯而不答。"呜呼噫嘻⑯,我知之矣!畴昔之夜⑰,飞鸣而过我者,非子也耶?"道士顾笑,予亦惊寤。开户视之,不见其处。

【注释】

①黄泥之坂:即黄泥坂,雪堂与临皋亭之间的一段山坡。　　坂:斜坡。

②松江之鲈：松江，即今吴淞江，盛产鲈鱼。

③顾：可是，但是。

④不时之需：临时的需要。

⑤履巉岩：踏上险峻的山岩。

⑥披蒙茸：拨开丛生的野草。　　披：分开。

⑦踞虎豹：蹲坐在状如虎豹的山石上。

⑧登虬龙：攀援盘曲、古老的树木。　　虬龙：古代传说中的一种有角小龙。

⑨攀栖鹘之危巢：登上鹘鸟巢居的山崖极高处。　　鹘：一种似鹰的凶鸟。

⑩俯冯夷之幽宫：俯临幽深的江水。　　冯夷：即河伯，水神名。古代传说，华阴人冯夷浴于河中而溺死，是为河伯。

⑪划然长啸：撮口发出长而清越的声音。　　划然：长啸的声音。

⑫凛乎：恐惧生寒的样子。

⑬玄裳缟衣：鹤身白衣黑尾。古人称上衣为衣，下衣为裳。　　玄：黑色。缟：白色的绢。

⑭戛然：形容鹤悠长而清亮的鸣声。

⑮羽衣蹁跹：道士身着羽衣，体态轻盈飘逸。　　羽衣：本是以鸟羽为衣，后世称道士为羽士，道服为羽衣。　　蹁跹：本指旋转的舞态，这里形容道士体态、动作轻盈飘逸。

⑯呜呼噫嘻：感叹词。

⑰畴昔之夜：昨夜。　　畴：语助词，无意义。

【集评】

宋吕祖谦（《三苏文范》卷十六引）：此赋结处，用韩文公《石鼎》处弥明。意指鹤至户为道士，亦暗使高道传青城山，徐左卿化鹤以此也。

元虞集（引书同上）：读此作与《石钟山记》，乃知坡翁有山水之癖者。其于事也，驰骤吞吐，怪怪奇奇，殆得之山水间者乎？

明袁宏道（《苏长公合作》卷一引）：《前赤壁赋》为禅法道理所障，如老学究着深衣，遍体是板；后赋平叙中有无限光景，至末一段，即子瞻亦不知其所以妙。

明李贽（引书同上）：前赋说道理，时有头巾气。此则空灵奇幻，笔笔欲仙。

明华淑（引书同上）：《赤壁》后赋，直平叙去，有无限光景。

明茅坤（《唐宋八大家文钞·东坡文钞》卷一百四十四：萧瑟。

清储欣《唐宋八大家类选》卷十四：前赋设为问答，此赋不过写景叙事。而寄托之意,悠然言外者,与前赋初不殊也。

清张伯行《唐宋八大家文钞·苏文忠公文》卷八:上文字字是秋景,此文字字是冬景,体物之工,其妙难言。

清沈石民《三苏文评注读本》卷二:飘脱之至。前赋所谓冯虚御风,羽化登仙者,此文似之。

清吴楚材、吴调侯《古文观止》卷十一:前篇写实情实景,从"乐"字领出歌来。此篇作幻境幻想,从"乐"字领出叹来。一路奇情逸致,相逼而出。与前赋同一机轴,而无一笔相似。读此两赋,胜读《南华》一部。

清王文濡(《古文辞类纂·集评》卷七十一引):前篇是实,后篇是虚。虚以实写,至后幅始点醒。奇妙无以复加,易时不能再作。

【鉴赏】

一、《后赋》基本内容

①风月冬景

《后赋》以"是岁"开头,是承接《前赤壁赋》说的。这一年,指宋神宗元丰五年(公元1082年),两赋相距约三个月。"十月之望",点出初冬季节。"霜露既降,木叶尽脱",黄州一派初冬景象。苏轼由雪堂出来,要回到住地临皋亭,月夜人影,行歌相答,十分快乐,"有客无酒,有酒无肴,月白风清,如此良夜何?"如此美景,引起了复游赤壁的兴怀。李扶九评论说:"闲闲叙起,不必定游赤壁,不必定约某客。'乐'字伏后。仍用'风''月'二字,乃长公一生襟期。已引起游意。"(《古文笔法百篇》,下同)。《后赋》仍用"风""月"作一篇线索,贯穿全赋。此为"一线穿成"笔法。

②谋酒备肴

客人提出在江中打鱼做肴,客创逸兴;苏轼谋酒与妇,妇更凑趣,"于是携酒与鱼,复游于赤壁之下"。

③景凄情深

"江流有声,断崖千尺,山高月小,水落石出。"状景写情,字字若画,句句冬景,凄凉感人。"曾日月之几何,而江山不可复识矣。"曲笔双关,寓情良深。从字面上看,是写从七月到十月,由于秋冬季节的变化,江山景色已经随之变得不认识了。真是时变景迁,江山改容啊!实际上深寓"讥当时用事者"(《三苏文范》引文衡山语)之意。据毕沅《续资治通鉴》,元丰五年(公元1082年)九月、十月,宋神宗在西部发动的开边战争惨遭失败。统帅徐禧在横山修建永乐城,刚竣工,西夏大军兵临城下,切断水源,城中将士"渴死大半,"城陷,宋军全军覆没,死者约六十万人。宋神宗本人也抑郁而死,大宋王朝从此一蹶不振,失败惨状,目不忍睹,美好江山,满目凄凉。这正是"江山不可复识"的真意所在。

④山岸险峻

苏轼游兴甚浓,于是舍舟登岸,摄衣而上。山岸上的冬夜奇景,描绘逼真:"履巉岩,披蒙茸,踞虎豹,登虬龙,攀栖鹘之危巢,俯冯夷之幽宫",山岸上险峻坎坷,这是苏轼在登山,不也正好象征他人生道路的坎坷不平吗?何止坎坷不平,继而描写"草木震动""风起水涌",阴森险恶,使人感到悲、恐,产生"凛乎其不可留也"的想法。李扶九说:"予读此篇往复数次,而知其用意在'凛乎不可留'一句,仍是前篇'望美人'一片心肠也。"这阴森险恶的江岸正是黄州的缩影,苏轼谪居黄州多年,受尽了侮辱与辛苦,"望美人"而思君,总希望早日离开此地而重返朝廷,但在现实中这是不可能的。无奈之中,只好登舟中流,任其漂荡,"听其所止而休焉"。

⑤梦鹤幻境

现实中既不可能,只好在"梦鹤幻境"之中,借道家"羽化升仙"而得以解脱。然而梦醒之后,"开户视之,不见其处"。"岂惟无鹤无道士,并无鱼,并无酒,并无客,并无赤壁,只有一片光明空阔"(《古文观止》评语)。好个"只有一片光明空阔"!犹言:只有一片虚无缥缈的老庄哲学——一部虚幻的《南华经》。借"梦幻"为手段,在"仙化"中表现哲理,是本文的艺术手法之一。

二、两赋比较

两赋写于同一年,中间相距三个月,是各有千秋的姊妹篇。前赋所写,限于舟中,后赋则主要写岸上;前赋字字秋色,后赋句句冬景;前赋主要谈玄说理,后赋则侧重叙事写景;前赋主调旷达乐观,后赋略嫌虚无缥缈。两赋同是苏轼得心应手的力作名篇。古人的评点甚多,不无借鉴之处,兹转录数条如下:

《古文观止》评语:"前篇写实情实景,从'乐'字领出歌来;此篇作幻境幻想,从'乐'字领出叹来。一路奇情逸致,相逼而出,与前赋同一机轴,而无一笔相似。"

李扶九评语:"后篇亦写客、写歌、写风、写月、写乐、写酒、写肴,一一与前篇同,而各位置不同。前篇同在舟中,次早还在;此篇有登岸一举,半夜即归,则前篇所未有也;前篇借客生波,尚似实情;此篇忽鹤忽道士,奇幻极矣,乃神似《南华》,非袭其貌也;至前篇说悲处,在客口中;此篇悲则公自言矣。"

以上两段从同与不同两方面分析了两赋的特点,李评较详。

林西仲评语:"若无前篇,不见此篇之妙;若无此篇,不见前篇之佳"(见《古文笔法百篇》)。这里说的是两赋相辅相成的关系,缺一不可。至于两赋的高下,前人也有评论,元朝文学家虞集说:"陆士衡(陆机,晋文学家,著有《文赋》)云:'赋体物(体味研究事物)而浏亮(清晰明亮)。'坡公前《赤壁赋》已曲尽其妙,后赋尤精。于体物如'山高月小,水落石出',皆天然句法。末有道士化鹤之事,尤出人意表。"(《道园学古录》)无独有偶,"据黄州同志说,陈毅同志生前参观黄州'东坡赤壁'中的'二赋堂'时,对后赋倍加赞赏,认为后赋超过前赋,看来这后赋更着力于意境的创造,写得含蓄、深沉,比前赋由议论'化妆'的主客问答或许略高一筹,是一个重要的原因吧!"(见《东坡文论丛》第39页)

以愚之见,苏轼两赋,各有千秋,互为伯仲。如果定要比个高低,那就留待读者自做结论吧。

秋阳赋 并叙

【题解】

本文作于元祐六年（公元 1091 年）秋，时苏轼任颍州太守。晁补之云："秋阳赋者，苏公之所作也。或曰：越王孙者，盖赵令畤。（《经进东坡文集事略》卷二）。文章触景起兴，取譬切近而寓意深远。全文采用西汉大赋假托子虚、乌有对话的方式，通过越王之孙与东坡居士关于秋阳的对话，形象而鲜明地反映了处于不同境地的人的不同感受。而东坡居士所感受到的一切则是他贬官生活的真实写照。东坡把自己和越王之孙的生活做了对比：越王之孙生在富贵之屋，游于朝廷之上；出门乘高贵之车，入门是帏幄之室；热天到了只是温暖而已，寒冷到了只是凉爽而已，这实是指当朝权贵的安逸生活。而被贬偏远之地的居士感受到的是夏雨肆虐，无处容身，鱼龙蛙蚓游于居室，夜里躲避水湿多次搬迁，白天烤干衣服多次更换，而这样的生活却还不足忧虑，此一层意也。人们热切盼望的收获的季节终于到来了。然而，多日不见秋阳，田地里庄稼成熟却生了芽，稻方秀而倒在泥水中……做饭的炊具空了，四邻悄然无声，妇人夜间长叹，此二层意也。听到雨停了，要出太阳了，人们欣喜异常，当作喜讯相互传告，此三层意也。这三层意思，真切地写出了人们对秋阳的感受，对世事的感受。最后，作者对以上叙述作了哲理上的升华："赫然而炎非其虐，穆然而温非其慈，"表达了对世态炎凉等闲视之的淡泊胸襟。全文层层递进，于娓娓叙谈中可见其文自由挥洒、行云流水的艺术风格。

【原文】

越王之孙，有贤公子①，宅于不土之里②，而咏无言之诗。以告东坡居士曰："吾心皎然③，如秋阳之明；吾气肃然④，如秋阳之清；吾好善而欲成之⑤，如秋阳之坚百谷⑥；吾恶恶而欲刑之⑦，如秋阳之陨群木⑧。夫是以乐而赋之⑨，子以为何如？"

居士笑曰："公子何自知秋阳哉？生于华屋之下，而长游朝廷之上⑩，出拥大盖⑪，入侍帏幄⑫，暑至于温，寒至于凉而已矣。何自知秋阳哉！若予者⑬，乃真知之。方夏潦之淫也⑭，云烝雨泄⑮，雷电发越，江湖为一，后土冒没⑯，舟行城郭⑰，鱼龙入室。菌衣生于用器⑱,蛙蚓行于几席⑲。夜违湿而五迁⑳,昼燎衣而三易㉑。是犹未足病也㉒。耕于三吴㉓,有田一廛㉔。禾已实而生耳㉕,稻方秀而泥蟠㉖。沟塍交通㉗,墙壁颓穿㉘。面垢落墅之涂㉙,目泣湿薪之烟㉚。釜甑其空㉛,四邻悄然。鹳鹤鸣于户庭㉜,妇宵兴而永叹㉝。计有食其几何㉞,矧无衣于穷年㉟。忽釜星之杂出,又灯花之双悬㊱。清风西来,鼓钟其镗㊲。奴婢喜而告余,此雨止之祥也㊳。蚤作而占之㊴,则长庚澹澹之其不芒矣㊵。浴于旸谷㊶,升于扶桑。曾未转盼㊸,而倒景飞于屋梁矣㊹。方是时也,如醉而醒,如瘖而鸣㊺。如痿而行㊻,如还故乡初见父子。公子亦有此乐乎?"公子曰:"善哉㊼!吾虽不身履㊽,而可以意知也。"

居士曰:"日行于天,南北异宜㊾。赫然而炎非其虐㊿,穆然而温非其慈[51]。且今之温者,昔之炎者也。云何以夏为盾而以冬为衰乎?吾侪小人[52],轻愠易喜[53]。彼冬夏之畏爱,乃群狙之三四[54]。自今知之,可以无惑。居不墐户[55],出不仰笠[56],暑不言病,以无忘秋阳之德。"公子拊掌[57],一笑而作[58]。

【注释】

①越王之孙,有贤公子:据晁补之说:"或曰:越王孙者,盖赵令畤,学于公,恭俭如寒士,有文义慷慨。而公犹曰:公子何自知秋阳?此如吕后谓朱虚侯不知田耳。而公自谓少贫贱,暴露乃知秋阳。以讽公子学问,知世艰难之义也。"(《经进东坡文集事略》卷二)赵令畤,初字景贶,时以承议郎为颍州签判,苏轼来颍,常与之游。

②宅:居。　不土之里:仙境,虚构之地。

③皎然:洁白明亮的样子。

④肃然:恭敬严肃的样子。

⑤好善:喜爱善的事物。

⑥坚:使动用法,使……坚。

⑦恶恶:讨厌恶的事物。　刑:除。

⑧陨:坠落。

⑨夫:发语词,无意义。

⑩长:经常

⑪出拥大盖:出门乘坐华贵的车。　盖:车盖。

⑫帏幄:帐幕。

⑬若矛者:如同我这样的人。

⑭潦:雨水。　淫:过分。

⑮云烝:云气上升。　烝:热气盛。

⑯后土：大地。古时称地神或土神为后土。　　　冒没：全被淹没。

⑰城郭：泛指城市。　　　城：内城的墙。　　　郭：外城的墙。

⑱菌衣：霉苔一类的东西。

⑲几席：几案和草席。

⑳违：避开。　　　五迁：多次搬迁。

㉑燎：烘烤。　　　三易：多次更换。

㉒是犹未足病也：这还不足以担心。　　　病：担心，忧虑。

㉓三吴：古地名。宋《历代地理指掌图》以苏州、常州、湖州为三吴。

㉔廛：古代一户人家所占的房地，即二亩半。

㉕禾已实而生耳：庄稼已成熟却生了芽。　　　禾：泛指庄稼。耳：庄稼果实经雨生的芽。

㉖秀：谷物吐穗开花。　　　泥蟠：倒在泥水中。　　　蟠：盘曲地伏着。

㉗塍：田间的土埂。　　　交通：纵横交错。

㉘颓穿：倒塌漏空。

㉙面垢落墍之涂：脸上被屋顶落下的尘土弄脏。　　　墍：屋顶的涂扫物。

㉚目泣湿薪之烟：眼睛被湿柴冒出的浓烟熏得流泪。

㉛釜甑：皆古代之炊具。　　　釜：一种锅。　　　甑：古代做饭用的一种陶器。

㉜鹳：大型水禽，形状像白鹤，嘴长而直，羽毛灰色、白色或黑色。

㉝妇宵兴而永叹：妇人夜起长叹。　　　兴：起来。　　　永叹：长叹。

㉞几何：多少。

㉟矧：况且。

㊱忽釜星之杂出，又灯花之双悬：釜中冒星，灯花双悬，在民间习俗中为吉兆。

㊲镗：象声词，形容打钟、敲鼓一类声音。

㊳祥：吉兆。

㊴蚤：通"早"。　　　占：本义预测，此指观看。

㊵长庚澹澹其不芒矣：长庚星浅淡无甚光芒。　　　长庚：金星的别名。也叫"太白""启明"。金星黄昏时出现在西方叫"长庚"。《诗·小雅·大东》："东有启明，西有长庚。"　　　澹：通"淡"。民间以为长庚星光淡而天晴。

㊶旸谷：又名汤谷。古人认为是太阳出来的地方。"日出于谷而天下明，故称旸谷。"

㊷扶桑：神木名。传说日出其下。《淮南子·天文》："日出于旸谷，浴于咸池，拂于扶桑，是谓晨明。"

㊸盼:看。

㊹景:影。

㊺瘖:暗的异体字,哑。

㊻痿:一种病,身体某部分萎缩或失去机能。此指肢体瘫痪而不能行者。

㊼善哉:应答之词,表同意。

㊽身履:亲身经历。

㊾宜:适宜,合适。

㊿赫然而炎非其虐:火红的太阳非常炎热,并不是它对人残暴。赫:火红色。

(51)穆然而温非其慈:和畅的太阳温暖宜人,并不是它对人仁慈。穆然:和畅、美好的样子。

(52)吾侪:我辈。　　侪:同辈、同类之人。

(53)愠:怨恨、生气。

(54)"彼冬夏之畏爱"两句:人们对冬夏的畏惧与喜爱,如同群猴对食物朝三暮四、朝四暮三的态度一样。　　群狙之三四:《庄子·齐物论》载,楚之人有养狙者,即饲曰:"朝三暮四若何?"众狙皆怒。曰:"朝四暮三若何?"众狙皆喜。

(55)墐户:用泥土封门,此指闭门。《诗经·七月》:"塞问墐户。"

(56)仰:依赖,依靠。

(57)抃:拍。

(58)作:起来。

【鉴赏】

　　这是苏轼在颍州知州任上写的一篇著名的文赋。"赋"这一文体源于先秦,兴盛于汉魏,唐人也偶为之,发展到宋代,已与诗和散文合流,展现出散文化的方向,出现了美如散文诗的"文赋",譬如欧阳修的《秋声赋》、苏轼的前后《赤壁赋》《秋阳赋》《黠鼠赋》等都是文赋佳作,体现了赋体文学发展的新方向,这也是宋代诗文革新运动的一大成果。对此,也有不少反对之词,譬如元代祝尧在《古赋辨体》中说:"至于赋,若以文体为之,则是一片之文,押几个韵尔,而于《风》之优游,比兴之假托,《雅》《颂》之形容,皆不兼之矣"(见吴讷《文章辨体序说》),意甚鄙屑不足道。清人程廷祚说:"唐以后无赋。其所谓赋者,非赋也。君子于赋,祖楚而宗汉,尽变于东汉,沿流于魏、晋,六朝以下无讥焉"(《骚赋论上》,《青溪集》卷三)。祝、程二人从固守赋体传统的观念出发,反对赋体文学的革新与发展,甚至否定唐以后赋体文学的创作,显然是保守的看法。但这种看法正好从反面反映了宋赋革新的成就和赋体发展方向的正确,宋代文学大家,特别是欧阳修、苏轼等人,对待赋体文学是既改造又继承的,即既革新又复古的,他们的赋体文学创作与散文相结合,大量散句入赋,使"赋"语句骈散相间,融合为一,琅琅上口。这是革新,同时也可以说是继承,是"复古"。其实"文赋"也并非欧阳修、苏轼所创始,是自来有之的。像宋玉的《风赋》《登徒子好色赋》,枚乘的《七发》,东方朔的《答客难》,杨雄的《长扬赋》基本上都是"散体文赋",或者说骈体中穿插了大量的散句,称之为"散文赋"并不过分;何况《卜居》《渔父》《子虚》《上林》等典型的古赋也有散句,并非完全与"散文"绝缘,更不是与散文水火不相容的。徐师曾早就指出:"按楚辞《卜居》《渔父》二篇,已肇文体;而《子虚》《上林》《两都》等作则首尾是文。后人效之,纯用此体"

(《文体明辨序说》)。更不用说欧阳修、苏轼等人在他们的文赋中基本上保持了"赋者,敷陈之称,古诗之流也"(挚虞《文章流别论》)等古赋的基本特征,即保留了古赋"敷陈"的做法和赋体文学的诗意。此外,欧阳修、苏轼文赋并不绝对排斥古赋的骈偶句,实际上他们适当地采用了古赋惯用的骈偶句和韵律,保留了古赋的音韵美。他们并没有全盘否定古赋而使自己创作的文赋成为所谓的"非赋",他们不过是革除了古赋的一些弊病,如无视内容,专求形式的骈俪、韵律过死等,把赋体文学从内容贫乏、形式僵化的死胡同中拯救了出来。并且力图把辞赋与散文和诗相结合,更充分地体现出诗意美,散文美,理性美,把"赋"推向了"散文诗"的高度,给"赋"找出了一个新的发展方向。

《秋阳赋》是苏轼文赋的代表作之一,体现了苏轼文赋既革新又复古的特点。本赋采用了赋体传统的"主客问答"的方式,"主"是"东坡居士","客"是"公子"

（即赵令畤），先从"公子"的话写起，用四个排比句式，说明自己的"心""气""好善而欲成""恶恶而欲刑"四个方面都如秋阳，因此，愿"以乐而赋之"。作者采用了赋体传统的"敷陈"（即铺张）的手法。接着"居士答曰"，首先否定"公子"知秋阳，再写自己才真知秋阳。分两方面来写，先写"夏潦之忧"以衬托，再写"秋阳之乐"，末句"公子亦有此乐乎？"结束此段，这一段话是全文的中心。下文公子曰："善哉"，肯定"居士"上面一段话的正确，承认对自己"知秋阳"的否定，然后退一步以"不身履"为自己解嘲，又用"可以意知"再与居士抗争。到此，公子气势渐弱，从文脉上看，已从高潮急剧下落。最后"居士"再从理性角度加以分析，说明"以无忘秋阳之德""公子拊掌"，口服心服，一笑而无话可说，结束全文。结构完整，脉络清楚，语句骈散相间，以散句为主，流畅、自然、优美。这是本赋的第一个特点。

第二，析字开头，奇妙清新。本赋首句："越王之孙有贤公子，宅于不土之里，而咏无言之诗。"这个开头甚"奇"，初读不知所云，一旦解开其意，则顿觉其妙。《王直方诗话》指出："赵德麟，名令畤，东坡作《秋阳赋》云：'越王之孙，有贤公子，宅于不土之里，而咏无言之诗。'盖'畤'字也。坡云：'且教别处使不得。'"由此可知，这里用的是修辞学上的"析字辞"中的"离合法"。"字有形、音、义三方面。把所用的字析为形、音、义三方面，看别的字有一面同它相合相连，随即借来代替或即推衍上去的，名叫析字辞"（陈望道《修辞学发凡》）。本赋首句中的"不土之里"离出"田"字，"无言之诗"离出"寺"字，然后合"田寺"为"畤"。原来是婉转交代"赵令畤"之名。这种"析字离合"开头法，偶尔用之，奇妙幽默、引人深思、生动有趣，但经常使用，会使人感到油腔滑调如同猜谜语，所以苏轼说："且教别处使不得。"赵令畤，字景贶，苏轼为他改字德麟，与赵官家同姓，系赵氏宗室。苏轼知颍州，令畤以承议郎签书判官，为苏轼下属官员。后因苏轼举荐，除光禄丞。苏轼因"乌台诗案"被贬，令畤连坐受罚。后来他投靠奸臣潭积而高升，绍兴初年，袭封按定郡王，不保晚节。本赋是苏轼知颍州时写给赵令畤的，由于他们当时关系亲密，所以首句有此戏语。

第三，本赋最突出的特点是采用了"反类尊体"的笔法。所谓"反类尊体"，是从相反的意思写起，然后再回到题旨上，即先反其类写，然后再遵从本题。本赋的题旨是写"秋阳之乐"，即写秋阳的可贵可喜。但是作者在写秋阳之前，先生动细腻地描写了"夏潦之忧"。这一部分分两层来写，先写夏天霖雨不止，造成水患之灾：一个"淫"字表现出雨量之大和落雨时间之久；一个"泄"字形容出了大雨猛烈地暴落，舟船本行于江河，而今行于城郭，可见大雨成灾。鱼虾等水族游入住室，家中用具器物上生长了菌苔的绿衣，青蛙蚯蚓爬上了桌案座椅，屋漏床湿，一夜挪动几处而不得安睡，衣服淋湿了，烤干，再湿再烤，一天得折腾好多次。在水灾中，人们不得安生,这还不算,最困难的现实问题却是吃饭穿衣。作者写道:禾结实而不能收,在雨地里生了芽,稻谷秀穗了却倒在泥水中,锅里空空,无米而长叹!缺衣少食,饥寒交迫,农村凋敝,生灵涂炭。这两层生动细致地描写了"夏潦之忧",但这不是文章的题旨或重点,而是作者有意安排的"反其类写",目的在反衬下一部分的"秋阳之乐"。这时,作者的笔锋一转,描写久雨初晴的征兆:"清风西来,鼓钟其镗,奴婢喜而告予:'此雨止之祥也!'"这只是一个过渡,然后饱蘸笔墨再"尊从本题"集中描写秋阳之出:"浴于旸谷,升于扶桑,曾未转盼而倒景飞于屋梁矣。"文笔轻快,心情喜悦。当人们看到秋阳时,"如醉而醒,如瘖而鸣。如痿而起行,如还故乡初见父兄。"一连用了四个生动恰切而形象的比喻,即所谓"连比",深刻地表现了淫雨之后的秋阳给人们带来的欢乐。总之,这种写法是先忧后乐,先反其类写"夏潦之忧",然后再遵从本题写"秋阳之乐",前后两事相反相成,并且用前者反衬后者,使后者更加鲜明突出,即使题旨得到充分的体现,并且让读者在比较对照中领会题旨,受到感染,从而加强文章的效果。宋人李涂说得好:"文字有反类尊题者,子瞻《秋阳赋》先说夏潦之可忧,却说秋阳之可喜,绝妙!若出诸人手,则通篇秋阳,渐无余味矣。"(见《文章精义》)

此外,从内容方面看,本赋也是有其特色的。传统的辞赋多写都市宫苑,表现官宦贵族的生活和文人墨客的感遇或愁绪,本赋却描写水灾给民众带来的苦难,表现民众的忧乐,充分体现了苏赋的人民性。

上梅直讲书

【题解】

苏轼于宋仁宗嘉祐二年（公元 1057 年）应试时，主考官欧阳修，参评官梅尧臣对其文《刑赏忠厚之至论》十分赞赏，欧阳修"惊喜以为异人"，梅尧臣以为有"孟轲之风"，录苏轼为第二名。苏轼对此知遇之恩非常感激，于是给梅尧臣写了这封信。信中表达自己对欧阳修、梅尧臣的敬重推崇之心及得到赏识后的惊喜。全文由周公无人能理解的缺憾写起，接写孔子因有贤士相处虽厄于困境而弦歌之声不绝，表达"人不可以苟富贵，亦不可徒贫贱"的思想，然后引出自己受到赏识后的感激，并表达愿与大贤相从的至诚心情。文章词采飞扬，不媚不俗，意境深邃，颇有纵横之气，足见年轻苏轼人生得遇知己时的激动心情和非凡的气度，高远的人生理想。

梅直讲，即梅尧臣，北宋著名诗人，官至国子监直讲。

【原文】

轼每读《诗》至《鸱鸮》①，读《书》至《君奭》②，常窃悲周公之不遇③。及观《史》④，见孔子厄于陈、蔡之间⑤，而弦歌之声不绝，颜渊、仲由之徒相与问答⑥。夫子曰："'匪兕匪虎，率彼旷野⑦'，吾道非邪，吾何为于此？"颜渊曰："夫子之道至大，故天下莫能容。虽然，不容何病⑧？不容然后见君子。"夫子油然而笑曰："回⑨，使尔多财，吾为尔宰⑩。"夫天下虽不能容，而其徒自足以相乐如此。乃今知周公之富贵，有不如夫子之贫贱。夫以召公之贤，以管、蔡之亲而不知其心⑪，则周公谁与乐其富贵？而夫子之所与共贫贱者，皆天下之贤才，则亦足与乐乎此矣！

轼七、八岁时，始知读书，闻今天下有欧阳公者⑫，其为人如孟轲、韩愈之徒⑬。而又有梅公者从之游⑭，而与之上下其议论⑮。其后益壮，始能读其文词，想见其为人，意其飘然脱去世俗之乐而自乐其乐也⑯。方学为对偶声律之文⑰，求斗升之禄，自度无以进见于诸公之间。来京师逾年，未尝窥其门⑱。今年春，天下之士群至于礼部⑲，执事与欧阳公实亲试之⑳。诚不自意㉑，获在第二。既而闻之人，执事爱其文，以为有孟轲之风。而欧阳公亦以其能不为世俗之文也而取焉，是以在此。非左右为之先容㉒,非亲旧为之请属㉓,而向之十余年间闻其名而不得见者,一朝为知己。退而思之,人不可以苟富贵,亦不可以徒贫贱。有大贤焉而为其徒,则亦足恃矣㉔。苟其侥一时之幸㉕,从车骑数十人,使闾巷小民聚观而赞叹之,亦何以易此乐也。《传》曰:"不怨天,不尤人㉖。"盖优哉游哉,可以卒岁㉗。执事名满天下,而位不过五品,其容色温然而不怒,其文章宽厚敦朴而无怨言,此必有所乐乎斯道也。轼愿与闻焉!

【注释】

①《鸱鸮》:《诗经·豳风》中的篇名。据《毛氏传疏》,周公平定叛乱,东征武庚、管叔、蔡叔,而周成王不了解周公的心志,于是周公写了这首诗给成王,以明心迹。苏轼以此感叹周公无人能解。

②君奭:《尚书》中的篇名。周武王死后,周公、召公共同辅佐成王,流言说周公有野心夺取王位,召公对他不放心,于是周公作《君奭》表白自己,并有互勉之意。
君:尊敬之称。 奭:召公的名字。

③周公:姓姬,名旦,周武王之弟,武王死后,辅佐成王治平天下。

④《史》:指《史记》。

⑤孔子厄于陈、蔡之间:据《史记·孔子世家》载,孔子周游列国至陈、蔡时,被陈、蔡两国的大夫们围困于郊野,断粮挨饿,但孔子仍给弟子们讲学,且琴声歌声不绝。 厄:困。 陈、蔡:春秋时国名。

⑥颜渊、仲由:皆为孔子的弟子。颜渊:名回,字子渊。 仲由:字子路。

⑦匪兕匪虎,率彼旷野:语出《诗经·何草不黄》,意思是:不是犀也不是虎,却奔波于旷野上。 匪,同"非"。 兕,雌的犀牛。 率:沿,引申为来回奔波。

⑧不容何病:不能容纳又有什么可担忧的呢。 病:担忧。

⑨回:颜回。

⑩宰:主宰,管理。这里指掌管财产。

⑪管、蔡:即管叔、蔡叔。管叔名鲜,蔡叔名度,都是周公的弟弟。武王死,成王即位,周公辅政,管叔、蔡叔散布流言,说周公有篡位的野心。

⑫欧阳公:指欧阳修。

⑬孟轲、韩愈:儒家学派代表人物之一孟子,唐代著名文学家韩愈。

⑭从之游:与之交游。

⑮上下:互相切磋、相辅相成之意。

⑯飘然：高超的样子。

⑰对偶声律之文：指诗赋。

⑱窥其门：登门拜访的意思。

⑲礼部：朝廷六部之一，掌管礼制、科举、学校等事。

⑳执事：本指侍从左右供使令之人。旧时书信里，以执事代称对方，以示尊敬，是烦扰对方执事的意思。此处指梅尧臣。

㉑诚不自意：自己实在没有想到。

㉒先容：先做介绍，先通关节。

㉓请属：请求，嘱托。

㉔恃：依托。

㉕侥一时之幸：一时侥幸。

㉖不怨天，不尤人：语出《论语·宪问》："子曰：'不怨天，不尤人，下学而上达，知我者其天乎？'" 怨：抱怨。 尤：指责，归罪。

㉗优哉游哉，可以卒岁：悠然自得，快乐地生活。语出《左传·襄公二十一年》："《诗》曰：'优哉游哉，聊以卒岁。'"

【集评】

明杨慎（《三苏文范》卷十三引）：此书叙士遇知己之乐，遂首援周公有蔡、管之流言，召公之不悦，乃不能相知，以形容其乐，而自比于圣门之徒。

明茅坤《唐宋八大家文钞·东坡文钞》卷一百二十五：文潇洒而入思少吃紧。

清金圣叹《天下才子必读书》卷十四：空中忽然纵臆而谈，劣周公，优孔子，岂不大奇？文态如天际白云，飘然从风，自成卷舒。人固不知其胡为而然，云亦不自知其所以然。

清储欣《唐宋八大家类选》卷九：先将圣贤师友相乐立案，因说己遇知梅公之乐，且欲闻梅公之所以乐乎其道者，最占地步，最有文情。

清吴楚材、吴调侯《古文观止》卷十一：长公之推尊梅公，与阴自负意，亦极高矣。细看此文，是何等气象，何等采色！其议论真足破千古来俗肥。绝妙。

清沈德潜《唐宋八大家文读本》卷二十三：见富贵不足重，而师友之道相乐，乃人间之至乐也。周公、孔、颜，凭定发论；以下层次照应，空灵飘洒。东坡文之以韵胜者。

【鉴赏】

宋仁宗嘉祐二年（1057），苏轼参加礼部考试，以《刑赏忠厚之至论》一文获得

第二名。这次考试的主考官是欧阳修,参评官是梅尧臣,他们是宋代古文运动的倡导者,对苏轼的文章大为赞赏。考试之后,苏轼即写了《上梅直讲书》。梅直讲,即梅尧臣,直讲是官名。在这篇文章里,作者表达了对欧阳修、梅尧臣的推崇和敬佩之心,抒发了士遇知己者乐的兴奋之情。

文章的第一段,作者先写了周公之“悲”和孔子之“乐”:每当读《诗经》读到《鸱鸮》、读《尚书》读到《君奭》时,常常私下为周公的怀才不遇感到悲伤。这里通过己之悲写出了周公之悲。下面“及观史”至“而其徒自足以相乐如此”便与之对比写了孔子之乐:等到我看了《史记》,知孔子受困于陈国、蔡国之间,但弹琴、唱歌之声却不断绝。颜渊、仲由这些孔子的门徒,与孔子互相问答。夫子说:“不是犀牛,也不是老虎,却奔波在旷野之上,我的道不对吗?我为什么到了这个地步?”颜渊说:“夫子的道太大了,所以天下没有能容纳得了它的地方。不为天下容又有什么关系,不容之后才显出来您是君子。”夫子舒缓温和地笑了笑说:“颜回!如果你有了很多财产,那么我一定去当你的管家。”天下虽然不能容纳他们,然而孔子的门徒们

215

却能产生如此的乐趣。

通过周公与孔子的对比，作者发出了如下感叹："乃今知周公之富贵，有不如夫子之贫贱。"这是为什么呢？作者做了明确的说明："夫以召公之贤，以管、蔡之亲，而不知其心，则周公谁与乐其富贵？而夫子之所与共贫贱者，皆天下之贤才，则亦足与乐乎此矣！"凭着召公的贤能，凭着管叔、蔡叔这些周公的亲骨肉，但却不了解周公的心，那么周公还能和谁一起为富贵感到快乐呢？而与夫子共同承受贫贱的人，都是天下的贤才，这样，夫子也足以与他们一起为此感到快乐！这里，作者实际上说明了一个哲学道理，即物质上的富贵并不意味着精神上的富贵，反之，物质上的贫贱亦不意味着精神上的贫贱。在某种条件下，它们对立存在于一个矛盾统一体中。

第二段，作者由孔子之德及孔子之乐转而称赞欧阳修和梅尧臣的品德以及士逢知己之乐。"轼七、八岁时"至"从之游而与之上下其议论"写了他对欧阳修和梅尧臣的最初了解：我七、八岁的时候，开始知道读书。听说今天下有欧阳公，他的为人如古代孟轲、韩愈的门徒；又有梅公，跟随欧阳公周游，并与其共同探讨问题。"其后益壮，始能读其文词，想见其为人，意其飘然脱去世俗之乐而自乐其乐也"，是说以后又长大些，开始能读他们的文词，想见他们的为人，猜想他们飘然摆脱世俗之乐而为自己的快乐而快乐。表现了作者对欧阳修和梅尧臣二人不为世俗所羁的敬佩之情。"方学为对偶声律之文"至"而欧阳公亦以其能不为世俗之文也而取焉"，其中，"对偶声律之文"是指诗、词、赋，"礼部"是宋朝中央官署之一，主管礼制、科举、学校等事。这几句是说，刚刚学习作诗、词、赋，以求禄位，自己猜想没有进见诸公的作品。来京师一年多了，还不曾窥见其门。今年春天，天下的有识之士，一起来到礼部，您和欧阳公亲自给我们考试，我没有料想到，居然获得了第二名。这之后听说，您喜爱我的文章，认为有孟轲的风骨，欧阳公也认为我不做世俗之文而可取。不为世俗所羁，是欧阳修、梅尧臣与作者的相通之处，正由于这一点，作者之文被取在第二。作者感到了自己的思想与前者的融会，亦感到了彼此间的亲近，而把他们引为知己。因此，接下去写道："是以在此，非左右为之先容，非亲旧为之请属，而向之十余年闻其名而不得见者，一朝为知己。"我的文章被取，就在于这个原因，而不是周围的人们为我先做介绍，不是亲朋旧友们为我请求、嘱托，我以往十多年闻其名而不能见到的人，一下子就成了知己。写到这里，作者的欢乐之情怎能不溢于言表。下文就充分展示了作者之乐。"退而思之"至"盖'优哉游哉，可以卒岁。'"这里是说，退一步想，人不可以苟且求得富贵，也不可以只是追求贫贱，有大贤在那儿，去做他们的学生，也就足以作为依靠了！即使求得一时的侥幸，跟从的车骑上有几十人,使得街巷中的百姓聚在一起观看而发出赞叹,那又怎么能够换取跟从大贤的快乐呢!《论语》说:不抱怨天,不责怪人,大概就是从容自得,可以度过岁月吧。

最后,作者由己之乐转而回到赞誉梅尧臣:您美名满天下,可职位不超过五品,您的容颜温和而无怒色,您的文章宽厚、真诚、朴素而无怨言,这一定有乐于此道的东西。我愿意听一听!

这篇文章较好地运用了铺垫衬托的手法。第一段看似与第二段游离,只字未提到欧阳修、梅尧臣,实则联系是十分紧密的。作者以孔子之德垫写欧阳修、梅尧臣之德,以孔子之乐垫写自己之乐,从而,以孔子之德更好地衬托出了欧阳修、梅尧臣之德,以孔子之乐更好地衬托出了自己之乐。作者还通过周公之悲与孔子之乐的对比描写,以周公之悲反衬出孔子之乐,又进一步衬托出自己之乐:"有大贤焉而为其徒,则亦足恃矣!"

本文结构严谨,井然有序,语言精练,毫无赘言。

答李端叔书①

【题解】

　　这封回信写于元丰三年(公元1080年)冬季,是苏轼谪居黄州后写给李端叔的第一封信。在此之前,苏轼经历了"乌台诗案"文字狱的打击,政治上如履薄冰,忧谗畏讥,不敢轻易作文,终日放浪于山水之间,和樵夫渔父杂然相处,以不被人识为乐事。在众人对苏轼毁谤不绝的时候,李端叔却对苏轼推崇备至,来信表示支持和赞赏。苏轼顾及自己是负罪之身,怕连累端叔,故对来信推而不答。李端叔再次来信表示诚意,在盛意难却之下,苏轼写了这封回信。在回信之中,苏轼对李端叔的称扬之辞一再表示推让,含蓄地抒发了自己无罪入狱、屡遭迫害的愤慨之情。其放浪山水的生活方式,包含着对仕途险恶、人情冷暖的感叹,从中也可看出当时政治环境的恶劣。在行文之中,苏轼也流露出对自己过去作为的不满,其中虽不无悔恨之意,却也含有一定的牢骚在内。这封信写得委婉含蓄,情意真挚,苏李二人当时虽只是文字之交,却能以诚相待,推心置腹,可见苏轼在人格上之磊落旷达。

【原文】

　　轼顿首再拜②:闻足下名久矣,又于相识处往往见所作诗文,虽不多,亦足以仿佛其为人矣③。

　　寻常不通书问,怠慢之罪,犹可阔略④;及足下斩然在疚⑤,亦不能以一字奉慰;舍弟子由至,先蒙惠书,又复懒不即答。顽钝废礼,一至于此,而足终不弃绝。递中再辱手书⑥,待遇益隆,览之面热汗下也。

　　足下才高识明,不应轻许与人⑦,得非用黄鲁直、秦太虚辈语⑧,真以为然邪?不肖为人所憎⑨,而二子独喜见誉⑩,如人嗜昌歜羊枣⑪,未易诘其所以然者。以二子为妄⑫,则不可;遂欲以移之众口,又大不可也。

　　轼少年时,读书作文,专为应举而已。既及进士第,贪得不已,又举制策⑬。其实何所有?而其科号为直言极谏,故每纷然诵说古今,考论是非,以应其名耳。人苦不自知,既以此得,因以为实能之。故谈谈至今⑭,坐此得罪几死⑮。所谓齐虏以口舌得官⑯,真可笑也。然世人遂以轼为欲立异同⑰,则过矣。妄论利害,搀说得失,此正制科人习气。譬之候虫时鸟,自鸣自己,何足为损益?轼每怪时人待轼过重,而足下又复称说如此,愈非其实。

得罪以来,深自闭塞。扁舟草屦⑱,放浪山水间,与樵渔杂处⑲,往往为醉人所推骂,辄自喜渐不为人识,平生亲友,无一字见及,有书与之亦不答,自幸庶几免矣。足下又复创相推与,甚非所望。

木有瘿,石有晕,犀有通,以取妍于人,皆物之病也⑳。谪居无事,默自观省,回视三十年以来所为,多其病者。足下所见,皆故我,非今我也。无乃闻其声不考其情,取其华而遗其实乎?抑将又有取于此也㉑?此事非相见不能尽㉒。

自得罪后,不敢作文字㉓。此书虽非文,然信笔书意,不觉累幅㉔,亦不须示人,必喻此意。

岁行尽,寒苦,惟万万节哀强食。不次㉕。

【注释】

①李端叔:李之仪,字端叔,号姑溪居士,无棣人,元丰进士,尝从苏轼辟为幕僚,后以此贬官。能诗文,尤工尺牍,苏轼称其入刀笔三昧。著有《姑溪集》《姑溪词》。

②顿首:叩头。　再拜:拜二次。常用于书信开头,表示敬意。

③仿佛:大体上了解。

④阔略:宽恕,谅解。

⑤斩然:哀痛悲伤的样子。　斩:同"惭"。　在疚:守丧。

⑥递中:驿递之中。　递:古时传递公文的车马,此指驿车。

⑦许与:赞同。

⑧黄鲁直:黄庭坚,字鲁直,号山谷道人。"苏门四学士"之一,以诗书负盛名。有《山谷集》。　秦太虚:秦观,字少游,又字太虚,工诗词,"苏门四学士"之一。著有《淮海集》。　得非:意同"得无",莫非。

⑨不肖:自谦语。

⑩二子:指黄庭坚、秦观。

⑪昌歜:菖蒲切碎制成的咸菜。传说周文王爱吃此菜。　羊枣:黑紫色的小枣,果实小而圆。曾晳嗜羊枣。此处以二者喻各人爱好不同。

⑫妄:荒诞。

⑬举制策:参加制科考试。　制策:封建时代由皇帝临时设置的考试科目。

⑭诎诎:争辩的声音。

⑮坐:因。

⑯齐虏以口舌得官:刘邦骂刘敬的话。事见《史记·刘敬传》。刘敬本名娄敬,因向刘邦献建关中之策有功,赐姓刘,获得官职。后来刘邦欲进攻匈奴,派刘敬等使出使匈奴察看敌情,众人中唯刘敬认为匈奴兵强不可出兵进攻,而此时汉兵已经出发,刘邦一怒之下便说了这话,并将刘敬关押起来。结果刘邦被围平城,七日后才逃了出来。这里苏轼以刘敬自比,意谓说了实话却被判入狱。　齐虏:刘敬是齐国人,故有此语。虏:本指俘虏,后以之称贱轻之人。

⑰异同:偏义复词,意在"异"字。

⑱扁舟草屦:驾着小船,穿着草鞋。

⑲樵渔:樵夫、渔父。

⑳"木有瘿"三句:树木上长着赘瘤,石头上有晕圈,犀角有通纹,这些招人喜爱的特征,其实都是病态的表现。

㉑"无乃"三句:恐怕你是听到了我的名声,却没有考察实际情况,摘到了花却遗漏掉了果实罢了,还是你对此另有所取呢?　华:同"花"。　实:果实。
抑:还是。

㉒尽:说清楚。

㉓文字:文章。

㉔累幅:写了好几页。

㉕不次:不一一说明。书信末常用语。

【集评】

明茅坤《唐宋八大家文钞·东坡文钞》卷十:看此等书,长公据几随手写出者,却自疏宕而深眇。

明刘大櫆(《古文辞类纂·集评》卷三十引):本色语,自然工雅,然已开语录之渐。

明吴汝纶(引书同上):此文可谓怨而不怒,养到之验,虽振笔直书,而气韵自然,非他家所及。

清李光地(《唐宋文醇》卷四十引):人以为牢骚玩世之语,实则自写平生实录也。文尤离奇可诵。

清储欣《唐宋十大家全集录·东坡先生全集录》卷八:谪黄情状略见于此。公知所过矣。能知其过,必有令图,所以异日卒有元祐之遇。

清沈德潜《唐宋八大家文读本》卷二十三：此东坡先生伤己之言也，后归于庄生之旨，勿认为牢骚玩世。

【鉴赏】

这篇给李端叔的答书作于元丰三年，此时苏轼谪贬黄州，处境困顿。在答书中，作者陈说了自己对世事的看法，解释了世人对自己的一些误解，记述了谪贬后自己的处境、世态的炎凉，以及对自我的反省。

李端叔的诗文很受苏轼的赏识，苏轼还认为他的诗文和他的为人大略相似。"寻常不通书问"至"览之面热汗下也"，作者对自己加以自责，也表示了对李端叔的感激。"阔略"，即宽恕之意；"斩然"，痛苦的意思。"在疚"，语出《诗·周颂·闵予小子》："嬛嬛在疚"，后世用为居丧代语；"递"是指文书之驿递。这一小段的大意为：在您痛苦地居丧之时，我亦不能用一字相加劝慰；我的弟弟子由来，带来您的书信，可是我又因懒惰而未及时答复。我顽钝不顾礼节到了这个地步，您却始终没有看不起我，断绝和我的往来。我在驿递中又得到您的书信，您待我越来越深厚，我看了以后，脸上发热，汗也流了下来。

下面，作者以"足下才高识明"一句自然而然将文章带入正题。"足下才高识明"到"又大不可也"这一部分中，"得非"，意为"得无"，岂不是……吗？"昌歜"是一种草名，"羊枣"是一种黑紫色的枣儿，文王喜吃昌歜，曾皙喜吃羊枣，"如人嗜昌歜羊枣"实际上用来比喻人各有所好。人各有所好，很难问清楚为什么是这样。认为黄、秦二人虚妄，是不对的，要把他们的看法加于众人之口，则是更加不可的。作者在此向李端叔说明了推誉之言不可信，他的看法也体现了对自身辩证而又客观的认识。

接着，作者进一步解释了世人对自己的误解。先从少年读书谈到应举，又从"直言极谏"谈到由此而引来的灾难。文章写道："人苦不自知，既以此得，因以为实能之，故诶诶至今，坐此得罪几死。所谓'齐虏以口舌得官'，直可笑也。""诶诶"，是争辩的声音；"坐"，意为因为；"齐虏以口舌得官"，引自《汉书·娄敬传》。娄敬，齐人，曾向刘邦献策建都关中，赐姓刘，封关内侯。出使匈奴，回来后说不可出击，而此时汉兵已发。刘邦怒，因娄敬为齐人，故斥之为齐虏，并斥其仅仗言论说词而得官位。作者说：人们苦于不自知，已经凭借着诵说古今、评论是非应了举，于是认为确确实实能够以此来辅佐国政，所以争辩之声直到今日。因此获罪几乎丧失生命，这就是所谓"齐虏凭借言词而得到官位"，简直太可笑了。由世人的遭遇，作者又谈到了自己："然世人遂以轼为欲立异同，则过矣。"这是说：可世人认为我要建立异说，这就错了。言词曾给多少文人墨客招致杀身之祸，但是他们的言词又究竟产生过多大作用呢？下文便做了阐述："妄论利害，搀说得失，此正制科人习气，譬之候鸟时虫，自鸣自己，何足为损害。"应制的文章妄论利害、谗说得失，这是正制科人的习气，就好像春燕秋虫之类，该叫的时候就叫，过了季节就不叫了，对于人，既无所补益，也无所损害。"轼每怪时人待轼过重，而足下又复称说如此，愈非其实"则与前文相呼应，而意味更深一层。作者因言词而获罪，在此特劝李端叔对己不宜复加推誉。

以下作者叙述了获罪以来的境遇。"得罪以来"至"自幸庶几免矣"，是说：自获罪以来，自己处在一个极为闭塞的环境中。划着一叶扁舟，穿着一双草鞋，放浪形迹于山水之间，与樵夫、渔夫杂居在一起。常常被醉酒之人推搡辱骂，于是自己也为渐渐地不被人所知感到高兴。平生亲友不给我寄信，我寄信给他们，他们也不作答，于是我自己也庆幸这样就差不多可以免于与世人交往纷争了。作者以饱含辛酸的自得其乐，反映了人情的冷漠，世态的炎凉。居于目前处境，作者说"足下又复创相推与，甚非所望"，再次劝李端叔不要复相推誉。

国学经典文库

唐宋八大家散文鉴赏

苏轼卷

身居山野，作者有充裕的时间反省自我，他对自我的认识也更加深刻。"木有瘿"至"非今我也"这几句是说：树木有赘瘤，石头的边缘有一圈光泽，犀牛的角有通孔，这些讨人喜欢的独特之处，其实正是它们的缺欠。谪居无事可做，沉默下来自我观察、反省，回顾三十年来所作之事，多有那些缺欠。您所看到的我是以前的我，而不是现在的我。下文"无乃"四句中，声、情、华、实，所表示的是现象与实质，形式与内容，表与里，作者说，这些事情只有见面再谈，才能详尽地说明。

　　文章的结尾，又是作者对李端叔的嘱咐，自己因文辞获罪，所写书信则不可再给他人看。因李端叔正居丧，作者还劝慰他"万万节哀强食"。"不次"，犹言不尽，不一一说，常用作书信结尾之词。

　　在这篇文章中，作者善用比喻说明道理。谈到人们对自己的看法时，作者以"如人嗜昌歜羊枣，未易诘其所以然者"作比，说明人各有所好，对一个人的评价也不可能众口如一。作者还以"候鸟时虫，自鸣自已，何足为损害"作比，说明正制科人论说利害得失，就像春燕秋虫一样，该叫的时候就叫，过了季节就不叫了，对于他人，既无补益，也无损害，而由此引来杀身之祸，既可悲，又可笑。

　　这篇文章言辞诚恳谦逊，淡然工雅。作者振笔直书，却气韵自然。

与王庠书

【题解】

　　《经进东坡文集事略》题作《答王庠书》。王庠,字周彦,荣州(今四川荣县)人。年幼颖悟,七岁能属文,穷经史百家书传注之学。庠是苏辙的女婿,苏轼的侄婿,苏轼被贬惠州时称其"寄示高文新诗,词气比旧益见奇伟,粲然如珠贝溢目"(《与王庠五首》之一),并向黄庭坚推荐说:"某有侄婿王郎,名庠,荣州人。文行皆超然,笔力有余,出语不凡,可收为吾党也。……嘉其有奇志,故为作书。"(《答黄鲁直五首》之五)

　　据此信中所言及苏轼《与王庠五首》《答黄鲁直五首》之五、《苏诗编注集成总案》卷四十,此信作于绍圣三年(公元 1096 年)七月十三日前后。时王庠自蜀遣二卒探望被贬到惠州的苏轼,苏轼以此信作答。

　　此信由"辞达"谈及"儒者之病,多空言而少实用"。"辞达"是苏轼一再强调的原则,早在元祐八年(公元 1093 年),苏轼就曾说:"孔子曰:'辞达而已矣。'物固有是理,患不知之,知之患不能达之于口与手。此谓文者,能达是而已。"(《答虔倅俞括一首》);此后的元符三年(公元 1100 年)。苏轼再次全面申说:"孔子曰:'言之不文,行而不远。'又曰:'辞达而已矣。'夫言止于达意,即疑若不文,是大不然。求物之妙,如柔风捕影,能使是物了然于口与手者乎?是之谓辞达,辞至于能达,则文不可胜用矣。"苏轼对"辞达"的理解是独树一帜的,它避免了与"言之不文,行而不远"的矛盾。相对而言,司马光便逊之远矣。(《温国文正司马公文集》卷六十《答孔文仲司户书》云:"孔子曰'辞达而已矣',明其是以通意斯止矣,无事于华藻宏辩也。必以华藻宏辩为贤,则屈、宋、唐、景、庄、列、杨、墨、苏、张、范、蔡皆不在七十子之后也。颜子不违如愚,仲予仁而不佞,夫岂尚辞哉?")

　　由"辞达"引申而论,苏轼对少时"多空文而少实用"的议论加以反思,对目前科举"程试文字,千篇一律"加以批评,希望王庠"勉守所学,以卒远业"。

【原文】

轼启。远蒙差人致书问安否,辅以药物,眷意甚厚①。自二月二十五日,至七月十三日,凡一百三十余日乃至,水陆盖万余里矣。罪戾远黜②,既为亲友忧,又使此二人者,跋涉万里,比其还家,几尽此岁,此君爱我之过而重其罪也③。但喜比来侍奉多暇,起居佳胜。

轼罪大责薄,居此固宜④,无足言者。瘴疠之邦⑤,僵仆者相属于前⑥,然亦皆有以取之。非寒暖失宜,则饥饱过度,苟不犯此者,亦未遽病也⑦。若大期至,固不可逃,又非南北之故矣。以此居之泰然。不烦深念。

前后所示著述文字,皆有古作者风力⑧,大略能道此意欲言者。孔子曰:"辞达而已矣。"辞至于达,止矣,不可以有加矣。《经说》一篇诚哉是言也⑨。西汉以来,以文设科而文始衰⑩,自贾谊、司马迁,其文已不逮先秦古书,况所谓下者。文章犹尔,况其道德者乎?

若所论周勃,则恐不然。平、勃未尝一日忘汉⑪,陆贾为之谋至矣⑫。彼视禄、产犹几上肉,但将相和调,则大计自定。若如君言,先事经营,则吕后觉悟,诛两人,而汉亡矣。

轼少时好议论,既老,涉世更变,往往悔其言之过,故乐以此告君也。儒者之病,多空言而少实用。贾谊、陆贾文学,殆不传于世。老病且死,独欲以此教子弟,岂意姻亲中,乃有王郎乎⑬?

三复来贶⑭,喜抃不已⑮。应举者志于得而已。今程试文字⑯,千人一律,考官亦厌之,未必得也。知君自信不回⑰,必不为时所弃也。又况得失有命⑱,决不可移乎?勉守所学,以卒远业⑲。

相见无期,万万自重而已。人还,谨奉于启,少谢万一⑳。

【注释】

①眷:关怀。

②罪戾:罪过。

③比:及,等到。此君爱我之过而重其罪也,意思说,您这么过分地怜爱于我,实在使我深感罪过。   重:加重。

④宜:应当。

⑤瘴疠:南方潮湿之地热气蒸郁而致,内病称瘴,外病称疠。

⑥僵仆:僵倒仆地而死。   属:接。   这句的意思是:僵倒仆地而死者接

二连三。

⑦遽：迅速，陡然。

⑧风力：风骨，笔力。

⑨《宋史·王庠传》谓庠"尝以《经说》寄苏轼,谓'二帝三王之臣皆志于道,惟其自得之难,故守之至坚。自孔、孟作《六经》,斯道有一定之论,士之此养,反不逮合,乃知后世见《六经》之易,忽之不引也。'轼复曰：'《经说》一篇,诚哉是言。'"

⑩西汉皇帝向文学贤良之士提出策问,称为制策;而文学贤良写出文章回答,称策对。皇帝根据策对加以任用,此即以文设科之始。用功名引导作文,作文者一定要获取功名,文于是衰落了。

⑪平：即陈平（？—前178）,阴武（今河南原阳东南）人。少时家贫,好读书。陈胜起义后先投魏王咎,后从项羽,任都尉。见羽不能成大事,遂归刘邦,以奇计助刘邦立汉。功封曲逆侯。历任惠帝、吕后、文帝丞相。吕后死后,平与周勃合谋诛杀诸吕,迎立文帝刘恒。　勃：即周勃（？—前169）,沛县（今属江苏）人。秦末从刘邦起兵,以军功为将军,封绛侯。惠帝时任太尉。后与陈平诛诸吕。

⑫陆贾：汉初政论家、辞赋家。官至大中大夫。吕后死时,陆贾为陈平、周勃设计,共灭吕氏。

⑬姻亲：结成婚姻的亲戚。

⑭三复来贶：反复读你的信和文章。　贶：赠物,此指来信和《经说》一文。

⑮抃：鼓掌,表示欢迎。

⑯程试文字：科举考试的文章。　程：格式。科考文有定式,故谓。

⑰不回：不悔,坚定不移。

⑱《孟子·尽心上》："求之有道,得之有命。"

⑲卒：成就。

⑳少谢万一：聊表谢意。

【集评】

清储欣《唐宋十大家全集录》之《东坡先生全集录》卷八：坡公犹悔,是益知立论之难。（按,指"轼少时好议论古人"云云）

【鉴赏】

王庠,荣州（今四川省荣县）人,苏辙的女婿。他对苏轼很尊敬,很崇拜,曾多次向苏轼请教学问。苏轼对他总是悉心地教导,热忱地帮助。二人早已结成忘年之

交，又加上姻亲关系，感情的深厚异乎寻常。苏轼谪居海南已是年过六十的老人，海南炎热潮湿，落后荒凉，远离文化发达的中原。王庠为此十分担忧，生怕老人有什么意外，老是放心不下，经常写信安慰，送米、送菜、送药、送书和其他一切日用必需品，以减轻老人生活上的困难和心中的烦恼。实在没有办法的时候，就不惜花钱雇人，不远万里前往海南送信送物，看望老人身体是否健康，生活上有什么困难。其关心的程度，真是无以复加了，就是亲生儿子也不过如此。苏轼怎能不感动呢？在这封回信中，苏轼表达了一种不安的感激心情和在逆境中处之泰然的达观态度，对王庠的文章做了诚挚中肯的评价，对其缺点也毫不隐讳，并用亲身的教训告诫王庠。勉励王庠要正确对待"应举"考试，努力学习，力争完成远大事业。写得语重心长，情深义重，想想当时情景：老人大难在身，远谪边陲，生命朝不保夕，还强忍自身的不幸，如此热忱地教诲青年学者，能不感人泪下！

全文分三段。第一段对王庠的关心表示深切的感谢。分两层：一是对"过爱"深感不安。"某远蒙差人致问安否，辅以药物，眷意甚厚。"远，指不远万里，放于句派专人致问安否,比捎信问候,情义更深,还带来药品和东西。这三点说明关心非比一般,故称"眷意甚厚。"三事一结,感激之情已流于言表。但作者仍然深感不安,又详计派人前来海南的日程和里程,回家可能到达的日期。自己负罪远黜,让亲友担忧,累人万里跋涉,真是于心不安。"此君爱我之过而重其罪也。"你爱我太过分了,给我心里加重一层不安的内疚。日程、里程、归期和"过爱"也是三事一结,结构相同,感激之情更加深沉。二是请对方不要过分挂念。作者故意淡化困难,强忍作喜,说什么自己身体很好,生活也没有什么困难。虽然这里地方性传染病较多,常常死人,自己犯点病也算不了什么。真是死期到了,那也是命该如此。达观一些,泰然处之,听天由命吧。请你不必深深挂念。处境维艰,心情凄苦,思想达观,语意婉转。令人不忍卒读! 平凡语句,包含无限真情。第二段,对王庠文章的评论及诫勉。分四层:一、总评语:"皆有古作者风力,大略能道意所欲言者。"都有古代作者的风格和才气,大体上能表达所想说的意思。古,应视为指先秦。有,大略,表示分寸的词语。所以这个评语既有肯定和鼓励,也有保留和鞭策的含义。下文引孔子的话"辞达而已矣。"教育王庠作文一定要重视这一点。并再三叮嘱:"辞至于达,止矣。"特别强调:"不可以有加矣。"这是苏轼把几十年作文的甘苦,倾诚地教诲青年。二、评《经说》。苏轼赞同王庠的观点,也认为自西汉以后,文道都日渐衰亡。三、评《论周勃》。"则恐不然",非常明确地指出文章的缺点,并用自己的教训告诫王庠:论述古人,切不可言之过分。四、教育王庠要避免读书人的通病:"多空文而少实用。"举贾谊、陆贽为例,说明有这种毛病,其学问就不能传于后世。苏轼带病回信,对王庠所示的文章做了全面而恳切的评价。重要处,再三叮咛;不对的地方,现身说法。虽属一般评述文字,却饱含爱护青年、谆谆教诲的满腔热忱。第三段,最后叮嘱。"三复来贶,喜忭不已。"几次来信,使我高兴得很。重提来信致问,与文章开头呼应。下文写希望王庠能正确对待"应举"考试。考者志在于得,但令人生厌的程式考试,未必能有所得。如果你有信心,一定不会被时代所抛弃。不过得失在于天命,很难更改,言外之意,还是要正确对待应举考试的得失,以达观处之为好。好好学习,努力完成远大学业。从应举人的愿望,考试的弊端,个人努力,天命难移等几个方面曲折婉转述说,表现了苏轼对王庠的关心。"相见无期,万万自重而已。"相见遥遥无期,要说的话很多,哪里说得完。你千万要努力,要自己多多保重。以无限慨叹的心情,殷切希望的笔触,结束全文。

写诗要有感情,无情则无诗。散文也是这样,好的散文就是不分行的诗。古话说文为情种,确实说得很有见地。本文虽属一般书信,在平凡质朴的文辞中,却饱含着深沉的情感。想想王庠敬爱老人深情，老人抱病回信，白发萧萧，万感交集的情景，就不难窥见文中的奥妙。上文提到的两个"三事一结"，就孕育着无限的不安和感激。文中还有"三罪""三命"和"三喜"，也是隐含无数辛酸的"情眼"。苏轼一生坎坷，多次被贬，实属冤枉，但本文中却三处自言：罪戾，罪大、重其罪。这是为什么？苏轼一生忠君，君定其罪，虽属冤枉，也甘心认领。这是愚忠的悲剧，也是为人忠厚的地方。戴罪而连累亲友，老人心中大不安，再三申言有罪，这就是笔触的真情。苏轼才华横溢，大志难酬，老之已至，既甘心认罪，哪能不认命？文中的"固宜、固不可逃、得失有命"，都是认命思想的表现。青壮年认命是愚昧懦弱，老年认命是人生痛苦的归宿。不怨天，不怨人，引咎自责，这就是难得老来"糊涂"的真情。文中的"喜比来侍奉多暇""乐以此言告君""喜抃不已"，这三处喜乐，真真假假，感情极为复杂。谪居多暇，自由自在，不为责累，不看人脸色度日，也可谓喜。无友、无书、无药多病，度日艰辛，又哪有喜趣！有志难酬，执笔修书教诲青年，虽得一乐，也未必无愁。远书问候，自会狂喜，无友无信时，翘首以待，又何等难熬。真是喜乐交错，说喜隐忧，用笔良苦。

六一泉铭 并叙

【题解】

　　本文作于元祐五年(公元1090年)杭州知州任上。作者以饱含深情的笔触,娓娓叙说"六一泉"名字的由来。回顾了与已故良师益友欧阳修及僧惠勤的交往,从而表达了作者对他们的深切怀念,无比崇敬之情及让他们的遗风余烈永存人间的美好愿望。全文记事完整、生动活泼、引人入胜,且融抒情、议论于一体,使此文别具特色。文章先写作者昔日任杭州通判时,经欧阳修引荐,得以识僧惠勤。接着叙写惠勤抵掌论欧公,极力推崇其人、其文。其人,胸怀宽广、为人淡泊,真"天人"也;其文,奇丽秀绝,颇得自然之道。泉水突出这一奇异之事,更进一步歌颂二友之泽如同泉水一样长存人间。全文通过抵掌论人、泉水突出、为泉水作铭三件事,把苏轼对二友的感情淋漓尽致地表达出来了。

【原文】

　　欧阳文忠公将老,自谓六一居士①。予昔通守钱塘②,见公于汝阴而南。公曰:"西湖僧惠勤甚文,而长于诗,吾昔为《山中乐》三章以赠之。子间于民事③,求人于湖山间而不可得,则盍往从勤乎④?"予到官三日,访勤于孤山之下,抵掌而论人物。曰:"公,天人也。人见其暂寓人间,而不知其乘云驭风,历五岳而跨沧海也。此邦之人⑤,以公不一来为恨⑥。公麾斥八极⑦,何所不至,虽江山之胜,莫适为主⑧,而奇丽秀绝之气,常为能文者用,故吾以谓西湖盖公几案间一物耳。"勤语虽幻怪,而理有实然者。明年,公薨⑨,予哭于勤舍。又十八年⑩,予为钱塘守,则勤亦化去久矣⑪。访其旧居,则弟子二仲在焉⑫,画公与勤之像,事之如生。舍下旧无泉,予未至数月,泉出讲堂之后、孤山之趾⑬,汪然溢流,甚白而甘。即其地⑭,凿岩架石为室。二仲谓余:"师闻公来,出泉以相劳苦⑮,公可无言乎?"乃取勤旧语,推其本意,名之曰"六一泉"⑯,且铭之曰⑰:

　　泉之出也,去公数千里⑱,后公之没⑲,十有八年,而名之曰"六一",不几于诞乎?曰:君子之泽,岂独五世而已⑳,盖得其人㉑,则可至于百传。尝试与子登孤山而望吴越，歌山中之乐而饮此水^㉒，则公之遗风余烈，亦或见于斯泉也。

【注释】

①六一居士：欧阳修，字永叔，号醉翁，晚年号六一居士，卒谥文忠。据《宋史·欧阳修传》，客有问六一何谓，居士曰："吾家藏书一万卷，集录三代以来金石遗文一千卷，有琴一张，有棋一局，而常置酒一壶。以吾一翁，老于此五物之间，是岂不为'六一'乎。"

②钱塘：为杭州治所。苏轼于熙宁四年（公元1071年）至七年（公元1074年）任杭州通判。

③间：参与。

④盍：何不。

⑤邦：此指杭州。

⑥恨：遗憾。

⑦麾斥八极：（意气）奔放于八方极远之地。　　麾斥：同"挥斥"，（意气）奔放。　　八极：极远之地。

⑧莫适为主：无固定主人。　　适：封建宗法制度下称正妻或正妻所生之子，有时专指正妻所生长子为"适"，此指专主。

⑨薨：死。古代称侯王死为"薨"，唐以后称二品以上的官死为"薨"。

⑩又十八年：苏轼于熙宁四年（公元1071年）任杭州通判，认识惠勤，到元祐四年（公元1089年）任杭州知州时，前后十八年。

⑪化：死的一种委婉说法。

⑫二仲：惠勤的两个弟子，法名都有"仲"字。　　在焉：在那里。

⑬讲堂：此为讲经之地。　　趾：山脚。

⑭即：就在（某地）。

⑮劳苦：慰劳。

⑯六一泉：以欧阳修号"六一"名泉，是为了纪念欧阳修及惠勤，其实欧阳修未到过杭州。

⑰铭：一种文体。

⑱去：距离。

⑲没：死，同"殁"。

⑳君子之泽，岂独五世而已：为《孟子·离娄下》"君子之泽，五世而斩"的反用。　　泽：光泽、润泽。

㉑盖：句首语气词。

㉒山中之乐：指欧阳修赠惠勤的《山中乐》三章。

【鉴赏】

欧阳修是苏轼的恩师，他对苏轼十分称赏，当苏轼进士及第之后，他便说道："此人（指苏轼）可谓善读书，善用书，他日文章必独步天下"（《诚斋诗话》）。他还对梅尧臣说："吾老矣，当放此子（指苏轼）出一头地"（《能改斋漫录》）。不出欧阳修所料，后来苏轼在文学艺术方面的成就，确实是"青出于蓝而胜于蓝"，一跃而超过了先师，继欧阳修之后，成为北宋文坛的领袖人物。对于欧阳修的奖掖之恩，苏轼自是铭心难忘。这篇文章便是借"六一泉"的命名和铭文来纪念欧阳修，并赞颂欧阳修的"遗风余烈"。

本文选自《苏轼文集》卷十九，作于宋哲宗元祐四年（公元1089年）七月。

全文以"叙"和"铭"自然分为两部分。叙文部分，主要写"六一泉"的由来。

"欧阳文忠公将老,自谓六一居"二句,开篇点题。欧阳修于熙宁三年(公元1070年)九月所作《六一居士传》云:"六一居士初谪滁山,自号醉翁。既老而衰且病,将退休于颍水之上,则又更号六一居士。客有问曰:'六一何谓也?'居士曰:'吾家藏书一万卷,集录三代以来金石遗文一千卷,有琴一张,有棋一局,而常置酒一壶。'客曰:'是为五一尔,奈何?'居士曰:'以吾一翁老于此五物之间,是岂不为六一乎?'"接着,以"予昔通守钱塘"九句紧承首二句,自然引出作者"见公(指欧阳修)于汝阳而南",进而又引出欧阳修与"西湖僧惠勤"的关系来。惠勤者,何许人也? 欧阳修在《山中之乐》三章中序云:"佛者惠勤,余杭人也。少去父母,长无妻子,以衣食于佛之徒。"他自幼聪明才智,曾学于贤士大夫,"甚文,而长于诗","往来京师二十年",与欧阳修极为友善。后来,当他"南归""将穷极吴越瓯闽江湖海上之诸山,以肆其所适时",欧阳修写了《送惠勤归余杭》诗和《山中之乐并序》。由此可知二人关系至密。当熙宁四年(公元1071年)九月苏轼在赴任杭州通判途中专程去拜访欧阳修时,欧阳修向苏轼介绍了他与惠勤的关系,并嘱苏轼到杭州后一定要去拜访惠勤。遵照欧阳修的嘱咐,苏轼"到官三日"后便去拜访了惠勤,并写了一首诗记述此事:"天欲雪,云满湖,楼台明灭山有无。水清石出鱼可数,林深无人鸟相呼,腊日不归对妻孥,名寻道人实自娱。道人之居在何许? 宝云山前路盘纡。孤山孤绝谁肯庐,道人有道山不孤"(《腊日游孤山访惠勤、惠思二僧》)。从苏轼拜访惠勤中,又引出惠勤对欧阳修的评赞。这一段评赞之语,实在"幻怪",但却是合乎惠勤身份的肺腑之言,说明了他对欧阳修的无限钦仰之情,同时又巧妙地引出"吾以谓西湖盖公几案间一物耳"。自"明年公薨"至"名之曰六一泉",写苏轼二次赴官杭州及为"六一泉"命名。苏轼与惠勤会面的第二年,欧阳修卒。九月,苏轼闻讣哭于孤山惠勤之室,为文祭之。十八年后,当苏轼二次来到杭州任太守时,惠勤已死去。苏轼到官之后,"访其(惠勤)旧居,则弟子二仲在焉"。从"画公(指欧阳修)与勤之像,事之如生"二句,可以看出二仲对欧阳修、惠勤的钦敬之情,也进一步说明修与惠勤关系至密。由惠勤的弟子二仲,又自然引出惠勤舍下之泉:"舍下旧无泉,予未至数月,泉出讲堂之后,孤山之趾。"本来,泉水的出现是一种自然现象,但二仲却对苏轼说:"师(指惠勤)闻公(指苏轼)来,出泉以相劳苦,公可无言乎?"于是,苏轼"乃取勤旧语,推本其意,名之曰'六一泉'"。按,惠勤旧语与"六一泉"的命名有什么必然联系呢? "惠勤旧语",即指"西湖盖公(欧阳修)几案间一物耳"。那么,位于西湖孤山西南麓的这条山泉自然也是欧阳修"几案间一物耳"。既然如此,这条山泉也就归属欧阳修所有了。因此,苏轼"推本其意",遂将这条山泉"名之曰'六一泉'"。

铭文写"六一泉"的寓意,借以赞颂欧阳修对后世的深远影响。"泉之出也,去公(指欧阳修下同)数千里,后公之没十有八年,而名之曰六一,不几于诞乎?"上承叙文,使叙文和铭文自然衔接,且以反诘提起,发人深思。事实上,苏轼明明知道,如按常理,"六一泉"的命名应该说是"几乎诞"的。但如按惠勤的话来说,"推本其意",则"六一泉"的命名又是极为恰切的。其次,按《孟子·离娄上》所说:"君子之泽(影响)五世而斩(断)。"《曲洧旧闻》云:"东坡诗文落笔,辄为所传诵。每一篇,欧阳公为终日喜。前辈类如此。一日,与裴论文及坡公,叹曰:'汝记吾言,三十年后,世上人更不道著我也。'"在这里,苏轼却独出新见,认为像欧阳修这样的"君子之泽,岂独五世而已。盖得其人,则可至于百传"。这几句精警飞动,可作格言。接着,苏轼以"尝试与子登孤山而望吴越,歌《山中之乐》而饮此水",将欧阳修赠惠勤的《山中之乐》三章的序、文与惠勤、西湖孤山、六一泉等有机地联系起来。最后用"则公之遗风余烈,亦或见于斯泉也"作结,可谓画龙点睛的升华之笔,既点出了"六一泉"命名的深刻寓意,又巧妙地指出欧阳修的高风亮节对后世的深远影响。言简意赅,余味不尽。

清刘熙载《艺概·文概》云:"子由(苏辙)曰:'子瞻之文奇,吾文但稳耳。'"苏辙是苏轼的弟弟,自然深识其文的妙趣。就这篇文章来说,妙就妙在一个"奇"字。一奇,在于欧阳修与惠勤的关系至密。二奇,在于苏轼通判杭州,且二次赴任杭州太守。三奇,在于惠勤对苏轼所说的话。四奇,在于"六一泉"的突然出现,而且恰在惠勤舍下。五奇,在于惠勤弟子二仲的话。六奇,在于"六一泉"的命名及其寓意。这六奇,有的看似荒诞,但细思却在常理之中,十分自然。为什么呢?关键在于"情真"二字。试想,如果不是"情真",惠勤及其弟子二仲决不会说出"几于诞"的"幻怪"之语;如果不是"情真",苏轼也决不会将这眼山泉命名为"六一泉"。就行文而言,全文犹"如行云流水,初无定质,但常行于所当行,常止于不可不止,文理自然,姿态横生"(《答谢民师书》)。之所以能做到这样,也全出于"情真"。所以,这正是本文自然奇美的三昧所在。

唐宋八大家散文鉴赏

苏辙卷

韩　愈　等◎著

线装书局

苏辙简介

苏辙(1039~1112),字子由,号颖滨遗老,又号栾城,亦称"小苏"。眉州眉山(今四川省眉山市)人。苏洵之子,苏轼之弟,北宋著名散文家,"唐宋八大家"之一。著有《栾城集》五十卷、《后集》二十四卷、《三集》十卷、《应诏集》十二卷。《宋史》卷三百三十九有传。

宋仁宗嘉祐二年(公元1057年),苏辙十九岁,与兄轼同登进士科。其后的政治态度,也大体上同苏轼一样,趋于保守。由于反对王安石变法,屡遭贬谪。哲宗即位,保守派得势,苏辙被召回京师,元祐元年(公元1086年),除右司谏,后拜尚书右丞,进门下侍郎。徽宗即位,又被赶出京师,老年很不得志,终于罢居许州(今河南省许昌市),筑室于颍滨,自号"颍滨遗老"。死后追复端明殿学士,谥号"文定"。

苏辙在文章创作上发展了韩愈"气盛言宜"(见《上枢密韩太尉书》)的论点,强调了生活体验对一个作家的重要性。他的文章"汪洋澹泊,深醇温粹,似其为人"(明·刘大漠《栾城集·序》)。苏辙自己说:"子瞻文奇,余文但稳耳"(《栾城遗言》),所谓"稳",就是立意平稳,结构谨严,逻辑严密,行文纡徐曲折,语言朴实淡雅。清人刘海峰评论其《民政策第二》时说:"子由之文,其正意不肯一口道破,纡徐百折而后出之,于此篇可见。"苏辙的论文多采用这种"曲径通幽""铺衬成文"的手法。苏辙的传记、杂记文富有文学色彩,虽语言冲雅淡泊,但叙写生动形象,给人一种身临其境,亲见其人的感觉,譬如《东轩记》《庐山栖贤堂记》《孟德传》《巢谷传》,都写得很出色。

苏轼曾给苏辙的散文以高度评价,甚至认为胜过自己。他说:"子由之文实胜仆,而世俗不知,乃以为不如。其为人深不愿人知之,其文如其为人。故汪洋淡泊,有一唱三叹之声,而其秀杰之气终不可没"(《答张文潜书》)。秦观、刘大漠等人也有类似的看法。秦观说:"老苏先生仆不及识其人;今中书(苏轼)、补阙(苏辙)二公,则仆尝身事之矣。中书之道如日月星辰,经纬天地,有生之类皆知仰其高明;补阙则不然,其道如元气,行于混沦之中,万物由之而不知也。故中书尝自谓'吾不及子由',仆窃以为知言"(《答傅彬老简》)。刘大櫆说:"文忠亦尝称之,以为实胜于己,信不诬也"(《栾城集·序》)。以上言论,充分地、高度地评价了苏辙之文,但说其胜于苏轼,未免言过其实了。平心而论,辙文成就虽高,但并不高于苏轼,至少不及苏轼全面,特别是题跋文、小品文、寓言等方面,无论数量、质量都是不及苏轼的。茅坤的评价较为公允,他说:"苏文定公之文,其镵削之思或不如父,雄杰之气或不如兄;然而冲和淡泊,遒逸疏宕,大者万言,小者千余言,譬之片帆截海,澄波不扬,而洲岛之萦错,云霞之蔽亏,日星之闪烁,鱼龙之出没,并席之掌上而绰约不穷者已,西汉以来别调也"(《苏文定公文钞引》)。总之,苏辙的文学成就虽不如父兄,但他也能独立自树,自成一家,无愧于大家之列。那些过分贬低辙文之语,是不足取的。

臣事 一

【题解】

此文是一篇重臣论。首言权臣重臣之辨，次言重臣于国家之不可无，最后则言如何宽法令以养重臣。其对权臣重臣区别之辨，从心理到行为，从表现到后果，深微细致，辨析入理；以汉事证重臣身系国家安危之重，事足服人；落实到宋之实际，切中时弊；千载之后，又何尝没有借鉴意义。

【原文】

臣闻天下有权臣，有重臣，二者其迹相近而难明。天下之人知恶夫权臣之为，而世之重臣亦遂不容于其间。夫权臣者，天下不可一日而有；而重臣者，天下不可一日而无也。天下徒见其外而不察其中，见其皆侵天子之权，而不察其所为之不类，是以举皆嫉之而无所喜，此亦已太过也。

今夫权臣之所为者，重臣之所切齿；而重臣之所取者，权臣之所不顾也。将为权臣邪，必将内悦其君之心，委曲听顺而无所违戾^①；外窃其生杀予夺之柄^②，黜陟天下^③，以见己之权，而没其君之威惠^④。内能使其君欢爱悦怿^⑤，无所不顺，而安为之上；外能使其公卿大夫百官庶吏无所归命^⑥，而争为之腹心。上爱下顺，合而为一，然后权臣之势遂成而不可拔。至于重臣则不然，君有所为，不可而必争^⑦，争之不能，而其事有所必不可听，则专行而不顾。待其成败之迹著，则其上之心将释然而自解^⑧。其在朝廷之中，天子为之蹴然而有所畏^⑨，士大夫不敢安肆怠惰于其侧^⑩。爵禄庆赏^⑪，己得以议其可否，而不求以为己之私惠；刀锯斧钺^⑫，己得以参其轻重，而不求以为己之私势。要以使天子有所不可必为^⑬，而群下有所畏惧，而己不与其利。何者？为重臣者，不待天下之归己，而为权臣者，亦无所事天子之畏己也。故各因其行事而观其意之所在，则天下谁可欺者？臣故曰：为天下，安可一日而无重臣也！

且今使天下而无重臣，则朝廷之事，惟天子之所为，而无所可否。虽使天子有纳谏之明，而百官畏惧战栗，无平昔尊重之势，谁肯触忌讳、冒罪戾而为天下言者^⑭？惟其小小得失之际，乃敢上章谳哗而无所惮^⑮。至于国之大事，安危存亡之所系，皆将卷舌而去⑯，谁敢发而受其祸？此人主之所大患也。

悲夫，后世之君，徒见天下之权臣，出入唯唯⑰，以其有礼，而不知此乃所以潜溃其国；徒见天下之重臣，刚毅果敢，喜逆其意，则以为不逊⑱，而不知其有社稷之虑。二者淆乱于心，而不能辨其邪正，是以丧乱相仍而不悟⑲，可足伤也！昔者卫太子聚兵以诛江充⑳，武帝震怒，发兵而攻之京师，至使丞相、太子，相与交战。不胜而走，又使天下极其所往，而剪灭其迹。当此之时，苟有重臣出身而当之，拥护太子，以待上意之少解，徐发其所蔽㉑，而开其所怒，则其父子之际，尚可得而全也。惟无重臣，故天下皆能知之而不敢言。臣愚以为，凡为天下，宜有以养其重臣之威，使天下百官有所畏忌，而缓急之间能有所坚忍持重而不可夺者。窃观方今四海无变，非常之事宜其息而不作。然及今日而虑之，则可以无异日之患。不然者，谁能知其果无有也，而不为之计哉㉒！

抑臣闻之，今世之弊，弊在于法禁太密㉓。一举足不如律令，法吏且以为言，而不问其意之所属㉔。是以虽天子之大臣，亦安敢有所为于法令之外，以安天下之大事？故为天子之计，莫若少宽其法，使大臣得有所守，而不为法之所夺。昔申屠嘉为丞相㉕，至召天子之倖臣邓通立之堂下㉖，而诘责其过。是时通几至于死而不救，天子知之亦不为怪，而申屠嘉亦卒非汉之权臣。由此观之，重臣何损于天下哉？

【注释】

①违戾：违背。

②柄：权，权力。

③黜陟：进退人才，提拔和免除官吏。降职曰黜，升官曰陟。

④没：淹没，掩盖。　　威惠：威严和恩德。

⑤悦怿：喜欢，高兴。怿。

⑥归命：归顺。

⑦不可：不同意。

⑧释然：消释化解的样子。

⑨踧然：惊异的样子。

⑩安肆：安于随意妄为。

⑪庆赏：奖赏。

⑫刀锯斧钺：刑罚诛杀。

⑬要：总之。

⑭罪戾：罪过。

⑮谨哗：喧哗。　　憚：畏惧，害怕。

⑯卷舌：不发言。

⑰唯唯：应答之声。

⑱不逊：不顺。

⑲仍：跟随。

⑳卫太子：汉武帝因巫蛊事而废了太子刘据，谥戾，又称戾太子。武帝征和二年，按道侯韩说、使者江充等掘蛊太子宫。太子不能自明，谋斩充，发兵与丞相刘屈氂大战长安，败而自杀。见《汉书·武帝纪》《戾太子刘据本传》。

㉑蔽：蒙蔽。

㉒计：考虑、打算。

㉓密：严。

㉔属：归属。

㉕申屠嘉：西汉梁人。文帝时任丞相，廉直不受私谒，幸臣邓通戏殿上，嘉欲斩之，被文帝赦免。《汉书》有传。

㉖悻臣：即幸臣，宠臣。　　邓通：汉南安人，尝为汉文帝吮痈得宠。《汉书》载《佞幸传》。

【集评】

明李梦阳：人主把重臣看作权臣，所以畏重臣而不用。此作分剖权臣如彼，重臣如此，议论精明，笔力柔缓，人主见之，真足耸心动听。（见《古文渊鉴》卷五十一转引）

明王志坚：次公此论，固当存之天地间。（见《古文渊鉴》卷五十一转引）

明茅坤《唐宋八大家文钞》卷一百五十七：古人尝云，文至韩昌黎、诗至杜子美，今能事毕矣。予独以为人臣建言感悟君上如子由重臣一议，则千古绝调也。

清储欣：治天下在养重臣，养重臣在宽其法。当时如韩、富数公，可谓重臣矣。子由生其时，目睹其效，故言之亲切有味如此。（见清沈德潜《唐宋八大家文读本》卷二十六转引）

清方苞：所论极当，而得其人甚难。岂易言哉。（见清吴汝纶《古文辞类纂点勘》卷二十五转引）

清沈德潜《唐宋八家文读本》卷二十六：惟朝廷无重臣，则权臣之势成矣。盖重臣一有不合，则引身而退；为权臣者，务使委曲承顺，至于把持国柄，然后惟我所欲为，而君亦处无可如何之势，此莽、操之祸所由炽也。文中痛切言之，若预知李忠定、汪、黄之事者。

清蔡世远《古文雅正》卷十二：论既切中，笔复闳畅，苏氏之长技也。然权臣重臣二者最难辨，唯在明君之明哲信任耳。

臣事 四

【题解】

宋太祖鉴于唐末和五代时期的方镇跋扈、藩镇割据、骄兵悍将、尾大不掉，终致亡国换代的教训，杯酒释兵权，从而加强了中央集权。但带来的却是兵不知将、将不知兵，兵弱将怯、国无重兵的局面，于是真宗朝以后，长期受侮于辽、夏，国势衰弱，不能复振。究其根源，则在于不能权衡利弊、全面看待问题、顾此失彼而造成的。作者对当时国情特别是军队情况的剖析，是完全符合实际的。针对时弊，提出的变法、择将和委以兵权的解决办法，也应是可行的。惜乎有宋一代，因循保守，积习不改，终于留下了北宋亡于金，南宋灭于元的苦果。文章论事说理，舒缓曲折而又条分理畅；以汉事证今事、以身病喻国病，生动贴切、通俗浅显而又寓理深刻、发人深省。

【原文】

臣闻天下之患无常处也，惟见天下之患而去之，就其所安而从之，则可久而无忧。有浅丈夫见其生于东也①，而尽力于东，以忘其西；见其起于外也，而锐意于外②，以忘其中。是以祸生于无常，而变起于不测，莫能救也。

昔者西汉之祸，当文、景之世③，天下莫不以为必起于诸侯之太强也；然至武帝之时，七国之余④，日以渐衰，天下坦然，四顾以为无虞；而陵夷至于元、成之间⑤，朝廷之强臣实制其命，而汉以不祀⑥。世祖、显宗既平天下⑦，以为世之所患，莫不在乎朝廷之强臣矣，而东汉之亡，其祸乃起于宦官。由此观之，则天下之患，安在其防之哉？人之将死也，或病于太劳，或病于饮酒。天下之人见其死于此也，而曰必无劳力与饮酒，则是不亦拘而害事哉⑧！彼其死也，必有以启之，是以劳力而能为灾，饮酒而能为病。而天下之人岂必皆死于此？

昔唐季、五代之乱⑨，其乱果何在也？海内之兵各隶其将，大者数十万人，而小者不下数万。抚循鞠养⑩，美衣丰食，同其甘苦，而顺其好恶。甚者养以为子，而授之以其姓。故当其时，军旅之士，各知其将，而不识天子之惠。君有所令，不从而听其将；而将之所为，虽有大奸不义而无所违拒。故其乱也，奸臣擅命，拥兵而不可制。而方其不为乱也,所攻而必降,所守而必固,良将劲兵遍于天下,其所摧败破灭,足以上快天子郁郁之心,而外抗敌国窃发之难⑪。何者?兵安其将,而乐为用命也。

然今世之人,遂以其乱为戒,而不收其功,举天下之兵数百万人而不立素将⑫。将兵者无腹心亲爱之兵,而士卒亦无所附著而欲为之效命者。故命将之日,士卒不知其何人,皆莫敢仰视其面。夫莫敢仰视,是祸之本也。此其为祸,非有胁从骈起之殃⑬,缓则畏而怨之,而有急则无不忍之意。此二者,用兵之深忌,而当今之人盖亦已知之矣。然而不敢改者,畏唐季、五代之祸也。

而臣窃以为不然。天下之事,有此利也,则必有此害。天下之无全利,是圣人之所不能如之何也。而圣人之所能,要在不究其利⑭。利未究而变其方,使其害未至而事已迁,故能享天下之利而不受其害。昔唐季、五代之法,岂不大利于世?惟其利已尽而不知变,是以其害随之而生。故我太祖、太宗以为不可长久,而改易其政,以便一时之安。为将者去其兵权,而为兵者使不知将。凡此皆所以杜天下之私恩而破其私计⑮。其意以为足以变五代豪将之风,而非以为后世之可长用也。故臣以为,当今之势,不变其法,无以求成功。

且夫邀天下之大利⑯,则必有所犯天下之危。欲享大利,而顾其全安,则事不可成。而方今之弊,在乎不欲有所摇撼而徒得天下之利,不欲有所劳苦而遂致天下之安。今夫欲人之成功,必先捐兵以与人⑰;欲先捐兵以与人,则先事于择将。择将而得将,苟诚知其忠,虽举天下以与之而无忧,而况数万之兵哉!昔唐之乱,其为变者非其所命之将也,皆其盗贼之人所不得已而以为将者。故夫将帅岂必尽疑其为奸?要以无畏其择之之劳,而遂以破天下之大利⑱。盖天下之患,夫岂必在此也!

【注释】

①浅丈夫:见识浅陋的人。

②锐意:专心一意。

③文、景:汉文帝、景帝。文、景时期,诸侯叛乱之形初萌,贾谊《陈政事疏》中对此有所论述。

④七国之余:汉景帝时,吴、楚等七诸侯国发动叛乱被平定,但还剩下一些诸侯国。

⑤陵夷:衰落。　　元、成:汉元帝、成帝。

⑥不祀:宗庙不再享受祭祀,指亡国。

⑦世祖:汉光武帝刘秀。　　显宗:汉明帝刘庄。

⑧拘:局限。

⑨唐季:唐朝末年。

⑩抚循：安抚。　　鞠养：抚养、养育。

⑪窃发：偷发。

⑫素将：固定的将官。

⑬骈起：并起。

⑭究：穷、极、尽。

⑮杜：堵塞、预防。

⑯邀：求。

⑰捐：弃，给。

⑱破：坏、废弃。

【集评】

明茅坤《唐宋八大家文钞》卷一百五十八：宋时对病之药，而文曲而邕。

清爱新觉罗·玄烨《古文渊鉴》卷五十一：宋之兵制视唐为弱，此能深中时弊，而文势宽舒中却有精警之色。

清沈德潜《唐宋八大家文读本》卷二十六：宋祖释天下诸将之兵权，有鉴于五代方镇之乱，不知国无重兵，金人得以长驱而入，二帝北狩不旋踵矣。栾城逆料其变而筹之若烛照数计而龟卜者。苏氏父子之策，徽、钦南渡时一一皆验，岂犹夫摇动唇吻、妄计事势而初无实效者哉！

【鉴赏】

这是一篇建议性的策论，也是一篇很好的论文。"策论"是皇帝选拔人才时的试题，就是向朝廷建议有所更改的意见。北宋王朝建立以后，鉴于唐末五代领兵大

将拥兵割据,形成天下大乱,朝廷不能制约的历史教训,宋太祖用赵普的计谋,逐步削取大将兵权,而以文臣代之。但是到了神宗时代,外患逼至,宋朝的兵力不能抗敌,苏辙提出了要慎重选择的建议,就是这篇文章的主旨。

文章引用汉、唐、五代的史实,分析利弊产生的原因。他认为凡事都有利必有害,要究利避害,要尽量做到多方兼顾;见弊即改,或者不见利即改,不待其害发生就进行变革,这是圣人的作为。他从历史的事实中,层层分析,以灵活变革的观点,指出胶柱鼓瑟,或者用头疼治头,脚疼治脚的办法,都不能防止祸患。接受历史的经验教训,也是如此。

开头两个自然段,先以一层正面立论。他说,天下并无固定要发生的祸患,"惟见天下之患而去之,就其所安而从之,则可久而无忧。"第二层指出只有浅见之人,才采取东边有事,便顾东不顾西,外边有事,便顾外不顾内的片面作法。因此常常对于不测的祸乱,无能救治。第三自然段中,作者以两汉为例,印证祸乱并非一成不变。西汉至元帝成帝时代,外亲专权,朝廷不能制,遂致西汉灭亡。到了东汉世祖刘秀,显宗刘庄,虽然接受了西汉强臣不能制的教训,而东汉之亡,却又由于宦官专权。他说可见"天下之患,安在其防之哉!"第四自然段,文章扩大论证,以人的生活为例,有的人因劳累过度而死,有的人因饮酒而死,但天下之人并不是全死于劳累和饮酒的。接着他提出五代之乱,由于将大兵多,而且又用怀柔手段,收买士兵,以致"军旅之士,各知其将,而不识天子之惠。君有所令不从,而听其将。"而最初并不是这样。那时"良将劲兵,遍于天下",战必胜,攻必破,"上快天子郁郁之心,外抗敌国窃发之难,"其原因就在于"兵安其将,而乐于用命。"这证明事情是在发展中由利生弊,起了变化的。第五自然段,紧承上段论述。指出今世之人,没有全面接受历史的经验教训,矫枉过正,"举天下之兵数百万人,而不立素将(老臣旧将)",以致将无心腹亲爱之兵,兵无可称赞之将为其效命。朝廷任命将帅的时候,士卒不知其为何人。这种兵、将的关系,必然招致平时则畏而怨之,遇急则无不忍其将之心,这是很危险的事情。现在虽然已经知道了它的危害,却又怕重蹈唐季五代的覆辙,不能立即改变。第六自然段,作者以"臣窃以为不然",使文章转折,进入议论。他认为天下事,有利必有害,要想求全利而无害,就是圣人也没有办法做到。不过圣人能做到"害未至而事已迁"。就是说,不等到它的弊端发生,就改变了办法而已。我朝太祖、太宗当初释去大将兵权,只是为了杜绝大将的私恩私计,改变五代豪将的歪风,也并非作为长久不变之举。在文章的结尾段落,作者指出:当今之弊,在于朝廷不想有所改动,就白白地得到天下之利;不想有所劳苦,便达到天下之安定。这是办不到的。他提出重要的问题,在于选择将领,"苟知其忠,虽捐天下以与之而无忧"。从前唐末之乱,在于所命之将,皆盗贼之人而已。不需尽疑其为奸,更不要因为避免择将的麻烦,而失去天下之大利。这就是作者进策之目的。

　　本文论述，跌宕起伏，前后通通围绕汉、唐、五代的史实论据，夹叙夹议，反复分析。步步深入，把利弊的关系，以及怎样趋利避害，说得透辟入理。例如前面说，东汉纠正了西汉外亲专权之弊，却又产生了宦官之祸，以说明，"天下之患无常处也"，后面说，宋初纠正了唐末五代，将帅拥兵专权的弊端，现在却又带来将无心腹之兵，兵无可赞之将的弊端。以说明以浅丈夫之见的不可。不仅前后照应，而且前后互补。表现了苏辙为文，善于回环波折，"弥缝莫见其隙"的特点。

民政 二

国学经典文库

唐宋八大家散文鉴赏

苏辙卷

【题解】

移风易俗、道德教化有赖于上之倡导,而这种倡导,又必须采取实际的政策措施,造成势之必然而后可。本文起笔看似遥远,而实则正是从"势"字着眼,写周秦之俗则异,而究其形成的原因则皆因势而然。作者如此用心,显然是在行文上也造成一种势,以备收到水到渠成之功。牧羊樵苏之事,深刻说明采用手段和目的的追求必须统一。比喻新颖浅显而又富含哲理,科举之弊,已不言而喻。最后点出复孝悌之科,自然是情理之中的事了。行文纡徐曲折,峰回路转,由远而近,委婉含蓄,最后道出正意,是本文被前人一再称道的重要特色。

【原文】

臣闻三代之盛时①,天下之人,自匹夫以上,莫不务自修洁以求为君子②。父子相爱,兄弟相悦,孝悌忠信之美,发于士大夫之间,而下至于田亩,朝夕从事,终身而不厌。至于战国,王道衰息,秦人驱其民而纳之于耕耘战斗之中,天下翕然而从之③。南亩之民,而皆争为干戈旗鼓之事。以首争首④,以力搏力,进则有死于战,退则有死于将,其患无所不至。夫周秦之间,其相去不数十百年,周之小民,皆有好善之心,而秦人独喜于战攻,虽其死亡而不肯以自存。此二者,臣窃知其故也。

夫天下之人,不能尽知礼义之美,而亦不能奋不自顾以陷于死伤之地,其所以能至于此者,其上之人实使之然也⑤。然而闾巷之民⑥,劫而从之⑦,则可以与之侥倖于一时之功,而不可以望其久远,而周秦之风俗皆累世而不变,此不可不察其术也⑧。盖周之制,使天下之士,孝悌忠信闻于乡党而达于国人者,皆得以登于有司⑨。而秦之法,使其武健壮勇、能斩捕甲首者⑩,得以自复其役⑪,上者优之以爵禄,而下者皆得役属其邻里⑫。天下之人知其利之所在,则皆争为之,而尚安知其他?然周以之兴,而秦以之亡,天下遂皆尤秦之不能⑬,而不知秦之所以使天下者,亦无以异于周之所以使天下。何者?至便之势,所以奔走天下,万世之所不易也,而特论其所以使之者何如焉耳。

今者天下之患,实在于民昏而不知教,然臣以为其罪不在于民,而上之所以使之者或未至也。且天子所求于天下者何也？天下之人，在家欲得其孝，而在国欲得其忠；弟兄欲其相与为爱，而朋友欲其相与为信；临财欲其思廉，而患难欲其思义。此诚天子之所欲于天下者。古之圣人所欲而遂求之，求之以势，而使之自至。是以天下争为其所求，以求称其意。今有人使人为之牧其牛羊，将责之以其牛羊之肥⑭，则因其肥瘠而制其利害⑮。使夫牧者趋其所利而从之，则可以不劳而坐得其所欲。今求之以牛羊之肥瘠，而乃使之尽力于樵苏之事⑯，以其薪之多少而制其赏罚之轻重⑰。则夫牧人将为牧邪？将为樵邪？为樵则失牛羊之肥，而为牧则无以得赏。故其人举皆为樵而无事于牧⑱。吾之所欲者牧也，而反樵之为得。此无足怪也。今夫天下之人，所以求利于上者果安在哉？士大夫为声病剽略之文⑲，而治苟且记问之学⑳，曳裾束带㉑，俯仰周旋，而皆有意于天子之爵禄。夫天子之所求于天下者岂在是也？然天子之所以求之者惟此，而人之所由以有得者亦惟此。是以若此不可却也㉒。

嗟夫！欲求天下忠信孝悌之人，而求之于一日之试㉓，天下尚谁知忠信孝悌之可喜，而一日之试之可耻而不为者？《诗》云㉔："无言不酬㉕，无德不报㉖。"臣以为欲得其所求，宜遂以其所欲而求之。开之以利而作其怠㉗，则天下必有应者。今间岁而一收天下之才㉘，奇人善士固宜有起而入于其中。然天下之人不能深明天子之意，而以为所为求之者，止于其目之所见，是以尽力于科举，而不知自反于仁义。臣欲复古者孝悌之科，使州县得以与今之进士同举而皆进，使天下之人，时获孝悌忠信之利，而明知天子之所欲。如此则天下宜可渐化，以副上之所求。然臣非谓孝悌之科必多得天下之贤才，而要以使天下知上意之所在，而各趋于其利，则庶乎其不待教而忠信之俗可以渐复㉙。此亦周秦之所以使人之术欤！

【注释】

①三代：指夏商周三个朝代。

②匹夫：指普通老百姓。

③翕然：聚合的样子。

④以首争首：用自己的脑袋去换别人的脑袋。指拼死战斗。

⑤然：如此，这样。

⑥闾巷：乡里。

⑦劫：强迫。

⑧术：方法、措施。

⑨登：上。　　有司：执政的人，管事的人。

⑩甲首：春秋车战，兵车一乘，车上立三人。甲士十人，披甲，谓之甲首。

⑪复：免除赋税或劳役。

⑫役属:役使而臣属之。

⑬尤:咎,归罪,责备。

⑭责:求,要求。

⑮制:规定,确定,决定。

⑯樵苏:砍柴割草。

⑰薪:柴草。

⑱举:全。

⑲声病:指不合诗的声律或辞赋取士规定标准。　剽略:窃取别人的文章以为己作。

⑳记问:记诵诗书以待问。谓无真知识,没有自己的心得见解。

㉑曳裾束带:拽衣襟系好衣带。指奔走于王侯权贵之前。　裾:衣服前襟,即大襟。

㉒却:推辞。

㉓一日之试:指科场考试。

㉔《诗》云:见《诗经·大雅·抑》。

㉕无言不酬(《诗经》原作雠):没有善言不见回答的。　酬:同酬,酬答,回应。

㉖无德不报:没有恩德不见回报的。

㉗作:起。

㉘间岁:隔年。

㉙庶乎:几乎,差不多。

【集评】

明茅坤《唐宋八大家文钞》卷一百六十:行文纡徐而圆。

清张伯行重订《唐宋八大家文钞》卷九:国家取士,必得孝悌忠信之人,以正世道而厚风俗,乃取之以无用之诗赋,则所取非所用,是何异使人牧牛羊者,不课以牛羊之肥瘠,而课以樵苏之多少,则人有不舍此而趋彼者乎?但科举不可骤变,诚立孝悌科与科举兼行,使天下知人主意向之所在而趋之,亦是转移人心之一机也。

清爱新觉罗·玄烨《古文渊鉴》卷五十一:大意欲复古孝弟之科,而文之虚实相涵、波涛曲折,特臻胜境。

清沈德潜《唐宋八大家文读本》卷二十六:以科举之文而求孝弟忠信之士,此必不得也,古今通患如此。主意只在兼开孝弟之科,而前半从周秦说来,见仁暴虽殊,而各尽乎使民之实。文之纡徐委折,不使人一览尽之。

清刘大櫆:子由之文,其正意不肯道破,纡徐百折而后出之,于此篇可见。

国学经典文库

唐宋八大家散文鉴赏

苏辙卷

250

嘉祐五年(公元1060年),苏辙在京应制举,献"文五十篇",包括《进论》二十五首,《进策》二十五道,收入《栾城应诏集》中。本文选自《栾城应诏集》卷之九《民政上(第二道)》。清人沈德潜的《唐宋八大家文读本》选录了此文,沈德潜评论说:"以科举之文而求孝弟忠信之士,此必不得也,古今通患如此。主意只在兼开孝弟之科,而前半从周秦说来,见仁暴虽殊,而各尽乎使民之实。文之纡余委折,不使人一览尽之。"这段话是从两个方面来评论此文的。一、思想内容。朝廷欲求孝弟忠信的人才,而只凭"一日之文"的科举制度,是不可能求得的,这不是一个好办法。苏辙提出的补救办法是增设"孝弟之科"。此论是有道理的,也是合乎逻辑的。二、指出本文"纡徐委折"的写作特点,是很有见地

的。科举制度早已废除,本文论述科举之弊及如何补救的思想内容早已过时,除了使我们借以认识宋代封建社会的历史这点意义外,在今天看来是毫无意义的。但是,本文的写作方法却是值得我们认真研究和借鉴的。

第一,本文采用了"曲径通幽"的笔法。文章的主旨是论述宋代科举之弊,但作者却从"三代之盛"说起,谈论周秦民风之异:"周之小民,皆有好善之心,而秦人独喜于战攻。"这是第一段,未提到"科举"。段末用"此二者,臣窃知其故也"过渡到

第二段,论述民风之异在于朝廷的法令,政策,赏罚等得以推行,使(引导、迫使)民归于某种风尚。"天下之人知其利之所在,则皆争为之",用沈德潜的话说,就是"利乃共趋之的",周秦统治者都是用这个总法则使民归一,即符合统治者的欲望,不过具体的方法不同罢了,这是第二段,仍未提及"科举",文章却将近一半的篇幅了。第三段开头:"今者天下之患,实在于民昏而不知教,然臣以为其罪不在于民,而上之所以使之者或未至也。"这一句承上启下,过渡自然。此句与上段文脉相联,语意贯通,而又引起下文,即"上(皇上)之所心使者""未至"之处:朝廷欲求"天下忠信孝悌之人",却仅仅以科举取士,引导甚至迫使"士大夫声病剽略(剽窃、抄袭)之文而治苟且记问之学",从而指出宋代科举之弊,着重在于不利于朝廷取士。文章迂回曲折,好象一个人经过一条曲曲折折的小路终于到达胜境那样,到此才揭示主旨。这种笔法,是"曲径通幽",也就是通常所说的"铺衬"法,通过前面的铺垫,更加显豁地衬托出文章的主旨来。在揭示了"科举之弊"以后,作者提出了补救的办法:"兼开孝悌忠信一科"。"臣欲复古者孝悌之科,……以副上之所求。"作者用"利""欲""术"三字,收尽全文内容,全文思绪,绾结一处,完整美满。清人刘海峰说:"子由之文,其正意不肯一口道破,纡徐百折而后出之,于此篇可见。"

第二,巧妙比喻,形象生动地说明事理。本文第三段中用了一个比喻,不是一句话,而是一个"语段":"今有人使人为之牧其羊,将责之以其牛羊之肥,则因其肥瘠而制其利害。使夫牧者趋其所利而从之,则可以不劳而坐得其所欲。今求之以牛羊之肥瘠,而乃使之尽力于樵苏之事,以其薪之多少而制其赏罚之轻重。则夫牧人将为牧邪?将为樵邪?为樵则失牛羊之肥,而为牧则无以得赏。故其人举皆为樵而无事于牧。吾之所欲者牧也,而反樵之为得。"这里借"牧其牛羊"和"樵苏之事"作比,以喻选拔人才和科举之事。沈德潜有两个评语,一是"所求者孝悌忠信,而所以求之者惟凭一日之文,犹求牛羊之肥瘠而课樵苏之多少也。"简要地说明了这个比喻的含义;二是"颖滨(苏辙)文取往复曲折,故一喻而详尽,言之若老泉(苏洵);子瞻(苏轼)只两三言而已足。"指出往复曲折的苏辙文,"一喻而详尽",显示出巧用比喻的重要作用。在议论文中运用具体事例作比,以说明深刻的道理,为文章主旨服务,是苏轼及其父苏洵常用的方法。有趣的是沈德潜在这里顺便将"三苏"之文做了比较,苏辙文象其父而不似其兄,说明苏辙继承其父而又有不同于他人的特点,是可以独树一帜而自成一家的。

刑赏忠厚之至论

【题解】

这篇《刑赏忠厚之至论》是苏辙十九岁与其兄参加省试时的应试文章。题目出自《尚书·大禹谟》"罪疑惟轻,功疑惟重"句下孔注"刑疑附轻,赏疑从重,忠厚之至"。所谓忠厚之至,即儒家所推崇的仁爱之心,因此作者就紧紧抓住君子的用心做文章。首先提出两个"惟恐",表明君子"为刑""为赏"的出发点就是为民着想,从而引出"用刑""用赏"中两个"不得已";接着在不得已上大做文章,反复论证,说明君子用刑用赏时仁民爱物的态度;最后从君子施用刑赏目的角度落实到"劝"字上,表明是为了勉励人民为善。惟恐——不得已——劝,三个层次,层层加深,从而显出君子忠厚之至的化民之心。此文与其兄同一试题之文相较,其纵横恣肆、才气横溢固不若兄,而平实严谨,深醇温粹则自有其特色,这也许正是兄弟二人不同特点的反映吧。

【原文】

古之君子立于天下,非有求胜于斯民也①。为刑以待天下之罪戾②,而唯恐民之入于其中以不能自出也;为赏以待天下之贤才,而唯恐天下之无贤而其赏之无以加之也。盖以君子先天下,而后有不得已焉。夫不得已者,非吾君子之所志也③,民自为而召之也。故罪疑者从轻,功疑者从重,皆顺天下之所欲从。

且夫以君临民④,其强弱之势,上下之分,非待夫与之争寻常之是非而后能胜之矣。故宁委之于利,使之取其优而吾无求胜焉。夫惟天下之罪恶暴著而不可掩⑤,别白而不可解⑥,不得已而用其刑;朝廷之无功,乡党之无义,不得已而爱其赏。如此,然后知吾之用刑,而非吾之好杀人也;知吾之不赏,而非吾之不欲富贵人也⑦。使夫其罪可以推而纳之于刑,其迹可以引而置之于无罪;其功与之而至于可赏,排之而至于不可赏。若是二者而不以与民,则天下将有以议我矣。使天下而皆知其可刑与不可赏也,则吾犹可以自解;使天下而知其可以无刑可以有赏之说,则将以我为忍人而爱夫爵禄也⑧。

圣人不然,以为天下之人,不幸而有罪,可以刑,可以无刑,刑之而伤于仁;幸而有功,可以赏,可以无赏,无赏而害于信。与其不屈吾法,孰若使民全其肌肤、保其首领而无憾于其上⑨？与其名器之不僭⑩,孰若使民乐得为善之利而无望望不足之意⑪？呜呼,知其有可以与之之道而不与,是亦志于残民而已矣！

且彼君子之与之也,岂徒曰与之而已也,与之而遂因以劝之焉耳⑫。故舍有罪而从无罪者,是以耻劝之也;去轻赏而就重赏者,是以义劝之也。盖欲其思而得之也。故夫尧舜三代之盛,舍此而忠厚之化亦无以见于民矣！

【注释】

①胜:制服。

②罪戾:罪过。

③志:愿意。

④临:治、管理、统治。

⑤暴著:明白显露。

⑥别白:分辨明白。

⑦富贵人:使人富贵。

⑧忍人:忍心之人,残忍之人。　　　　爵禄:官位俸禄。

⑨首领:指头颈,生命。

⑩名器:表示等级的称号或车服仪制等。　　僭:超越等级制度的规定范围。

⑪望望:失望。

⑫劝:勉励、鼓励。

【鉴赏】

宋仁宗嘉祐五年(公元 1060 年),苏辙二十二岁,在京应制举考,曾献文五十篇,即今《栾城应诏集》,此系其中之一。

这是一篇应考的政治论文,中心是讲"刑"与"赏"应当尽量讲求忠厚之道。这是儒家的仁政思想。儒家在宣扬仁政的时候,往往搬出尧、舜、禹、汤、文、武及周公这些人物,作为圣人的典型,提倡向他们看齐,这就是所谓的"法先王"。仁政在对待刑、赏问题上,是讲究"刑期无刑,赏期有赏"的。就是说统治者设置刑罚的目的,不是为了刑人,而是为了尽量让人不要坠入刑网而不能自出;设置赏赐的目的,是让人尽可能地获得它。

本文在开篇第一、二两个自然段中,就是以这种道理,作为立论的中心。文中说:"君子先天下而后有不得已焉,夫不得已者,非吾君子之所志也。"君子,自然就是为政者,他比天下人有不得已而为之的情况。但这不是他的本心,全都是百姓自己招致来的。在这种情况下,就应该"罪疑者从轻,功疑者从重。"就是说,考虑他的

253

罪刑的时候,要从轻;考虑他的功劳的时候,要从重。这是"顺天下之所欲从"。行文先从根本原则上入手。那么,在遇到可刑可不刑,或者可赏可不赏的情况时,该怎么办?他说,只有在"罪恶暴著而不可掩,别白而不可解",就是说在罪恶显然,没有任何理由可以辩解的情况下,才"不得已而用其刑。"因为对朝廷无功可谈,对乡党无义可讲,是为政者不得已,并不是有所吝惜,不给予宽大,也不是专好杀人。

在第三段文章的第二层次中,又举出两种情况,应该如此处理,作为论述的补充:他的罪推一推可以用刑,他的行为引导一下也可以置之于无罪;或者他的功劳给赏也可以,拒绝不给赏也可以——在这两种情况下,如果对罪犯不宽大,对有功者不赏赐,就要招天下人的非议。如果天下人都只理解可刑与不可赏的片面道理,倒还好说。如果天下人又都知道可以无刑,可以有赏的道理,那就要认为"我"是不讲宽大而且吝惜爵禄的了。文章论述周严缜密,不留一丝缝隙。

文章的第四自然段开头说的"圣人不然",是紧承上文的"以我为忍人而爱夫爵禄"转折而下的。又是针对上面所举的两种情形,以圣人的态度来做印证的。圣人认为对于不幸而有罪的人,在可刑可不刑的时候,如果刑之,就是损伤了"仁";有功,在可赏可不赏的时候,如果不赏,就是损害了"信"。第二层接下去,又以得失对比,深入说理:与其要求执法不缺,何如使罪犯保存生命而对上无怨;与其政权不被损坏而用刑,何如使百姓都愿意由为善而得到好处,不感到有所失望好呢?文章在这里,就把"刑、赏"应当忠厚之至,从圣人那里举出了原则性的论证。

文章的结尾,是讲"刑赏忠厚",不是消极的忠厚而已,而是要有更积极的意义。他说:"舍有罪而从无罪者",是为了使有罪者能知"耻";对有功者"去轻赏而就重赏",是以"义"来鼓励他;其目的都是让他们能从思想上有所收获。所以尧舜三代的所谓盛世,就是以忠厚教化人民的,别无其他奥妙。当然,作为儒家的仁政思想,有它的积极合理的一面,也有空想的一面,我们不做探求。作为论说文章,正像刘勰《文心雕龙·论说》篇中说的"论如析薪,贵能破理"。本文始终围绕刑赏忠厚,来层层递进地把道理讲通讲透,可谓文章的纹理清晰,不繁不缛。

六国论

【题解】

开头以一"怪"、一"虑"、一"咎"从不同角度提出问题,从而落实到一个"势"字上,点出全文主脑。接着就当时天下形势展开论述,指出居天下之中的韩魏是秦腹心之疾和山东诸侯的屏障,而以范雎、商鞅之用心为证;并进而责韩魏附秦、四国不援韩魏为不知天下之势。继之作者亲自登场,为韩魏与四国划策,指出其应做到唇齿相依。最后深责六国之不识大局贪利背盟的自相屠灭,而以感叹作结,文到情到。全文抓住一个"势"字,站得高、看得远,从大处着笔,高谈阔论、说短论长,颇具战国策士纵横捭阖之风。苏氏父子,皆著《六国论》,老泉从"弊"字立题,子由从"势"字着眼,角度不同,各有千秋。只是在以古喻今的针对性上,似乎子难越父。

【原文】

愚读六国《世家》①,窃怪天下之诸侯,以五倍之地,十倍之众,发愤西向,以攻山西千里之秦②,而不免于灭亡,常为之深思远虑,以为必有可以自安之计,盖未尝不咎其当时之士虑患之疏③,而见利之浅,且不知天下之势也④。

夫秦之所与诸侯争天下者,不在齐、楚、燕、赵也,而在韩、魏。秦之有韩、魏,譬如人之有腹心之疾也。韩、魏塞秦之冲,而蔽山东之诸侯⑤,故夫天下之所重者,莫如韩、魏也。昔者范雎用于秦而收韩⑥,商鞅用于秦而收魏⑦;昭王未得韩、魏之心⑧,而出兵以攻齐之刚寿,而范雎以为忧。然则秦之所忌者可以见矣。秦之用兵于燕、赵,秦之危事也。越韩过魏而攻人之国都,燕、赵拒之于前,而韩、魏乘之于后,此危道也。而秦之攻燕、赵,未尝有韩、魏之忧,则韩、魏之附秦故也。夫韩、魏,诸侯之障,而使秦人得出入于其间,此岂知天下之势邪?委区区之韩、魏以当强虎狼之秦⑨,彼安得不折而入于秦哉?韩、魏折而入于秦,然后秦人得通其兵于东诸侯,而使天下遍受其祸。

夫韩、魏不能独当秦,而天下之诸侯借之以蔽其西,故莫如厚韩亲魏以摈秦⑩。秦人不敢逾韩、魏以窥齐、楚、燕、赵之国,而齐、楚、燕、赵之国因得以自安于其间矣。以四无事之国,佐当寇之韩、魏,使韩、魏无东顾之忧,而为天下出身以当秦兵。

以二国委秦⑪,而四国休息于内,以阴助其急,若此,可以应夫无穷,彼秦者将何为哉?不知出此,而乃贪疆埸尺寸之利⑫,背盟败约,以自相屠灭,秦兵未出,而天下诸侯已自困矣。至使秦人得间其隙,以取其国,可不悲哉!

【注释】

①六国《世家》:《史记》于六国皆有《世家》。

②山西:战国、秦、汉时指崤山或华山以西为山西,即关西,为秦国所在之地。

③咎:归咎,责备。　　疏:疏漏。

④势:形势。

⑤山东:战国、秦汉时谓崤山或华山以东为山东,即关东,也用以指六国。

⑥范雎:战国魏人,字叔。初仕魏,后入秦,为秦昭王相。《史记》有传。

⑦商鞅:战国卫人,又称卫鞅,姓公孙,名鞅。以封于商,也称商鞅、商君。初仕魏,后入秦,相秦,助秦孝公变法,秦以富强。后以被诬谋反被杀。《史记》有传。

⑧昭王:秦武王之子,前306~前251年在位。

⑨委:托。　　区区:言其小。

⑩摈:排除。

⑪委:托,当,抵挡。

⑫疆埸:国界。

【集评】

明唐顺之:此文甚得天下之势。(见明茅坤《唐宋八大家文钞》卷一百五十)

明茅坤《唐宋八大家文钞》卷一百五十:识见大而行文亦妙。

清沈德潜《唐宋八大家文读本》卷二十五:厚韩魏以摈秦,此即苏秦说赵之说也。子由窥破此旨而畅言之,觉天下大势确不可易。老泉论其弊,子由论其势。

清吴楚材、吴调侯《古文观止》卷十一:是论只在不知天下之势一句,苏秦之说六国,意正如此。当时六国之策,万万无出于亲韩魏者。计不出此,而自相屠灭,六国之愚,何至于斯?读之可发一笑。　　又:感叹作结,遗恨千古!

清爱新觉罗·玄烨《古文渊鉴》:洞彻当时形势,故立论行文爽健乃尔。

【鉴赏】

三苏之学,皆"以古今成败得失为议论之要"。而苏辙所著史论远较父兄为多,著有《历代论》六卷,四十五篇,上起尧舜,下讫唐玄宗,历代名主名臣均有论列。(《栾城后集》卷七十一)另有进论五卷二十五篇,除五篇外,其余二十篇均为史论。(《栾城应论集》卷一)本篇就是进论中的第四篇。原题为《六国》,"论"字为后世这篇《六国论》着重探讨了六国当时应采取的自安之计。文章开头便说,我读历史书中关于六国的记载,心中纳闷,六国诸侯以五倍于秦的土地,十倍于秦的兵力,去攻打只有千里土地的秦国,却终于不免于灭亡。我曾经对此事深入思考过,认为六国在当时一定有可以

"自安之计",因而不能不指责当时的谋士们,他们考虑问题过于疏漏,只顾到眼前的小利而不懂得天下的大势啊!这样就给读文章的人,留下一个悬念,要急于知道,作者下面要提出什么高见。接着作者分析了六国的形势,指出韩、魏的重要,"故夫天下之所重者莫如韩、魏也"这样结论。然后进一步引用历史事件来证明:"夫韩、魏,诸侯之障,而使秦人得出入于其间,此岂知天下之势耶?"用反问句回应开头一段的议论。对形势做了充分分析以后,才提出"厚韩亲魏以摈秦"的策略,认为这才是六国当时能够也应该采取的自安之计。六国团结合纵,不要自相攻杀,同时让韩、魏替六国出力抗击秦国,而齐、楚、燕、赵得以休养生息,暗中以物资和人力支持韩、魏,那么秦国又能有什么作为呢?

读文章的人至此,不能不佩服作者的高着儿。文章的确是写得透彻理智,很有说服力的,但是笔者在此,不能不指出两点:

(一)六国合纵,韩、魏处于重要的战略地位的主张,并不是苏辙的创见。秦昭王时,范雎便曾为秦筹划,提出远交近攻的策略,指出"韩、魏,中国之处,而天下之枢也。"并为昭王制定了"攻魏、收韩"之策略。(《战国策·秦策》)至秦王政时,顿弱更进一步指出说:"韩,天下之咽喉;魏,天下之胸腹",要想兼并六国,须先征服韩、魏,"即韩、魏从,而天下可图也。"秦始皇采纳了顿弱的建议,给他万金,让他为秦国到六国去做间谍。他到了韩、魏用重金收买了两国的将相。又到了燕赵,离间赵国君臣,谗杀了赵国良将李牧。到了齐国,又使齐国朝秦。(《战国策·秦策》)司马光评论六国时也说过:"纵横之说,虽反复百端,然大要合纵者六国之利也。昔

先王建万国亲诸侯,使之朝聘以相交、飨宴以相乐、会盟以相结者,无他,欲其同心戮力以保国家也。向使六国能以信义相亲,则秦虽强暴,安得而亡之哉?夫三晋者,齐楚之藩蔽;齐楚者,三晋之根柢;形势相资,表里相依。故以三晋而攻齐楚,自绝其根柢也;以齐楚而攻三晋,自撤其藩篱也。安有撤其藩篱以媚盗曰:'盗将爱我而不攻',岂不悖哉!"(《资治通览》卷七)

(二)当时形势是六国政治昏暗,政府工作效率不高,法制不健全,官吏贪鄙;而秦国政治清明,政府廉洁有能,人民奉法,勇于公战,经济实力亦优于六国。这才是秦国战胜六国的根本原因。《荀子》中便有记载说:荀卿到秦国去,应侯范雎接待他,问他:"入秦何见?"荀子回答说:"其国塞险,形势便,山川林谷美,天材之利多,是形胜也。"这是说秦国很得地利,自然资源丰富。"入境观其俗,其百姓朴,其声乐不流污,其服不挑,甚畏有司而顺,古之民也。"这是说,老百姓风俗简朴,不追求浮华,不赶时髦,而且很敬畏主管官吏,服从领导,响应号召。"及都邑官府,其百吏肃然,莫恭俭敦敬忠信而楛(恶劣),古之吏也。"这是说,地方官员办事认真负责,忠于所事而且廉洁奉公,不浪费,不腐败。"入其国观其士大夫,出于其门,入于公门,出于公门,归于其家,无有私事也;不比周,不朋党,倜然莫不明通而公也,古之士大夫也。"这是说,到了首都,见到高级官员,他们从家里出来便去到衙门办公,办公完了便又回到家中,绝无以权谋私的行动。不拉帮结派,不搞宗派活动,而且都是那样地高超,圣明,通达。"观其朝廷,其朝闲,听决百事不留,恬然如无治者,古之朝也。"这是说,秦国的中央政府政治清明,政府有能,办事极有效率,不积压公事,绝无踢皮球,只画圈签知而不肯拍板负责之类的官僚作风。"故四世有胜,非幸也,数也。"这是说,秦国之所以统一天下,自秦考公、惠文王、武王至昭襄王四朝,都很兴旺,这不是侥幸得来,而是必然的道理啊!(《荀子·强国篇》)荀子到秦国是在秦昭王当政的时候,但已预见到秦国战胜六国的势头了。

古人的史论往往是一得之见,不一定符合历史发展的规律。我们读古人的史论文章,不可不知。

三国论

【题解】

论三国而实论刘备,论刘备而先论高祖,然后再用刘备比高祖,于是刘备之优劣明显地表露出来了。文中所谓智与勇者,是在通常范畴以内说的;所谓不智不勇,则是指能居高临下、总揽大局、以不变应万变的真智大勇。汉高祖的据关中,用韩、彭,屡败而不挫其志,终胜项羽,确是真智大勇的表现。论刘备之智勇不若曹、孙,似真智大勇而不及高祖,结果只能偏处西南一隅而不能大有作为,虽不免于以成败论英雄之嫌,但也确乎有理。文章论三国却舍曹孙而独取刘备,论刘备而突出高祖,论高祖而兼及唐太宗,又置太宗而不顾,放得开,拿得起,撂得下,收得住,得心应手,运用自如,显出其运笔之中自有恢宏开阔之气。写法上合而后开,开而再合,论人物则褒贬结合,时抑时扬,错综变化,极尽抑扬开阖之妙。

【原文】

天下皆怯而独勇,则勇者胜;皆闇而独智,则智者胜。勇而遇勇,则勇者不足恃也;智而遇智,则智者不足用也。夫惟智勇之不足以定天下,是以天下之难蜂起而难平。盖尝闻之,古者英雄之君,其遇智勇也以不智不勇①,而后真智大勇乃可得而见也。悲夫,世之英雄其处于世亦有幸不幸邪!

汉高祖、唐太宗,是以智勇独过天下而得之者也。曹公、孙、刘,是以智勇相遇而失之者也。以智攻智,以勇击勇,此譬如两虎相摔②,齿牙气力无以相胜,其势足以相扰,而不足以相毙。当此之时,惜乎无有以汉高帝之事制之者也。

昔者项籍,乘百战百胜之威,而执诸侯之柄,咄嗟叱咤③,奋其暴怒,西向以逆高祖④。其势飘忽震荡,如风雨之至。天下之人以为遂无汉矣。然高帝以其不智不勇之身,横塞其冲,徘徊而不进,其顽钝椎鲁足以为笑于天下⑤,而卒能摧折项氏而待其死。此其故何也?夫人之勇力,用而不已,则必有所耗竭,而其智虑久而无成,则亦必有所倦怠而不举。彼欲就其所长以制我于一时,而我闭而拒之,使之失其所求,逡巡求去而不能去⑥,而项籍固已败矣。

今夫曹公、孙权、刘备,此三人者,皆知以其才相取,而未知以不才取人也。世之言者曰："孙不如曹，而刘不如孙。"刘备惟智短而勇不足，故有所不若于二人者，而不知因其所不足以求胜，则亦已惑矣。盖刘备之才近似于高祖，而不知所以用之之术。昔高祖之所以自用其才者，其道有三焉耳：先据势胜之地⑦，以示天下之形；广收信、越出奇之将⑧，以自辅其所不逮⑨；有果锐刚猛之气而不用，以深折项籍猖狂之势。此三事者，三国之君其才皆无有能行之者。独有一刘备近之而未至，其中犹有翘然自喜之心，欲为椎鲁而不能纯，欲为果锐而不能达，二者交战于中，而未有所定，是故所为而不成，所欲而不遂。弃天下而入巴蜀，则非地也；用诸葛孔明治国之才⑩，而当纷纭征伐之冲，则非将也；不忍忿忿之心，犯其所短，而自将以攻人⑪，则是其气不足尚也。嗟夫，方其奔走于二袁之间⑫，困于吕布⑬，而狼狈于荆州⑭，百败而其志不折，不可谓无高祖之风矣，而终不知所以自用之方。夫古之英雄，唯汉高帝为不可及也夫！

【注释】

①遇：对待。

②捽：冲突，交对。对打。

③咄嗟：呼吸之间，出口即至。　　叱咤：发怒吆喝。

④逆：迎，迎击，迎战。

⑤顽钝椎鲁：顽劣。鲁钝，笨拙。

⑥逡巡：迟疑徘徊。

⑦先据势胜之地：谓先据有关中，进可以战，退可以守。

⑧信：韩信，淮阴人。初从项羽，后归刘邦，为大将伐魏、举赵、降燕、定齐，会汉师围项羽于垓下，籍走自杀。以功封楚王，称汉初三杰之一。后降为淮阴侯，为吕后所杀。《史记》有传。　　越：彭越，汉初昌邑人，字仲。秦末聚众起兵，后归刘邦，略定梁地，多建奇功，封梁王。后被人告谋反被诛。《史记》有传。

⑨不逮：不及，不足。

⑩诸葛孔明治国之才：说本《三国志·诸葛亮传》评语："可谓识治之良才"，"盖应变将略非其所长欤"。

⑪自将以攻人：亲自率部队征战。指刘备于章武元年亲率军伐吴，次年败于夷陵之事。见《三国志·先主传》。

⑫二袁：袁术、袁绍。当时术据寿春，绍据河北，皆地方割据势力。二人《后汉书》《三国志》皆有传。

⑬困于吕布：谓刘备在下邳、小沛两次为吕布所败。　　吕布：五原九原人，字奉先。膂力过人，号为飞将。初随丁原，后归董卓。与司徒王允谋，手杀董卓，封温侯。后为曹操所杀。《三国志·魏志》有传。

⑭狼狈于荆州：刘备在当阳依刘表,表子刘琮降曹,刘备曾兵败于当阳等地。

【集评】

宋吕祖谦《文章关键》卷下：此篇要看开阖抑扬法。

明茅坤《唐宋八大家文钞》卷一百五十：论三国而独挈刘备,亦堪与家取窝之说。

清方苞：于刘项、三国情势俱不切,而在作者绪论中尚为拔出者。（见王文濡《古文辞类纂评注》卷五）

清沈德潜《唐宋八大家文读本》卷二十五：苏氏父子每不足于昭烈、武侯,而以汉高帝为千古之英杰,此亦事后论成败之见也。然以昭烈为有翘然自喜之心,而不知用其所不足,此论大是。与子瞻《留侯论》能忍不能忍意足相发明。

清姚鼐：结妙,似老泉法。（见清吴汝纶《古文辞类纂点勘》）

【鉴赏】

苏辙在嘉祐五年（公元1060年）他二十二岁时所写的《上曾参政书》中有段话："辙,西蜀之匹夫,往年偶以进士得与一命之爵,今将为吏,崤渑之间,闲居无事,闻天子举直言之士……素所为文,家贫不能尽致,有历代论十二篇,上自三王而下至于五代,治乱兴衰之际,可以概见于此。"《三国论》就是这十二篇历史论文之一。也可知是写于他二十三岁以前,十九岁进士及第之后。

文章的中心论点,在于想阐明：人君不在于自己有过人的智、勇,而在于能以他人的智勇为自己所用,才是真智大勇。文章正面以三国的历史人物曹操、孙权、刘备为主要论证对象,以刘邦、项羽为佐证材料,展开论述。当然文章的观点,并不算有深度,例证与分析也并不一定合乎历史发展的规律;但他能言之成理,议论层层推进,讲透道理,具有一定的说服力量。作者立论的目的,在于针对当时北宋王朝的现实:宋天子的智、勇皆不足,但又不能像汉高祖那样,能以自己的不足,招勇纳智为朝廷所用,所以朝廷一直处于虚弱的地位。文章虽没有直指时政,也绝非无为而发,完全在借古喻今,这是很明显的。

文章开篇,首先讲明智和勇都有局限,只有在天下皆怯而独勇,天下皆闇而独智的情况下,智者和勇者方能取胜。文章初步归结出只靠自己的智勇,是不足以定天下的;这是天下的灾难纷起而难平定的原因。他认为只有汉高祖、唐太宗是从超天下的智勇而得到天下

的。文章在这里做了一个伏笔。文章推进一层,引出三国曹、孙、刘三个人物,这是属于以智攻智,以勇攻勇的例子。就好像老虎相斗,只能相互撕咬搏斗,谁也吃不掉谁。三个人之中,谁也没有从汉高祖那里学得些聪明。三国曹、孙、刘三个人的长短得失,按常人的说法,孙不如曹,而刘又不如孙。但苏辙并不完全苟同这

种说法。他说:“盖刘备之才,近似于高祖,而不知所以用之之术。”他惋惜刘备,也指出刘备的三个缺点:第一刘备自傲,“有翘然自喜之心”,又不能冷静,关羽死后,他亲自领兵伐吴,招致大败,是“不忍忿忿之心”的具体表现。第二,弃天下而入巴、蜀,失去地利。第三,用诸葛亮虽然是治国之才,但天下战乱纷扰,他不是将才。因此,文章得出结论:“夫古之英雄,惟汉高帝为不可及也。”

宋人洪迈在《容斋随笔》中说:“作议论文字,须考引事实无差忒,乃可传信后世。”楚、汉相争,是尽人皆知的史实,项羽“力拔山兮气盖世”,明显比刘邦勇猛十倍。但最后还是刘邦取胜,项羽终于战败自杀,这又是事实。刘邦所以能取胜,作者也举出了三条理由:第一,先据势胜之地,以示天下之形;当时是刘邦先入关灭秦的,处于战略上胜利者地位。第二,广收韩信、彭越这一类骁勇的将才,以弥补自己智勇的不足。第三,有果锐刚猛之气而不用,以深折项羽猖狂之势,即有以柔克刚,

敌疲我打的谋略。这就使前面所说的以不智不勇,而后真智大勇的论述,得到照应。

议论文虽重在说理,但忌文字干巴。按美学要求,说理要透,文字要活,即通常所谓的议论风生。美学家朱光潜先生说:"说理文字要写好,也还是要动一点感情,要用一点形象思维。"他还说:"中国古代的散文,包括说理文,都具有美学价值。"也就是要有形象性。看看这里写项羽的一段文字:"昔者项籍,乘百战百胜之威,面执诸侯之柄,咄嗟叱咤,奋其暴怒,然西向以逆高祖。其势飘忽震荡,如风雨之至。"把项羽当时那种雄威无敌的气概,活画在读者面前。他写到刘备时,又是带着惋惜之情来驱使笔墨:"嗟夫,方其奔走于二袁之间,困于吕布,而狼狈于荆州,百败而其志不折,不可谓无高祖之风矣,而终不知所以自用之方。"读来动情入理。

全文不断地以感叹之词,喟然之句,抑扬提逗,宛转曲折,使文章感时伤事的情调,溢于字里行间。

隋论

国学经典文库

唐宋八大家散文鉴赏

苏辙卷

【题解】

　　秦朝统一六国,结束了春秋战国长期分裂局面,但却二世而亡。汉贾谊《过秦论》深刻揭示出其原因是秦王朝只想用残暴镇压来维护其统治,是仁义不施的结果。八百年后,历史重演,隋朝统一南北,结束了三国南北朝长期分裂局面,但却又是二世而亡。子由此文,以秦证隋、秦隋合论,似乎又是一篇《过秦过隋论》。只是贾谊强调的是正统儒家的仁义,而苏辙则从术上着眼,似乎带上了道家的色彩。

【原文】

　　人之于物①,听其自附,而信其自去②,则人重而物轻。人重而物轻,则物之附人也坚。物之所以去人分裂四出而不可禁者,物重而人轻也。古之圣人,其取天下,非其驱而来之也;其守天下,非其劫而留之也③。使天下自附,不得已而为之长④。吾不役天下之利⑤,而天下自至。夫是以去就之权在君而不在民,是之谓人重而物轻。且夫吾之于人,己求而得之,则不若使之求我而后从之;己守而固之,则不若使之不忍去我而后与之。故夫智者或可与取天下矣,而不可与守天下,守天下则必有大度者也。何者?非有大度之人,则常恐天下之去我,而以术留天下。以术留天下,而天下始去之矣。

　　昔者三代之君⑥,享国长远,后世莫能及,然而亡国之暴,未有如秦隋之速,二世而亡者也。秦隋之亡,其弊果安在哉?自周失其政,诸侯用事,而秦独得山西之地不过千里⑦,韩魏压其冲,楚胁其肩,燕赵伺其北,而齐掉其东。秦人被甲持兵⑧,七世而不得解⑨,寸攘尺取⑩,至始皇然后合而为一。秦见其取天下若此其难也,而以为不急持之⑪,则后世且复割裂以为敌国,是以销名城⑫,杀豪杰,铸锋镝⑬,以绝天下之望。其所以备虑而固守之者,甚密如此。然而海内愁苦无聊⑭,莫有不忍去之意。是以陈胜、项籍因民之不服⑮,长呼起兵,而山泽皆应。由此观之,岂非其重失天下,而防之太过之弊欤?

　　今夫隋文之世,其亦见天下之久不定,而重失其定也。盖自东晋以来,刘聪、石勒、慕容、苻坚、姚兴、赫连之徒^⑯，纷纷而起者不可胜数。至于元氏^⑰，并吞灭取，略已尽矣，而南方未服。元氏自分而为周齐^⑱，周并齐，而授之隋，隋文取梁灭陈，而后天下为一。彼亦见天下之久不定也，是以既得天下之众而恐其失之，享天下之乐而惧其不久。立于万民之上，而常有猜防不安之心，以为举世之人皆有暴者英雄割据之怀^⑲。制为严法峻令以杜天下之变^⑳，谋臣旧将诛灭略尽，而独死于杨素之手^㉑，以及于大故。终于炀帝之际，天下大乱，涂地而莫之救^㉒。由此观之，则夫隋之所以亡者，无以异于秦也。

悲夫！古之圣人修德以来天下，天下之所为去就者，莫不在我，故其视失天下甚轻。夫惟视失天下甚轻，是故其心舒缓，而其为政也宽。宽者生于无忧，而惨急者生于无聊耳。昔尝闻之，周之兴，太王避狄于岐^㉓，豳之人民^㉔，扶老携幼而归之岐山之下，累累而不绝，丧失其旧国而卒以大兴。及观秦隋，唯不忍失之而至于亡。然后知圣人之为是宽缓不速之行者，乃其所以深取天下者也。

【注释】

①物：指相对于己的外界的人和事。

②信：听，任，任凭。

③劫：威胁强迫。

④为之长：做他们的君长。

⑤役：驱使。

⑥三代：夏商周三朝。

⑦山西：战国、秦汉时称崤山或华山以西为山西，即关西，为秦地。

⑧被：通披。

⑨七世：七代，指秦献公、孝公、惠文王、悼武王、昭襄王、孝文王、庄襄王。

⑩攘：夺。

⑪持：把持，掌握。

⑫销：毁，销毁。

⑬铸锋镝：秦销毁天下兵器，铸为金人十二。　　锋：锋刃，指代武器。镝：箭镞。

⑭无聊：无靠。

⑮陈胜、项籍：皆秦末农民起义领袖。　　陈胜：秦阳城人，字涉。大泽乡揭竿起义，首先发难。见《史记·陈涉世家》。　　项籍：秦末下相人，字羽。在灭秦中起了最重要的作用。见《史记·项羽本纪》。

⑯刘聪：匈奴人，建立汉政权的刘渊的继承者。　　石勒：羯族，建立后赵。慕容：鲜卑族慕容氏。前燕慕容儁、后燕慕容垂、西燕慕容泓、南燕慕容德。

符坚:氐族,建立前秦。　　　姚兴:羌族,建立后秦政权的姚苌之子。　　　赫连:赫连勃勃,匈奴人,建立夏政权。

⑰元氏:元魏,即鲜卑族北魏政权。道武帝拓跋珪建立魏,统一北方。至孝文帝元宏改拓跋为元。

⑱周齐:元魏后分为东魏(元善见)、西魏(元宝炬)。高洋篡东魏为北齐,宇文毓代西魏为北周。

⑲曩者:过去。　　怀:心。

⑳杜:堵塞,防。

㉑杨素:隋华阴人,字处道,隋开国功臣,封越国公。晋王(杨广)夺太子位,素实主其谋,为之弑文帝。《隋书》有传。

㉒涂地:比喻败坏到不可收拾。

㉓太王:古代周族领袖,古公亶父,周文王祖父,原居豳,因戎狄侵逼,避于岐山,使周逐渐强盛。见《史记·周本纪》《诗经·大雅·緜》。　　岐:岐山,今陕西岐山县东北。

㉔豳:古周族居地,在今陕西旬邑、彬县一带。

【集评】

明茅坤《唐宋八大家文钞》卷一百五十:论秦隋处亦似,而其言以术留天下,为名则卑矣。渐开晚宋门户。

清沈德潜《唐宋八大家文读本》卷二十五:秦隋之惨刻少恩,欲借以威服天下,而不知废德正以失天下之心而速之亡也。隋之守天下与秦一辙,故备论之,以此事定彼事者援此为法。

清爱新觉罗·玄烨《古文渊鉴》:秦取天下甚难,隋取天下甚易,其势不同。此却举其得失之故以为先后如出一辙,洵渊识也。

【鉴赏】

苏辙生平学问深受其父兄影响,以儒学为主,最倾慕孟子而又遍观百家。他擅长政论和史论,在政论中纵谈天下大事,在史论中同父兄一样,针对时弊议古论今,其散文以其独特的风貌卓然自成一家。世称"苏父定公。"

从人与物、取与守的辩证关系入手,抓住秦隋之得天下与失天下展开论述,文势浩瀚而宽平,滚滚滔滔,有一泻千里,直入大海之势。末段太王避狄迁岐一证,更有一锤定音之妙。

唐论

【题解】

历代王朝的衰败和灭亡,或为朝中权臣篡夺权力所致,或由外部武装势力的威胁所造成。究其原因,往往和统治机制的内外有所偏重分不开。苏辙此文,则正是针对这一问题,策划封建王朝统治的久安之计。文章可分为三部分。一二两段先从反面着笔,结合周秦汉魏晋皆由于各有所偏而自取其乱,说明重内、重外之患。三、四段则正面肯定和总结唐代的经验,提出内外皆无偏重、相持而后成的观点。最后一段,补充说明,唐末之失,其弊亦在外重。全篇各部分,皆先从理论上说明,后用历史事实作证。有论有据,纵谈古今得失,雄视百代,堪称宏论。而对宋代只顾高度集权,造成内重外轻之势,无法抵御外侮的局面,不能说没有一定的针对性。

【原文】

天下之变,常伏于其所偏重而不举之处,故内重则为内忧,外重则为外患。古者聚兵京师,外无强臣,天下之事皆制于内。当此之时,谓之内重。内重之弊,奸臣内擅而外无所忌,匹夫横行于四海而莫之能禁,其乱不起于左右之大臣,则生于山林小民之英雄。故夫天下之重,不可使专在内也。古者诸侯大国或数百里,兵足以战,食足以守,而其权足以生杀,然后能使四夷盗贼之患不至于内,天子之大臣有所畏忌,而内患不作。当此之时,谓之外重。外重之弊,诸侯拥兵,而内无以制。由此观之,则天下之重,固不可使在内,而亦不可使在外也。

自周之衰,齐、晋、秦、楚绵地千里,内不胜于其外,以至于灭亡而不救。秦人患其外之已重而至于此也,于是收天下之兵而聚之关中,夷灭其城池,杀戮其豪杰,使天下之命皆制于天子。然至于二世之时,陈胜、吴广大呼起兵[①],而郡县之吏熟视而走,无敢谁何[②]。赵高擅权于内[③],颐指如意[④],虽李斯为相[⑤],备五刑而死于道路[⑥]。其子李由守三川[⑦],拥山河之固,而不敢校也[⑧]。此二患者,皆始于外之不足,而无有以制之也。至于汉兴,惩秦孤立之弊,乃大封侯王,而高帝之世,反者九起[⑨],其遗孽余烈,至于文景而为淮南、济北、吴、楚之乱[⑩]。于是武帝分裂诸侯以惩大国之祸[⑪],而其后百年之间,王莽遂得以奋其志于天下,而刘氏子孙无复龃龉[⑫]。魏晋之世,乃益侵削诸侯,四方微弱,不复为乱,而朝廷之权臣,山林之匹夫,常为天下之大患。此数君者,其所以制其内外轻重之际,皆有以自取其乱而莫之或知也。

夫天下之重在内,则为内忧,在外则为外患。而秦汉之间,不求其势之本末,而更相惩戒[13],以就一偏之利,故其祸循环无穷而不可解也。且夫天子之于天下,非如妇人孺子之爱其所有也。得天下而谨守之,不忍以分于人,此匹夫之所谓智也,而不知其无成者,未始不自不分始[14]。故夫圣人将有所大定于天下,非外之有权臣则不足以镇之也。而后世之君乃欲去其爪牙,剪其股肱,而责其成功,亦已过矣[15]。愚尝以为天下之势,内无重,则无以威外之强臣,外无重,则无以服内之大臣而绝奸民之心。此二者,其势相持而后成,而不可一轻者也。

昔唐太宗既平天下,分四方之地,尽以沿边为节度府[16],而范阳、朔方之军[17],皆带甲十万。上足以制夷狄之难,下足以备匹夫之乱,内足以禁大臣之变,而其将帅之臣,常不至于叛者,内有重兵之势以预制之也。贞观之际[18],天下之兵八百余府,而在关中者五百,举天下之众而后能当关中之半,然朝廷之臣亦不至于乘隙间衅以邀大利者[19],外有节度之权以破其心也。故外之节度,有周之诸侯外重之势,而易置从命[20],得以择其贤不肖之才,是以人君无征伐之劳,而天下无世臣暴虐之患。内之府兵[21],有秦之关中内重之势,而左右谨饬[22],莫敢为不义之行,是以上无逼夺之危,而下无诛绝之祸。盖周之诸侯,内无府兵之威,故陷于逆乱而不能以自止;秦之关中,外无节度之援,故胁于大臣而不能以自立。有周秦之利,而无周秦之害,形格势禁[23],内之不敢为变,而外之不敢为乱,未有如唐制之得者也。

而天下之士,不究利害之本末,猥以成败之遗踪[24],而论计之得失,徒见开元之后[25],强兵悍将皆为天下之大患,而遂以太宗之制为猖狂不审之计[26]。夫论天下,论其胜败之形,以定其法制之得失,则不若穷其所由胜败之处。盖天宝之际[27],府兵四出,萃于范阳;而德宗之世[28],禁兵皆戍赵魏[29],是以禄山、朱泚得至于京师[30],而莫之能禁,一乱涂地。终于昭宗[31],而天下卒无宁岁。内之强臣,虽有辅国、元振、守澄、士良之徒[32],而卒不能制唐之命[33]。诛王涯、杀贾𫗦[34],自以为威震四方,然刘从谏为之一言[35],而震慑自敛[36],不敢复肆。其后崔昌遐倚朱温之兵以诛宦官[37],去天下之监军[38],而无一人敢与抗者。由此观之,唐之衰,其弊在于外重。而外重之弊,起于府兵之在外,非所谓制之失,而后世之不用也。

【注释】

①陈胜、吴广:秦末农民起义领袖,首先在大泽乡起义,从此掀起了反秦浪潮,秦因以亡。见《史记·陈涉世家》。

②谁何:稽查诘问。

③赵高:秦时宦官。始皇崩于沙丘,高与丞相李斯矫诏杀长子扶苏,立胡亥为

二世。旋杀李斯,自为丞相独揽大权。后又杀二世,立子婴。子婴立,乃诛高。见《史记·秦始皇本纪》。

④颐指:以面颊表情示意指使人。

⑤李斯:战国末楚上蔡人,入秦,始皇统一六国,斯为丞相。定郡县制,下禁书令,统一文字为小篆。始皇死,与赵高共谋杀扶苏,立胡亥。后被赵高害死。《史记》有传。

⑥备五刑:备受五刑。　　五刑:古代的五种刑罚。秦汉时代五刑指墨、劓、剕、宫、大辟等。

⑦三川:郡名,在今河南洛阳市西南一带,因有伊、洛、河三川而得名。

⑧校:通较;较量。

⑨反者九起:见汉贾谊《论治安策》。

⑩文景:汉文帝、景帝。　　淮南:淮南厉王刘长,于文帝六年谋反,废徙蜀道死。　　济北:济北王刘兴居,于文帝三年谋反被诛。以上均见《汉书·文帝纪》。吴、楚:景帝三年,吴王刘濞,楚王戊等七诸侯国连兵反。见《汉书·景帝纪》。

⑪分裂诸侯:汉武帝时以推恩名义将诸侯国的封邑分裂成小国,以削弱诸侯国的势力。见《汉书·武帝纪》。

⑫龃龉:抵触。

⑬更相:互相。

⑭未始:未尝。

⑮过:错。

⑯节度府:节度使机构。唐初,武将行军称总管,本道则称都督。永徽以后,都督带使持节者称节度使。节度使封郡王,掌总军旅,专诛杀。其初仅边地有之。

⑰范阳:唐天宝初改幽州总管府为范阳郡,署大都督府,设范阳节度使,治所在幽州。　　朔方:方镇名,其地在灵州,今宁夏灵武县西南。

⑱贞观:唐太宗李世民年号(627~649)。

⑲邀:求。

⑳易置:换地方,调动。

㉑府兵:唐代实行的一种兵制。

㉒谨饬:谨慎周到。

㉓形格势禁:事情为形势所阻,无法进行。

㉔狠:苟且。

㉕开元:唐玄宗李隆基年号(713~741)。

㉖猖狂:肆意妄行。　　不审:不察。

㉗天宝:唐玄宗李隆基年号(742~756)。

㉘德宗：李适，代宗之子。780～805年在位。

㉙禁兵：皇帝的亲兵。　　戍：戍守。　　赵魏：指黄河南北一带。当时赵魏一带方镇叛乱，禁兵用于平叛。

㉚禄山：安禄山，唐营州柳城奚族人。玄宗时，官平卢、范阳、河东三镇节度使。天宝十四年冬在范阳起兵叛乱，先后攻陷洛阳、长安，称雄武皇帝，国号燕。新旧《唐书》有传。　　朱泚：唐幽州昌平人，任卢龙节度使，入京以太尉衔留京师。泾原节度使姚令言军过京师，在长安叛变，德宗奔奉天，姚军拥泚为帝，国号大秦，旋改为汉。兴元元年

被平定，泚为部将所杀。新旧《唐书》有传。

㉛昭宗：唐末皇帝李晔，889～904年在位。新旧《唐书》有纪。

㉜辅国：姓李，本名静忠，宦官，为唐肃宗所亲近。擢元帅府行军司马。辅国外谨密而内贼深。擅权用事。代宗立，尊为尚父，进司空，封博陵郡王，愈跋扈。帝遣侠者刺杀之，谥丑。新旧《唐书》有传。　　程元振：唐三原人，宦官。以立太子有功，太子即位，为代宗。累官骠骑大将军，邠国公，尽总禁兵，权在李辅国之右，凶决又过之。谮李光弼，使方镇解体。后图谋不轨，流死。新旧《唐书》有传。　　王守澄：唐宪宗时宦官，擅权，与内常侍陈弘志弑宪宗，立文宗。后赐死。新旧《唐书》有传。　　仇士良：唐兴宁人，字匡美。宪宗时任内外五坊使，文宗为所制，郁闷而死，武宗朝累进观军容使，兼统左右军。尝杀二王一妃四宰相，贪酷二十余年。新旧《唐书》有传。

㉝制唐之命：控制主宰唐王朝的命运。

㉞王涯：字广津，累官中书侍郎平章事，文宗时与李训、郑注谋诛宦官，事泄被杀。新旧《唐书》有传。　　贾餗：唐河南人，字子美，历任考功郎，知制诰，累官集贤殿大学士。后为宦官所陷，被诛。新旧《唐书》有传。

㉟刘从谏：文宗时为义成节度使，与宦官仇士良交恶，为仇所忌。新旧《唐书》有传。

㊱震慴：震动害怕。

㊲崔昌遐：名胤，字垂休，唐昭宗时累进御史中丞，由户部侍郎同中书门下平章事。素厚朱全忠，以其力四拜宰相，权倾天下。宦官韩全诲挟帝幸凤翔，胤召朱全忠，尽诛宦官。后被全忠所杀。新旧《唐书》有传。　　朱温：唐末宋州砀山人。初参加黄巢起义军，任同州防御史，后降唐，改名全忠，先后任河中行营招讨使、宣武节度使。天复三年，入长安，尽杀宦官，封梁王。后篡唐自立，改名晃，为梁太祖。新旧《五代史》有纪。

㊳监军：官名，皇帝于将帅之外，另派监督军事之人为监军，唐代监军，一般任宦官为之。

【集评】

明茅坤《唐宋八大家文钞》卷一百五十一：此等文古今有数。唐荆川云，深究利害，是大文字。

清沈德潜《唐宋八大家文读本》卷二十五：前通论古今大势，而唐制之有得无失自见。此卓识自能发为高文。

【鉴赏】

嘉祐五年（公元1060年），苏辙二十二岁，在京应制举，献文五十篇，包括《进论》二十五篇，《进策》二十五篇，收入《栾城应诏集》中。本文选自《栾城应诏集》卷三，是其中《进论五首》的第一首。

本文可分五段。第一段，从理论上提出国家重兵的设置和权势的使用，文中所提"重"这个术语，是重兵和权势的意思。本段可分四层：一、提出天下之变有内忧外患两个方面；二、给"内重"下一界说，然后再论述"内重之弊"；三、什么是"外重"，再论"外重之弊"；四、"由此观之，则天下之重，固不可使在内，而亦不可使在外也。"由此总结全段内容，层次十分清楚。

第二段，用历史事实论述自周至魏晋内外轻重的势态：周"外重"而衰；秦"内重"而亡；"汉初外重"而"汉末内重"；"魏晋内重"。最后用一句话作结，指出以上各朝代的君王，面临内外轻重之际，都是"自取其乱"而不自知。

第三段，先指出圣人大定于天下，非有权臣在外不可，这是针对宋代大权集中于中央的情况而讲的。然后用"愚尝以为"表示自己的意见："天下之势，内无重，则无以威外之强臣，外无重，则无以服内之大臣而绝奸民之心。此二者，其势相持而后成，而不可一轻者。"这是本段的总结，也是前三段的总结。值得注意的是：这

三段只字未提及唐,给人留下一个不解之谜:文题《论唐》而唐何在? 自然引出下文。

第四段辟首一句:"昔唐太宗既平天下,分四方之地,尽以沿边为节度府,"唐在此处出现,文在这里入题。唐代总结周、秦等代的历史经验,实行"府兵制",外置节度府,有周朝诸侯外重之势,外重恃内有以制之;内设府兵,有秦朝关中内重之势,内重有外以制之。所以本段总结唐代府

兵制的优点为"有周秦之利,而无周秦之害,形格势禁,内之不敢为变,而外之不敢为乱,未有如唐制之得者也。"本段肯定唐制之优,紧扣题旨,是全文的中心。从文章气势来看,本段已达到高峰,下段不过是本段的一个补充说明,已是文章的余波了。

第五段,补充说明唐代败亡的原因。上段既论唐制之优,"有周秦之利,而无周秦之害",那么唐朝为什么也摆不脱周秦败亡的命运呢?唐朝也败亡于"外重",本段推论"唐代外重之由",在于天宝年间,府兵四出,德宗时代,府兵尽戍赵魏之地,朝廷兵力空虚,致使安禄山、朱泚等固得以反叛攻入京师。此后,崔昌遐借降将朱温之兵诛杀宦官,取消朝廷监军,中央完全无力控制四方重兵,终于败亡。文章结尾,加以总结:"由此观之,唐之衰,其弊在于外重,而外重之弊,起于府兵之外,非所谓制之失,而后世之不用也。"明确指出唐朝祸败是因为府兵在外而内轻,从而承接上段,进一步肯定了唐代的"府兵制"。

本文的写作,采用了"言在此而意在彼"的笔法,可从以下两个方面来说明:第一,言周秦等天下大势而意在唐。本文一共五段,却用了三段过半的篇幅论述周秦等天下大势,到第四段才入题论及唐代,下笔甚远却处处扣紧题旨,也就是说前三段大半篇幅是为后两段"论唐"这个中心服务的,周、秦、两汉、魏晋之制不是失之"外重",就是失之"内重",都不健全,唯有唐代"府兵制"形格势禁,有得无失。唐

以前都是铺衬，是为了铺垫和衬托唐制的，这种笔法的特点是纡徐曲折，引人入胜，重点突出。这种笔法下笔虽远，但不离题，而处处紧扣题旨，并为主题服务。第二，言唐而意在宋。这是一篇言兵之文，即军事论文，虽说论的是唐代"府兵制"，但是用意在宋而不在唐。我们知道，宋太祖赵匡胤原是后周世宗手下的一名武将，官为殿前都点检，即禁军统帅，拥有兵权，是借陈桥兵变才黄袍加身的。他当了皇帝不到半年，就有两位节度使反叛，他深感"外重"的危险，于是来了个"杯酒释（解除）兵权"，解除各节度使的兵权，归于中央集权，于是形成"内重"，逐渐出现了"奸臣内擅"和地方无重臣镇压"山林小民之英雄"这些弊端。苏辙站在封建统治阶级的立场，为了维护宋朝封建统治，写了这篇"进论"，为宋王朝救弊开了个药方，即采用唐代"府兵制"。但是他不敢直言，而采用借古讽今的手法，言唐而意在言宋，委婉达意，而又比较安全。其实这也并非苏辙独创，唐代大诗人白居易、元稹等早就采用过"言汉而意在唐"的手法，苏辙不过继承此法而已。此法妙在含蓄委婉，意在言宋，而"宋"在文中并未出现，弦外之音耐人寻味。

周公①

【题解】

此篇名为论周公,实则论《周礼》,旨在证明《周札》不仅非周公所作,而且是一部"乱天下"的伪书。它是一篇很有价值的学术论文。《周礼》原名《周官经》,自东汉以后,列为"三礼"之首,十三经之一,是儒家重要经典著作之一,王安石托古改制,就非常推崇《周礼》。

【原文】

言周公之所以治周者,莫详于《周礼》②,然以吾观之,秦汉诸儒以意损益之者众矣③,非周公之完书也。

何以言之?周之西都,今之关中也④;其东都,今之洛阳也。二都居北山之阳,南山之阴。其地东西长,南北短。短长相补,不过千里,古今一也。而《周礼》:王畿之大⑤,四方相距千里,如画棋局⑥,近郊、远郊、甸地⑦、稍地⑧,大都⑨、小都⑩,相距皆百里。千里之方地,实无所容之,故其畿内远近诸法,类皆空言耳。此《周礼》之不可信者一也。

《书》称⑪:武王克商而反商政,"列爵惟五⑫,分土惟三⑬。"故《孟子》曰⑭:"天子之制,地方千里,公侯百里,伯七十里,子男五十里。不能五十里,不达于天子,附于诸侯,曰附庸⑮。"郑子产亦云⑯,古之言封建者,盖若是。而《周礼》:诸公之地方五百里,诸侯四百里,诸伯三百里,诸子二百里,诸男百里。与古说异。郑氏知其不可⑰,而为之说曰:"商爵三等⑱,武王增以子、男,其地犹因商之故。周公斥大九州⑲,始皆益之,如《周官》之法。于是千乘之赋,自一成十里而出车一乘,千乘而千成,非公侯之国无以受之。"吾窃笑之。武王封之,周公大之,其势必有所并,有所并必有所徙。一公之封,而子男之国为之徙者十有六。封数大国而天下尽扰,此书生之论,而有国者不为也。《传》有之曰⑳:"方里而井,十井为乘,故十里之邑而百乘,百里之国而千乘,千里之国而万乘。古之道也。"不然百乘之家为方百里,万乘之国为方数圻矣,古无是也。《语》曰㉑:"千乘之国,摄乎大国之间㉒。"千乘虽古之大国,而于衰周为小,然孔子犹曰:"安见方六七十,如五六十,而非邦也者?"然则虽衰周,列国之强家,犹有不及五十里者矣。韩氏、羊舌氏㉓,晋大夫也。其家赋九县㉔,长毂九百㉕。其余四十县,遗守四千㉖。谓一县而百乘则可,谓一县而百里则不可。此《周礼》之不可信者二也。

王畿之内,公邑为井田,乡遂为沟洫㉗。此二者,一夫而受田百亩㉘,五口而一夫为役,百亩而税之十一,举无异也。然而井田自一井而上,至于一同而方百里㉙。其所以通水之利者,沟、洫、浍三㉚。沟、洫之制,至于万夫,方三十二里有半,其所以通水之利者,遂、沟、洫、浍、川五㉛。利害同而法制异,为地少而用力博,此亦有国者之所不为也。楚蒍掩为司马㉜,町原防㉝,井衍沃㉞。盖平川广泽,可以为井者井之㉟;原阜堤防之间㊱,狭不可井则町之。杜预以町为小顷町㊲。皆因地以制广狭多少之异,井田、沟洫盖亦然耳。非公邑必为井田,而乡遂必为沟洫。此《周礼》之不可信者三也。

三者既不可信,则凡《周礼》之诡异远于人情者㊳,皆不足信也。古之圣人,因事立法以便人者有矣,未有立法以强人者也㊴。立法以强人,此迂儒之所以乱天下也㊵。

【注释】

①周公:姬旦,周文王子,武王弟,辅助武王灭纣,建立周王朝,封于鲁。武王死,成王年幼,周公摄政。周代的礼乐制度相传都是周公所制订。参阅《史记·鲁周公世家》。

②《周礼》:原名《周官》,也称《周官经》。西汉末列为经而属于礼,故称《周礼》。旧说为周公所作,已证明为伪书。今本四十二卷,汉郑玄注,唐贾公彦疏。

③损益:增减改动。

④关中:地名。相当于今陕西。东至函谷关,南至武关,西散关,北萧关。参见《史记·项羽本纪》"关中阻山河四塞"《集解》引徐广。

⑤王畿:王都近郊之地。

⑥棋局:棋盘。

⑦甸地:古代称都城郊外的地方为甸,即城郊外之地。

⑧稍地:周代称距王城三百里的地域为稍地,给大夫作采邑。见《周礼·地官·载师》:"以公邑之田任甸地,以家邑之田任稍地。"《疏》:"名三百里地为稍者,以大夫地少,稍稍拾之,故云稍也。"

⑨大都:公之封地。大的封邑。《周礼·地官·载师》:"以小都之田任县地,以大都之田任畺地。"《注》:"大都,公之采地,王子弟所食邑也。畺,五百里,王畿界也。"

⑩小都:相对于大都的小的封邑。

⑪《书》称：见《尚书·武成》。

⑫列爵惟五：爵位分五等，即公侯伯子男。

⑬分土惟三：列地封国，公侯方百里，伯七十里，子男五十里，为三品。

⑭《孟子》曰：见《孟子·万章下》。

⑮附庸：附属于诸侯的小国。

⑯郑子产亦云：郑子产也这么说。子产，春秋郑人，名侨，字子产，又字子美，谥成子；又称公孙侨，国侨；因居东里，又称东里子产，曾长期相郑国，春秋时著名政治家。他曾说："昔天子之地一圻，列国一同。"

注：一圻，"方千里"，一同，"方百里"。见《左传·襄二十五年》。

⑰郑氏：郑玄（127—200），字康成，东汉高密人。遍注五经，其中包括为《周礼注》。

⑱商爵三等：谓公侯伯。

⑲斥大：扩大。　　斥：广。

⑳《传》：指古书传。

㉑《语》曰：见《论语·先进》。

㉒摄乎：介于。

㉓韩氏、羊舌氏：晋大夫韩起、杨肸。事见《左传·昭五年》。

㉔其家赋九县：韩氏、羊舌氏两大夫家共有九县之赋。　　县：地方行政区划。

㉕长毂九百：战车九百乘。每县百乘，九县为九百乘。

㉖遗守：留下守国。

㉗遂：远郊之地。《礼·王制》："不变，移之遂。"《注》："远郊之外曰遂。"沟洫：田间水道，沟渠。

㉘一夫而受田百亩：古代井田，一夫受田百亩，夫为成年男子。《周礼·地官·

小司徒》："九夫为井。"

㉙一同：方百里的土地。

㉚洫：田间水道。　浍：田间排水道。

㉛遂、沟、洫、浍、川：五种水道。

㉜楚芴掩：芴掩，楚大夫，又称荐掩。见《左传·襄二十五年》。司马：楚司马，位在令尹，莫敖下，掌军事。

㉝町原防：《左传》杜《注》："广平曰原，防，隄也。邻防闲地，不得方正如井田，别为小顷町。"即堤坝间的小块平地，不像井田那么方方正正，另为小顷町。町：土地面积名。《左传》之《疏》："原防之地，九夫为町，三町而当一井也。"

㉞井衍沃：《左传》杜《注》："衍沃，平美之地，则如《周礼》，制以为井田。"

㉟可以为井者井之：可以辟为井田的地方就用井田制。前井为名词，后井用作动词。

㊱原阜堤防：平原丘陵堤坝。

㊲杜预：晋京兆杜陵人。太康元年率兵灭吴，以功封当阳县侯。自谓有《左传》癖。著《春秋左氏传集解》，为流传至今最早的《左传》注解。《晋书》有传。　顷町：均为土地面积名。

㊳诡异：奇特。　远于人情：不合人情。

㊴强：勉强。

㊵迂儒：迂腐不通人情事理的儒生。

【集评】

明茅坤《唐宋八大家文钞》卷一百五十一：读《周礼》者不可不知。

【鉴赏】

苏辙写这篇文章，当然和当时所谓"王安石以《周礼》乱天下"之说有关，是针对变法的。但是就文章本身来说，文章先从地理学角度考察，再取古之典籍证明，再次就其井田制推论，从三方面以充分的材料、事实证明了《周礼》的不可信，最后归纳指出其"皆不足信"，是"迂儒之所以乱天下"的东西，显得有根有据，理由充足，确实使人信服。而且，《周礼》确系伪书，在宋代以后，更为大量的学者所证明，已成千古确论。

管仲

国学经典文库

唐宋八大家散文鉴赏

苏辙卷

【题解】

管仲(? ～前 645),春秋齐颖上人,字夷吾,为齐桓公相,辅佐桓公,富国强兵,九合诸侯,取威定霸,并曾为孔子所称道,三苏父子,都对其有专文评论。老苏在其《管仲论》中,曾批评管仲死时不能荐贤,认为这是造成齐乱的根本原因。苏辙在这篇文章里,则在申足这一论点的同时,进一步提出,管仲不能治身,是导致齐国祸乱的另一重要原因。在文章的起伏开阖、跌宕生姿上虽不及乃父之论管仲,但在平实中却有另辟蹊径之妙。

【原文】

先君尝言①:管仲九合诸侯②,一匡天下③,以桓公伯④,孔子称其仁,而不能止五公子之乱⑤,使桓公死不得葬⑥。曰:"管仲盖有以致此也哉!"

管仲身有三归⑦,桓公内嬖如夫人者六人⑧,而不以为非,此固嫡庶争夺之祸所从起也。然桓公之老也,管仲与桓公为身后之计,知诸子之必争,乃属世子于宋襄公⑨。夫父子之间,至使他人与焉⑩,智者盖至此乎⑪?於乎⑫,三归六嬖之害,溺于淫欲而不能自克⑬,无已⑭,则人乎⑮!《诗》曰⑯:"无竞维人,四方其训之⑰。"四方且犹顺之,而况于家人乎?

《传》曰⑱:"管仲病且死⑲,桓公问谁可使相者,管仲曰:'知臣莫若君。'公曰:'易牙何如⑳?'对曰:'杀子以适君㉑,非人情㉒,不可。'公曰:'开方何如㉓?'曰:'倍亲以适君㉔,非人情,难近。'公曰:'竖刁何如㉕?'曰:'自宫以适君㉖,非人情,难亲。'管仲死,桓公不用其言,卒近三子㉗。二年而祸作。"夫世未尝无小人也,有君子以间之㉘,则小人不能奋其智㉙。《语》曰㉚:"舜有天下,选于众,举皋陶㉛,不仁者远矣。汤有天下,选于众,举伊尹㉜,不仁者远矣。"岂必人人而诛之?管仲知小人之不可用,而无以御之㉝,何益于事?

内既不能治身,外复不能用人,举易世之忧而属之宋襄公㉞,使祸既已成,而后宋人以干戈正之。於乎殆哉㉟!昔先君之论云尔㊱。

①先君:指作者故去的父亲苏洵。

②九合诸侯:多次主持诸侯间的盟会。《论语·宪问》载孔子的话说:"桓公九合诸侯,不以兵车,管仲之力也。如其仁,如其仁。"齐桓公曾十一次纠合诸侯,这里的"九"指多次。

③一匡天下:使天下一切得到匡正。《论语·宪问》:孔子说:"管仲相桓公,霸诸侯,一匡天下,民到于今受其赐。"

④伯:通霸。

⑤五公子之乱:指桓公五个儿子争立,引起齐国的祸乱。《左传·僖十七年》:"齐侯之夫人三:王姬、徐嬴、蔡姬,皆无子。齐侯好内,多内宠,内嬖如夫人者六人。长卫姬生武孟(公子无亏),少卫姬生惠公(公子元),郑姬生孝公(公子昭),葛嬴生昭公(公子潘),密姬生懿公(公子商人),宋华子生公子雍。公与管仲属孝公于宋襄公,以为太子。雍巫有宠于卫共姬,因寺人貂以荐羞于公,亦有宠,公许之立武孟。管仲卒,五公子皆求立。冬十月乙亥,齐桓公卒,易牙入,与寺人貂因内宠以杀群吏,而立公子无亏,孝公奔宋。"

⑥使桓公死不得葬:《左传·僖十七年》载:"十月乙亥齐桓公卒","十二月乙亥赴,辛巳夜殡",六十七日乃殡。

⑦管仲身有三归:《论语·八佾》:"管氏有三归。"对三归有不同解释。本文中意为娶三姓女。

⑧内嬖:君主对内宠爱。　　嬖:宠爱。　　如夫人:姜的别称。　　六人:指长卫姬、少卫姬、郑姬、葛嬴、密姬、宋华子。

⑨属世子于宋襄公:把太子的事委托给宋襄公。　　世子:太子。　　宋襄公:?—前637年,春秋宋国国君,姓子,名兹父,继齐桓公为诸侯盟主,五霸之一。

⑩与:参与,介入。

⑪盖:通盍,何,为何,何故,为什么。

⑫於乎:同呜呼。

⑬自克:自我克制。

⑭无已:不能停止,没有办法。

⑮则人乎:求助于他人了。

⑯《诗》:指《诗·周颂·烈文》。

⑰无竞维人,四方其训之:没有强于得到贤人的,得到贤人就能天下顺从。《诗》之《郑笺》:"无强乎惟得贤人也,得贤人则国家强矣,故天下诸侯顺其所为也。"　　竞:强。　　训:顺。

⑱传：书传。

⑲且：将。

⑳易牙：齐桓公幸臣。雍人，名巫，亦称雍巫。长调味，善逢迎，传说曾烹其子以进桓公。管仲死，与竖貂、开方专权。桓公死，易牙等立公子无亏，齐遂大乱。见《左传·僖十七年》。

㉑适：合，迎合。

㉒非人情：不合于人之常情。

㉓开方：春秋时卫公子，为齐桓公宠臣。与竖貂、易牙乱齐。《韩非子·难一》："管仲曰：'……闻开方事君十五年，齐卫之间不容数日行，弃其母，久宦不归。其母不爱，安能爱君。'"

㉔倍：通背，背叛。　　亲：父母亲。

㉕竖刁：齐桓公幸臣，又称竖貂、竖刁、寺人貂。自宫以侍齐桓公。后与易牙、开方一起乱齐。见《左传·僖十七年》。

㉖宫：肉刑的一种。去掉生殖能力。

㉗三子：指竖刁、易牙、开方。

㉘间：参与。

㉙奋：施展。

㉚语：《论语》，引文出于《论语·颜渊》。

㉛皋陶：舜时贤臣。

㉜伊尹：汤之相，助汤伐夏桀。

㉝御：制止，防备。

㉞易世之忧：换代的愁事，指君位继承的事。

㉟於乎：同呜呼。　　殆：危险。

㊱云尔：语末助词，相当于如此而已。

【鉴赏】

《管仲》是苏辙史论中评论历史人物的篇章。其父苏洵亦写有《管仲论》。洵文着重评论了管仲政治上的失误，认为管仲虽为齐国的富强做出了重大贡献，但还不知为政之本，生前未能荐贤授能，致使死后佞臣专权，宫廷内乱，国政混乱不堪。将桓公死后、齐国连续一百余年纷争动乱的根由归咎于管仲。苏辙的这篇《管仲》，虽借其事，进一步阐发其父的见解，但为文的侧重点却在于以评述管仲的过失，为北宋当权者提供历史借鉴，以收借史论政，以古鉴今之效。管仲，名夷吾，春秋初期杰出的政治家。少与鲍叔牙友好。后鲍叔牙事齐公子小白，管仲事公子纠。二公子争夺王位时，管仲为其主箭射小白，结果中衣钩。后小白得位，立为齐桓公。经鲍叔牙荐举,桓公任用管仲为相。管仲辅佐齐桓公,内外经营。对内进行了一系列改革,对外以"尊王攘夷"相号召,联合中原诸侯,北伐戎狄,南征荆楚,使齐桓公成为春秋时代的第一个霸主。历代史学者和史论家,无不称道管仲的才干与政治功绩,而苏氏父子却不落前人窠臼,以贬责管仲为主,对管仲政治和生活上的错误进行了揭露与批评。

文章伊始,即从正反两个方面入题,先肯定管仲"九合诸侯,一匡天下"的历史功绩。继之,以"而"转折,由管仲"不能止五公子之乱,使桓公死不得葬"这一事实,推出这些全是由管仲之过而造成的结论,作为议论评述的依据。据《史书》记载:管仲死,桓公病,五公子各自树党夺权。桓公死,五公子相互攻伐,桓公陈尸床上,尸虫出户,无人理睬。

后易牙、竖刁杀诸大夫,立公子无亏,六十七日后才收殓桓公尸体。公子昭奔宋,在宋国武装干涉下,齐国杀公子无亏,公子昭才回国继承王位,葬齐桓公(《史记·齐太公世家》)。由此可见,作者的这一论述,是符合历史事实的。评论管仲的过失,是全文之纲。文章开篇即举纲撮要,为论其过蓄势定调。接着,便指责管仲之过。"管子身有三归(即娶了三国之女为妻),桓公内嬖(宠爱的姬妾)如夫人者六人"。君臣宣淫,沉溺于女色,是使"嫡庶争夺"之祸端;桓公管仲知诸子必争,便托公子昭于宋襄公。此为祸乱引起的根源。齐桓公和管仲把公子昭(齐孝公)托给宋国,以他为太子,后来桓公又答应易牙立公子无亏为继承人。以一国许二主,怎能不引起争端呢?管仲病,桓公问谁可以为相,管仲只指出易牙、开方、竖刁不可亲近,但始终未推荐可以代自己为相的人。这是齐国祸乱产生的又一原因。易牙、开方、竖刁三人之事,均见于《管子》一书。易牙,春秋时齐人。因善调味,受到桓公宠幸,用为寺人(宫中供使令的小臣,此指宦官)。易牙为赢得齐桓公的欢心,曾"蒸其首子,而献于公。"开方,春秋时卫公子,弃其母,事齐桓公,十五年不归。竖刁,亦为宫中宦官。桓公治理内宫时,竖刁为讨得桓公的宠幸,不惜阉割自身。三人皆为无情无义之辈,是些不知自爱的奸佞小人,所以管仲认为这些人"难近""难亲",实不可用。但桓公却不听管仲的规劝,依然重用他们。桓公一死,易牙、开方、竖刁便大杀群臣,相互拼杀,争夺权势,使齐国内战不休,局面无法收拾。作者由管仲的不善荐人,进而说明"世未尝无小人,有君子间之,则小人不能奋其智"的道理。也就是说,为政者如果能将有才德之人,提拔起来,使之位于邪恶人之上,那么,小人就无法施展其阴谋诡计。孔子说:"举直错诸枉,能使枉者直"(《论语·颜渊》),也就是这一道理。文中还引用了舜举皋陶,汤选伊尹为例,阐述举贤授能的重要性。但管仲只知小人之不可用,即未能采取有效的措施加以"御之"。所以,管仲,桓公一死,这些小人便兴风作浪,使得国无宁日。管仲之过失就在于不善于举贤授能。文章最后一段总括全文,照应开头,进一步说明不能治身,不善用人,是导致齐国动荡不安的重要原因。

当然将一个国家的治乱,完全归咎于统治集团中的首脑人物的主观原因,是不够公正、全面的。但是一个国家的兴亡治乱,在一定历史条件下,与当权者的行事,用人也有着密切的关系,这也是为大量的历史事实所证明了的。苏辙的《管仲》一文,是借评述管仲不正己身,不善荐人之过失,警告北宋当权者,不要重蹈这一历史覆辙。显而易见,文章的寓意是相当精深的。

全文语言自然流畅,行文圆转活脱。在论证中,运用了丰富的史实多方类比,反复比衬,将道理剖析得十分精辟,独到。文中虽属指责管仲之过,但齐桓公的荒淫、昏聩,缺乏主见亦见诸笔端、跃于纸上。此文突出表现了作者谋篇布局的独具匠心。其次,文中运用了大量的关联词,语气词,即使文气纡徐和婉,又给人一种蝉联不绝、周回反复、一唱三叹的无穷韵味。

始皇论

国学经典文库

唐宋八大家散文鉴赏

苏辙卷

【题解】

关于封建诸侯之事,自秦开始,历朝累代,屡有争议,唐柳宗元《封建论》一出,则封建诸侯之不可复,已成定论。

【原文】

诸侯之兴①,自生民始矣②,至始皇灭六国,而五帝三代之诸侯扫地无复遗者③,非秦能灭诸侯,而势之隆污极于此矣④。

昔禹会诸侯于涂山⑤,执玉帛者万国⑥,传商及周文武之间,止千七百余国。夫人之必争,强弱之必相吞灭,此势之必至者也。彼非诸侯独能自存,圣贤之君时出而齐之⑦,是以强者不敢肆⑧,弱者有以自立。盖自禹五世而得少康⑨,自少康十二世而得汤⑩,自汤八世而得太戊⑪,自太戊十三世而得武丁⑫,自武丁八世而得周文、武。当是时,虽有强暴诸侯,不得以力加小弱,然虞、夏诸侯,亡者已十八九矣⑬。自文武成康以来⑮,三十有三世,独一宣王能纪纲诸夏⑮。幽平以后⑯,诸侯放恣。春秋之际,存者百七十余国而已。虽齐威晋文迭兴⑰,以会盟征伐持之⑱,而道德不足,其身所攻灭⑲,盖已多矣。陵迟至于六国⑳,独有宋卫中山泗上诸侯在耳㉑。地大兵强,皆务以诈力相倾,虽使威文复生㉒,号令有所不行,非有盛德之君,不足以怀之矣㉓。是以至于荡灭无余而后止。秦虽欲复立诸侯,岂可得哉!而议者乃追咎李斯不师古㉔,始使秦孤立无援,二世而亡,盖未之思欤!

夫商周之初,虽封建功臣子弟,而上古诸侯棋布天下,植根深固,是以新故相维㉕,势如犬牙,数世之后,皆为故国,不可复动。今秦已削平诸侯,荡然无复立锥之国,虽使并建子弟,而君民不亲。譬如措舟沧海之上,大风一作,漂卷而去,与秦之郡县何异?且独不见汉高、晋武之事乎㉖?割裂海内以封诸子,大者连城数十。举无根之人,寄之万民之上,十数年之间,随即散灭,不获其用。岂非惑于其名,而未察其势也哉!

古之圣人立法以御天下㉗,必观其势,势之所去,不可强反。今秦之郡县,岂非势之自至也欤?然秦得其势而不免于灭亡,盖治天下在德不在势。诚能因势以立法,务德以扶势,未有不安且治者也。使秦统一天下,与民休息,宽徭赋,省刑罚,黜奢淫,崇俭约,选任忠良,放远法吏,而以郡县治之,虽与三代比隆可也。

【注释】

①诸侯:古代对中央政权所分封各国国君的统称。　兴:起,产生。

②自生民始矣:从有人类就开始了。　生民:人类产生。

③五帝:有不同说法,一般认为指伏羲、神农、黄帝、尧、舜。三代:夏、商、周。扫地:尽数,全部。　遗:遗留、剩。

④势:形势。趋势。　隆污:高下。　极:至、到。

⑤禹会诸侯于涂山:见《左传·哀七年》。　涂山:在今安徽怀远县东南,淮河东岸,又名当涂山。

⑥玉帛:瑞玉和缣帛,古代祭祀、会盟时用的珍贵礼品。

⑦齐:整治、治理。

⑧肆:不受约束。

⑨少康:夏王相之子,相为寒浞之子浇所杀,相妻逃至有仍,生少康。少康长大,灭寒浞,恢复夏王朝。

⑩汤:成汤,商之开国君,又称商汤。

⑪太戊:商王名,太庚子。时商衰微,诸侯或不至,太戊立,用伊陟、巫咸等人,商复兴。

⑫武丁:殷王名,盘庚弟小乙之子。殷自盘庚死后,国势衰微。武丁立,用傅说为相,勤修政事,又复强盛。死称高宗。

⑬十八九:十之八九,十分之八九。

⑭文武成康:文王、武王、成王、康王。皆周初圣王。

⑮宣王:周厉王之子,名静。厉王流死于彘,周召共立之,用仲山甫、尹吉甫、方叔、召虎,北伐狁,南征荆蛮、徐戎、淮夷,号称中兴。见《史记·周纪》。　纪纲:治理。　诸夏:指周代分封的中原各诸侯国。

⑯幽:周幽王。宣王子,名宫涅。宠爱褒姒,无道,被申侯联合犬戎杀于骊山之下,西周灭亡。见《史记·周纪》。　平:平王。幽王子,名宜臼。幽王为犬戎所杀,平王立,以避犬戎,东迁洛邑,是为东周。见《史记·周纪》。

⑰齐威:即齐桓公,名小白。桓公用管仲,尊王攘夷,九合诸侯,一匡天下,为五霸之首。见《史记·齐世家》。　晋文:晋文公,名重耳,春秋五霸之一。见《史记·晋世家》。

⑱会盟:古代诸侯聚会结盟。

⑲其身所灭:谓齐桓公、晋文公本身就亲自灭亡别的诸侯国。

⑳陵迟:衰落。

㉑泗上:泗水之滨。

㉒威文:指齐桓公、晋文公。

㉓怀之:使之归向,归化。

㉔李斯:战国末楚人。秦始皇统一六国,斯为丞相。当丞相绾等请封诸子时,时为廷尉的李斯认为置诸侯不便,始皇从之,于是废诸侯,立郡县。见《史记·秦始皇本纪》《李斯列传》。　　　师古:效法古人。

㉕维:接、连接。

㉖汉高:汉高祖刘邦,初封功臣韩信、彭越、黥布、卢绾等为诸侯,后又封刘氏诸王。造成汉初诸侯反叛和景帝时七国之乱。见《史记·高帝本纪》。　　晋武:晋武帝司马炎,曾封诸子为王,造成以后八王之乱。

㉗御:治。

【集评】

明茅坤《唐宋八大家文钞》卷一百五十:苏氏兄弟论罢侯置守处并祖柳宗元之论而附益之,而子由此论却亦跌宕,可以补柳子之不足。

【鉴赏】

苏氏兄弟,子瞻有《论封建》,子由有《始皇论》,在这一问题上,皆祖柳子之说。只是柳文主要阐明封建诸侯的产生是由于势和封建诸侯的危害,而本文则重在说明诸侯的消亡是势之必然,并进一步提出"因势以立法,务德以扶势",从而把问题引向了新的高度。文章先提出问题,再展开论述,最后指出方向,立足于历史发展的规律,着眼于宏观考虑问题,跌宕之中,自有恢宏之气。

国学经典文库

唐宋八大家散文鉴赏

苏辙卷

汉武帝①

【题解】

文章主旨,在于借严助、王恢之事,指斥那些对皇帝探其情而逢其恶的好名贪利之臣。推原其情,似有所指。

【原文】

天下利害不难知也。士大夫心平而气定,高不为名所眩,下不为利所怵者,类能知之。人主生于深宫,其闻天下事至鲜矣。知其一,不达其二;见其利,不觌其害。而好名贪利之臣,探其情而逢其恶,则利害之实乱矣。

汉武帝即位三年,年未二十,闽越举兵围东瓯②,东瓯告急。帝问太尉田蚡③,蚡曰:"越人相攻,其常事耳。又数反复,不足烦中国往救。"帝使严助难蚡曰④:"特患力不能救,德不能复。诚能,何故弃之?小国以穷困来告急,天子不救,尚何所愬⑤?"帝诎蚡议⑥,而使助持节发会稽兵救之⑦。自是征南越,伐朝鲜,讨西南夷,兵革之祸加于四夷矣。后二年,匈奴请和亲,大行王恢请击之⑧,御史大夫韩安国请许其和⑨。帝从安国议矣。明年马邑豪聂壹因恢言⑩:"匈奴初和亲,亲信边,可诱以利致之,伏兵袭击,必破之道也。"帝使公卿议之,安国、恢往反议甚苦。帝从恢议,使聂壹卖马邑城以诱单于。单于觉之而去,兵出无功。自是匈奴犯边,终武帝无宁岁,天下几至大乱。

此二者,田蚡、韩安国皆知其非,而迫于利口,不能自伸。武帝志求功名,不究利害之实,而遽从之⑪。及其晚岁,祸灾并起,外则黔首耗散⑫,内则骨肉相残杀⑬,虽悔过自咎,而事已不救矣。然严助以交通淮南⑭,张汤论杀之⑮;王恢以不击匈奴,亦坐弃市。二人皆罪不至死而不免大戮,岂非首祸致罪,天之所不赦故耶?

【注释】

①汉武帝:景帝子刘彻,于前140~前87年在位。

②闽越举兵围东瓯:事见《汉书·武帝本纪》建元三年。注:应劭曰:"高祖五年立无诸为闽越王。惠帝立摇为东海王,都东瓯,故号东瓯。"为闽浙一带的两个部

族小国。

③太尉：掌军事，其尊与丞相等。　田蚡：汉长陵人，景帝王皇后同母弟。武帝时以贵戚封武安侯，官至太尉、丞相。《史记》有传。

④严助：会稽吴人，严忌之子，或言族家之子。举贤良、对策为中大夫。后因与淮南王交私议论，淮南王反，事与助相连，被诛弃市。《汉书》有传。

⑤愬：告诉，诉说。

⑥诎：不用。

⑦节：符节。古时使执以示信之物。

⑧大行王恢：担任大行官职的王恢。大行，接待宾客的官吏。王恢事见《汉书·韩安国传》与《汉武帝本纪》元光二年。

⑨御史大夫：官名。其位仅次于丞相，主管弹劾、纠察以及掌管图籍秘书。汉代与丞相，太尉合称三公。　韩安国：汉成安人，后徙睢阳。字长孺。武帝时曾为御史大夫，后为卫尉。《史记》《汉书》皆有传。

⑩马邑：县名，今山西朔县。　豪：豪民，富豪之人。　聂壹：又称聂翁壹。

⑪遽：遂。

⑫黔首：人民，百姓。

⑬内则骨肉相残杀：指武帝征和二年巫蛊事件，二公主皆坐死，皇后、卫太子皆被迫自杀。

⑭淮南：淮南王刘安。文帝十六年，袭父封为淮南王。好文学，曾奉武帝命作《离骚传》。曾招宾客方术之士编《鸿烈》一书，后世称《淮南子》。武帝元狩元年，有人告其谋反，下狱自杀。《史记》有传。

⑮张汤：汉杜陵人，武帝时拜太中大夫，为廷尉，迁御史大夫。治狱严酷。见《史记·酷吏列传》。　论：论罪，定罪。

【集评】

明茅坤《唐宋八大家文钞》卷一百五十二：典刑之言。

【鉴赏】

元祐八年冬，宣仁太后去世，年轻的哲宗亲政，杨畏上疏，提出"神宗更法立制以垂万世，乞赐讲求，以成继述之道"。第二年(绍圣元年)策进士时，李清臣发策，意在否定元祐。于是绍述之说起，元祐之政废，新党复起，元祐旧臣备受贬窜打击，苏辙本人，就是其中之一。观苏氏此文，似实为此而发，旨在以古拟今。但文中所论述的问题，古往今来，有其普遍意义。

唐太宗①

【题解】

文章本为批评唐太宗不闻大道,但却先充分肯定太宗之贤,这就显示了看问题的全面性,并使文势不平板而有波澜。

【原文】

唐太宗之贤,自西汉以来,一人而已。任贤使能,将相莫非其人;恭俭节用,天下几至刑措②。自三代以下,未见其比也。然传子至孙,遭武氏之乱③,子孙为戮④,不绝如线。后世推原其故而不得。以吾观之,惜乎其未闻大道也哉!昔楚昭王有疾⑤,卜之曰:"河为祟⑥。"大夫请祭诸郊,王曰:"三代命祀,祭不越望⑦。江、汉、淮、漳⑧,楚之望也。祸福之至,不是过也⑨。不谷虽不德⑩,河非所获罪也。"遂弗祭。及将死,有云如众赤乌,夹日以飞三日。王使问周史⑪。史曰:"其当王身乎⑫?若荣之⑬,可移于令尹、司马⑭。"王曰:"除腹心之疾,而寘诸股肱⑮,何益?不谷不有大过,天其夭诸⑯?有罪受罚,又焉移之?"亦弗荣。孔子闻之曰:"楚昭王知大道矣!其不失国也,宜哉!"吾观太宗所为,其不知道者众矣,其能免乎?

贞观之间⑰,天下既平,征伐四夷⑱,灭突厥⑲,夷高昌⑳,残吐谷浑㉑,兵出四克,务胜而不知止。最后亲征高丽㉒,大臣力争不从,仅而克之,其贤于隋氏者,幸一胜耳!而帝安为之。原其意㉓,亦欲夸当世,高后世耳。

太子承乾既立十余年㉔,复宠魏王泰㉕,使兄弟相倾。承乾既废,晋王㉖,嫡子也,欲立泰,而使异日传位晋王。疑不能决,至引佩刀自刺,大臣救之而止。父子之间,以爱故轻予夺至于如此。

帝尝得秘谶㉗,言唐后必中微,有女武代王。以问李淳风㉘,欲求而杀之。淳风曰:"其兆既已成,在宫中矣。天之所命,不可去也。徒使疑似之戮,淫及元辜㉙。且自今已往四十年,其人已老,老则仁,虽受终易姓,必不能绝李氏。若杀之,复生壮者,多杀而逞,则子孙无遗类矣。"帝用其言而止,然犹以疑似杀李君羡㉚。夫天命之不可易,惟修德或能已之,而帝欲以杀人弭之,难哉!

帝之老也,将择大臣以辅少主。李勣起于布衣㉛,忠力劲果,有节侠之气。尝事李密㉜,友单雄信㉝。密败,不忍以其地求利㉞;密死,不废旧君之礼㉟。雄信将戮，以股肉啗之，使与俱死。帝以是为可用，疾革㊱，谓高宗："尔于勣无恩，今以事出之，我死，即授以仆射㊲。"高宗从之。及废皇后㊳，立武昭仪㊴，召勣与长孙无忌、褚遂良计之㊵。勣称疾不至，帝曰："皇后无子，罪莫大于绝嗣，将废之。"遂良等不可。它日勣见，帝曰："将立昭仪，而顾命大臣皆以为不可，今止矣。"勣曰："此陛下家事，不须问外人。"由此废立之议遂定。勣，匹夫之侠也，以死徇人，不以为难。至于礼义之重，社稷所由安危，勣不知也。而帝以为可以属幼孤，寄天下，过矣㊶！且使勣信贤㊷，托国于父，竭忠力以报其子可矣，何至父逐之，子复之而后可哉？挟数以待臣下㊸，于义既已薄矣！

凡此，皆不知道之过也。苟不知道，则凡所施于世，必有逆天理、失人心而不自知者。故楚昭王惟知大道，虽失国而必复。太宗惟不知道，虽天下既安且治，而几至于绝灭。孔子之所以观国者如此。

【注释】

①唐太宗：李世民，高祖（李渊）次子。隋末劝李渊兴兵，推隋王朝，削平群雄，建立了大唐。李渊即位，封为秦王，武德九年，经玄武门之变，得立为太子。即位后，出现了贞观之治。新旧《唐书》皆有纪。

②刑措：无人犯法，刑法搁置不用。

③武氏之乱：指武则天称帝，改唐为周。

④为戮：被诛杀。

⑤楚昭王：春秋楚平王子，名轸，鲁昭公二十七年立，哀公六年卒，在位二十七年。事见《左传·哀六年》。

⑥河：黄河，此指黄河之神。黄河不在楚境之内。

⑦祭不越望：诸侯望祀不超越出境内的山川。　　望：古代祭祀山川的专称。遥望而祭，故称。

⑧江、汉、淮、漳：四水皆在楚境内。

⑨过：超过。

⑩不谷：不善。谷，善。古代诸侯国君的谦辞。

⑪周史：东周的史官。

⑫其当王身：楚王应受其灾祸。《左传》注云："日为人君，妖气守之，故以为当王身。云在楚上，唯楚见之，故祸不及他国。"

⑬禜：古代禳除灾异的祭祀，临时圈地，以芳草捆扎，围成祭祀场所。

⑭令尹：楚官名，相当于宰相。　　司马：楚官名，次于令尹。

⑮寘：同置。　　股肱：大腿和胳膊，常用以喻辅佐君主的大臣。

⑯夭：摧折。　　诸：之乎：兼词。

⑰贞观：唐太宗年号（627～649）。

⑱四夷：对四方少数民族的称呼。

⑲突厥：隋唐时我国北方少数民族。新旧《唐书》皆有《突厥传》。

⑳高昌：唐时西部国名，唐灭后列其地为西州。在今新疆吐鲁番市东。

㉑吐谷浑：唐时青海北部和新疆东南部地区鲜卑族国家。

㉒高丽：古朝鲜的一部。

㉓原：推究。

㉔太子承乾：太宗太子，喜声色田猎，所为奢靡，因魏王泰多能有宠，潜有夺嫡之志，太子畏其逼，阴养刺客，欲谋杀之。因而欲反。谋反事泄，被废为庶人。新旧《唐书》有传。

㉕魏王泰：太宗子，多能有宠，阴欲夺嫡，折节下士，以求声誉。承乾既得罪，泰求为太子，帝面许之，因长孙无忌、褚遂良等固争而不得立，被降爵为东莱郡王而幽之北苑。高宗即位，改封濮王。新旧《唐书》有传。

㉖晋王：李治，太宗第九子，后立为太子，即唐高宗。新旧《唐书》有纪。

㉗秘谶：不公开的、秘密的谶语。　谶：迷信的人指将要应验的预言、预兆。

㉘李淳风：唐岐州雍人。明天文历算，贞观初，以将仕郎值太史局，累迁至太史令。新旧《唐书》有传。

㉙淫：过度扩大，超过限度。

㉚李君羡：唐武安人，封武连县公，小字五娘。官武卫将军、华州刺史，太宗以其名、官称、封邑皆有武字，疑而杀之。此事史书有载，但事实有无，可疑。见《新唐书》列传十九附。

㉛李勣：唐曹州离狐人，本名徐世勣，字懋功。曾参加瓦冈起义军，后随李密降唐，赐姓李。因避太宗世民讳，单名勣。以功封英国公。高宗时任尚书左仆射，进位司空。新旧《唐书》有传。

㉜李密：先世为辽东襄平人，后迁居京兆长安。字玄邃，一字法主。少年好读书，牧牛时骑牛背，挂角读《汉书》。隋大业九年，杨玄感起兵，密为谋主。玄感败，密被捕后逃脱，后又参加瓦冈起义军，被推为主，称魏公。后为王世充所败而投唐。旋又背唐再举，兵败被杀。《隋书》及新旧《唐书》皆有传。

㉝单雄信：唐济阴人，李密将，军中号飞将。后降王世充。唐平东都，斩洛渚上。为李勣故人。东都平，得单雄信，勣表其材武，且言："若贷死，必有以报，请纳官爵以赎。"不许，乃号恸，割股肉啖之曰："生死永诀，此肉同归于土！"并为收养其子。

㉞不忍以其地求利：李密兵败归唐，时勣统原密属地东属海，南至江，西直汝，北抵魏郡，未有所属。勣不以献地求功，录郡县户口以与密，请密自献于唐。

㉟密死，不废君臣之礼：李密降唐后复反被诛，勣请收葬，为服丧。

㊱疾革：病重，病危。　革：通亟，急。

㊲僕射：官名。为宰相之职。

㊳皇后：高宗之后。

㊴武昭仪：武则天原为昭仪。昭仪为宫中女官名。

㊵长孙无忌：唐洛阳人，字辅机，高宗李治之舅，太宗遗诏抚孤之重臣。李世民定天下，以功第一迁吏部尚书，封齐国公，又徙赵国公、太子太师。高宗即位授太尉，兼修国史。因屡反对高宗废皇后，立武后，许敬宗承武氏旨诬其谋反，削爵流黔州、自杀。新旧《唐书》有传。

褚遂良：唐河南阳翟人，字登善。累官至中书令，直言敢谏。受太宗遗诏辅政。以谏高宗废皇后，为武氏所恶，贬爱州刺史，忧愤而死。博涉文史，工书法。新旧《唐书》有传。

㊶过矣：错了。

㊷信：确实。

㊸挟数：运用权术。

【集评】

明唐顺之：篇中整段抄故事而断语全少，盖论之一体也。（见明茅坤《唐宋八大家文钞》卷一百五十三转引）

明茅坤《唐宋八大家文钞》卷一百五十三：罪太宗以"不知道"三字，确论。

【鉴赏】

在论述唐太宗未闻大道之前，先举出楚昭王之事，树立了正面的样板，在此基础上，再历数太宗开边黩武、父子之间以爱而轻予夺、信秘谶而以疑杀无辜、挟数以待臣下数事。相比之下，谓其不知道，显得证据确凿，令人信服。开头结尾，都紧扣住楚昭王与唐太宗的对比，既突出了题旨，又紧密照应。

上枢密韩太尉书①

国学经典文库

【题解】

宋仁宗嘉祐元年(公元 1056 年)春,十八岁的苏辙父兄三人离开家乡四川,经长安、出关中、至河南,同游京师。第二年三月兄弟二人同中进士,一时名动京师。值此志得气盛之时,他给仰慕已久的枢密使韩琦写了这封书信。写信的目的,当然是希望能够得到德高望重的韩琦的接见,但是作者并不是让自己处于一般"干谒者"的身份去写,而是立足于雄视一代的文人,从作文养气的高度来提出这一要求,因而毫无低眉瞬目之态,而是勃勃英气充溢笔端。文章开始即从写文章须养气着笔,突出地渲染了他为了养足如孟子那样的"浩然之气",他像太史公历览名山大川、风土人物一样,历秦汉古都,经终南嵩华,见黄河奔流,睹京华人物欧阳公的风采。一路写来,浩浩荡荡,滚滚滔滔,由此蓄势,最后逼出必得韩公一见。注意在此,而立言在彼,由喧宾而引主,在从理论上阐述文学创作中文与气这一重大问题的独到精辟见解过程中,既展示了作者自己的开阔胸襟、高尚人品,同时韩公的崇高威望也突显出来了。苏轼论文,尝谓"吾不及子由",就总体来看,人们一般都认为系他们兄弟之间互相标榜而已,并非事实。但对比兄弟二人同时所写的两篇《上枢密韩太尉书》,虽然同为精品,但在这一局部问题上,确实是小苏胜大苏,苏轼幸而言中了。

【原文】

太尉执事②:辙生好为文③,思之至深,以为文者气之所形④。然文不可以学而能⑤,气可以养而致⑥。孟子曰⑦:"我善养吾浩然之气⑧。"今观其文章宽厚宏博,充乎天地之间,称其气之小大⑨。太史公行天下,周览四海名山大川,与燕赵间豪俊交游,故其文疏荡,颇有奇气⑩。此二子者岂尝执笔学为如此之文哉?其气充乎其中而溢乎其貌⑪,动乎其言而见乎其文⑫,而不自知也。

辙生十有九年矣,其居家所与游者⑬,不过其邻里乡党之人⑭,所见不过数百里之间,无高山大野可登览以自广。百氏之书虽无所不读⑮,然皆古人之陈迹⑯,不足以激发其志气。恐遂汨没⑰,故决然舍去⑱,求天下奇闻壮观,以知天地之广大。过

唐宋八大家散文鉴赏 苏辙卷

秦汉之故都⑲，恣观终南嵩华之高⑳，北顾黄河之奔流，慨然想见古之豪杰㉑。至京师仰观天子宫阙之壮㉒，与仓廪府库城池苑囿之富且大也㉓，而后知天下之巨丽㉔。见翰林欧阳公㉕，听其议论之宏辩，观其容貌之秀伟㉖，与其门人贤士大夫游㉗，而后知天下之文章聚乎此也。

太尉以才略冠天下㉘，天下之所恃以无忧㉙，四夷之所惮以不敢发㉚，入则周公、召公㉛，出则方叔、召虎㉜，而辙也未之见焉。且夫人之学也，不志其大㉝，虽多而何为？辙之来也，于山见终南嵩华之高，于水见黄河之大且深，于人见欧阳公。而犹以为未见太尉也。故愿得观贤人之光耀㉞，闻一言以自壮，然后可以尽天下之大观而无憾者矣㉟。

辙年少，未能通习吏事㊱。向之来非有取于斗升之禄㊲，偶然得之，非其所乐。然幸得赐归待选㊳，使得优游数年之间㊴，将归益治其文，且学为政㊵。太尉苟以为可教而辱教之㊶，又幸矣㊷。

【注释】

①枢密：枢密使的简称，宋代设枢密院，与中书省分掌军政，文事出中书，武事出枢密，枢密院长官为枢密使。　韩太尉：秦汉时设太尉，掌军事，其尊与丞相等，宋代枢密使与太尉相当，韩琦为枢密使，故称太尉。韩琦（1008～1075），字稚圭，相州安阳（今属河南）人，天圣五年进士。仁宗时，西北边事起，琦任陕西经略招讨使，率兵拒战，名重当时，为朝廷所倚重。西夏和成，入为枢密副使、枢密使，晋封魏国公，卒谥忠献，为宋代名臣。《宋史》有传。

②执事：供役使的人。在书信中，常用作对方的敬称，表示不敢直指其人。

③生：平生。

④文者气之所形：文章是气的显现。　气：气质和精神。　形：显现、表现形式。

⑤文不可以学而能：文章不只是通过学习就能写好的。

⑥气可以养而致：气质可以通过修养获得。作者在上两句中表明：气质是内容，文章是气质的表现形式，所以必须先有气，才能有文。如果不养气而单学习文章，将是不可能学会的。

⑦孟子曰：引文见《孟子·公孙丑上》。

⑧浩然之气：高尚刚正浩荡之气。　浩然：广大的样子。

⑨称：相称，符合。

⑩太史五句：《史记·太史公自序》："迁生龙门，耕牧河山之阳。年十岁则通古文。二十而南游江淮，上会稽，探禹穴，窥九疑，浮于沅湘，北涉汶泗，讲业齐鲁之都，观孔子之遗风，乡射邹峄，厄困鄱薛彭城，过梁楚以归。"　太史公：西汉杰出

的历史学家和文学家司马迁,任太史令(史官),故自称太史公。　　周览:遍观。

　　燕赵:春秋战国时的两个国家名,后用以指河北、山西一带。　　豪俊:才能杰出的人。　　疏荡:形容文章风格疏朗奔放、洒脱迭宕。　　奇气:奇特、新颖的风格。

　　⑪充:充满。　　中:心中。　　貌:外表。　　乎:于。

　　⑫动乎其言:发出在言语之间。　　见乎其文:在文章中表现出来。见通现,表现。

　　⑬所与游者:所交游的人。

　　⑭邻里乡党:言区域范围不够广大。邻里乡党为古代社会基层组织的一些名称。《周礼·地官》载:五家为邻,二十五家为里,一万二千五百家为乡,五百为党。

　　⑮百氏:诸子百家。

　　⑯古人之陈迹:古人已往的事迹。《庄子·天运》:"夫《六经》,先王之陈迹也。"

　　⑰汩没:埋没。

　　⑱决然舍去:果断地舍弃了(诸子百家之书)。决然:断然,果断地。

　　⑲过秦汉之故都:访问秦汉时期的旧都长安、咸阳。　　过:访,访问,游览。秦汉之故都:秦朝、汉朝旧时的首都。秦都咸阳,汉都长安。

　　⑳恣观:随意地、尽情地观览。　　终南:名山,在今陕西西安市南。　　嵩:中岳嵩山,在今河南登封市北。　　华:西岳华山,在今陕西华阴市南。

　　㉑慨然:愤激感慨的样子。

　　㉒京师:宋朝首都东京汴梁,今河南开封。　　宫阙:宫殿。

　　㉓仓廪:粮仓。廪,仓。　　府库:官府存放财物兵甲的仓库。　　苑:帝王育花木养动物的园子。　　囿:动物园。

　　㉔巨丽:巨大宏伟壮丽。

　　㉕翰林欧阳公:任翰林学士的欧阳修。翰林学士称翰林,职掌内朝替皇帝草拟诏令的官。

　　㉖秀伟:秀美魁伟。

　　㉗门人贤士大夫:指欧阳修所交游的苏舜钦、梅尧臣、曾巩等人。

　　㉘才略:才能谋略。　　冠天下:天下之冠,天下第一。

　　㉙恃:依赖,依靠。

　　㉚四夷:四方边境的少数民族。　　惮:畏惧,畏服,害怕。　　发:发动,行动,侵扰。

　　㉛周公、召公:周文王之子、武王之弟姬旦、姬奭,二人共同辅助武王、成王。周公封于鲁,召公封于燕,为鲁、燕二国之祖。

㉜方叔:周宣王时的大臣,南征有功。《诗·小雅·采芑》:"方叔元老,克壮其猷。"　　召虎:召穆公,周宣王时,平定淮夷有功。《诗·大雅·江汉》:"江汉之浒,王命召虎。"

㉝不志其大:不立大志。

㉞光耀:光辉,丰采。

㉟憾:遗憾。

㊱通习:通达、熟习。　　吏事:做官的事务。

㊲向:以前,前些时候。　　斗升之禄:一斗一升的俸禄,表对俸禄有轻蔑之意。　　禄:俸禄,薪俸。

㊳赐归待选:准许我暂时回家,等待吏部选用。

㊴优游:自在、空闲。

㊵为政:关于做官的事情。

㊶苟:如果。　　辱教之:屈尊教育我。辱为表敬副词。之代我。

㊷幸:幸运。

【集评】

明茅坤《唐宋八大家文钞》卷一百四十九:胸次博大。

清林云铭《古文析义》卷九:文本于气一语,千古正谛。但从来上书当路,鲜有不自衔所长,以求其罗致援拔。此却为作文养气上起,见何等奇创!篇中以激发志气四字做个主脑,其行文错落奔放,数百言中有千万言不尽之势,想落笔时正当志气激发之后也。当与《孟子》《史记》二书并读。

清余诚《古文释义》卷八:通体无一干求仕进语,而纡徐婉转中,盛气足以逼人,的是少年新得意人文字。本传称子由为人沉静简洁,为文汪洋淡泊,而有秀杰之气,读此足窥见一斑云。

清张伯行重订《唐宋八大家文钞》卷九:苏家兄弟论文,每好说个气字,不知圣贤养气功夫,全在集义,而此所谓旷览山川、交游豪俊,特以激发其志气耳,与孟子浩然之气,全无交涉也。其行文顾盼自喜,英气勃勃,自是令人叹服。

清沈德潜《唐宋八大家文读本》卷二十六:虽以孟子、司马迁并举,然通篇文字多从太史公周游天下数语生出,一往疏宕之气,亦如公之评太史公文。

清吴楚材、吴调侯《古文观止》卷十一:意只是欲求见太尉以尽天下之大观,以激发其志气,却以得见欧阳公引起得见太尉,以历见名山大川、京华人物引起得见欧阳公,以作文养气引起历见名山大川、京华人物。注意在此,而立言在彼,绝妙奇文。

清刘大櫆:文亦有疏宕之气。(见吴汝纶《古文辞类纂点勘》)

这是苏辙十九岁时写给枢密使韩琦的一封信。宋代枢密使是掌管全国军事大权的官，很像秦、汉时期的太尉，所以此处又尊称太尉。韩琦是北宋名臣，他文武兼备，仁宗时曾领兵防御西夏，立有大功。本篇是一封书信体的出色论文。他继承了从孟轲、曹丕、刘勰、韩愈以来的传统观点，在文章中提出一个鲜明的论点："文者气之所形，然文不可以学而能，气可以养而致。"全文围绕这个论点，论证严谨，陈词委婉，恭敬而不谄媚地，向韩太尉缕缕陈述，入情入理地表达了他要求拜见韩太尉的心愿。

全文分四个自然段，由大入细，层次不乱。前三段以严密的论证和多角度的推理，使文章的论点有力地呈现在读者面前。最后以一小段文字，直述求见太尉的本意，收到使对方不容拒绝的作用。

议论文论点是否正确，是个先决条件。否则即令能举出论据为论点服务，也终究经不起反驳。作者在此提出"文章以气为主"，是历来文章家所公认的科学命题。这篇文章大处起笔，先以孟轲、司马迁为例证：因为孟子的文章，滔滔善辩，气势雄厚，是由于"善养吾浩然之气"。司马迁的文章，气势磅礴豪放，是因为他游历了天下的名山大川，结交了燕、赵豪杰。这两个例证，就强而有力地使自己的论点得到确立。不过在这里，我们不要忽略他在文章开头提出的"辙生好为文，思之至深"这句话，说明他是为了学写文章，经过深思熟虑，提出这个问题的。

文章的第二段联系自己的实际，深入一步检查自己的不足。这段文章以三个层次展开论述：先说自己以往居家，所交不过是邻里乡亲，所见不过数百里之地域，无高山大河可供观览，所读不过是诸子百家的陈旧书籍。这就局限了自己的视野，养不出浩然之气。然后，进一层说此次来京的所见，过秦、汉的故都，尽情观赏了终南山、嵩山、华山的高峨,黄河的奔流澎湃;到了京师,又仰观了天子的宫阙壮丽,仓廪、府库、城池、苑囿的丰富宏大,才知道天下是那么广大富丽;又见到欧阳(修)公,听到他宏辩的议论,见到他容貌的秀伟,还与他门下客人交往,才知道天下的文学精华都会萃在京师。如此两层展开推论,使自己的论点,更得到了实践的验证。第三层文章向主旨转折,说出象太尉这样才略冠天下,文武备一身的伟大人物,自己还未能见到,是深深的一大不足。这层论述,按行文布局来说,是属于过渡文字,为下文设势,使求见太尉这一愿望的提出,并不感到突然。

"且夫",是古文中常用的转折开头语。他说一个人在求学问的时候,如果不从大处着眼,学问虽多,又有什么用呢?所以,文章步步逼近,提出作者这次来京,见到了高山,见到了大河,也见到了欧阳公,只是还未见到太尉,这不能不是憾事。所以现在只求能一瞻太尉风采,听太尉一句勉励自己的话,那就算尽天下之大观而无憾了。文章如高山瀑布,顺流直下,步步逼近主旨,使人读起来,其势难以遏止。

第四段文章,是收束结尾。让前面提出求见太尉的这一要求,不要发生误解。他委婉谦诚地说明:自己还年轻,此行并非为了求得一官半职,即使得到它,也不是自己的志趣所在。只希望能让自己回去,用上几年工夫,进一步学习文章,也学习治理政事。然后,如果太尉认为我是可以教诲的,因而屈尊加以教诲,那就是我的荣幸了。这段文字,写得曲折委婉,情辞恺切,不枝不蔓,不推不就,恰如其分。

文章结构十分谨严细密,从立论、证明到提出求见的愿望,使这一愿望建立在"为文"而不是"为官"的基础上,与文章开头的"辙生好为文"的出发点,紧紧呼应。虽对太尉略有溢美之词,如比喻太尉在朝有如周武王时的周公、召公,出镇边疆有如周宣王时的方叔、召虎。但揆诸苏辙当时的年龄、身份,这样的美誉,也是恰当的。

为兄轼下狱上书

【题解】

苏轼虽原本主张革新,但与王安石的新法并非一辙,同时新法在推行过程中也并非无可指责之处,原本反对新法而被迫外任的苏轼,在诗文中自然会流露出其批评之情,这当然就会刺痛那些缘新法而上进的新贵。于是政见的不同之争又加进挟嫌报复、排斥异己的斗争。元丰年间,才华横溢、锋芒毕露的苏轼就首先成为新进们攻击的对象。当时御史台官员李定、舒亶、何正臣等人在苏轼诗文中寻章摘句,再加以无限上纲,给苏轼横加上"讪上骂下"的罪名,要求对其"大明诛赏,以示天下",并将其逮捕系狱,欲置之于死地,这就是有名的"乌台诗案"。时任应天府判官的苏辙,闻此凶信,如雷轰顶。兄弟情深,他冒死上书神宗皇帝,一方面尽力为兄开脱,一方面表示要"乞纳在身官"为兄赎罪。文章一开头就直呼天地、父母,至情感人;中间为兄开脱则重在代兄自责,力图不再结怨于人;为了求得免罪,则对皇上表示感恩中兼以颂圣;最后以汉文缇萦之事譬君喻己,皆恰到好处,分寸适宜。尽管事件的结局是兄弟二人同遭贬谪,但我们可以想象到,神宗皇帝览此至情之文,焉能无动于心。

【原文】

臣闻困急而呼天,疾痛而呼父母者,人之至情也。臣虽草芥之微①,而有危迫之恳,惟天地父母哀而怜之。

臣早失怙恃②,惟兄轼一人相须为命③。今者窃闻其得罪,逮捕赴狱,举家惊号,忧在不测。臣窃思念轼居家在官,无大过恶。惟是赋性愚直④,好谈古今得失。前后上章论事,其言不一。陛下圣德广大,不加谴责。轼狂狷寡虑⑤,窃恃天地包含之恩,不自抑畏⑥。顷年通判杭州及知密州日⑦,每遇物托兴,作为歌诗,语或轻发。向者曾经臣寮缴进,陛下置而不问。轼感荷恩贷⑧,自此深自悔咎⑨,不敢复有所为,但其旧诗已自传播。臣诚哀轼愚于自信,不知文字轻易,迹涉不逊⑩。虽改过自新,而已陷于刑辟⑪,不可救止。轼之将就逮也,使谓臣曰:"轼早衰多病,必死于牢狱,死固分也。然所恨者,少抱有为之志,而遇不世出之主⑫,虽龃龉于当年⑬,终欲效尺寸于晚节⑭。今遇此祸，虽欲改过自新，洗心以事明主，其道无由。况立朝最孤，左右亲近，必无为言者。惟兄弟之亲，试求哀于陛下而已。"臣窃哀其志，不胜手足之情，故为冒死一言。

昔汉淳于公得罪，其女子缇萦请没为官婢⑮，以赎其父。汉文因之遂罢肉刑⑯。今臣蝼蚁之诚，虽万万不及缇萦，而陛下聪明仁圣，过于汉文远甚。臣欲乞纳在身官以赎兄轼⑰，非敢望末减其罪⑱，但得免下狱死为幸。兄轼所犯，若显有文字，必不敢拒抗不承，以重得罪。若蒙陛下哀怜，赦其万死，使得出于牢狱，则死而复生，宜何以报？臣愿与兄轼洗心改过，粉骨报效，惟陛下所使，死而后已。臣不胜孤危迫切，无所告诉，归诚陛下⑲。惟宽其狂妄，特许所乞。臣无任祈天请命激切陨越之至⑳。

【注释】

①草芥之微：喻低微下贱。

②早失怙恃：谓早年即父母亡故，失去依靠。苏辙十九岁时母亲程氏逝世，二十八岁时，父亲苏洵卒于京师。《诗经·小雅·蓼莪》有"无父何怙，无母何恃"之句，后因取怙恃为父母的代称。

③相须：互相配合，互相依靠，相依。

④赋性：生性，生来，禀性。

⑤狂狷：本指激进与保守。《论语·子路》："不得中行而与之，必也狂狷乎？狂者进取，狷者有所不为也。"狂狷皆偏于一面，因用于泛指偏激。

⑥不自抑畏：不能自己有所畏惧，控制自己。

⑦顷年：近年。　通判杭州：苏轼于熙宁四年（公元1071年）十一月至七年九月为杭州通判。　知密州：苏轼于熙宁七年（公元1074年）九月离杭州赴密州任知府，至九年离开密州。

⑧感荷：感谢。　恩贷：宽免之恩。　贷：宽免，宽宥。

⑨悔咎：悔过。

⑩迹涉不逊：指苏轼作诗讥刺朝廷之事。　迹：行迹，行事之迹。　不逊：不恭顺。

⑪刑辟：刑罚，犯罪。

⑫不世出：非世所常有。

⑬龃龉：齿参差不齐。喻抵触，不合。

⑭尺寸：言微小，细微。

⑮缇萦：汉太仓令淳于意少女。汉文帝四年，淳于意有罪被捕，缇萦随父入长安，上书请入身为官婢，以赎父罪，使得自新。帝悲其意，为除肉刑。意得免。见

《史记》一〇五《仓公传》。

⑯肉刑：古代残害肉体的刑罚。即墨、劓、剕、宫等类刑罚。

⑰在身官：即所担任的官职。

⑱末减：从轻论罪或减等处刑。

⑲归诚：投顺，诚心归服。

⑳无任：不胜，非常。　　陨越：颠坠，跌倒。

【集评】

清沈德潜《唐宋八大家文读本》卷二十五：若明辨无罪，恐于触上之怒，故认好谈古今，语或轻发，不求湔雪，祇望末减，以免下狱论死为幸也。情辞哀恻，如赤子牵衣呼吁于慈父前，至尊自应感动。

【鉴赏】

元丰二年（公元1079年）苏轼因"乌台诗案"被李定、舒亶之流搜罗了他的一些诗句，扣上"诋毁新法"的罪名，下狱了。这是一场蓄意陷害的文字狱。捏造者先是拿苏轼当时由杭州到湖州调查"水利法"时，写过"筑堤捍水非吾事，闲送茗溪入太湖"的诗句，扣了一顶"反对新法"的帽子，上奏神宗皇帝，神宗说："诗人之词安可如此论。"置之不问。他们又以苏轼咏《桧》诗中的"根到九泉无曲处，世间唯有蛰龙知"，奏说"苏轼于陛下有不臣意"。神宗才下旨逮捕苏轼入狱。

苏辙为了营救兄长，写了这篇《为兄轼下狱上书》。这是直呈给皇帝的信。这种文章，讲究明白、质朴、洁净，不讲究修饰词藻，隐晦曲折。明人徐师曾在《文体明辨序说》中讲过："文以辨洁为能，不以繁缛为巧；事以明核为美，不以深隐为奇。"而且在这里是为犯罪的哥哥求情，更不能枝蔓横生。他情深意挚，陈词哀切；他希望能动之以情，求得皇帝广开圣恩，免哥哥于一死。甚至请求"乞纳在身之官"来为兄赎罪。实在是一篇让读者动情下泪的文章。正如刘勰在《文心雕龙·情采》篇中所说："情者文之经，辞者理之纬；经正而后辞成，理定而后辞畅。"本文正是以情为"经"，贯穿全篇，既顾兄弟之情，又遵君臣之义，分寸严谨，文字质朴。

上书，总要说出理由，否则只是有情无理，也难打动皇帝。首先他说，"早失怙恃，兄弟二人，相须为命"，现在只有他为哥哥上书求情。其次他说兄轼"立朝最孤，左右亲近必无为言者。"这又是只有他来上书，别无他人可担。

上书，是为了求皇帝为哥哥减罪，如果不先承认苏轼有过错，那无异于是抱怨皇帝糊涂，岂不是等于泼油救火，加重罪责。所以文章中首先承认苏轼"赋性愚直，好谈古今得失，前后上章论事，其言不一。"说过很多话，难免有错话。再者苏轼"遇物托兴，作为歌诗，语或轻发"，曾经被人揭发过，奏缴陛下，陛下置而不问，这是苏轼所感恩不忘的。但诗歌文字，很易流传，要收回也来不及，虽想改过自新，可是它已触犯刑律，不可救止。这就把苏轼有罪先承当下来。然后才乞求赎罪，他说："欲乞纳在身之官，以赎兄罪。"这样做并非史无前例。他拿汉文帝时缇萦上书救父作为榜样。这个例子举得既恰切，又巧妙：汉太仓令淳于意因罪被逮，他的小女儿缇萦上书文帝，请入身为官婢，为父赎罪，感动了汉文帝，使淳于意得到宽赦。接着他说："陛下聪明仁圣过于汉文远甚"，自然也会同情自己这一点请求的。

通篇文字，以情统理，以辞见情，情理交织，朴朴实实。例如苏轼在入狱前给弟弟说的一段话："轼早衰多病，必死于牢狱。死固分也。然所恨者，少抱有为之志，而遇不世出之主，虽龃龉于当年，终欲效尺寸于晚节。今遇此祸，虽欲改过自新，洗心以事明主，其道无由。"古人说过，鸟之将死，其鸣也哀；人之将死，其言也善。苏轼下狱，自料必死，才出此哀词。这篇文章，实可与李密的《陈情表》并篇诵读，相互媲美。

洛阳李氏园池诗记

【题解】

文章记李氏园池,却不从李氏园池的山水风物落笔,而是从大处着手,先极写整个洛阳的"园囿亭观之盛,实甲天下",从而为后面写李氏园池做好了铺垫。接着在写李氏园池时,又出奇制胜,不屑写亭台楼观,山光水影,而是追溯李侯祖、父辈的赫赫功业和赞颂李侯的能"世其家",最后集中落到能体现这些的一个"诗"字上。从而突显出了李氏园池高出于所有园池的最大特色。这也正是这篇园池记高于一般亭台园池记的地方。结尾交代写记的缘由,顺便点出了自己和李氏的关系,自然扣题。

【原文】

洛阳古帝都,其人习于汉唐衣冠之遗俗①,居家治园池,筑台榭,植草木,以为岁时游观之好。其山川风气,清明盛丽,居之可乐。平川广衍②,东西数百里。嵩高少室天坛王屋③,冈峦靡迤④,四顾可挹⑤。伊洛瀍涧⑥,流出平地。故其山林之胜,泉流之洁,虽其间阎之人与其公侯共之⑦。一亩之宫,上瞩青山,下听流水,奇花修竹,布列左右。而其贵家巨室,园囿亭观之盛,实甲天下⑧。

若夫李侯之园,洛阳之所以一二数者也。李氏家世名将⑨,大父济州⑩,于太祖皇帝为布衣之旧⑪,方用兵河东⑫,百战百胜。烈考宁州⑬,事章圣皇帝⑭,守雄州十有四年⑮,缮守备⑯,抚士卒,精于用间⑰,其功烈尤奇⑱。李侯以将家子结发从仕⑲,历践父祖旧职,勤劳慎密,老而不懈,实能世其家⑳。既得谢㉑,居洛阳,引水植竹,求山谷之乐,士大夫之在洛阳者皆喜从之游,盖非独为其园也。凡将以讲闻济、宁之余烈㉒,而究观祖宗用兵任将之遗意,其方略远矣㉓。故自朝之公卿,皆因其园而赠之以诗,凡若干篇。仰以嘉其先人㉔,而俯以善其子孙㉕,则虽洛阳之多大家世族㉖,盖未易以园囿相高也㉗。

熙宁甲寅,李侯之年既八十有三矣,而视听不衰,筋力益强,日增治其园而往游焉,将刻诗于石,其子遵度,官于济南,实从予游。以侯命求文以记。予不得辞,遂为之书。

熙宁七年十一月十七日记。

【注释】

①汉唐衣冠之遗俗：汉朝唐朝流传下来的文明礼教的习俗。　　衣冠：犹言文明礼教、斯文。

②广衍：宽广绵长。

③嵩高：即中岳嵩山，五岳之一。在河南登封市北。　　少室：山名，在河南登封市北，嵩山西。东太室，西少室，相距七十里，总名嵩山。因山有石室得名。天坛王屋：王屋山，又名天坛山，在山西阳城垣曲两县间。其山三重，其状如屋，故名。

④靡迤：绵延不断。

⑤挹：牵引，援引。

⑥伊：伊川，水名。　　洛：洛水、洛川。　　瀍：瀍河，瀍水。涧：涧水，水名。

⑦闾阎：泛指民间。

⑧甲天下：居天下第一位。

⑨世：世世代代。

⑩大父济州：李侯的祖父李谦溥，字德明，宋初名将，曾任济州团练使，故称济州。　　大父：即太父，祖父。　　济州：今山东济宁。

⑪太祖皇帝：宋朝开国之君赵匡胤。　　布衣之旧：在做平民时的老朋友。布衣：指平民，古时平民穿布衣。

⑫方用兵河东：当在河东用兵征战之时。　　方：当……时候。　　河东：黄河流经山西省境，自北而南，故称山西省境内黄河以东的地区为河东。五代十国时，刘崇割据河东一带，在太原自立为帝，史称北汉。

⑬烈考宁州：李侯之父李允则，字垂范。宋真宗时，曾任宁州防御使，故称宁州。　　烈考：对已故先人的美称。　　宁州：治所在今甘肃宁县。

⑭章圣皇帝：宋真宗。因仁宗庆历年间，加谥膺符稽古神功让德文明武定章圣元孝皇帝，故简称为章圣皇帝。

⑮雄州：五代周置，今河北雄县。

⑯缮：整治。　　守备：防守，设防。

⑰精于用间：善于做情报工作。　　间：间谍、谍报工作。

⑱功烈：功业。

⑲结发从仕：初成年就出仕做官。　　结发：束发，指初成年。

⑳世其家：继承其家风。　　世：继承。

㉑谢：辞去官职。

㉒余烈:遗留下来的功业。

㉓方略:计谋策略。 远:众,多。

㉔仰:上,对上。

㉕俯:下,对下。 善:赞扬,鼓励。

㉖大家世族:指世代显赫的家族。

㉗相高:相互比较高低。

【集评】

明茅坤《唐宋八大家文钞》卷一百六十三:文不著思而自风雅。

清张伯行重订《唐宋八大家文钞》卷九:记园亭之胜,而本其家世之勋劳与李侯进退大节,以见士大夫乐游其园而赠之以诗者不止为耳目之观也,便是文章占得大体处。

【鉴赏】

《洛阳李氏园池诗记》是熙宁七年(公元 1074 年)十一月苏辙应李遵度之请求,为其洛阳李氏园池诗所写的一篇文章。洛阳自周公营建洛邑,直至北宋,为帝都和陪都近两千年。从汉代开始,历代皇帝便在洛阳经营宫室苑囿,公卿权贵豪商巨富也居家治园,筑台榭,植花草。宋代为洛阳园林鼎盛期。宋邵雍在《春游》一诗中写道:"人间佳节唯寒食,天下名园重洛阳。"司马光亦有"洛阳相望尽名园"(《看花四绝句》)的诗句。李格非著有《洛阳名园记》,具体描写了宋代十九个名园的建筑盛况。其时,宋代豪富权贵在洛阳兴建的园林又何止十九所?今散存于史籍的宋代洛阳园池至少也有二、三十所。靖康之乱后,经过兵燹浩劫,许多名园已化为灰烬,遗迹亦荡然无存。苏辙所记的这所李氏园池,自宋以后,已无有记载,详细情况已无从查考。这篇记文,虽题名为《李氏园池诗记》,但文中既未记写李氏园池兴建的经过及园中的自然美景,也没有介绍李氏园池诗的篇章内容,而是着重叙述了洛阳名园兴盛的原因,赞扬李侯的祖德、家风。李氏世家因苏辙的这篇记文而流传至今。

作者首先以囊括历史,雄视古今之气势,从大处着眼,用如椽的大笔,先勾画出洛阳四周的景色,说明洛阳历代园林兴盛的原因。以"洛阳古帝都,其人习于汉唐衣冠之遗俗"发端,把人们带进历史的长廊里,由史而知今。继而,细致而具体的描绘了洛阳四周的形势与景色:"其山川风气,清明盛丽。"先总写其山川的清澈明朗,峻洁秀丽。然后,由低到高,由山及水,用简洁的文字,层次井然地描写了洛阳四周的山形水色"平川广衍,东西数百里。嵩高少室,天坛王室,冈峦靡迤,四顾可挹。伊洛瀍涧,流出平地。"然后,总括一笔,说明这山川形胜的自然美,是人人都可以领略享受"虽其闾阎之人，其与公侯共之"。但是"一亩之宫，上瞩青山，下听流水，奇花修竹，布列左右"的园林之美，则只有那些贵家巨室才能享受。而洛阳"园囿亭观之盛，实甲天下。"这里，作者借用写洛阳山形地势，巧妙地揭示出现实社会的矛盾，触及了各个朝代所存在的社会问题。虽然这种用直接或寓意的方法来表现社会现实问题并不是苏辙写这篇记的主要意图和目的，但在描绘洛阳秀丽的景色中，体现了作者对社会问题的关注，从而在表现自然美中，表现一定的社会内容，这样，就使得对自然的描写更加蕴藉深厚，富有价值与意义，同时，也拓宽了文学反映社会生活的内容与表现手法，丰富了这篇记文的内涵，赋予景物描写以积极的思想意义和社会价值。

依照题目，接下去，文章应该对李氏园池进行具体的描绘，对李氏园池诗亦应作详细地记述，然而，出人意料，作者对李氏园池，仅以"李氏之园，洛阳之所，以一二数者也"作了简括的交代，而以洗练、概括的语言，较为具体地介绍了李侯的家世，赞扬其祖先的武功德业。这样写既出乎一般人的意料，而又在情理之中。因李侯系贵家官宦，谢居洛阳建筑园囿亭观，既为观赏山川景色，游玩取乐，则更重要的是为了以此结交朝中官员，联络贵家巨室，故"士大夫在洛阳者，皆喜从之游"，"自朝之公卿，皆因其园而赠之以诗。"李氏也凭借此园"仰以嘉其先人，而俯以善其子孙。"李侯在洛阳修筑园池的用意，文中虽未明言，但从作者的叙写中，就可揣摩知其真谛。作者为文确实极尽含蓄曲笔之妙。接下来，作者又由李侯的家世，由园池的兴建，园池诗的由来，写到李侯的身体，虽八十三岁的老人，但"视听不衰，筋力益强，日增治其园而往游焉"。李氏修园池既为弘扬其祖先的功德,而又可观景游乐,以怡情致,延年益寿。最后,以"将刻诗于石""求文为记","予不得辞,遂为之书"交代说明写作这篇记的原因。

这篇记文,构思别致,布局巧妙,寓意精深。作者不是按图索骥,就题论事,按照记文的模式去进行叙写,而是借园写人,托物寓意。通过对洛阳园囿池苑的兴盛,李氏园池兴建的叙写,揭示了历代公卿贵族的奢靡逸乐的生活,足见作者经营的苦心,和构思谋篇的奇巧。其次文中景物的描绘,虽着墨不多,但其山势的高峻、峰峦的起伏叠嶂,泉水的明澈清洁,历历如在目前。对景物的描绘刻画细腻而又要言不烦,简洁而又不粗疏。作者将细密的描摹与整体的勾勒融于一体,创造出逼真而令人神往的美的自然境界。再者,记事的简括、明晰,用词的准确、练达,以及虚词的恰当运用,句式的参差错落,都有助于增强本文的感染力。读这篇记文,人们从中可以得到美的享受。

齐州闵子祠堂记①

【题解】

据孙汝听《苏颍滨年表》载，此记作于熙宁八年（公元 1075 年），当时苏辙任齐州掌书记。闵子，名损，字子骞，鲁国人，以孝闻名，是孔子弟子中以德行著称者。据说他一生未尝出仕做官，《论语·雍也》载："季氏使闵子骞为费宰。闵子骞曰：'善为我辞焉！如有复我者，则吾必在汶上矣。'"本记即抓住这一点，就此立论，生发开去，从而赞扬了闵子生于乱世，不事权臣、不为私门所用的高洁品格。文章虽名曰记，但在写法上却脱胎于赋体，只是稍加变化，遂给人以耳目一新之感。首段写兴建闵子祠堂的经过缘起，相当于赋中的序。二、三两段略似赋中的主客问答，而作者的观点看法，则正是借这问答表现出来的。以适东海类比进行论述，颇具铺陈夸饰的色彩；用其他诸子做对比，具有烘托作用，更突出了闵子的人品。结尾戛然而止，回归到记而点题，有简洁自然之妙。

【原文】

历城之东五里有丘焉②曰闵子之墓。坟而不庙③，秩祀不至④，邦人不宁⑤，守土之吏有将举焉而不克者⑥。熙宁七年天章阁待制右谏议大夫濮阳李公来守济南⑦，越明年政修事治⑧，邦之耋老相与来告曰⑨："此邦之旧⑩，有如闵子而不庙食⑪，岂不大阙⑫？公唯不知，苟知之其有不饬⑬？"公曰："噫，信⑭。其可以缓⑮？"于是庀工为祠堂⑯，且使春秋修其常事⑰。堂成，具三献焉⑱，笾豆有列⑲，傧相有位⑳，百年之废一日而举。学士大夫观礼祠下㉑，咨嗟涕洟㉒。

有言者曰："惟夫子生于乱世㉓，周流齐鲁宋卫之间㉔，无所不仕。其弟子之高第亦咸仕于诸国㉕。宰我仕齐，子贡、冉有、子游仕鲁，季路仕卫、子夏仕魏，弟子之仕者亦众矣㉖。然其称德行者四人㉗，独仲弓尝为季氏宰㉘，其上三人皆未尝仕。季氏尝欲以闵子为费宰㉙，闵子辞曰：'如有复我者㉚，则吾必在汶上矣㉛'。且以夫子之贤，犹不以仕为污也，而三子之不仕独何欤㉜？"

言未卒，有应者曰："子独不见夫适东海者乎㉝？望之茫洋不知其边㉞，即之汗漫不测其深㉟，其舟如蔽天之山，其帆如浮空之云，然后履风涛而不偾㊱，触蛟鼍而

308

不耆㊲。若夫以江河之舟楫而跨东海之滩，则亦十里而返，百里而溺，不足以经万里之害矣。方周之衰㊳，礼乐崩弛㊴，天下大坏，而有欲救之，譬如涉海有甚焉者㊵。今夫子之不顾而仕，则其舟楫足恃也；诸子之汲汲而忘返㊶，盖亦有陋舟而将试焉，则亦随其力之所及而已矣；若夫三子㊷，愿为夫子而未能，下顾诸子而以为不足为也㊸，是以止而有待㊹。夫子尝曰㊺：世之学柳下惠者，未有若鲁独居之男子㊻。吾于三子亦云。"

众曰："然。"退而书之，遂刻于石。

【注释】

①齐州：州名，春秋齐地，治所历城（今山东济南）。　　祠堂：旧时祭祀祖宗或贤能有功德的人的庙堂。

②丘：丘墓，坟。

③坟而不庙：有坟墓而没有庙堂。

④秩祀：按次祭祀。　　秩：次序，等级。

⑤邦人：国人，此指州民，齐州之人。　　不宁：不安，指心中不安。

⑥守土之吏：地方官。　　守土：守卫疆土。后泛指地方长官掌管治理一地区的政事。　　克：能。

⑦天章阁待制：宋代朝臣加衔，无实际职务。天章阁为宫殿名，皇帝藏书之所，设天章阁学士、直学士、待制、侍讲等加衔，以示荣誉。　　右谏议大夫：谏议大夫为掌论议之官。宋代门下、中书省分设左、右谏议大夫。并以为谏院之长。　　濮阳李公：据孙汝听《苏颍滨年表》载：熙宁七年"四月壬辰，以知青州、右谏议大夫李肃之知齐州。"

⑧政修事治：政事治理得很好。

⑨耆老：年老的长者。　　耆：七八十岁的年纪，泛指老年。

⑩旧，过去，以前。

⑪庙食：死后得立庙，享受祭祀。

⑫阙：过失。

⑬饬：教导。

⑭信：确实。

⑮其：岂，哪，怎么。

⑯庀工：动工、开工。　　庀：治。

⑰春秋修其常事：按时进行祭祀。

⑱具：备办。　　三献：宋沈括《梦溪笔谈》三《辩证》一："祭祀有腥（生肉）、焊（用水煮的肉）、熟三献。"

⑲笾豆：古代祭祀的礼器。　　笾：古代祭祀燕享用以装果脯的竹编食器。
豆：古代祭祀用木制的食器。

⑳傧相：赞礼的人。

㉑学士：学者、文人。

㉒咨嗟：叹息。　　涕洟：流出眼泪鼻涕，指感动得流泪。《礼记·檀弓》："待于庙，垂涕洟。"《释文》："自目曰涕，自鼻曰洟。"

㉓惟：想，考虑到。

㉔周流：遍游，走遍。

㉕高第：高才生。　　咸：全，皆。

㉖宰我四句：皆见《史记·孔子弟子列传》。宰予字子我，端木赐字子贡，冉求字子有，言偃字子游，仲由字子路，又称季路，卜商字子夏。

㉗称德行者四人：见《论语·先进》："德行：颜渊、闵子骞，冉伯牛、仲弓。"颜回字子渊，冉耕字伯牛，仲雍字子弓。

㉘季氏：春秋鲁桓公子季友的后裔，又称季孙氏。鲁自文公后，季孙氏世为大夫，专国政，权势日重，公室日卑。　　宰：卿大夫的总管，指家臣。

㉙费宰：费邑之长官。　　费：季氏的采邑，即季氏的封地。今山东费县。
宰：指费邑之长官。

㉚复：再一次(找)。

㉛汶上：汶水之北。汶，水名，在今山东。上，指河流的北边。此处暗指齐国之地。

㉜独：岂，难道。

㉝夫：那，表示指代。　　适：到，往，去。

㉞茫洋：浩渺，无边无际。

㉟汗漫：不着边际。

㊱履：踏着。　　偾：倒覆，僵仆。

㊲蜃：大蛤蜊，古人认为蜃吐气成为蜃景，即海市蜃楼。詟：恐惧。

㊳方：当。

㊴礼乐崩弛：礼崩乐坏，指周朝制度礼法的崩溃。

㊵涉海：渡海。

㊶汲汲：努力追求。

㊷三子：指颜渊、闵子骞、冉伯牛。

㊸不足为：不值得那样做。

㊹止：停下来不做。　　有待：有所期待，有所追求。

㊺夫子尝曰：夫子谓孔子。语见王肃《孔子家语》卷二《好生》，又见薛据《孔子

310

集语》卷下《颜叔子》转引《吕氏春秋》。意谓善学柳下惠的鲁国独居男子学习精神实质而不从形式上着眼。

㊻柳下惠：春秋鲁大夫展禽，又字季，因食邑柳下，谥惠，故称柳下惠，鲁僖公时人。孟子称他"不羞污君，不卑小官"，纵然在他旁边有人赤身露体，他也认为你是你，我是我，别人不能玷污他。参阅《论语·微子》《孟子·公孙丑上》。

【集评】

宋王霆震《古文集成前集》卷十一：郎学士云，此篇论夫子之力大，故力骋而求仕；颜、闵之力小，故不欲仕。迂斋批，文字有关锁，首尾相绾，发明理致。

明茅坤《唐宋八大家文钞》卷一百六十三：按闵子所以不仕季氏为一篇柱子，其言亦有见。

清张伯行重订《唐宋八大家文钞》卷九：闵子以孝见称于圣师，而论长府则言必有中，其德行亚于颜渊。所以不仕季氏者，不欲为私门用也，岂顾诸子不足为哉？文于闵子底蕴似未能深窥，而其议论大概，则足以自畅其所见矣。

清沈德潜《唐宋八大家文读本》卷二十六：圣人道大，可以转移恶人，而不为恶人所污；未至圣，守不善不入之义可也，与漆雕开"吾斯之未能信"又是一义。平直纡余中自露风骨，颖滨文品别于父兄以此。

【鉴赏】

本文是苏辙为齐州闵子祠堂建成而写的一篇刻石记文。闵子，即闵子骞，名损，字子骞，春秋时鲁人。孔门弟子，以德行高洁与颜渊并称。《齐州闵子祠堂记》一文记述了闵子祠堂兴建的经过，赞扬闵子骞鄙视功名利禄，超尘脱俗的高洁德

311

操,曲折地表达了作者超然世外、独善其身的思想感情。

文章先以极其经济的笔墨,叙写了闵子祠堂兴建之不易,以"守土之吏有将举焉,而不克者",说明祠堂的兴建并非一蹴而就之事。熙宁七年(公元 1074 年)李肃之任济南太守时,接受"邦之耆老"的请求才将闵子祠堂建成。作者以"百日之废,一日而举"盛赞李肃之办事之果断干练和富有魄力。如果说作者对闵子祠堂兴建经过的叙述是惜墨如金的话,那么,他对闵子骞这一历史人物的评述则是浓墨重彩,极尽铺衬与多方比附之能事,倾注个人全部的心智与才华,调动一切艺术手法,反复论述。

文章的第二段是全文的重点,通过观礼祠下的学士大夫的言谈对话,论述闵子的仕与不仕。为突出闵子的超尘拔世,文中以孔子的仕齐、鲁、宋、卫;孔门弟子中的贤者仕于诸国;以及孔子弟子为仕人数之众多相比衬,备赞闵子骞高尚的节操。接着又用孔门弟子中以德行著称的颜渊、冉伯牛、仲弓与闵子骞相对照,进一步赞扬其不仕季氏的行为之高洁。仲弓虽以德行高超曾受到孔子的表彰,但后来却屈节随俗,作了季氏的总管。季氏是春秋后期鲁国掌握政权的贵族。季氏也曾想让闵子骞为费城县令,但闵子却以"善为我辞焉! 如有复我者,则吾必在汶上矣!"相拒绝。闵子骞视名利禄位如草芥,不追求荣辱得失的高尚气节与仲弓的屈节事权贵的作为相比较,更突出了闵子骞德行的高超,人格的高尚。至此,闵子骞的不仕,已叙写得淋漓尽意。那么,闵子何以不愿出仕呢? 文章又通过"有应者"之口,作了形象而生动的解说阐释。"方周之衰,礼乐崩弛,天下大坏。"政治的衰微,社会的混乱,使得有志之人,有才之士的抱负无以伸展,因此只有敛才抑志,顺应自然,忘情众事,以待圣君明主,再展鸿愿。这里"止而有待"既是对闵子骞不仕原因的揭示,也含蓄曲致地表达了作者内心的隐衷,同时也暗寓对现实的不满与批判。文章收尾处,又以孔子之言"世之学柳下惠者,未有若鲁独居之男子。"生发引申,说明学习柳下惠的董道直行,还不如超世脱俗,独善其身。柳下惠即展禽,名获,春秋时鲁国大夫,任鲁国士师(掌管刑狱的官)。因其贤德正直,曾三次被免去官职。有人问他为何不离开鲁国而去,他却回答说:"直道而事人,焉往而不三黜? 枉道而事人,何必去父母之邦?"(《论语·微子》)在这里,作者以柳下惠自况,表明了个人禀性品德和人格。由此可见苏辙为文之精妙奇巧,用意之精深独特。作者将难言之衷情,难明之旨意,全寓于简要的引文与形象的描写之中,使人读后含英咀华,余味无穷。

这篇刻石记文构思新颖别致,想象丰富奇特,意境宏阔,色彩鲜明,富有浓重的浪漫主义情调。文中对闵子骞人格、品德的颂扬,没有采用一般人常用的手法,而是运用随意对答,自由谈话的方式,寓议论于叙事之中,将叙事、议论和描写熔于一炉,浑然一体,毫无斧凿的痕迹。另外,文章中对东海的描绘,给人们展示了一幅雄阔壮丽的意境。那"望之茫洋,不知其边,即之汗漫,不测其深"的东海,海中那"如蔽天之山,其帆如浮空之云""履风涛而不馈,触蛟蜃而不奢"的大船的描绘,充分显示了作者想象力的丰富与奇特。后世评论家,多认为苏辙为人淡泊,其文亦幽淡峻峭,语意婉转,含蓄蕴藉,不露不张,缺乏苏轼那种豪放的文风。但苏辙的这篇《齐州闵子祠堂记》,不但写得幽深蕴藉,而且具有雄姿奔放,汪洋恣肆的特点,足见一个有才华的作家,他的风格也是多方面的。

东轩记

【题解】

因"乌台诗案"苏轼于元丰二年(公元1079年)十二月被贬为黄州团练副使,同时受株连的苏辙也由应天府判官被贬筠州监盐酒税。这篇《东轩记》就写于元丰三年十二月监盐酒税任上。文章分两部分:第一段为第一部分,主要为叙事,先写到任之后,东轩未修之时无处容身之苦及修建东轩的经过;次写东轩既修之后,仍不得安居的朝出暮归、繁忙劳苦、筋疲力尽之况和无可奈何的心情。其余为第二部分,主要为议论。作者以颜回、孔子为楷模,对照世俗、反省自身,在对先圣先贤的仰慕中表达自己"欲弃尘垢,解羁絷""追求颜氏之乐"的人生理想,从而反映了作者在身处逆境时、在现实和理想的矛盾冲突中的徘徊苦闷情绪和力求解脱的思想感情。文章先叙事,后就事生论,层次清楚、平实自然,语言简洁朴素,感情淳厚真实,寓忧愤于沉静,顿挫而不失淡泊。用颜孔之行与世俗对照,并结合解剖自己,在抑扬对比之中,饱含着鲜明的思想感情,从而有力地突显主题。

【原文】

余既以罪谪监筠州盐酒税,未至,大雨,筠水泛溢,蔑南市①,登北岸,败刺史府门②。盐酒税治舍俯江之湄③,水患尤甚。既至,弊不可处④,乃告于郡,假部使者府以居⑤。郡怜其无归也,许之。岁十二月,乃克支其欹斜⑥,补其圮缺⑦,辟听事堂之东为轩⑧,种杉二本⑨,竹百箇⑩,以为宴休之所⑪。然盐酒税旧以三吏共事,余至,其二人者适皆罢去⑫,事委于一⑬。昼则坐市区鬻盐、沽酒、税豚鱼⑭,与市人争寻尺以自效⑮;莫归筋力疲废⑯,辄昏然就睡,不知夜之既旦⑰。旦则复出营职,终不能安于所谓东轩者。每旦莫出入其旁,顾之,未尝不哑然自笑也⑱。

余昔少年读书,窃尝怪颜子以箪食瓢饮⑲,居于陋巷⑳,人不堪其忧,颜子不改其乐㉑。私以为虽不欲仕㉒,然抱关击柝尚可自养㉓,而不害于学,何至困辱贫窭自苦如此㉔?及来筠州,勤劳盐米之间,无一日之休,虽欲弃尘垢㉕,解羁絷㉖,自放于道德之场㉗,而事每劫而留之㉘。然后知颜子之所以甘心贫贱,不肯求斗升之禄以自给者,良以其害于学故也㉙。

嗟夫！士方其未闻大道㉚，沉酣势利㉛，以玉帛子女自厚㉜，自以为乐矣。及其循理以求道，落其华而收其实㉝，从容自得，不知夫天地之为大与生死之为变㉞，而况其下者乎㉟？故其乐也，足以易穷饿而不怨㊱，虽南面之王不能加之㊲，盖非有德不能任也㊳。余方区区欲磨洗浊污㊴，睎圣贤之万一㊵，自视缺然㊶，而欲庶几颜氏之乐㊷，宜其不可得哉㊸！若夫孔子周行天下，高为鲁司寇㊹，下为乘田委吏㊺，惟其所遇，无所不可，彼盖达者之事，而非学者之所望也。

余既以谴来此㊻，虽知桎梏之害而势不得去㊼。独幸岁月之久㊽，世或哀而怜之，使得归伏田里，治先人之敝庐㊾，为环堵之室而居之㊿，然后追求颜氏之乐，怀思东轩，优游以忘其老○51。然而非所敢望也。

元丰三年十二月初八日眉阳苏辙记○52。

【注释】

①蔑：无，没有。此处指淹没。

②败：坏，此处指冲毁。　　刺史：太守的别称，为州的长官。

③治舍：办公之所。　　江之湄：江边。　　湄：水边。

④弊：破败，残破。　　处：居住。

⑤假：借。

⑥克：能。　　敧：倾斜。

⑦圮：毁坏，此指毁坏之处。

⑧听事堂：厅堂，官府治事之所。

⑨本：株。

⑩箇：根，竿，量词。

⑪宴休：休息。

⑫适：正逢，恰好。

⑬委：任。

⑭鬻：卖。　　沽：卖。　　税豚鱼：收猪和鱼税。

⑮寻尺：寻尺皆为长度单位。八尺为寻。寻尺言其数量小，有斤斤两两之意。自效：尽力。

⑯莫：通暮，晚上。

⑰既旦：已经天亮。

⑱哑然：笑出声的样子。

⑲窃：私下，私自，谦词。　　尝：曾、曾经。　　颜子：颜回，字子渊，也称颜渊。孔子弟子，以德行著称。　　箪食瓢饮：一竹筐饭，一瓢水。　　箪：古代盛饭的圆形竹器。

⑳陌巷:狭小的胡同。

㉑堪:忍受。以上见《论语·雍也》:"子曰:'贤哉,回也!一箪食,一瓢饮,在陋巷,人不堪其忧,回也不改其乐。贤哉,回也!'"

㉒私:私自,私下,自己。表谦辞。

㉓抱关击柝:守门打更的小吏。　　抱关:门卒,守门人。　　击柝:敲木梆子。

㉔窭:贫穷。

㉕尘垢:尘土和污垢,比喻微末卑污的事情。

㉖羁絷:羁绊,束缚。

㉗自放:自由自在、无拘无束地生活。

㉘劫:强迫。

㉙良:实,实在是、确实。

㉚方:当。

㉛沉酣:沉醉于。

㉜玉帛:钱财,财物。　　子女:封建社会以子女为财产,把被统治的人也看成作为财产而存在的子女。　　自厚:俸养自己。

㉝落其华而收其实:花落而实生。　　华:同花。　　实:果实。

㉞天地之为大与生死之为变:意谓宇宙和人生中最大的事件。

㉟其下者:指一切赶不上天地之大和生死之变的事情。

㊱易:交换。

㊲南面之王不能加之:面南称王的人也不能超过他。《庄子·至乐》:"髑髅曰:'死无君于上,无臣于下,亦无四时之事,从然以天地为春秋,虽南面王乐不能过也。'"　　南面:面南而坐。古时以面南而坐为尊位,王者面南称孤,故称南面之王。　　加:超越,超过。

㊳任:胜任,担当得起。

㊴区区:自称的谦辞。　　磨洗浊污:去掉污迹。

㊵睎:仰慕。

㊶缺然:不足的样子。

㊷庶几:接近。　　颜氏:指颜渊。

㊸宜其不可得哉:为"其不可得宜哉"的倒装句。那不能达到是当然的呀!
宜:应当,当然。

㊹司寇:官名。《周礼·秋官》:大司寇,主管刑狱,为六卿之一。春秋时诸侯国有司寇之官。据《史记·孔子世家》载,孔子曾为鲁司寇。

㊺乘田:春秋鲁国管理牧场饲养六畜的小吏。《孟子·万章下》:"(孔子)尝为

乘田矣,曰:'牛羊茁壮
长而已矣。'" 委
吏:春秋鲁国负责仓库
保管、会计事务的小
官。《孟子·万章下》:
"孔子尝为委吏矣,曰:
'会计当而已矣。'"

　　㊻谴:谴责,指贬
谪。

　　㊼桎梏:脚镣和手
铐,比喻束缚人和事物
的东西。

　　㊽幸:希望。

　　㊾敝庐:破败的房
屋。

　　㊿环堵之室:狭窄
的小土屋。 环堵:四面土墙围着。

　　51优游:悠闲自得。

　　52元丰三年:1080 年。元丰为宋神宗年号。

【集评】

　　明茅坤《唐宋八大家文钞》卷一百六十三:其恬旷之趣不如文忠公之《超然台
记》,而亦自悽怆可诵。

　　清张伯行重订《唐宋八大家文钞》卷九:观此记有厌动求静之意,于颜氏之乐尚
未亲切见得。然其文情则佳甚矣。

　　清爱新觉罗·弘历《唐宋文醇》卷五十一:其为文既沉郁顿挫,而又无充诎之
心,是则可诵也。

【鉴赏】

　　熙宁九年(公元 1076 年),王安石罢相以后,变法与反变法的严肃政治斗争,逐
步演变成统治集团互相倾轧报复的混乱局面。元丰二年(公元 1079 年)谏官李定、
舒亶、何正臣三人,搜集了一些苏轼讽刺变法的诗句,加以弹劾,苏轼被捕入狱。这
就是有名的"乌台诗案"。苏辙上书营救哥哥,触怒上司,也被贬官;从南京(今商
丘)书签判官谪往筠州(今江西高安)监盐酒税。

这篇文章虽曰《东轩记》，其实只是借"东轩"来记叙他自己的坎坷不幸。他贬官还未走到贬地，就遇上大雨成灾，他那盐酒税吏的小官舍，也被水湮毁，请求郡使暂借一屋安身。所谓监盐酒税，只不过是个比芝麻还小的市场管理人员之类的小吏。一天到晚，在市场上与人争斤论两，夜里一回到屋子，倒头就呼噜大睡，一到天亮，又是去市场上忙活。这就是文章开头一段所描写的小吏生涯。文字平平易易，朴朴实实地叙事，但读者细心地读下去，就会感到作者那颗不平静的心灵，在跳荡翻腾，如泣如诉地在自解自劝，自慰自勉。

苏辙由南京书签判官，贬降为监盐酒税这样的地位，实质上只是未加桎梏的罪犯，连要想当一个老百姓那样的自由，也没有了；哪能不内心痛楚。怎么办？文章第二段，他拿颜渊来自比：颜渊是孔子的得意弟子，家境贫穷，过着箪食瓢饮，身居陋巷（贫民窟）的生活，别人都替他感到受不了，可颜渊却自得其乐。苏辙想起少年读书时，对颜渊之事的想不透，现在他终于明白过来。如今自己到了这步田地，一天到晚忙得要死，连读书的时间也被剥夺了，才认识到颜渊不为斗升之禄去耽误学业，那样做是高明的。他慨然叹道："而欲庶几颜氏之福，宜其不可得哉？"——连颜渊那样的穷福，自己也享不上了！

明人谢榛《四溟诗话》曾说："官话使力，家常话省力；官话勉然，家常话自然。"苏辙在这里没有半句言不由衷的官话，他纯粹在说心里话，在反思，在从痛苦的现实中，找摆脱痛苦的出路，这就使文章不得不再写下去。如果只写到第二段为止，好像只是找到了病因，还没有找出疗救的办法。正如唐彪在《读书作文谱》说的那样："文章说到此理已尽，似难再说。拙笔至此，技穷矣。巧人一转弯，便又另是一番境界，可以生出许多议论，理境无穷。"苏辙不失为文章巧人，与颜渊相比之后，又拿出孔子来，从而他又找到宝贵的借鉴，他在文章的末段写道："若夫孔子周行天下，高为鲁司寇，下为乘田、委吏，惟其所遇，无所不可。"孔子毕竟是通达的哲人，能上能下，干什么都无所不可。这样一想，无论作者还是读者，心里都觉得宽松了些。最后，苏辙想到，日子还长着呢，这年他才四十一岁，有朝一日，幸得有人"哀而怜之，使得归复田里"，收拾祖宅破屋，当个百姓，追求颜氏之乐，再回头来想想今天这段东轩旧事，优哉悠哉，终老一生，他的精神仿佛得到了解脱。"然而非所敢望也"。他还没有把握能做到这一步呢！

那个时代，宋王朝政治混乱，倾轧不宁，苏辙身在贬中，文字不得不迂曲回环，低泣低诉，所以读者也只能弦外听音，他文章的真旨，全在不满自己所遭受的政治苛待。

庐山栖贤寺新修僧堂记①

【题解】

本记第一段记作者游览庐山栖贤寺僧堂的经过,第二段交代写记的缘由,第三段以议论作结,表达了作者对求道的看法。文章的成功之处在于前部分具有游记特色的叙写。作者在写游览时,由谷及石,由石及水,由水到院,再到院外的狂峰怪石,移步换形,层层推进,景物随游而变化,步步深入,引人入胜。写景时,写水势多用比喻,写山峰则巧用拟人,水流的险急,山峰的怪异,已是惊心动魄,与此同时,点出游人"震掉不能自持""疑将压焉"的心境,更使人读之,有身临其境之感。虽只写栖贤一谷一寺,却展现了庐山真面目的一斑,而整个庐山的胜境,已经令读者为之无限向往了。

【原文】

元丰三年余得罪迁高安②,夏六月过庐山,知其胜而不敢留。留二日,涉其山之阳③,入栖贤谷。谷中多大石,岌嶪相倚④。水行石间,其声如雷霆,如千乘车行者,震掉不能自持⑤,虽三峡之险不过也⑥。故其桥曰三峡。渡桥而东,依山循水,水平如白练⑦,横触巨石,汇为大车轮,流转汹涌,穷水之变⑧。院据其上流⑨,右倚石壁,左俯流水。石壁之趾⑩,僧堂在焉。狂峰怪石,翔舞于簷上。杉松竹箭,横生倒植,葱蒨相纠⑪。每大风雨至,堂中之人疑将压焉。问之习庐山者⑫,曰:虽兹山之胜,栖贤盖以一二数矣。

明年,长老智迁使其徒惠迁谒余于高安⑬,曰:"吾僧堂自始建至今六十年矣,瓦败木朽,无以待四方之客。惠迁能以其勤力新之⑭,完壮邃密⑮,非复其旧,愿为文以志之。"

余闻之,求道者非有饮食衣服居处之求,然使其饮食得充,衣服得完⑯,居处得安,于以求道而无外扰,则其为道也轻⑰。此古之达者所以必因山林筑室庐⑱,蓄蔬米,以待四方之游者,而二迁之所以置力而不懈也⑲。夫士居于尘垢之中,纷纭之变日遘于前⑳,而中心未始一日忘道㉑。况乎深山之崖,野水之垠,有堂以居,有食以饱,是非荣辱不接于心耳,而忽焉不省也哉㉒?孔子曰㉓:"朝闻道㉔,夕死可矣。"今夫骋骛乎俗学而不闻大道,虽勤劳没齿^㉕,余知其无以死也^㉖。苟一日闻道,虽即死无余事矣。故余因二迁之意,而以告其来者,夫岂无人乎哉?

四年五月初九日眉阳苏辙记。

【注释】

①庐山:在江西九江市南,东南傍鄱阳湖。相传秦末有匡俗兄弟七人庐居于此,因而得名。一说因庐江而名。也称匡山、庐阜、匡庐。是著名风景区。

②元丰三年:1080年,元丰为宋神宗年号。　得罪:指作者因兄苏轼"乌台诗案"之株连事。　迁:谓官位变迁,此指贬谪。高安:今属江西。

③山之阳:山南。

④岌嶪:高险的样子。

⑤震掉:惊恐。　自持:自己控制自己。

⑥三峡:指长江以险著名的三峡。

⑦白练:白色的绸子。

⑧穷:尽,极。

⑨院:谓栖贤寺。　据:位于。

⑩趾:脚趾,此指山脚。

⑪葱蒨:草木青翠而茂盛。　相纠:互相缠绕。

⑫习:熟悉。

⑬长老:谓僧人之年德俱高者。　谒:进见、拜见。

⑭勤力:辛勤的努力。　新:用作动词,重新修建。

⑮完壮:坚固。　邃密:幽深。

⑯完:完全,完整。

⑰为道:学道,求道。　轻:容易。

⑱达者:通达之人。

⑲二迁:谓智迁与惠迁。　置力:把力量用在这件事情上,用力,费力。

⑳遭:遇。

㉑未始:不曾,未曾,未尝。

㉒忽焉:忽视、不注意、不在乎的样子。　省:知,注意。

㉓孔子曰:见《论语·里仁》。

㉔朝闻道:早晨得知真理。　道:学问,真理,道理。

㉕没齿:谓终身。

㉖无以死:没有办法死去。谓死有遗憾。

国学经典文库

唐宋八大家散文鉴赏

苏辙卷

这是一篇别具一格的记叙文,有以下几个特点:

第一,景物描写鲜明生动,使人如临其境,如闻其声。文章开始即点明这次游山的时间、地点和机缘。元丰三年,即1080年,苏辙四十二岁。这年,他因其兄苏轼遭"乌台诗案"而受牵连,被贬谪监筠州(今江西九江市)盐酒税,因此得以游庐

山栖贤谷。从第三句开始描写景物。先写栖贤谷,后写栖贤寺。写谷,先写大石"岌嶪相倚",岌嶪,高耸的样子,使用白描手法;次写水声,"水行石间,其声如雷霆,如千乘车行者,震掉不能自持,虽三峡之险不过也。故其桥曰三峡。"水声如雷霆,如车行,一连用了两个比喻,山势险峻又用三峡作比,这要比白描更加生动形象。此处巧妙的是,以喻当真,"三峡"是比喻,这里索性用作桥名。桥东"水平如白练",比喻形象、生动。写寺,先写位置,再写寺内僧堂,"狂峥怪石,翔舞于檐上。"采用拟人化手法,把静物写动了。接着写檐上的"杉松竹箭",形状,"横生倒植",色彩,"葱蒨相纠"。淡淡的几笔白描,景色鲜明突出。"每大风雨至,堂中之人疑将压焉。"给人一种亲临其境的感觉。末句以"习庐山者"的话作结,"虽兹山之胜,栖贤盖以一二数矣",是倒装句,即栖贤(谷与寺)是庐山数一数二的名胜之地。这是一段著名的写景文字,苏轼《跋子由栖贤堂记后》中说:"子由作《栖贤堂记》,读之便如在堂中,见水石阴森,草木胶葛。仆当为书之,刻石堂上,且欲与庐山结缘,他日入山,不为生客也。"苏轼从两方面高度赞扬了这段文字:一方面说:"读之便如在堂中",即景物描写生动感人,使人身临其境。另一方面说:读了此文,"他日入山,不为生客也,"即景物描写逼真,形象鲜明,好像是亲眼看到那样真切。

第二,以理入文,在前段写景的基础上,第二段抒发议论。"明年"即第二年,苏辙应寺中"二迁"之请而作此记。接着从以下三方面来议论。首先,求道者(指佛僧)不在吃、穿、住等生活条件上有所追求,但是吃、穿、住等方面安排好了,也有助于求道(佛理),这就是二迁新修僧堂"以待四方之游者"的原因。其次,"士"在尘

321

世万变之中,始终不忘追求真理。最后,引用孔子的话,表明自己未闻大道所以还不能死,一旦闻道,"虽即死无余事矣",即"朝闻道,夕死可矣"(《论语·里仁》)。这三层议论的关系是:先从"僧"追求佛理而引到"士"追求真理,再以"士"而归到自身,愿意朝闻道而夕死。当时苏辙虽在贬中,但并未灰心丧气,悲观颓废,而愿象二迁新修僧堂"置力而不懈"那样,朝闻夕死,积极进取,给人以鼓舞力量。段末以"故余因二迁之意,而以告其来者,夫岂无人乎哉?"说明写作本文的用意。文末点明写作年月日及作者郡望及姓名,并与开头照应。"四年",承开头"元丰三年"省略"元丰"二字。

第三,结构奇特。本文共分两段,一段写元丰三年的事,二段写"明年"即元丰四年的事;一段写游庐山栖贤寺僧堂,二段写为新修栖贤寺僧堂作记;一段记叙,二段议论。初看起来,两段性质完全不同的文字似乎是两篇文章,但是作者却把他们有机地结合起来,合而为一,熔铸一体,而且还弥合严密,天衣无缝。难中见巧,这正是作家的功力所在。原来,作者在两段之间用"明年"一词衔接过渡,在时间顺序上顺流而过,十分自然;更主要的是内在的联系。前后两段是同一地点,当然可以合为一篇,而且两段开头都有一个"余"字:"元丰三年余得罪迁高安,夏六月过庐山,……";"明年,长老智迁使其徒惠迁谒余于高安……",正因为前段"余"过庐山而游栖贤寺僧堂,所以才引出第二段庐山栖贤寺僧二迁谒余为新修僧堂作记,前因后果,一"余"贯穿,两段自然联结成篇。这种文章结构奇而不奇,凡而不凡,自见苏辙文章的功底,实不愧为唐宋散文大家。

此外,本文语言冲雅淡泊,朴素自然,简洁畅达,然而生动形象,富于文学色彩,体现了苏辙散文特有的风格。

吴氏浩然堂记

【题解】

本文是苏辙应吴君之请,为其浩然堂写的一篇题记。

文章开始介绍浩然堂主人的为人及其命名由来,然后就浩然二字生发,展开议论。在议论过程中,先以浩荡江水为喻,形象地阐明浩然为气之义,再就江水浩荡的成因说明君子平居养心必须做到"足乎内无待乎外"达到"其中潢漾,与天地相终始"的境界。只有具有如此胸襟,才能具有孟子所说的那种"至大至刚""塞乎天地"的浩然之气。从而表现了作者认为君子应该进行自我修养,培养浩然之气的思想。

文章虽重在议论,但议论中有描写,而且寓抒情于议论和描写之中。江水一段描写,不但引发起议论,而且写江水奔流之态、浩荡之势不仅形象生动,同时气象壮阔。在谈论君子养气时,则气势豪壮,充满着激情。在描写和议论时多用排比句,于整齐句式中又有参差错落的变化。使文势也如浩荡的江水,滚滚滔滔,一泻千里,势不可挡,显出豪壮奔放之气。这充分体现了小苏"文者气之所形""气可养而致"的主张。

【原文】

新喻吴君志学而工诗①,家有山林之乐,隐居不仕,名其堂曰浩然。曰:"孟子,吾师也。其称曰:'我善养吾浩然之气②。'吾窃喜焉而不知其说,请为我言其故。"余应之曰:"子居于江,亦尝观于江乎?秋雨时至,沟浍盈满③,众水既发,合而为一,汪浡淫溢④,充塞坑谷。然后滂洋东流⑤,蔑洲渚⑥,乘丘陵⑦,肆行而前⑧,遇木而木折,触石而石隕,浩然物莫能支⑨。子尝试考之⑩,彼何以若此浩然也哉?今夫水无求于深,无意于行,得高而渟⑪,得下而流,忘己而因物,不为易勇⑫,不为险怯,故其发也,浩然放乎四海⑬。古之君子,平居以养其心⑭,足乎内无待乎外⑮,其中潢漾⑯,与天地相终始⑰。止则物莫之测⑱,行则物莫之御⑲。富贵不能淫⑳,贫贱不能忧㉑。行乎夷狄患难而不屈㉒,临乎死生得失而不惧,盖亦未有不浩然者也。故曰㉓:'其为气也㉔,至大至刚㉕,以直养而无害㉖,则塞乎天地㉗。'今余将登子之堂,举酒相属㉘,击槁木而歌㉙,徜徉乎万物之外㉚。子信以为能浩然矣乎㉛?"

元丰四年七月九日眉山苏辙记㉜。

【注释】

①新喻:县名,今属江西。

②我善养吾浩然之气:我善于培养我的浩然之气。见《孟子·公孙丑上》。浩然之气:正大刚直之气。

③浍:田间水沟。

④汪浲:水深广的样子。　　淫溢:形容水量大,像要溢出的样子。

⑤滂洋:水势很大的样子。

⑥蔑:淹没。

⑦乘:登上。

⑧肆行:随意行走,此指水任意流淌。

⑨支:支持,支撑。不支指经受不住大水的冲击。

⑩尝试:试一试。

⑪淳:水积聚不流。

⑫不为易勇:不因地势平坦而勇进。　　易:平易。

⑬放乎四海:任意地流向四海。　　放:自由自在地,不受限制地。　　乎:于,向。

⑭平居:安居。　　养其心:加强思想道德修养。

⑮足乎内:求得内心的自我满足,即注意自我修养。　　无待乎外:不依赖于外界。

⑯潢漾:广阔无边的样子。

⑰与天地相终始:和天地宇宙一样,无穷无尽。

⑱止:停下来,静下来。　　物莫之测:别人没有办法去猜度他。

⑲物莫之御:一切人或事物没法抵抗他、阻挡他。

⑳富贵不能淫:富贵不能乱我之心。《孟子·滕文公下》:"富贵不能淫,贫贱不能移,威武不能屈,此之谓大丈夫。"　　淫:乱。

㉑贫贱不能忧:贫贱不能使我忧愁。

㉒夷狄:古代对边境少数民族的称呼。

㉓故曰:以下引自《孟子·公孙丑上》。

㉔其:指浩然之气。

㉕至大至刚:最伟大,最刚强。

㉖以直养:用正义去培养。　　无害:不伤害。

㉗塞乎天地：充满天地之间，无所不在。

㉘举酒相属：举起酒杯，相互劝酒。

㉙槁木：指琴。槁木为枯木，枯木用以做琴，故称琴为槁木。

㉚徜徉乎万物之外：超越世俗以外。　　徜徉：自由自在地行动。

㉛信：确实，实在。

㉜元丰四年：1081 年。元丰为宋神宗年号。

【鉴赏】

苏辙贬官筠州时，曾结识一位文友，即此文中的吴氏吴厚秀才。苏辙曾有《次韵吴厚秀才见赠三首》诗，其二曰："久欲归田计未成，羡君负郭足为生。躬耕不用千锺禄，高卧谁知万里征。已觉安闲真乐事，可怜辛苦尽浮名。隐居便作江南计，为觅佳山早寄声。"看来他们有诗酬和，过从颇密。

吴秀才是羡慕孟子的人，取其"我善养吾浩然之气"，来作为堂的名字。但他谦虚地说他未深究"浩然"的含义，请苏辙来发表议论。"浩然之气"是个抽象的思想道德概念，孟子本人虽然加过阐释，说它"至大至刚，以直养而无害，则塞乎天地之间。"这还是比较笼统的。苏辙用比喻的方法，先把"浩然之气"作了形象化的描绘。他拿秋雨时至，江

水暴涨，汪洋恣肆，势不可挡的形状，来形容浩然之气的表现。但这只是以"喻巧而理至"的手法，讲了一个次要的部分。重要的是怎样"养"浩然之气。因为孟子说的是"善养"。所以接下去他说，水为什么会有这种滂洋之势呢？文章在做深入的探讨：水本身并不求深，也不求行，它的动静，随地势的高下而流，这是顺自然之理。既不因为平坦易流而显得勇猛，也不因地势险峻而显得怯懦。这就是"忘己而因物"。所以当它一旦涨发起来，就成为浩然之势，放乎四海。作为讲水的"浩然之

325

气"，是讲它的善于"蓄养"。作为行文的思路，这段文字是为过渡设势。接下去他就讲人应当如何来养"浩然之气"。他说："古之君子，平居以养其心，足乎内无待乎外，其中潢漾，与天地相终始。止则物莫之测，行则物莫之御。富贵不能淫，贫贱不能忧，行乎夷狄、患难而不屈；临乎死生、得失而不惧。盖亦未有不浩然者也。"他讲的"平居养心"，就像水在平静无波时的情形一样。养心要"足乎内无待乎外"，要靠内省功夫。能做到这一步，就是浩然之气的养成。

　　文章的结尾颇为轻松，是以逗趣的口吻来写的。这因为作者并不是对学生讲课，是对朋友讲孟子的养气，而朋友又是学士隐者，所以文章以设问之词，发为谐语："今余将登子之堂，举酒相属，击槁木而歌，徜徉乎万物之外，子信以为能浩然矣乎！"友情哲理，兼而有之。

上高县学记①

【题解】

礼乐教化是立国之本,兴学办教育又是礼乐教化的核心。这篇记正是立足于此,从而论述了教育的重要性,并对上高县令李君兴办县学给予了高度的赞扬和肯定。文章以议论起,通过"古者以学为政"和后世"废礼而任法"的鲜明对比说明了论点,为后文子游以礼乐教化治邑、上高县兴学办教育提供了理论依据。中间写子游为武城宰事,承上启下,既是对前段议论的印证,同时对上高县兴办县学起到了以宾托主的作用。最后叙述上高县办学的经过,洋溢着对县令李君重视教育的赞美之情。文章以礼乐教化、重视教育为中心线索,融议论、叙事、抒情于一炉,先对比展开议论,再以叙带论,叙事议论中又笔带感情,说理透彻、叙事清楚、感情鲜明。

【原文】

古者以学为政②,择其乡闾之俊而纳之胶庠③,示之以《诗》《书》《礼》《乐》④,揉而熟之⑤,既成使归,更相告语⑥,以及其父子兄弟。故三代之间养老、飨宾、听讼、受成、献馘⑦,无不由学。习其耳目⑧,而和其志气⑨,是以其政不烦⑩,其刑不渎⑪,而民之化之也速⑫。然考其行事⑬,非独于学然也,郊社、祖庙、山川、五祀⑭,凡礼乐之事皆所以为政,而教民不犯者也⑮。故其称曰⑯:"政者,君之所以藏身。"盖古之君子正颜色,动容貌,出词气⑰,从容礼乐之间,未尝以力加其民⑱。民观而化之,以不逆其上。其所以藏身之固如此。至于后世不然,废礼而任法⑲,以鞭朴刀锯力胜其下⑳,有一不顺,常以身较之㉑。民于是始悍然不服,而上之人亲受其病,而古之所以藏身之术亡矣。

子游为武城宰㉒,以弦歌为政㉓,曰:"吾闻之夫子,君子学道则爱人,小人学道则易使也㉔。"夫使武城之人其君子爱人而不害,其小人易使而不违,则子游之政岂不绰然有余裕哉?

上高,筠之小邑㉕,介于山林之间,民不知学,而县亦无学以诏民㉖。县令李君怀道始至,思所以导民,乃谋建学宫㉗。县人知其令之将教之也,亦相帅出力以缮其事㉘,不逾年而学以具。奠享有堂㉙,讲劝有位,退习有斋,膳浴有舍㉚,邑人执经而至者数十百人。于是李君之政不苛而民肃,赋役狱讼不诿其府㉛。李君喜学之成而乐民之不犯,知其为学之力也。求记其事,告后以不废。予亦嘉李君之为邑有古之道,其所以得于民者,非复世俗之吏也。故为书其实,且以志上高有学之始。

元丰五年三月二十日眉山苏辙记㉜。

【注释】

①上高:县名:今属江西。

②以学为政:通过办学来治理政事。

③乡闾:古时行政区域的泛称。　　俊:有才能的人。　　纳:纳入,接收。
胶庠:周学校名。胶为周代的大学,在国中王宫之东;庠为小学,在国之西郊。《礼记·王制》:"周人养国老于东胶,养庶老于虞庠。"

④示:展示,引申为教、授。

⑤揉:使木变形,直木使之变曲,或曲木使之变直。此处引申为培养、训练。
熟:熟练,成熟。

⑥更:连续。

⑦飨宾:用饮食招待宾客。　　听讼:听理诉讼,处理打官司的事。　　受成:接受已定的谋略。《礼记·王制》:"天子将出征,……受命于祖,受成于学。"《疏》:"受成于学者,谓在学谋论兵事好恶可否,其谋成定。受此成定之谋,在于学里,故云受成于学。"　　献馘:古时作战杀敌,割取敌人左耳进献,计功论赏。　　馘:割耳朵。战争中割取敌人的左耳朵以计战功叫馘。

⑧习其耳目:使其经常耳闻目睹形成习惯。

⑨和其志气:使其志气和谐。

⑩烦:乱,混乱。

⑪渎:轻慢,轻率。

⑫化:接受教化。　　速:快,容易。

⑬考:考查,研究。

⑭郊社:祭祀天地。周代冬至祭天称郊,夏至祭地称社。《礼·中庸》:"郊社之礼,所以事上帝也。"　　祖庙:祭祀祖先。　　山川:此指祭祀山川之神。
五祀:古代祭礼名,有不同的解释:1.禘、郊、宗、祖、报,见《国语·鲁上》;2.《周礼·春官·大宗伯》:"以血祭祭社稷五祀五岳。"郑众以五祀为王者于宫中祀五色之神,郑玄以五祀为五官之神,即勾芒、蓐收、玄冥、祝融、后土,并见注疏;3.《礼·祭法》:"诸侯为国立五祀,曰司命、曰中雷、曰国门、曰国行、曰公属。"又《曲礼下》"祭五祀"注谓户、灶、中雷、门、行;汉班固《白虎通·五祀》以门、户、中雷、井、灶为五祀。

⑮犯:犯上作乱。

⑯称:称说。

⑰正颜色三句:《论语·泰伯》:"君子听贵乎道者:动容貌,斯远暴慢矣;正颜色,斯近信矣;出辞气,斯远鄙倍矣。" 正颜色:使自己的脸色端庄。 动容貌:使自己的容貌严肃。 出词气:注意言辞和声调。

⑱力:强力。

⑲废礼:不用礼乐教化。 任法:只运用刑法。

⑳鞭朴刀锯:各种刑具,泛指各种刑罚。

㉑较:通角,竞争,较量。

㉒子游为武城宰:子游做武城县的县长。见《论语·雍也》。 子游:孔子弟子,姓言名偃,擅长于文学。 武城:鲁国的城邑,在今山东费县西南。 宰:官吏的通称。

㉓以弦歌为政:用礼乐教化治理政事。 弦歌:弹琴唱歌。

㉔吾闻之夫子三句:见《论语·阳货》。 夫子:指孔子。 易使:容易驱使,容易听从指挥。

㉕筠:筠州,旧治在今江西高安。

㉖诏:教训。

㉗谋:计划,打算。 学宫:学校。

㉘缮:修治。

㉙奠享:祭奠宴享。

㉚膳浴:吃饭洗澡。

㉛诿:推托。

㉜元丰五年:1082 年。元丰为宋神宗年号。

【集评】

明茅坤《唐宋八大家文钞》卷一百六十三:雅。

清张伯行重订《唐宋八大家文钞》卷九:醇质而有意味,亦颍滨集中之粹然者。

【鉴赏】

《上高县学记》是苏辙为上高县始建学校而写的一篇记文。上高县,在江西省,是一个介于山林之间的偏僻小县。北宋时这里连一所学校也没有。元丰年间李怀道任县令后,始创办学校。为表彰李怀道兴学之举,苏辙写了这篇记文。

本文既然是为兴办学校而写,所以,文章发端便开宗明义,提出"古者以学为政"的见解,揭示了学与政的关系,把兴学提高到为政的认识高度,说明办学的重

要。文章起笔不凡。所谓"以学为政",即是说学校不仅是培养政治之所需人才的基地,而且,也是进行政治教化的重要场所。胶、庠,均为古代学校名。胶,周代的太学。庠,乡里学校。乡间中才智优异的人,选送到学校去教育培养,将来就可以回到乡里发挥作用,将其所学得的知识,上传其父兄,下授其子孙。这样一来,一家三代通晓礼义,谙悉人情,"养老、飨宾、听讼、受成、献馘(guó 古代作战时割取所杀敌人的左耳,用以计功)""和其志气"。若为政则"其政不烦,其刑不渎,而民之化之也速"。"学"与"为政"的关系至此已大理昭然。

　　"学"不仅与"为政"休戚相关,而且学习还可以使人正身立德,提高个人的素质修养。文中引用古代君子"正颜色,动容貌,出词气,从容礼乐之间,未尝以力加其民"为证,说明通过学习后,个人会在待人接物、立身处事时,脸色严肃,容貌端庄,语言和婉,分寸得当,懂得礼貌。处理民间事务时会以事论理,以理服人,而不是以力压人。老百姓观之也会从中受到感化、熏染,"上好礼,则民莫敢不敬;上好义,则民莫敢不服"(《论语·子路》)。征引古代是为了警戒当今,故作者又用"至于后世不然"承转,指责后世人为政的弊病:政令繁,重刑罚,而不注重礼乐教化,因

330

此，老百姓也变得凶悍而不服管教。两相对照，得失利害十分鲜明，"为学"的重要意义，不言自明。继而，文章又以子游为武城县令，以礼乐教化其民，而政绩卓著的事实作例证，进一步阐述"以学为政"的道理。整段文字回环往复，丝丝入扣，步步推进，以极经济之笔墨，将一个极其难明的道理，剖析得十分精辟透彻。学与为政之得失阐明之后，作者便又收拢笔锋，言归正题，叙述上高县兴建学校的始末，说明学校建成后，给地方政事带来的好处："李君之政不苛而民肃，赋役、狱讼不诿其府""乐民之不犯"。又以李君为学治政的功效，印证前面所讲的道理。理至意明，行文摇曳多姿，富于变化。最后交代写作本记的因由及用意。要言不烦，语言洗练，干脆、利索，毫无拖泥带水之累。

我国古代以记名篇的文章，可谓汗牛充栋，不胜枚举。但古之记文，多以叙事或描绘山川景色为主要内容，以论理为主的记文，则为数不多，而文采并茂的说理记文，更为寥寥。但苏辙的这篇记文，却立意高远，寓事于理，理足气盛，借兴学之事，议论为政。既阐述了学与政的关系，又讲明了仁政与暴政之利弊。行文洋洋洒洒，谈古论今，旁征博引，议论风生。从这篇记文中，我们也可以看出苏辙在散文创作上的独特风格。

国学经典文库

唐宋八大家散文鉴赏

苏辙卷

武昌九曲亭记①

国学经典文库

唐宋八大家散文鉴赏

苏辙卷

【题解】

宋神宗元丰五年（公元 1082 年），苏轼因"乌台诗案"谪居黄州已达三年。苏辙去黄州探望他，兄弟二人曾同游西山，并各有记游诗作。本文是苏辙写的一篇记游文章，但文中之记，既非写作者自己游历，又非记兄弟同游，却全是记子瞻之游，因而又是别有特色的一篇游记文学作品。文中以适意为主旨，用"乐"与"悦"贯通，最后归结到"无愧于中，无责于外"。首先写子瞻贬谪齐安以来，常游西山，与山中二三子优游徜徉，意适忘返，暗点子瞻适意之乐。次写九曲亭扩建，如愿以偿，直接点出由于适意，"子瞻于是最乐"。最后追叙兄弟二人少年之游，更显出子瞻素禀旷达之性，并由此照应生发，指出"天下之乐无穷，而以适意为悦"。当然，苏轼被贬齐安，谪非其罪，心境肯定是不会平静的、不会舒畅的。但是，禀性达观的苏轼，他是能"游于物外"，"无往而不乐"的，就在这一时期所写《赤壁赋》不就是证明吗？知兄莫如弟，"无愧于中，无责于外"，就会其乐无穷，这是作者表示对兄长的理解、安慰，更是一种勉励。子由此记之用心，可谓深远矣！

【原文】

子瞻迁于齐安②，庐于江上③。齐安无名山，而江之南武昌诸山，陂陁蔓延④，涧谷深密，中有浮图精舍⑤。西曰西山⑥，东曰寒谿⑦。依山临壑，隐蔽松枥⑧，萧然绝俗⑨，车马之迹不至。每风止日出，江水伏息⑩，子瞻杖策载酒⑪，乘渔舟乱流而南⑫。山中有二三子好客而喜游，闻子瞻至，幅巾迎笑⑬，相携徜徉而上⑭，穷山之深⑮，力极而息⑯，扫叶席草⑰，酌酒相劳⑱，意适忘返⑲，往往留宿于山上。以此居齐安三年，不知其久也。

然将适西山⑳，行于松柏之间，羊肠九曲而获少平㉑，游者至此必息，倚怪石，荫茂木㉒，俯视大江，仰瞻陵阜㉓，旁瞩溪谷㉔。风云变化，林麓向背㉕，皆效于左右㉖，有废亭焉㉗，其遗址甚狭，不足以席众客。其旁古木数十，其大皆百围千尺，不可加以斤斧。子瞻每至其下，辄睥睨终日㉘。一旦㉙，大风雷雨拔去其一，斥其所据㉚，亭得以广，子瞻与客入山，视之笑曰："兹欲以成吾亭耶？"遂相与营之㉛。亭成而西山之胜始具,子瞻于是最乐。

　　昔余少年从子瞻游,有山可登,有水可浮,子瞻未始不褰裳先之㉜。有不得至,为之怅然移日㉝。至其翩然独往㉞,逍遥泉石之上㉟,撷林卉㊱,拾涧实㊲,酌水而饮之,见者以为仙也。盖天下之乐无穷,而以适意为悦。方其得意,万物无以易之;及其既厌,未有不洒然自笑者也㊳。譬之饮食杂陈于前,要之一饱而同委于臭腐㊴。夫孰知得失之所在?惟其无愧于中㊵,无责于外㊶,而姑寓焉㊷。此子瞻之所以有乐于是也。

【注释】

　　①武昌:县名,汉朝时为鄂县,三国时吴国孙权一度建都于此,改名武昌,今湖北鄂州市。　　九曲亭:在鄂州市西九曲岭上,原是孙权所建的遗迹,苏轼曾重建。

　　②迁:贬谪。　　齐安:即黄州。

　　③庐:房屋。此用作动词,建房。苏轼于元丰三年被贬黄州时,先住在定惠寺,后移居大江边上的临皋亭。

　　④陂陁:起伏不平的样子。

　　⑤浮图:佛寺。　　精舍:僧人的住所,僧舍。

　　⑥西山:即樊山,此指西山寺,在樊山之上。

　　⑦寒谿:樊山下有寒谿,寒谿旁有寒谿寺,此指寒谿寺。

　　⑧隐蔽松枥:寺隐藏在松树枥树之中。　　枥:即栎树,通称柞树。

　　⑨萧然:清静的样子。　　绝俗:与世俗隔绝,超俗。

　　⑩伏息:平息。此处形容水流缓慢,风浪不兴。

　　⑪杖策:拄着拐杖。　　杖:用作动词,拄着。　　策:手杖,拐杖。　　载酒:装着酒,带着酒。

　　⑫乱流:横渡。　　乱:横截水面而渡。

　　⑬幅巾:古时男子用绢一幅(宽二尺二寸为幅)裹头,以示洒脱不俗。

　　⑭徜徉:自由自在,无拘无束地游玩。

　　⑮穷山之深:走遍山林的深处。　　穷:穷尽,走遍,用作动词。

　　⑯力极而息:力量用尽了才休息。

　　⑰席草:以草地为席而坐,即坐在草地上。

　　⑱劳:慰劳。

　　⑲意适忘反:心情舒畅忘了回家。　　反:同返,返回,回家。

　　⑳适:往。

　　㉑羊肠九曲:比喻道路像羊肠似的狭窄弯曲。　　少平:小块平地。

　　㉒荫茂木:以茂盛的树木为荫。

苏辙卷

㉓陵阜：大土山。　　　阜：土山。

㉔瞩：注视，观看。

㉕林麓向背：树林和山脚有的向着小平地，有的背向小平地。麓：山麓，山根，山脚。　　向：面向，面对，正面。　　背：背向，背面。

㉖效：显现，呈现。

㉗废亭：指原孙权所建九曲亭之遗迹。

㉘睥睨：斜视，此处指观察。

㉙一旦：有一天。

㉚斥：开，开拓。

㉛营：营建。

㉜未始：未尝，不曾。　　褰裳：提起衣服。　　褰：提起。　　裳：下衣。

㉝怅然移日：整天不高兴。　　怅然：不高兴的样子。　　移日：逾日，过了一天。

㉞翩然：轻快的样子。

㉟逍遥：自由自在地行动。

㊱撷：采摘。　　林卉：林中的花草。

㊲实：果实。

㊳洒然：吃惊的样子。

㊴要之：总之。　　委：归，付。

㊵无愧于中：内心无愧。

㊶无责于外：外人无从责备。

㊷姑：姑且，暂且。　　寓：寄托。

【集评】

明茅坤《唐宋八大家文钞》卷一百六十三：情兴心思俱入佳处。

清张伯行重订《唐宋八大家文钞》卷九：苍深历落之意，读之如在目前。无愧于中，无责于外，得乐字本领，自是名言，可以玩味。

清沈德潜《唐宋八大家文读本》卷二十六：笔墨翛然。后半言乐因乎心，而不因乎境，虽未道出孔颜之乐，而与子瞻《超然台》意已两心相印矣。"当时四海一子由"，不洵然耶！

清吴汝纶《古文辞类纂点勘》卷二：此文后幅实为超妙，而前之叙次频繁。

【鉴赏】

题中的武昌，并非今天武汉市的武昌；系指湖北鄂城市。九曲亭在鄂城西的九

曲岭上,为三国时孙权所建的遗迹,苏轼贬谪此地时又重加修建。苏辙为亭写了这篇文章。

元丰五年,苏辙已四十四岁,他的哥哥苏轼已贬官齐安三年了。而这年苏辙也遭遣赴高安(宋属筠州,今江西高安县),他特地去看望苏轼。手足之情,怎样来安慰哥哥呢?如果彼此发一番牢骚,那不仅庸俗,也适足以火上加油,增加逆境中人的愁苦;如果说一些"逆来顺受""随遇而安"之类的套话,也根本消除不了哥哥政治坎坷中的愁绪。苏辙深知他的哥哥子瞻性格豪放,年轻时就酷爱游山玩水。于是就借子瞻住地的九曲亭,来写山水风景,以及人处其间的乐趣,来驱散子瞻内心的不快。

这篇文章,表面看来,轻松飘逸,它仿佛一幅清幽淡雅的水墨画,而寓意却是很深切的。令读者悠悠然有逸世超俗,宛然如入神仙境界之感。仔细读下去,又有如知心好友,促膝聊天,沉浸在游山玩水的往事回忆的快乐之中。这种文章,只有理解作者的挚情用心,才会领略到它那袅袅不绝的弦外余音。

现在我们不妨借用电影摇镜头的手法,来欣赏这篇散文:银幕上突然出现子瞻结庐江滨的小茅屋,随之小屋隐去,推出了一幅山水间杂的齐安画面,高高低低的山岭,错纵交织的山谷,寺庙;接下去镜头分别介绍两处山景:这是西山,这是东山名曰寒溪。跟着寒溪的介绍,迤逦而至的是高山临着深沟,松树、栎树,翁郁成荫。画面清静,简直是与世隔绝的一处山村。自然见不到车马的喧嚣。忽而风静日出,天空晴朗,子瞻拄着拐杖,提着酒壶,乘渔船跨过江水,直向南山走来。山村中走出二三个头系幅巾,超然不俗的人物,向子瞻走来,宛然老友,笑脸相迎。既而一同登山,自由自在地直走到深山尽处,大家也都力气用尽了,便扫去落叶,坐在草地上,彼此举杯互相慰劳,感到酒兴尽了,就起身往回走去。段末一句又似画外音:子瞻往往留在山上住宿。这样的惬意生活,不觉已过了三年。——虽然岁月如此漫长,但不给读者半点苦寂之感。

第二段,"然将适西山"一句,有似镜头转换,推出了松柏林木。羊肠九曲的山路之上,跳出一片小坪,画外音曰:"游者至此必息。"随之怪石嶙峋,茂林遮蔽,镜头俯对滚滚大江,又仰拍大小不一的土山座座,扫摄了小溪幽谷,总览了山上树林、山脚的交互向背,一览无余。突地,一座废旧亭子的遗址出现,四周几十棵老树,大皆百围,子瞻虽然徘徊注视,斤斧对它是奈何不得的。忽来暴风雷雨,拔去其中一棵,子瞻趁机将拔去老树的地方,收拾平整,扩大地面。又一特写镜头,子瞻与友人相视而笑,风趣地说:"这真是想让我在这里重建亭台的啊!"于是大家你铲我填地,便出现了一座新亭。景色也就焕然一新了。子瞻于是畅怀大喜。

子瞻这样地醉心山林,并非全然是为了解脱谪迁的愁怀。文章最后又推出回忆少年时代,兄弟二人贪游山水的片断画面:遇山就登,遇水就泳,而且子瞻往往带头卷起裤脚。有走不到的地方,子瞻总是久站不去,引为憾事。有时子瞻也一人独游,逍遥在泉石之上,拾取山花野草,捡起树上坠落的果子,掬起小溪清流,品味山泉的甘美清冽。看见他的人,往往还以为是神仙一般的人物呢!然后,以饱含深情的笔墨,引发了一段议论:

其实天下有无穷的乐事,只要适意,就应当高兴。得意的时候,什么东西也更换不了它,兴尽的时候,每每还吃惊地自笑自己的执着。好比吃饭,五花八门的菜肴,摆在面前,只不过是为了一饱肚皮,而后统统归于粪便。谁管哪道菜对人有益,又哪道菜对人无用呢。只要问心无愧,别人又不责怪,不妨寄托在这山林之间,尽情享受它。这就是子瞻享有这种快乐的用心所在啊!——这就是第三段文字,在回忆往事之后,阐发议论的旨意。

通篇文章,调子流利轻松,而在每段之末,如"居齐安三年,不知其久","子瞻于是最乐","此子瞻之所以有乐于是也",起到了不断点题明义,不断地烘托欢快气氛的作用;作者那慰勉兄长的深意,也就于此可见。

唐宋八大家散文,为革除前代辞赋家,雕琢辞藻的偏颇,常取直叙淡写的白描手法,不着艳色,不做夸饰;苏辙文字,正是如此。

黄州快哉亭记^①

【题解】

苏氏兄弟于元丰二年(公元 1079 年)十二月分别被贬到黄州、筠州,元丰六年,苏轼的朋友,同样也是被贬于黄州的张梦得在其寓所西南依江建亭、览胜自适,苏轼为之命名曰"快哉亭",苏辙则为之作记,写下了这篇千古名文。文章首先从长江起笔,由远及近、由大到小,叙写亭的位置、建造及命名,点出"快哉"二字,统贯全篇。继写登台所见,描述大江的变化、冈陵的起伏,还有供人凭吊遐想的古代遗迹,从而交代出以"快哉"名亭的原因。最后承接前文,就宋玉《风赋》"快哉"二字引发议论,并以张梦得的"不以谪为患","而自放山水之间"与骚人思士的"悲伤憔悴而不能胜者"鲜明对比,在褒贬中表达"何适而非快"的旷达之情。这是对建亭者的赞誉,也是对命名者慰藉,同时也有自勉之意。思想上的共鸣,是心心相印的。当然,我们也可以想见,在这"快哉"的背后,肯定是掩藏着他们共有的被贬谪的苦闷的。文章叙事只局限于亭本身,而从奔流浩瀚的长江落笔;写景则将江山风物、古迹名胜尽收眼底;议论则纵贯古今。气象宏大,意境开阔,笔墨间自有豪迈之气。

【原文】

江出西陵^②,始得平地,其流奔放肆大。南合湘沅^③,北合汉沔^④,其势益张^⑤。至于赤壁之下^⑥,波流浸灌^⑦,与海相若^⑧。清河张君梦得谪居齐安^⑨,即其庐之西南为亭^⑩,以览观江流之胜,而余兄子瞻名之曰快哉^⑪。

盖亭之所见,南北百里,东西一舍^⑫,涛澜汹涌,风云开阖^⑬。昼则舟楫出没于其前,夜则鱼龙悲啸于其下。变化倏忽^⑭,动心骇目^⑮,不可久视。今乃得玩之几席之上^⑯,举目而足^⑰。西望武昌诸山^⑱,冈陵起伏,草木行列^⑲,烟消日出,渔夫樵父之舍,皆可指数,此其所以为快哉者也。至于长洲之滨^⑳,故城之墟^㉑,曹孟德、孙仲谋之所睥睨^㉒,周瑜、陆逊之所骋骛^㉓。其流风遗迹^㉔,亦足以称快世俗^㉕。

昔楚襄王从宋玉、景差于兰台之宫^㉖,有风飒然至者^㉗,王披襟当之曰^㉘:"快哉此风,寡人所与庶人共者耶?"宋玉曰:"此独大王之雄风耳,庶人安得共之?"玉之言盖有讽焉。夫风无雌雄之异,而人有遇不遇之变^㉙。楚王之所以为乐,与庶人之所以为忧,此则人之变也㉚,而风何与焉㉛?士生于世,使其中不自得㉜,将何往而非病㉝?使其中坦然,不以物伤性㉞,将何适而非快㉟?今张君不以谪为患㊱,窃会计之余功㊲,而自放山水之间㊳,此其中宜有以过人者。将蓬户瓮牖无所不快㊴,而况乎濯长江之清流㊵,揖西山之白云㊶,穷耳目之胜以自适也哉㊷?不然,连山绝壑㊸,长林古木,振之以清风㊹,照之以明月,此皆骚人思士之所以悲伤憔悴而不能胜者㊺,乌睹其为快也哉㊻?

元丰六年十一月朔日赵郡苏辙记㊼。

【注释】

①黄州:治所在今湖北黄冈。　　快哉亭:《黄冈县志·古迹》:"快哉亭,在城南。"

②江:长江。　　西陵:长江三峡之一,又名巴峡、夷陵峡,三峡中最东的一个峡,也是最长的峡,西起四川巴东,东至湖北宜昌。

③合:合流,纳入。　　湘沅:湘江、沅江。两江均在湖南,流入洞庭湖,再汇入长江。

④汉沔:即汉水,源出陕西宁羌县,初名漾水,东流经沔县南,称沔水,与襄河合流后称汉水,东流至武汉市入长江。

⑤益张:愈大。　　益:越,更加,愈。　　张:大。

⑥赤壁:本篇指赤鼻矶,在今湖北黄冈。

⑦浸灌:灌注。

⑧相若:相似,相像。

⑨张君梦得:张梦得,字怀民,又字偓佺,河北清河人,元丰间谪居黄州,与苏氏兄弟均有来往。　　齐安:郡名,即黄州。

⑩即:就,靠着。

⑪快哉:快乐呀,愉快呀!

⑫一舍:古代三十里为一舍。

⑬风云开阖:天气的阴晴变化。

⑭倏忽:形容时间极其短暂,极快。

⑮动心骇目:心惊胆战。

⑯玩:赏玩,观赏,欣赏。　　几席之上:桌边席上。

⑰举目而足:抬眼就可以看个够。

⑱武昌:今湖北鄂州市。

⑲行列:成行成列。

⑳长洲:江中长形的沙洲。

㉑故城之墟:旧城的遗址。指孙权所建故都的遗址。

㉒曹孟德、孙仲谋之所睥睨:曹操、孙权在赤壁之战时,都曾相互傲视对方。
睥睨:斜视。

㉓周瑜、陆逊之所骋骛:周瑜、陆逊都曾在此驰骋,指挥作战。周瑜曾指挥赤壁
之战,大胜曹操。陆逊曾破荆州、擒关羽;夷陵之战,大破刘备。他于黄龙元年
(229)、赤乌四年(241)两次驻节黄州。　　骋骛:驰骋,在战场上奔驰追逐。

㉔流风:遗风。

㉕世俗:指社会上一般人。

㉖昔楚襄王从宋玉、景差于兰台之宫:事见宋玉《风赋》。　　楚襄王:即顷襄
王,怀王之子,前298~前263年在位。　　宋玉:战国楚人,楚大夫,著名文学家,
擅长辞赋。　　景差:楚大夫,亦以擅长辞赋著称。　　兰台:楚宫苑,故址在今湖
北钟祥。

㉗飒然:形容风声。

㉘披襟:敞开衣襟。　　当:对着,迎着。

㉙遇:遇时,碰到好机会,好的机遇。指得到赏识,被重用。

㉚人之变:人的处境、心情不一样。

㉛风何与焉:和风有什么关系?　　与:参与,此处指相关、相干。

㉜中:内心。　　自得:感到痛快、舒畅。

㉝病:苦闷、忧愁。

㉞不以物伤性:不因外界影响而损伤性情。

㉟适:往。

㊱患:忧愁。

㊲窃会计之余功:利用做会计公务剩余的时间。张怀民于元丰六年贬于黄州,任
主簿,征收钱粮、管理簿书,故言其为会计之职责。　　窃:取,利用。　　余功:余下
的时间。

㊳自放:放纵性情,自由自在,不受拘束。

㊴将:即使。　　蓬户瓮牖:用蓬草做门,用破坛子口做窗户,极言住处的简
陋,生活的贫困。　　瓮:坛子。　　牖:窗户。

㊵濯长江之清流:在长江的清水中洗涤。　　濯:洗。

㊶揖:揖让,谦让,以礼相待。

㊷穷:尽,穷尽,极尽。　　耳目之胜:耳目所欣赏到的胜景。自适:自求适意,
自得其乐。

㊸绝壑:深谷,深山沟。

㊹振:动,吹拂。

㊺骚人:忧愁失意的文人、诗人。　思士:忧思之士。　　胜:经受,担当。

㊻乌:哪,哪里。　覩:见,看到。

㊼元丰六年:1083 年。元丰为宋神宗年号。　　朔:夏历每月初一。　　赵郡:今河北赵县,苏辙祖籍为赵郡,以赵郡为郡望,故自称“赵郡苏辙”。

【集评】

明茅坤《唐宋八大家文钞》卷一百六十三:入宋调而风旨自佳。

清张伯行重订《唐宋八大家文钞》卷九:有潇洒闲放之致。

清沈德潜《唐宋八大家文钞读本》卷二十六:金玉锦绣、五鼎大烹,焉往非病? 中无自得之实也;空室蓬户、蔬食饮水,焉往非乐? 不亏性天之真也。子由虽非几此,而见能及之,借题发挥,真觉触处皆是。

清吴楚材、吴调侯《古文观止》卷十一:前幅握定“快哉”二字,后幅俱从谪居中生意,文势汪洋,笔力雄壮,读之今人心胸旷达,宠辱皆忘。

【鉴赏】

“快哉亭”的建造者张梦得即张怀民,于元丰六年贬官齐安(即黄州),他不以政治上的逆境萦怀,却于住处的附近,选地建亭,用以观览江山形胜,抒发情怀。与张同命运的好友苏轼为亭取名曰:“快哉”,是深知张梦得建亭的用意的。

这篇记叙文,紧紧围绕“快哉”二字来做文章,也是就建亭者的用意,来加以发挥的。全文共分四个自然段落。除了末段一句为一般记叙文的定格以外,其余三段,按构思布局,可分两大层次:前二段为一层,重在描写亭上所见景物及由此生发的历史联想,说透“快哉”的含义;为后面文字做好铺垫。第三段为一层,重在议论,是以推理笔法,印证“快哉”的确切无误;蕴含苏辙对张梦得豁达不羁的赞赏,也隐含作者对其兄苏轼的慰勉之情。苏轼因“乌台诗案”出狱后,贬官黄州团练副使。这是苏辙为文的深切用心。

在写景部分,文章起笔就气势浩荡地将“快哉亭”上所见的宏观空间,勾勒得淋漓无遗:长江一出西陵峡,就奔腾放荡,沿途又汇入沅、湘、汉、沔诸流之水,可以想见江水益发奔放肆大。张君选择这个江滨地势,建亭览胜,足见是有眼力的;从亭上放眼望去,南北百里,东西三十里,又是一个具体的空间画面。白天可以看到江上的百舸争流,夜晚听到的是鱼龙悲啸,动心骇目,不可久视。但是现在有了这个“快哉亭”,可以把这些雄壮景色,玩味于几席之上,尽情览赏,这是“快哉”之一;再放眼四周,可见西边武昌冈陵起伏的诸山,草木成排成行,渔夫樵父的屋舍,清晰可数,这是“快哉”之二;这些是实写。然后引发了历史的联想。沿江两岸的沙洲,正是当年曹操、孙权注目的战略要地,也是周瑜、陆逊为争夺此地奔走劳形的地段;这又是世俗之人也感到睹此称快的事。此"快哉"之三。

第二个层次，发生了一个大的转折。因为文章要转入议论，先引用楚襄王问宋玉关于风的故事。作者以此为正面议论的起笔，是颇有深义的。楚襄王登上兰台，享受到清风的快意，发出了"快哉此风！寡人所与庶人共者耶?"这是个幼稚而又荒唐的发问。宋玉因势利用，

回答得也很妙。作者说："玉之言盖有讽焉。"宋玉是对楚襄王微妙地进行了讽刺。盖寓意在借风之雌雄来说明人间之不平等。风无雌雄之异，而人有遇不遇之变；楚襄王认为是快乐，而庶人则认为是忧患，这是人之地位境遇不同，所产生的不同感觉。正像江上行船，乘船者优哉如飘然驭风，纤夫却劳苦憔悴，哪有什么悠然之感。当然，这是就一般常情来说的。故事之后，文章深追一步，作反常的推论：士人活在世上，假若他的心中不得意，到什么地方也是忧愁的；假使他心中坦荡，不因外界事物而伤害他的情绪，到什么地方也是快活的。因而文章推出新的结论："今张君不以谪为患，窃会计之余功，而自放山水之间，此其中宜有以过人者。"这个论断是对常人感觉的否定，又是针对张梦得非常人的肯定。一反一正，论证是不容置疑的。文章本来可以到此歇笔，但作者又反推一层，"不然"二字之后，他说山深林密，清风振动，明月高悬，这是一般骚人思士临境悲伤之地，哪还能看到什么"快哉"呢！这就为前面已经证明了的张君过人之处，反衬得更为充实有力。

文章前后两大层次，合成了生发主题的浑然篇章，在前面写景部分，作者以情驭景，将"快哉"之情，渗入处处之景。后面议论部分，又是从前面之情作为线索，作一波三折的正、反推理，使建亭主人的"快哉"之情，明显区别于一般迁客骚人。而文章作者的那种赞赏慰勉的友情，也尽注于字里行间。所以，自来评论家说，苏辙文章，善于"一波三折"，是符合实际的。

藏书室记

【题解】

《藏书室记》是一篇阐明读书重要性的文章。开始即通过回忆点出读书"内以治身,外以治人"为孔子遗法、是先君的传家遗言;接着从成才和知道两方面说明了读书的重要;最后谈读书的方法:读书必须用一种基本观点融会贯通,不能急于求成。文中大量引用《尚书》《论语》《孟子》是古圣贤的言论,引经据典来阐明观点,显得理由充足,具有说服力;紧紧围绕读书问题,中心十分突出。以先君之遗言、遗书开头,以先君之遗意结尾,首尾照应而又紧扣中心,又点出了诗书传家之意。

【原文】

予幼师事先君①,听其言,观其行事。今老矣,犹志其一二②。先君平居不治生业③,有田一廛④,无衣食之忧;有书数千卷,手缮而校之⑤,以遗子孙。曰:"读书,内以治身,外以治人,足矣。此孔氏之遗法也⑥。"先君之遗言今犹在耳,其遗书在楼⑦,将复以遗诸子,有能受而行之,吾世其庶矣乎⑧!

盖孔氏之所以教人者,始于洒扫应对进退⑨。及其安之,然后申之以弦歌⑩,广之以读书。曰:道在是矣。"仁者见之斯以为仁⑪,智者见之斯以为智矣。"颜闵由是以得其德⑫,予赐由是以得其言,求由由是以得其政,游夏由是以得其文。皆因其才而成之。譬如农夫垦田,以植草木,小大长短,甘辛咸苦,皆其性也。吾无加损焉⑬,能养而不伤耳。

孔子曰⑭:"十室之邑⑮,必有忠信如丘者焉⑯,不如丘之好学也。"如孔子犹养之以学而后成,故古之知道者必由学,学者必由读书。傅说之诏其君亦曰⑰:"学于古训⑱,乃有获⑲。""念终始典于学⑳,厥德修罔觉㉑。"而况余人乎?子路之于孔氏,有兼人之才而不安于学㉒,尝谓孔子有民人社稷㉓,何必读书然后为学。孔子非之,曰㉔:"汝闻六言六蔽矣乎㉕?好仁不好学,其蔽也愚;好智不好学,其蔽也荡㉖;好信不好学,其蔽也贼㉗;好直不好学,其蔽也绞㉘;好勇不好学,其蔽也乱㉙;好刚不好学,其蔽也狂㉚。"凡学而不读书者,皆子路也。信其所好,而不知古人之成败与所遇之可否,未有不为病者。

虽然,孔子尝语子贡矣,曰㉛:"赐也,汝以予为多学而识之者欤㉜?"曰:"然。非欤?"曰:"非也,予一以贯之㉝。"一以贯之,非多学之所能致,则子路之不读书未可非耶?曰:非此之谓也。老子曰㉞:"为学日益㉟,为道日损。"以日益之学,求日损之道,而后一以贯之者,可得而见也。孟子论学道之要曰㊱:"必有事焉而勿正㊲,心勿忘㊳,勿助长也㊴。"心勿忘则莫如学,必有事则莫如读书。朝夕从事于诗书,待其久而自得,则勿忘勿助之谓也。譬之稼穑,以为无益而舍之,则不耘苗者也;助之长,则揠苗者也㊵。以孔孟之说考之,乃得先君之遗意。

【注释】

①先君:指已故的父亲苏洵。

②志:记,记得。

③生业:生产。

④廛:古时一家所居的房地。

⑤缉:通辑,收集编次。

⑥孔氏:孔子。

⑦椟:柜子。

⑧世:世世代代,后世。　　庶:差不多,表希望。

⑨洒扫应对进退:做打扫、接待客人、应对进退的工作,指一种简单的细枝末节的事。见《论语·子张》:"子夏之门人小子,当洒扫应对进退,则可以,抑末也。"

⑩申:复,再。　　弦歌:指礼乐。

⑪仁者四句:见《周易·系辞》:"仁者见之谓之仁,知者见之谓之知。"既所谓见仁见智。

⑫颜闵四句:见《论语·先进》:"德行:颜渊、闵子骞、冉伯牛、仲弓。言语:宰我、子贡。政事:冉有、季路。文学:子游、子夏。"孔子称其弟子颜渊等各有所长。

颜:颜回,字子渊。　　闵:闵损,字子骞。　　予:宰予,字子我。　　赐:端木赐,字子贡。　　求:冉求,字子有。　　由:仲由,字子路,又称季路。　　游:言偃,字子游。　　夏:卜商,字子夏。

⑬加损:增减。

⑭孔子曰:见《论语·公冶长》。

⑮十室之邑:只有十家的小邑,言邑之小。

⑯丘:孔子自称其名。

⑰傅说之诏其君亦曰:见《尚书·说命中》。　　傅说:殷高宗臣,据说高宗梦中得说,使人求之,得于傅岩,故称傅说,为殷贤相。

⑱古训:古人之教。

⑲乃有获：才能有收获。

⑳念终始典于学：念终念始常在于学。谓始终坚持学习。　典：从事。

㉑厥德修罔觉：在不知不觉中其德行修养就渐进了。　厥：其。　德：德行。　修：修养提高。　罔：不。　觉：觉察。

㉒兼人：胜过别人。见《论语·先进》："由也兼人，故退之。"

㉓尝谓两句：见《论语·先进》，子路曾对孔子说："有民人焉，有社稷焉，何必读书，然后为学？"意为那地方有老百姓，有土地粮食，为什么定要读书才叫学问呢？

㉔曰：见《论语·阳货》。

㉕六言六蔽：六种品德六种流弊。　言：实指德。　蔽：通弊。

㉖荡：放荡无归宿。

㉗贼：被人利用而害了自己。

㉘绞：说话尖刻、刺痛人心。

㉙乱：捣乱闯祸。

㉚狂：胆大妄为。

㉛曰：见《论语·卫灵公》。

㉜识：记住。

㉝一以贯之：用一种基本观念来贯穿它。

㉞老子曰：见《老子》第四十一章。

㉟为学二句：为学所以求知，所以知识一天比一天增多。为道所以去妄，所以错误一天比一天减少。

㊱孟子句：见《孟子·公孙丑上》。

㊲必有事焉而勿正：一定要做，但不要有特定的目的。　正：征、目的。

㊳心勿忘：心中不要忘记它。

㊴勿助长：不要违背规律地帮助它生长。见《孟子·公孙丑上》之"揠苗助长"的故事。

㊵揠：拔。

【鉴赏】

《藏书室记》是一篇讲孔子教育思想的文章。作者从他父亲的藏书和遗言出发，反复阐述了读书的重要性。文章论证丰富，旁征博引，以孔、孟有关读书的言论和孔子的弟子为具体例证，充分说明了一个道理，即：要从事一种事业，或者要研究一种学问，都必须读书。文章从孔子的教育方法入手，展开论证。孔子教人先从洒扫、应对、进退这些日常生活行为入手，进一步再教人以弦歌，然后才扩大到读书。孔子说的"道在斯矣"，就是他的教人的规律。

说理文章要让人不容置疑，除了靠周密的分析之外，便是要靠充分而确凿的论据，刘勰在《文心雕龙·事类》中说得很明白："事类者，盖文章之外，据事以类义，援古以证今者也。"这里据事乃孔子之事。援古也是以孔子之徒。来推论事理。那么，同样的教育之下，成就却并不相同，这也是教育的一条规律。这是由人的"才"（天

分）不相同所决定的。作者又据《论语·先进》篇孔子的话，举为例证：颜渊、闵子骞由孔子那里学到了好德行，宰予、子贡学到了长于辞令，冉求、仲由学到了善于政事，子游、子夏学得的是熟悉古代文献。——这些都是"皆因其才而成之"。文章还用农夫种田的事实来做补充：一样的种田，其草木的大小长短，其味的甘辛咸苦也不尽同，因其本性而生长，农夫并不给它增加点什么，或者减少点什么，只是顺着它的"性"去生长，"能养而不伤"就是了。

"文似看山不喜平"，如果单从正面讲下去，道理虽明，却不尽显。所以又从不学有什么坏处来衬垫一笔。文章又举出子路与孔子的一段对话来说明。这段话见于《论语·阳货》，孔子对子路讲的。因为子路不安于学习，他对孔子说："有民人社稷，何必读书，然后为学？"孔子对他讲了"六言六蔽"，六言，就是六个字，这六个字就在下面的"六蔽"中解释了：爱好仁德的人不学，容易被人愚弄；有聪明而不好学习的人，容易放荡不羁；诚实而不好学习的人，容易被人利用而自己受害（贼）；性情率直而不爱学习的人，容易说话尖刻刺人（绞）；好勇而不好学习的人，容易闹乱子；好刚强而不好学习的人，容易狂放。

讲到学习方法，文章着重在讲因势利导，即是说，既不要忽视学习，又不要揠苗助长，他也以种田作例子，如果以为锄草施肥没有什么用，对禾苗舍之不管，这自然不对。但是揠苗助长，也不对。这就是"勿忘勿助"的道理。文章中在讲"一以贯之"的时候，还借用了老子的话，要理解这段话，需要先把老子的思想本质弄清楚。

道家老子是讲"道"的。"道"就是"无",就是"无为",老子的这种虚无思想,就是绝圣弃智,他曾说过对政治的看法:"我无为而民自化,我好静而民自正,我无为而民自富,我无欲而民自朴"。那就是一切都不要去管它,任其自然,做到"虚无清静"。所以他说:"为学日益,为道日损,以日益之学,求日损之道,而后一以贯之者,可得而见也。"要学道,就是天天要像为学那样,对"虚无"越来越理解,头脑越来越虚静,然后方能发现"一以贯之"的道理。这是反用老子的话,为学要天天有新知,要"朝夕从事于诗书,待其久而自得",这就是"日久自悟"的意思。

纵观全篇,讲为学必须读书,读书要坚持不懈,日久自悟。在方法上既不要放任不学,又不要揠苗助长。这样,就是理解了作者父亲所说的"此孔氏之遗法也"的用意。

待月轩记①

【题解】

苏氏兄弟,皆属意于佛老。特别是在他们身处逆境时,皆从佛老哲理中求得自我解脱,本篇亦是其中之一。文中以日喻性、喻命,也即是喻自然、喻规律;以月喻身,也即是喻人生。月由日而明,月的盈阙是日寓于其中的自然结果;人生也是如此,生死富贵穷达之于性命亦莫不皆然,都是性命寓于人生的自然体现。因之,有如月之于日一样,人生应该顺应自然,安于性命。正由于此,所以作者以月为知己,以月为寄托,从而表现其顺乎自然本性的人生追求,这也就他以待月名轩的用意所在。文章以援引隐者之言为主体,写轩则淡淡数语而情理俱出,语言清净雅洁,自然朴素,与作者宁静淡泊的人生理想追求浑然融为一体,使内容和形式达到了和谐统一。

【原文】

昔予游庐山,见隐者焉,为予言性命之理,曰:"性犹日也,身犹月也。"予疑而诘之。则曰:"人始有性而已,性之所寓为身。天始有日而已,日之所寓为月。日出于东,方其出也②,万物咸赖焉③。有目者以视,有手者以执,有足者以履④。至于山石草木,亦非日不遂⑤。及其入也,天下黯然,无物不废,然日则未始有变也。惟其所寓,则有盈阙⑥,一盈一阙者月也。惟性亦然,出生入死,出而生者未尝增也,入而死者未尝耗也⑦,性一而已。惟其所寓则有死生,一生一死者身也。虽有生死,然而死此生彼,未尝息也⑧。身与月皆然,古之治术者知之⑨,故日出于卯谓之命⑩,月之所在谓之身。日入地中,虽未尝变,而不为世用。复出于东,然后物无不觌,非命而何?月不自明,由日以为明,以日之远近为月之盈阙,非身而何?此术也,而合于道。世之治术者知其说,不知其所以说也。"

予异其言⑪,而志之久矣⑫。筑室于斯,辟其东南为小轩。轩之前廓然无障,几与天际⑬。每月之望⑭,开户以须月之至⑮。月入吾轩,则吾坐于轩上,与之徘徊而不去。一夕举酒延客,道隐者之语。客漫不喻曰⑯:"吾尝治术矣,初不闻是说也。"予为之反复其理,客徐悟曰:"唯唯⑰。"因志其言于壁⑱。

【注释】

①轩:居室。

②方:当。

③咸:皆。　　赖:依靠,依凭。

④履:走。

⑤遂:成。

⑥盈阙:圆缺。

⑦耗:减少。

⑧息:止、灭。

⑨治术者:从事天文历数的人。　　术:天文历数之学。

⑩卯:卯时,指上午五至七时。　　命:规律。

⑪异其言:对这种说法感到奇怪。

⑫志:记,记在心里。

⑬际:接。

⑭望:每月十五称望。

⑮须:待、等待。

⑯喻:明白、懂。

⑰唯唯:应答声。

⑱志:记,写。

【集评】

明茅坤《唐宋八大家文钞》卷一百六十三:文不著意而援隐者之言论身与性,似入解。

【鉴赏】

　　这是一篇谈"性"论"道"的文章。文中的庐山隐者,实是一位道家人物,他讲的"日""月""生""死",反复变化,就是在阐明道家(老子)的理论。道学被后人称为"性命之学"。

老子对于"道",作过定义性的解释。他曾说："有物混成,先天地生。寂兮寥兮,独立不改,周行而不殆,可以为天下母。吾不知其名,字之曰'道'。"可见"道"是先天地而存在,并且是"周行而不殆"的。老子的思想,虽具有朴素的辩证法因素,但是,它是建立在客观唯心主义的基础上、建立在虚无的"道"的学说的基础上。他认为天地万物都是"道"所派生的。"道"是从"无"来的,"有"是从"无"中派生出来的。他说天地万物生于"有",有生于"无"。这样,他所说的"周行而不殆"的"道"的"返"或"复",就是"无—有—无"的循环过程。苏辙相信道家学说。因此,他对庐山隐者的一番话,常记不忘,并且反反复复地向友人宣传,还把隐者的话,记在他那"待月轩"的墙上,可见他对道家的玄理,是多么虔诚。

全篇文章,主要部分是记庐山隐者的话。"性犹日也,身犹月也"是全篇议论的中心。用比喻来讲道理,是议论文常用的方法之一。它的好处,是用常见易知的事物,来比附所要讲的难于理解的道理。他说人的"性"是依附于"身"来表现的,"日"之性是依附于"月"来表现的。文章既以日、月之出入与盈阙来打比方,就先将喻体讲清楚。日出则万物皆遂,日入则万物皆废;太阳虽然有出有入,但太阳是没有变化的。月虽然有盈有阙,它只是证明日的不变,不变就是一,"性一而已"。接下去讲"身","身"当然是人,人有生有死,"虽有生死,然而死此生彼,未尝息也。"就好比月亮有盈有阙,循环不止。这就是"道",也就是道家"无—有—无"的循环论。在论述了生死不息的正题之后,庐山隐者说:"世之治术者知其说,不知其所以说也。"归根到底,"日"的出入,"月"的盈阙,"人"的生死,都是合于"道"的,世界没有增长,没有消耗,"性一而已","道"也是永恒不变的。

老子的哲学思想,说到底是客观唯心论,这些道理,在隐者的讲述里,是玄而又玄的。难怪在苏辙讲给友人时,"客漫不喻",就是客人听得很糊涂,经反复解释,最后客人也不便再说其他了,只好"唯唯"算了。苏辙之所以给他的小轩命名为"待月轩",正是他从道家的玄理中取来的。

孟德传 附子瞻题语

【题解】

这是一篇借为人物立传的形式生发议论的寓言性传记文。文章前部分记述了孟德由于无所顾、无所慕，因而无所畏惧的事迹，塑造出了一位既是普通士兵，但却又有坚忍顽强的惊人毅力、能战胜一切困难的极不普通的人物形象。后一部分则就事生发，提出一个人生哲理：无欲才能无畏，而无畏就能战胜一切困难。作者指出，这种大无畏精神，正是一种浩然正气，有了这种浩然正气，就能"特立于世"，"列于天地"。记叙人物故事和阐发深刻哲理的有机结合，是本文写作上的重要特色。篇末所附子瞻题语，不仅使文章内容更加充实，而且更增加了故事的可信性，更增加了说服力。

【原文】

孟德者，神勇之退卒也①。少而好山林，既为兵，不获如志②。嘉祐中戍秦州③，秦中多名山，德出其妻，以其子与人，而逃至华山下，以其衣易一刀十饼携以入山④。自念："吾禁军也⑤。今至此，擒亦死，无食亦死，遇虎狼毒蛇亦死，此三死者吾不复恤矣⑥。"惟山之深者往焉，食其饼既尽，取草根木实食之⑦。一日十病十愈，吐利胀懑无所不至⑧。既数月，安之如食五谷。以此入山二年而不饥，然遇猛兽者数矣，亦辄不死。德之言曰："凡猛兽类能识人气⑨，未至百步辄伏而号，其声震山谷。德以不顾死，未尝为动⑩。须臾，奋跃如将搏焉，不至十数步则止而坐，逡巡弭耳而去⑪。试之前后如一。"

后至商州⑫，不知其商州也，为候者所执⑬，德自分死矣⑭。知商州宋孝孙谓之曰⑮："吾视汝非恶人也，类有道者。"德具道本末⑯，乃使为自告者置之秦州⑰。张公安道适知秦州⑱，德称病得除兵籍为民，至今往来诸山中，亦无他异能。

夫孟德可谓有道者也。世之君子皆有所顾⑲，故有所慕，有所畏。慕与畏交于胸中未必用也，而其色见于面颜，人望而知之。故弱者见侮，强者见笑，未有特立于世者也⑳。今孟德其中无所顾，其浩然之气发越于外㉑，不自见而物见之矣。推此道也，虽列于天地可也，曾何猛兽之足道哉㉒？

子由书孟德事见寄，余既闻而异之，以为虎畏不惧己者，其理似可信，然世未有见虎而不惧者。则斯言之有无，终无所试之。然曩余闻忠、万、云安多虎㉓，有妇人置二小儿沙上而浣衣于水上者㉔。有虎自山上驰下，妇人仓惶沉水避之，二小儿戏沙上自若。虎熟视久之，至以首骶触，庶几其一惧㉕，而儿痴，竟不知怪。意虎之食人必先被之以威㉖，而不惧之人威无所施欤？世言虎不食醉人，必坐守之，以俟其醒㉗。非俟其醒，俟其惧也。有人夜自外归，见有物蹲其门，以为猪狗类也，以杖击之，即逸去㉘。至山下月明处，则虎也。是人非有以胜虎，其气已盖之矣㉙。使人之不惧。皆如婴儿、醉人、与其未及知之时，则虎不敢食，无足怪者。故书其末，以信子由之说㉚。子瞻题。

【注释】

①神勇：禁军营的名称。　　退卒：退役的禁卒，退伍的军人。

②不获如志：志向得不到实现。

③嘉祐：宋仁宗（赵祯）的年号，1056~1063年。　　戍：戍守，驻兵防守。秦州：州治在今甘肃天水市。

④易：交换，换取。

⑤禁军：皇帝的亲兵。

⑥恤：忧虑、顾虑。

⑦木实：树子，野果之类。

⑧吐利胀懑：呕吐、拉痢疾，腹胀，胸闷。

⑨类：好像。

⑩为动：被它所惊动。

⑪逡巡：有所顾虑而徘徊不前。　　弭耳：收敛耳朵。搭拉耳朵。

⑫商州：今陕西商县。

⑬候者：巡逻的人。

⑭自分：自己以为。

⑮知：主管、管理、掌管。

⑯具道：详细全面地说。　　本末：事情的原委。

⑰自告：自首。

⑱张公安道：名方平，宋南京人。仁宗时，曾知谏院，知滑州、益州，后以工部尚书帅秦州。神宗时，拜参知政事。因反对新法，出判应天府。卒，赠司空，谥文定。《宋史》有传。

⑲顾：眷念。

⑳特立：有独特的见地和操守而不随波逐流。

㉑浩然之气:正大刚直之气。

㉒曾:乃。

㉓曩:以前。　　忠:忠州,今四川忠县。　　万:万州,今四川万县。　　云安:郡名,治所奉节(今属四川)。

㉔浣:洗。

㉕庶几:也许可能。表示希望或推测之意。

㉖被:加。

㉗俟:等待。

㉘逸去:很快地逃跑。

㉙盖:压住。

㉚信:真实、可靠,证明。

【鉴赏】

传记文字,是专为写真人真事的,既不容许夸张,又不容许随心描摹;它必须紧紧围绕人物的言谈举止,有形有声地刻画出人物的性格:贵在传真。唐代刘知几

《史通·浮词》篇说:"词寡者出一言而已周,才芜者资数句而方显。"前者显然是高手。清人刘熙载的《艺概·文概》篇,曾引刘知几赞《左传》文字的话说:"其言简而要,其事详而博。'余谓百世史家,类不出乎此法'。"《孟德传》可以说具备了这种文字特色。

此篇全文不过五百来字,却写出了孟德这个小人物的一生。通篇围绕一个"奇"字运笔,活画出他的奇性、奇行和奇遇。有叙述,有描写,有议论。于叙述处,不迂曲沾滞,如顺水行舟,做到了词寡而事周。如开头介绍孟德的几句话:五十几个字,将人物的出身、爱好和他与常人不同的性格等概括无遗:为了爱好山林,不要老婆孩子,卖衣换刀饼,进入深山。这真是奇人,入山二年,百病折磨,吃草根野果,竟又不死,不能不又是一奇。但作者不是平平淡淡地叙述,既有简短的交代,又有人物的内心独白,短句连出,跳荡活泼;字字有内涵,有分量,让人有更一字不可的

352

感觉。再看文中对老虎扑人的描写："凡猛兽类能识人气,未至百步,辄伏而号,其声震山谷,德以不顾死,未尝为动,须臾,奋跃如将搏焉,不至十数步则止而坐,逡巡弭耳而去。"这短短的几十个字,又有形有声地把老虎的猛中有怯,孟德的坦然自若,写得详尽无遗。商州被逮,孟德原原本本地交代自己的作为,又是他无私无畏的表现。他奇,奇得可爱,他憨直,又值得可敬。

唐代自韩愈开始,大力提倡文章改革,要一改魏晋以来崇尚浮华的流弊。他提出"文以明道"的主张,此后唐宋八大家的文章,大抵都遵循这一宗旨。总的说来,就是文章无论写花草虫鱼也好,模山范水也好,总要从中说出一个人生立身处世的道理,给人一种哲理的启迪。所以,这篇短文如果只写到他除去兵籍,当了百姓,便收笔成篇,那只不过是一则奇人趣事,没有更深的意义。作者写这篇短文,并非单为猎奇,之所以要为这位小小退伍禁卒专题立传,是别具深意的。点睛之处,全在结尾的一番议论。他说:世之君子(自然指有德行之士),都有所希求,也有所仰慕、有所畏惧。说得明白些,便是都有名利、事业的追求,这些名利得失,交织于胸中,不一定明明表露,但可以从颜色气象上看出来;软弱者被人欺侮,强悍者被人讥笑。因之也就不能象孟德那样,无所畏惧地独立于世。而孟德呢,他内心无所畏,浩然之气,散发于形色,虽然他并不自觉,而野兽却能识别出来。推想此理,他就是以浩然之气独立于天地之间,成为屡遭大难而不死的奇人。区区野兽又怎能奈何他呢!文章收笔处,落地生花,让读者有理有据地接受了这篇短文的深刻用心:全在赞赏一种无私无畏的磊落人格。

苏辙文字的可爱处,就在于他以言简事详的严谨叙述,作为立论的铺垫,而于精彩的结尾处,画龙点睛,寓教于事,授人以哲理。

巢谷传

【题解】

宋哲宗绍圣年间，新党得势，苏轼苏辙兄弟成为打击迫害的重要对象，一再遭到贬斥，直到边远蛮荒之地、天涯海角。在历经人生坎坷、饱尝世态炎凉中，作者所感受到的是人和人之间淡漠冷酷，是"士大夫皆讳与予兄弟交游，平生亲友无复相闻"。而七十三岁高龄的巢谷，却以病弱之躯，跋涉千里，从四川到广东去探望苏氏兄弟，并最终死于赴海南途中。苏辙为老人的深情所感动，因而写下了这篇感人至深的《巢谷传》。对巢谷的一生事迹，文章没有更多去写，在简介生平之后，只是突出地抓住了两件事：一是对得罪将死的朋友一诺千金、忠心耿耿，终于不负所托；一是对横遭迫害、身处困境的苏氏兄弟千里探视，并为之付出生命代价的深情厚谊。就这样，一位不为政治风云变幻所左右、不为艰难困苦所屈服、施恩不望报、交友不图利，襟怀坦白、侠肝义胆的光彩照人的人物形象树立起来了。这充分显示出作者选材之精和剪裁之巧。同时，作者不是以纯客观的身份为人物作传，而是融进了自己亲身经历和真实感受，因而在朴素自然的叙述描写中，却有真实感人、动人心魄的力量。全文叙事平易流畅而又笔带深情，人物语言不多，却皆掷地有声，言中见人，实为传记文学中的佳品。

【原文】

巢谷字元修，父中世，眉山农家也①，少从士大夫读书，老为里校师。谷幼传父学，虽朴而博。举进士京师②，见举武艺者③，心好之。谷素多力④，遂弃其旧学，畜弓箭，习骑射。久之，业成而不中第。

闻西边多骁勇，骑射击刺为四方冠，去游秦、凤、泾、原间⑤，所至友其秀杰⑥。有韩存宝者，尤与之善，谷教之兵书，二人相与为金石交⑦。熙宁中⑧，存宝为河州将⑨，有功，号熙河名将⑩，朝廷稍奇之。会泸州蛮乞弟扰边⑪，诸郡不能制，乃命存宝出兵讨之。存宝不习蛮事，邀谷至军中问焉。及存宝得罪，将就逮，自料必死，谓谷曰："我泾原武夫，死非所惜。顾妻子不免寒饿⑫，橐中有银数百两⑬，非君莫使遗之者⑭。"谷许诺，即变姓名，怀银步行，往授其子，人无知者。存宝死，谷逃避江淮

354

间，会赦乃出⑮。予以乡闾⑯，故幼而识之，知其志节，缓急可托者也。

予之在朝，谷浮沉里中，未尝一见。绍圣初⑰，予以罪谪居筠州⑱，自筠徙雷⑲，自雷徙循⑳，予兄子瞻亦自惠再徙昌化㉑，士大夫皆讳与予兄弟游，平生亲友无复相闻者。谷独慨然自眉山诵言㉒，欲徒步访吾兄弟。闻者皆笑其狂。元符二年春正月㉓，自梅州遗予书曰㉔："我万里步行见公，不自意全，今至梅矣。不旬日必见，死无恨矣。"予惊喜曰："此非今世人，古之人也。"既见，握手相泣，已而道平生，逾月不厌。时谷年七十有三矣，瘦瘠多病，非复昔日元修也。将复见子瞻于海南，予愍其老且病㉕，止之曰："君意则善，然自此至儋数千里㉖，复当渡海，非老人事也。"谷曰："我自视未即死也，公无止我。"留之不可，阅其橐中无数千钱，予方乏困，亦强资遣之。船行至新会㉗，有蛮隶窃其橐装以逃㉘，获于新州㉙，谷从之至新，遂病死。予闻哭之失声，恨其不用吾言，然亦奇其不用吾言而行其志也。

昔赵襄子厄于晋阳㉚，知伯率韩魏决水围之。城不沉者三版㉛。县釜而爨㉜，易子而食，群臣皆懈，惟高恭不失人臣之礼㉝。及襄子用张孟谈计㉞，三家之围解㉟，行赏群臣，以恭为先。谈曰："晋阳之难，惟恭无功，曷为先之㊱？"襄子曰："晋阳之难，群臣皆懈，惟恭不失人臣之礼，吾是以先之。"谷于朋友之义，实无愧高恭者，惜其不遇襄子，而前遇存宝，后遇予兄弟。予方杂居南夷，与之起居出入，盖将终焉，虽知其贤，尚何以发之㊲？闻谷有子蒙在泾原军中，故为作传，异日以授之。谷始名毂，及见之循州，改名谷云。

【注释】

①眉山：县名，今属四川。

②举进士：参加进士考试。

③举武艺：选拔武艺的考试。

④多力：有力气。

⑤秦：秦州（今甘肃天水）。　　凤：凤翔（今属陕西）。　　泾：泾州（今甘肃泾川县北）。　　原：原州（今宁夏平高县）。

⑥秀杰：优秀杰出。

⑦金石交：言交情坚如金石。

⑧熙宁：宋神宗赵顼年号（1068～1077）。

⑨河州：府名，治所蒲州（今山西永济市西蒲州镇）。

⑩熙河：北宋熙宁年间置熙河路，治所在熙州（今甘肃临洮）。

⑪泸州：今属四川。　　乞弟：蛮族部落首领。

⑫顾：只是。

⑬橐：口袋。

⑭遗：给，送给。

⑮会：逢。

⑯乡间：同乡。

⑰绍圣：宋哲宗赵煦年号（1094～1098）。

⑱筠州：治所在今江西高安。

⑲雷：雷州，治海康，今广东海康市。

⑳循：循州，治所龙川，今广东龙川县西南佗城。

㉑惠：惠州，今广东惠阳。　　　昌化：今海南昌江。

㉒诵言：明言。

㉓元符：宋哲宗赵煦年号（1098～1000）。

㉔梅州：治所在程乡县，今广东梅县。　　　遗：寄给。

㉕愍：同悯。

㉖儋：儋耳，海南儋州市，苏轼当时贬谪之所。

㉗新会：今属广东。

㉘蛮隶：雇佣的蛮族人。

㉙新州：治所新兴县，今属广东。

㉚赵襄子：赵简子之子，战国初赵国主，名无恤。周贞定王十四年（前455）晋知伯率韩魏攻赵，赵无恤奔晋阳。　　　见《史记·赵世家》。　　　晋阳：今属山西。

㉛知伯：晋六家之知氏，姓荀名瑶。　　　韩：韩康子，名虎。　魏：魏桓子，名驹。
水：指晋水。　　　版：八尺为版。

㉜县：通悬。　　　釜：锅。　　　爨：烧火做饭。

㉝高恭：赵襄子之臣。《吕氏春秋·义赏》作高赦。

㉞张孟谈：赵襄子之臣。

㉟三家：指知、韩、魏。

㊱曷：通何。

㊲发：充分表达。

【集评】

明茅坤《唐宋八大家文钞》卷一百六十二：叙谷豪举处有生色，可爱。

清张伯行重订《唐宋八大家文钞》卷九：巢谷意趣甚高，颍滨为之作传，以不没其人，此厚道也。其叙次生动，不用粉泽自佳。

【鉴赏】

本文选自《栾城后集》卷二十四，是苏辙为其同乡巢谷写的一篇传记。

从结构上看，这篇传记可分为四段：第一段，弃文学武。首句依一般传记惯例，写被传者姓名、字、父名、籍贯、职业等。"眉山农家"四字不可忽视，"眉山"，指出传主巢谷与作者苏辙是同乡。"农家"指巢谷的出身寒微，并非官宦人家或豪门贵族，尽管如此，苏辙愿为之立传，在等级森严的封建时代，实属不易。下面写巢谷曾经被举进士，到过京

师。"见举武艺者，心好之"，这是他一生的转折点：弃文学武。本段以"业成而不中第"作结。"业成"指习武之业有所成就，理当"中第"，但"不中第"，隐含科举之弊。

第二段，金石之交，缓急可托。先写巢谷漫游西方边疆，结交当地秀杰为好友。"秀杰"即优秀杰出的人物。接写巢谷与韩存宝二人结为"金石之交"，即二人间的友情贵重犹如黄金难买，坚固好像磐石不可动摇。下面用具体事例加以说明：存宝得罪，自料必死，托后事（往家中送银）于巢谷，谷许诺，重义如山。末句作者自言认识巢谷，并且知道他的"志节"，显示了文章的真实性，进而用"缓急可托"四字总结了巢谷重义的品德。"缓急"是偏义复词，义偏在"急"，"缓"字无义。

第三段，万里步行，以行其志。可分两个部分，第一部分写"予之在朝"做高官时，巢谷不曾来见一面。只短短一句话，就把巢谷不愿阿谀奉承，趋炎附势的人品表现了出来。第二部分写苏氏兄弟被贬谪后，巢谷"欲徒步访"，在道义上给以慰安、支持和力量。作者几乎用了整段的篇幅来详写巢谷不远万里，不辞辛苦，矢志不渝的大义大勇，与第一部分鲜明对比，在对比中显示出巢谷的义气和品德来。第二部分，先写苏氏兄弟被贬后，"士大夫皆讳与予兄弟游，平生亲友，无复相闻者，"这与平日不相闻，处于逆境时却坚决来访的巢谷形成鲜明的对比，本文多次用"对比法"，都很巧妙。接写"闻者皆笑其狂"。"闻者"指眉山县得知巢谷万里访苏氏

的人们，他们都耻笑巢谷发了疯，十分狂妄，这说明他们与巢谷思想境界相差甚远，他们是无法理解巢谷的志节和行为的，他们与巢谷形成鲜明对比，而且从反面衬托出了巢谷的志节非凡。这里运用了"反衬"的手法。相见之前，巢谷梅州修书，予惊喜曰："此非今世人，古之人也。"为下段引出古人"高恭"作了埋伏，这是伏笔。接着写"循州相见"，"握手相泣"，感情激动，场面感人。后写巢谷"将复见子瞻于海南"，中途病死于新州。时年七十三岁。元丰六年(公元1083年)苏轼因"乌台诗案"被贬黄州(湖北黄冈市)，巢谷曾来拜访，馆于雪堂，并教苏轼之子迨、过二人读书，所以这里用"将复见"。巢谷虽然半道病死，但其义气、志节永存，苏辙"哭之失声"，读者也深受感动。

第四段，借古喻今。用"昔"字引出先秦时代赵襄王"晋阳之难"的故事。赵襄王被围困于晋阳，断绝粮草，"易子而食，群臣皆懈，惟高恭不失人臣之礼"，解围之后，"行赏群臣，以恭为先"。作者引用此典，是为了说明"谷于朋友之义，实无愧于高恭者"。这里借古喻今，正于上段"此非今世人，古之人也。"相照应，上文采用的伏笔，正在这里揭示、显现。从另一角度看，这里引古人高恭以比巢谷，从正面衬托出巢谷之"义"，这种方法叫作"正衬"，即从正面对比衬托，突出文义。最后用"惜其不遇襄子"发抒感叹，巢谷如遇襄子，必得首功之奖；而自己虽知巢谷之贤，但处在贬谪的逆境中，无权"以发之"，只能提笔写出这篇传记，颂扬巢谷的志节，将来有机会时交给巢谷在泾原军中的儿子，从而交代了写作本文的缘由，表现出作者对巢谷志节的崇敬和无力报答的惋惜！

从写作方法上看，首先是选材典型，紧扣主题。巢谷一生的事迹很多，作者只选择了三件事情：一、弃文学武；二、与韩存宝结为金石之交而且缓急可托；三、写苏氏兄弟处于逆境，士大夫及生平亲友都不再来往的时候，巢谷却徒步万里相访，结果死于途中。选取这三件有代表性的材料，足以表示巢谷一生重义笃志的人品。其次，作者在处理这三件典型材料时，不是平均使用笔墨，而是有详有略，详略得当。巢谷青少年时弃文学武，与众不同，作者叙述简约概括。第二件事描述稍详，第三件事是重点，详细描述，重点突出。而在描述这一重点部分时，也不一切都详，而能做到详中有略。譬如写苏氏兄弟青云直上时，巢谷不曾一见，作者只用了一句话，十分简略；当作者写到"予兄弟"处于逆境，巢谷万里步行而相访时，则不惜笔墨，不厌其详。这样写法给人一种疏密相间，详略得当的美感。再次，本文还采用了伏笔、照应，引用、对比、衬托(正衬、反衬)等手法。

祭文与可学士文①

【题解】

文与可(1018~1079),四川梓潼(今三台县)人,名同,号笑笑先生,锦江道人,人称石室先生。曾任洋州、湖州太守,也称文湖州。能诗善画,善画山水,尤长于画竹。其后学者甚多,称为"湖州竹派"。与可虽长苏氏兄弟二十岁左右,但不仅为同乡和文字之交,而且是表兄弟,与作者又是姻亲,正因为有这层层关系,所以这篇祭文中,表达出了作者一种浓郁的哀亲悼友的特有的深情。文章首先追述二人之间不同寻常的关系:乡党之欢、先人旧交,又继之以婚姻。而正是在儿女完姻亲情涨到高峰之际,突闻与可逝去噩耗,正是这种落差形成的强烈震撼,显出了作者无比的沉痛。其次,写逝者道德、文章,翰墨之工,表达了作者对与可的赞颂和敬仰之情。最后追叙死者离世前后的情景,并直抒作者深切的哀痛,诚挚感人。哀祭文是一种具有强烈特性的文体,需要至情感人,本文在叙事抒情中,"君"与"我"对举,面对面说话,以呼告的形式,传达出强烈的情感,正是充分体现这一特点。

【原文】

维元丰二年岁次己未二月庚子朔②,具官苏辙谨以清酌庶羞之奠,致祭于故吴兴太守与可学士亲家翁之灵③。呜呼!与君结交,自我先人。旧好不忘,继以新姻。乡党之欢,亲友之恩。岂无他人,君则兼之。君牧吴兴④,我官南京⑤。从君季子⑥,长女实行⑦。君次于陈⑧,往见姑嫜⑨。使者未返,而君沦亡。于何不淑,以至于斯?匪人所知⑩,神实为之。昔我爱君,忠信笃实⑪。廉而不列⑫,柔而不屈⑬。发为文章⑭,实似其德。风雅之深⑮,追配古人⑯。翰墨之工⑰,世无拟伦⑱。人得其一,足以自珍。纵横放肆⑲,久而疑神。晚岁好道⑳,耽悦至理㉑。洗濯尘翳㉒,湛然不起㉓。病革不乱㉔,遗书满纸。嗟呼今日,见此而已。我欲哭君,神往身留。遣使往奠,涕泗横流㉕。绛幡素车㉖,归安故丘㉗。呜呼哀哉!尚飨。

【注释】

①学士:学者、文人。

②维：语首助词。元丰二年：公元 1079 年。　　朔：初一。

③吴兴：湖州又称吴兴，今属浙江。

④牧：官名，州官称牧，此称文为一州之长，故称牧。

⑤南京：宋时称应天府为南京，在今河南商丘南。当时苏辙任应天府判官。

⑥季子：少子。此指文与可的小儿子文务光，即苏辙之长婿。

⑦实：语中助词。

⑧次：止，停留。当时文与可赴湖州任时，停留于陈州。　　陈：陈州。今河南淮阳。

⑨姑嫜：古时称丈夫的父母为姑嫜。姑为婆母，嫜，公爹。

⑩匪：通非。

⑪笃实：忠厚老实。

⑫廉而不刿：指棱角锐利，但不至于伤物。语出《老子》："是以圣人力而不割，廉而不刿。"　　廉：棱角，锋利。　　刿：割，割伤。

⑬柔而不屈：温顺而不能使其屈服。

⑭发：表现。

⑮风雅：风流儒雅。

⑯配：比。

⑰翰墨之工：绘画之工巧。

⑱拟伦：比较，类比。

⑲纵横政肆：随意而为，不受任何规章法则的限制或拘束。

⑳晚岁好道：指文氏晚年好佛之事。

㉑耽悦：特别喜好。

㉒洗濯：清洗。　　尘翳：被灰尘遮掩，此处用为名词，指尘俗。

㉓湛然：慢慢地。

㉔病革：病重。　　革：通亟，急。　　不乱：清醒，不昏乱，不糊涂。

㉕涕泗：眼泪鼻涕。

㉖绛幡：绛色的旗幡，指送丧的旗幡。　　素车：丧车。

㉗归安故丘：平安地归葬于故土。

【鉴赏】

在古代的应用文中，有"哀辞""诔"和"祭文"等不同名称。这些都是用来哀悼亡者的文章。"祭文"与其他哀悼文字的不同之处，在于这种文字是在祭祀时于灵前宣读的，是表示哀悼者希望亡者的灵魂来享受供品。所以古人说："古之祭祀，止于告飨。"

祭文有基本固定的格式：前有短序，短序部分，说明祭祀的年月日，吊者与亡者的关系等等。而其主体部分，则是整齐的四字句。结尾以"呜呼哀哉，尚飨！"收住。"尚飨"的意思，就是希望亡者的灵魂来享受饮食，神食其气。开头的"维"字是发语之词。序中的"具官"一词，是吊者本有官爵品级，在应酬文字中，为了表示谦谨，不摆官衔，简写为"具官"。哀祭文字，不讲究华丽，要情真意挚，倾诉肺腑，达到言辞质朴哀切，凄婉动人。正如刘勰在《文心雕龙·哀吊》中说的："奢体为辞，则虽丽不哀；必使情往会悲，文来引泣，乃其贵耳。"这就是祭文的写作准则。

苏辙与文与可，从他父辈开始就是表亲，其后苏辙的长女又与文与可的儿子联姻，更加了一层儿女亲家的情分。所以，从亲戚关系上讲，苏、文是世亲。文与可书、画皆工，在文学艺术上，又长期与苏辙、苏轼弟兄交往亲密（参见《墨竹赋》），这就更见他们的关系非同一般。这篇祭文，就表现了这种亲情与友情，读来仿佛听到了作者那种发自肺腑，无限哀切的心灵之音。

在第一层次中，先叙明"与君结交，自我先人，旧好不忘，继以新姻"，是亲上加亲的至亲关系。在行文的思路上，是以至亲之情来吊祭亡者。接下去第二层次，叙明文与可在途中陈州路上，苏辙遣女儿去拜见姑嫜，未及反回，就传来了文与可病逝的噩耗。"于何不淑，以至于斯！匪人所知，神实为之。"这是上天不肯赐福所造成的不幸啊！第三层文章，追述对文与可为人的品德的敬仰，也是对亡者怀念的加深。他赞美文与可"忠信笃实，廉而不刿，柔而不屈"的性格；仅十二个字，把亡者那种既有棱角，又不伤害别人，既温柔和顺，又不屈从世俗的人格形象，刻画无遗。文章在称赞他的艺术才华时说"翰墨之工，世无拟伦。人得其一，足以自珍。纵横放肆，久而疑神。"这并非浮夸之辞，文与可的书、画皆工，是实实在在的事情，他的画竹苏辙在《墨竹赋》中就曾极力赞叹，说他"窃造物之潜思，赋生意于崇朝"，又说"虽天造之无朕"。可见文与可的画竹，是达到了出神入化的绝境。文与可晚年又好道家学说，这又是与苏辙同心相应的。从"病革不乱，遗书满纸"来看，文与可临

国学经典文库

唐宋八大家散文鉴赏

苏辙卷

到病危,还在书写作画。看到这些遗物,更使亲者"睹物思人",倍增哀恸。又从"我欲哭君,神往身留。遣使往奠,涕泗横流"的叙说来看,这篇祭文是苏辙不能亲往,遣人前去代为宣读祭祀的。

　　全篇祭文,规范在亲情、文情两个方面,不涉官场政绩及其他枝节。而这二者正是吊者与亡者的亲密交往,和铭心难忘的所在。字字发自肺腑,句句倾吐心声。言不在多,收到了"情往会悲,文来引泣"的效果。

元祐会计录叙①

【题解】

这是作者在任户部侍郎掌管户口财赋时,为户部所编《会计录》所写的一篇序言。文章开头综述古今,说明图籍簿书为国之大计,表明了编写此会计录的意义,次叙有宋开国以来财政情况,接着提出在财政方面建立法度的必要,最后则简要介绍《会计录》的体例。文章平实严整,既反映了他的经国之思,也从另一角度体现了他的文风。

【原文】

臣闻汉祖入关②,萧何收秦图籍③,周知四方盈虚强弱之实,汉祖赖之以并天下。丙吉为相④,匈奴尝入云中、代郡⑤,吉使东曹考案边琐⑥,条其兵食之有无⑦,与将吏之才否,逡巡进对⑧,指挥遂定。由此观之,古之人所以运筹帷幄之中,制胜千里之外者,图籍之功也。盖事之在官,必见于书,其始无不具者⑨,独患多而易忘,久而易灭,数十岁之后,人亡而书散,其不可考者多矣。唐李吉甫始簿录元和国计⑩,并包巨细⑪,无所不具。国朝三司使丁谓等因之⑫,为《景德》《皇祐》《治平》《熙宁》四书⑬,网罗一时出内之计⑭,首尾八十余年,本末相授,有司得以居今而知昔,参酌同异,因时施宜,此前人作书之本意也。

臣以不佞⑮,待罪地官⑯,上承元丰之余业⑰,亲睹二圣之新政⑱,时事之变易,财赋之登耗⑲,可得而言也。谨按艺祖皇帝创业之始⑳,海内分裂,租赋之入不能半今世。然而宗室尚鲜㉑,诸王不过数人。仕者寡少,自朝廷郡县皆不能备官。士卒精练,常以少克众。用此三者,故能奋于不足之中,而绰然常若有余。及其列国款附,赆贡相属于道㉒,府库充塞,创景福内库以畜金币,为珍亵之策㉓。太宗因之㉔,克平太原㉕。真宗继之㉖,怀服契丹㉗。二患既弭㉘,天下安乐,日登富庶,故咸平、景德之间㉙,号称太平。群臣称颂功德,不知所以裁之者㉚。于是请封泰山㉛,祀汾阴㉜,礼亳社㉝,属车所至㉞,费以巨万。而上清、昭应、崇禧、景灵之宫㉟,相继而起,累世之积,糜耗多矣㊱。其后昭应之灾㊲,臣下复以营缮为言,大臣力争,章献感悟㊳,沛然遂与天下休息㊴。仁宗仁圣㊵,清心省事,以幸天下,然而民物蕃庶㊶,未复其旧。而夏贼窃发⁴²，边久无备，遂命益兵以应敌，急征以养兵。虽间出内藏之积以求纾民⁴³，而四方骚然，民不安其居矣。其后西戎既平，而已益之兵遂不复汰⁴⁴，加以宗子蕃衍⁴⁵，充牣宫邸⁴⁶，官吏冗积，员溢于位⁴⁷。财之不赡⁴⁸，为日久矣！英宗嗣位⁴⁹，慨然有救弊之意，群臣竦观⁵⁰，几见日新之政，而大业未遂。神考嗣世⁵¹，念流弊之委积，闵财力之伤耗⁵²，览政之初⁵³，为强兵富国之计。有司奉承⁵⁴，违失本旨。始为青苗、助役⁵⁵，以病农民；继为市易、盐铁，以困商贾⁵⁶。利孔百出，不专于三司。于是经入竭于上，民力屈于下。继以南征交趾⁵⁷，西讨拓跋⁵⁸，用兵之费，一日千金。虽内帑别藏⁵⁹，时有以助之，而国亦匮矣！今二圣临御⁶⁰，方恭默无为⁶¹，求民之疾苦而疗之。令之不便，无不释去，民亦少休矣。而西夏不宾⁶²，水旱继作，凡国之用度，大率多于前世。当此之时，而不思所以济之，岂不殆哉⁶³？

臣历观前世，持盈守成，艰于创业之君。盖盈之必溢，而成之必毁，物理之至，有不可逃者。盈成之间，非有德者不安，非有法者不久。昔秦、隋之盛，非无法也，内建百官，外列郡县，至于汉、唐，因而行之，卒不能改，然皆二世而亡，何者？无德以为安也。汉文帝恭俭寡欲，专务以德化民，民富而国治，后世莫及。然身没之后，七国作难⁶⁴，几于乱亡。晋武帝削平吴、蜀，任贤使能，容受直言，有明主之风。然而亡不旋踵⁶⁵，子弟内叛，羌胡外乱，遂以失国。此二帝者，皆无法以为久也。今二圣之治，安而静，仁而恕，德积于世。秦、隋之忧，臣无所措心矣。然而空匮之极，法度不立，虽无汉、晋强臣敌国之患，而数年之后，国用旷竭，臣恐未可安枕而卧也。故臣愿得终言之。

凡计会之实，取元丰之八年，而其为别有五：一曰收支，二曰民赋，三曰课入，四曰储运，五曰经费。五者既具，然后著之以见在，列之以通表，而天下之大计可以画地而谈也。若夫内藏右曹之积与天下封桩之实⁶⁶，非昔三司所领，则不入会计，将著之他书，以备观览焉。臣谨叙。

【注释】

①元祐：宋哲宗的年号（1086～1094）。　　叙：通序，避作者祖父讳序，故改用叙。

②汉祖入关：汉高刘邦破秦进入关中。

③萧何：汉沛人。佐刘邦建立汉王朝。高祖入咸阳，何收秦律令图籍，得以确掌全国山川险要、郡县户口、社会情况。楚汉战争中，何留守关中，补兵馈饷，军得不匮。天下既定，论功第一，封酂侯。见《史记·萧相国世家》《汉书·萧何传》。

④丙吉：亦作邴吉，字少卿，汉鲁国人。宣帝时，曾为相，以知大体见称。《汉书》有传。

⑤云中：郡名，汉北部边境地区，治所云中县，在今内蒙古托克托县。　　代

郡：西汉时治所在代县(今河北蔚县西南)。

⑥曹：古时分职治事的官署或部门。　　考察：考核、审查。　　边琐：边境驻守官吏年龄、经历的记录。

⑦条：按条款项目上报。

⑧逡巡：立刻,立即。

⑨具：具备。

⑩李吉甫：唐赵郡人,字弘宪。德宗时任太常博士,宪宗时两度为相。因功封赞皇县侯,徙赵国公。著有《元和郡县图志》。新旧《唐书》有传。　　元和：唐宪宗李纯年号(806～820)。

⑪巨细：大小。

⑫三司使：官名。宋代称盐铁、户部、度支为三司,长官称三司使。掌管国家财政。　　丁谓：宋长洲人,字谓之,以曾封晋公,亦称丁晋公。真宗时曾任三司使,寇准为相时,谓参政,排挤寇准而代之。迎合真宗,大兴土木、建造道观,耗费人力财力不可胜计。《宋史》有传。

⑬景德：宋真宗赵恒年号(1004～1007)。　　皇祐：宋仁宗赵祯年号(1049～1054)。　　治平：宋英宗赵曙年号(1064～1067)。熙宁：宋神宗赵顼年号(1068～1077)。

⑭出内：出纳,内通纳。

⑮不佞：不才,谦词。

⑯待罪：大臣对帝王陈奏时谦辞。意谓身居其职而力不胜任,必将获罪。地官：户部的又一称呼。

⑰元丰：宋神宗赵顼年号(1078～1085)。

⑱二圣：指年幼的哲宗和听政的高太后。

⑲登耗：收入和消耗,收入支出。

⑳艺祖皇帝：即宋太祖赵匡胤。《宋史》有纪。

㉑鲜：少。

㉒賝贡：进贡的财礼。　　相属：相连,相接,一个接一个。

㉓殄：消灭。

㉔太宗：宋太祖之弟赵炅,976～997年在位。《宋史》有纪。　　因之：依靠它。

㉕太原：当时北汉割据政权刘继元所在地。

㉖真宗：宋太宗之子赵恒,997～1022年在位。《宋史》有纪。

㉗契丹：即辽。

㉘弭：止;消除。

㉙咸平、景德：皆宋真宗年号,为998～1003年,1004～1007年。

㉚裁:节制、控制。

㉛封泰山:真宗于大中祥符元年(公元 1008 年)至泰山封禅。　　封:指封禅。帝王祭天地的典礼。在泰山上筑土为坛祭天,报天之功称封;在泰山下梁父山上辟场祭地,报地之功,称禅。

㉜祀汾阴:真宗于大中祥符四年至汾阴祭祀后土地祇。　　汾阴:治所在今山西万荣县西南庙前村北古城。汉武帝元鼎元年,于此得宝鼎。元鼎四年,幸汾阴,立后土祠于汾阴脽上。见《汉书·武帝纪》。

㉝礼亳社:真宗于大中祥符七年,至亳州,到太清官,谒老子。此亳社非指殷社。　　亳:亳州,今安徽亳县。

㉞属车:互相连接的车。

㉟上清、昭应、崇禧、景灵:皆宋真宗所修建之宫观。

㊱糜耗:耗费、浪费。

㊲昭应之灾:宋仁宗天圣七年,昭应宫被雷击电火所毁。

㊳章献:真宗之后刘氏、仁宗即位初,刘太后垂帘听政。

㊴沛然:充盛的样子。

㊵仁宗:真宗子赵祯,1022~1063 年在位

㊶蕃庶:富庶丰足。

㊷夏贼:按当时的西夏党项族政权。

㊸内藏:内部仓库。　　纾:救。

㊹汰:淘汰,削减。

㊺宗子:皇家宗室子弟。

㊻充牣:充塞、充满。

㊼员溢于位:人员多于职位。

㊽赡:足。

㊾英宗:仁宗继子赵曙,1064~1067 年在位。

㊿竦观:引领举足期待地观看。

51神考:哲宗之父神宗赵顼,1067~1085 年在位。

52闵:怜惜。

53览政:当政,主政。

54有司:主管的官吏。

55青苗、助役:王安石变法的两项新法。

56市易、盐铁:变法的两项新法。

57南征交趾:神宗熙宁年间对交趾蛮王李乾德之战。见《宋史纪事本末》卷十五《交州之变》。　　交趾,又作交阯,即交州。今岭南一带,首府广信(今广西苍

梧）。

⑱拓跋：西部少数民族部落首领。

⑲帑：库，国库。

⑳临御：临朝。

㉑恭默：恭敬而沉静不言。

㉒宾：服，宾服，称臣，臣服。

㉓殆：危险。

㉔七国作难：渭汉景帝时期吴楚七国之乱。

㉕旋踵：转动脚跟，形容时间短、迅速。

㉖封桩：宋代库名。每年国用之余及额外上供，都藏此库，以备非常之用。

【集评】

明茅坤《唐宋八大家文钞》卷一百六十二：此子由经国之文，须细寻绎之。

清爱新觉罗·玄烨《古文渊鉴》卷五十一：本是专言会计，却语语欲其安养休息，用意深远而文势舒徐。

清沈德潜《唐宋八大家文读本》卷二十六：会货有志，不独关一国之盈绌，即君德之恭俭汰侈，于此系也。篇中虽管领会计，而戒祷祀、防用兵、咎新法，以修德立法为主。此老成谋国之言，与剥民富国者有忠佞之分也。文气雍容近于六代之上。

清爱新觉罗·弘历《唐宋文醇》卷五十一：史家必志食货，不特一代国用之盈绌、户口之多寡可考而知，欲观君德之恭俭汰侈，臣心之义利邪正，亦思过半矣。读《会计录序》，宋德盛衰，不具可鉴裁！

【鉴赏】

元祐年间，是苏辙一生中比较惬意之时。元祐元年诏任右司谏，元祐四年（公元 1089 年）权吏部尚书，出使契丹。还朝后任御史中丞。元祐六年（公元 1091 年）拜尚书右丞，进门下侍郎，执掌朝政。这篇序从内容看应写于元祐八年（公元 1093 年），哲宗亲临政事之后。文章题目虽为《元祐会计录序》，实际上是一篇纵谈古今，论例时政，以古鉴今的政史结合的说理文。

文章起笔不凡，开篇便远溯汉初，阐明保存图籍之重要。图籍，指地图和户籍。图，谓模写土地之形，籍为书其户口之数。作者以汉高祖刘邦进入关中、萧何尽收秦丞相府图籍文书而得天下之事为证，说明图籍的重要作用与价值。又以汉宣帝丞相丙吉，依靠图籍史册，布兵设防，抗击匈奴侵犯之事为例，推论出“古之人所以运筹帷幄之中，制胜千里之外者，图籍之功也”这一结论。初读似觉这一段文字好像与元祐会计录无关，其实不然。这一段对全篇来说，不可或缺，因为它为下文做了很好的铺垫。探古知今,保存资料,特别是国家经济资料,对一个国家、一个朝代来说,确实具有极其重要的意义。文章开篇以古例今,列举具体事例,使论述显得生动活泼。接着文章又拓展一层,由讲述书籍之易散、易失,论及唐李吉甫的《元和郡县志》的内容"并包巨细,无所不具。"李吉甫,为唐宪宗时宰相。《元和郡县志》,为唐地理总志,原四十卷,现存三十四卷。全书以当时四十七节镇为标准,分镇记载府、州、县、户、沿革、山川、道里、贡赋等,是我国现存最早而且比较完整的一部地理总志。后文章

又由唐代簿录谈到《元祐会计录》,介绍了《元祐会计录》的编纂者,内容及编撰此书的用意。进而,作者又借题生发开去,回顾了宋代的发展史。自宋太祖赵匡胤创业以来,虽海内分裂,租赋收入"不能半今世",但"宗室尚鲜"。"诸王不过数人,仕者寡少""士卒精练,常以少克众"。国家却是"绰然常若有余。"但随着各国的归附,宝玉的增多,国库的充盈,便出现了国防巩固、外患消弭、天下安乐的太平景象。至真宗时,由于皇室挥霍无度,大筑宫室,将累世之积消耗殆尽。因群臣的力谏,天下黎民才得以休养生息。仁宗时,清心寡欲,使北宋经济又趋繁荣:"民物蕃庶。"但因官吏军队俸饷增长,加之长期对西夏的战争和对辽、夏的岁币支出的增加,人民负担过重,造成"四方骚然、民不安其居矣!"的严重后果。继之皇室子孙众多"充牣宫邸""官吏冗积,员溢于位",使之"财之不赡"。英宗虽有力革时弊之意,但"大业未遂"。神宗即位之初,虽有"富国强兵之计",但因"有司奉承,违失本旨",不仅危害农民、商贾的利益,而且使"经入竭于上,民力屈于下。"后又南征西讨,"用兵之费,一日千金",致使国家困惫不堪。高太后临政之后,"令之不便,无不释去,民亦少休矣。"但因"西夏不宾,水旱继作"。"国家之用度","大率多于前世"。又"不知所以济之",经济更加困顿。作者以个人的亲身体验、观察,较全面、系统地总结分析了北宋经济的发展状况,对北宋王室的侈靡逸乐、昏庸无能进行了鞭挞与揭露。词语虽然和婉,但其分析却一针见血,切中肯綮。文章由对北宋历史的回溯,

推导出"持盈守成,艰于创业之君。盖盈之必溢,而成之必毁"的结论。意谓保守已成的事业比创业更艰难。因钱财聚多则必造成奢侈腐化之风,而腐化堕落必然使既得的事业毁于一旦。作者认为这是一条不可逃脱的历史法则。

那么,怎样才能做到盈而不毁呢? 文中又进一步提出了"德"与"法"的问题,并举出秦隋、汉唐为例,说明有法无德或有德无法,都不能久长的道理。秦隋"内建百官,外列郡县""皆二世而亡"以其无德。汉文帝虽能恭俭寡欲,专务以德化民,晋武帝任贤使能,容受直言,但因无法,所以身没之后招致叛乱内讧。作者以古鉴今,由无德无法不能久长,进而联系二圣之治。高太后与哲宗虽"安而静,仁而恕""德积于世",然因国库空虚、经济困乏,法度不立,也"未可安枕而卧也"。最后,作者针对当前经济中存在的问题提出解决办法与措施,作为全文的结束。通篇一气呵成,文意贯通,结构严谨,同时,行文又波澜起伏,富于变化。虽属谈论经济之理,但由于征引了大量的史实,所以并不使人感到枯燥乏味,而是觉得妙趣横生,足见作者为文技艺之高超。

这篇文章,古今对照,以古鉴今,寓意深邃,精湛。张来曾称赞苏辙诗如"高山茂林,幽深峭峻"。以此品评《元祐会计录序》亦极为相宜。该文结构绵密,论证精当,它以经济为中轴,展开对政治的论述。论理中能博采史实,古今比衬,把为政必须重视经济生活的道理阐述的十分精深透辟。文中不乏独到的见解与精妙的议论。同时,行文质朴自然,不事雕琢,言简意深,清幽冷峻,虽无一唱三叹之致,但所讲之道理,确实令人钦服。

超然台赋 并叙

【题解】

宋仁宗嘉祐二年(公元 1057 年),苏氏兄弟同榜进士及第,名震京师。嘉祐六年,又同举制科,本来二人都想在政治上大有作为,但在仕途中却并非一帆风顺。特别是宋神宗熙宁年间,任用王安石实行变法,二苏反对王安石的变法措施,由于政见不合,先后被迫外任。辙于熙宁三年(公元 1070 年)出为陈州(今河南淮阳)教授,六年(公元 1073 年)改为齐州(今山东济南)掌书记。轼也于熙宁四年(公元 1071 年)通判杭州。为了兄弟相近,轼"请郡东方",于熙宁七年(公元 1074 年)得以改知密州(今山东诸城)。熙宁九年(公元 1076 年),苏轼"因其城上之废台而增葺之",建成新台,请其弟为之命名,辙于是因名而作此赋。

赋前小叙简介了超然台建筑和命名的经过,透露出苏轼政治上的失意,并提出了作者写作此赋的意图。

正文可分为三层:先写东方日出,携友登台,奏乐饮酒,"放眼于山川"的游乐情景;次抒超脱俗务、忘怀得失的达观胸怀,最后描述月出霜凝、兴尽而归的乐趣。赋中既隐含着对兄弟二人仕途坎坷的人生感慨,又表达了对超然于自我、"惟所往而乐易"的追求,当然更含有这位性格内向、言行谨慎的作者对性格外向、才华横溢、锋芒毕露的兄长的关心、安慰与规劝,也似乎能使人体察出作者对未来新旧党争残酷性的某种预感。对亲人的用心,苏轼当然是心领神会的,从其《超然台记》中所提出的"游于物之外"就"无所往而不乐",便可以知道他们兄弟二人是心心相印了。

由于作者并未亲登超然台,而是从想象中写出,当然不如《超然台记》那样写得具体实在,但却空灵自如,开头写日出登台游宴、中间览物述怀、结尾踏月而归,不仅有景有事有情,情景交融,而且前后照应、完美统一,堪称一篇骚体小赋精品。

【原文】

子瞻既通守余杭①,三年不得代②。以辙之在济南也,求为东州守③。既得请高密④,其地介于淮海之间,风俗朴陋,四方宾客不至。受命之岁,承大旱之余孽,驱除螟蝗,逐捕盗贼,廪恤饥馑⑤,日不遑给⑥,几年而后少安⑦。顾居处隐陋⑧,无以自放⑨，乃因其城上之废台而增葺之⑩，日与其僚览其山川而乐之。以告辙曰："此将何以名之？"辙曰："今夫山居者知山，林居者知林，耕者知原，渔者知泽。安于其所而已，其乐不相及也，而台则尽之。天下之士奔走于是非之场，浮沉于荣辱之海，嚣然尽力而忘反⑪，亦莫自知也，而达者哀之。二者非以其超然不累于物故邪⑫？老子曰：'虽有荣观，燕处超然⑬。'尝试以'超然'命之，可乎？"因为之赋以告曰：

东海之滨，日气所先⑭。峭高台之陵空兮⑮，溢晨景之絜鲜⑯。幸氛翳之收霁兮⑰，逮朋友之燕闲⑱。舒堙郁以延望兮⑲，放远目于山川。设金罍与玉斝兮⑳，清醪洁其如泉㉑。奏丝竹之愤怨兮㉒，声激越而眇绵㉓。下仰望而不闻兮，微风过而激天。曾陟降之几何兮㉔，弃溷浊乎人间㉕。倚轩楹以长啸兮㉖，袂轻举而飞翻㉗。极千里于一瞬兮，寄无尽于云烟。前陵阜之汹涌兮㉘，后平野之澹漫㉙。乔木蔚其蓁蓁兮㉚：兴亡忽乎满前。怀故国于天末兮㉛，限东西之崄艰㉜。飞鸿往而莫及兮，落日耿其夕躔㉝。嗟人生之漂摇兮㉞，寄流栬于海壖㉟。苟所遇而皆得兮，遑既择而后安？彼世俗之私已兮，每自予于曲全㊱。中变溃而失故兮㊲，有惊悼而汍澜㊳。诚达观之无不可兮，又何有于忧患？顾游宦之迫隘兮㊴，常勤苦以终年。盍求乐于一醉兮，灭膏火之焚煎㊵。虽昼日其犹未足兮，燠明月乎林端㊶。纷既醉而相命兮㊷，霜凝磴而跰蹮㊸。马蹄躅而号鸣兮㊹，左右翼而不能鞍㊺。各云散于城邑兮，徂清夜之既阑㊻。惟所往而乐易兮㊼，此其所以为超然者邪？

【注释】

①通守余杭：任余杭通判。宋初鉴于唐五代藩镇权力太大，威胁朝廷，因用文臣知州，并置州、府通判，与知府、知州共理政事。余杭：郡名，治钱塘，即今杭州。

②代：更替。

③东州守：指当时京都东京以东州郡的行政长官。

④高密：指当时的密州，即今山东诸城。

⑤廪恤饥馑：开仓救济饥饿的人民。　廪：粮仓　恤：救济

⑥不遑：来不及。　遑：闲暇。

⑦少安：稍稍安定。　少：稍微，稍稍。

⑧顾：不过，只是。

⑨自放：自由放任，随意消遣。

⑩增葺：增加修理整治。　葺：修理，整治。

⑪嚣然：喧哗、吵闹的样子。　反：通返。

⑫不累于物：不为身外之物所牵连和妨碍。　累：牵累，牵连，妨碍。
邪：通耶。

⑬虽有荣观,燕处超然:见《老子》二十二章。谓即使有荣华游观之地,却不及超脱于物外的安居休息。　　燕:安息。

⑭日气所先:太阳最先照射到的地方。

⑮岿:高大的样子。　　陵空:耸立在空中,陵,通凌。

⑯溢晨景之絜鲜:台上洁净新鲜的景色都流淌出来了。　　溢:满而外流。晨景:清晨的景色。　　絜:同洁,清洁。

⑰幸氛翳之收霁:庆欣云雾的消散。　　幸:高兴,庆欣。　　氛翳:雾气。氛,气。翳,遮蔽。　　收霁:此处云雾消失。霁,消散,收敛,停止。

⑱逮朋友之燕闲:等到朋友闲暇之时。　　逮:及,等到。　　燕闲:闲暇无事。

⑲舒堙郁以延望:舒展开胸中郁闷之气来往远看。　　舒:舒展,放开。堙郁:闷塞,气不舒畅。　　延望:望远。

⑳金罍:酒器名,樽形,用金装饰,有云雷之形的雕刻。《诗经·周南·卷耳》:"我姑酌彼金罍,维以不永怀。"《毛诗》说:"金罍,酒器也。诸臣之所酢(客酌主人,即客给主人敬酒)人君。以黄金饰樽,大一硕(古时容量单位石为硕),金饰龟目,盖刻为云雷之象。"后来泛指酒器。　　玉斝:古代用玉镶嵌的铜制酒器。有三足、两柱。一鋬(器系也,即器物的提梁),圆口平底,盛行于商代。本篇泛指酒器。

㉑醪:本为汁滓酒,即古时未经过滤的带糟的酒。又指浊酒,也泛指酒。

㉒丝竹:乐器,丝为弦乐器,竹为管乐器。

㉓眇绵:幽远。

㉔曾陟降之几何:那职位的升降算什么呢。　　曾:乃,语首助词。　　陟降:上升下降。　　几何:多少。

㉕弃溷浊乎人间:抛弃世俗的污浊。　　溷浊:混浊,污浊。溷,厕所,猪圈。乎:于,在。

㉖倚轩槛以长啸:靠着台前的栏杆和柱子吹着口哨。　　轩:台前沿带栏杆的地方,此指栏杆。　　槛:柱子。　　长啸:蹙口作声。即撮口吹口哨。

㉗袂轻举而飞翻:轻举双袖而舞。　　袂:衣袖。　　飞翻:指衣袖飞舞翻动。

㉘陵阜:土山丘陵。

㉙淡漫:旷远的样子。

㉚蔚:茂盛。　　荟荟:茂盛的样子。

㉛天末:天边,指极远的地方。

㉜峻艰:艰险难行。嵮,高险。

㉝落日耿其夕躔:落日明亮正运行到晚上。　　耿:光明,明亮。　　躔:日月运行五星的度次,指其行经的轨迹。《方言》十二:"日运为躔,月运为逡。"

㉞漂摇:同飘摇,动荡。

㉟寄流枿于海壖:像小树枝一样漂流到海边。　　寄:托。　　枿:同蘖,被砍伐以后新生的小嫩枝。　　海壖:海边的空地。壖,同堧,空地,余地。

㊱曲全:委曲求全。

㊲中变溃而失故:中途改变崩溃而失去原来的样子。

㊳汍澜:流泪的样子。

㊴迫隘:紧迫而狭窄。

㊵灭膏火之焚煎:去掉自身烦恼的熬煎,指从痛苦中解脱出来。《庄子·人间世》有"山木自寇也,膏火自煎也。"　　膏火:灯火。

㊶竢:同俟,等待。

㊷相命:互相差使。

㊸霜凝磴而趼蹒:霜凝结在石阶上而行走不稳。　　磴:石头台阶。　　趼蹒:行不正的样子,即行走不稳。

㊹踟躅:驻足,踏步不前。

㊺翼:辅助,搀扶。　　鞍:用作动词,指在马鞍上坐不稳。

㊻徂:往,到。　　阑:尽。

㊼乐易:愉快和乐。

【鉴赏】

宋神宗熙宁四年(公元 1071 年),苏轼因与王安石政见不一,自请外调,以开封府推官之职通判杭州。熙宁七年(公元 1074 年)又调任密州(今山东诸城市)刺史。苏轼至密州后,曾将其园林北之旧台,加以重新修葺。台修成后,让其弟辙为其命名,辙以"超然台"名之,并为此写了这篇赋。苏轼《超然台记》云:"予弟适在济南,闻而赋之,且命其台曰'超然'",可作为佐证。超然台,在宋密州(今山东诸城市)北城上。此台三面环山(南有马耳山、常山;东有卢山;西有大岘山),一面临水(即潍河),台高大宽广,四周风景优美。苏轼作有《望江南·超然台作》一词,词中云:"春未老,风雨细斜斜。试上超然台上看,半壕春水一城花。烟雨暗千家。"

赋前小序,旨在说明写作此赋的动机与因由。可分四层意思,先述密州地处偏远,交通不便,宾客少至;继而,赞扬其兄治理密州政绩卓著,接言修台原因,是为了日与其同僚,观览山川以自放;最后申述自己命此台为"超然台"之旨意。序文以散文的形式叙写,文笔洒脱自然,不拘不放,层次明晰,井然有序。为帮助读者理解全赋主旨,作了注脚和张本。

这首赋借物抒怀,表现了作者超尘脱俗,随遇而安的思想感情。苏辙生活的时代,正是北宋后期。赵宋王朝处于风雨飘摇之中,社会危机四伏,民族矛盾日益加剧。王安石参政后，积极推行新法，苏氏兄弟因上书论新法，故遭排斥。轼外放余杭，辙为齐州守李师中掌书记。辙时年三十五岁，为而立之年，正是奋发有为之时，但严酷的现实，将他的理想击得粉碎，故其思想处在极度矛盾的状态之中。此赋便是他奋进与退缩、入世与超脱这一心灵深层意识的外化与流溢。

《超然台赋》的构思新颖别致。虽属借物抒怀之作，但赋中所写并非作者亲自登临游观之景物，而是借他人之物，来浇个人心中之块垒。赋文可分为三段。首先，记写其兄苏轼与同僚登台游乐饮宴，遗落尘俗。点明"超然"之旨趣；中间写由登台远眺，所引起的故国之思，兴亡之感，慨叹人生仕途的艰险。说明"超然"的真谛。故国遥远，归途崎岖，世俗皆为一己之私利，排挤压抑贤忠之士，为此，作者深感哀伤："有惊悼而汰澜"正是这种情愫的坦露和形象表现。赋文由外在景物的描绘，转到对个人内在感情的抒发。段尾，作者又以腾挪跌宕之笔势，陡然引出"诚达观之无不可兮，又何有于忧患。"此意谓只要一切听其自然，随遇而安，对不如意的事想得开，那又何必忧愁悲伤呢？至此，"超然"之真谛已明。所以超然，实属不得已而为之。行文起伏跌宕，摇曳多姿，不滞不板。赋的末段，又由宦海的俯仰升沉，壮志不得伸展，兄弟的东西云散，说明要排遣胸中的郁闷凄苦，只有沉溺于痛饮之中，以酒求乐。超然物外，而不为物所累，即是以"超然"命台之意。赋以台命意，借台抒情，处处又紧扣"超然"二字叙写。明为写台，实则揭露北宋朝政之腐败。忠贞贤达之士遭贬。利己者得势，故明达者只能在逆境中自求欢乐，超然物外。这首赋的主旨与苏轼的《超然台记》，实属体异而旨同，具有异曲同工之妙。

这篇赋立意高，用意深。借物写人，以物明志，因物抒情。物为人设，人因物显。借对超然台景观的描写，命名之由来，将作者欲进不能，欲罢不甘，不得已而自我慰藉、自我宽解的矛盾心理状态，抒写得委婉尽情。全赋虽只三百一十余字，但其寓意却十分精深。苏轼曾评辙之文说："汪洋淡泊，有一唱三叹之声，而其秀杰之气，终不可没"（苏轼《答张文潜书》）。此赋正具有这一特色。

墨竹赋

【题解】

文同(1018～1079),字与可,梓州梓潼(今四川盐亭)人,自号笑笑先生、笑笑居士,曾任邛州(今四川邛崃市东南)、洋州(今陕西洋县)、湖州(今浙江吴兴)知州。为人志趣狂放、超尘脱俗,诗文书画俱佳,尤以善画墨竹著称,创墨竹画一派。他是二苏的表兄,苏轼曾师从其学画墨竹,苏辙又与其为儿女亲家,他与三苏文字书画交往尤为密切。本赋作于元丰以前。文章虽沿用赋体传统的主客问答形式,但却是一篇有创新的短小精悍的文赋。文中以画墨竹为中心,熔叙述、描写、议论、抒情于一炉;有铺陈、有渲染、有夸饰,但却不显雕琢;韵散相间,错落有致,堪称赋之佳作。赋一方面就画写竹,以竹托人。竹的秉性是“受命于天,赋形于地,涵濡雨露,振荡风气”,得天地自然之气,超脱于流俗。它“性刚絜而疏直,姿婵娟以闲媚,涉寒暑之徂变,傲冰霜之凌厉”,“追松柏以自偶”,坚贞刚强,狂放潇洒。这是写竹的特性。而文与可爱竹、画竹,“朝与竹乎为游,莫与竹乎为朋”,钟情于竹,整个身心与竹合为一,因而是透过竹来表现墨竹画者的人品,而作者在当时政治上失意中的感情追求和操守,也就深寓其中了。另一方面,在赞美墨竹画的过程中,通过与可谈创作过程与体验,写他的“隐乎崇山之阳,庐乎修竹之林,视听漠然,无概乎予心”,全身心地投入,进入物我两忘的境界,达到“悦之而不自知”,于是乎“忽乎忘笔之在手,与纸之在前,勃然而兴,而修竹森然”。这正是一种艺术创作的境界。苏轼也有《文与可画篔筜谷偃竹记》,兄弟二人同写文氏墨竹画,同写文氏人品,又各从不同角度阐明了重要的艺术创作理论,试将二文对照阅读,可见异曲同工、相得益彰之妙。

【原文】

与可以墨为竹,视之良竹也①。客见而惊焉,曰:“今夫受命于天,赋形于地②。涵濡雨露③,振荡风气④。春而萌芽,夏而解弛⑤。散柯布叶⑥,逮冬而遂⑦。性刚絜而疏直⑧,姿婵娟以闲媚⑨。涉寒暑之徂变⑩,傲冰雪之凌厉。均一气于草木⑪,嗟壤同而性异⑫。信物生之自然,虽造化其能使⑬?今子研青松之煤⑭,运脱兔之

375

毫⑮。睥睨⑯墙堵,振洒缯绡⑰。须臾而成,郁乎萧骚⑱。曲直横斜,秾纤庳高⑲。窃造物之潜思⑳,赋生意于崇朝㉑。子岂诚有道者耶㉒?"

与可听然而笑曰㉓:"夫予之所好者道也,放乎竹矣㉔。始予隐乎崇山之阳㉕,庐乎修竹之林㉖。视听漠然㉗,无概乎予心㉘。朝与竹乎为游,莫与竹乎为朋㉙。饮食乎竹间,偃息乎竹阴㉚。观竹之变也多矣。若夫风止雨霁㉛,山空日出。猗猗其长㉜,森乎满谷㉝,叶如翠羽㉞,筠如苍玉㉟。澹乎自持㊱,凄兮欲滴㊲。蝉鸣鸟噪,人响寂历㊳。忽依风而长啸㊴,眇掩冉以终日㊵。笋含箨而将坠㊶,根得土而横逸㊷。绝涧谷而蔓延㊸,散子孙乎千亿。至若丛薄之余㊹,斤斧所施㊺。山石荦埆㊻,荆棘生之。蹇将抽而莫达㊼,纷既折而犹持㊽。气虽伤而益壮,身已病而增奇。凄风号怒乎隙穴,飞雪凝冱乎陂池㊾。悲众木之无赖㊿,虽百围而莫支[51]。犹复苍然于既寒之后,凛乎无可怜之姿[52]。追松柏以自偶[53],窃仁人之所为[54]。此则竹之所以为竹也。始也余见而悦之,今也悦之而不自知也。忽乎忘笔之在手,与纸之在前。勃然而兴[55],而修竹森然。虽天造之无朕[56],亦何以异于兹焉?"

客曰:"盖予闻之:庖丁[57],解牛者也,而养生者取之;轮扁[58],斲轮者也,而读书者与之。万物一理也,其所从为之者异尔[59]。况夫夫子之托于斯竹也,而予以为有道者,则非耶?"与可曰:"唯唯[60]。"

【注释】

①良:确实。

②赋形于地:从大地得到形体。　赋:交给,给予。文中谓被给予。

③涵濡雨露:受雨露的滋润浸灌。　涵濡:滋润浸渍。

④振荡风气:在风与气中受到振荡。

⑤解弛:指竹笋叶松开脱落。

⑥柯:竹枝。

⑦逮冬而遂:到冬天长成。　逮:及,到。　遂:成。

⑧絜:同洁。

⑨姿婵娟以闲媚:姿态美好而娴雅妩媚。　姿:姿态。　婵娟:形态美好。闲媚:娴静文雅妩媚。

⑩涉寒暑之徂变:经历寒冷炎热的变迁。　涉:越过,经历。徂变:迁移,变化,变迁。

⑪均一气于草木:和草木一样同受一天地自然之气。

⑫壤同而性异:所处环境相同而秉性却不一样。　壤,土壤,引申为地域环境。

⑬造化:大自然。

⑭青松之煤:墨。古时墨多用松木烧出的烟灰为原料制成。

⑮脱兔之毫:毛笔。古时毛笔多用兔毛制成。

⑯睥睨:眼睛斜着向旁边看。

⑰振洒缯绡:在丝绸上运笔挥洒,指运笔绘画。 振洒:挥笔画画。 缯绡:丝绸。此指用以作画的绢绸。

⑱郁乎萧骚:茂盛的竹林随风吹而动发出响声。 郁乎:茂盛的样子。萧骚:象声词,风动竹声。

⑲秾纤:大小粗细。 庳高:高下长短。 庳:短,矮,低下。

⑳窃:盗取,偷得。 潜思:深藏的思想。

㉑赋生意于崇朝:在短暂的时间里给予生命的活力。 生意:生命的活力,富有生命力的气象。 崇朝:从天亮到早饭之前,喻时间短促。

㉒诚:确实,实在,真的。 道:规律。

㉓听然:笑的样子。

㉔放乎竹矣:指将身心投放于竹了。

㉕崇山之阳:高山之南。 阳:山南为阳。

㉖庐:房屋,引申为居住。

㉗视听漠然:指精神专注,仿佛什么也听不到看不见。 漠然:无声无息地样子。

㉘无概乎予心:思想上对什么都不考虑、不关心。 概:系念,关切。

㉙莫:通暮。

㉚偃息:安卧,安静地躺着。

㉛雨霁:雨停。

㉜猗猗:长的样子,长长的。

㉝森乎:茂密众多的样子。 谷:山谷

㉞翠羽:绿色的羽毛。

㉟筼如苍玉:坚硬竹皮像碧玉一样。 筼:坚硬的竹皮。

㊱澹乎自持:淡泊自守。

㊲凄兮:清冷寒凉的样子。

㊳寂历:寂静空旷。

㊴长啸:撮口吹口哨。

㊵眇:细小低微。 掩冉:日光被遮蔽不透光亮。

㊶箨:竹笋壳。

㊷横逸:横向外伸。

㊸绝:穿过。

㊹丛薄：草木丛生的地方。

㊺斤：横刃的斧。　　施：加，用。

㊻荦埆：石头多的样子。

㊼塞：语首助词。

㊽纷：众多。　　　　持：保持原状。

㊾凝沍：冻结。　　陂池：池塘。

㊿无赖：无依靠。

51百围：谓极其粗大。围，长度单位，其长度说法不一，有围等于三寸、五寸、八尺之说，有径尺为围、一抱为围之说。　　　　支：支持住。

52凛乎：凛然，态度严肃，令人敬畏的样子。

53追松柏以自偶：追求以松柏做伴侣，即和松柏一样。

54窃仁人之所为：私下取法仁人的行为。

55勃然：兴起的样子。　　兴：起。

56天造：自然生成。　　朕：行迹。

57庖丁三句：见《庄子·养生主》，意谓庖丁解牛之术符合养生之道。故事写庖丁解牛时能达到"官知止而神欲行"，此处用以喻创作过程中进入忘我的境界。

58轮扁三句：见《庄子·天道》轮扁斲轮故事。轮扁以自己砍凿制造车轮中的体验，说明得心应手的道理。此处用以喻作画的创作理论。

59尔：同耳，而已。

60唯唯：恭敬而顺从的应声词。

【鉴赏】

《墨竹赋》是苏辙赋中的代表作。这篇赋采用主客对答的形式，赞美文与可画艺的精湛高妙，含蓄而隽永地颂扬了他高洁的人格与刚直纯朴的德操，从而表现了作者的思想情趣和审美理想。

墨竹，即墨绘之竹。"东坡先生文章翰墨，照耀千古，复能留心笔墨，戏作墨竹。师文与可，枯木奇石，时出新意"（《画鉴》）。文与可，即文同，北宋著名画家，擅画墨竹。画竹叶创深墨为面、淡墨为背之法，主张画竹必先"胸有成竹"，此说对后世创作构思影响颇大。苏轼画竹，就是以文与可为师。与可是苏氏兄弟的表兄和挚友。他在任洋州（今陕西洋州）知州时，曾以洋州箦笃竹为题材画赠苏轼。与可死后苏轼写有《文与可画箦笃谷偃竹记》一文以示悼念。记中曾引用了苏辙《墨竹赋》中的一段文字："子由为《墨竹赋》以遗与可，曰：'庖丁，解牛者也，而养生者取之；轮扁，斲轮者也，而读书者与之。今夫夫子之托予斯竹也，而予以为有道者，则非邪？'子由未尝画也，故得其意而已；若予者，岂独得其意，并得其法。"这段引文说明与可的画竹理论与方法,不仅可用来指导绘画和文艺创作,用于读书和学习,也极有裨益。苏轼在文中转引苏辙的话,既表达了兄弟二人对与可的赞扬与敬佩之情,同时进一步拓宽了与深化了与可画艺理论和方法的价值与意义。

这篇赋一开头,即单刀直入,起笔扣题,以点睛之笔,极写与可所画墨竹之妙绝,"视之良竹也。"这里的"良"字不单单是"好"的意思,还蕴含着"真""美"之意。正因其所画墨竹惟妙惟肖,形似神似,故"客见而惊焉"。开头虽寥寥数字,就使人对与可所画墨竹有一总的认识,实属精工之笔。接着文章借客人问话,形象地

描述了竹子生长的环境条件及成长过程:竹子得风雨阳光的滋润,由萌芽、长茎、生枝、布叶直至长成高耸的竹箭,其土壤与环境虽与一般草木相同,但其禀性却与之迥异;它坚韧刚劲,挺拔孤直,娴静文雅,虽经炎酷暑寒,依然桀骜凌厉,奋发向上。与可的墨竹画,突出地显示了竹子的特有品格。其所绘之竹,千姿百态,生机盎然,富有强大的生命力与艺术魅力。段末用"子岂诚有道者耶?"的设问句一转,就为下文与可的论画提供了依据,做了铺垫。

与可的一席回答,则是他画艺理论精华的形象体现。与可因长期与竹子生活在一起,他住在竹林之中,昼与竹子交游,暮与竹子为友;白天吃饭在竹间,晚上睡在竹阴,全神贯注地观察竹子在各种不同环境下的变化,细致地体味竹子的特性,对外界的一切事物漠然置之,全不放在心上。正因为他对所画之物不仅做到熟悉、深知、了如指掌、娴熟于心的地步,而且,对竹子产生了一种特殊的感情,见竹而"悦之",甚至到了"不自知"的境地。所以,他画起竹来,挥洒自如,"须臾而成"。所绘之竹精美,卓绝,栩栩如生。这一段文字描绘细腻、深沉。作者采用因情布景,借景言理,以景赞人的手法,将人、景、情、理四者熔于一炉,使内容显得蕴藉深厚,耐人品玩,留不尽之意于言外。

由评墨竹画,论画竹,进而赞扬与可艺术修养的高深,将与可画竹法提高到哲理的高度来认识,这是赋的第三段内容的要旨。在这一段文字里,作者引用了两个典故:"庖丁,解牛者也,而养生者取之"。这一寓言出自《庄子·养生主》,意思是说庖丁解剖数千只牛而刀刃不卷,文惠君从中悟出修身养性的道理。文中借此寓言说明,与可画竹挥笔而就,就在于他掌握了竹子的特性与规律,做到了"胸有成竹"。"轮扁,斫轮者也,而读书者与之"的典故,则见于《庄子·天道》篇,轮扁是个善造车轮的工匠,他以自己造车轮的体会,使得读书于堂上的齐桓公懂得了技艺只能从实践中获得而无法传授的道理。以此说明与可精湛的画艺,高超的技术,是从实践中得到的。喜竹、爱竹、嗜竹成癖,心为竹所感,加之独特的画艺,这些正是与可画墨竹取得高度成就的诀窍。至此,与可这个名画家的形象,便活灵活现地浮现在读者面前,令人油然而生敬佩之意。

这篇赋构思精巧,独具匠心。全赋以"道"为主线贯穿首尾。但在各段中,"道"字的含义又有所不同:第一段中的"子岂诚有道者耶?"中的"道"是指奥秘、诀窍而言,第二段中的"夫子之所好者道也"的"道"则寓含着客观事物运动变化的规律之意,说明艺术家应善于将客观事物的外在形象,通过个人内心的主观感受,幻化成生动的、活脱脱的艺术形象表现出来的道理。而末段中的"而予以为有道者",既指秘诀,又包含有特殊技巧、方法的意思,与赋首相呼应,使得全赋布局严谨,浑然天成,妙合无垠。

赋是介于诗与散文中的一种古文体。这篇小赋,既继承了汉赋"体物写志"的传统,而又扬弃其"铺陈过繁"的弊病。全赋文采斐然,行文流畅跌宕,语言简洁凝练而又寓意深邃,实堪称宋赋中文情并茂、辞质相彰之佳作。

汉赋中的句式大多为四六句式的对应与交错。而苏辙的这篇小赋,虽然也以四六句为主,但却灵活多变,音韵节奏跳荡活泼,自由而充畅地表达出作者对友人与可的赞颂与仰慕之情。苏辙对赋这一文体的革新与实践,对宋赋的发展无疑是起了积极作用的。

卜居赋 并引①

【题解】

这是一篇长歌当哭之作。先写父子两代卜居洛阳而不果,次写官场遭贬姑居颍川以存身,再写彭眉路遥欲归老泉而不得,最后则借佛老旷达用所遇而安以自慰。叙事委曲宛转,感情跌宕起伏,语言往复回环,一曲九折、一唱三叹,如泣如诉,似歌似哭,凄凉哀婉,写尽作者一生仕途坎坷、宦海升沉的天涯沦落之感,道出了人生道路艰难曲折的悲苦与辛酸。读之令人回肠荡气,无限感伤,情不自已。引与正文,意虽重复,但反复正是加深,更增添了沉重之感。

【原文】

昔予先君②,以布衣学四方③,尝过洛阳,爱其山川,慨然有卜居意④,而贫不能遂⑤。予年将五十,与兄子瞻皆仕于朝,裒囊中之余⑥,将以成就先志⑦,而获罪于时⑧,相继出走。予初守临汝⑨,不数月而南迁⑩,道出颍川⑪,顾犹有后忧,乃留一子居焉,曰:"姑俟口于是。"既而自筠迁雷⑫,自雷迁循⑬,凡七年而归。颍川之西三十里有田二顷。而傫庐以居⑭。西望故乡,犹数千里,势不能返。则又曰:"姑寓于此⑮。"居五年,筑室于城之西,稍益买田,几倍其故,曰:"可以止矣。"盖卜居于此,初非吾意也。昔先君相彭、眉之间为归全之宅⑯,指其庚壬曰⑰:"此而兄弟之居也⑱。"今子瞻不幸已藏于郏山矣⑲,予年七十有三,异日当追蹈前约。然则颍川亦非予居也。昔贡少翁为御史大夫⑳,年八十一,家在琅琊㉑,有一子年十二,自忧不得归葬。元帝哀之㉒,许以王命办护其丧。谯允南年七十二终洛阳㉓,家在巴西,遗令其子轻棺以归。今予废弃久矣,少翁之宠非所敢望,而允南归事庶几可得。然平昔好道,今三十余年矣。老死所未能免,而道术之余,此心了然,或未随物沦散,然则卜居之地,惟所遇可也。作《卜居赋》以示知者。

吾将卜居,居于何所?西望吾乡,山谷重阻。兄弟沦丧,顾有诸子。吾将归居,归与谁处?寄籍颍川㉔,筑室耕田。食粟饮水,若将终焉。念我先君,昔有遗言:父子相从,归安老泉。阅岁四十,松竹森然。诸子送我,历井扪天㉕。汝不忘我,我不忘先。庶几百年㉖,归扫故阡㉗。我师孔公㉘,师其致一㉙。亦入瞿昙、老聃之室㉚。

此心皎然[31]，与物皆寂[32]。身则有尽，惟心不没。所遇而安，孰匪吾宅[33]？西从吾父，东从吾子。四方上下，安有常处？老聃有言[34]："夫惟不居，是以不去[35]。"

【注释】

①卜居：原意为用占卜选择定居之地。此处泛指选择定居之地。引：即序。作者为避祖父苏序之讳而改用引。

②先君：指已故的父亲苏洵。

③布衣：庶人之服，用为平民的代称。　　学：游学，周游讲学。

④慨然：感叹的样子，感慨。

⑤遂：成功。

⑥裒：聚，聚和。囊中：囊中，口袋里。

⑦先：先人、先父，指已故之父。

⑧获罪：得罪。指绍圣以后，兄弟屡遭贬谪之事。

⑨临汝：即汝州，治所梁县（今河南临汝县东）。绍圣元年（公元 1094 年）三月，苏辙以门下侍郎贬知汝州。

⑩南迁：又遭贬去往南方。绍圣元年六月，苏辙降左朝议大夫，知袁州。七月，降守本官试少府监，分司南京，筠州居住，九月至筠州。

⑪颍川：县名，今河南许昌。

⑫筠：筠州，治所高安（今属江西）。　　雷：雷州，州治海康（今属广东）。绍圣四年（公元 1097 年）二月，苏辙再贬为化州别驾，雷州安置。六月至雷州。

⑬循：循州，治所龙川县（今广东龙川县西南佗城）。元符元年（公元 1098 年）八月，苏辙移循州安置。元符三年（公元 1100 年），苏辙回至颍川。

⑭僦：租赁。　　庐：房屋。

⑮寓：寄居，暂时居住。

⑯相：观察，打量。　　彭：彭州，今四川彭州市。　　眉：眉州，今四川眉山市，为作者故乡。　　归全之宅：最后安身之所。苏洵于英宗治平二年（公元 1065 年）葬于四川彭山市安镇乡可龙里。

⑰庚壬：西北方。西方为庚，北方为壬。

⑱而：你们。

⑲不幸：此指死，苏轼于建中靖国元年七月二十八日逝世于常州。　　藏：谓埋葬。　　郏山：在今河南郏县境。

⑳贡少翁：汉琅琊人，名禹。以明经洁行，元帝时征为博士，累官至御史大夫。事见《汉书》本传。　　御史大夫：其位仅次于丞相，主管弹劾、纠察以及掌管图籍秘书。与丞相、太尉合称三公。

㉑瑯琊:也写作琅玡。郡名,今山东诸城一带。

㉒元帝:刘奭,前48~前33年在位。

㉓谯允南:三国蜀巴西充国人,名周,在蜀官至光禄大夫。以劝蜀主刘禅降魏,魏封为阳城亭侯。入晋,拜骑都尉。《三国志·蜀志》有传。

㉔寄籍:寄居。

㉕历井:越过很多乡邑。 井:古时居家有井,引申为乡里。扪天:摸天,形容极高。

㉖庶几:期望。

㉗扫:指祭祀。 阡:墓道,指坟墓。

㉘孔公:孔子。

㉙致一:达到一。孔子曾说"吾道一以贯之。"

㉚亦入瞿昙、老聃之室:对佛、道学说达到了精深阶段。 瞿昙:佛教创始人释迦牟尼,代指佛教。老聃:老子,被道教奉为始祖,代指道教。 入室:比喻技艺的成熟达到精深阶段。《论语·先进》:"由也升堂矣,未入于室也。"

㉛皎然:洁白纯净。

㉜与物皆寂:与万物同归于静。

㉝孰匪吾宅:何处不是我的安居之所。 匪:通非,不是。

㉞老聃有言:见《老子》第二章。

㉟夫惟两句:《老子》原意谓功成而不自居功,所以能常处于有功之处。此借用其意,谓不安居于一个固定的地方,也就是离不开任何一个地方。

【鉴赏】

这篇小赋,为苏辙晚年之作。赋前有一小引。引,文体名。徐师曾说:"唐以后始有此体,大略如序而稍为短简,盖序之滥觞也"(《文体明辨》)。此引,主要说明自己择颍川(今河南许昌市东)而居的经过和原因,委婉曲致地表达出思归不得,随遇而安的闲适心境。

苏辙虽才智卓荦,闻名遐迩。但其一生命运乖戾,仕途偃蹇。因论事忠直,敢于直谏,故屡遭贬迁。辙十九岁进士及第。嘉祐六年(公元1061年)与其兄轼同应制举,因其在御制对策中直言抨击仁宗皇帝,在朝中引起激烈争论,不得已以"奏乞留京养亲"未就仕职。治平二年(公元1065年),出任大名府推官。熙宁元年返京,任制置三司条例司检详文字。后又因上书神宗,言辞激切地指斥新法,出任陈州、齐州。熙宁九年(公元1076年)王安石罢相,被诏回改著作佐郎,签书南京判官。后又以其兄轼因诗"谤讪朝廷"罪,上书营救,贬谪筠州。元丰八年(公元1085年)旧党当政,辙虽又被召回京都供职,但不久哲宗亲政,新党重新得势,辙因上疏,反对新政，又被外放，出任地方官。后一贬再贬，由汝州再贬袁州，道出颍川时，留长子苏迟、次子苏适寓居颍川，仅携幼子苏逊同行。苏辙诗云："老谪讧江南岸，万里修烝尝。三子留二子，嵩少道路长"(《次迟韵》)。元符三年(公元1100年)苏辙便辞官，隐居颍川，过田园隐逸生活，终日默坐参禅，读书著述，"不复与人相见，终日默坐，如是者几十年"(《宋史·苏辙传》)。苏辙从十九岁涉足仕途，六十二岁离开官场，历经了宦海浮沉的生涯，亲睹了朝臣的奸诈权变，目击朝政的黑暗腐败，体味了人世间的甘辛炎凉。岁暮之年，又一再遭贬，故晚年变得沉郁寡欢，对世事冷漠泰然，而倾心于坐禅拜佛。从这首小赋及其引文里，可以清楚了解苏辙暮年时的生活和心境。

这篇短赋，仅一百六十三字。但文短旨深，言简意丰。作者通过倾诉自己寓居异地思乡恋归的心情，抒发入世与出世，留与归的思想矛盾。赋的首段，先写择居颍川与思归眉山的复杂心情，故乡"山谷重阻"，其兄轼葬于河南临汝，诸子在颍川，有庐有田，为生活计，只好寄居在此，但仍希冀死后，能将其

运回故里。此段虽托寄死后之意，但笔调却十分轻快，毫无伤感悲哀之情。接着写自己思想的发展变化，"我师孔公，师其致一。"孔公，即孔子。此句意谓我自始至终都是以孔子为师的。孔子一生热心救世，作者以孔子为师，即言明自己早年有救世济物之志，至老而不衰。但社会的黑暗，朝廷的腐败无能，仕途的坎坷遭逢，使得他心灰意冷。既然世不可救，志不能伸，只有超脱污浊的尘俗，拜佛求道，寂然而终。从文章的表面看，作者的心境是淡泊的，坦荡的。但若将"我师孔公，师其致一"与"亦入瞿昙，老聃之室，此心皎然"联系起来，就可以知道作者心情的矛盾复杂和积愤之深。最后以老子之言"夫惟不居，是以不去"结束全文。老子原文是"万物作而不辞，生而不有，为而不恃，功成而弗居，夫唯弗居，是以不去。"原意为赞扬圣人不以有功自居，所以人们就归功于他。苏辙引用此句，意在说明自己不是不想回归

故乡,只是无法返回。这只是其表层之意。深层意思则为:我本想为国家干一番事业,但因时不我与,只有"志于山林"。末尾语意双关,含蓄蕴藉,寓意深沉,耐人回味,具有无尽的情韵。

这篇小赋,夷旷萧散,淳蓄渊涵。虽述卜地而居之事,但却寄意深远。作者借寓居他乡,死葬故土之意,抒发个人仕途的升沉俯仰,表达对现实的不满与愤懑。文笔平和纾徐,明白晓畅,充分体现了苏辙汪洋淡泊的风格。全赋运用四言句式,因而具有整齐匀称之美。该赋虽以排忧抒愤为旨,但因其音韵和谐,声调高亢,通篇情意激荡,充满了生气与活力,一扫汉魏小赋那种哀怨悲伤之情调,为抒情言志小赋开辟了一条新的途径,增添了新的表现手法。就这一点来看,《卜居赋》实堪称宋代抒情小赋中的佳品。

唐宋八大家散文评论选编

一、历史渊源

南阳刘勰尝论文章之难云："意翻空而易奇，文征实而难工。"此语亦是。沈、谢辈为儒林宗主，时好作奇语，故后生立论如此。好作奇语，自是文章病。但当以理为主，理得而辞顺。文章自然出群拔萃。观杜子美到夔州后诗，韩退之自潮州还朝后文章，皆不烦绳削而自合矣。往年尝请问东坡先生做文章之法，东坡云："但熟读《礼记·檀弓》，当得之。"既而取《檀弓》二篇读数百过，然后知后世做文章不及古人之病，如观日月也。文章盖自建安以来，好作奇语，故其气象衰苶，其病至今犹在。唯陈伯玉、韩退之、李习之、近世欧阳永叔、王介甫、苏子瞻、秦少游，乃无此病耳。（宋黄庭坚《豫章黄先生文集》卷十九《与王观复书三首》）

至唐之韩愈、柳宗元，始创为法，以及宋之欧阳修、苏洵父子、王安石、曾巩，首尾虚实，不可移易。犹三百年汉、魏之诗，长短疏散，随意所之。至唐，变为律，而宫商严整，规矩确然，不敢乱也。（清贾开宗《壮悔堂遗稿》卷首《侯朝宗古文逸稿序》）

其有卓然越于流俗者，汉贾谊、董仲舒、司马迁、刘向之属，皆在高惠。以后韩、柳，则当唐之既衰。有宋庆历、嘉祐之间，欧、曾并起。此数君子者，各成一代之文，声施后祀。（清吴伟业《梅村家藏稿》卷二十七《陈百史文集序》）

唐、宋诸家文，自茅鹿门选八家，人徇以为然。究之唐、宋，不止八家，八家亦疵类不少。凡学者当有所别择，然后以材力各造其所至。……余沉酣于秦、汉三十余年，始要归于唐、宋。凡所为文，始认庵以为庐陵，已熊愚斋诸先生以为南丰，余皆甚愧之。末学无常师，安敢自矜为定论。秦、汉不足以掩大家，而八家必取资于《史》《汉》，以《史》《汉》之文渊薮也。然余尤以《史记》为特绝，若《货殖》等篇，其联娟隐秀，史家未有。子长以"洁"许《离骚》，柳子厚又以太史致其洁。"洁"之一字，为千古文字金针。（清黄与坚《论学三说》《文说》）

子长世表、年表、月表序，义法精深变化，退之、子厚读经、子、永叔史、志、论，其

源并出于此;孟坚《艺文志》《七略序》,淳实渊懿,子固序群书目录,介甫序《诗》《书》《周礼仪》,其源并出于此。……退之、永叔、介甫俱以志、铭擅长。但序事之文,义法备于《左》《史》;退之变《左》《史》之格调,而阴用其义法;永叔摹《史记》之格调,而得其风神;介甫变退之之壁垒,而阴用其步伐。学者果能探《左》《史》之精蕴,则于三家志、铭,无事规抚,而自与之并矣。故于退之诸志,奇崛高古清深者,皆不录。录《马少监》《柳柳州》二志,皆变调,颇肤近,盖志、铭宜实征事迹,或事迹无可征,乃叙述久故交亲,而出之以感慨,《马志》是也。或别生议论,可兴可观,《柳志》是也。于永叔独录其叙述亲故者,于介甫独录其别生议论者,各三数篇。其体制皆师退之,俾学者知所从入也。(清方苞《方苞集》卷十二《古文约选序例》)

柳子厚文本《国语》,却每每非《国语》;曾子固文宗刘向,却每每短刘向。虽云文人反攻,然学之者深,则知之者至,故能举其病也。(清王应奎《柳南随笔》卷一)

仆以为欲奏雅者先绝俗,欲复古者先拒今。俗绝不至,今拒不儳,而古文之道思过半矣。韩子非三代两汉之书不观,柳子自言所得,亦不过《左》《国》《荀》《孟》《庄》《老》

《太史》而已。当唐之时,所有之书,非若今之杂且夥也,然而拒之唯恐不力,况今日之仆邀相从,纷纷喋喋哉?(清袁枚《小仓山房文集》卷三十五《与孙俌之秀才书》)

六经、圣人之文,其言至精至大,万物毕具。圣人既没,迄乎战国之时,诸子百家,纷纭淆乱,惟孟子、荀卿采六经之文以著书,发明仁义礼乐之旨,粹如也,廓如也。自是厥后,作者代兴,而司马子长、韩退之杰然相望于千百年中,如山之有泰、华焉;即其辞考之,违于道者,亦鲜矣。盖古之能为文者,理莫畅于孟子、荀卿,法莫备于子长、退之。此四君子者;其文皆本于六经,由其道可以上达于孔氏,后之学者为文而求合于圣人之道者,舍四君子其奚适哉?虽然四君子之文具在,学之而能至焉者寡也。(清吴德旋《初月楼文钞》卷四《小岘山人文集序》)

至于八家，昌黎取材至富，虽原本于《孟子》，而得笔不止一家。柳州以下，皆得之韩、吕二子，永叔、东坡所得尤多。夫所贵于子书者，谓其晰理必至精，论事必至当，言情必至显，为后人所不能及耳。非谓其制体修辞，异于后人，遂以为新奇可喜也。（清包世臣《艺舟双楫》论文《复李迈堂祖陶书》）

西汉文章，如子云、相如之雄伟，此天地遒劲之气，得于阳与刚之美者也，此天地之义气也。刘向、匡衡之渊懿，此天地温厚之气，得于阴与柔之美者也，此天地之仁气也。东汉以还，淹雅无惭于古，而风骨少隤矣。韩、柳有作，尽取扬、马之雄奇万变，而内之于薄物小篇之中，岂诡哉！欧阳氏、曾氏皆法韩公，而体质于匡、刘为近。文章之变，莫可穷诘，要之不出此二途，虽百世可知也。……至若葛、陆、范、马，在圣门则以德行而兼政事也。周、程、张、朱，在圣门则德行之科也，皆义理也。韩、柳、欧、曾、李、杜、苏、黄，在圣门则言语之科也，所谓词章者也。许、郑、杜、马、顾、秦、姚、王，在圣门则文学之科也。顾、秦于杜、马为近，姚、王于许、郑为近，皆考据也。此三十二子者，师其一人，读其一书，终身用之，有不能尽。（清曾国藩《曾文正公文集》卷二《圣哲画像记》）

二、唐宋八大家创作群体的形成

1.古文运动的先声

战国以来，孟轲、扬雄氏发挥大道，以左右六经。然雄之去孟轲，其纯已不及矣。降于六朝之浮华，不论也。昌黎韩子倡于唐，而河东柳氏次之。五季之败腐，不论也。庐陵欧阳子倡于宋，而南丰曾氏、临川王氏及蜀苏氏父子次之。盖韩之奇，柳之峻，欧阳之粹，曾之严，王之洁，苏之博，各有其体，以成一家之言。固有不可至者，亦不可不求其至也。予尝读之，若《原道》《原毁》，由孟轲之后，诸子未之能及。至宗元《守原议》《桐叶封弟辩》，凿凿乎是非之公，使圣人复作，无以易之，其他驰骋上下，先后相发，诚乐之而不厌，信言之异乎雷霆海涛、笙竽琴瑟、气与形之相轧相成者矣。（明贝琼《清江贝先生文集》卷二十八《唐宋六家文衡序》）

文章，经国之要也，岂直一艺而已哉！而与时升降，其变不一。在唐，则宗昌黎韩子；在宋，则宗庐陵阳子。韩子之文祖于孟子，而欧阳子又祖于韩子，皆所谓杰出于千百者也。（明贝琼《清江贝先生文集》卷二十八《潜溪先生宋公文集序》）

孔子之系《易》曰："其旨远，其辞文。"斯固所以教天下后世为文者之至也。然而及门之士，颜渊、子贡以下，并齐鲁间之秀杰也，或云，身通六艺者七十余人，文学之科，并不得与，而所属者仅子游、子夏两人焉。何哉？盖天生贤哲，各有独禀，譬则泉之温，火之寒，石之结绿，金之指南，人于其间，以独禀之气，而又必为之专一，以致其至。伶伦之于音，神灶之于占，养由基之于射，造父之于御，扁鹊之于医，僚之于丸，秋之于弈，彼皆以天纵之智，加之以专一之学，而独得其解，斯固以之擅当时而名后世，而非他所得而相雄者。孔子没，而游、夏辈各以其学授之诸侯之国，已而散逸不传。而秦人燔经坑学士，而六艺之旨几辍矣。汉兴，招亡经，求学士，而晁错、贾谊、董仲舒、司马迁、刘向、扬雄、班固辈，始乃稍稍出，而西京之文，号为尔雅。崔、蔡以下，非不矫然龙骧也，然六艺之旨渐流失。魏、晋、宋、齐、梁、陈、隋、唐之间，文日以靡，气日以弱，强弩之末，且不及鲁缟矣，而况于穿札乎？昌黎韩愈首出而振之，柳柳州又从而和之，于是始知非六经不以读，非先秦两汉之书不以观。其所著书、论、序、记、碑、铭、颂、辩诸什，故多所独开门户，然大较并寻六艺之遗略，相上下而羽翼之者。贞元以后，唐且中坠，沿及五代，兵戈之际。天下寥寥矣。宋兴百年，文运天启，于是欧阳公修从隋州故家覆瓿中偶得韩愈书，手读好之，而天下之士，始知通经博古为高，而一时文人学士，彬彬然附离而起。苏氏父子兄弟，及曾巩、王安石之徒，其间材旨小大，音响缓亟，虽属不同，而要之于孔子所删六艺之遗，则共为家习而户眇之者也。（明茅坤《唐宋八大家文钞》，《唐宋八大家文钞总序》）

魏、晋以后，宋、齐、梁、陈迄于隋、唐之际，孔子六艺之遗，不绝如带矣。昌黎韩退之之崛起德、宪之间，溯孟轲、荀卿、贾谊、晁错、董仲舒、司马迁、刘向、扬雄及班掾父子之旨，而揣摩之。于是时，誉者半，毁者半。独柳宗元、李翱、皇甫湜、孟郊二、三辈，相与游从，深知而笃好之耳。何则，于举世聋聩中，而欲独以黄钟大吕铿鍧其间，甚矣其难也。又三百年，而欧阳公修、苏公轼辈相继出，始表章之，而天下之文复趋于古。（明茅坤《唐宋八大家文钞》，《韩文公文钞引》）

《新书·文苑传序》："唐兴百余年，诸儒争自名家。大历、贞元间，美才辈出，擩哜道真，涵泳圣涯，于是韩愈倡之，柳宗元、李翱、皇甫湜等和之，唐之文完然为一代法，此其极也。"是宋景文谓唐之古文由韩愈倡始，其实不然。按《旧书·韩愈传》：大历、贞元之间，文字多尚古学，效扬雄、董仲舒之述作。独孤及、梁肃最称渊奥，愈从其徒游，锐意钻仰，欲自振于一代。举进士，投文公卿间，故相郑馀庆为之延誉，由是知名。是愈之先，早有以古文名家者。今独孤及文集尚行于世，已变骈体为散文。其胜处有先秦、西汉之遗风，但未自开生面耳。又如陆宣公奏议，虽亦不脱骈偶之习，而指切事情，纤微毕到，其气又浑灝流转，行乎其所不得不行，此岂可以骈偶少之？此皆在愈之前，固已有早开风气者矣。（清赵翼《廿二史劄记》卷二十《唐古文不始于韩柳》）

文莫盛于西汉，贾、董醇朴之思，子长横厉之气，长卿和雅之度，子政渊博之才，子云幽渺之旨，数百季得此数人，异曲同工，不能偏废。即王子渊之靡丽，开魏晋六朝之风，亦彬彬乎雅人深致矣。韩子之文，无美不备。《平淮西碑》学长卿，《上宰相书》学子政，《进学解》学子云，其传记、序事之文多学子长，而《原道》诸作则贾、董之文也。然皆以神似，不以貌似。后之学韩子者，句摹字似，按节循声，訾之者以为是东施之颦、寿陵之步耳。且韩子之文非独俗儒不及也。宋欧、曾、苏、王皆学韩子，欧、曾之文善用柔，不及韩子之刚，苏、王之文善布虚，不及韩子之实，此其故不可思乎？韩子之论曰："行之乎仁义之途，游之乎诗书之原。"欲学其文者，先立其志。（清黄式三《儆居集·子集》一《读韩子文集》）

2.韩、柳——唐代古文运动的领袖

韩文公与孟东野友善。韩公文至高，孟长于五言，时号孟诗韩笔。元和中，后进师匠韩公，文体大变。又柳柳州宗元、李尚书翱、皇甫郎中湜、冯詹事定、祭酒杨公、余座主李公，皆以高文为诸生所宗，而韩、柳、皇甫、李公皆以引接后学为务。（唐赵璘《因话录》卷三）

高摘屈、宋艳，浓薰班、马香。李、杜泛浩浩，韩柳摩苍苍。近者四君子，与古争强梁。（唐杜牧《樊川文集》卷一《冬至日寄小侄阿宜》）

史臣曰：贞元、大和之间，以文学耸动搢绅之伍者，宗元、禹锡而已。其巧丽渊博，属辞比事，诚一代之宏才。……韩李二文公，于陵迟之末，遑遑仁义，有志于持世范，欲以人文化成，而道未果也。至若抑杨、墨、排释、老，虽于道未弘，亦端士之用心也。赞曰：天地经纶，无出斯文。愈、翱挥翰，语切典坟。牺鸡断尾，害马败群。僻涂自噬，刘、柳诸君。（五代刘昫《旧唐书》卷一百六十《韩愈柳宗元传》）

唐代韩愈、柳宗元洎李翱数君子之文，凌轹荀、孟，秕糠颜、谢，所仰宗者，惟梁浩补阙而已。（五代孙光宪、蒋之翘辑注本《唐柳河东集》卷首诸家评语）

世称韩退之、柳宗元萌一意，措一词，苟非美颂时政，则必激扬教义。故识者观文于韩、柳，则警心于邪僻，抑末抉本，跻人于大道可知也。（宋田锡《咸平集》卷二《贻陈季知书》）

锡以是观韩史部之高深，柳外郎之精博，……锡既拙陋，皆不能宗尚其一焉。（宋田锡《咸平集》卷二《贻宋小著书》）

年始十五、六，学为章句。越明年，赵先生指以韩文，野夫遂家得而诵读之。……迨年及冠，先大夫以称讳，野夫深得其韩文之要妙，下笔将学其为文。……或问退之、子厚优劣。野夫曰："文近而道不同。"或人不谕。野夫曰："吾祖多释氏，于以不迨韩也。"（宋柳开《河东先生集》卷二《东郊野夫传》）

未得科名鬓已衰，年年憔悴在京师。妻装秋卷停灯坐，儿趁朝餐乞米炊。尚对交朋赊酒饮，遍看卿相借驴骑。谁怜所好还同我，韩柳文章李杜诗。（宋王禹偁《小畜集》卷十《赠朱严》）

有唐三百年，用文治天下。……惟韩吏部超卓群流，独高遂古，以二帝、三王为根本，以六经、四教为宗师，凭陵辚轹，首唱古文，遏横流于昏垫，辟正道于夷坦。于

是柳子厚、李元宾、李翱、皇甫湜又从而和之，则我先圣孔子之道，炳然悬诸日月，故论者以退之文可继扬、孟，斯得之矣。（宋姚铉《唐文粹》卷首《唐文粹序》）

予观尧典舜歌而下，文章之作，醇醨迭变，代无穷乎？惟抑末扬本，去郑复雅，左右圣人之道者难之。近则唐正元、元和之间，韩退之主盟于文，而古道最盛。懿僖以降，寝及五代，其体薄弱。皇朝柳仲塗起而麾之，髦俊率从焉。仲塗门人，能师经探道有文于天下者多矣。（宋范仲淹《范文正公集》卷六《尹师鲁河南集序》）

唐有天下三百年，文章无虑三变。高祖、太宗，大难始夷，沿江在余风，缔句绘章，揣合低印，故王、杨为之伯。玄宗好经术，群臣稍厌雕琢，索理致，崇雅黜浮，气益雄浑，则燕、许擅其宗。是时，唐兴已百年，诸儒争自名家。大历、贞元间，美才辈出，搰咮道真，涵泳圣涯，于是韩愈倡之，柳宗元、李翱、皇甫湜等和之，排逐百家，法度森严，抵轹晋、魏，上轧汉、周，唐之文完然为一王法，此其极也。（宋宋祁《新唐书》卷二百一《文艺传序》）

唐之初，承陈隋剥乱之后，余人薄俗，尚染齐、梁流风，文体卑弱，气质丛脞，犹未足以鼓舞万物，声明六合。逮章武皇帝负羲、轩之姿，怀唐、虞之才，卓然起立于轩墀之上，武功戡定海内，刮疵剔瑕，乾清坤宁，以文德化成天下，惊潜烛幽，雷动日润。韩史部愈应期会而生。学独去常俗，直以古道在己，乃以《空桑》《云和》，千数百年希阔泯灭已亡之曲，独唱于万千人间。众人耳惯所听唯郑、卫惉懘之声，忽然闻其太古之上无为之世雅颂正始之音，恍惚茫昧，如丧聪，如失明，有骇而哑走者，有陋而窃笑者，有怒而大骂者。丛聚嘲噪，万口应答，声无穷休。爱而喜、前而听、随而和者，唯柳宗元、皇甫湜、李翱、李观、李汉、孟郊、张籍、元积、白乐天辈，数十子而已。吏部志复古道，奋不顾死，虽摈斥摧毁，十百千端，曾不少改所守；数十子亦皆协赞附会，能穷精毕力，效吏部之所为。故以一吏部数十子力，能胜万百千人之众，能起三数百年之弊。唐之文章，所以坦然明白，揭于日月，浑浑灏灏，浸如江海。同于三代，驾于两汉者，吏部与数十子之力也。（宋石介《徂徕石先生全集》卷二《上赵先生书》）

盖唐之古文，自韩愈始，其后学韩而不至者，为皇甫湜。学皇甫湜而不至者，为孙樵。自樵以降，无足观矣。（宋苏轼《苏轼文集》卷十《谢欧阳内翰书》）

唯韩退之、柳子厚始复杰然知古作者之意。古今文辞，变态已极，虽源流不免有所从来，终不肯屋下架屋。《进学解》即《答客难》也，《送穷文》即《逐贫赋》也，小有出入，便成一家。子厚《天对》《晋问》《乞巧文》之类，高出魏晋，无后世因缘卑陋之气。至于诸赋，更不蹈袭屈原、宋玉一句，则二人皆在严忌、王褒上数等也。（宋叶梦得《避暑录话》卷上）

穆修伯长，在本朝为初学好古文者。始得韩、柳善本，大喜，自序云："天既餍我以韩，而又饫我以柳，谓天不予飨过矣。"欲二家文集行于世，乃自镂板鬻于相国寺。

性伉直不容物,有士人来,酬价不相当,辄语之曰:"但读得成句,便以一部相赠。"或怪之,即正色曰:"诚如此。修岂欺人者?"士人知其伯长也。皆引去。(宋朱弁《曲洧旧闻》卷二)

唐以诗文取士,三百年中,能文者不啻千余家,专其美者,独韩、柳二人而已。柳稍不及,止又一韩。(宋叶世杰、蒋之翘辑注本《唐柳河东集》卷首诸家评语)

学古文必自韩、柳始。两家文学剥落,柳为尤甚。国初文章,承唐末五代之弊,卑弱不振。至天圣间,穆修、郑条之徒唱之,欧阳文忠,尹师鲁和之,格力始回,天下乃知有韩、柳。(宋沈晦《柳宗元集》附录《四明新本河东先生集后序》)

唐初,犹踵徐、庾骈俪纤艳之病。韩、柳提衡而作贞元、元和之文,乃无愧西汉。自武德、贞观以来,凡更三变,乃始近古。其难哉!(宋陈造《江湖长翁文集》卷三十三《吴门芹宫策问二十一首其三》)

二帝三王无文人,仲尼之门,虽曰文学,亦无后世篇题辞章之文,故先秦不论文。骚人作而辞赋盛,故西汉始论文,时则有扬雄之书;东汉复论文,时则有蔡邕之书。建安以来,诗文益盛,语三国,则有魏文帝、陈思王之论;语晋宋,则有陆机、沈约之作;折衷南北七代,则有文中子之说;至李唐,则韩、柳氏为规矩大匠。如韩之《答李翊》《上于襄阳》《答尉迟生》《与冯宿》,柳之《与杨京兆》《答韦中立》《报陈秀才》《答韦珩》《复杜温夫》《与友人》等作,加之以李翱之《答王载言》《寄从弟正辞》,皇甫湜之《答李生》《复答李生》,下逮欧、王、苏、黄之论议,则穷原极委,无所不至其极,无法复可说,百世有余师矣。……自贾谊、董仲舒、刘向、扬雄、班固,至韩、柳、欧、苏氏,作为文章,而有文章之法。皆以理为辞,而文法自具。篇篇有法,句句有法,字字有法,所以为百世之师也。故今之为文者,不必求人之法以为法,明夫理而已矣。……古文之法,则本韩、柳;论议之法,则本欧、苏。……韩文公每语人以力去陈言,当自作,但识字,言从字顺,识职而已,不当蹈袭故烂。谓宏词、词赋为俳优,皆此意也。然则前人不足法欤!文有大法,无定法。观前人之法而自为之,而自立其法。彼为绮,我为锦;彼为榭,我为观;彼为舟,我为车,则其法不死,文自新而法无穷矣。"(元郝经《郝文忠公陵川全集》卷二十三《答友人论文法书》)

世道有升降,风气有盛衰,而文运随之。故自周衰,圣人之遗言既熄,诸子杂家并起而汩乱之。汉兴,董生、司马迁、扬雄、刘向之徒出,而斯文始近于古。迨其后也,曹、刘、沈、谢之刻镂,王、杨、卢、骆之纤艳,又靡然于当时。至唐之久,而昌黎韩子以道德仁义之言,起而麾之,然后斯文几于汉。奈何元气仅还,而剥丧戕贼,已浸淫于五代之陋,直至宋之刘、杨,犹务抽青媲白,错绮交绣以自炫。后七十余年,庐陵欧阳氏又起而麾之,而天下文章,复侔于汉唐之盛。(明戴良《九灵山房集》卷十二《夷白斋稿序》)

唐开元盛时,杜甫、李白、高适、储光羲、王维诸贤,至大历以后已两变矣。当时以文名家者,有韩愈、柳宗元、李翱、张籍之徒,相与奋起,振六朝五季漓浇之习,而自成一家之言。……夫诗文至五季,坏亦极矣。而元和中昌黎公特振衰颓,以古文自任。其议论正大,气象雄伟,可以羽翼六经。而柳宗元得叙事之体,变化莫测,起伏层迭。昔人评其文曰:韩愈之文出于经,柳宗元之文出于

史。故一时文人响应。……今昌黎原道功业,为唐独出,血食庙庭。而柳州、李翱、张籍之文,为世所珍,是和其声而鸣其盛,非穷悲而自鸣矣。而今而后,知人能文章,其命之遇与不遇,盖不足悲喜也。(明刘成德《唐张司业诗集》卷首《唐司业张籍诗集序》)

记者,纪也。《禹贡》《顾命》,义固记祖,未有名也。《戴记》《学记》,《文选》又不载焉,以非后世文辞同也。故以韩、柳为祖。记其日月人事,后略为议论而已,与志无远焉。……题跋,汉、晋诸集未载,惟唐韩、柳有读某书某文题,宋欧、曾又有跋语,其意不大相远,故《文鉴》《文类》总曰题跋。其意不可堕入窠臼,其辞贵乎简健峭拔,跋尤甚于题也。(明郎瑛《七修类稿》卷二十九诗文类《各文之始》)

魏晋以来,始有四六之文,然其体犹未纯。……至于沿习既久,遂成蹊径。文酒燕集,宾主谈谐,辄用偶语。此亦天地间不得不变之势矣。然昌黎文初出,即裴晋公亦骇而弗许。盖习尚之渐入也如此。河东之为文,则异于是。(明王志坚《评选四六法海》卷首《四六法海原序》)

韩愈之文,当愈之时,举世未有深知而尚之者。二百余年后,欧阳修方大表章之,天下遂翕然宗韩愈之文,以至于今不衰。(清叶燮《原诗》卷二《内篇》下)

3.欧阳修——宋代古文运动的旗手

及景祐中,与尹师鲁偕为古学。已而有诏,戒天下学者为文使近古。学者尽为古文,独公古文既行,世以为模范。自两汉后五、六百年有韩愈,愈之后,又数百年

而公继出，李翱、皇甫湜、柳宗元之徒，不足多也。盖公之文备众体，变化开阖，因物命意，各极其工，其得意处，虽退之未能过。（宋吴充《欧阳文忠公文集》附录卷一《欧阳公行状》）

自汉以来，道术不出于孔氏，而乱天下者多矣。晋以老庄亡，梁以佛亡，莫或正之，五百余年而后得韩愈，学者以愈配孟子，盖庶几焉。愈之后二百有余年而后得欧阳子，其学推韩愈、孟子以达于孔氏，著礼乐仁义之实，以合于大道。其言简而明，信而通，引物连类，折之于至理，以服人心，故天下翕然师尊之。……士无贤不肖不谋而同曰："欧阳子，今之韩愈也。"予得其诗文七百六十六篇于其子棐，乃次而论之曰："欧阳子论大道似韩愈，论事似陆贽，记事似司马迁，诗赋似李白。此非余言也，天下之言也。（宋苏轼《苏轼文集》卷十《六一居士集叙》）

当世皆以为自两汉后五、六百年，有韩退之；退之之后，又数百年而公继出。自李翱、柳宗元之徒，皆不足比。然公之文，备尽众体，变化开阖，因物命意，各极其工，或过退之。……嘉祐二年，先公知贡举。时学者为文，以新奇相尚，文体大坏。公深革其弊，一时以怪僻知名在高等者，黜落几尽。（宋欧阳发《欧阳文忠公文集》附录卷五《先公事迹》）

韩退之之文，得欧公而后发明。（宋张戒《岁寒堂诗话》卷上）

一代文章，必有一代宗主。然非一代英豪，不足当此责也。韩退之抗颜为师，虽柳子厚犹有所忌，况他人乎？予观国初文章，气体卑弱，犹在五代余习，自穆修等始作为古文，学者稍稍从之，然未盛也，及欧阳公、尹师鲁辈出，然后国朝之文始极于古。然欧阳公作《师鲁墓志》，但言其简而有法而已，不以古文断自鲁始也。世以此公平日与师鲁厚善，亟称其文字，乃于此若有所惜，何哉？石守道作《三豪诗》曰：曼卿豪于诗，杜默豪于歌，永叔豪于文。默之歌岂可与欧公比？而公有赠默诗云："赠之三豪篇，而我滥一名。"不以为诮者，此公恶争名。且为介讳也。公既不争名于杜默，而复有惜于师鲁乎？……今欧阳公若以古文始自师鲁，则前有穆修，及有宗先达甚多，此岂其本心哉？无乃亦自留一着耳。（宋陈善《扪虱新话》卷一《文章必有宗主》）

韩文重于今世，盖自欧公始倡之。公集中拟韩作多矣，予能言其相似处。公《祭吴长文文》似《祭薛中丞文》，《书梅圣愈诗稿》似《送孟东野序》，《吊石曼卿文》似《祭田横墓文》。盖其步骤驰骋，亦无不似，非但效其句语而已。（宋陈善《扪虱新话》卷二《欧阳多拟韩作》）

以文体为诗，自退之始。以文体为四六，自欧阳公始。（宋陈善《扪虱新话》卷三《以文体为诗四六》）

《盘公序》云："坐茂林以终日，濯清泉以自洁。采于山，美可茹；钓于水，鲜可食。"《醉翁亭记》云："野花发而幽香，佳木秀而繁阴。临溪而渔，溪深而鱼肥；酿泉为酒,泉香而酒冽。山肴野蔌,杂然而前陈。"欧公文势,大抵化韩语也。然"钓于水,鲜可食"与"临溪而渔,溪深而鱼肥""采山"与"山肴前陈"之句,烦简工夫,则有不侔矣。(宋洪迈《容斋三笔》卷一《韩欧文语》)

古不以文名,而其文垂后,邈不可及。人非学而能,何道使然哉!后之人有志于古,必力学。仅自立学,虽力而不至焉者皆是也。古文衰于东京,至唐韩、柳则盛,未几复衰,至本朝欧公复盛。起衰为盛,非学力深至不能予是焉。(宋陈造《江湖长翁文集》卷三十一《题六君子古文后》)

后世之文,久则必弊,救弊必有其人。本朝继唐而治,士不业文而进,世且耻之。故科举取士,足以奔走天下英俊。名公巨儒,建立功名,多出于此文乎?文其不关国体之衰盛,系士气之厚薄哉!国初之文,五代萎苶之气未除也。士君子思革其弊,穆修、柳开倡为古文,天下仿之,往往用意过当,聱牙僻涩,至不可读。欧阳公力去其弊,苏长公自科举出,亦尝为梅公言之一二。文忠之救弊,其视唐之韩、柳难易如何?孰优而孰劣耶?(宋陈造《江湖长翁文集》卷三十三《吴门芹宫策问二十一首其三》)

三代而降,薄乎秦、汉,文章虽与时盛衰,而蔼如其言,晔如其光,皦如其音,盖均有先王之遗烈。涉晋、魏而弊,至唐韩愈氏振起之。唐之文,涉五季而弊,至宋欧阳修又振起之。挽百川之颓波,息千古之邪说,使斯文之正气,可以羽翼大道,扶持人心,此两人之力也。愈不获用,修用矣,亦弗克究其所为,可为世道惜也哉!(元脱脱《宋史》卷三百一十九《欧阳修传》)

国初,杨亿、刘筠犹袭唐人声律之体,柳开、穆修志欲变古而弗逮。庐陵欧阳修出,以古文倡,临川王安石、眉山苏轼、南丰曾巩起而和之,宋文日趋于古矣。(元脱脱《宋史》卷四百三十九《文苑传序》)

西汉之兴,作者麻列,然生龙活虎,变化莫御,司马子长一人而已。建武以后,是气萎靡;贞元、元和之间,是气复振。庐陵之师昌黎也,尽变其奇奇怪怪之词,而不失其浑灏流转之气。眉山继之,纵横捭阖,无以加矣。故词气并胜者,唐文也;气胜词者,宋文也。夫气胜词,似不若词气并胜者尤光焰万丈也。然文固以气为主。(清储欣《唐宋十大家全集录》凡例)

4. 王、曾、三苏

有蜀君子曰苏君,讳洵,字明允,眉州眉山人也。君子行义修于家,信于乡里,闻于蜀之人久矣。当至和、嘉祐之间,与其二子轼、辙偕至京师,翰林学士欧阳修得其所著书二十二篇,书既出,而公卿士大夫争传之。其二子举进士,皆在高等,亦以文学称于时。眉山在西南数千里外,一日,父子隐然名动京师,而苏氏文章遂擅天下。(宋欧阳修《欧阳文忠公文集》卷三十四《故霸州文安县主簿苏君墓志铭》)

嘉祐初,始与其二子轼、辙复去蜀,游京师。今参知政事欧阳修为翰林学士,得其文而异之,以献于上。既而欧阳公为礼部,又得其二子文,擢之高等。于是三人之文章盛传于世,得而读之者皆为之惊,或叹不可及,或慕而效之,自京师至于海隅障徼,学士大夫莫不人知其名,家有其书。(宋曾巩《曾巩集》卷四十一《苏明允哀辞》)

二苏出于西川,人无知者,一旦拔在高等,榜出,士人纷纷惊怒怨谤。其后,稍稍信服。而五、六年间,文格遂变而复古,公之力也。(宋欧阳发《欧阳文忠公文集》附录卷五《先公事迹》)

张安道与欧文忠素不相能……嘉祐初,安道守成都,文忠为翰林。苏明允父子自眉州走成都,将求知安道。安道曰:"吾何足以为重,其欧阳永叔乎?"不以其隙为嫌也。乃为作书办装,使人送之京师谒文忠。文忠得明允父子所著书,亦不以安道荐之非其类,大喜曰:"后来文章当在此。"即极力推誉,天下于是高此两人。(宋叶梦得《避暑录话》卷下)

老苏尝自言升里转斗里量,因闻此遂悟文章妙处。文章纡余委曲,说尽事理,惟欧阳公得之。至曾子固加之,字字有法度,无遗恨矣。(宋吕本中《童蒙诗训》,《作文有悟入处》)

唐文章三变,宋朝文章亦三变矣。荆公以经术,东坡以议论,程氏以性理,三者要各自立门户,不相蹈袭。然其末流,皆不免有弊。(宋陈善《扪虱新话》卷二《唐宋文章皆三变末流不免有弊》)

文字到欧、曾、苏,道理到"二程",方是畅。荆公文暗。(宋朱熹《朱子语类》卷一百三十九)

五季承唐之靡,而宋复振之,以绍唐之元和。其间庐陵先鸣,而眉山、南丰为辅。卒之士人所附,萃于长公,而庐陵不自功矣。(明《苏文忠公全集》卷首《宋苏文忠公全集叙》)

去其痕而一以平行之,则欧、曾也。苏则锋于立论,而衍于驰骋。八家大同小异,要归雅驯,学者鼓箧,门从此入。至于尽变,更须开眼。(明方以智《通雅》卷首之三文章薪火)

南丰先生之文,原本六经,出入于司马迁、班固之书,视欧阳庐陵几欲轶而过之,苏氏父子远不如也。(清张伯行重订《唐宋八大家文钞》,《曾文引》)

文字之兴,萌芽于柳开、穆修,而欧阳修最有力,曾巩、王安石、苏洵父子继之,始大振。(清姚范《援鹑堂笔记》卷四十四文史谈艺)

足下论文,不尚摹拟是也。然而摹拟之说亦未可厚非也。永叔之学子长,介甫之学退之,彼固未尝句模而字仿之,而其行文之轨辙各有所从出焉,岂漫然任意而为之哉?(清吴德旋《与林仲骞书》)

5.定名八大家

天下之技莫不有妙焉，而况于文乎？不得其妙，未有能入其室者也。是故三代以来为文者至多，尚论臻其妙者，春秋则左丘明，战国则荀况、庄周、韩非，秦则李斯，汉则司马迁、贾谊、董仲舒、班固、刘向、扬雄，唐则韩愈、柳宗元、李翱，宋则欧阳修、王安石、曾巩及吾祖老泉、东坡、颍滨，上下数千百年间，不过二十人尔。岂非其妙难臻，故其人难得欤！虽然，之二十人者之于文也，诚至于妙矣，其视六经，岂不有迳庭也哉！（明苏伯衡《苏平仲文集》卷三《杂说》）

文以载道，道也者，庖牺氏以来不易之旨也。孔、孟没而圣学微，于是六艺之旨，散逸不传。汉兴鉴秦，招亡经，求学士，虽不敢望圣学，秦之所燔始稍稍出，共为因言析义，考究异同，故西京之文号为尔雅。而魏晋以还，惟唐韩昌黎愈、柳柳州宗元、宋欧阳学士修，及苏氏父子兄弟、曾巩、王安石辈之八君子者，赋材不同，然要之并按古六艺及西京以来之遗响而揣摩之者，其在孔门，不敢当游、夏列而大略因文见道，就中擘理。盖尝就世之所称正统者论之，六经者，譬则唐虞三王也。西京而下，韩昌黎辈，譬则由汉而唐而宋间及西蜀、东晋是也。世固有盛衰，文亦有高下，然于国之正统，或为偏安，或为播迁，语所谓浸微浸昌不绝如带是也。其他虽富如崔、蔡，藻如颜、谢，譬则草莽之裂土而王是已，况于近代文人学士乎哉？仆间尝手评次之为八大家，如别册，妄臆鄙度，已载总序及诸引中，不审公谓然否？（明茅坤《茅鹿门先生文集》卷五《与王敬所少司寇书》）

八大家刻一部附上。韩、欧以下，近来文章家且谓汉西京后薄不足为，而仆则妄谓八君子者，其材之大小不同，要之于六籍以来相传之旨，似各能获其隽永而为之者。故一切镌评，并为指次如此。仆故知不免为世所嗤笑，而今且得公印证，颀然与之。语不云乎，苟同于道，虽不同于俗亦可也。（明茅坤《茅鹿门先生文集》卷八《与万思默督学书》）

唐之韩子，宋之欧阳子，力挽六朝五季之陋，而天下翕然共趋于古，此所谓开风气之先者也。然韩子之于李翱、皇甫湜、张籍之徒，汲汲皇皇抉而进之，欧阳子之于苏氏、介甫、子固诸人，非其荐举与棘院所收，则其受业之门人。其急之也，不啻父之于子，兄之于弟。彼二子者，其于友如此，其护持斯文何如也？然是二子者，天既假以寿考，得大成其文章，而又尊位光宠于朝，可以尽汲引当时之士，故后世无以过。（明艾南英《天佣子集》卷二《续刻周伯誉遗稿序》）

大约古文一道，自《史记》后，东汉人败之，六朝人又大败之，至韩、柳而振，至欧、曾、苏、王而大振。其不能尽如《史记》者，势也。然文至宋而体备，至宋而法严，至宋而本末源流遂能与圣贤合。恐太史公复生，不能不抚掌称快。（明艾南英《天佣子集》卷五《再答夏彝仲论文书》）

伯贤当日亦以理学文章自命,于《春秋传》《国语》则有类编,于战国先秦两汉则有《秦汉文衡》,于唐宋则首定韩、柳、欧阳、曾、王、三苏文为《八先生文集》。(清朱彝尊《静志居诗话》卷二朱右)

世传"唐宋八大家"之目系鹿门茅氏所定,非也。临海朱伯贤定之于前矣。彼云六家者,合三苏为一尔。今文抄本大约出于王道思、唐应德所甄录,茅氏饶于赀,遂开雕以行。即其评语,称关壮缪为关寿亭,不亦刺谬甚与!(清朱彝尊《静志居诗话》卷十二茅坤)

世传所谓"唐宋八大家"者,系归安茅氏所定,而临海朱伯贤实先之。朱竹垞则谓大约出于唐应德、王道思所甄录,茅氏饶于赀,遂刊之行耳。余观此书颇斤斤于起伏照应波澜转折之间,而其中一段精神命脉不可磨灭之处,却未尽着眼,有识者恒病之。(清王应奎《柳南续笔》卷三《茅选唐宋八家》)

唐兴,修六代之史,有史裁而无史笔,魏徵以史论,燕、许以手笔,陆贽以奏议榜子,杨绾、常衮、权德舆以制诰,意虽盛,气虽雄,犹沿六代之偶俪。昌黎韩愈氏出,约六经之旨,起八代之衰,辅之以李翱,角之以柳宗元,衍之以皇甫湜、孙樵,奸穷怪变,大放厥词,有唐一代文章,崒然耸于千载之表。近代何大复病狂丧心,乃以为古文亡于韩,屠长卿谓欧阳、苏、曾、王之文,读之不欲终篇,此桀犬之吠,叔孙武叔之毁,不足校也。贞元以后,承以五季之弊陋,穆修、柳开、胡旦欲以古义复之,力薄而不能振,庐陵一变而为宕逸,南丰一变而为敦庞,临川一变而为坚瘦,眉山父子推波助澜,厥旨始畅。乾淳以往,非无作者,要皆其支流余裔,而非能自立一帜者也。元末临川朱氏始标"八家"之目,迄今更无异辞。居平持论,古之为文者一,今之为文者二。为古文而不源于"八家",支离嵬琐,其失也俗;为今时文而不出于"八家",肤浅纤弱,其失也庸。夫文以传示远近,震耀一世之具,而诚不免于俗与庸之诮,则毋宁卷舌而不道矣。(清杭世骏《道古堂文集》卷八《古文百篇序》)

凡类其人而名之者,一时之称也。如周有八士,舜有五人,汉有三杰,唐有四子是也;未有取千百世之人,而强合之为一队者也。有之者,自鹿门八家之目始。明代门户之习,始于国事而终于诗文,故于诗则分唐、宋,分盛、中、晚,于古文又分为八,皆好事者之为也,不可以为定称也。夫文莫盛于唐,仅占其三;文亦莫盛于宋,苏占其三。鹿门当日其果取两朝文而博观之乎?抑亦就所见所知者而撮合之乎?且所谓一家者,谓其蹊迳之各异也。三苏之文如出一手,固不得判而为三;曾文平纯,如大轩骈骨。连缀不得断,实开南宋理学一门,又安得与半山、六一较伯仲也?……或问:有八家则六朝可废欤?曰:一奇一偶,天之道也;有散有骈,文之道也。文章体制,如各朝衣冠,不妨互异,其状貌之妍媸,固别有在也。天尊于地,偶统于奇,此亦自然之理。然而学六朝不善,不过如纨绔子弟熏香剃面,绝无风骨止矣;学八家不善,必至于村媪呶呶,顷刻万语而诗文滥焉。读八家者当知之。(清袁枚《小

仓山房文集》卷三十《书茅氏八家文选》）

　　坤有《徐海本末》，已著录。《明史·文苑传》称坤善古文，最心折唐顺之。顺之所著《文编》，唐宋人自韩、柳、欧、三苏、曾、王八家外，无所取，故坤选《八大家文钞》。考明初朱右，已采录韩、柳、欧阳、曾、王、三苏之作，为《八先生文集》，实远在坤前。然右书今不传，惟坤此集，为世所传习。凡韩愈文十六卷，柳宗元文十二卷，欧阳文三十二卷，附五代史钞二十卷，王安石文十六卷，曾巩文十卷，苏洵文十卷，苏轼文二十八卷，苏辙文二十卷，每家各为之引。说者谓其书本出唐顺之，坤据其稿本，刊版以行，攘为己作，如郭象之于向秀。然坤所作序例，明言以顺之及王慎中评语标入，实未讳所自来，则称为盗袭者诬矣。其书初刊于杭州，岁久漫漶。万历中坤之孙著，复为订正而重刊之，始以坤所批五代史，附入欧文之后。今所行者，皆著重订本也。（清纪昀《四库全书总目提要》卷一百八十九集部总集类四《唐宋八大家文钞一百六十四卷》通行本）

　　李绍序《苏文忠公集》云："古今文章作者非一人，其以之名天下者，唯唐昌黎韩氏、河东柳氏、宋庐陵欧阳氏、眉山二苏氏及南丰曾氏、临川王氏七大家。"（清钱大昕《十驾斋养新录》卷十六《七大家》）

　　"八家"之名，起自元静海朱氏，其录本不传，传者明茅氏本。其所标伸缩剪裁诸法，大概皆为功令文之法。归震川、唐荆川、李大泌诸君子，孰非工于功令文者？诸君子以"八家"之法为功令文，故其功令文最古；诸君子遂以功令文之法为古文，故其古文最不古。若今代之古文家，则又扬不古之余波而扇之者也。故曰古文之失传，业五百年也。（清蒋湘南《七经楼文钞》卷四《与田叔子论古文书》）

　　唐宋八家，初为《八先生集》实订于明朱右，茅鹿门特踵其说耳。八家之理，不必尽醇，而其文则南宋以来无能出其范围者。何、李一倡秦汉之说，而牛鬼蛇神已不可耐，是真可八而不可九哉！（清秦笃辉《平书》卷七文艺篇上）

　　六经、四子皆载道之文，而不可以文言也。汉兴，贾谊、董仲舒、司马迁、相如、刘向、扬雄之徒，始以文名，犹未有文家之号。唐韩氏、柳氏出，世乃畀以斯称。明临海朱右取宋欧、曾、王、苏四家之文以辈韩、柳，合为六家。归安茅氏，又析而定之为八。（清戴钧衡《方望溪先生全集》卷首《重刻方望溪先生全集序》）

　　国朝钱大昕《养新录》云：李绍序《苏文忠集》云：古今文章，作者非一人，其以之名天下者，惟唐昌黎韩氏、河东柳氏、宋庐陵欧阳氏、眉山二苏氏及南丰曾氏、临川王氏七大家。自注云："明成化四年，江西吉安府重刊《大苏七集》，绍为之序。绍，庐陵人。"按：茅鹿门所定八大家本此，但增入老苏耳。（清俞樾《茶香室续钞》卷十四《唐宋七大家》）

三、历史地位

1.八家综论

是时宋兴八十余年，海内无事，异材间出。欧阳文忠公赫然特起，为学者宗师。公稍后出。遂与文忠公齐名。（宋曾肇《曾巩集》附录《南丰先生行状》）

韩退之文，浑大广远难窥测；柳子厚文，分明见规模次第。学者当先学柳文，后熟读韩文，则工夫自见。（宋吕本中《童蒙诗训》，《韩柳文》）

学文须熟看韩、柳、欧、苏，先见文字体式，然后更考古人用意下句处。（宋吕本中《童蒙诗训》，《文字体式》）

自古称齐名甚多，其实未必然。如姚、宋，则宋之守正非姚比也。韩、柳、元、白四人，出处邪正不同。人言刘、白，而刘之诗亦胜白公。至如近代欧、梅、苏、黄，而子瞻文章去黄远甚，黄之诗律，苏亦不逮也。（宋陈长方《步里客谈》卷下）

唐宋文章，未可优劣。唐之韩、柳，宋之欧、苏，使四子并驾而争驰，未知孰后孰先，必有能辨之者。不学文则已，学文而不韩、柳、欧、苏是观，诵读虽博，著述虽多，未有不陋者也。（宋王十朋《梅溪王先生文集》前集卷十九《读苏文》）

贾谊《过秦论》、班固《公孙洪赞》、韩退之《进学解》，真文中之杰也。予少时诵之至熟，今为昏忘所夺，心能记之，口不能道。聪明不及于前时，宜古人之兴叹也。贾谊赋过相如，扬子云不知也；柳子厚《平淮西雅》过韩退之，子厚自能知之。子厚之文，温雅过班固；退之之文，雄健过司马子长。欧阳公得退之之纯粹，而乏子厚之奇；东坡驰骋过诸公，简严不及也。

唐宋之文可法者四：法古于韩，法奇于柳，法纯粹于欧阳，法汗漫于东坡。余文可以博观，而无事乎取法也。（宋王十朋《梅溪王先生文集》前集卷十九《杂说》）

翰林风月三千首，吏部义章二百年。老去自怜心尚在，后来谁与子争先。"此欧公赠介甫诗也。介甫不肯为退之，故答欧公诗云："他日若能窥孟子，终身何敢望韩公。"由今日观之，介甫之所成就，与退之孰优孰劣，必有能辨之者。予谓欧公此诗可移赠东坡。赠者不失言，当者无愧色。（宋王十朋《梅溪王先生文集》前集卷十九《书欧阳公赠王介甫诗》）

自科举取士以来，如唐韩氏、柳氏，吾宋欧氏、王氏、苏氏，以文章擅天下者，莫非科举之士也。此无他，徒以在场屋时，苦心耗力，凡陈言浅说之可病者，已知厌弃。如都市之玉工，珉玉杂治，积日既久，望而识之矣。（宋陆游《陆游集·渭南文集》卷十三《答邢司户书》）

人要会作文章，须取一本西汉文与韩文、欧阳文、南丰文。

今日要做好文者,但读《史》《汉》、韩、柳而不能,便请斫取老僧头去。

南丰尚解使一二字,欧、苏全不使一个难字,而文章如此好。(宋朱熹《朱子语类》卷一百三十九)

总论看文字法,学文须熟看韩、柳、苏,先见文字体式,然后遍考古人用意下句处。苏文当用其意,若用其文,恐易厌人,盖近世多读故也。(宋吕祖谦《古文关键》卷上)

本朝自明道、景祐间,始以文学相高,故子瞻、师鲁兄弟、欧阳永叔、梅圣俞为文,皆宗主六经,发为文采,脱去晚唐、五代气格,直造退之、子厚之阃奥。故能浑灏包含,莫测涯涘,见者皆晃耀耳目。天下学者,争相矜尚,谓之古文,皆以不识其人,不习其文为深耻。乃不知君子之言本来如此也。(宋王正德《馀师录》卷一《张云叟》)

唐之辞章称韩、柳、元、白。而柳不如韩,元不如白,则皆于大节焉观之。苏文忠论近世辞章之浮靡无如杨大季,而大季以文名,则以其忠清鲠亮大节可考,不以末伎为文也。眉山自长苏公以辞章自成一家,欧、尹诸公赖之以变文体,后来作者相望,人知苏氏为辞章之宗也,熟知其忠清鲠亮,临死生利害而不易其守,此苏氏之所以为文也。(宋魏了翁《鹤山先生大全文集》卷五十五《杨少逸不欺集序》)

江西自欧阳子以古文起于庐陵,遂为一代冠冕。后来者,莫能与之抗。其次莫如曾子固、王介甫,皆出欧门,亦皆江西人。老苏所谓执事之文,非孟子之文,而欧阳子之文也。朱文公谓江西文章如欧阳永叔、王介甫、曾子固,做得如此好,亦知其皓皓不可尚已。(宋罗大经《鹤林玉露》丙编卷三)

宋初承唐习,文多俪偶,谓之"崑体"。至欧阳公出,以韩为宗,力振古学,曾南丰、王荆公从而和之,三苏父子又以古文振于西州,旧格遂变,风动景随,海内皆归焉。然朝廷制诰缙绅表启犹不免作对,虽欧、曾、王、苏数大儒皆奋然为之,终宋之世不废。(宋末元初刘埙《隐居通义》卷二十一骈俪《总论》)

窃独怪夫古之通儒硕人,凡以著述表见于世者,莫不皆有统绪。若曾、孟、周、邵、程、张之于道,屈、贾、司马、班、扬、韩、柳、欧阳、苏之于文,当其一时及门承接之士,固已亲而得之。而遗风余韵,传之后来,犹可以隐隐不灭。(宋末元初戴表元《剡源戴先生文集》卷十一《紫阳方使君文集序》)

西汉之文最近古,历八代浸敝,得唐韩、柳氏而古。至五代复敝,得宋欧阳氏而古。嗣欧而兴,惟王、曾、二苏为卓。之七子者,于圣贤之道未知其何如,然皆不为气所变化者也。(元吴澄《元文类》卷三十四《别赵子昂序》)

为文章,上下驰骋,愈出而愈工,本原六经,斟酌于司马迁、韩愈,一时工作文词者,鲜能过也。少与王安石游,安石声誉未振,巩道之于欧阳修,及安石得志,遂与之异。……曾巩之言于欧阳修、王安石间,纡徐而不烦,简奥而不晦,卓然自成一

家,可谓难矣。(元脱脱《宋史》卷三百一十九《曾巩传》)

文至于隋、唐而靡极矣!韩、柳振之,曰"敛华而实也"。至于五代而冗极矣,欧、苏振之,曰"化腐而新也"。然欧、苏则有间焉。其流也,使人畏难而好易。夫子瞻之文爽而俊,然多用事实。(元陈秀明《东坡文谈录》)

唐、宋论文章,则韩文公、欧阳文忠公;论政事,则陆宣公、范文正公而已。(明王祎《王忠文公集》卷六《宣城贡公文集序》)

唐三百年,得谥为文者,惟韩子为合理。若李翱、权德舆,则不足言矣。宋三百年,得谥为文者,惟王荆公、朱徽公为称情,若杨亿、苏洵则有可议者矣。(明王祎《王忠文公集》卷二十《文评》)

呜呼!人物文章,有盛有衰,其所关系意者天则使然,非人力所能为。昔在唐、宋,韩、欧之出,实当其盛时。时则刘、柳、苏、曾相承并起,有以耸当世文治之巍巍。及其既没,文章遂卑。而君子于此,亦以验其世运之推移。(明王祎《王忠文公集》卷二十三《祭黄侍讲先生》)

盖文与道相表里,不可勉而为。道者气之君,气者文之师也。道明则气昌,气昌则辞达。文者,辞达而已矣。然辞岂易达哉?……唐之韩愈、柳子厚,宋之欧阳修、苏轼、曾巩,其辞似可谓之达矣,若李观、樊宗师、黄庭坚之徒则未也。于道则又难言也。(明方孝孺《逊志斋集》卷十一《与舒君》)

《书》曰:辞尚体要。子曰:辞达而已矣。荀子曰:乱世之征,文章匿采。扬子所云说铃书肆,正谓其无体要也。吾观在昔文弊于宋,奏疏至万余言,同列书生,尚厌观之。……予语古今文章,宋之欧、苏、曾、王,皆有此病,视韩、柳远不及矣;韩、柳视班、马,又不及;班、马比三《传》,又不及;三《传》比《春秋》,又不及。(明杨慎

《丹铅杂录》卷六《辞尚体要》）

　　自有序记文字以来，诸名家之文为记学而作者，唐人皆有愧词，虽韩昌黎《夫子庙》一篇亦为劣。盖唐制立学不广，不但诸家无名文，而诸家之文为学而作者亦少。惟宋庆历诏天下立学制，始盛于郡县，而古文之兴自庆历以后。故宋人之记学者，其文甚多，然惟李盱江《袁州》、欧阳六一《吉州》二记，盛为一代所传。二文要为差强人意，在二公亦非其至者。至曾南丰《宜黄》《筠州》二记，王荆公《虔州》《慈溪》二记，文词义理并胜，当为千古绝笔，而王公视曾犹为差贬焉。（明王慎中《王遵岩先生文集》卷十六《与汪直斋》）

　　方洲尝述交游中语云："总是学人，与其学欧、曾，不若学马迁、班固。"不知学马迁莫如欧，学班固莫如曾。今我此文正是学马、班，岂谓学欧、曾哉！（明王慎中《王遵岩先生文集》卷二十《寄道原弟书十六》）

　　曾子固之才焰，虽不如韩退之、柳子厚、欧阳永叔及苏氏父子兄弟，然其议论必本于六经，而其鼓铸剪裁必折衷之于古作者之旨。（明茅坤《唐宋八大家文钞》，《曾文定公文钞引》）

　　《礼阁新仪目录序》按曾子固所论经术及典礼之大处，往往非韩、柳、欧所及见者。

　　《先大夫集后序》子固阐扬先世所不得志处，有大体，而文章措注处，极浑雄，韩、欧与苏亦当俯首者。（明茅坤《唐宋八大家文钞》，《曾文定公文钞》卷五）

　　韩、柳氏，振唐者也，其文实。欧、苏氏，振宋者也，其文虚。临川氏，法而狭。南丰氏，饫而衍。（明王世贞《艺苑卮言》卷三）

　　论诗文雅正，则少陵、昌黎；若倚马千言，雄辞追古，则杜、韩恐及太白、子厚也。（明胡应麟《少室山房笔丛》卷七续甲部《丹铅新录》三）

　　汉、唐、宋诸名家，如董、贾、韩、柳、欧、苏、曾、王诸公，及国朝阳明、荆川，皆理充于腹，而文随之。（明袁宗道《白苏斋集》卷十七《论文下》）

　　昔人谓唐之韩、柳，即汉之马迁，宋之欧、苏、曾、王，即唐之韩、柳。文章真千古一脉，盖非虚言。（明孙慎行《荆川先生文集》卷首《唐荆川先生文集序》）

　　夫诗文之道，至晚唐而益小，欧、苏矫之，不得不为巨涛大海。至其不为汉、唐人，盖有能之而不为者，未可以妾妇之恒态责丈夫也。（明袁宏道《袁宏道集笺校》卷二十一《答陶石篑》）

　　近日始学读书，尽心观欧九、老苏、曾子固、陈同甫、陆务观诸公文集，每读一篇，心悸口呿，自以为未尝识字。（明袁宏道《袁宏道集笺校》卷二十二《答王以明》）

　　窃谓文至于秦汉止矣，韩、柳之于秦汉，精粗兼举者也，欧、苏、曾、王，得其精而遗其粗者也。然其粗既遗，则其精者亦不全矣。何者？辞太清而气渐薄也。……

韩公百世之师也，无可议者。苏氏父子，惟纯于用虚，故使有才无学者，亦得庶几焉。然亦惟真才者能之，未见其可假也。且真假之分，亦在其人耳，不在门户。真人为之，则无所不真；假人为之，则无所不假。既已假矣，则自六经以至于唐宋，无不可假也，而又何择于柳、欧哉？（明顾大韶《炳烛斋文集》续刻《复友人书》）

韩子、欧阳子始尽削六朝、五季之习，而以六经之文为诸儒倡，天下后世翕然宗之。夫韩子、欧阳子之文，岂以无法教天下后世哉？盖韩子、欧阳子之法，非六朝、五季之所谓法也。（明艾南英《天佣子集》卷四《半舫斋稿序》）

经籍而后，必推秦、汉，为其古雅质朴，典则高贵，序裁生动，使人如睹。……故韩、欧、苏、曾数大家，存其神而不袭其糟粕。二千余年，独此数公能为秦、汉而已。（明艾南英《天佣子集》卷五《四与周介生论文书》）

去其痕而一以平行之，则欧、曾也。苏则锋于立论，而衍于驰骋。八家大同小异，要归雅驯，学者鼓箧，门从此入。至于尽变，更须开眼。

动则曰唐宋大家，抑知唐宋大家皆有深造之火候乎？今欲一蹴而偃袭之，唐宋大家未许也。（明方以智《通雅》卷首之三《文章薪火》）

熙甫之《李罗村行状》《赵汝渊墓志》，虽韩、欧复生，何以过此？以熙甫追配唐、宋八大家，其于介甫、子由，殆有过之无不及也。士生于斯世，尚能知宋、元大家之文，可以与两汉同流，不为俗学所渐灭，熙甫之功，岂不伟哉！（清钱谦益《牧斋初学集》卷八十三《题归太仆文集》）

韩、欧大家之文，后人尊而奉之，业已家昌黎而户庐陵。然君子以为元末诸儒，所为嫠学者，其于八家，讲求各有本原，所当博稽以要其归，未可于尺幅之内规规而趋之也。（清吴伟业《梅村家藏稿》卷三十二《古文汇钞序》）

夫诗之尊李、杜，文之尚韩、欧，此犹山之有泰、华，水之有江、河，无不仰止而取益焉，所不待言者也。（清吴伟业《梅村家藏稿》卷五十四《与宋尚木论诗书》）

昔人云：先秦无段落，两汉无排偶。此实不然。段落，文章之次第也。文无次第，则头讫混淆，不成章法矣。偶句，及文之铺排点缀处。铺排点缀而气行乎其间，但须相文势所宜耳。若文势须顿挫，而以单辞只句承之，便瘠薄无力。"八大家"集中，诚无骈俪之句，然吾于"八大家"特师其法耳。文至今日，岂可全废修辞，作枯木寒鸦之态。理本六经，法宗"八家"，而秦、汉、六朝诸史之菁华，皆供我熔铸，不更为文章家之巨观乎？（清朱鹤龄《愚庵小集》附录传家质言）

吴子尝云：文章自韩、欧、苏没后，几失其传，吾之文足起而续之。余时方泪没于六朝，不知其善，亦不取视也；今知之，欲与之言，而吴子死矣。……昔韩、欧、苏之三公者，皆能守道不随于时，亦尝遭贬谪弹射，然固未至断颈绝脰，以死殉之也。而当世见其片言只字，皆爱而重之不衰。设以若韩、若欧、若苏，而且以大义断颈绝脰而死，则当世之爱而重之，后世之凭而吊之者，又如何也？（清侯方域《壮悔堂文

国学经典文库

唐宋八大家散文鉴赏

附录

集》卷二《楼山堂遗集序》)

迁、固能史,屈、宋能骚,相如、子云能赋,退之、子瞻能文,太白、子美能诗,秦少游、柳耆卿能词,是皆然矣。今人必学史于龙门,学骚于湘水,学赋于茂陵,学文于昌黎、眉山,学诗于莲乡、浣溪,学词于“山抹微云”“晓风残月”。(清尤侗《西堂杂俎初集》卷八《读东坡志林》)

八大家远者千余年,近者数百年,言者备矣。自茅氏《文钞》出百十年间,天下学者奉为律令。予生平尊法古人,至其所独是、独非,每不能自贬,以徇古今之众,论列或不尽同茅氏。而韩、欧阳诸名文,亦往往有所疵议。盖吾用以私教夫门人子弟,而不敢以出诸人,为有识所诟笑。然吾闻《史记》太史公未成之书,使太史公而在,当必更有改定。安见韩、苏诸公于其文,遂谓一成不可易也。(清魏禧《魏叔子文集》卷八《八大家文钞选序》)

魏晋以来,其文靡弱,至隋、唐而极,而韩愈、李翱诸人崛起八代之后,有以振之,天下翕然敦古。梁、唐以来无文章矣,而欧、苏诸人崛起六代之后,古学于是复振。(清魏禧《魏叔子日录》卷二《杂说》)

魏、晋以降,学者不本经术,惟浮夸是务,文运之厄数百年。赖昌黎韩氏始倡圣贤之学,而欧阳氏、王氏、曾氏继之,二刘氏、三苏氏羽翼之,莫不原本经术,故能横绝一世。盖文章之坏,至唐始反其正,至宋而始醇。宋人之文,亦犹唐人之诗,学者舍是,不能得师也。北宋之文,惟苏明允杂出乎纵横之说,故其文在诸家中为最下。(清朱彝尊《曝书亭集》卷三十一《与李武曾论文书》)

道之传,备于六经,文章莫大乎是。……自汉以后,学术益裂,异说横溃,抗辞排笮,溯厥统系,别白醇疵,吾于其间得一人焉,曰韩子。明天人和同之音,申格致诚正之说,当正学未昌,为之孳牙,吾得一人焉,曰曾子。他若柳、欧、苏、王诸家,文辞非不烂焉,可观而衷之于道未可以为然也。夫三子者之于道勤矣,而文亦至矣。(清韩菼《有怀堂诗文篇》文稿卷三《明八家文选序》)

武侯《出师表》,自肺腑流出,即以文章论,亦居最顶。惟韩子最顶文字方能到他地位,如《佛骨表》《孟尚书书》是也。此等皆当另一格视之,韩子学那样文字便过之。《进学解》好似《客难》《解嘲》诸作,《书张中丞传后》好似史迁,惟《原道》是学《大学》《中庸》,却不及,要亦精矣。如柳子厚、王荆公必不能为《出师表》文字。三苏惟东坡天姿高,推服《出师表》。老泉、子由皆讥贬武侯,去之尚远故也。

古文自《史》《汉》后,只读韩、柳、曾、王便足。曾、王学问如何?能过韩、柳。韩、柳遇一通经守师说之人,那样推服愧赧,曾、王便轻讥弹。

王守溪评文,谓昌黎后惟半山得宗派,不数欧、苏,最有识见。(清李光地《榕村语录》卷二十九诗文一)

周、孔之道德,班、马、韩、欧之文章,穷天地,亘古今,行之远而弥彰,历之久而

愈炽。盖不与凡物为类者，又安有或废之足虑哉！（清廖燕《二十七松堂集》卷七《芥堂记》）

予尝疑秦、汉以后之文，可传者当不止韩、欧数人，及遍观唐、宋遗文，无复有能胜之者。（清廖燕《二十七松堂集》卷十二《书手录李非庵文后》）

至唐有韩退之、柳子厚，宋有欧阳永叔、曾子固、王介甫、苏氏父子，数百年间，文章蔚兴，固不敢望六经，而彬彬乎可以追西汉之盛。后之论者，因推以为大家之文，倘所谓立言之士，自成一家为难，其得称为大家，抑尤难也。是故巧言丽辞以为工者，非大家也；钩章棘句以为奥者，非大家也；繁称远引搜奇抉怪以为博者，非大家矣。大家之文，其气昌明俊伟，其意精深而条达，其法严谨而变化无方，其词简质而皆有原本，若引星辰而上也，若决江河而下也，高可以佐佑六经，而显足以周当世之务。此韩、柳、欧、曾、苏、王诸公，卓然不愧大家之称，流传至今而不朽者，夫岂偶然者哉？（清张伯行重订《唐宋八大家文钞》，《唐宋八大家文钞序》）

散体文惟记难撰结，论、辩、书、疏有所言之事，志、传、表、状则行谊显然，惟记无质干可立，徒具工筑兴作之程期，殿观楼台之位置，雷同铺序，使览者厌倦，甚无谓也。故昌黎作记，多缘情事为波澜。永叔、介甫则别求义理以寓襟抱。柳子厚惟记山水，刻雕众形，能移人之情；至《监察使》《西门助教》《武功县丞厅壁》诸记，则皆世俗人语言意思，援古证今，指事措语，每题皆有见成文字一篇，不假思索。是以北宋文家于唐多称韩、李，而不及柳氏也。凡为学佛者传记，用佛氏语则不雅，子厚、子瞻皆以兹自瑕。（清方苞《方苞集》卷六《答程夔州书》）

今就八家言之，固多因事立言，因文见道者。然如昌黎上书时相，不无躁急；柳州论封建，挟私意窥测圣人；庐陵弹狄青，以过激没其忠爱；老泉杂于霸术，东坡论用兵，颍滨论理财，前后发议，自相违背；而南丰、半山于扬雄之仕莽，一以为合于箕子之明夷，一以为得乎圣人无可无不可之至意，此尤缪戾之显然者。然则八家之文，亦醇驳参焉者也。或谓如子言，后之学者唯应于宋五子书是求，而乃问途于唐宋八家之文则何也？应之曰：宋五子书秋实也，唐宋八家之文春华也。天下无骛春华而弃秋实者，亦即无舍春华而求秋实者。惟从事于韩、柳以下文而熟复焉，而深造焉，将怪怪奇奇，浑涵变化，与夫纤钎深厚，清峭遒折，悉融会于一心一手之间，以是上窥贾、董、匡、刘、马、班，几可纵横贯穿而摩其垒者。夫而后去华就实，归根返约，宋五子之学行，且徐驱而辖其庭矣。若舍华就实，而徒敝敝焉约取夫朴学之指归，穷其流弊，恐有等于兽皮之鞈者。吾未见兽皮之鞈或贤于虚车之饰者也。（清沈德潜《唐宋八大家古文读本叙》）

予谓论则韩、苏。书则韩、柳。序则韩、欧、曾。碑志韩、欧、王。记则八家皆能之，而以韩、柳、欧为最。祭文则韩、王，而欧次之。三苏之所长者一，曰论。曾之所长者一，曰序。柳之所长者二，曰书，曰记。王之所长者二，曰志，曰祭文。欧之所长者三，曰序、曰记、曰志铭。韩则皆在所长，而鹿门必欲其似史迁，何其执耶？此韩之所以作毛颖传也。（清刘大櫆《唐宋八家文百篇》序目）

余不信孔子删《诗》之说，而又不料茅鹿门之选八大家至今奉为定例也。尝有句云："诗亡原只存三百，文古何曾止八家？"（清袁枚《随园诗话》补遗卷四）

韩、欧文集无一字及释老者，文品最高。曾、苏便不免矣。（清袁枚《随园随笔》卷二十四《文中用释老》）

以予观于唐宋大家文，韩、欧其至矣。能配韩、欧以行者，独有子厚、介甫耳。以彼其文克配韩、欧，而其人如是，惜哉！惜哉！予叙二家文，以著予之爱其文，而不能护其人，俾后之慕为二家之文者，其慎所守焉，勿更为人所惜也。（清汪缙《汪子文录》卷二《柳王二家文叙》）

左丘明，古文之祖也，司马因之而极其变；班、陈以降，真古文辞之大宗。至六朝古文中断，韩子文起八代之衰，而古文失传亦始韩子。盖韩子之学，宗经而不宗史；经之流变必入于史，又韩子之所未喻也。近世文宗八家，以为正轨，而八家莫不步趋韩子；虽欧阳修手修《唐书》与《五代史》，其实不脱学究《春秋》与《文选》史论习气，而于《春秋》、马、班诸家相传所谓比事属辞宗旨，则概未有闻也。（清章学诚《文史通义》外篇三《与汪龙庄书》）

昌黎《原道》论之绝也，《平淮西碑》碑文之绝也，老泉《审势》策之绝也，介甫《言事书》万言书之绝也。（清范泰恒《燕川集》卷十二《书韩文》）

八家中韩退之学识最高，无背圣哲之论；柳子厚则多出入，所见僻隘，略如其人；欧阳永叔不惑二氏之学，持论甚正，然濮议不合于经；苏子瞻经学典礼甚疏，其文实天下之才也。（清孙星衍《孙渊如诗文集·平律馆文稿》卷下《洪筠轩文钞序》）

自齐、梁以后，溺于声律，彦和《雕龙》，渐开四六之体，至唐而四六更卑，然文体不可谓之不卑，而文统不得谓之不正。自唐宋韩、苏诸大家，以奇偶相生之文为八代之衰而矫之，于是昭明所不选者，反皆为诸家所取。故其所著者，非经即子，非子即史，求其合于昭明《序》所谓文者鲜矣，合于班孟坚《两都赋序》所谓文章者更鲜矣。其不合之处，盖分于奇偶之间。经、子、史多奇而少偶，故唐、宋八家不尚偶；《文选》多偶而少奇，故昭明不尚奇。（清阮元《揅经室三集》卷二《书梁昭明太子文选序》）

唐、宋以来，号能文者，无虑数十百家，日久论定，其卓然不可易者，八家而已。（清方东树《仪卫轩文集》卷七《答友人书》）

尽天下之人，数百年以来，其称文也，是非齐一，翕然无异论者，于唐则韩愈、柳宗元氏，于宋则欧阳修、曾巩、王安石、苏洵氏父子。此八人者之在当日，其自视孑焉，旷若无俦匹，矫首以视四方，虚无人焉。韩氏论文，恒举左丘明、司马迁、相如、扬雄数人,而外此弗之及;而人亦不以其言为靳,然犹以为当时或出于意气所托,夺其私见。及至今日,其去数人之世亦以远矣。而世有知文者,矫首以视四方,于彼数人之外,求其俦匹,仍虚无人焉。然后乃知斯文之有属,非苟然也。(清方东树《仪卫轩文集》卷八《送毛生甫序》)

书中以仆既告以古文之弊,宜复示以古文之法。夫古文之法非他,即在矫古文之弊而已。昌黎矫唐文之弊,而唐之古文兴;永叔矫宋文之弊,而末之古文兴。韩、欧不自名其法,而其法自足以范后人,文成则法自立也。且夫论古文而专以法,此乃伪八家所恃以劫持天下者,不破除此等俗见,必不能以读古书;不读古书,何能为古文?(清蒋湘南《七经楼钞》卷四《与田叔子论古文第三书》)

2.韩柳并称

唐之文章,初未去周、隋、五代之气,中间称得李、杜,其才始用为胜,而号雄歌诗,道未极浑备。至韩、柳氏起,然后能大吐古人之文,其言与仁义相华实而不杂。(宋穆修《河南穆公集》卷二《唐柳先生集后序》)

子厚与退之,皆以文章知名一时,而后世称为韩、柳者,盖流俗之相传也。其为道不同,犹夷夏也。然退之于文章,每极称子厚者,岂以其名并显于世,不欲有所贬毁,以避争名之嫌。而其为道不同,虽不言,顾后世当自知欤。不然,退之以力排释老为己任,于子厚不得无言也。(宋欧阳修《欧阳文忠公文集》卷一百四十一《集古录跋尾》八《唐柳宗元般舟和尚碑》)

赖天相唐室,生大贤以维持之。李、杜称兵于前,韩、柳主盟于后。诛邪赏正,方内向服。尧舜之道,晦而复明;周孔之教,枯而复荣。逮于朝家,文章之懿,高视前古者,阶于此也。(宋李觏《李觏集》卷二十七《上宋舍人书》)

唐之文章称韩、柳,翱文虽词不逮韩,而理过于柳。(宋苏舜钦《苏舜钦集》拾遗《李翱集序》)

自孔子之死久,韩子作,望圣人于百千年中,卓然也。独子厚名与韩并,子厚非韩比也,然其文卒配韩以传,亦豪杰可畏者也。(宋王安石《临川先生文集》卷七十七《上人书》)

先觉论文,以谓退之作古,子厚复古,此天下高论。(宋施得操《北窗炙輠录》卷上)

文以气为主,非天下之刚者莫能之。古今能文之士非不多,而能杰然自名于世者亡几。非文不足也,无刚气以主之也。孟子以浩然充塞天地之气,而发为七篇仁义之书。韩子以忠犯逆鳞勇叱三军之气,而发为日光玉洁表里六经之文。故孟子辟杨墨之功不在禹下;而韩子牴排异端、攘斥佛老之功,又不在孟子下。皆气使之然也。(宋王十朋《梅溪王先生文集》后集卷二十七《蔡端明文集序》)

汉末以后，只做属对文字，直至后来，只管弱。如苏颋著力要变，变不得。直至韩文公出来，尽扫去了，方做成古文，然亦止做得未属对合偶以前体格。（宋朱熹《朱子语类》卷一百三十九）

唐三百年，文章宗伯惟韩退之，其次柳子厚。（宋陆九渊《象山先生全集》卷二十四《策问》）

唐自开元、贞观后，以文章显者，代不乏人，然猥并之气，承于东汉习治之余，未尽革也。先生出焉，与韩文公相驰骋于贞元、元和间，议论粹然，一返于正。至今数百年，世所推尊者，必曰："韩、柳"，是先生与文公之名同也。（宋张敦颐《柳宗元集》附录《柳先生历官记序》）

子厚文不如退之，退之诗不如子厚。（宋李涂《文章精义》）

六经后子书，皆昔人垂世之言。惟《孟子》为经者，谈王道贵仁义也。韩、柳并称，昌黎独得祀孔庭者，辟佛老扶正道也。（宋罗壁《罗氏识遗》卷四《识其大者》）

柳子厚叙事议论无不善者，取古人之菁华，中当时之体制，酌古准今，自是一家，比退之微方耳。（宋刘辰翁、蒋之翘辑注本《唐柳河东集》卷首诸家评语）

韩昌黎正大卓越，凌厉百家，唐、宋以来，莫之与京。差可与雁行者，独柳柳州而已。（金元好问、蒋之翘辑注本《唐柳河东集》卷首诸家评语）

屈、宋之于赋，李陵、苏武之于五言，马迁、刘向之于文章传记，皆各擅其长，以绝艺后代。然竟不能相兼者，非不欲也，力不足也。故李、杜诗圣，而韩、欧文匠。其间不自量力，扬跞蹀躞而进者，独魏晋曹、刘、二陆及唐元、白、柳宗元之徒，稍稍佽心焉，然亦疲矣。使宗元独以其文与韩昌黎争雄，当未辩孰刘孰项。（明茅坤《茅鹿门先生文集》卷一《与蔡白石太守论文书》）

昌黎韩退之崛起八代之衰，又得柳柳州相为羽翼，故此唱彼和，譬之喷啸山谷，一呼一应，可谓盛已。昌黎之文，得诸古六艺及孟轲、扬雄者为多，而柳州则间出乎《国语》及《左氏春秋》诸家矣。其深醇浑雄或不如昌黎，而其劲悍沉寥，柳亦千年以来旷音也。（明茅坤《唐宋八大家文钞》《柳柳州文钞引》）

韩退之学不如柳深，柳子厚气不如韩达。韩诗优于文，柳文优于诗。韩不能赋，柳词赋之才也。若论其世，柳非党伾、文，伾、文援柳为重，韩之求荐，可耻尤甚于柳。世以成败论人，是以知柳者鲜也。（明王文禄《竹下寱言》卷一应迹篇）

韩、柳一时，并称大家。人谓唐时柳名重于韩，然子厚不知因何每事皆让退之而居其次。如退之学《左传》，子厚则学《国语》；退之学《史记》，子厚则学《汉书》；退之学《庄子》，子厚则学《荀》。岂性好所近固然耶？（明孙𬭚《月峰先生居业次编》卷三《与吕美箭论诗文书》）

昔者，有唐之文，莫盛于韩、柳，而皆出元和之世。（清钱谦益《牧斋有学集》卷十九《彭达生晦农草序》）

古今作者之雄，惟推司马子长、韩退之。……追东汉以降，至于唐中叶，文人陈陈相因，其衰甚矣。退之出而始身与斯文之重，然其所力任惟曰陈言之务去，而自以为难。盖积陈至千年，所当务去不仅在于言也，必先洗其心，漉其府，疏其脉，剔其髓，始得取宿见宿闻之陈物去之至尽，而后可以更受天地之新，斯所以为极难也。且退之所谓独难者，非徒能不同于人也，即其自为古文词与有韵之文，出自一手而亦绝不同。盖文自东汉而后，作者俱用实，而退之独用虚。（清李邺嗣《杲堂文钞》卷三《王无界先生七十序》）

窃闻文章之事，自司马氏崛兴于汉西京，古今文体至此而一变。其后浸衰益靡于六朝，历八百余年而后，韩氏起于中唐。及五代之季，斯文荡然无余，更三百年而宋欧阳氏作。上下千余年间，而三君子者始得间世而一出。（清李邺嗣《杲堂文钞》卷四《奉答黎洲先生书》）

自夫子定六经，教万世，其后周益衰，百家益杂出，于是圣人之道由群言而乱，遭暴秦而焚，至汉武帝而复。凡此数百年间，言道德仁义有孟子，序史事本末有司马子长。建武以后，积七百年，而韩文公出，深造孟子，陶铸子长，勒一家之言，而柳先生辅之，然后贞元、元和之文，粹然复古，号为文章中兴。是则韩、柳者，文章之宗，

尤八家之主也。（清储欣《唐宋十大家全集录》卷首《唐宋十大家全集录总序》）

嗟乎！天未丧文，六籍中兴，当唐贞元，韩公学成，亦既引斯事为己任矣。无何，柳先生以雄博富艳之材，窜逐湘滨海畔蛮荒之地，穷愁闲暇，以得并力于文章利病之间，而其文亦遂与韩相上下。今观其骚文之惩诫，诸记之牢笼，贬永五年与诸公书之哀丽，四六表启之工巧，弥近自然，凡皆韩之所无，柳之所有，交相翼赞。以致元和著作，赫乎排盛汉而接《诗》《书》。然则天未丧文，不可无韩；既有韩，不可无柳：论之一定者也。（清储欣《河东先生全集录序》）

朱子尝叹退之《答李翊》、子厚《答韦中立书》言读书用功之法而但求文字言语声响之工为可惜。夫古人言语声响必己出，抑犹未也，况袭古人之言语声响以求工，不尤末乎？（清韩炎《有怀堂诗文稿》文稿卷三《田间文集序》）

鄙意尝谓柳文之不足者，在理不在词气。盖柳州于大道未明，故表启诸篇，苟随世俗，非圣贤奏对之旨。至诸僧塔铭及赠僧之作，于理尤谬，故词亦弊弱。而书序论记，散体大篇，则辞气雄深雅健，诚如昌黎所云，足以追马配韩，卓然而不愧也。（清李绂《李穆堂诗文全集》，《穆堂别稿》卷三十六《与方灵皋论所评柳文书》）

韩、柳兴，始大复古。韩公神矣，亦缘学识冠绝一代也，惟李习之近似。皇甫湜、李汉、孙樵，但以刻琢字句为事，本领亦薄。（清蔡世远《古文雅正》卷四）

古来文章家，代不乏人，要必以卓然绝出能转移风气为上。唐之中叶称韩子，而与韩子同时者，有柳子厚、李习之。宋时称欧阳子，而先欧阳子为古文者，有穆伯长、尹师鲁辈。然言起八代之衰者，必曰昌黎；变杨、刘之习者，必曰庐陵，则以其学之深力之大也。（清董正位《震川先生集》卷首《归震川先生全集序》）

唐以前，未有不熟精《文选》理者，不独杜少陵也。韩、柳两家文字，其浓厚处，俱从此出。宋人以八代为衰，遂一笔抹杀，而诗文从此平弱矣。（清袁枚《随园诗话》卷七）

古人作文，摹仿痕迹未化，虽韩、柳不免。（清袁枚《随园随笔》卷二十五《古文摹仿》）

如以韩、柳两家相较，昌黎曰："笑之则以为喜，誉之则以为忧。"又曰："其皆醇也，然后肆焉。"於行文甘苦，可谓专且久矣。然观河东《与韦中立论师道书》，自序其生平造诣，攻坚抉奥，洗伐再三，亦非浅尝薄植者可比。且昌黎自命甚高，睥睨一世，独至河东，甘心推让，视若畏友，其为劲敌可知。假令河东生于昌黎未生之前，则起衰八代，正未知谁任其能。盖昌黎以善纵见长，河东以能炼取胜。昌黎之博大，固非河东所及；河东之谨严，亦岂昌黎所得为？充昌黎之量。犹难仿佛于西京；而尽河东之才，直可追踪乎东汉。（清陶元藻《泊鸥山房集》卷十一《与蔡芳三论韩柳文优劣书》）

有主于行文而著书之意寓焉者，唐宋大家也。予既嗜其辞，然亦颇病夫著书盛而六艺之旨乱，行文盛而著书之体且亡矣。以著书之功继六艺者，孟子一人而已；以行文之雄继孟子者，昌黎韩子一人而已。自孟、韩而行，若郤氏、欧阳氏，号为与孟、韩同风，及究其渊源，通其条理，不能无间焉，况其他乎？（清汪缙《汪子文录》卷二《合订管商韩三家叙》）

乘云气、御飞龙，而游乎四海之外者，昌黎也；柳州则以无厚入有间，奏刀砉然，如土委地。盖八代之衰，韩起之，柳辅之，韩长在大制，柳长在小品，辅车相依，缺一不可矣。嗟乎！从流至上，惟舵是赖，操舟可乎哉？

书序至韩尚矣,而山水游记则推柳独步,若宋人之记,只似论耳,非正体,且气骨亦远逊唐人也,笃古者当自知之。(清范泰恒《燕川集》卷十二《书柳文》)

长洲王惕甫曰:古文之术,必极其才而后可以裁于法,必无所不有而后可以为大家。自非驰骛于东京六朝沈博绝丽之途。则无以极其才。而所谓法者,徒法而已。以徒法而语于文,犬羊之鞟而已。自宋以后,欧、曾、虞、范数公之文,非不古也。以视韩、柳,则其气质之厚薄,材境之广狭,区以别矣。盖韩、柳皆尝从事于东京六朝。韩有六朝之学,一扫而空之,融其液而遗其滓,遂以复绝千余年。柳有其学而不能空,然亦与韩为辅。望溪方氏宗法昌黎,心独不惬于柳。亦由方氏所涉于东京六朝者浅,故不足以知之。今虽谓欧、曾数公之文胜于柳可也,使诚坐欧、曾数公于此,而俾之执笔为柳氏之文,吾知诸公谢不能也。(清凌扬藻《蠡勺编》卷三十八《王铁夫论韩柳》)

世人论古文,辄曰“唐宋八家”,又曰昌黎“起八代之衰”。不知唐之与宋,原委既殊,门户自别,非可概论。至起衰之功,断推元道州为首,第其文散漫,未立间构。若独孤、梁、权,规模粗具,而犹苦肥重。惟昌黎氏原本六经,下参《史》《汉》,错综变化,冠绝百世,要其学出安定,而实渊源于毗陵,则未尝无所因也。柳州初工骈体,后乃笃志古文,其才气凌厉,足以抗韩,至于学识根柢,逊韩多矣。(清张文虎《舒艺室杂著》乙编上《唐十八家文录序》)

山水诸记,穷桂海之殊相,直前无古人,后无来者。昌黎偶记山水,亦不能与之追逐。古人避短推长,昌黎于此固让柳州出一头地矣。(近人林纾《韩柳文研究法·柳文研究法》)

赠序一门,昌黎极其变化,柳州不能逮也。集中赠送序,亦不及昌黎之多。语皆质实,无伸缩吞咽之能。唯《送薛存义之任序》,真朴有理解,甚肖近来所称为公仆者。……文虽直起直落,无回旋淳滀之工,但一段名言,实汉、唐、宋、明诸老所未能跂及者。柳州见解,可云前无古人。(近人林纾《韩柳文研究法·柳文研究法》)

3.欧阳公独树一帜

呜呼哀哉!公之文章,独步当世。子长退之,伟赡闳肆。旷无拟伦,逮公始继。自唐之衰,文弱无气。降及五代,愈极颓敝。唯公振之,坐还醇粹。复古之功,在时莫二。(宋韩琦《欧阳文忠公文集》附录卷一《祭欧阳文忠公文》)

自汉司马迁没,几千年而唐韩愈出;愈之后又数百年,而公始继之。气焰相薄,莫较高下,何其盛哉!(宋韩琦《欧阳文忠公文集》附录卷一《文忠欧阳公墓志铭》)

自是以来,又复衰歇数十百年,而后欧阳子出,其文之妙,盖已不愧于韩氏。而其曰治出于一云者,则自荀、扬以下,皆不能及,而韩亦未有闻焉。(宋朱熹《晦庵先生朱文公文集》卷七十《读唐志》)

韩退之非佛，是说吾道有来历，浮图无来历，不过辨邪正而已；欧阳永叔非佛，乃谓修其本以胜之，吾道既胜，浮图自息，此意高于退之百倍。

子厚文不如退之，退之诗不如子厚。（宋李塗《文章精义》）

《上范司谏书》当与韩文公《争臣论》并观。欧阳公文章，为一代宗师。然藏锋敛锷，韬光沈馨，不如韩文公之奇奇怪怪、可喜可愕。学韩不成，亦不庸腐；学欧不成，必无精彩。独《上范司谏书》《朋党论》《春秋论》《纵囚论》，气力健，光焰长，少年熟读，可以发才气，可以生议论。（宋谢枋得《文章轨范》卷四）

宋兴五季之后，文章视唐益下，其能振而复古以继昌黎韩子者，则有一人焉，曰欧阳文忠公。故当时苏文公极推尊之。与孟子、韩子并言。文公非私于公也，盖公天下之言也。天下之人，亦不以文公之言为过。吾尝反复读之，见公之大节，在宋为名臣，而文章特一事而已。（明贝琼《清江贝先生文集》卷十九《欧阳先生文衡序》）

西京以来，独称太史公迁。以其驰骤跌宕，悲慨呜咽，而风神所注，往往于点缀指次，独得妙解，譬之览仙姬于潇湘洞庭之上，可望而不可近者。累数百年而得韩昌黎，然彼固别开门户也。又三百年而得欧阳子，予览其所序次当世将相学士大夫墓志碑表与《五代史》为梁、唐二纪及他名臣杂传，盖与太史公略相上下者。然欧阳子所与友人论文书绝不之及，何也？又如奏疏劄子，当其善为开陈，分别利害一切，感悟主上，于汉可方晁错、贾谊，于唐可方魏徵、陆贽。宋仁庙尝谕庭臣曰，欧阳修何处得来，殆亦由此。序记书论，虽多得之昌黎，而其姿态横生，别为韵折，令人读之一唱三叹，余音不绝。予所以独爱其文，妄谓世之文人学士得太史公之逸者，独欧阳子一人而已。（明茅坤《唐宋八大家文钞》，《欧阳文忠公文钞引》）

欧阳子，有宋之韩愈也。其文章崛起五代之后，表章韩子，为斯文之耳目，其功不下于韩。五代史记之文，直欲跐班而秭马，唐六臣、《伶人》《宦者》诸传，淋漓感叹，绰有太史公之风。（清钱谦益《牧斋有学集》卷三十八《再答苍略书》）

庐陵之文，自昌黎出。予观其辟佛、老，明周、孔之道，排轧苗上，追古六艺之遗，大体合矣。公又博极群书，与一时贤人君子驰骋上下，日盛月新，炳乎树一家之著。曰《居士集》者五十卷，《外集》二十五卷，表启奏议尚在其外。自公而前，未有著作若斯之富矣。由是好学缀文之士靡然宗之。至今指数大家者，唐韩、宋欧，各为一代称首。始公读《昌黎先生集》曰："文必至于是而后已耳。"由今观之，可谓有志竟成者欤？第韩之文发愤于群言芜秽之日，而公适当一时贤人君子惟韩是师之时，难易罔殊焉。韩文不专一能，而公差若专焉者。所以耳食者流以为公逊于韩，而余则谓此缪论也。今夫后人之求至前人者，其灼知之矣。因笃好之，因深造之，得乎？否乎？不敢知也。虽深造之，滋不敢知也。一旦若化若迁，油然而生，勃然而长，沃然而茂，卓然而立，夫是之谓自得，而千百世下读欧之文者如无韩。嗟乎！

惟其如无韩也,乃所谓"必至于是而后已"也。诗曰:"泰山岩岩,鲁邦所瞻。"前史拟韩于泰山,是欧亦一泰山耳。学者方专心并力登其巅、揽其胜不暇,而暇拟议差等乎哉?予既录公文若干,而并论之如此。(清储欣《六一居士全集录序》)

欧公学韩文,而所作文,全不似韩,此八家中所以独树一帜也。公学韩诗,而所作诗颇似韩,此宋诗中所以不能独成一家也。(清袁枚《随园诗话》卷六)

4."三苏"合论

嘉祐初,王安石名始盛,党友倾一时。其命相制曰:生民以来,数人而已,造作语言,至以为几于圣人。欧阳修亦已善之,劝先生与之游,而安石亦愿交于先生。先生曰:"吾知其人矣,是不近人情者,鲜不为天下患。"安石之母死,士大夫皆吊,先生独不往。作《辨奸》一篇。当时见者,多为不然。曰:噫!其甚矣。先生既没三年,而安石用事,其言乃信。(宋张方平《苏老泉先生全集》附录《老苏先生墓表》)

老苏自言其初学为文时,取《论语》《孟子》、韩子及其他圣贤之文,而兀然端坐终日以读之者七、八年。方其始也,入其中,而惶然以博;观于其外,而骇然以惊。及其久也,读之益精,而其胸中豁然以明,若人之言固当然者,然犹未敢自出其言也。历时既久,胸中之言益多,不能自制,试出而书之,已而再三读之,浑浑乎觉其来之易矣。予谓老苏但欲学古人说话声响,极为细事,乃肯用功如此,故其所就,亦非常人所及。(宋朱熹《晦庵先生朱文公文集》卷七十四《沧州精舍谕学者》)

昔者,高宗喜读苏集,日夕进御,北使客,屡诵三苏文,及子由《茯苓赋》。当时,上至九重,下至数万里外之馆使,皆有苏氏文章,而况其他哉?……眉山父子之文,复光天壤。噫!余窃有叹于苏氏之遭际也。老泉率二子抵京师,韩、富当国,叹相见之晚。老泉能见知于韩、富,而官不过主簿;子瞻、子由能见知于人主、太后,而流离窜谪于风波瘴疠之乡,仅以身免。天下事故有不可料者,而愚独幸三苏之风节在此,学问在此,诗文之日新月盛亦在此。初,老泉《权书》诸篇,好谈兵事,颇近揣摩。二子仿其为文,虽奔放横溢,而言必快心,事必破的,未免苟、孟、贾、陆、杂仪、秦而用之,故诮者指以为纵横好胜,卒被困屈。晚年以刀俎魑魅之余生,悉举其感愤用壮者淘汰之,以诗酒咏歌风流谐谑与夫释氏老子之书,故风节益峻洁而不露,学问益醇深而不杂。天以斯文之任授二苏,出之安乐,投之忧患,而二公旋即于忧患境中簸弄文字为安乐法,其以文为戏,直以造物为戏矣。当竹床对眠,天涯唱和,悠然使人轻功名、细恩怨、捐菀枯、泯臧否,胸中湛湛如古井之波,落落如槁叶之木。子瞻至此,非学士,乃道人也;子由非兄弟,乃道伴也。得道之人,是为至人;得道之文,是为至文。恨老泉不及见耳。岂若相如、王褒、扬雄仅以丽藻鼎足于峨岷间哉!(宋任长庆《三苏全集》卷首《三苏全集原叙》)

弱冠,父子兄弟至京师,一日而声名赫然,动于四方。……仁宗初读轼、辙制

414

策,退而喜曰:"朕今日为子孙得两宰相矣。"神宗尤爱其文,宫中读之,膳进忘食,称为天下奇才。二君皆有以知轼,而轼卒不得大用。一欧阳修先识之,其名遂与之齐,岂非轼之所长不可掩抑者,天下之至公也。相不相有命焉,呜呼!(元脱脱《宋史》卷三百三十八《苏轼传》)

自秦以下,文莫盛于宋,宋之文莫盛于苏氏。若文公之变化傀伟,文忠公之雄迈奔放,文定公之汪洋秀杰,载籍以来未之多遇,其初亦奚暇追琢缔绘以为言乎?卒至于斯极而不可掩者,其所养可知也。……每读三公之文,未尝不太息也。(明宋濂《苏平仲文集》卷首《太史苏平仲文集序》)

有宋文运弘开,五星再聚,故三苏并出于眉山。若文定者,天性高明,资禀浑厚,既有其父文安以为之师,又有兄文忠以为之友,故其文章遂成大家。议者谓其汪洋澹泊,浑醇温粹,似其为人。文忠亦尝称之,以为实胜于己。信不诬也。(明刘大谟《栾城集》卷首《栾城集序》)

诗自初唐而后,作者俱善用正,而退之则更用奇。后三百年而有宋诸大家起,斯文复兴。然求其一人之身,文与诗能分道而出,而各以全力注之,退之之后,惟子瞻一人而已。余皆不能及也,以两公能无所不新也。(清李邺嗣《杲堂文钞》卷三《王无界先生七十序》)

东坡于西伯受命改元之事,《论武王》引以为据,《论周公》则辟其谬妄,《谏用兵书》,以唐太宗之征高丽为戒,为《策断》则据以为可法;明允上仁宗书,极言任子之不可,于《文丞相书》,又言减任子非是;子由策民事欲行国服,论青苗则极言官贷之害。夫理明者辞必简,议论多则意见乱,而自相牴牾者必甚。是以三苏氏之论,于古今为独绝;而议论之失平,亦苏氏最多。(清魏禧《魏叔子文集》卷八《八大家文钞选序》)

朱子曰:"李泰伯文字得之经中,虽浅,然皆自大处议论。老苏父子自史中《战国策》得之,故皆自小处起议论。"此言极得苏氏之病。然盱江之文传之者少,而三苏文章不惟顷动一时,至今学者家习而户诵之。盖正大之旨难入,而巧辩之词易好也。且以其便于举业,而爱习苏氏者,尤胜于韩、柳、欧、曾。及其习焉既久,与之俱移,不觉权术之用生于心,而形于文字,莫有知其弊者。朱子自谓老苏文字初亦喜看,后觉自家意思都不正当,以此知人不可读此等文字。夫文字愈工,议论愈快,其移人愈速,朱子尚觉其如是,况学者乎?(清张伯行重订《唐宋八大家文钞》,《三苏文引》)

昨于鱼门席上,论苏文忠公撰行状神道墓志虽不多,实大胜韩,足下深不为然,发声征色,坐客至失箸,莫能措一语。仆既归酒醒,取苏集中如范蜀公、富郑公、司马温公数文读之。读已复叹,叹已复读,既而且读且泣,恨不生与同世,厕门墙以亲炙其言论风采也。及阅董晋、郑馀庆行状,如嚼蜡,如摇鼙铎,毫无足感者,以此益

自信苏之工。（清王昶《春融堂集》卷三十《与朱竹君书》）

四、风格

1.气韵

执事之文章，天下之人莫不知之，然窃自以为洵之特深，愈于天下之人，何者？孟子之文，语约而意尽，不为巉刻斩绝之言，而其锋不可犯。韩子之文，如长江大河，浑浩流转，鱼鼋蛟龙，万怪惶惑，而抑遏蔽掩，不使自露，而人望见其渊然之光，苍然之色，亦自畏避不敢迫视。执事之文，纡余委备，往复百折，而条达疏畅，无所间断，气尽语极，急言竭论，而容与闲易，无艰难劳苦之态。此三者，皆断然自为一家之文也。（宋苏洵《嘉祐集》卷十一《上欧阳内翰第一书》）

欧阳文忠公以文章宗一世，读其书，其病在理不通。以理不通，故心多不能平，以是后世之卓绝颖脱而出者皆目笑之。东坡盖五祖戒禅师之后身，以其理通，故其文涣然如水之质，漫衍浩荡，则其波亦自然而成文，盖非语言文字也，皆理故也。自非从般若中来，其何以臻此！其文自孟轲、左丘明、太史公而来，一人而已。（宋释惠洪《石门文字禅》卷二十七《跋东坡忧池录》）

韩退之之文，自经中来；柳子厚之文，自史中来；欧阳公之文和气多，英气少；苏公之文英气多，和气少。（宋邵博《邵氏闻见后录》卷十四）

韩退之《答李翊书》，老泉《上欧公书》，最见为文养气之妙。（宋吕本中《童蒙诗训》，《为文养气》）

读三苏进策涵养吾气，他日下笔自然文字滂沛无咨嗇处。（宋吕本中《童蒙诗训》，《三苏进策》）

文以气为主，非天下之刚者莫能之。古今能文之士非不多，而能杰然自名于世者亡几。非文不足也，无刚气以主之也。孟子以浩然充塞天地之气，而发为七篇仁义之书。韩子以忠犯逆鳞勇叱三军之气，而发为日光玉洁表里六经之文。故孟子辟杨墨之功不在禹下；而韩子诋排异端、攘斥佛老之功，又不在孟子下。皆气使之然也。若二子者，非天下之至刚者欤！国朝四叶，文章尤盛，欧阳文忠公、徂徕先生石守道、河南尹公师鲁、莆阳蔡公君谟，皆所谓杰然者。文忠之文，追配韩子，其刚气所激，尤见于责高司谏书。（宋王十鹏《梅溪王先生文集》后集卷二十七《蔡端明文集序》）

韩退之作《蓝田县丞厅壁记》，柳子厚作《武功县丞厅壁记》，二县皆京兆属城，在唐为畿甸，事体正同，而韩文雄拔超峻，光前绝后，以柳视之，殆犹砆砆之与美玉也。（宋洪迈《容斋四笔》卷五《蓝田丞壁记》）

国学经典文库

唐宋八大家散文鉴赏

附录

苏文架虚行危，纵横倏忽，数百千言，皆如其所欲出推者，莫知其所自来，古今议论之杰也。（宋叶适《三苏文范》卷首《苏氏谭薮》）

韩愈雄深雅健，柳宗元卓伟精致。（宋高似孙《纬略》卷三《古人文章》）

《送文畅师序》，退之辟浮图。子厚佞浮图，子厚不及退之。论史书子厚不恤天刑人祸，退之深畏天刑

人祸，退之不及子厚。文有圆有方。韩文多圆，柳文多方。（宋李塗《文章精义》）

韩如海，柳如泉，欧如澜，苏如潮。（宋李塗《文章精义》）

子厚雄健飘肆，有悬崖峭壑之势，不幸不发于仁义，而发于躁诞。至退之而后淳粹温润，骎骎乎为六经之苗裔。……子厚文辞淳正虽不及退之，至气格雄绝，亦退之所不及。然子厚论著，大抵非怨愤必刺毁，《辨论语下篇》尤害道；论天地阴阳，犹果蓏草木，不能赏功罚罪。虽诙谐之词，施于仁义教化，其孟腊欤！（宋王正德《馀师录》卷三《李朴》）

韩如美如，柳如精金；韩如静女，柳如名姝；韩如德骥，柳如天马。欧似韩、苏似柳。欧公在汉东，于破箧中得韩文数册，读之始悟作文法。东坡虽迁海外，亦惟以陶、柳二集自随。各有所悟入，各有所酷嗜也。然韩、柳犹用奇字重字，欧、苏唯用平常虚字，而妙丽古雅，自不可及，此又韩、柳所无也。（宋罗大经《鹤林玉露》甲编卷五）

邵公济云：欧公之文，和气多，英气少；东坡之文，英气多，和气少。其论欧公似矣，若东坡，岂少和气哉？文至东坡，无复遗恨矣。（金王若虚《滹南遗老集》卷三十六）

三苏皆得谥文：老泉文安，东坡文忠，颍滨文定，森然鼎峙，为一代文宗。老泉之文豪健，东坡之文奇纵，而颍滨之文深沉，差不迨其父兄，故世之读之者鲜焉。惟进卷中历代论如夏、商、三国、东晋数篇，却自精妙有味。（金元刘埙《隐居通义》卷

十五文章《三苏》)

曾子固之古雅,苏老泉之雄健,皆文章之杰然者。(金元金履祥《三苏文范》卷首《苏氏谭薮》)

唐之文,韩之雅健,柳之刻削,为大家,夫孰不知。……宋文章家尤多,老欧之雅粹,老苏之苍劲,长苏之神俊,而古作甚不多见。(元陶宗仪《南村辍耕录》卷九《文章宗旨》)

魏晋至隋,流丽淫靡,浮急促数,殆欲无文。惟陶元亮以冲旷天然之质发自肺腑,不为雕刻,其道意也达,其状物也核,稍为近古。韩退之起中唐,始大振之,退之俊杰善辨说,故其文开阳阖明,奇绝变化,震动如雷霆,淡泊如韶濩,卓矣为一家言。其同时则有柳子厚、李元宾、李习之之流。子厚为人精致警敏,习之志大识远,元宾激烈善持论,故其文皆类之。五代之弊甚于魏、隋之间。宋兴,至欧阳永叔、苏子瞻、王介甫、曾子固而文始备。永叔厚重渊洁,故其文委曲平和,不为斩绝诡怪之状,而穆穆有余韵。子瞻魁梧宏博,气高力雄,故其文常惊绝一世,不为婉昵细语。介甫狭中少容,简默有裁制,故其文能以约胜。子固俨尔儒者,故其文粹白纯正,出入礼乐法度中。(明方孝孺《逊志斋集》卷十二《张彦辉文集序》)

高山巨川,巉岩万状,浩漫千顷,可望而不可竟者,苏之大也;名园曲槛,绕翠环碧,十步一停,百步一止,而不欲去者,苏之细也;疏雨微云啜清茗,白雪浓淡总相宜者,苏之闲雅也;风涛烟树,晓夕百变,剽蛮夷曲,转入转佳,令人惊顾错愕,而莫可控揣者,苏之奇怪也,知此而"三苏"之品定矣。(明杨士奇《三苏文范》卷首《苏氏谭薮》)

苏文定公曰:"文者气之所形,文不可以学而能,气可以养而至。"善观文者,观其气之所养何如耳。唐虞三代之文尚矣。自秦而下,文莫盛于汉、唐、宋。汉之贾、董、班、马、刘、扬,唐之李、杜、韩、柳,宋之欧、苏、曾、王。之数公者,各以文章名家,其初岂必追琢缔绘学为如是之言乎?其所以宽厚宏博,汪洋放肆而不可掩者,则其浩然之气所养可知也。(明周忱《高太史凫藻集》卷首《高太史凫藻集序》)

三代之后无文人,六经之后无文法,非文之难也,文载乎道之难也。世之称唐大家者,必曰韩、柳。以今观之:高山大川,雄峙奔泗,虽不见其震亏湮塞,而其秀挺回纡,不可尽藏,韩之文也;巍岩绝湍,峭奇环曲,使人遐眺留眽,而其灵氛怪气,固克笼罩,柳之文也。又如平原旷野,大将指麾,天衡地冲,自有纪律,其韩之变乎?间道斜谷,惊飙掣电,不可方物,其柳之变乎?(明廖道南、蒋之翘辑注本《唐柳河东集》卷首诸家评语)

欧阳公之文,粹如金玉;苏公之文,浩如江河;欧之模写事情,使人宛然如见;苏之开陈治道,使人恻然动心:皆前无古人矣。至于老泉之文,侈能尽之约,远能见之近,大能使之小,微能使之著,烦能不乱,肆能不流。其雄壮俊伟,若决江河而下也;

其辉光明著,若引星辰而上也。若求其似,在孟、荀之间,史、汉之上,不可以文人论也。(明杨慎《丹铅杂录》卷六《称赞文章之妙》)

评"三苏"者,以奇崛评文安,以雄伟评文忠,以疏宕评文定。又谓子得之父,弟受之兄。而不知三贤之文,其致一也。奇正相生,冥明互藏,虚实代投,疾徐错行,岐合迭乘,顺逆旋宫,方圆递施,有无相君。倘亦五行之常胜耶?而其变又如神无迹而水无创耶?眉阳氏之文也,又以为非眉阳氏之文,而汉以上之文也。虽以奇伟疏宕名之也可,虽不以奇伟疏宕名之也可。(明杨慎《三苏文苑》卷首《苏氏谭薮》)

予览欧、苏二家论不同。欧次情事甚曲,故其论多确,而不嫌于复。苏氏兄弟则本《战国策》纵横以来之旨而为文,故其论直而肆,而多疏逸遒宕之势。欧则譬引江河之水而穿林麓,灌亩浍。若苏氏兄弟则譬之引江河之水而一泻千里,湍者萦,逝者注,沓不知其所止者已。语曰同工而异曲,学者须自得之。

苏明允《易》《诗》《书》《礼》《乐》论,未免杂之以曲见,特其文遒劲。子瞻《大悲阁》等记及赞罗汉等文,似狃于佛氏之言,然亦以其见解超朗,其间又有文旨不远稍近举子业者,故并录之。

曾南丰之文,大较本经术,祖刘向,其湛深之思,严密之法,自足以与古作者相雄长。而其光焰或不烁也,故于当时稍为苏氏兄弟所掩。独朱晦庵亟称之,历数百年,而近年王道思始知读而酷好之,如渴者之饮金茎露也。

……吞吐骋顿,若千里之驹,而走赤电,鞭疾风,常者山立,怪者霆击,韩愈之文也。巉岩崱屴,若游峻壑削壁,而谷风凄雨四至者,柳宗元之文也。遒丽逸宕,若携美人宴游东山,而风流文物照耀江左者,欧阳子之文也。行乎其所当行,止乎其所不得不止,浩浩洋洋,赴千里之河而注之海者,苏长公也。呜呼!七君子者,可谓圣于文矣。其余若贾、董、相如、扬雄诸君子,可谓才间炳然西京矣,而非其至者;曾巩、王安石、苏洵、辙,至矣;巩尤为折衷于大道,而不失其正,然其才或疲苶而不能副焉。吾聊次之如左,俟知音者赏之。(明茅坤《唐宋八大家文钞》,《八大家文钞论例》)

《寄许京兆孟兆书》子厚最失意时最得意书,可与太史公《与任安书》相参,而气似呜咽萧飒矣。予览苏子瞻置海外时诗文及复故人书,殊自旷达。盖由子瞻晚年深悟禅宗,故独超脱,较子厚相隔数倍。(明茅坤《八大家文钞·柳柳州文钞》卷一)

《与韩愈论史书》子厚之文多雄辩,而此篇尤其卓荦峭直处,但太露,气岸不如昌黎浑涵。(明茅坤《八大家文钞·柳柳州文钞》卷三)

《杨评事文集后序》予尝谓子厚诗过昌黎,而文特让一格矣。大略千钧之弩,难以再发也。(明茅坤《八大家文钞·柳柳州文钞》卷四)

以予观之,荆公之雄不如韩,逸不如欧,飘宕疏爽不如苏氏父子兄弟,而匠心所

注,意在言外,神在象先,如入幽林邃谷而杳然洞天,恐亦古来所罕者。(明茅坤《唐宋八大家文钞·王文公文钞引》)

书荆公之书多深思远识,要之于古之道。而行文处往往遒以婉,镵以刻,譬之入幽谷邃壑,令人神解而兴不穷,中有欧、苏辈所不及处。(明茅坤《唐宋八大家文钞·王文公文钞》卷四)

《先大夫集后序》子固阐扬先世所不得志处,有大体,而文章措注处,极浑雄,韩、欧与苏亦当俯首者。(明茅坤《唐宋八大家文钞·曾文定公文钞》卷五)

苏氏父子兄弟于经术甚疏,故论六经处,大都渺茫不根。特其行文纵横,往往空中布景,绝处逢生,令人有凌云御风之态。(明茅坤《唐宋八大家文钞·苏文公文钞》卷四)

苏定公之文,其巉削之思或不如父,雄杰之气或不如兄。然而冲和澹泊,遒逸疏宕,大者万言,小者千余言,譬之片帆截海,澄波不扬,而洲岛之梦错,云霞之蔽亏,日星之闪烁,鱼龙之出没,并席之掌上而绰约不穷者已,西汉以来别调也。(明茅坤《唐宋八大家文钞·苏文定公文钞·引》)

《历代论》子由之文,其奇峭处不如父,其雄伟处不如兄,而其疏宕袅娜处亦自有一片烟波,似非诸家所及。(明茅坤《唐宋八大家文钞·苏文定公文钞》卷八)

汉郑康成已开训诂之文之端,其句也,实而健;唐韩昌黎已开课试之文之端,其篇也,达而昌。……唐文不待昌黎变之,元结已变之。其失也,峭而急。宋文不待欧阳变之。李觏已变之,其得也,厚而宏。(明王文禄《文脉》卷二杂论)

柳子才秀于韩而气不及,金石之文亦峭丽,与韩相争长。而大篇则瞠乎后矣。《封建论》之胜《原道》,非文胜也,论事易长论理易短故耳。其他驳辩之类,尤更破的。永州诸记,峭拔紧洁,其小语之冠乎!独所行诸书牍,叙述艰苦,酸鼻之辞,似不胜楚;摇尾之状,似不胜屈。至于他篇,非掊击则夸毗,虽复裴然,终乘大雅。似此气质,罗池之死,终堕神趣,有以也。吾尝谓柳之早岁多弃其日于六季之学,而晚得幽僻远地,足以深造;韩合下便超六季而上之,而晚为富贵功名所分,且多酬应,盖于益损各中半耳。(明王世贞《读书后》卷三《书柳文后》)

欧阳之文,雅浑不及韩,奇峻不及柳,而雅靓亦自胜之。记、序之辞,纡徐曲折。碑志之辞,整暇流动,而间于过折处,或少力,结束处,或无归著,然如此十不一二也。独不能工铭诗,易于造语,率于押韵,要不如韩之变化奇崛。他文亦有迂远而不切、太淡而无味者。然要之宋文竟当与苏氏踞洛屋两头,曾、王而下置两庑。(明王世贞《读书后》卷三《书欧阳文后》)

明允、子瞻俱善持论,而明允尤雄劲有气力。独其好胜而多骋,不甚晓事体考故实,而轻为可愕可喜之谈,盖自《战国》中得之。子瞻殊爽朗,其论策沾溉后人甚多,记叙之类顺流而易竟,不若欧阳之舒婉,然中多警隽语,骚赋非古,而超然玄著,

所以收名甚易。（明王世贞《读书后》卷四《书三苏文后》）

文至于隋唐而靡极矣，韩、柳振之，曰敛华而实也。至于五代而冗极矣，欧、苏振之，曰化腐而新也。然欧、苏则有间焉，其流也使人畏难而好易。杨、刘之文靡而俗，元之之文旨而弱，永叔之文雅而则，明允之文浑而劲，子瞻之文爽而俊，子固之文腴而满，介甫之文峭而洁，子由之文畅而平。（明王世贞《艺苑卮言》卷四）

李谪仙、王摩诘，诗人之狂也。杜子美、孟浩然，诗人之狷也。韩退之文之狷，柳宗元文之狂，是又不可不知也。汉氏两司马，一在前可称狂，一在后可称狷，狂者不轨于道，而狷者几圣矣。……苏氏兄弟，一为狂，一为狷。坡公论议节概颇与谪仙相似，第犹有耿耿忠爱之意，卒至坎壈以死，亦其宜耳。（明李贽《藏书》卷三十二《儒臣传·德业儒臣》，《孟轲》）

古今人称文章大家，必曰韩、柳，然柳非韩匹也。韩之文主乎理，而气未尝不充。柳之文主乎气，而于理则或激之太高，拘之太迫。奇古峭厉则有之，而春容隽永之味则不足。（明方鹏《责备余谈》卷下《韩柳文章大家》）

唐、宋以来，如韩、欧、曾之于法至矣，而中靡独见，是非议论，或依傍前人，子厚、习之、子由乃有窥焉，于言有所郁渤而未畅。独长公洞览流略于濠上、竺乾之趣，贯穿驰骋而得其精微，以故得心应手，落笔千言，衮然溢出，若有所思，至于忠国惠民，凿凿可见之实用，绝非词人哆口无当者之所及。（明焦竑《重编东坡先生外集》卷首《刻苏长公外集序》）

文字之规矩绳墨，自唐、宋而下，所谓抑扬开阖、超伏照应之法，晋、汉以上绝无所闻，而韩、柳、欧、苏诸大儒设之，遂以为家。出入有度，而神气自流，故自上古之文，至此而别为一界。（明罗万藻《此观堂集》卷一《韩临之制艺序》）

俗称欧、苏等为"大家"，试取欧阳公文与苏明允并观，其静躁、雅俗、贞淫，昭然可见。心粗笔重，则必以纵横、名法两家之言为宗主，而心术坏，世教陵夷矣。明允其明验也。

学苏明允，狷狂谲躁，如健讼人强词夺理。学曾子固，如听村老判事，止此没要紧话，扳今掉古，牵曳不休，令人不耐。学王介甫，如拙子弟效官腔，转折烦难，而精神不属。八家中，唯欧阳永叔无此三病，而无能学之者。要之，更有向上一路在。（清王夫之《薑斋诗话》卷二）

韩文入手多特起，故雄奇有力。欧文入手多配说，故委迤不穷。相配之妙，至于旁正错出，几不可分，非寻常宾主之法可言矣。

唐宋八大家文，退之如崇山大海，孕育灵怪；子厚如幽岩怪壑，鸟叫猿啼；永叔如秋山平远，春谷倩丽，园亭林沼，悉可图画，其奏劄朴健刻切，终带本色之妙；明允如尊官酷吏，南面发令，虽无理事，谁敢不承；东坡如长江大河，时或疏为清渠，潴为池沼；子由如晴丝袅空，其雄伟者如天半风雨，袅娜而下；介甫如断岸千尺，又如高士，谿刻不近人情；子固如陂泽春涨，虽泛漫而深厚有气力，《说苑》等叙，乃特紧严。然诸家亦各有病。学古人者，知得古人病处，极力洗刷，方能步趋。否则我自有病，又益以古人之病，便成一幅百丑图矣。（清魏禧《魏叔子日录》卷二《杂说》）

韩文疏宕最早，柳晚节乃益疏宕。韩初圆而后方，圆之至也。柳先方而后圆，言之至也。一规一矩，可制万器，二公当之。（清储欣《河东先生全集录》卷四）

昌黎居潮，子厚居永、柳，皆有政绩。然昌黎在潮诗文，依然肃穆平宽；子厚永、柳诸作，便不免辛酸凄苦。其后昌黎向用不穷，子厚竟卒于贬所，可悟文章气象之间关人禄命。

问韩文公云：醇而后肆，肆是工夫，是天分？曰：自是工夫，理明白了，然后能放笔言之。如东坡便是肆而不醇，就他的话，亦说得一片，只是推敲起来不胜病痛。

柳文精金美玉，独识见议论，未若《汉书》之精当。子厚之文，恶于孟坚；退之之文，过于子长。韩文直追周，其质实处，正是其高处。

看来古文、诗俱到家者，惟陈思、柳州耳。韩文便好于诗。柳州文字莫要论其道理意思如何，只就其文论，虽千余言，要删他一个虚字不得。（清李光地《榕村语录》卷二十九诗文一）

柳醇正不如韩，而气格雄绝亦韩所不及。吾尝论韩文如大将指挥，堂堂正正，而分合变化，不可端倪；柳则偏裨锐师，骁勇突击，囊沙背水，出奇制胜，而刁斗仍自森然。韩如五岳四渎，奠乾坤而涵万类；柳则峨眉天姥，孤峰矗云，飞流喷雪，虽无生物之功，自是宇宙洞天福地。其并称千古，岂虚也哉！（清张伯行重订《唐宋八大家文钞》，《柳文引》）

昌黎出入孟子，陶熔司马子长，六朝后故为文字中兴。维时雄深雅健，力与之角者，柳州也。庐陵得力昌黎，上窥孟子。老泉之才，横矫如龙蛇。东坡之才大，一泻千里，纯以气胜。颍滨淳蓄渊涵。南丰深湛经术，又一变矣。要皆正人君子，维持文运。半山之文，纯粹狠戾互见，芟而存之，勿以人废言可也。读八家，如见其学问、心术，并其所际之时事推论之，方不肤泛。

文不嫌于熟，然太熟而薄，则不能味美于回。昌黎如《与张仆射书》《与李秀才书》《送河坚序》之类，庐陵如《醉翁亭记》，东坡如《喜雨亭记》之类，编中汰之，嫌其熟实，嫌其薄也。若昌黎《上于襄阳书》、后二次《上宰相书》《与陈给事书》《代张籍与李浙东书》之类，此又因其摧挫浩然之气，当分别观之。（清沈德潜《唐宋八大家古文读本》凡例）

文章以沉着痛快为最，《左》《史》《庄》《骚》、杜诗、韩文是也。……"宵寐匪祯，札闼洪庥。"以此嗐人，是欧公正当处，然亦有浅易之病。"逸马杀犬于道"，是欧公简炼处，然《五代史》亦有太简之病。（清郑燮《郑板桥集》一，家书《潍县署中与舍弟五书》）

上古文字简质。周尚文，而周公、孔子之文最盛。其后传为左氏，为屈原、宋玉，为司马相如，盛极矣。盛极则孽衰，流弊遂为六朝；六朝之靡弱，屈、宋之盛肇之也。昌黎氏矫之以质，本六经为文。后人因之，为清疏爽直，而古人华美之风亦略尽矣。平奇华朴，流激使然。末流比比，不可与处。唐人之体，校之汉人，微露圭角，少浑噩之象；然陆离璀璨，犹似夏、商鼎彝。宋人文虽佳，而奇怪惶惑处少矣。荆川云："唐之韩，犹汉之班马；宋之欧、曾，犹唐之韩。"此自其同者言之耳。然气味有厚薄，力量有大小，时代使然，不可强也。

文贵品藻，无品藻便不成文字。如曰浑，曰浩，曰雄，曰奇，曰顿挫，曰跌宕之类，不可胜数。然有神上事，有气上事，有体上事，有色上事，有声上事，有味上事，须辨之甚明。品藻之最贵者，曰雄，曰逸。欧阳子逸而未雄；昌黎雄处多，逸处少；太史公雄过昌黎，而逸处更多于雄处，所以为至。（清刘大櫆《论文偶记》）

昌黎文如名山大川，柳州则幽篁曲涧也，并此二难，文章之大观备矣。且气味亦相近，后来者远未之逮。（清范泰恒《燕川集》卷十二《书柳文》）

韩子文起六朝之衰，而诗则不废六朝之体；欧公文划五季之弊，而诗则尚沿五季之风。彼岂不欲尽变？理固不能尽变也，文则安可如此乎？且诗不必有用，而文则不可无用；诗不可无格，而文则不容有格。唐人不尽为有用之文，亦不为有格之文，故其善者如韩、柳、元、白，各自成家，其余或骈枝丽词，小说隽语，其弊也杂。宋人务为有用之文，又好言有格之文，其盛时如欧、苏、曾、王，如出一手，其余亦自取义理，不失法度，其弊也拘。（清郑献甫《补学轩文集》甲集卷三《答友人论文书》）

东汉以下，迄于唐初，文笔每犯不快之弊，未可以先儒醇实之说弥缝其失也。其他浮藻，更无论矣。故必昌黎出，而始豁然轩天地，浩乎沛古今，子厚配之，欧、曾、苏、王继之。他美固多，总不离"快"之一言也。韩、柳以前，快者其陆宣公乎！故韩、苏多取径于陆。或云太快则少温厚之气，不知温厚亦必以快出之也。（清秦笃辉《平书》卷七文艺篇上）

太史公文，韩得其雄，欧得其逸。雄者善用直捷，故发端便见出奇；逸者善用纡徐，故引绪乃觇入妙。

昌黎谓柳州文"雄深雅健，似司马子长"。观此评，非独可知柳州，并可知昌黎所得于子长处。

昌黎之文如水，柳州之文如山；"浩乎""沛然"，"旷如""奥如"，二公殆各有会心。

朱子曰："韩退之议论正，规模阔大，然不如柳子厚较精密。"此原专指柳州《论鹖冠子》等篇，后人或因此谓一切之文精密概出韩上，误矣。

谢叠山云："欧阳公文章为一代宗师，然藏锋敛锷，韬光沈馨，不如韩文公之奇奇怪怪，可喜可愕。"按：欧之奇不如韩，固有之，然于韩之抑遏蔽掩，不使自露，讵相远乎？

苏老泉云："风行水上，涣，此天下之至文也。"余谓大苏文一泻千里，小苏文一波三折，亦本此意。

欧文优游有余，苏文昭晰无疑。

介甫之文长于扫，东坡之文长于生。扫，故高；生，故赡。

子由曰："子瞻之文奇，吾文但隐耳。"余谓百世之文，总可以"奇""隐"两字判之。（清刘熙载《艺概》卷一《文概》）

国朝萧墨《经史管窥》引李耆卿《文章精义》云："韩如海，柳如泉，欧如澜，苏如潮。"然则今人称韩潮苏海，误矣。（清俞樾《茶香室丛钞》卷八《韩海苏潮》）

苏家文字，喻其难达之情，圆其偏执之说，往往设喻以乱人观听。骤读之，无不点首称可；及详按事理，则又多罅漏可疑处。然苏氏之文，多光芒，有气概；如少年武士，横槊盘马，不战已足屈人之兵。（近人林纾《春觉斋论文·述旨》）

以纵横才气入碑版文字，终患少温纯古穆之气。昌黎步步凝敛，正患此弊耳。至于《表忠观碑》则别为一体，亦为古今杰作。（近人林纾《春觉斋论文·流别论》）

《寄京兆许孟容书》，词语至哀痛，而段落又至分明。逐层皆有停顿，虽不如昌黎之穿插变幻，到吃紧处，偏放松，及正面时，转逆写，然亦自成为柳州气格。此无他，性情真，而文字亦无有不动人者。（近人林纾《韩柳文研究法·柳文研究法》）

2.语言

柳州为文，或取前人陈语用之，不及韩吏部卓然不丐于古，而一出诸己。刘梦得巧于用事，故韩、柳不加品目焉。（宋宋祁《宋景文公笔记》卷上）

柳子厚作楚词，卓诡谲怪，韩退之不能及；退之古文，深闳雄毅，子厚又不及。（宋沈作喆《寓简》卷四）

欧阳永叔之文，纯雅婉熟，使人读之亹亹不倦。然比之韩、柳所作，深雄遒劲不及也。虽各自有体，然亦伤助语太多。（宋李如箎《东园丛说》卷下《欧文》）

东坡晚年叙事文字多法柳子厚，而豪迈之气，非柳所能及也。（宋吕本中《童蒙诗训》，《东坡之文》）

韩退之文，浑大广远难窥测；柳子厚文，分明见规模次第。学者当先学柳文，后熟读韩文，则工夫自见。（宋吕本中《童蒙诗训》，《韩柳文》）

子瞻文章从《战国策》、陆宣公奏议中来，长于议论而欠宏丽，故虽扬雄亦薄之，云："好为艰深之词，以文浅易之说"。雄之说"浅易"则有矣，其文词安可以为"艰深"而非之也？韩退之文章岂减子瞻，而独推扬雄云："雄死后，作者不复生"，雄文章岂可非哉？《文选中求议论则无，求奇丽之文则多矣。（宋张戒《岁寒堂诗话》卷上）

韩退之议论正,规模阔大,然不如柳子厚较精密。

柳文是较古,但却易学,学便似他。不似韩文规模阔。学柳文也得,但会衰了人文字。

退之要说道理,又要则剧,有平易处极平易,有险奇处极险奇。

柳文亦自高古,但不甚醇正。

东坡文字明快。老苏文雄浑,尽有好处。如欧公、曾南丰、韩昌黎之文,岂可不看?柳文虽不全好,亦当择。

至欧公文字,好底便十分好,然犹有甚拙底,未散得他和气。到东坡文字,便已驰骋,忒巧了。

欧公文章及三苏好,说只是平易说道理,初不曾使差异底字,换却那寻常底字。

文字到欧、曾、苏,道理到"二程",方是畅。荆公文暗。

欧公文字敷腴温润。曾南丰文字又更峻洁,虽议论有浅近处,然却平正好。到得东坡,便伤于巧,议论有不正当处;后来到中原,见欧公诸人了,文字方稍平。老苏尤甚。大抵已前文字都平正,人亦不会大段巧说。自三苏文出,学者始曰趋于巧。

东坡文说得透,南丰亦说得透,如人会相论底一齐指摘说尽了。欧公不尽说,含蓄无尽,意义好。

人老气衰文亦衰。欧阳公作古文,力变旧习。老来照管不到,为某诗序,又四六对偶,依旧是五代习。东坡晚年文虽健,不衰,然亦疏鲁,如《南安军学记》,海外归作,而有"弟子扬觯序点者三"之语,序点是人姓名,其疏如此。

老苏文字初亦喜看,后觉得自家意思都不正当,以此知人不可看此等文字。固宜以欧、曾文字为正。东坡、子由晚年文字不然,然又皆议论衰了。东坡初进策时,只是老苏议论。

其说利害处,东坡文字较明白,子由文字不甚分晓。

南丰文却近质。他初亦只是学为文,却因学文渐见些子道理,故文字依傍道理做,不为空言。只是关键紧要处,也说得宽缓不分明。缘他见处不彻,本无根本工夫,所以如此。但比之东坡,则较质而近理,东坡则华艳处多。

曾所以不及欧处,是纡徐曲折处。曾喜模拟人文字,《拟岘台记》是仿《醉翁亭记》,不甚似。

韩不用科段,直便说起去至终篇,自然纯粹成体,无破绽。

作文字须是靠实,说得有条理乃好,不可架空细巧。大率要七分,只二三分文。如欧阳公文字好者,只是靠实,而有条理,如张承业及宦者等传自然好。东坡如《灵壁张氏园亭记》最好,亦是靠实。(宋朱熹《朱子语类》上卷一百三十九)

学久未有惬于心,乃取六君子文类而读之。如昌黎之粹而古,柳州之辨而古,六一之浑厚而古,河南之简切而古,南丰之密而古,后山之奇而古,是皆可仰可师。集而参之,肆吾力焉,庶以逞吾志。如诸公之墓志、表,尤奇笔,然不胜其多,又不容率意去取,姑置之云。(宋陈造《江湖长翁文集》卷三十一《题六君子古文后》)

欧阳公自醉翁亭后,文字极老。苏子瞻自雪堂后,文字殊无制科气象。介甫之罢相归半山也,笔力极高古矣。如曾子固见欧阳公后,自是迥然出诸人之上。老苏文字篇篇无斧凿痕,盖少作皆已焚之矣。

老苏晚年文字,多用欧阳公宛转之态。

东坡自东坡后,文章方见涯涘。半山自半山后,不止持论立说而已也。六一、南丰中年文字好,及晚则已定,又放开了。东坡、半山晚犹向进不尽。(宋韩淲《涧泉日记》卷下)

退之虽时有讥讽,然大体醇正。子厚发之以愤激。永叔发之以感慨。子瞻兼愤激感慨而发之以谐谑。读柳、欧、苏文,方知韩文不可及。

作世外文字,须换过境界。庄子《寓言》之类,是空境界文字。灵均《九歌》之类,是鬼境界文字(宋玉《招魂》亦然)。子瞻《大悲阁记》之类,是佛境界文字(《鱼枕冠颂》亦自《楞严经》来。《夫容城》《黄鹤楼仙》诗之类,是鬼仙境界文字)。《上清宫辞》之类,是仙境界文字。惟退之不然,一切以正大行之,未尝造妖捏怪,此其所以不可及。(宋李塗《文章精义》)

黄太史跋《送穷文》拟扬子云《逐贫赋》,语稍庄,文采过之。如子云《解嘲》疑宋玉《答客难》,退之《进学解》拟子云《解嘲》,柳子厚《晋问》拟枚乘《七发》,皆文采之美也。(宋魏了翁《鹤山笔录》)

苏辙论事精确,修辞简严,未必劣于其兄。王安石初议青苗,辙数语而枙之,安石自是不复及此,后非王广廉傅会,则此议息矣。辙寡言鲜欢,素有以得安石之敬心,故能尔也。(元脱脱《宋史》卷三百三十九《苏辙传》)

世之论韩文者,共首称碑志。予独以韩公碑志多奇崛险谲,不得《史》《汉》序事法，故于风神处或少遒逸，予亦镌记其旁。至于欧阳公碑志之文，可谓独得史迁之髓矣。王荆公则又别出一调，当细绎之。序记书则韩公崛起门户矣。而论策以下当属之苏氏父子兄弟。四六文字予初不欲录，然欧阳公之婉丽，苏子瞻之悲慨，王荆公之深刺于君臣上下之间，似有感动处，故录而存之。（明茅坤《唐宋八大家文钞论例》）

苏氏父子兄弟于经术甚疏，故论六经处，大都渺茫不根。特其行文纵横，往往空中布景，绝处逢生，令人有凌云御风之态。（明茅坤《唐宋八大家文钞·苏文公文钞》卷四）

《上范资政书》按此书曾公既自幸为范文正公所知，窃欲出其门，又恐文正公或贱其人，故为纡徐曲折之言，以自通于其门，而行文不免苍莽沉晦，如扬帆者之入大海而茫乎其畔已。若韩昌黎所投执政书，其言多悲慨；欧公所投执政书，其言多婉曲；苏氏父子所投执政书，其言多旷达而激昂。较之子固，醒人眼目，特倍精爽。（明茅坤《唐宋八大家文钞·曾文定公文钞》卷二）

《上神宗皇帝书》予按：苏氏父子兄弟所上皇帝书不同。老苏当仁庙时，朝廷方尚安静邕德泽，故其书大较劝主上务揽威权责名实。长公、次公当神庙时，朝廷方变法令亟富强。故其书大较劝主上务省纷更持宽大。然而次公之言犹纡徐曲巽，而长公之言似觉骨鲠痛切矣。然三人中，长公更胜，其指陈利害似贾谊，明切事情似陆贽。汝辈读古人文章，须于此细细权衡，方得下手处。（明茅坤《唐宋八大家文钞·苏文公文钞》卷三）

天下之文，莫妙于言有尽而意无穷，其次则能言其意之所欲言。《左传》《檀弓》《史记》之文，一唱三叹，言外之旨蔼如也。班孟坚辈，其披露亦渐甚矣。苏长公之才，实胜韩、柳；而不及韩、柳者，发泄太尽故也。（明袁中道《珂雪斋文集》卷二《淡成集序》）

文章序事难于议论，夫人知之。东坡先生议论，纵横无敌，似有天授。而序事冗沓，乃大逊于韩、柳、欧阳。又卷帙太繁（清储欣《唐宋十大家全集录》凡例）

弇州谓欧、苏文其流也畏难而好易，此语诚然。盖二公以清圆转折为工，而古人炼字炼句之法至此尽矣。（清王应奎《柳南随笔》卷五）

仆愿足下博心壹志，专学唐之文章，而入门则自宋之王介甫、元之姚燧始。之二人者，皆闯昌黎之室，周其匽湿，不自知为宋、元人也。大抵唐文峭，宋文平；唐文曲，宋文直；唐文瘦，宋文肥；唐人修词与立诚并用，而宋人或能立诚，不甚修词。圣人论为命，尚且重修饰润色，所谓"言之不文，行之不远"也。若班固序上官桀持盖事，故意分风雨为二，错落之以为古，范史书阴兴持盖，则云障翳风雨，词非不达也，而已不古矣。昌黎志房君云，名声益彰彻大行，故意重累之以为古，欧公志江邻几，则云内行修饬，词非不简也，而反不古矣。（清袁枚《小仓山房文集》卷三十五《与夫韩之古质奇崛厚重,根柢六经,为文忠所弗如。且如《书张中丞后》,悲壮激发,于司马迁、班固勿啻也,何文忠之能比? 若夫行状神道墓志,文忠乃实胜韩。(清王昶《春融堂集》卷三十《与朱竹君书》)

案自有四六以来,辞致纵横,风调高骞,至徐、庾极矣。笔力古劲,气韵沉雄,至燕公极矣。驱使卷轴,词华绚烂,至四杰极矣。意思精密,情文婉转,至义山极矣。及宋欧、苏诸公,笔势一变,创为新逸,又或一道也。惟子厚晚而肆力古文,与昌黎角立起衰,垂法万世。推其少时,实以词章知名,词科起家。共熔铸烹炼,色色当行。盖其笔力已具,非复雕虫篆刻家数。然则有欧、苏之笔者,必无四杰之才;有义山之工者,必无燕公之健。沿及两宋,又于徐、庾风格去之远矣。独子厚以古文之笔,而炉韝于对仗声偶间,天生斯人,使骈体、古文合为一家,明源流之无二致。呜呼,其可及也哉! (清孙梅《四六丛话》卷三十一)

宋朝欧阳、曾公之文,其才皆偏于柔之美者也。欧公能取异己者之长而时济之,曾公能避所短而不犯。观先生之文,殆近于二公焉。抑人之学文,其功力所能至者,陈理义必明当,布置取舍繁简廉肉不失法,吐辞雅驯,不芜而已。古今至此者,盖不数数得,然尚非文之至;文之至者通乎神明,人力不及施也。(清姚鼐《惜抱轩文集》卷六《复鲁絜非书》)

文士之效法古人,莫善于退之,尽变古人之形貌,虽有摹拟,不可得而寻其迹也。其他虽工于学古,而迹不能忘。扬子云、柳子厚,于斯盖尤甚焉。以其形貌之过于似古人也。而遽摈之,谓不足与于文章之事,则过矣。然遂谓非学者之一病,则不可也。(清姚鼐《古文辞类纂》)

韩之奥,柳之峭,欧逸而曾醇,王峻而折,健拔若老泉,雄快若东坡,纡回若子由,又名山福地,高人羽士之所宅,南潕此流之或汇或奔也。(清范泰恒《燕川集》卷一《古文读本序》)

柳州骨力远超宋人,其诸记佳矣,但句调似赋,少昌黎参差高下之致,自来无人道及。

欧文谓并韩,非也。谢叠山先生云:学韩不成,终不平庸;学欧不成必无锋芒。此言信然。欧公议论,时有韩之变化。而奇矫则不逮,且多近俗处,选故宜慎。碑版、《五代史》,叙事近《史记》,又多可取。然曹子桓云:公幹有逸气,惜不遒。欧公所少,亦此耳。其铭词不如昌黎之古,即论赞多平实语,少味外味,亦不如《史记》也。自来妄推,余不敢徇。

王介甫文叙事逊欧,而议论胜之,其遒折处,文品尤贵,更非曾所及也。选录独多,识者详之。老泉之文老健沉着,应在大苏上。子瞻诸策,笔太直而少变化,气太纵而少停蓄,识见固高,文品较下,不从韩、柳、欧、王,历观之不知也。入选论增于策,策增于记,盖叙事尤所短也。

子由之文近父兄,而骨力较嫩,虽曰袅袅可爱,然太近时矣。南丰多实语,少变动,昌黎约六经之旨,何尝道六经只字?(清范泰恒《燕川集》卷十四《古文凡例》)

敬观之前世,贾生自名家、纵横家入,故其言浩汗而断制;晁错自法家、兵家入,故其言峭实;董仲舒、刘子政自儒家、道家、阴阳家入,故其言和而多端;韩退之自儒家、法家、名家入,故其言峻而能达;曾子固、苏子由自儒家、杂家入,故其言温而定;柳子厚、欧阳永叔自儒家、杂家、词赋家入,故其言详雅有度;杜牧之、苏明允自兵家、纵横家入,故其言纵厉;苏子瞻自纵横家、道家、小说家入,故其言逍遥而震动。(清恽敬《大云山房文稿》二集卷首《目录叙说》)

书画古器物之记,务尚考订,体近于跋尾。韩昌黎之《画记》专摹《考工》,后人仿效,虽语语皆肖,究同木偶。记古器物固须刻划,必一一摹拟,又似凿矣。记山水则子厚为专家,昌黎不能及也。子厚之文,古丽奇峭,似六朝而实非六朝;尤精于小学,每下一字必有根据,体物既工,造语尤古,读之令人如在郁林、阳朔间;奇情异采,匪特不易学,而亦不能学。欧阳力变其体,俯仰夷犹,多作吊古叹逝语,亦自成一格。(近人林纾《春觉斋论文·流别论》)

王鏊《震泽长语》论为文妙诀曰:"为文必师古,读之使人不知所师,善师古者也。韩师孟,今读韩文,不见其为孟也。欧学韩,亦不觉其为韩。"愚按:欧之学韩,神骨皆类,而风貌不类。但观惟俨、秘演诗文集二序,推远浮屠之意,与韩同能,不为险语,而风神自远,则学韩真不类韩矣。韩之长,亦不止出于孟子,专以孟子绳韩,则碑版及有韵之文亦出之孟子乎?韩者集古人之大成,实不能定以一格。(近人林纾《春觉斋论文·忌剽袭》)

昌黎墓志有偶然叙及交谊者,唯其有交谊,始为之撰文,虽语涉家常,于体格亦不甚病。然总须严洁,譬诸身到名山,未到菁华荟萃处,已有一股秀气先来扑人,人便知是作家语,不易抛却。欧文语语平易,正其严洁,不可猝及。昔人见欧公《醉翁亭记》草,起手本有数行,后乃一笔抹却,只以"环滁皆山也"五字了之,何等斩截!然但观此五字,亦有何奇?似尽人皆能。不知洗伐到精粹处,转归平淡;浅人以平易为平淡,便不是矣。(近人林纾《春觉斋论文·用起笔》)

唐宋八大家散文文体知识

以韩愈、柳宗元为代表的唐代古文家,以及后继的宋代欧阳修等人倡导的"古文运动",不仅开拓了我国古代散文的新局面,同时也大大丰富和发展了古代散文的各种文体。不仅传统的碑铭文、论说文、传状文、哀祭文、杂记文等,在这些著名的古文家手中不断有所创新,如韩愈在传统的论说文中又开创了"原""解"各体,在序跋文中,又开拓了赠序文体;柳宗元在杂记中,开创了山水游记;苏轼、欧阳修等在汉赋、骈赋的基础上,又发展出兼具古文风格的文赋等。唐宋散文,上继承周、秦、汉,下流被元、明、清,是我国古代散文文体臻于完备而极为发达的时期。认识和研究八大家散文文体的特点,对于我们具体研究他们的创作经验及其作品具有重要意义。

[论]论,即议论文,是以议论为主的文体。

最早说明"论"的性质和特点的是刘勰。他在《文心雕龙·论说》篇中说:"论也者,弥纶群言,而研精一理者也。"意思是说,所谓论文,就是概括各种言论、意见,精密地研求出唯一的道理。在论到这类文章的体制和写作特点时,他更发挥说:"原夫论之为体,所以辨正然否;穷于有数,追于无形,钻坚求通,钩深取极;乃百虑之筌蹄,万事之权衡也。"意思是说:论文这种文体,是一种明辨是非的文章。它通过对客观事物现象的深入观察,推求到隐藏于现象背后的道理。要求写作者要有艰苦钻研以求贯通、深入底里以认识本质的精神,然后通过这种手段,来权衡各种事物的是非得失。刘勰的这一阐述,体现了议论文体的本质。

议论文的发生发展十分久远,早在春秋战国时代的先秦诸子散文,实际上就是议论文的开始。这种议论文,是从最初的诸子讲学语录,逐渐发展形成的。《墨子》中的所谓"十论",是墨子讲学的记录,每论各有主题,已粗具论文规模;《孟子》一书基本是语录体,其中以一个中心为议题的某些段落,如著名的《鱼我所欲也》等章,也已具备议论文雏形;及至《庄》《荀》《韩》等各家著作,不仅多数篇章都以议论文的形式出现,而且有的篇章还直接以"论"名题,如《庄子·齐物论》《荀子·天论》等。

议论文在其发展中,又被划分为若干种类,如刘勰分"论"为四品(陈政、释经、辨史、诠文)八名(议、说、传、注、赞、评、叙、引)。《文选》分"论"为设论、史论和论三类。徐师曾《文体明辨》则将"论"列为八品：理论、政论、经论、史论、文论、讽论、寓论、设论。我们今天看来，按"论"的内容划分，实不外政论、史论、学术论文三大类。但古代对论说文的划分，往往又因题名和写作的角度分体，因此后来就把"论"又只视为整个论说文中的一体，而另外还分为说、解、辩、原、议、释等，如吴讷的《文章辨体》和徐师曾的《文体明辨》便都是如此。这样的划分，反映了古代论说文的多样性，也便于认识其不同的特征。

早期的议论文，论与说往往难以断然区分，比如汉初贾谊的《过秦论》、汉武帝时东方朔的《非有先生论》，虽其名为论，但在文章论理之外，都兼具抒情色彩。东汉以后，议论文的风格开始有了变化。凡以"论"名篇的作品，大都根据一个论点，做周详的推理论证。重在见解精深，逻辑严密，虽笔法变化多端，但游说、劝说的味道已逐渐蜕尽。至唐、宋古文家，论与说已截然分开。"论"基本用于论断事理，包括论政、论史、论学。唐柳宗元《封建论》、宋苏轼的《留侯论》都是论文中的名篇。其特点是，论点突出，不仅说理透辟、语言简练，而且还讲究气势充沛、情理兼备，虽在论理，又具有文学价值。

[原]原是推本求源的意思。"原"体是议论文的一种，其特点是论述事物的本原而又致用于当今。有人认为这一文体创自韩愈的五"原"，如徐师曾《文体明辨》说："按字书云：'原者，本也，谓推论其本原也。'自唐韩愈作五'原'，而后人因之，虽非古体，然其溯原于本始，致用于今，则诚有不可少者。至其曲折抑扬，亦与论说相为表里，无甚异也。其题或曰原某，或曰某原，亦无他义。"其实早在韩愈之前就有以"原"名篇的文章，如《吕氏春秋》有"原道训"、《文心雕龙》有"原道"篇等，也是推本求原性的文字。韩愈对这一文体的形成和发展确有不可磨灭的贡献，他作有"五原"（《原道》《原性》《原毁》《原人》《原鬼》）。《原道》就是首先给"道"下定义，即从说明"道"的本始含义开始的。由于文章具有注重推本求源的特点，故在实际运用中往往比一般论文更有说服力。

[解]是指解释疑难性的文章。徐师曾《文体明辨》称："文既有解，又复有释，则释者，解之别名也。"实际上这类文章又分两小类，一类是假设问答，先假托有人提出某种疑问或疑惑，然后再加以解释。代表作以汉代扬雄的《解嘲》开其先，以韩愈的《进学解》为最有名。扬雄的《解嘲》是解释人们对他的嘲讽，它采用主客问答的方式，先假设有问者，然后再加以论说。韩愈的《进学解》是完全因袭《解嘲》的形式而写的，假设国子先生与学生对话，指责了当时执政者不辨贤愚、大材小用，抒发了他自己遭贬斥不得重用的积愤不平。"解"的另一类是解释某类问题和书中的某些语句，属于解说性质的文章，如韩愈的《获麟解》对古代传说中的所谓灵物麟的出没情况进行解说。这类"解"实际上与"说"无大区别。

[说]一种重在说明、申释的议论文。早期用于解释经文，《汉书·艺文志》著录《易》有五鹿充宗《略说》，《诗》有《鲁说》《韩说》等。后来成为说理性议论文的

一种。明杨慎《丹铅杂录·珊瑚钓诗话》卷六："正是非而著之者,说也。"徐师曾《文体明辨》云:"按字书:'说,解也,述也,解释义理而以已意述之也。'"

唐以后以"说"名篇的文字,就已是理论性文章,但它偏重于说明性、解说性。例如韩愈著名的《师说》。一般说来,凡称为"说"的文章,往往都带有某些杂文、杂感性质,或写一时感触,或记一得之见,题目可大可小,行文也较自由随便。例如韩愈的《杂说四首》,就是一组杂文。其中第四篇《马说》,是一篇以千里马为喻,说明知遇之难的杂文。宋

苏轼的《日喻说》是继韩愈的《杂说》之后的又一篇针对当时学风不正而发的杂感性文章。至于柳宗元著名的《捕蛇者说》,则是一篇针对时政而发的杂感。

古代以"说"名篇的杂感性小文,一般都是借说明某一具体事物,或取喻一个故事,来讲明一个道理或发抒自己的某种感情,从而达到使说理和抒情形象化的目的。此外,古人还常常把某些读书心得、生活体验写成小文,称为"说",一般说来,这是因为其内容带有阐释、解说、仅供参考的意思。

因为"说"的内容丰富,写法和风格灵活多样,所以后世又有所谓"杂说"的称呼。

[议]议又称驳议,是一种带有论辩性的政论文。刘勰《文心雕龙·章表》云:"表以陈情,议以执异。"但大约又有鉴于它与一般上陈的章表之属有不同特点,因此刘勰又重立有《议对篇》,把驳议与对策归为同类,详论了它的特点。姚鼐《古文辞类纂》则仍归为"奏议"类,视为公牍文的一种。实质上,驳议虽属上行公文,但论辩性较强,所以,我们仍将其归入政论文。

驳议文始于汉代,是朝廷议事时陈述不同意见的上书。蔡邕《独断》上说:"其有疑事,公卿百官会议,若台阁有所正处,而独执异意者曰驳议。"

唐、宋古文家所写的驳议文,以柳宗元的《驳复仇议》最为有名。此文是柳宗元

任礼部员外郎时,为驳一条不合理的法律而写的,其论辩的内容关系到政令的实施,说理清楚,逻辑性强,而没有过多的文采。正如刘勰所说:"文以辨洁为能,不以繁缛为巧;事以明覆为美,不以深隐为奇"(《文心雕龙·议对》)。

后世以"议"名篇的文章,有的不是上奏朝廷的,因此,明徐师曾《文体明辨》又把议分为奏议、私议两种。他说:"学士偶有所见,又复私议于家,或商今,或订古,由是议寝盛焉。"所谓私议,也就是某些学者有鉴于某些政治、社会问题而私自撰写的政论文。它是由奏议发展来的,所以在写法上一般也仿效奏议体的方式,即先列举出某种成说,然后用辩驳口吻,加以论议。

[辩]辩,是针对某一主张、某一观点进行辩驳、辩论的一种议论文。

"辩"被视为古代论说文中的一体,主要起自唐、宋以后。所谓"辩"即辩驳、辩论的意思。产生于先秦的"百家争鸣"时的诸子著作,尤其是记载孟轲言论的《孟子》一书,许多都是他与同代学者或君王辩论的记录。他的善辩是有名的。但那还只是辩论言辞的记录,一般还不视为论辩文。

"辩"与"辨"古代通用,唐以前也有以"辨"名篇的文章,如陆机的《辨亡论》,刘孝标的《辨命论》等,前者是分析吴国败亡原因的,后者是论说所谓穷通有命的。因此,其所用的"辨"乃是辨别、辨析的意思,并非是辩驳、辩论的意思。从性质上讲,它们还属于"论"。只有唐、宋以后,称为"辩"或"辩某"的文章,才是属于辩驳或辩论性的文章。

唐代韩愈有《讳辩》一文,是与当时某些人辩论避讳问题的。文中有时说理,有时反诘,有时相讥,风格恣肆,语言雄辩。柳宗元的《桐叶封弟辩》是辩驳《吕氏春秋》和《说苑》记述周公史实的荒谬的,文章虽不长,但揣情度理,有驳、有论、有断,十分雄辩有力。柳宗元有一系列论辩文,如《论语辩》《辩列子》《辩文子》《辩鹖冠子》《辩鬼谷子》等,这些文章或辩成书年代,或辩作者真伪,或辩书之价值,写法不千篇一律,却能做到各具特色。

[记]记,是以叙事为主的文体。以"记"名篇的文章,古人亦称"杂记体"。杂记的内容十分复杂、广泛。广义地说,它包括了一切记事、记物之文。明代徐师曾《文体明辨》说:"记者,所以备不忘也。"

从现存的"记"文来看,有的记人,有的记事,有的记物,有的记山水风景,有的尚叙述,有的尚议论,有的尚抒情,有的尚描写,非常复杂多样。近人根据所记内容的不同,又将其分成各小类。林琴南在《春觉斋论文》中说:"然勘灾、浚渠、筑塘、修祠宇、纪亭台当为一类;记书画、记古器物又别为一类;记山水又别为一类;记琐细奇骇之事,不能入正传者,其名为'书某事',又别为一类;学记则为说理之文,不当归入厅壁;至游谦觞咏之事,又别为一类:综名为记,而体例实非一。"褚斌杰《中国古代文体概论》一书,将杂记以下分为台阁名胜记、山水游记、书画杂物记、人事杂记四类。总之,中国古代的杂记文,内容和写法都是十分多样的。它往往由于所写的内容和作者文笔的特点,而与其他体类作品产生交叉关系。故孙梅在《四六丛话》中说:"窃原记之为体,似赋而不侈,如论而不断,拟序则不事揄扬,比碑则初无诵美。"他通过比较,来说明记体文往往与其他文体相近,但虽相近而又有不同,也正说明记文还是有其特点,是另为一类的。

[记名胜]是以古代历史名胜为对象的记事文。

古人在修筑亭台、楼观,以及观览某处名胜古迹时,常常撰写记文,以记叙建造修葺的过程,历史沿革,以及作者伤今悼古的感慨等。写法上或发议论、或抒怀抱、或写景物,没有定格。这类记文一般是刻石,所以清姚鼐在《古文辞类纂·序》中说:"杂记类者,亦碑文之属。"记名胜的文章确与碑文有源流关系,但又比一般碑文更具有文学性,其记事常常议论风发,写物状景形象、生动,情味隽永、深厚。

唐、宋古文家写过不少这类台阁名胜记文。韩愈写有《新修滕王阁记》、欧阳修有《醉翁亭记》、苏轼有《喜雨亭记》、柳宗元有《永州龙兴寺息壤记》、曾巩有《墨池记》等。

唐、宋以后,还有一种被称为"厅壁记"或"厅壁题名记"一类的文章也可归为此类,韩愈有《蓝田县丞厅壁记》,而王安石的《度支副使厅壁题名记》被认为是后世厅壁记文的典范。

[记山水]是以描写山川胜景、自然风物为题材,不仅记录作者亲身游历,而且抒发对山川风物的切身感受的记事文。

我国的山水文学起源很早,它肇始于魏晋,成熟于唐、宋,至明、清则成为文学散文中重要的一体。标志山水游记文学真正出现并趋于成熟的代表作家是柳宗元,他在被贬官永州期间以山水寄托情怀,写出了著名的《永州八记》,(《始得西山宴游记》《钴鉧潭记》《钴鉧潭西小丘记》《至小丘西小石潭记》《袁家渴记》《石渠记》《石涧记》和《小石城山记》),实为我国游记体文学的奠基之作,历来被认为是我国游记体散文中的珍品。

山水游记体以描写自然风光、表现自然美为内容,并以富于诗情画意见长。但一种文学样式往往不可避免地受到时代风习的影响。正如诗歌一样,唐代诗歌重"兴象",以富于艺术想象和饱满的情感见长;而至宋代则"尚理",在诗歌中往往有议论化的倾向,以富于"理趣"见长。这一发展变化和时尚,也影响到游记体文学的面貌。在宋代记游散文中,开始出现了借记游踪、写风景而说理的倾向,从而开辟了我国古代游记发展史上的一条新的蹊径。尤以王安石的《游褒禅山记》和苏轼的《石钟山记》为代表。

[记物]专为记述书画或其他物品而写的小文。一般记述书画的内容、物品的形状及艺术特点、得失情况等。这类记文写法多样,有的偏重于如实的记物、记有关得失情况,有的则生发开去,因记物而怀人,发议论、生感慨等。

唐代韩愈的《画记》是书画记文中较早出现的作品,也很有名。从写法上看,先记画的内容,再述得失情况,正是一般记书画的正体。

宋代苏轼有《书蒲永升画后》一文也是一篇很有特色的画记。本文是记写画家蒲永升于山水画中画水的高超成就的。文中并未就画的内容进行详细记述,而是阐发了我国传统绘画中不仅要求"形似",更追求和崇尚"神似"的理论,提出了画水有所谓"死水"和"活水"的区别,正是由此出发,作者记写和高度评价了画家蒲永升的成就。这篇记文不仅记画、赏画,而且阐发自己的艺术见解,实具画论性质。这是本身没有绘画艺术修养的人所难写出的。苏轼还有一篇《文与可画筼筜谷偃竹记》,也是有名的画记。文与可是苏轼的挚友,对画竹有很高的造诣。他死后,苏轼在曝晒书画时,重见了与可所赠的一幅画竹,因而引起许多追忆。这实际上是一篇记述与画家友谊的文学小品。由此可见,古代记画文,有的近于为画作题跋,以记画的内容、得失为主,有的则因画立论,借画抒情,放得比较开,成为另有特色的小品文。

古代记物的作品以记画者为多,至于记古器物者,多属于金石题跋一类,真正以记器物发感慨的文章并不多。记物类文章,除以"记"名篇外,有时也署"序某"或"某序",如柳宗元的《序饮》《序棋》等,它们虽名以"序",却与序跋之"序"不是同体,当属记文类。

[记人、记事]是专以记人叙事为内容的文章。

记人的文章多数以"记"名篇,少数则标为"志"。这里的"志"与"记"同义,与刻石的碑"志"虽同名,但性质和体制则不同。

北宋曾巩有《赵州赵公救灾记》,记载了宋神宗时,地方官赵抃在越州(今浙江绍兴)救灾的经过。全文条分缕析地记事,层次分明,不枝不蔓。作者以朴素平易的文字,记事实,谈经验,类似现代文体中的一篇调查报告;而在行文之中,字里行间,又自透露出对赵抃政绩的一股不胜钦赞之情。另外,曾巩还有记宜黄县设立县学始末的《宜黄县学记》,也是历来被推崇的记事名篇。

南宋以后,记人记事的杂记文,不仅数量增多,而且向新的方向发展,于记事之中兼抒胸怀,鞭挞社会,寄寓感慨,思想性和感情色彩都加强了。

[序]"序"也作"叙",是介绍、评介作品内容的文字。宋代王应麟《辞学指南》说:"序者,序典籍之所以作。"明徐师曾说:"《尔雅》云:'序,绪也'。字亦作'叙',言其善叙事理,次第有序,若丝之绪也。"(《文体明辨》)

序,正式出现于汉代。司马迁的《史记》有《太史公自序》,班固的《汉书》有《叙传》,扬雄《法言》有《法言序》。初期的序文一般有两个特点,一是序文都置于全书之后,只有单篇文章、作品的序文放前边;二是书序的内容,除讲该书的写作缘由和经过以外,还包括全书的目录和提要。徐师曾《文体明辨》称:序文"其为体有二:一曰议论,二曰叙事"。实际上这两种类型的序文没有绝对的界限,只能说有的近似论说文,有的近似记叙文,许多优秀的序文,又往往具有抒情色彩,成为文学史上散文作品的名篇。如宋欧阳修所写的《五代史伶官传序》是一篇以议论为主的著名序文,这是一篇既具有识见,又饱含感情的名文。

古代的序文,除写作"叙"外,有时还称"引",如唐代刘禹锡《彭阳唱和集引》《吴蜀集引》,宋苏洵的《族谱引》等。有时也称"题辞",如赵岐的《孟子题辞》都属序的异名。

[跋]足后为跋,故题词于文字之后者称跋。跋文,又称题跋或跋尾,是写在书籍或诗文的后面,多用以评介内容或说明写作经过等。徐师曾《文体明辨》说:"按'题跋'者,简编之后语也。凡经传、子史、诗文、图书之类,前有序引,后有后序,可谓尽矣;其后览者,或因人之请求,或因感而有得,则复撰词以缀于末简,而总谓之'题跋'。"

跋文在汉晋时代还没有,唐代称题某后或读某,如李翱有《题燕太子丹传后》,韩愈有《读荀子》等。最早称"跋"的是宋代欧阳修。欧阳修著有《集古录》"跋尾"若干篇,是附在他所珍藏的碑文真迹之后,考订和说明每篇碑文情况的,如《隋太平寺碑跋》。一般来说,跋文比序文简括,主要附于书、文后,用以说明的。但有的跋文,也带有记叙性,如宋代陆游的《跋李庄简公家书》就是一篇简洁、生动的记叙文。

跋文大致可有两类:一类是学术性的,其中包括读后感和考订书、文、画、金石碑文的源流、真伪等短文;一类是文学性的,实际是一些优秀的散文小品。

[赠序]专门用于送别亲友而作的临别赠言。在文体分类上,清以前一直把赠序与序、跋合为一类,直到清代姚鼐编《古文辞类纂》,才把它单独列出,称为赠序类。姚认为赠序文乃是古代"君子赠人以言"的遗意,跟序跋类的序文性质是不同的。从源流上说,赠序是由诗序演变而来的。古代文人在亲朋师友离别之际,常常设宴饯别,在别宴上又往往饮酒赋诗,诗成,则由在场的某人为之作序。后来就发展到虽无饯别聚会或赠诗,而送别者也写一篇表示惜别、祝愿与劝勉之词相赠,这样,赠序就割断了与序跋之序的关系。赠序之作在唐以前,晋代傅玄有《赠扶风马钧序》,潘尼也有《赠二李郎诗序》等,但这一文体的盛行是在唐代。据统计,在唐代韩愈的集子中共收有赠序文 34 篇,文中直接提到赠诗的就有 16 篇;柳宗元集子中共收有赠序文 29 篇,直接提到赠诗的有 10 篇。宋明以后,赠序才逐渐成为单纯赠别之作。

韩愈不愧为古文大家,他写的赠序,除一般地叙友谊、道别情外,还述主张、议时事、咏怀抱、劝德行,极大地充实了赠序文的思想内容。而且在写法上也灵活多样。韩愈许多思想性很强的名篇,都是用赠序体写成的。例如他的《送孟东野序》《送董邵南游河北序》等篇,都可见其不把赠序文当作泛泛应酬之作,而是作为"文以载道"理论的实践。

柳宗元《送薛存义序》一文,更借赠序申述了自己的政治主张,提出了地方官吏的职责乃是"盖民之役,非以役民"的观点。

欧阳修、苏洵等所写的赠序文,也都有充实的内容和显著的特色。例如欧阳修的《送徐无党南归序》论说了做人应以品格为本,不应只以言辞、文章炫耀于世。表现了他作为老师,临别时对学生的谆谆教导和严格要求。

总之,赠序一体一般以述友谊、叙交游、道惜别为主。而某些优秀作品,往往表达作者的理想、识见,以及师友亲朋之间互相劝勉和真挚赤诚的感情,成为叙事、说理而又兼抒情的散文。

[祭文]祭文是祭祀时诵读之文。古代祭文的内容大致有四:祈祷雨晴、驱逐邪魅、干求福降、哀悼死亡,而以哀悼死亡为主。有散文、韵文、骈文等体。哀悼死亡的祭文,一般有一个表示祭享的格式。

祭文与墓志不同,墓志多以记述死者的生平、赞颂死者的功业德行为主,且多是请人代笔之作;而祭文则侧重于对死者的追悼哀痛,多是作者为亡亲故友而作,虽也追记生平、称颂死者,但感情色彩比较浓厚,所谓"祭奠之楷,宜恭且哀"(见徐师曾《文体明辨·祭文》)。因此,祭文多带有抒情性。

唐韩愈的《祭十二郎文》,是祭他的侄儿十二郎老成的。文中写他成年后在外仕官,几次想与十二郎会面都因故错过机会,本想彼此还年轻,来日方长,不料竟成死别,以至悲悔交加。这篇祭文突破了传统的格套,全用不押韵的散体句子写成,以写家常琐事倾吐亲情,以写自己的心理活动表达伤痛,确是祭文中的一篇佳作。

宋欧阳修也善写祭文。他为亡友写的几篇祭文如《祭尹师鲁文》《祭苏子美文》《祭石曼卿文》都很有名。欧阳修祭文的特点是善于驰骋笔触,叙事、抒情间又加以议论。

古代祭文也用于告山川灵物和凭吊古人、古迹。如韩愈有《祭竹林神文》。这类文章囿于一时民俗,内容一般无足取。但韩愈的《祭鳄鱼文》却颇有名。文章名为祭文,实为逐鳄鱼文,写得洋洋洒洒,很有气势,与一般祈神祭怪的文字不同。

[哀辞]哀辞是凭吊性文字,多用于身遭不幸而死或童稚夭殇者。刘勰《文心雕龙·哀吊》说:哀辞要"情主于伤痛,而辞穷于爱惜"。徐师曾《文体明辨》称:"或以有才而伤其不用,或以有德而痛其不寿。幼未成德,则誉止于察惠;弱不胜务,则悼加乎肤色。此哀辞之大略也。"

哀辞一般前有序,记其生前才德、死因,后用韵语,或四言、或骚体句,抒其对死者的惋惜、哀伤之情。著名的哀辞有:韩愈的《欧阳生哀辞》等。

[书]书是古代书信的总名。又称"书牍""书札""书简",是亲朋友人之间往来的信件,属应用文。

"书"是常用的一种应用文,很早就成为我国古代文章中的重要文体。历代作家文士都很重视书信的写作。从历史上看,它也与其他文体作品一样,各个时代有各个时代的不同特征。如,春秋时期《左传》中载有《郑子家与赵宣子书》《巫臣遗子反书》等,它们虽有书信的性质,但实际上是外交辞令的书面化,略等于列国之间交往的"国书",所以刘勰在谈到书牍的产生时,认为"三代政暇,文翰颇流;春秋聘繁,书介弥盛"。只是多少带有些个人色彩,谈个人见解,诉自己命运。书信真正成为个人交流思想感情、互相交往的工具,当始于汉代,著名的司马迁《报任安书》、杨恽的《报孙会宗书》等为代表,到魏晋南北朝时,书牍文明显增多,许多作家的文集中都有书信体作品,有些文人学士还专以擅长写书信而著名。书信的内容广泛,写作手法上也大大加强了艺术色彩。六朝时期骈文兴起,出现过一些崇尚辞藻,追求雅致的纯文学性书札小简、骈体小简等,这时,实际上作者是把书信完全当作了一种文学创作,作为专供人们欣赏的艺术品了。初唐时期,文风仍继六朝之余绪,书牍文无大变化。至韩愈、柳宗元倡导"古文运动"之时,以散体文代替了骈体文,并提倡"载道"文学,要求文章要有充实的内容,要有实际的社会效用,要"惟陈言之务去"。古文运动实际上是在"复古"的口号下,对当时的文体、文风、文学语言的一次全面改革运动,它推动了各体文章的发展,从而也使作为文章一体的书信别开生面地走上了广阔的道路。他们在书信中或议论时政,或论学术,或批评诗文,或传授学业,或抒写遭际,或劝谕亲朋,一般都能做到发自肺腑,言之有物,吐露衷情。宋代古文家也继承了这一传统,因此,唐、宋两代出现了不少有政治、学术价值又亲切感人的书信作品。如韩愈的《答李翊书》、柳宗元的《与友人论文书》《答韦中立论师道书》、曾巩的《寄欧阳舍人书》、苏轼的《答谢民师书》都是师友之间谈论文学问题的书简,从文学批评史上看,都是极宝贵的文论资料。而又由于他们都是在书信中向朋友、向后学谈体会、述遭遇、传经验时写出的,因而议论中带有浓厚的抒情色彩,都可称为"文艺书简"。柳宗元除了论文的书简外,还有两封著名的与友人书。一封是《贺进士王参元失火书》,摆脱俗套,以贺为吊,妙笔惊人。另一篇是《答周君巢饵药久寿书》,颇能表现作者的进步思想和性格、风范。宋王安石的《答司马谏议书》则是一篇著名的书信体驳议文,颇著名。

总的说来，书信体文章在内容上几乎不受什么限制，作者可以称心而言，意到笔随，而我国古人也正充分利用了这一文体的长处，挥洒成篇。对我们今天来说，古代的书信体文章是一宗很值得重视的文学遗产。一方面，它可以提供给我们一些十分真实而有益的历史资料，大可以见一个时代的社会风尚、人情世态；小可以见一个人的思想、性格，以及在正式传记中所不易了解到一些细微方面；同时也可以从那些书信名篇中学习语言的精妙和立言的得体等。

[箴] 箴，是以规劝、告诫为主题的文章。《文心雕龙·铭箴》："箴者，所以攻疾防患，喻铖石也。"宋王应麟《辞学指南》说："箴者，谏诲之词，若铖之疗疾，古名箴。"

箴，有官箴、私箴两类。早期的箴文，是臣下对君王或对其他上层执权官员所做的谏劝文，《文心雕龙·铭箴》称"官箴王阙"。《文选序》称："箴兴于补阙，戒出于匡弼。"私箴是后来出现的自警自戒的作品。现在我们所能看到的最早、最完整的箴文，是载录于《左传·襄公四年》的"虞人之箴"。据说这篇箴文是周武王时的虞人所撰献，是一篇以四言为主的押韵短文，后世称之为"虞箴"。这篇箴文是田猎官用夏朝后羿迷于田猎，贻误国事的事，来劝诫周武王的。据《左传》记载，晋国魏绛又转引此来劝诫晋悼公。唐、宋以后，官箴文已很少。

私箴，是对自己身上的缺点、过失加以剖析针砭，以图自警自戒。虽类似于一般"座右铭"，但它主要是在揭示自我过失，以引起自我警戒。这类文章中，以唐代韩愈的《五箴》为最有名。《五箴》：《游箴》《言箴》《行箴》《好恶箴》《知名箴》。《五箴》前冠有序，可见其创作意图："人患不知其过，既知之，不能改，是无勇也。余生三十有八年，发之短者日益白，齿之摇者日益脱，聪明不及于前时，道德日负于初心，其不至于君子而卒为小人也昭昭矣，作《五箴》以讼其恶云。"

箴文还有以"戒"名篇者，如柳宗元的《三戒》。《三戒》包括《临江之麋》《黔之驴》《永某氏之鼠》，实际上是用三篇寓言故事比况人事，寓意深刻，写法别致，很富文学性，因而成为久为传诵的名篇。另外，柳宗元还有一篇《敌戒》，是一篇道理深刻，对人启迪性很强的作品，充满着朴素的辩证法思想。

[传] 传记体文章。徐师曾《文体明辨》说："按字书云：'传者，传也，记载事迹以传于后世也。'"传可分三类：一类是史书上的人物传记；一类是文人学者撰写的散篇传记；一类是传记体虚构的人物故事，实际是传记小说。

纪传体史书，创自汉代司马迁的《史记》，从此，我国历代正史基本上都沿袭了这一体例。

作家所写的人物传记逐渐多起来，并正式成为文章中的一体，是从唐代开始的。唐代的古文运动推动了各体文章的发展，也为传记体文学开辟了广阔的道路。古文运动的两位主将——韩愈、柳宗元首先在这方面做出了贡献。韩愈有《圬者王承福传》。柳宗元有《种树郭橐驼传》《童区寄传》。

韩、柳等古文家所写的人物传记，与史书中的传记有很大不同。首先，他们把传记的写作对象，从所谓文臣武将、高士名流转向了下层社会的一些不知名的小人物，以至被奴役、遭损害的人物，或写他们的一技之长，或写他们的高尚品德、或歌颂他们的英雄行为。既对他们进行热情的歌颂，也寄寓着对当时社会的批判和自己的政治理想。其次，在写法上也富有创造性，他们并不拘于一般历史人物传记的名姓、里籍、生平活动等的旧格套，而只是专注于其事迹某个重要方面，加以生动具体地描写和思想上的发挥，从而使这些传记文，既具有思想性又富有极为感人的艺术魅力，成为古代传记文学的佳作。

韩愈的《毛颖传》、柳宗元的《蝜蝂传》，虽以"传"名篇，实际写的都是讽世的寓言故事。因其人物或情节均属虚构，所以不应归为传记文章，而应归为小说创作。

[行状] 行状，也称行述，是记述死者生平行事的文章。行状文的最初用途如刘勰《文心雕龙·书记》所言："状者，貌也。体貌本原，取其事实，先贤表谥，并存行状，状之大者也。"后来的大量"行状"文，则大半是请人替死者代撰墓志文以前，由死者家属或了解死者的人，事先起草的一篇有关死者的生平事迹的资料。这样，行状文也就多起来了。

就内容而言，行状文也就是传记文，但由于行状文的用途不同，因而它与一般的传记文比较起来，往往有两个特点：一是它叙述人物的生平事迹，比较详尽，篇幅较长；二是传记文可以有褒有贬，而行状文则有褒无贬。其所以较详，是因为它本有为写传、写墓志铭提供原始资料的意思；所以有褒无贬，是因为它本是为旌扬死者而写的。

一篇好的行状文，实际上也是一篇优秀的人物传记，既有史学价值也有文学价值。韩愈写的《赠太傅董公行状》和李翱的《韩文公行状》是行状文中的优秀代表作。这两篇文章，都是运用司马迁《史记》的笔法，主要选择人物的几件最典型、最突出的事件进行具体细致地刻画，不仅留下了许多珍贵的史料，而且把人物描绘得栩栩如生，使人如睹其人，如见其貌。韩愈还有《赠绛州司马刺史马府君行状》。

行状文还有一种变体："逸事状"，它不同于正式的行状，即并不全面地介绍死者的生平事迹，而仅记写死者的某些逸事轶闻。如柳宗元的《段太尉逸事状》。

[碑文] 碑文是刻在石碑上的文辞。碑，最初是古人置于宫室、宗庙前面的石柱之类，有的是为了"识日影"判断时间，有的则备拴牲畜之用。后来发展到在这些石上刻字记事，因而产生了碑文。

碑文又称碑志、碑铭。碑志就是以碑记事的意思。铭，则是铭刻之意，刻在碑上的文字便称碑铭。

碑文是记事文体，古代的碑文往往保存了许多珍贵史料，因而具有重大历史价值。从文学角度看，许多著名的碑文，出自名家之手，写得质朴凝重，条理清晰，用语典雅，表现出一种特殊的风格。特别是汉、唐以后的墓碑，常常记人物生平事迹很具体、生动，且有感情，有文采。尤其是墓碑中的墓志铭一体，曾成为唐、宋散文家精心构思、驰骋文笔的一种文体，出现了不少名作。

古代的碑文，按照其用途和内容大致可分三种：纪功碑文，宫室庙宇碑文和墓碑文。纪功碑文是用来记述某人或某一次重大历史事件的功业的；宫室庙宇碑文主要是用来记载这些建筑兴建缘由和经过的；墓碑文则是记述死者生前的事迹兼诉悼念、称颂之情的。

唐代韩愈的《平淮西碑》一向被视为纪功碑文中的名篇。这篇碑文虽以叙事为主，但写得纵横淋漓，富于气韵。

宫室庙宇碑文的代表名篇是韩愈为亡友柳宗元的祭庙写的碑文。这篇碑文完全打破了一般庙碑文的呆板体制，以充满激情的语言，记述和颂扬柳宗元的政绩，并为柳宗元的遭遇鸣不平。故朱熹《楚辞后语》引晁补之语称："此非铭罗池之文，愈吊宗元之文也。"

墓碑文在古代碑文中数量较大，又分两种：一种称墓志铭，是埋于地下的墓碑文；一种称墓碑文或墓表文，是立于地上的墓碑文。古代的墓碑文字，最初本以所谓古朴清雅为正宗，南北朝时词尚华丽，一般也都脱离不了那种"铺排郡望，藻馆宫阶"的俗套。但这种极易失于呆板、流于俗套的文体，到了唐、宋文学家手里，却都能叙事生动，传达出美好的感情。

唐、宋古文家写了大量的墓志作品。韩愈所做的墓志铭虽多，却能避免千篇一律的毛病，极尽变化之能事。尤其可贵的是，他写墓志往往着意于对死者性格的刻画，写得绘声绘色，实际是一篇传记文学。如《试大理评事王君墓志铭》，通过具体记述、刻画，完全把一个"怀奇负气"富有传奇性的人物性格突现出来了。《柳子厚墓志铭》是韩愈这类文章中最好的一篇。它既记述柳宗元的一生行迹，又评价了他的文章、才学、道德，并对柳宗元罹祸遭贬的坎坷一生深表痛惋之情。他把叙述、议论、抒情巧妙地融会在一起，成为一篇优秀的文学家评传。

宋代欧阳修的《陇冈阡表》是墓表文中的名篇。这篇表文构思上很有特色：他完全打破了平叙死者生平、直接褒扬其先人德行的旧套，而用母亲之口转述父亲的盛德遗训，像回忆录似的款款而叙，令人感到真实、亲切，富有生活气息。

[启] 启是公文书信的一种。在古代是给君主、诸王上书时才用"启"。后来有一种"书启"，是指一般亲朋之间的往来书信。自晋代开始，上呈公文盛行用启，它兼有奏表和奏疏两种职能。晋南北朝时期骈文盛行，著名作家庾信写的许多谢恩小启，富于辞采而不滞于俗，被称为"自是启牋妙手"。

唐、宋时代，启文也仍在应用，但其范围逐渐展宽，一是除少数致君、致诸王外，举凡向比自己地位高的人呈词，均可应用。二是其内容范围亦渐广，诸如净谏、贺官、谢官、谢赏、荐士、上诗文、投知己均可用启。这些启文或用骈体、或用散体，但内容充实而又情采动人的不多，其著名的如唐代韩愈的《上郑尚书启》，柳宗元的

[**策**]策，是针对某些社会问题，陈述政治见解，以供上层统治者参考的一种文体。

古代的策文分制策、对策和奏策三种。制策又称策问，是朝廷选士时所出的考问题目；对策，则是士子根据所问而陈述的政见；奏策又称进策，不属考试范围而由臣子主动上陈的奏文。明徐师曾《文体明辨·策》："一曰制策，天子称制以问而对者是也；二曰试策，有司以策试士而对者是也；三曰进策，著策而上进者是也。"古代以策问考试，始于文帝，后世沿袭下来。考试时要求对策文既要明于治道，能提出高明的政治见解，又要"工文"即文章写得好。所以刘勰曾说："对策所选，实属通才，志足文远，不其鲜欤！"（《文心雕龙·议对》）魏晋六朝时期，受当时文风影响，对策文往往追求文辞的华美，这样就失去了对策意在陈述政见的主要意义。唐、宋以策取士，士人平时就很重视练习"对策"文的写作，如白居易和元稹，为了应制举考试，就曾事先在华阳观"揣摩当代之事"，写成《策林》七十五篇。进策又称奏策，是臣属不待垂询，不属考试而主动进献的策文，宋苏洵的《几策》即属这种进策。

[**表**]表是古代奏章的一种。《释名·释书契》："下言于上曰表。"《广雅·释诂四》："表，书也。"是臣属给君王的上书。

古代给君王的上书有各种名称，不同的名称与上书内容有关。刘勰《文心雕龙·章表》云："章以谢恩，奏以按劾，表以陈情，议以执异。"但随着时代的变化，这些上书的名称和功用也都发生变化。以表而言，秦汉始有，到唐宋以后，虽皆沿用，但它的功用和使用范围，却有所变化。如唐、宋以后，表文不仅多用四六文体，而且诸如谢恩、劝进、辞免、庆贺、贡物等事项，一般皆用"表"。表，虽属一种公文，但有些表文，内容充实，语言简洁流畅，特别是表文与其他一般上书奏状不同，常含有表示陈情、诉说心曲的意思，因此，某些写得好的表文，就成为我国古代散文的名篇。唐、宋以后用骈体写的表文，有的由于用典精切、辞藻清丽，也成为骈体文学中的代表作。宋代欧阳修《谢致仕表》写得宛转恳挚，语能动人；苏轼的《谢赐对衣金带马表》也写得较为灵活，显示出自己的风格。